KNAUR

Im Knaur Taschenbuch Verlag ist bereits folgendes Buch der Autorin erschienen:
Games of Love – Bittersüße Sehnsucht

Über die Autorin:
Rachel van Dyken hat in den USA bereits sehr erfolgreich Frauenstoffe veröffentlicht, bevor sie sich dem New-Adult-Genre zuwandte, womit sie prompt die Bestseller-Listen eroberte. Sie lebt mit ihrem Mann und ihrem schnarchenden Boxer Sir Winston Churchill in Idaho. Die »Games of Love«-Romane sind ihre ersten Bücher, die auf Deutsch erscheinen.

Rachel van Dyken

GAMES OF LOVE –
Unendliches Verlangen

Roman

Aus dem Amerikanischen
von Silvia Gleißner

KNAUR

Die amerikanische Originalausgabe erschien 2013
unter dem Titel »The Wager« bei Forever, an imprint of
Grand Central Publishing, New York.

Besuchen Sie uns im Internet:
www.knaur.de

FSC
www.fsc.org
MIX
Papier aus verantwortungsvollen Quellen
FSC® C083411

Deutsche Erstausgabe Dezember 2014
Knaur Taschenbuch

Ein Unternehmen der Droemerschen Verlagsanstalt
Th. Knaur Nachf. GmbH & Co. KG, München.

Redaktion: Ilse Wagner
Covergestaltung: ZERO Werbeagentur, München
Coverabbildung: CorbisImages/Felix Wirth
Satz: Sandra Hacke
Druck und Bindung: CPI books GmbH, Leck
ISBN 978-3-426-51570-9

2 4 5 3 1

Für Oma Nadine.

Du bist wahrhaft die Inspiration hinter dieser Buchreihe.
Danke, dass du eine so resolute, wunderbare und liebevolle
Großmutter bist. Es ist ein Segen für mich,
dich in meinem Leben zu haben. Ein Hoch auf
noch viele Jahre über die sechsundachtzig hinaus,
Grandma, und vielmals danke dafür, dass du mit mir
zu all diesen Signierstunden gehst. Du bist wirklich
eine meiner besten Freundinnen. Und ich bin mir ziemlich
sicher, dass ich dein Vize sein will, wenn du fürs Weiße Haus
kandidierst – es ist nie zu spät, richtig???

DANKSAGUNGEN

Zuallererst muss ich Gott dafür danken, dass er mir erlaubt, meinen Traum zu leben, und das jeden einzelnen Tag meines Lebens. Noch immer kneife ich mich, wenn ich morgens aufwache, und sinke dann vor Dankbarkeit auf die Knie. Ohne Ihn – bin ich nichts.

Vielen, vielen Dank an meine Herausgeberin Lauren Plude. Worte können nicht ausdrücken, wie viel Spaß es macht, mit dir zu arbeiten! Du bist nicht nur eine Wahnsinns-Herausgeberin. Ich weiß auch, dass dir wirklich etwas an einem liegt; alles, was du tust, strahlt das aus. Es ist ein unglaublicher Segen für mich, wie du mich aufbaust. Ich habe es schon einmal gesagt, und ich sage es immer wieder, auch wenn es bizarr wird: Ich liebe dich abgöttisch!

Grand Central Publishing … Wow, was soll ich sagen. Ich fühlte mich wie die Neue am ersten Schultag. Ihr habt meine Erwartungen bei weitem übertroffen (und tut es immer noch!). Von euren Umschlagillustratoren bis hin zum PR-Team – ich kann euch gar nicht genug dafür danken, dass ihr mich so herzlich aufgenommen und mir das Gefühl gegeben habt, bei euch zu Hause zu sein. Danke, danke dafür, dass ihr mir eine Chance gegeben habt und mir diese wundervolle Möglichkeit bietet, für euch zu schreiben. Es ist wirklich eine Ehre.

Ehemann – Nate – bester Freund – danke, dass du mir

nicht den Computer wegnimmst, wenn ich nachts um drei Uhr immer noch tippe. Ernsthaft. Ich muss zugeben, nachdem du meinen E-Reader versteckt hast, war ich etwas besorgt. Aber, Gott sei Dank, hast du dich während meiner Reise durch Abgabetermine und Momente des Wahnsinns immer großartig verhalten. Du bist mein Held – auf ewig. Du bist der Mann, über den ich in jeder Geschichte schreibe. Vollkommenheit. Ich liebe dich von ganzem Herzen. Danke, dass du nicht nur ein Ehemann bist, sondern ein Partner, nicht nur ein Geliebter, sondern ein bester Freund. Ich verdanke dir alles, denn du hast mir alles gegeben.

Und schließlich: danke an den Rest meiner Familie. Danke, dass ihr an mich glaubt! Liza Tice, Laura Heritage, Kristin van Dyken, Julie Sherwood und Tiffany Davis. Meine Betaleser und die Menschen, die als Erste den Anfang dieser Serie gelesen und daran geglaubt haben. Ich liebe euch alle.

PROLOG

Sommer 2002

»Jake! Fang mich, fang mich auf!«, rief Char laut beim Trust Fall im Zeltlager der Junior High. Sie stand schon seit Jahren auf Jake. Und nun, da sie die achte Klasse hinter sich ließ und ab Herbst auf die Highschool ging, besserten sich ihre Erfolgschancen. Sie wusste, dass sie gut aussah, mit rasierten Beinen, neuem Lipgloss in Pink und hochgebundenem Pferdeschwanz, und Jake sollte nun jeden Augenblick erfahren, wie gut, wenn sie ihm – buchstäblich – in die Arme fiel.

»Ähm, klar«, rief Jake hinter ihr. »Bin gleich so weit.«

»Okay.« Plötzlich nervös, holte Char ein paar Mal tief Luft. »Ich lasse mich jetzt fallen!«

»Nur zu!«, rief Jake.

Der Wind pfiff um ihren Rücken, als Char sich steif wie ein Brett machte und sich nach hinten fallen ließ. Doch da war niemand, um sie aufzufangen. Mit einem dumpfen Laut prallte sie auf den Grasboden und sah auf.

Amy Stevens stand da, zwirbelte ihr Haar zwischen den Fingern und lachte gerade über etwas, das Jake sagte. Der Junge hatte die Aufmerksamkeitsspanne einer Ameise.

»Du Idiot!« Char schlug mit der Faust auf den Boden. »Jake? Wir sind Partner, und die Übung heißt aus gutem Grund ›Trust Fall‹. Du solltest mich auffangen!«

Seine Augen weiteten sich. »O Mist, tut mir leid, Char. Amy hier brauchte Hilfe mit den Anweisungen, und sie hat keinen Partner, also habe ich ihr gesagt, sie kann bei uns mitmachen.«

»Oh, aber …«

»Wow, Jake, gut, dass ich angeboten habe, deine Partnerin zu sein. Wir werden das Mädchen zu zweit auffangen müssen. Sie ist ja wie ein aufgeblähter Wal.« Amy lachte und stieß Jake an, woraufhin Char das Herz schwer wurde. Sie wusste, dass sie nicht so dünn war wie Amy oder die anderen Mädchen. Verlegen fuhr sie mit der Zunge über ihre Lippen, als der Schmerz über die Zurückweisung sie überwältigte. Tränen schnürten ihr die Kehle zu, und das Schweigen zog sich in die Länge.

Char sah Jake an. Er errötete ein wenig, aber er sagte kein Wort. Er verteidigte sie nicht. Er tat gar nichts.

Vielleicht war das das Schlimmste daran.

Dieses Nichts.

Er hätte mitspielen und lachen können; dann wäre Char wenigstens wütend genug gewesen, um ihm eine Ohrfeige zu verpassen. Doch stattdessen sah er sie mitleidig an – so als sei das, was Amy gesagt hatte, wahr.

Als würde er es auch glauben und wüsste nur nicht, wie er es ihr sagen sollte.

Char senkte den Blick auf das Gras, das sie kitzelte, und Tränen stiegen ihr in die Augen.

»Hey, Leute, bereit für den Trust Fall?« Kacey, ihre beste Freundin, gesellte sich zu ihnen und lächelte, was Chars Unsicherheit nur noch vergrößerte. Kacey war das einzige Mädchen, dem Jake sich jemals anvertraute, und sie war Chars und Jakes beste Freundin. Wenn man Char fragte, war das echter Mist. Denn es bedeutete, dass sie immer das fünfte Rad am Wagen war, der leicht peinliche und unpassende Außenseiter, der nie so richtig dazugehörte.

Jake umarmte Kacey. »Wir waren gerade dabei, uns aufzuwärmen.«

»Cool.« Kacey sah zu Char hinab. »Na komm! Hör auf, so faul herumzuliegen.«

Amy brach in Gelächter aus. »Sport, Char. Schon mal gehört?«

Kacey warf Amy einen finsteren Blick zu und hielt Char die Hand hin. »Ignoriere sie. Sie ist nur so eklig, weil du größere Möpse hast als sie.«

Char verdrehte die Augen, rappelte sich auf und warf einen letzten Blick auf Jake. Ihre Schwärmerei für ihn war vorbei. Absolut vorbei. Welches Mädchen will sich schließlich in einen Jungen verlieben, der einem nicht mal zu Hilfe kommt, wenn man es am dringendsten nötig hat?

Sie wollte einen Mann, so einen wie die Männer, die sie in Kinofilmen und im Fernsehen sah. Ein wahrer Held hätte sie gerettet. Echte Männer kämpften mit Knarren und Schwertern um die Frauen, die sie liebten. Als die Klasse letztes Jahr *Romeo und Julia* sah, hatte Char die Tränen wegwischen müssen, die ihr bei der Schlussszene über die Wangen geströmt waren. Das war es, was sie wollte: einen Mann, der sie so sehr liebte, dass er ihr ins nächste Leben folgen würde. Doch als sie genau das laut ausgesprochen hatte, hatte Jake sie angesehen, als hätte sie den Verstand verloren. Tja, am Ende wäre er der Angeschmierte. Sie würde ihren echten Kerl finden, und Jake Titus konnte ihretwegen auch … sterben.

KAPITEL 1

Gegenwart

»Oma, was, zum Teufel, machst du hier?« Jake musterte die beiden überlebensgroßen Koffer, die riesige Handtasche in Pink, Marke Coach, und das Ding auf ihrem Kopf, das wie ein totes Tier aussah, und fluchte noch einmal.

»Nicht solche Wörter, Jake.« Oma Nadine straffte die Schultern und schob sich an ihm vorbei an den Ticketschalter.

O nein. Oh, lieber Gott, nein! Herr im Himmel, hab Erbarmen. Jake sah sich suchend nach Aileen um, seiner neuesten Eroberung.

»Ja, nur ein einfaches Ticket«, verkündete Oma Nadine laut am Schalter von Alaskan Airlines. Mit einer Mischung aus Entsetzen und Panik sah Jake zu, wie seine Großmutter ein Ticket für denselben Flug kaufte, den auch er nahm. *Bitte mach, dass sie ihre Kreditkarte ablehnen, bitte, bitte.*

»Bitte sehr!« Die teuflische Frau am Schalter reichte Oma Nadine lächelnd eine Bordkarte. Jake warf erst der Frau und dann seiner Großmutter einen finsteren Blick zu.

»Nein.« Er schüttelte den Kopf, als sie auf ihn zukam und übers ganze Gesicht strahlte. »Du kommst nicht mit.« Er verschränkte die Arme und wich nicht von der Stelle.

»O doch.« Oma Nadine wedelte mit dem Ticket vor seiner Nase herum und lächelte. »Und jetzt nimm mein Gepäck.«

»Aber …«

»Jakey?« Aileen kam auf ihn zustolziert. In einem Rock, der kürzer war, als in der Öffentlichkeit erlaubt sein sollte, ganz zu schweigen von einem Flughafen, trat sie an seine Seite. Ihr gebleichtes blondes Haar war mit mindestens zwei Dosen Haarspray fixiert, und ihre offensichtliche Unfähigkeit, geradeaus zu laufen, verriet ihm, dass sie von gestern wohl immer noch betrunken war.

Oma Nadine lächelte strahlend. »Wie reizend! Scheint, als sei deine Nutte auch eingetroffen.«

Jake stöhnte auf und verbarg das Gesicht in den Händen. Da kam er nicht wieder heraus. Seine Großmutter brächte ihn noch ins Grab.

Ihr Macher von Women Scorned *auf A&E, ich komme.*

»Was?« Aileen stemmte die Hände in die Hüften, bedachte Oma Nadine mit einem merkwürdigen Kopfnicken und knickte dabei beinahe auf ihren High Heels um. Oh, das war nicht gut. Gar nicht gut.

Oma Nadine streckte die Hand aus und tätschelte Aileen am Arm. »Liebchen, ich bin die mit den Hörgeräten, nicht Sie. Ich habe Sie eine Nutte genannt. Soll ich es Ihnen buchstabieren?« Sie stieß Jake an. »Wo hast du sie aufgetrieben? Auf einer Highschool-Jobmesse?« Und dann fing sie doch tatsächlich an, mit erschreckend lauter Stimme zu buchstabieren: »N-U-T-T-E.«

Buchstabierte seine Großmutter wirklich gerade das Wort »Nutte« auf einem internationalen Flughafen? Vor seiner – Freundin? Sexgespielin? Ja, was war sie eigentlich?

O Shit, er kannte nicht einmal ihren Nachnamen.

Wahrscheinlich war das ein schlechtes Zeichen.

»Sie sollten wissen, dass …«

»Jake, ich bin hungrig. Geh mit mir essen.« Oma Nadine

hakte sich bei ihm unter und zog ihn in Richtung Sicherheitsschleuse mit sich, mit mehr Kraft, als eine Frau von sechsundachtzig Jahren haben sollte.

»Aber was ist mit mir?«, fragte Aileen schmollend hinter ihm.

Oma Nadine blieb stehen und drehte sich um. »Schätzchen, ich bin sicher, Sie finden ein anderes nettes Spielzeug, bis Ihr Flug geht. Der Knabe hier ist schon vergeben.«

Aileen schnaubte. »Hätte nicht gedacht, dass du solche Vorlieben hast.« Das war an Jake gerichtet. Er machte den Mund auf, um zu sagen: *Das ist doch meine Großmutter*. Doch stattdessen drückte besagte Großmutter ihm einen lauten Kuss auf die Wange und kniff ihn in den Hintern.

»Oh, Schätzchen, Sie haben ja keine Ahnung, wo der drinsteckt.« Sie zwinkerte. Grundgütiger, sie hatte eben gezwinkert und angedeutet, Jake sei ihr – er konnte den Gedanken nicht einmal zu Ende denken. Entsetzt sah er zu, wie Aileen die Augen aufriss. Er machte noch einmal den Mund auf, um zu protestieren, aber in dem Moment versetzte seine Großmutter ihm noch einen Klaps auf den Hintern und zog ihn in die andere Richtung mit.

Karma: Jetzt holte es ihn ein. Und es kam in Gestalt einer sechsundachtzigjährigen Frau mit Lippenstift auf den Zähnen. Hölle.

KAPITEL 2

»Atmen, Char, einfach atmen, Luft rein und wieder raus, siehst du, geht doch.« Char versuchte, ruhiger zu atmen, doch in Anbetracht der Tatsache, dass ihre Schwester ihr ständig auf den Rücken klopfte, sobald sie den Mund aufmachte, gestaltete sich das als eher schwierig.

»Gib mir die Papiertüte.« Char riss ihrer Schwester die Tüte aus der Hand und fing an, langsam in diese hineinzuatmen. Endlich, nach zwei Minuten, in denen sie geglaubt hatte, sie würde sterben, klang die Panikattacke ab.

»Besser?«, flüsterte Beth.

»Nein.« Char biss sich auf die Lippe und schaute den Gang entlang. Ebenjenen, durch den nur Minuten zuvor Jake Titus vorbeigekommen war. Er hatte sogar noch in ihre Richtung geblickt, höflich gelächelt und war dann weiter zu seinem Sitzplatz gegangen.

Ein Lächeln.

Mehr war sie nicht wert. Ein höfliches Lächeln. Dass das Flugzeug gerade in dem Moment in die heftigsten Turbulenzen ihres Lebens geraten musste, war auch keine Hilfe.

Doch das Tüpfelchen auf dem i, das, was diesen Tag wirklich zum schlimmsten ihres Lebens machte, passierte, als die Möpse der Stewardess versehentlich – jawohl: versehentlich – aus deren Bluse rutschten und direkt in Jakes Gesicht landeten.

Der Mann sollte kastriert werden. Er war Sex-Appeal auf zwei Beinen, und jeder in seiner Nähe wusste es. Auch wenn er kein echter Promi war, Frauen flogen auf ihn wie Ratten auf Käse.

Zu denen hatte sie auch einmal gehört. »Bastard«, brummte sie vor sich hin und ballte die zierlichen Hände zu Fäusten.

Doch das war Jahre her. Inzwischen war sie darüber hinweg, klüger und stärker.

Jawohl, stärker. Sie war eine Persönlichkeit des öffentlichen Lebens, Himmel noch mal! Sie konnte – und würde – so tun, als sei alles *gut*.

Und es war auch alles gut.

War es, war es, war es.

»Char?« Beth stieß sie an. »Du wiegst dich schon wieder vor und zurück. Soll ich die Tüte rausholen?«

»Nein.« Char merkte, wie ein Lächeln auf ihrem Gesicht erschien. »Ich bin gleich wieder da.«

Beth streckte den Arm aus, um Char den Weg zu versperren. »Nein, auf keinen Fall. Du hast diesen irren Blick. Und ich will echt nicht, dass du im Gefängnis landest. Als deine Schwester und irgendwann mal Trauzeugin kann ich dich nicht guten Gewissens vorbeigehen lassen.«

»Ich kaufe dir eine neue Handtasche von Louis Vuitton.«

»Andererseits … du bist erwachsen und kannst für dich selbst entscheiden. Nur zu.« Beth hob den Arm. »Schwarz. Ich will die Schwarze.«

Char verdrehte die Augen und marschierte auf Jakes Sitzplatz zu.

Das ›BITTE ANSCHNALLEN‹-Zeichen war inzwischen ausgegangen, also hatte Char freie Bahn. Diese Ansprache hatte sie geübt seit jenem Schicksalstag im letzten Jahr, als sie sich wiedersahen. Char hatte mehr als einen One-Night-

Stand gewollt. Und Jake – nun, er hatte einen One-Night-Stand und ein Dankeschön gewollt. Sie hatte ihrer gemeinsamen Freundin Kacey nie davon erzählt und sich eigentlich geschworen, das mit ins Grab zu nehmen. Bis zu dem Moment, als sie ihn wiedersah – ab jetzt war alles möglich.

Sie hatte sich gefragt, was sie ihm wohl sagen würde, falls sie je wieder auf ihn treffen sollte. Wie würde er reagieren? Würde er sich dafür entschuldigen, dass er sich wie ein Mistkerl verhalten hatte? Würde er sich überhaupt an sie erinnern? Und jetzt schien er sie nicht einmal zu erkennen! Andererseits, ihr Haar war inzwischen länger. Aber Gesichter veränderten sich nicht.

Wenn sie's doch nur täten.

Was das anging, sollte sie wirklich noch mal beim lieben Gott nachfragen. Jake brauchte mehr als nur ein neues Gesicht. Er brauchte erst mal ein richtiges Herz in seiner muskulösen Brust.

Ihr Blick huschte zu den Passagieren ein paar Reihen hinter ihm. Da saß ein Mädchen, ein Glas Wasser auf dem Tischchen vor sich. »Hey, Liebes, kann ich mir das ausleihen?«

»Du meine Güte!« Das Mädchen, schätzungsweise um die zwölf Jahre alt, fing an, wie wild zu klatschen. »Sind Sie nicht die Nachrichtenlady?«

»Ähm, ja.« Normalerweise fand Char es toll, wenn man sie erkannte, aber nicht jetzt. Jetzt brauchte sie Anonymität. Sie versuchte, das aufgeregte Lächeln des Mädchens zu ignorieren, doch vergebens. Also ergab sie sich in ihr Schicksal und ging darauf ein. »Du siehst wohl oft Nachrichten, hm?«

»Nein.« Die Kleine seufzte. »Aber meine Eltern haben echt tierisch gelacht, als Sie damals aus Ihrem Stuhl geplumpst sind. Sie sagten, Sie wären umgekippt, weil Sie zu viel Alkohol getrunken hätten.«

Na, fan-verdammt-tastisch. Hatten denn alle diesen Clip auf YouTube gesehen? Er stammte von dem Abend nach ihrem Zusammensein mit Jake. Sie hatte Mitleid mit ihm gehabt – ihr Fehler Nummer eins. Gefolgt von Fehler Nummer zwei, der darin bestand, dass sie eine Flasche Tequila mitgebracht hatte und dann in einer Hotelsuite aufgewacht war, mit nichts als einer Dankeschön-Notiz und einem Mordskater. Dass sie es überhaupt rechtzeitig zur Arbeit geschafft hatte, war ein Glücksfall gewesen.

Andererseits bescherte Glück einem keine mehr als zwei Millionen Klicks auf YouTube und einen Spot in der Show *Today* mit Kathy Lee und Hoda, in der die beiden netterweise auf Wein verzichteten und Char stattdessen ein paar Tequila anboten, zu Ehren ihrer Nacht des Schreckens.

»Ich hatte nicht getrunken«, erklärte Char dem Mädchen. »Ich war … müde und überarbeitet und …« Du liebe Güte, sie war doch tatsächlich gerade dabei, offiziell vor einer Zwölfjährigen die Fassung zu verlieren. »Weißt du, was? Vergiss es. Wie wär's mit fünf Mäusen?«

»Fünf Mäuse?«

»Du gibst mir dein Wasser, und ich gebe dir fünf Mäuse.«

»Sagen wir zehn.«

Char machte ein finsteres Gesicht.

Die Kleine starrte ebenso finster zurück. Na schön. Zehn Mäuse, damit ihr die Tatsache, dass Jake ein Mistkerl war, weniger ausmachte? Topp, die Wette galt.

Char griff in ihre Tasche und holte einen Zwanziger heraus. Mist.

Den riss ihr die Kleine flink aus der Hand, noch bevor Char reagieren konnte. Grummelnd nahm sie daraufhin den Becher und marschierte auf Jakes Sitzplatz zu.

Noch zwei Reihen.

Endlich. Sie blieb vor Jakes Sitzreihe stehen und räusperte sich.

Er schaute nicht auf.

Sie räusperte sich noch einmal.

Endlich hob er langsam den Kopf, und dann klappte ihm der Mund auf. »Char?«

»Jake«, schnurrte sie.

»Wie geht's denn so? Ich meine, es ist ja eine Ewigkeit her!« Sein Lächeln erreichte nicht seine Augen.

Genau genommen waren seitdem elf Monate, eine Woche und fünf Tage vergangen. Aber, hey, wer zählte schon mit? Sie doch nicht.

»Ja, nicht wahr?« Sie lehnte sich gegen den Sitz.

»Wir sollten uns mal wieder treffen.« Er musterte sie von oben bis unten, bevor er hüstelte und den Blick abwandte.

»Sollten wir«, stimmte sie zu, und dann, bevor sie noch die Nerven verlor, schüttete sie ihm den gesamten Inhalt des Bechers vorn auf die Hose. »Aber ich gehe nicht mit Mistkerlen aus, die mich nach dem Sex sitzenlassen.«

»Was, zum …«

Er machte Anstalten, aufzustehen, als sie schon nach der Stewardess klingelte und laut verkündete: »Verzeihung, wie es scheint, hat Jake Titus sich gerade in die Hose gemacht. Könnten Sie uns bitte helfen?«

Um sie herum brach Gekicher aus, und Char grinste Jake an, der sie mit offenem Mund anstarrte. Er griff über den Sitz nach der Hand einer auffälligen älteren Dame, die neben ihm saß.

»Na, na.« Char beugte sich vor und flüsterte: »Sieht aus, als würdest du neuerdings jede Frau aufreißen, eh, Jake?«

»Oh, das ist wohl wahr«, meldete sich die alte Dame zu Wort. »Wussten Sie, dass er doch tatsächlich mal die Chuzpe hatte, eine Nutte zur Verlobungsfeier seines Bruders mitzubringen?«

Heiliges Kanonenrohr, hoffentlich redete die alte Dame da von jemand anderem als von sich selbst.

»Ich, ähm …« Char brauchte einen Moment, um die Fassung wiederzugewinnen. »Das glaube ich sogar.«

»Und wissen Sie, was noch?« Die Frau ließ Jakes Hand los und beugte sich über seinen Sitz. Er verdrehte die Augen, hielt aber den Mund.

»Was denn?« Wer auch immer diese verrückte alte Dame war, Char mochte sie. Sehr. Eine Schande, dass Jake ihr das Herz brechen würde. Nichts für ungut, aber war er echt der Typ Mann, der auf Frauen stand, die mehr als doppelt so alt waren wie er?

»Seine Liebste aus der Highschool wird seinen Bruder heiraten. Er versucht, so zu tun, als würde es ihm nichts ausmachen. Aber eine Großmutter weiß solche Dinge.« Sie tätschelte Jakes Hand.

Ah … Großmutter. Moment mal – war das etwa die berühmt-berüchtigte Oma Nadine, von der Kacey immer redete? Obwohl Char relativ nahe der Familie Titus aufgewachsen war, war sie der alten Dame tatsächlich noch nie begegnet … bis jetzt.

»Also« – Oma Nadine lehnte sich zurück – »helfe ich ihm aus der Klemme.«

Jake stöhnte.

»Sie meinen, Sie werden ihn kastrieren?«

»Oh, Schätzchen« – Oma Nadine verschluckte sich schier vor Lachen – »etwas Besseres als Kastration könnte dem Jungen gar nicht passieren. Können Sie sich vorstellen, dass ich sogar nach einem Keuschheitsgürtel für Männer gesucht habe?«

Jake stöhnte wieder auf. »Lieber Gott, bewahre mich vor Frauen und Sex.«

»Sex«, schnaubte Char, »ist doch ungefähr das, was dich überhaupt erst in deine missliche Lage gebracht hat, findest du nicht auch?«

Genau in dem Moment kam die Stewardess. »Wo ist denn der junge Mann, der sich in die Hose gemacht hat?« In der Hand hatte sie ein hübsches Exemplar *Tena for Men*.

Oma Nadine und Char zeigten auf Jake.

KAPITEL 3

Karma. Oh, Mann, wie er das hasste. Aber genau das holte ihn gerade ein. Ein Mann konnte sich nun mal nicht ewig durch die Weltgeschichte vögeln, ohne dass Gott ihn niederstreckte oder tötete oder, wie in Jakes Fall, ihn mit hysterischen Frauen strafte.

»Ich habe nicht …« Jake räusperte sich und flüsterte: »In die Hose gemacht. Diese Frau hier« – er zeigte auf Char – »hat mich angegriffen.«

Die Stewardess schaute von einem zum anderen. »Womit, Sir?«

»Wasser«, antwortete Oma Nadine für Jake. »Sie hat Wasser über ihn geschüttet.«

»Ähm …« Die Stewardess trat nervös von einem Fuß auf den anderen. »Sir, wollen Sie, ähm … sozusagen … wollen Sie sie anzeigen?«

»Bei wem denn?« Char lachte. »Beim Sky Marshal? Was soll der denn unternehmen? Mich tasern, weil ich dem Kerl hier Wasser auf den Lieblingsteil seiner Anatomie geschüttet habe?« Sie zeigte mit dem Finger auf ihn und lachte erneut. »Mal im Ernst! Ist ja nicht so, als hätte ich ›Bombe‹ gesagt.«

»O verdammt.« Jake kniff sich in den Nasenrücken, als das Wort »Bombe« über mehrere Sitzreihen hinter ihm die Runde machte, bis schließlich alle Passagiere in Aufruhr geraten waren – wie bei einer echten Bombe.

»Ma'am!« Die Stewardess hob die Hände. »Beruhigen Sie sich. Sie müssen sich beruhigen. Haben Sie eine Bombe?«

»Was?« Char blieb der Mund offen stehen. »Wieso, zum Teufel, sollte ich denn eine Bombe haben?«

Gut. Wenigstens hatte sie so viel gesunden Menschenverstand, um nicht weiterzureden, wenn …

»Wenn ich eine Bombe hätte, wäre ich doch nicht so dumm, das laut hinauszuposaunen!«

Nur ein Scherz. Kein Verstand und keine Logik. Wie konnte er das nur vergessen? Die Rede war von *Char*. Die blinde Hunde adoptierte und wegen eines blöden Werbespots von Sarah McLaughlin über Tierrettung in Tränen ausbrach. Gesunder Menschenverstand war eindeutig nicht ihre Stärke.

»Ma'am! Sie müssen unbedingt leiser sprechen.« Die Stewardess winkte jemandem hinter ihr. In Sekundenschnelle tauchte ein Mann in Jeans und weißem T-Shirt auf. Okay, ihn einfach nur als Mann zu bezeichnen, wäre nicht ganz fair, da der aussah, als würde er kleine Kinder zum Frühstück verspeisen. Sogar Jake rutschte unbehaglich auf seinem Sitz herum und vermied es, ihn anzusehen.

»Sind Sie die Person, die hier von Bomben im Flugzeug redet?«, fragte der Mann.

»Was?« Char sah Jake hilfesuchend an. Und um ehrlich zu sein, wäre es wahrscheinlich das Richtige gewesen, ihr zu Hilfe zu kommen, wenn man alles recht bedachte.

Aber – immerhin hatte sie ihm Wasser auf die Hose geschüttet und dann lauthals behauptet, er hätte sich eingenässt.

Und dann war da noch die Sache in der Highschool, als sie jedem erzählt hatte, er würde nur deshalb nicht beim Sport mitmachen, weil er Angst hätte, dass dann in der Umkleide jeder sehen würde, dass er wie ein Mädchen aussah.

Also, tja, nun. Vielleicht war ihm gerade nicht so nach Samariter.

»Jake!« Char tippte ihm auf die Schulter. »Hilf mir doch mal!«

Böse grinsend wollte er etwas sagen, doch seine Großmutter presste ihm die Hand auf den Mund, bevor er irgendwas sagen konnte.

»Sie haben eine Bombe. Alle beide.« Und dann brach Oma Nadine auch noch prompt in Tränen aus.

Richtige, total echte Tränen.

Und ehe Jake es sich versah, wurde er auch schon mit Kabelbindern gefesselt und dazu noch mit Erdnüssen zwangsgefüttert, und das von einem Mann, dessen Hände größer als Jakes Gesicht waren. Denn in dem Moment, als er zu dessen Sitzreihe eskortiert wurde, klappte er beinahe zusammen. Na großartig, ein Nervenzusammenbruch. Noch etwas, das er zu den paar bestimmt schlimmsten Monaten seines Lebens zählen konnte.

Und schon gab Char irgendwelchen Unsinn von sich, dass Jake Proteine brauche. Aus irgendeinem Grund – vielleicht, weil sich der Raum um ihn herum drehte – konnte er nicht schnell genug reagieren, um klarzustellen, dass er Erdnüsse hasste.

Gegenwärtig versuchte er immer noch herauszufinden, was gruseliger war: Dass ein Mann ihn gerade tatsächlich mit etwas zwangsfütterte, das sich in etwa reimte auf »Penisse«, oder dass sich die Finger des Mannes weicher an seinen Lippen anfühlten als alles, was er je gespürt hatte. Und damit drängte sich ihm ernsthaft die Frage auf, wieso die Finger des Kerls überhaupt Jakes Lippen berührten? Und wieso war dieses Gefühl so …

Ach du Scheiße. Er krampfte die Hände um die Armlehnen. Er war doch nicht gerade dabei, das Ufer zu wechseln?

»Keine Penisse – ich meine, Erdnüsse mehr.« O verdammt.

Char spähte an dem Mann vorbei zu Jake und glotzte ihn an. »Sagtest du gerade, keine Pe…«

»Nein!« Jake zwang sich zu einem Lachen und versuchte, so weit wie möglich von dem Mann, der zwischen ihnen saß, wegzurutschen. »Ich sagte ›Erdnüsse‹.«

»Nein, hast du nicht gesagt.« Char grinste.

»Habe ich doch.«

»Hast du nicht.«

»Können wir bitte diese Dinger abnehmen?«, fragte Jake und zerrte an den Armlehnen. Doch die Kabelbinder gaben nicht nach und hinterließen dauerhafte Abdrücke auf seiner Haut. »Es ist doch nicht so, als hätten wir wirklich Bomben bei uns! Meine Großmutter ist irre, also im wörtlichen Sinn irre! Sie haben keine Ahnung, wozu sie fähig ist.«

»*Der* Apfel ist aber nicht weit vom Stamm gefallen«, schnaubte Char.

»Na, erlaube mal.« Jake sah sie an dem Marshal vorbei an. »Ich versuche hier gerade, uns aus einer misslichen Lage zu befreien. Du könntest wenigstens dabei helfen oder dich entschuldigen!«

»Mich entschuldigen?« Char riss die Augen auf. »Mich entschuldigen?« Mit geblähten Nasenflügeln beugte sie sich so weit hinüber, wie die Kabelbinder es zuließen, und sah Jake finster an. »Ich bin überrascht, dass du überhaupt die Bedeutung des Wortes kennst.«

Jake schnaubte. »Ich weiß, was es bedeutet, aber ich bin hier nicht der Schuldige.«

»Heilige Scheiße, am liebsten würde ich dir eine Ohrfeige verpassen, dass du …«

»Mir ›eine Ohrfeige verpassen, dass ich‹? Wer, zum Teufel, sagt denn so was? Immer noch die alte Char, große Klappe und nix dahinter. Außerdem sind dir buchstäblich die Hände gebunden. Ich kann alles sagen, was ich will, und du musst hier sitzen bleiben und es dir anhören. Tatsache ist …«

Er hielt inne und setzte Char der vollen Wirkung seines Megawatt-Filmstar-Lächelns aus. Perfekte weiße Zähne und eine Zunge, die langsam über seine Unterlippe glitt, während er sich erwartungsvoll vorbeugte. Eine verirrte dunkle Haarlocke fiel ihm über ein Auge. O verdammt, der Mann war so sexy, das war schon fast beleidigend.

»Mach das ja nicht, Jake Titus. Wage es ja nicht! Ich werde … ich werde …«

Jake gähnte. »Ich warte.«

»Ich werde …«

»Also, es war so.« Jake wandte sich an den Sky Marshal und räusperte sich, doch aus irgendeinem Grund bekam er den Hals nicht frei. Sein Mund fühlte sich plötzlich an, als würde er Baumwolle hinunterwürgen. »Thar …« Seine Zunge fühlte sich viel zu groß an. »Thar, ich …«

»O Mist!« schrie Char und rutschte auf ihrem Sitz herum. »Ähm, Jake, ähm, Mister Sky Marshal …«

»Randall. Mein Name ist Randall.« Der Mann hielt ihr die Hand hin und schmunzelte, als ihm aufging, dass Char ja immer noch mit Kabelbindern gefesselt war. Jake war komplett aus seinem Blickfeld verschwunden. Eigenartig; es war fast so, als fiele ihm das Atmen schwer? Vielleicht lag es an der Flughöhe? Er versuchte, erneut zu schlucken. Mist. Das Atmen wurde immer schwieriger. Was war da los?

»Jake!«, rief Char, diesmal lauter, und stieß den Sky Marshal neben ihm an. »Sehen Sie, Randall? Wir haben ein Problem. Sie sind etwa fünf Sekunden davon entfernt, eine Leiche am Hals zu haben.«

»Lweiche?«, krächzte Jake. Verdammter Mist, wollte Char ihn umbringen? Stürzte das Flugzeug ab? Na ja, nicht, dass er noch etwas hatte, wofür es sich zu leben lohnte, nachdem seine Großmutter ihm mit dem vorzeitigen Ende seiner Karriere gedroht hatte, wenn er sich nicht endlich am Riemen riss. Entweder Tod durch sie oder durch eine andere zornige Frau. In jeden Fall würde er eher das Risiko mit Char eingehen als mit einer verärgerten Sechsundachtzigjährigen mit genügend Lippenstift, um die Umrisse seines leblosen Körpers für die Polizei nachzuziehen.

Er konnte die Schlagzeile schon vor sich sehen: *Jake Titus, Millionär, böser Junge, von seiner Familie abgeschnitten, stirbt bei Flugzeugabsturz mit Erdnusskrümeln im Gesicht.* Nicht, dass jemand die Erdnusskrümel finden würde, wenn man bedachte, dass seine Leiche wahrscheinlich in Flammen aufgehen würde und … Wann war sein Leben eigentlich so deprimierend geworden?

Er schob es auf die bevorstehende Heirat seines Bruders. Seit sein Bruder Jakes bester Freundin aus Kindertagen einen Antrag gemacht hatte, war alles den Bach runtergegangen.

»Pardon?« Der Sky Marshal erstarrte und riss Jake aus dessen deprimierenden Tagtraum – oder auch Alptraum, wie man es eben betrachten mochte.

»Sehen Sie doch!« Char wies mit dem Kopf in Jakes Richtung. So sollte er nun also sterben? Durch Chars Hand – die Hand einer verschmähten Frau. Na ja, technisch gesehen durch die verstörend sanften Finger des Sky Marshals, die ihn mit Erdnüssen gefüttert hatten. Wie, zum Teufel, hatte es damit enden können, dass er die Hauptrolle in seinem eigenen TV-Melodram spielte?

»Sir, beruhigen Sie sich.« Der Sky Marshal riss die Augen auf, dann stand er auf, stieß sich dabei den Kopf an, fluchte und rannte durch den Gang. Jakes Blick folgte ihm. Verdammt, was hatte der denn für ein Problem? War er wirklich so besorgt, Jakes bevorstehendes Ableben betreffend?

»Also« – Char kniff die Augen zusammen – »bist du auf irgendwas allergisch, Jake?«

»Haha!«, krächzte er. »Ja klar. Wieso, willst du mich vergiften? Tut mir leid, Babe, ich bin ein klarer Fall von Pwerfekfion.«

Chars perfekt geformter Mund verzog sich missmutig. »Tja, das wär's dann gewesen mit meiner Entschuldigung.«

»Wofür?« Jake richtete sich in seinem Sitzplatz auf. Vielleicht fiel ihm das Atmen ja leichter, wenn er sich etwas bewegte?

Mit einem unterdrückten Fluch zuckte Char die Schultern und wandte den Blick ab.

War es heiß hier im Flugzeug? Was, zum Teufel, passierte da gerade mit seinem Mund? Seine Hände juckten inzwischen auch viel mehr. Er schaute auf sie hinunter und erstarrte, als er seine Hände sah.

Seine sehr geschwollenen Mickymaus-Hände.

»HEILIGE CHEIFFE!« Er zerrte heftig an seinen Fesseln. »Meine Chänne, meine Chänne!«

»Zähne?« Eine Frau drehte sich um und starrte sie an.

Char nickte todernst. »Bitte entschuldigen Sie meinen Freund. Er hält sich gerade für die Zahnfee.«

Ausgewachsene Panik setzte ein, während das Atmen immer schwieriger wurde. War das eine allergische Reaktion, oder drehte er nur gerade durch? Etwas Derartiges war ihm noch nie zuvor passiert. Er schaute den Gang entlang und sah, dass seine Großmutter auf ihn zukam und dabei irgendeinen

Gegenstand in der Hand hielt. Großartig. Gleich würde er von seiner eigenen Großmutter erdolcht werden. Würde er denn nie einen normalen Flug erleben?

»Keine Sorge, Jake!« Oma Nadine zeigte auf ihn und nickte. »Oma hat das hier.« Sie hob die Hand hoch in die Luft, und Jake schloss die Augen. Vielleicht war das nur ein böser Traum? Vielleicht war er gar nicht wirklich mit Kabelbindern gefesselt, und vielleicht hatte er nur einen Nervenzusammenbruch und …

»Verdammte Cheiffe!«, jaulte Jake auf, als Oma Nadine ihm eine Nadel durch die Jeans direkt in den Oberschenkel rammte. Also, wenn er nicht starb, würde er ganz bestimmt vor Schmerz ohnmächtig werden. So viele Dinge, auf die er sich freuen konnte.

Als der Druck nachließ und die Nadel wieder verschwunden war – Gott sei Dank –, öffnete er erst das eine Auge, dann das andere und sah Oma Nadine vor sich stehen, mit etwas in der Hand, das man nur als Folterinstrument bezeichnen konnte.

»Er war als kleiner Junge dagegen allergisch. Ich frage mich, ob es vielleicht der Stress war …« Dann wandte sie sich an Char. »Danke sehr, meine Liebe. Ich weiß nicht, was wir gemacht hätten, wenn Sie nicht Randall hier gesagt hätten, dass Jake kurz davor war, zu sterben.«

»Sie sind eine Heldin, Ma'am.« Randalls Unterlippe zitterte, als er nickte und dann zu Boden sah.

Ihr wollt mich doch verarschen.

Alle schauten auf Jake.

Er hätte schwören können, dass sich um ihn herum im Flugzeug Grabesstille ausbreitete. Um fair zu sein, eine kurze Grabesstille, nachdem der Flug von Portland nach Seattle weniger als eine Stunde dauerte.

»Jake.« Oma Nadine seufzte. »Gibt es denn gar nichts, was du Char sagen möchtest?«

Du bist verrückt? Du hast mich fast umgebracht? Ich will dich erwürgen? Grummelnd drehte er sich zu ihr, um sie anzusehen – wirklich anzusehen. Verdammt, sie war immer noch irritierend wunderschön. Er konnte beinahe ihr seidiges Haar fühlen, als gleite es gerade durch seine Finger. Und dieser Mund? Genug, um jeden Mann alles andere vergessen zu lassen. Sogar in seiner gegenwärtigen Verfassung wollte er ihre Lippen berühren und …

Wo, zum Teufel, kam *das* denn jetzt her?

Muss die allergische Reaktion sein.

Langes walnussbraunes Haar fiel ihr in Wellen über die Schultern. Ihre blauen Augen wurden ein klein wenig größer, als sein Blick auf ihre vollen rosigen Lippen fiel. Nur dass sie nicht vor Besorgnis geweitet waren; im Gegenteil, sie versuchte, nicht zu lachen.

»Nein.« Jake sah sie finster an. »Ich denke, sie weiß genau, welche Gefühle ich in Bezug auf sie habe.«

Chars spöttisches Grinsen verschwand, und ihr Blick wurde eisig. »Da hat er recht.« Sie sah wieder Oma Nadine an. »Er hat alles gesagt, was er zu sagen hatte, als er damals mit mir schlief und danach eine Notiz auf meinem Kissen zurückließ, auf der ›Danke‹ stand. Ist es nicht so, Jake?«

Er hätte die Ohrfeige kommen sehen müssen. Aber, um fair zu sein, er war immer noch geschockt darüber, dass Char im Angesicht Gottes und aller anderen schmutzige Wäsche wusch.

Also tat er das, was jeder Mann tun würde, als er den Luftzug an seinem Ohr fühlte: Er duckte sich. Zu schade, dass seine Großmutter nicht so schnell aufgab.

Der zweite Schlag traf ihn mit der Rückhand und brannte wie Hölle.

»Ich habe dich doch besser erzogen!« Oma Nadine hielt ihm den Zeigefinger vors Gesicht und schüttelte den Kopf.

Ärgerlich zog sie ihren Blazer glatt, befahl Randall, dem rührseligen Sky Marshal, Char loszumachen, und erklärte, dass das Problem nicht bei ihr, sondern bei Jake liege. Jake fühlte sich ungerecht behandelt und fing an, den Sky Marshal anzubrüllen, dass Char im Flugzeug das Wort »Bombe« ausgesprochen hätte – nur, um sich durch die Wiederholung desselben noch mehr in Schwierigkeiten zu bringen.

Doch den letzten Sargnagel lieferte Oma Nadine, als sie Randall in die Augen sah und sagte: »Sie hat ihm das Leben gerettet.«

Die nächste Stunde war die längste seines Lebens.

Das Atmen fiel ihm schwer. Sein Gesicht war wahrscheinlich immer noch geschwollen, von der allergischen Reaktion und von Oma Nadines Ohrfeige. Noch nie hatte er sich so wenig wie ein Mann gefühlt. Und das war allein Chars Schuld.

KAPITEL 4

Jakes Blick brannte ihr buchstäblich ein Loch in den Hinterkopf. Zum Glück für sie sah Jake immer noch verquollen und verschwitzt aus, wenn sie sich umdrehte – ein Anblick, der die Allzeit-bereit-Haltung, die sie immer mit ihm verbunden hatte, total ruinierte.

Sie winkte ihm zu.

Seine Augen wurden schmal, und er rüttelte erneut an seinem Sitz. Char seufzte und drehte sich nach rechts, um Beth selig schlummernd auf ihrem Platz zu sehen. Hatte sie wirklich das ganze Drama verpasst? Die. Schlechteste. Schwester. Von. Allen.

»Mehr Wein.« Oma Nadine reichte Char ihren leeren Becher. Was, zum Henker, sollte sie denn damit anfangen?

Wie aus dem Nichts tauchte eine Stewardess auf und füllte den Becher bis zum Rand. Wie schaffte eine Person es nur, auf einem so kurzen Flug einen derart guten Service zu bekommen? Sie saßen ja nicht einmal in der ersten Klasse!

Wortlos nahm Oma Nadine den Becher aus Chars Hand und trank einen tiefen Schluck. Ihr roter Lippenstift bedeckte jeden Quadratzentimeter des Randes und kennzeichnete damit den Plastikbecher als ihren und ganz allein ihren. Ehrlich, an diesem Ding haftete mehr Lippenstift, als die meisten Mitarbeiterinnen von Avon auf den Lippen hatten.

»Also, Char, ich weiß, Jake ist ein Mistkerl …«

Char schnaubte. Oma Nadine dürfte gern jeden Tag mit ihr zusammen fliegen.

»Aber« – Oma Nadine nippte wieder an ihrem Wein – »er ist mein Mistkerl.«

Char verschluckte sich an ihrem Lachen.

»Nun, Moment …« Oma Nadine seufzte schwer. »Nicht mein Mistkerl im Sinne von *mein* Mistkerl. Er ist schon sein eigener Mistkerl. Er kriegt das hin, ganz ehrlich. Ich habe ihn zu sehr verhätschelt, als er noch ein Kind war. Er hatte Angst vor allem und jedem, weißt du.«

»Oh?« Char tat unbeteiligt, während ihr das Herz in der Brust hämmerte, wegen dem, was Oma Nadine erzählte. »Das wusste ich gar nicht.«

»Oh, Schätzchen!« Oma Nadine lachte. »Als Kind hatte er Angst vor seinem eigenen Schatten! Er hat die ersten sechs Jahre seines Lebens bei seinen Eltern geschlafen!«

Die armen Eltern.

»Auf jeden Fall …« Oma Nadine nippte noch einmal an ihrem Wein. Der Schmuck an ihrem Handgelenk klimperte, als sie beim Weitersprechen mit der Hand wedelte. »Es ist meine Aufgabe, und mein Fluch, ihm unter die Arme zu greifen. Ihm auf den Weg zu helfen und ihn zu dem Mann zu machen, der er sein sollte, bevor es zu spät ist.«

Char wurde das Herz schwer, als sie flüsterte: »Werden Sie denn bald sterben?«

»Ich?« Oma Nadine lachte. »Oh, Schätzchen, Gott will mich noch nicht bei sich haben. Hat er mir erst heute Morgen mitgeteilt.«

Oma Nadine redete also mit Gott. Ob das wohl hieß, dass sie auch versuchte, Jakes Seele zu retten?

»Also …« Char atmete tief durch und wischte sich die Hand an ihrer Jeans ab. »Wie sieht der Plan aus?«

»Oh.« Oma Nadine leerte ihren Becher wie ein Rockstar und gab ihn Char zurück. »Das ist einfach. Den Geldhahn habe ich ihm schon zugedreht. Er hat nur noch das Geld in seinem Treuhandfonds. Außerdem habe ich ihn gefeuert. Auch wenn er das noch nicht weiß.«

»Ähm.«

»Wie süß.« Oma Nadine tätschelte Char am Bein. »Du bist besorgt um ihn, das sehe ich. Keine Sorge, er wird wieder auf den Füßen landen. Ist immer so bei Mistkerlen.« Sie hielt inne. »Oder waren es Katzen?« Sie schüttelte den Kopf und tippte sich mit dem Finger ans Kinn. »Auf jeden Fall … wird alles gut für ihn.«

»Dann machen Sie ihn also zu seinem eigenen Besten fertig?«, fragte Char.

»Absolut.« Oma Nadine beugte sich zu ihr, wobei ihre Oberweite teilweise aus dem tiefen V-Ausschnitt schaute. Wie schaffte sie es nur, ihren Körper derart in Form zu halten? Im Ernst, Oma Nadine könnte ihre umwerfende Art als Marke verkaufen, und die Leute würden sich darum reißen.

»Jeder, und damit meine ich, jeder« – Oma Nadine lächelte und legte eine perfekt manikürte Hand auf Chars Arm – »verdient einen guten Ruin. Da bleibt man dankbar. Ich werde ihn ruinieren, und am Ende wird er zu einem dankbaren, glücklichen, erfüllten und …« Sie blickte sich um. »Nicht hässlicher als die Sünde – o du lieber Gott, dieser Junge war mal ein hübscher Kerl. Jetzt schmiert er sich dieses Zeug in die Haare und lässt sich kosmetische Gesichtsbehandlungen machen und …« Oma Nadine zuckte mit den Schultern. »Ruin und Schmutz. Er wird beides bekommen. Wenn ich mit ihm fertig bin, wird er gar nicht wissen, wie ihm geschieht. Und wenn das nicht hilft« – Char konnte nur fasziniert abwarten, welche Perlen der Weisheit als Nächstes aus Oma Nadines Mund kommen würden – »dann bleibt immer noch das Priesterseminar.«

»Sie würden ihn in ein Priesterseminar schicken?«

»Absolut nicht!« Oma Nadine sah gekränkt aus, als sie sich die Hand auf die Brust presste. »Er würde mir anbieten, dorthin zu gehen, um mich zu besänftigen und wieder in meiner Gunst zu steigen – und in der Gottes. Den darf er nicht vergessen. Jake hat Gott nun schon jahrelang verärgert, mit seiner Herumhurerei, du meine Güte …«

»Ähm, ich denke nicht, dass man ›herumhuren‹ und ›Gott‹ im selben Satz verwenden sollte.«

»Ach was.« Oma Nadine winkte ab. »Bin ich müde. Ich gönne meinen Augen jetzt noch etwas Ruhe. Gute Nacht.«

Offenbar war die Unterhaltung damit beendet. Entweder das, oder die drei Gläser Wein hatten die alte Dame umgehauen. Nur wenige Sekunden, und sie schnarchte. Zwanzig Minuten später landete das Flugzeug, und der sonderbarste und entsetzlichste Flug in Chars ganzem Leben hatte ein Ende.

Kaum war das ›BITTE ANSCHNALLEN‹-Zeichen ausgegangen, schoss Char von ihrem Sitzplatz hoch. Oma Nadine erwachte mit einem Ruck und gähnte.

»Schon da?«

»Ja.« Char mochte nicht unhöflich sein, aber sie wollte diesen Alptraum nur noch hinter sich bringen. So schnell wie möglich ging sie zu ihrem Sitzplatz zurück, wo Beth geduldig auf sie wartete.

»Wir müssen gehen, jetzt sofort!«, befahl Char ihrer Schwester. »Schnapp dir deine Sachen. Oma Nadine soll nicht denken …«

»Char«, rief da eine vertraute weibliche Stimme, »Char! Ich brauche Hilfe!«

In Panik arbeitete Char sich durch bis an Oma Nadines Seite – buchstäblich über Sitze. Die alte Dame saß geduldig auf ihrem Platz.

»Ja? Ist etwas mit Ihrem Herzen? Ist Ihnen unwohl? Sind Sie …«

»Mein Gepäck ist schwer, und ich glaube, ich habe tatsächlich zu viel Wein getrunken.«

Jahrhundertschock. Als Char das letzte Mal so viel Wein innerhalb von zwanzig Minuten getrunken hatte, hatte sie sich mit dem Gesicht nach unten auf einem Hundebett neben einem Labrador namens Lucifer wiedergefunden, der es sich ganz bestimmt die ganze Nacht lang mit ihr bequem gemacht hatte, falls die Haare in ihrem Mund irgendein Anhaltspunkt waren.

»Ich soll es tragen?« Oma Nadine schenkte ihr ein so liebreizendes Lächeln, dass Char keine andere Wahl hatte, als ihrer Bitte nachzukommen. Und so fand sie sich eine Stunde später bei der Gepäckausgabe wieder, mit Beth, Oma Nadine und einem verquollenen Jake im Schlepptau.

KAPITEL 5

Die Sonnenbrille war keine Hilfe. Jake wankte zur Gepäckausgabe und versuchte dabei, so gut er konnte, seinen Blick auf das Laufband zu konzentrieren; sobald er sein Gepäck hätte, würde er abhauen. Oma war eine erwachsene Frau. Sie konnte sich ihr verdammtes Hotel selbst suchen, und wenn er sich noch einmal mit Char auseinandersetzen musste, würde er entweder den Verstand verlieren oder etwas Verrücktes tun – wie auf ihre Lippen starren oder sie erwürgen. Was davon, war im Augenblick noch ungewiss.

»Jake«, rief Oma Nadine ihm zu, »Jake, hast du meinen Koffer schon gefunden?«

»Nein«, stieß er hervor, »liegt wahrscheinlich daran, dass ich nicht danach Ausschau halte, sondern nach meinem eigenen Koffer. Du kannst dir deine Koffer suchen und dann in das nette kleine Hotel in der Innenstadt von Seattle gehen, das du so magst.«

Oma Nadine nahm seine Hand und drückte sie. »Oh, ich habe schon eine Unterkunft!«

»Fantastisch.«

Sie ließ seine Hand wieder los und holte ihr Handy aus der Tasche. »Ja, nur die eine Limo, bitte. Perfekt. Ja, zwei Passagiere.«

Dann winkte sie Char und noch einem Mädchen. Char ignorierte ihn völlig, was ihm nur recht war. Er wollte diesen

Tag am liebsten komplett aus seinem Gedächtnis streichen. Jake ging zur anderen Seite der Gepäckausgabe und sah zu, wie Char und das andere Mädchen ihr Gepäck nahmen und gingen. Und tschüss. Was ihn betraf, wollte er nur noch schlafen.

Die angenehme Seite war, dass Oma ihm wenigstens eine Limo bestellt hatte. Nicht, dass er arm wäre oder so, aber von einem millionenschweren Unternehmen finanziell abgeschnitten zu sein, das warf nicht gerade ein gutes Licht auf ihn, nicht nach dem Lebensstil, den er in den letzten fünf Jahren gepflegt hatte. Er hatte auf dem College eine Party nach der anderen gefeiert, Geld ausgegeben, als gäb's kein Morgen, und sich um nichts anderes gekümmert als um sich selbst. Wäre ihm auch weiterhin ganz recht gewesen, wenn nicht plötzlich das Geld ausgegangen wäre. Na gut, nicht ausgegangen, um fair zu sein. Er war immer noch Millionär, aber ohne seine Erbschaft von Oma würde er sich etwas einschränken müssen. Lebt wohl, Spontanflüge auf die Cayman-Inseln, Penthousesuiten und Geburtstagsfeten mit Kosten im sechsstelligen Bereich.

Eigentlich hätte er dieses Jahr die Firma übernehmen sollen.

Stattdessen war seine Großmutter urplötzlich aus dem Ruhestand zurückgekehrt, hatte wieder die volle Kontrolle im Vorstand übernommen und Jake damit zum mickrigen Vize degradiert. Ohne den Gehaltsscheck eines CEO fühlte er sich … nicht angemessen respektiert. Oder vielleicht auch nur sauer? Er war nicht sicher. Aber er brauchte unbedingt einen starken Drink und Sex, bevor er auch nur daran denken konnte, am Montagmorgen wieder zur Arbeit zu gehen. Ob Sarah vielleicht verfügbar wäre? Oder Natascha? Mit ihr war es eine Weile recht nett gewesen.

»Da ist er ja!« Oma Nadine gab Jake einen kleinen Schubs in Richtung des riesengroßen pinkfarbenen Koffers mit Leopardenmuster. »Schnell, nimm ihn!«

Ächzend hob er das Ding vom Laufband und kippte beinahe damit um. »Was, in aller Welt, hast du denn da drin?«

»Ach, du weißt schon ...« Oma Nadine winkte ab. »Ein Mädchen kommt doch nicht ohne Reisekleidung und ihr Make-up aus.«

»Ah ja.« Er erspähte seinen eigenen Koffer und nahm ihn vom Band. »Also, wo ist die Limo?«

»Welche Limo?« Sie holte ihre dunkle Chanel-Sonnenbrille aus der Handtasche.

»Na, die Limo«, wiederholte Jake. Die Strapazen des Fluges ging ihm langsam echt an die Nieren. »Du hast doch gerade am Telefon gesagt, du hättest eine Limo für zwei Personen. Wo ist sie?«

»Jake, ich bin sicher, es gibt jede Menge Limos, die noch mehr als zwei Personen fassen, und um ehrlich zu sein, habe ich keine Ahnung, wo eine ist. Ich habe den Fahrer angewiesen, dass er Char und ihre Schwester fahren soll.«

»Warum, zum Teufel, das denn?«

»Weil das arme Ding völlig fertig war!« Oma Nadine stand mit offenem Mund und erhobenem Zeigefinger vor Jake. »Nach allem, was du sie hast durchmachen lassen! Man stelle sich das nur mal vor! Ein schriftliches Dankeschön? Und wofür eigentlich? Für einen Orgasmus? Ist das wirklich die Art junger Männer heutzutage?« Oma Nadine schaute ihn finster an. »Das arme Ding erinnert sich nicht einmal mehr an den Sex mit dir. Ich würde sagen, du hast deinen Biss verloren – wobei ich bezweifle, dass du überhaupt je welchen hattest.«

»Was?«, rief Jake. »Was redest du da? Ich kann jede heißmachen, jederzeit! Ich bin verdammt gut darin, Orgasmen zu bescheren!«

Um ihn herum wurde gekichert, während Oma Nadine ihn gönnerhaft am Arm tätschelte. »Natürlich bist du das, mein Lieber.« Sie formte mit den Lippen lautlos »Sorry« an die Leute hinter ihnen gewandt und hakte sich bei ihm unter.

Was, zum …? Char erinnerte sich nicht an den Sex mit ihm? Überhaupt nicht? Im Ernst? War sie übergeschnappt? Er erinnerte sich an jedes einzelne Detail. Angefangen mit ihrem weichen Haar, das leicht nach Lavendel duftete, bis hin zu den leisen Lauten, die sie unter seinen Küssen von sich gegeben hatte. Und dann ihr Aroma … Verdammt, ein Mann konnte niemals vergessen, wie eine Frau schmeckte, und alles an Char war einzigartig und ganz unverfälscht gewesen. Er hatte Monate gebraucht, um zu vergessen, wie sie schmeckte, wie sie die Hände in die Laken gekrallt und dann Jake mit genau diesen sündigen Händen berührt hatte …

»Ich weiß genau, wie du dich fühlst«, flüsterte Oma Nadine ihm ins Ohr. »Ich werde auch immer ein wenig spitz, wenn ich fliege. Du wirst es verkraften. Also, können wir jetzt bitte gehen, bevor die Leute noch sehen, wie sehr dich die Aufregung eines Flughafens anmacht? Ist ja schon schlimm genug, dass du das Wort ›Orgasmus‹ so laut gebrüllt hast. Der Allmächtige weiß, dass ich heute genügend Geduld mit dir bewiesen habe.«

»Was?«

»Jake, eine Großmutter weiß Bescheid. Ist schon gut. Tja, als ich in deinem Alter war …« Sie kicherte. »Einmal sind dein Großvater und ich auf die Flugzeugtoilette gegangen – damals waren die noch kleiner, weißt du –, nun ja, ich hatte rote Schuhe mit hohen Absätzen an und die verschafften mir genau die richtige Höhe für …«

»Oma, bitte, ich flehe dich an, erzähl mir bitte nicht, wofür. Es ist so schon schlimm genug, dass meine Fantasie Purzelbäume schlägt. Ich … brauche einfach nur Ruhe, ein wenig Schlaf vor der Arbeit, okay? Bringen wir dich zu deiner Unterkunft, wo auch immer das ist, damit ich nach Hause kann.«

Oma Nadine zuckte mit den Schultern und schwebte mit ihm zum Ausgang. Dort hob sie die Hand, um ein Taxi zu rufen, und gab dem Fahrer Anweisung, während Jake dabei half, das Gepäck hinten einzuladen.

Als das Taxi die Interstate 5 erreichte, entspannte er sich endlich. Grandma saß schweigend neben ihm, den Blick auf die Stadt gerichtet. Jake wusste, dass Seattle ihr die liebste Stadt der Welt war. Und das aus gutem Grund. Die Luft war frisch, und die geschäftige Großstadt war umgeben von Wald.

Plötzlich traf ihn die Erkenntnis: Wann hatte er sich eigentlich das letzte Mal Zeit genommen, um nur mal ein wenig spazieren zu gehen oder die Stadt zu genießen, in der er lebte? Die Antwort war: *niemals*. Mist, er brauchte Urlaub.

Innerhalb von zehn Minuten war Oma Nadine eingeschlafen. Wenigstens hatte sie aufgehört, Obszönitäten herumzuschreien. Bei seinem Glück würde sie noch mal mit der Geschichte von ihren roten Absätzen oder von Orgasmen anfangen. O Gott. Er würde rote Absätze nie wieder mit denselben Augen sehen.

Er ging seine SMS durch. Ein paar von Aileen, in denen Wörter falsch geschrieben waren, die eigentlich jede Person ihres Alters richtig schreiben können sollte. Wenn eine Frau schon Probleme hatte, eine SMS korrekt zu schreiben, dann war sie vielleicht nicht das richtige Material für seine Partnersuche. Nicht, dass er Oma je erzählen würde, dass sie recht hatte, denn dann würde sie ihm das für den Rest seines Lebens vorhalten.

Die letzte SMS war von Travis.

Hochzeit vorverlegt. Keine Wartezeit. Kacey und Mom nicht aufzuhalten. Sei bereit in zwei Wochen, Trauzeuge!

»Scheiße!« Jake knallte das Handy auf den Sitz und fluchte noch einmal.

Oma Nadine rührte sich, wachte aber nicht auf.

Wie sollte er Kacey und Travis nach allem gegenübertreten? Er und Kacey waren beste Freunde gewesen, sein ganzes Leben lang, und dann … war alles anders gewesen; er hatte sich verändert, und sie sich auch. Menschen veränderten sich nun mal, richtig? Es war doch normal, sich weiterzuentwickeln! Es war normal, dass Freunde sich auseinanderlebten. Aber es war nicht normal, mit einer Freundin zu schlafen und sie danach sitzenzulassen. Jake hatte eindeutig ein Problem mit Verpflichtungen. Er hasste das Gequengel der Frauen am nächsten Morgen. Sie waren wie Todesfallen, die man nicht mehr loswurde. Beine um ihn geschlungen, Lippen auf seinem Rücken – o nein. Er hasste es. Er wollte nur diesen einen Moment. Und mehr wollte er auch nicht geben.

Denn am Ende, wenn man mehr gab, dann wurde man verlassen, so wie Kacey von ihren Eltern verlassen worden war. Sie waren in der Nacht gestorben, in der er Kacey entjungfert hatte. Er hatte nie die Chance gehabt, sich bei ihnen dafür zu entschuldigen, dass er ihre Tochter mit so wenig Respekt behandelt hatte. Aber was noch schlimmer war – er war nie in der Lage gewesen, sich von den beiden Menschen zu verabschieden, denen er alles auf der Welt verdankte. Die einzigen zwei Menschen im ganzen Universum, die wussten, was er damals in der Highschool getan hatte – sie hatten sein Leben gerettet. Und jetzt … jetzt waren sie nicht mehr da.

Der Gedanke, zu der Hochzeit gehen zu müssen, hinterließ einen schlechten Geschmack in seinem Mund. Kacey hatte keinen Vater, der sie zum Traualtar führte, und sie verdiente das doch mehr als jede andere. Der schlimmste Teil war, dass Jake ganz zufrieden mit seinem Leben gewesen war, bis er dann irrigerweise Kacey gebeten hatte, für ein Wochenende seine angebliche Verlobte zu spielen. Er hatte nie erwartet, dass sie ihm so nahe kommen würde. Aber dass Kacey sich dann in seinen älteren Bruder verliebt hatte, war der Todesstoß für seinen Stolz gewesen. Derselbe ältere Bruder, der als Kind gestottert und mit Steinen nach ihr geworfen hatte. War das etwa fair?

Bis zur Hochzeit wollte er seinen Mist geregelt kriegen. Er musste. Immerhin, äußerer Schein und Geld … Mal ehrlich, das waren doch die einzigen zwei Dinge, die er hatte. Er wusste, dass er es nicht verdiente, von jemandem geliebt zu werden, und er bat auch nie darum. Er hoffte einfach nur, dass seine falsche Sicherheit lange genug anhielt, um ihn mitsamt seinen Pflichten als Trauzeuge durch die nächsten zwei Wochen zu bringen.

Mist. Jetzt musste er wieder von vorn anfangen und ein Mädchen finden, das bereit war, ihn zu der Hochzeit zu begleiten. Den geschmackvoll formulierten Textmeldungen von Aileen nach zu urteilen, war sie raus aus dem Spiel. Und ihre Vorgängerin hatte ihn an Kacey erinnert, also war die auch nichts.

Er fühlte einen Anflug von Kopfschmerzen, ignorierte sie aber, während das Taxi die nächste Ausfahrt nahm: nach Lake Washington. Seine Ausfahrt. Er zuckte mit den Schultern; vielleicht wurde Oma nach ihm abgesetzt.

Sobald das Taxi vor Jakes Haus am See anhielt, stieg er aus, schnappte sich sein Gepäck und wandte sich zur Tür. Es wäre nicht nett, Oma jetzt zu wecken. Immerhin schlief sie tief.

Machte ihn das zu einem schlechten Menschen? Es war ja

nicht so, als würde der Taxifahrer sie umbringen oder so. Wer würde schließlich eine nette alte Dame umbringen, der der Speichel aus dem Mundwinkel lief …

»Ta, ta! Danke sehr!«, rief Oma Nadine laut.

Jake schickte zum ersten Mal im Leben ein Gebet gen Himmel, als er sich umdrehte und seine Großmutter sah, die, ihr Gepäck im Schlepptau, dem davonfahrenden Taxi nachwinkte.

Gerade als er den Mund aufmachen wollte, verkündete sie: »Kümmere dich um mein Gepäck! Ich bin müde. Wo ist mein Handy? Hast du mein Handy gesehen, Jake?« Sie kramte in ihrer riesigen Handtasche herum und holte schließlich das iPhone mit Zebracover heraus.

Nein. Zur Hölle, nein! Sie wollte bei ihm wohnen? Für wie lange? *Bitte, lieber Gott, nicht bis zur Hochzeit, nicht …*

»O du lieber Himmel! Die Hochzeit ist in zwei Wochen. Da haben wir ja jede Menge Zeit!«

»Zeit?« Gott war dabei, ihn zu strafen; entweder das, oder Oma war besessen. Eines von beiden musste es sein.

»Ja.« Oma Nadines Lächeln wurde sanfter, als sie nach Jakes Hand griff und einen Kuss darauf drückte. »Zeit, um dich zu ruinieren.«

»Ruinieren?« Jake schmunzelte und zog seine Hand zurück. »Ich würde es vorziehen, ähm … unruiniert zu bleiben. Aber danke trotzdem.«

»Ganz wie du willst.« Oma Nadine zuckte mit den Schultern. »Ach, und Jake?«

»Was?«, brummte er und trug ihren schweren Koffer zur Treppe.

»Du bist gefeuert.«

Ihm fiel der Koffer aus den Händen. Schwarze Punkte tauchten vor seinen Augen auf, als er echote: »Gefeuert?«

KAPITEL 6

»Ich brauche einen Drink«, verkündete Char, sobald sie sicher in dem Apartment in Queen Anne Hill angekommen waren, das sie sich teilten. »Nein, streich das. Ich brauche zehn Drinks und ein Sedativum.«

»Na, wenn schon.« Beth öffnete die Weinflasche und holte zwei Gläser. »Du wurdest festgenommen und mit Kabelbindern an einen heißen Typen gefesselt. Da gibt es doch wirklich Schlimmeres auf der Welt.«

»Du meinst, wie zum Beispiel einen anaphylaktischen Schock zu erleiden und dann von der eigenen Großmutter eine Nadel in die Nähe seiner Kronjuwelen gerammt zu bekommen?« Char kicherte und trank einen Schluck Merlot. »Der Teil hat mir gefallen.«

»Tja, hoffentlich kann Grandma gut zielen und Jake immer noch Kinder zeugen nach dieser kleinen Eskapade. Wie, in aller Welt, konnte ich das nur verschlafen?«

Char zuckte mit den Schultern. »Keine Ahnung. Auf jeden Fall bin ich heilfroh, dass es vorbei ist.«

»Ja klar.« Beth schnaubte. »Und ich belästige nicht Damon Salvatore auf Twitter.«

»Nicht sein richtiger Name, Beth.«

»Mach den Traum nicht kaputt, Char.«

Char seufzte und lehnte sich an den Tisch. »Es hat mir überhaupt nichts ausgemacht – ihn wiederzusehen, meine ich.

Keine Flashbacks von dieser verrückten Nacht mit ihm, keine lustvollen Gedanken oder Gefühle oder …«

Beth hob die Augenbrauen. »Oh, erzähle ruhig weiter. Es wurde gerade richtig gut.«

»Es war nicht gut. Es war schrecklich.«

Mit einem spöttischen Lächeln hob Beth ihr Glas an die Lippen und trank. »Ja, das sagtest du, wieder und wieder und wieder …«

»Können wir einfach« – Char machte eine Handbewegung – »das Thema fallenlassen? Ist ja nicht so, als würde ich ihn jemals wiedersehen.« Andererseits käme er wahrscheinlich auch zu Kaceys Hochzeit, nicht, dass das eine Rolle spielen würde. Er hätte ja schon Glück, wenn er überhaupt noch geradeaus schauen könnte, benebelt von Whisky und mit all den Weibern, die an ihm hingen. Genau; als könnte der sich lange genug von einer Schlampe losreißen, um ihr, Char, das Leben zur Hölle zu machen. Es wäre kein Problem, denn sie würde es nicht zum Problem werden lassen. Also, na und? Falls sie beide bei der Hochzeit waren, dann würde sie ihm einfach konsequent aus dem Weg gehen. Verdammt, falls nötig, würde sie ihn sogar unter Drogen setzen. Keine Chance, dass sie ihn auch nur in ihre Nähe ließ.

»Dann hoffe mal, dass das auch der Fall ist, denn nächstes Mal mache ich mir keine Sorgen um die Oma, sondern um dich.«

»Also bitte, er ist doch wie das Gegenteil von sexy.«

»Vorsicht, Pinocchio, du willst doch nicht, dass deine viel zu lange Nase mit deinem Weinglas kollidiert.« Damit verließ Beth die Küche.

Also wirklich. Als würde Jake eine Rolle spielen. War doch egal, dass er ein attraktiver Kerl war. Er wusste es, und das war das Problem. Er hatte es immer gewusst. Er war ein egoistischer Bastard, und sie würde nicht noch einmal auf ihn hereinfallen. Das würde sie sich nicht gestatten, denn diese tragische Geschichte endete nie gut, sondern mit einem Pfund der süßen Kalorienbombe *Rocky Road,* einer Flasche Wein und reihenweise Folgen von *Downton Abbey* auf Netflix.

KAPITEL 7

Der Wahnsinn musste aufhören. Oma wohnte erst einen Tag bei ihm – einen Tag –, und innerhalb von vierundzwanzig Stunden hatte sie sein Leben schon so aus der Bahn geworfen, dass er bis Freitag wahrscheinlich reif für die Klapsmühle war.

Sie weckte ihn um zwei Uhr morgens.

Wieso? Sie glaubte, eine Riesenkrabbenspinne gesehen zu haben. Richtig. Eine Spinne, die laut seiner Internetrecherche nur in Australien beheimatet war. Doch als Jake diese winzige Information zum Besten gab, hatte Oma nur geplärrt, dass sie vor ein paar Monaten in Australien gewesen und es doch möglich sei, dass eine Spinne in ihren Koffer gekrabbelt wäre und dort Eier gelegt hätte.

Wahrlich, Jake war selbst schuld, dass er seine Großmutter überhaupt damit behelligte. Seine Frage war einfach gewesen: Wieso, in aller Welt, sollte eine Spinne sich gerade ihren Koffer aussuchen? Von allen Koffern auf der Welt, ausgerechnet ihren? Unwahrscheinlich.

Ihre Antwort? *Weil er glänzt, und jeder weiß doch, dass Spinnen glänzende Dinge mögen.* Daraufhin hatte sie ihm weiter mit einer Taschenlampe ins Gesicht geleuchtet und ihn gezwungen, das ganze Haus nach besagter Spinne abzusuchen.

Als die Uhr viermal schlug, war Jake so weit, sich die eigenen Ohren abzuschneiden. Offenbar hatte seine Großmutter ein Schnarchproblem.

Sechs Uhr war noch schlimmer. Oma Nadine machte Yoga. Und Jake erhielt Gelegenheit, das aus erster Hand zu erfahren, als sie ihre Yoga-DVD einlegte und per Surround-Sound durchs ganze Haus schallen ließ. Das wäre ja noch gar nicht so schlimm gewesen – hätte sie ihm nicht erzählt, es handle sich dabei um eine Art Strip-Yoga für ältere Damen, auch bekannt als *Cougars*.

Ihr Gymnastikshirt hatte vorn das Bild eines Pumas drauf. Himmel hilf!

Endlich. Jake schloss die Tür.

Aber Oma Nadine war gnadenlos. Nach einigem Gepolter und einem lauten Schlag brach seine Tür aus den Angeln. »Jake? Oh, du meine Güte! Ich dachte, du wärst gestorben!«

»So gerecht ist Gott nicht. Glaub mir. Ich habe ihn darum gebeten.«

»Oh, Jake.« Oma Nadine ließ sich auf sein Bett plumpsen. »Kopf hoch! Betrachte deine Entlassung als verlängerten Urlaub.«

»Abgesehen davon«, grollte Jake, »dass es keiner ist. Ich bin arbeitslos. Ich habe keine Karriere, kein Geld, ich habe gar nichts, und du machst da unten dein verdammtes Cougar-Yoga, als wäre alles eitel Sonnenschein!«

Oma Nadine blieb einen Moment sitzen, ging dann zum Fenster hinüber und zog die Vorhänge auf. »Aber draußen ist Sonnenschein … und es ist ein wundervoller Tag. Ich denke, wenn du einfach nach draußen gehst und ein wenig läufst, wirst du erkennen, wie schön es ist, Urlaub zu haben.«

»Gefeuert zu sein«, korrigierte Jake.

»Urlaub«, wiederholte Oma Nadine streng. »Also, ich werde jetzt mit diesem netten jungen Mädchen von gestern auf Einkaufstour gehen. Sie ist Kaceys Trauzeugin, und wir haben nur zwei Wochen, um …«

»Moment.« Jake schoss aus dem Bett. »Noch mal zurück. Wer ist Kaceys Trauzeugin?«

»Dieses nette junge Mädchen, das dir gestern das Leben gerettet hat. Sie und Kacey sind schon seit Ewigkeiten befreundet! Sie war mit ihrer Schwester auf Kurzurlaub in Portland, und die Verlobungsfeier war ja nur für die Familie, mal abgesehen von deiner Nutte, also war sie nicht dabei.«

»Aber …«

»Also!« Oma Nadine klatschte in die Hände. »Du gehst jetzt und genießt den Tag, und ich gehe zum Einkaufen!«

»Aber …«

»Und zieh dir ein paar Klamotten an, mein Junge. Hier in diesem Haus ist niemand, den du beeindrucken kannst.«

Sprach die alte Dame und marschierte aus seinem Zimmer; eine ausgehängte Tür an der Wand und einen Jake hinter sich lassend, der ihr nachstarrte und sich dabei fragte, ob man ihn wirklich für Körperverletzung an einer alten Frau verhaften konnte.

Gefeuert.

Kein Cent mehr vom Familienvermögen.

Und in zwei Wochen musste er zu der Hochzeit seines Bruders.

Mit einer Frau, die er nicht nur ein Mal, sondern gleich zwei Mal in seinem Leben gegen sich aufgebracht hatte.

Vielleicht sollte er ein paar Erdnüsse einstecken, nur für den Fall, dass er einen leichten Fluchtweg brauchte … Oder einen neuen Weg, seinen Schöpfer zu treffen, nachdem Gott offenbar ganz wild darauf war, Jake hier auf der Erde zu behalten, um ihn für den Rest seiner Tage zu foltern.

KAPITEL 8

»Es ist braun.« Char blinzelte einige Male, als sie ihr Spiegelbild sah. »Wieso ist das Kleid braun?« Hatte sie sich wirklich einen Tag krankgemeldet, um einkaufen zu gehen und sich dabei fett und deprimiert in einem Brautjungfernkleid zu fühlen?

»Weil das die Farbe ist, Liebes.« Oma Nadine nippte an ihrem Champagner und legte den Kopf schief. »Aber es ist scheußlich. Denkst du, Kacey hat sich bei der Farbe vertan?«

»Gott, ich hoffe es.« Char schauderte. Das Kleid hatte eine unansehnlich bräunlich-orange Farbe, als sei es ein Baum, der seine Herbstfarbe annahm, dabei aber vergessen hatte, welche Farbe genau es sein sollte, und sich stattdessen in Hässlichkeit flüchtete. Dazu war es schulterfrei und figurbetont bis an die Hüften, und von da an blähte es sich derart auf, dass sie aussah wie eine armselige Kopie von Marie Antoinette.

Falls diese arme Frau einst gezwungen gewesen war, so etwas anzuziehen, dann war es kein Wunder, dass man sie geköpft hatte. Char seufzte, und Oma Nadine griff zum Handy.

»Kacey? Grandma hier.« Sie rief so laut in das Telefon, dass Char regelrecht einen Satz in die Luft machte. »Kacey! Ich kann dich nicht hören! O warte, warte kurz.« Oma Nadine stand auf und ging zum Fenster. »Ja? So besser? Oh, wie reizend, ich sage dir, dieses Kleid hier würde fantastisch an dir aussehen, Char! Komm doch mal hier rüber.«

Char, die nicht wirklich eine Wahl hatte, schlurfte zum Schaufenster. »Das ist ein Brautkleid.«

»Ich weiß!« Oma Nadine legte die Hand über das Handy. »Es würde göttlich an dir aussehen! Probiere es einfach mal an! Nur dieses eine Mal, na los! Ich brauche noch eine Minute.« Damit scheuchte Oma Nadine sie wieder davon. »Kacey! Kacey! Tut mir leid, ich habe gerade noch mit deiner Freundin gesprochen. Sie ist übrigens wunderschön und – oh, ich verstehe …«

Char trat unbehaglich von einem Fuß auf den anderen, während sie die Ständer nach dem Kleid aus dem Fenster durchsuchte. Ihre Finger berührten den zarten Seidenstoff. Es war ein wunderschönes Kleid. Aber schließlich war sie nicht diejenige, die heiratete. Brachte es nicht Unglück oder so, wenn man ein Brautkleid anprobierte, bevor man überhaupt einen Bräutigam hatte?

»Probiere es an!«, rief da Oma Nadine, so dass Char zusammenzuckte. »Was für eine reizende Idee, Kacey. Ja. Ja, ich verstehe. Ja. Nein. Nein, lass einfach Grandma ihre Magie wirken. Ja. Nein. Also, Kacey … also gut. Sag ihm, die Wette nehme ich an.«

Char hielt inne und hoffte, dass sie leise genug war, um zu hören, worüber, zum Henker, Kacey und Oma Nadine da redeten.

»Probiere es an! Husch, husch!« Oma Nadine wedelte mit der Hand und drehte Char den Rücken zu. »Sag Travis, die Wette gilt.«

Vorsichtig nahm Char das Seidenkleid vom Ständer und ging damit in die Umkleidekabine. Nun ja, was hatte sie schon zu verlieren? Sie schälte sich aus dem braunen Brautjungfernkleid und zog vorsichtig den Reißverschluss des weißen Brautkleides auf. Es war komplett rückenfrei, was bedeutete, dass sie keinen BH tragen konnte. Es hatte direkt im Nacken einen Verschluss und vorn einen ziemlich tiefen Ausschnitt. Sie machte den Reißverschluss an der Seite zu und schaute in den Spiegel.

O verdammt. Nein, sie würde jetzt nicht losheulen. Nicht wegen eines hübschen Kleids. Sie schluckte die albernen Tränen hinunter, öffnete den Vorhang der Umkleidekabine und ging hinaus auf die Plattform vor den Spiegel.

Das Kleid fühlte sich unglaublich an ihren bloßen Beinen an. Sie drehte sich hin und her – und dann klatschte jemand.

»Frage«, ließ sich eine lästige männliche Stimme hinter ihr hören. Char hob ruckartig den Kopf und sah Jake im Spiegel. »Bringt es nicht Unglück, ein Brautkleid anzuprobieren, bevor man überhaupt Aussichten auf eine Heirat hat?«

Verdammter Kerl. »Nein.« Char sah ihn finster an. »Stimmt nicht. Außerdem hielt Grandma es für eine gute Idee.«

»Die berühmten letzten Worte.« Jake stieß einen Pfiff aus. »Oma steht außerdem gerade mitten im Schaufenster und schreit in ihr glänzendes Zebrahandy, als würde sie sich mit jemandem auf dem Mars unterhalten. Ich weiß nicht, ob ich sie gerade jetzt als solide Ausrede gebrauchen würde.«

Verärgert fauchte Char ihn an: »Gibt es einen Grund, wieso du hier bist? Ich meine, abgesehen davon, dass du gefeuert wurdest.«

Jake wurde blass.

Und Char grinste triumphierend.

»Urlaub …« Er hüstelte. »Eigentlich habe ich ja eine SMS von Travis bekommen, dass ich ihm ein paar Dinge besorgen und mir die Maße für einen Smoking nehmen lassen soll. Also, ja, ich erfülle gerade meine Pflichten als Trauzeuge.«

»Trauzeuge?«, wiederholte Char. Und das Grauen machte es sich auf Dauer in ihrer Magengrube gemütlich.

»An deiner munteren Art kann ich erkennen, dass du aufgeregt bist. Oh, warte, vielleicht liegt es auch nur daran, dass du gerade keinen BH trägst. Mein Fehler.«

»Du bist ein Mistkerl.«

»Danke sehr.« Er grinste spöttisch.

O verdammt! Char wusste nicht, sollte sie ihren Oberkörper bedecken oder ihm einfach einen Blick auf ihre beiden Hübschen gönnen und ihm damit ein für alle Mal die Nase darauf stoßen, dass er sie zwar ein Mal gehabt hatte, aber es ganz sicher kein zweites Mal dazu kommen würde.

Seine Augen verdunkelten sich. »Falls es irgendein Trost ist: Das Kleid gefällt mir.«

Char schluckte, als er vorsichtig einen Schritt auf sie zukam. Wieso musste er nur so gut aussehen? Sein goldbraunes Haar hatte diesen Schwung, den normale Leute nur in Hochglanzmagazinen zu sehen bekamen. Sein Lächeln war tödlich, und genau jetzt waren seine Augen, diese durchdringenden Augen, unverwandt auf sie gerichtet.

Sie leckte sich über die Lippen, als er noch einen Schritt näher kam.

Urplötzlich war der Raum zu klein, zu heiß, zu – alles. Er streckte die Hand aus, um ihr von der Plattform herabzuhelfen.

Sie hätte seine Hand wirklich nicht nehmen sollen. Denn in dem Augenblick, als ihre Haut seine berührte, kam auch die Erinnerung. Die heiße Nacht, die sie mit ihm geteilt hatte, war unvergesslich gewesen. Das Gefühl seiner Lippen war auf ewig in ihr Gedächtnis eingebrannt, für immer unauslöschlich.

»Jake!« Oma Nadine spähte um die Schaufensterpuppe herum und rief: »Hilf ihr aus dem Kleid! Wir haben einen Hochzeitsnotfall! Beeil dich!«

»Klar.« Jake ließ Chars Hand los und trat kopfschüttelnd

einen Schritt zurück. »Wäre ja nicht das erste Mal, dass ich dir aus den Klamotten helfe, hm, Char?«

Und vorbei war es mit dem magischen Augenblick.

Char ignorierte das Brennen auf ihren Wangen, ging in die Umkleide und zog den Vorhang zu.

»Brauchst du keine Hilfe?«, ließ Jake sich hören.

»Ich denke, ich weiß, wie man sich auszieht, Jake.«

»Ja.« Sein Auflachen weckte in Char den Wunsch, ihn zu ohrfeigen. Zitternd griff sie nach dem Reißverschluss. »Aber wenn ich es mache, ist es unvergesslich. Mehr sage ich nicht.«

Na schön. Char hatte genug. Sie wollte nicht, dass er dachte, sie hätte Angst, sich von ihm anfassen zu lassen, also nahm sie seine Herausforderung an. Mit einer heftigen Bewegung zog sie den Vorhang auf. »Beweise es.«

Seine Augen weiteten sich, und dann erschien ein sündiges Grinsen auf seinen Lippen. »Ist mir ein Vergnügen.«

Die Art, wie er »Vergnügen« sagte, richtete wirklich unselige Dinge in Chars Körper an, Dinge, die ihre überstürzte Entscheidung in Frage stellten.

»Wo ist der Reißverschluss?«

»Och … kannst du ihn nicht finden? Passiert dir das öfter, Jake? Kann den Reißverschluss nicht finden, wo ist nur mein Equipment …«

»Oh, *damit* habe ich nie Probleme. Das solltest du wissen.«

Char kniff die Augen zu schmalen Schlitzen zusammen, als sie zusah, wie er den Vorhang schloss und ihr dann bedeutete, sich umzudrehen.

Sie drehte sich um und sah in den Spiegel. Jake legte ihr die Hände auf die Schultern und glitt dann an ihren Armen herab. Nein, sie würde jetzt nicht anfangen zu zittern; sie würde nicht reagieren!

Er legte die Hände an ihre Hüften und zog den Reißverschluss des Kleides auf. Langsam ließ er seine Hände seitwärts an ihrem Körper wieder hinaufgleiten, bis er direkt unter ihren Brüsten innehielt. Char stockte der Atem, als er ihr im Spiegel zuzwinkerte, an ihren Brüsten vorbei mit den Händen nach oben zu ihrem Nacken glitt.

Sie kaute auf ihrer Oberlippe und sah zu, wie er vorsichtig den Verschluss aufmachte und dann das Kleid an ihren Körper hielt, damit es nicht zu Boden sank.

»Du hast wunderschönes Haar.« Seufzend ließ er ein paar Strähnen durch seine Finger gleiten und begegnete ihrem Blick im Spiegel.

Da war kein Lächeln in seinem Gesicht. Machte er ihr gerade ernsthaft ein Kompliment? Von Angesicht zu Angesicht? Oder an ihr Spiegelbild gerichtet?

»Ich, ähm …«

»Es ist nur ein Kompliment, Char, kein Heiratsantrag.«

Sie wurde tiefrot. »Danke.«

So wie er sie ansah, fühlte sie sich regelrecht nackt. Und jetzt fiel ihr auch wieder ein, wieso überhaupt alles schiefgegangen war. Sie wusste nie, mit welchem Jake sie gerade redete. Mit dem Jake, der als Kind ihr Freund gewesen war, oder mit dem Millionär und Playboy ohne Seele.

Char bezweifelte, dass *er* wusste, welcher von beiden er war. Sie musste nur darauf achten, dass sie es nicht vergaß, wenn sie nicht noch einmal mit gebrochenem Herzen dastehen wollte.

»Alle anständig da drin?«, rief Oma Nadine durch den Vorhang.

Jake trat einen Schritt zurück und grinste. »Leider.«

Char merkte, wie ihr Gesicht heiß wurde.

»Verdammt«, rief Oma Nadine, »du hast echt deinen Biss verloren, Junge.«

»Als ob ich das nicht wüsste.« Er leckte sich über die Lippen und nickte Char ein letztes Mal zu, bevor er die Umkleidekabine verließ.

Was, zum Teufel, war das denn gerade?

Char brauchte gute fünf Minuten, um in ihre Jeans zu schlüpfen. Ihre dummen Hände zitterten so sehr, dass sie den Reißverschluss nicht zubekam. Genau deshalb sollten Männer wie Jake niemals frei herumlaufen dürfen. Es war gefährlich, sehr gefährlich.

»Bist du fertig?«, rief Jake. »Oma läuft schon hin und her.«

»Komme.« Char stürzte mit ihrer Handtasche aus der Kabine. »Okay, was ist das für ein Notfall?«

Jake seufzte und deutete auf Oma Nadine, die sich in ebendiesem Augenblick mitten im Laden im Kreis drehte.

»Ich bin etwas verwirrt. Ist sie high?« Char beobachtete Oma Nadine, die weiter ihren Two-Step tanzte, sich dann erneut im Kreis drehte, stehen blieb, mit dem Fuß aufstampfte und wieder von vorn anfing.

»Traue ich ihr glatt zu«, flüsterte Jake.

»Pst!« Oma Nadine hielt mitten in der Drehung inne. »Ich hab's!«

»Komisch, ich dachte eher, es hat sie«, brummelte Char.

»Ihr beide!« Oma Nadine zeigte auf sie. »Ihr geht.«

»Gehen?« Char.

»Beide?« Jake.

»Also, abgemacht. Schließlich habe ich einen Termin zur Maniküre, den ich einfach nicht verpassen darf. Hier ist die Aufgabenliste. Die meisten Dinge darauf müssen erledigt sein, bevor wir Ende der Woche wegfahren. Oh, und kommt nicht zu spät. Madame hasst Verspätungen.« Sie richtete ihren langen pinkfarbenen Schal und klatschte erfreut in die Hände.

»Ich bin so froh, dass wir alles geklärt haben! Kacey war in Panik! Ihr beide habt die Lage gerettet!«

Char stöhnte, bevor sie sich zurückhalten konnte.

Jake streckte die Hände aus, als wolle er Oma Nadine beruhigen – oder vielleicht auch sich selbst, wer wusste das schon? »Oma, wir können doch nicht jeden Tag zusammen verbringen und Hochzeitsdetails klären.«

»Warum denn nicht?« Oma Nadine hielt mit besorgtem Gesicht inne.

»Weil … ich beschäftigt bin.« Er hüstelte.

»Sich in Selbstmitleid zu ergehen ist keine Beschäftigung.«

»Ebenso wie Herumvögeln, und man schaue doch nur mal, wohin ihn das gebracht hat«, fügte Char hinzu.

»Verstehst du, was ich meine?« Jake zeigte auf Char. »Wir können uns nicht einmal vertragen, geschweige denn gemeinsam etwas organisieren. Willst du ihren Tod auf deinem Gewissen haben?«

»Ihr macht das schon. Außerdem braucht Char dich – immerhin hat sie einen Job, und einen großartigen noch dazu. Also, ihr wisst ja, wie ich zu finden bin, falls ihr mich braucht.« Oma Nadine holte ihre Sonnenbrille aus ihrer riesigen Handtasche und setzte sie auf. »Hab euch lieb.«

Die Glocke an der Tür bimmelte fröhlich, als Oma Nadine aus dem Laden rauschte und die beiden zurückließ – Jake mit einer Liste in der Hand und Char mit der stillen Frage, ob es eigentlich möglich war, einen Menschen umzubringen, indem man ihm mit Blicken Löcher in den Rücken bohrte.

KAPITEL 9

Grandma führt etwas im Schilde.« Kacey schaute auf die Fotonachricht von Oma Nadine und seufzte.

Travis schnaubte. »Seit wann ist das denn was Neues? Mir tut Jake beinahe schon leid.«

Auf Kaceys finsteren Blick hin hob er abwehrend die Hände. »Langsam, Tiger, ich sage ja nur. Oma kann gnadenlos sein. Ich meine, sie hat sich bei ihm einquartiert.«

»Und sie hat ihn gefeuert.«

»Was«, brüllte Travis, »bei Titus Enterprises? Kann sie das denn?«

»Offensichtlich.« Kacey zuckte mit den Schultern und zeigte Travis das Foto. »Und außerdem ist sie wild entschlossen, Ehestifterin zu spielen.«

Travis schnappte sich das Handy und brach in Gelächter aus. »Ist das Char?«

»Ja.«

»In einem Brautkleid.«

»Richtig.«

»Und Jake hinter ihr … starrt sie an?«

»Er zieht sie mit den Augen aus«, korrigierte Kacey.

»Du kannst doch sein Gesicht gar nicht sehen.«

»Nein.« Kacey nahm ihm das Handy wieder ab und zeigte auf Jake. »Aber seine Haltung ist ganz Macho.«

»Wie bitte?«

»Du weißt schon.« Kacey boxte ihn. »Machopose.«

»Du sprichst in Rätseln.«

Mit einem dramatischen Seufzer stemmte Kacey die Hände in die Hüften und führte Travis vor, wie Jake dastand. »Siehst du, was ich meine? Männer stehen nur so da, wenn sie sich präsentieren oder den Kerl raushängen lassen. Sie nehmen so viel Raum wie möglich ein, um größer und wehrhafter zu erscheinen.«

Irgendjemand hinter Kacey hupte. Sie verdrehte die Augen und wandte sich um, um einen finsteren Blick auf das vollbesetzte Auto zu werfen. Als sie sich wieder umdrehte, stand Travis da, Hände in die Hüften gestemmt und Beine gespreizt.

»Beweis erbracht.« Kacey deutete auf Travis und lachte.

»Verdammt.« Travis verdrehte auch die Augen. »Das beweist gar nichts, und seien wir doch mal ehrlich: Wenn Jake mit Char ausgehen wollte, dann hätte er das doch schon vor Jahren tun können. Ich meine, sie ist schließlich keine Fremde für unsere Familie. Sie ist doch quasi mit uns aufgewachsen.«

Männer. Kacey warf den Kopf in den Nacken und lachte. »Richtig, und du und ich sind zusammen aufgewachsen, und trotzdem haben wir uns *jetzt erst* gefunden und werden jetzt heiraten. Miteinander aufzuwachsen bedeutet gar nichts.«

»Wollen wir jetzt joggen oder über meinen Bruder, den Weiberheld, tratschen?« Travis gab ihr einen Klaps auf den Allerwertesten und joggte an ihr vorbei.

»Erinnerst du mich noch mal daran, wieso ich das Militärtraining vor der Hochzeit für eine gute Idee hielt?«

»Es stand in einer dieser albernen Zeitschriften, die du immer sammelst wie Eichhörnchen ihre Nüsse. Mir ist das Sixpack des Mädchens aufgefallen, du hast mir den Arm gequetscht – übrigens schönen Dank dafür – und gesagt, du würdest bei deiner Hochzeit noch viel heißer aussehen. Und so absolvieren wir jetzt einen Lauf über fünf Meilen, der mich von einer schönen heißen Dusche träumen lässt.«

Kacey fiel neben ihm in ihren Laufrhythmus. »Na, egal, und es ist nicht meine Schuld, dass du so schnell blaue Flecken bekommst.«

»Oh, Baby … du weißt, dass mir das nichts ausmacht, wenn es dabei um bestimmte blaue Flecken geht.« Er biss sich auf die Lippe, blieb stehen und zog Kacey in seine Arme. »Ich liebe dich.«

Kacey schaute finster drein. »Aber was machen wir mit Grandma?«

»Frauen sind echt sonderbar. Ich rede davon, jeden Quadratzentimeter deines Körpers anzuknabbern, und du willst über meine Großmutter sprechen? Echt jetzt?«

»Travis.«

»Kacey.« Er knabberte an ihrer Unterlippe und küsste sie dann auf die Nase. »Wir werden sie mit ihren eigenen Waffen schlagen. Wenn sie Ehestifterin spielen will, dann spielen wir einfach auch Ehestifter.«

»Du meinst, wir verkuppeln ihn selbst? Und dann schauen wir, wer gewinnt?«

»Ganz genau.«

»Die Idee gefällt mir.« Kacey schlang Travis die Arme um den Hals. »Immerhin wissen wir, was das Beste für Jake ist.«

»Kloster?«

Kacey schnaubte. »Wahrscheinlich. Auf jeden Fall können wir ein paar ledige Frauen zur Hochzeit einladen, solche, die sich wirklich auf Anhieb mit ihm verstehen würden.«

»Eine Wette.« Travis nickte. »Wir und Oma. Wenn wir gewinnen, bezahlt sie unsere Flitterwochen. Gewinnt sie …«

»Dann darf sie auf unserer Hochzeit singen.« Kacey seufzte tief.

»Nein!« Travis drückte seine Stirn an ihre. »So irrsinnig bin ich nicht. Da kaufe ich ihr lieber ein Boot oder bezahle für ihre Strip-Gymnastik.«

»Es ist das, was sie will.«

»Sie will auch einen Tiger kaufen, so wie Mike Tyson. Nur weil sie etwas will, heißt das nicht, dass wir uns danach richten müssen.«

»Travis.« Kacey küsste ihn sanft auf den Mund. »Kein Grund zur Sorge, sie wird nicht gewinnen.«

Mit einem Brummen küsste Travis sie auf die Stirn. »Na schön, aber wenn sie doch gewinnt und dann mit einem Mikrofon dasteht, lastet das auf deinem Gewissen. Und jetzt lass uns die letzte Meile hinter uns bringen, damit ich dann unter der Dusche über dich herfallen kann.«

»Dazu musst du mich erst mal fangen!«, rief Kacey und sauste an ihm vorbei.

KAPITEL 10

Du verarschst mich doch.« Jake starrte mit einer Mischung aus Entsetzen und Verwirrung auf das Gebäude. »Wir müssen die falsche Adresse haben.«

Char riss ihm das Papier aus der Hand. »Lass mal sehen.«

»Ich kann lesen, weißt du.«

Sie überflog das Papier und verdrehte die Augen. »Unglaublich.«

»Was denn?« Er beugte sich über ihre Schulter, um sich die Adresse anzusehen. Ihr Duft war anziehend, und er spannte sich innerlich an.

»Dass du lesen kannst.«

»Sehr komisch.«

»Die Adresse stimmt.« Char klatschte ihm das Papier gegen die Brust und ging auf die dunkle Tür zu. »Ich denke, wir sollten einfach … reingehen?«

»Hölle, nein.« Jake verschränkte die Arme. »Kommt nicht in Frage.«

»Die Liste sagt, dass Madame uns um ein Uhr erwartet! Wenn wir nicht reingehen, kommen wir zu spät.«

Jake fuhr sich mit der Zunge über die Lippen und schaute wieder auf das Gebäude. Die Fenster waren voll mit Bildern von lachenden Frauen, die Konfetti in die Luft warfen, und Männern, die mit ihnen tanzten. Das Ganze sah aus wie eine grottenschlechte, missglückte Tamponwerbung.

»Nein. Und wer, zum Teufel, ist überhaupt diese Madame?«

Char verdrehte die Augen. »Das ist ihr Name. Wieso, hast du Angst, dir könnten Möpse wachsen? Oder dass deine Eier verschwinden?«

Jake schnaubte. »Na schön, gehen wir.« Verärgert packte er mit der linken Hand ihren Arm und stieß mit der rechten die Tür auf.

Der ganze Raum war in Schwarz getaucht.

»Siehst du, falsche Adresse.« Jake ließ Chars Arm los und holte sein Handy aus der Tasche, als plötzlich Musik den Raum erfüllte. Dann gingen ein paar Bühnenlichter an, so dass Jake vorübergehend geblendet war. »Was, zum Teufel …?«

Und dann ertönte Gesang.

Char erstarrte. Noch mehr Lichter flackerten auf, obwohl Jake keine Ahnung hatte, woher die kamen; er war immer noch von den ersten geblendet. Er wollte einen Schritt zur Seite gehen und stieß gegen einen Tisch. Er stützte die Hände darauf und sah auf die Tischplatte: Chippendale-Männer mit nacktem Oberkörper starrten ihn an. Er zuckte zurück und prallte gegen etwas Hartes. Er drehte sich um, um das, wogegen er auch immer gerade geprallt war, zu stützen.

Eine Statue.

Eines nackten Kerls.

Wo, zum Teufel, sollte er die nur anfassen? Er streckte die Hände aus, um die Statue an der Taille zu halten, nachdem sie bequemerweise auf dem Tisch gestanden hatte, so dass er auf Augenhöhe mit ihrer nackten Männlichkeit war. Da prallte Char gegen ihn, die offenbar gerade ihren eigenen Kampf ausfocht, und zwar mit einem Schwarm von Ballons, in Form von, ähm … Organen.

»Heilige Scheiße.« Char packte Jakes Hand. »Wir sollten schleunigst das Weite suchen.«

»Das ist wie die Hölle, nur schlimmer«, pflichtete Jake ihr bei und packte sie am Arm.

»Willkommen, willkommen!«, ertönte da eine Stimme über Lautsprecher.

»Du meine Güte, jetzt sind wir offiziell in *Tribute von Panem* gelandet.« Jake packte Char fester und schob sie hinter sich. »Lass mich nur zuerst sterben. Bitte, Gott, lass mich zuerst sterben.«

»Ich habe euch schon erwartet!«, verkündete die weibliche Stimme.

»Irgendwie fühle ich mich dadurch nicht besser«, flüsterte Char hinter Jake. »Oh, und im Übrigen ist es nur dann romantisch, dich für mich zu opfern, wenn der Tod nicht die bessere Option ist, Twinkle Toes!«

Jake stutzte. »Du hast geschworen, das mit ins Grab zu nehmen!«

»Ehrlich?« Char zuckte mit den Schultern. »Wie lange warst du im Ballett? Ein, zwei Jahre?«

»Du meine Güte!« Wieso, um alles in der Welt, kam sie jetzt mit diesem alten Spitznamen an? Ausgerechnet jetzt? Hatte sie auch nur die geringste Ahnung, wie sehr das an seinem männlichen Selbstverständnis kratzte?

»Einfach nicht bewegen …«

»Ich kann euch hören und sehen«, sagte die Stimme. »Und ich habe nicht den ganzen Tag Zeit. Also, dann will ich euch mal begutachten.«

»Wir haben offiziell die *Tribute von Panem* übersprungen und sind direkt in *Saw* gelandet.« Jake schüttelte den Kopf und schrie die Stimme an: »Können Sie wenigstens das Licht ausmachen? Wir können Sie nicht sehen.«

»Das, mein Lieber« – die Person lachte – »ist ja gerade der Punkt, oder nicht?«

»Ähm, nein.« Char gab ein hohles Lachen von sich.

»Ich habe nicht den ganzen Tag Zeit!«, ließ sich die Stimme laut vernehmen. »Also, stellt euch getrennt auf. Ich muss sehen, womit ich arbeiten muss.«

Char trat langsam hinter Jakes Rücken hervor und blieb mit hocherhobenem Kopf stehen. Jake musste sie dafür bewundern. Jedes andere Mädchen wäre davongerannt. Mist, er war ein Kerl, und er würde Alpträume davon bekommen.

»Nicht übel«, urteilte die Stimme gelassen. »Gar nicht übel.«

»Danke sehr.« Char grinste.

Jake verdrehte die Augen. »Sie macht dir nur Komplimente, damit du satt und glücklich bist, bevor sie dich umbringt.«

»Scharfe Zunge, der Junge«, ließ sich die Stimme hören. »Aber du machst das schon. O Jake, du wirst das richtig gut machen. Sag mir, wie wohl fühlst du dich auf der Bühne?«

»Unwohl.« Jake hüstelte. »Ganz und gar unwohl, verstehen Sie. Ich habe ein kaputtes Knie und …«

»Sein Knie ist in Ordnung!«, unterbrach Char und zwinkerte.

Er machte einen Satz auf sie zu, und im selben Moment gingen die gleißenden Lichter aus, und der Raum war wieder normal beleuchtet.

Bei normalem Licht sah er gar nicht so beängstigend aus, sondern mehr wie eine Mischung aus Tanzstudio und überaus schrägem Partyshop.

»Hallo!« Eine Frau erschien auf einem Balkon über ihnen. »Tut mir leid, dass ich euch in Verlegenheit gebracht habe, aber eure gute alte Großmutter meinte, ihr Kinder bräuchtet was zu lachen.«

»Haha.« Jake würde seine Großmutter erwürgen.

»Jedenfalls gehe ich davon aus, dass ihr Anweisungen zu dem Tanz erhalten habt, den ihr vorführen werdet?«

»Tanz?«, fragte Jake.

»Vorführen?«, wiederholte Char.

»Ja, natürlich! Ich bin Madame, die beste Tanzlehrerin der Stadt.«

Ja klar, das wollte Jake doch sehr bezweifeln. Die Frau war mindestens so alt wie seine Großmutter, und so langsam, wie sie im Moment die Treppe herunterkam, war er ziemlich sicher, dass sie buchstäblich vor seinen Augen alterte.

»Ähm, ich denke, meine Großmutter war vielleicht etwas verwirrt.« Jake konnte den Blick nicht von den wackeligen Beinen der alten Dame abwenden. Du guter Gott, ihre Absätze waren mindestens fünfzehn Zentimeter hoch, und ihr Rock … Der verbarg ja gar nichts. Um fair zu sein, Madame hatte ziemlich attraktive Beine. Jake legte den Kopf schief, um einen besseren Blick zu haben.

»Ich denke, Jake ist derjenige, der verwirrt ist.« Char stieß ihn an. »Entweder das, oder er steht unter einem Zauber in Form von einem Paar langer Beine.«

Madame grinste und ließ sich auf der letzten Treppenstufe nieder. »Passiert mir ständig. Was soll ich sagen? Ich bin nun mal eine Augenweide.« Sie warf sich in die Brust und zwinkerte Jake zu.

»Ich will nach Hause«, flüsterte Jake und griff nach Chars Hand.

Char zog ihre Hand zurück und ging auf Madame zu. »Wie Jake schon sagte, ich denke, Grandma hat etwas durcheinandergebracht. Sehen Sie, wir haben eine Liste mit Dingen, die wir vor der Hochzeit erledigen sollen. Das hier war der nächste Termin. Also, müssen wir etwas abholen, oder …«

»Ruhe!«, donnerte Madame. »Ich dulde keinen Widerspruch. Grandma sagte, ihr werdet den Tanz vorführen, also tanzt!«

»Tanzen?«, krächzte Jake.

»Tanzen!« Madame drehte eine Pirouette vor ihnen und schnippte mit den Fingern über dem Kopf. »Ich werde euch den Tanz der Liebe lehren. Und ihr werdet ihn auf der Hochzeitsfeier vorführen. Also, dieser spezielle Tanz gehört zu einem Paarungsritual.«

»O Gott.« Jake holte ein paarmal tief Luft. »Doch keine Paarung auf der Tanzfläche.«

Madame lachte. »Aber natürlich nicht! Ihr werdet tanzen! Es ist ein Ritual, nicht der Akt selbst, du ungezogener Junge.« Lächelnd hob sie die Hand und neigte Jakes Kopf am Kinn zu sich. »Sieh an, du bist aber hübsch.«

Jake würde seine Großmutter umbringen. Aber er war viel zu traumatisiert und geschockt, um etwas anderes zu tun, als in die Augen dieser *Cougar*-Frau zu starren und zu beten, dass sie ihn nicht fesselte und in einen Käfig sperrte.

Madame gab ein Grollen von sich und ließ sein Kinn wieder los. »Nun denn, Aufstellung nehmen in der Mitte der Fläche. Denkt daran, dieser Tanz soll der Ehe Glück bringen. Wenn ihr es vermasselt, wiegt das künftige Glück eures Bruders schwer auf euren Schultern.«

»Nur kein Druck«, warf Char ein.

Madame drückte auf einen Knopf, und plötzlich wurden die Lichter wieder dunkler. Leise Musik, ähnlich einer Art Tango, begann im Hintergrund zu spielen.

»In die Mitte«, befahl Madame.

Jake begab sich in die Mitte der Tanzfläche und hielt Char die Hand hin. »Na komm, je früher wir das hinter uns bringen, umso schneller können wir wieder gehen und uns bis zur Alkoholvergiftung betrinken.«

Char sah zwischen seiner Hand und seinem Gesicht hin und her, bevor sie widerwillig seine Hand nahm und sich zu ihm stellte. »Na schön, aber behalte deine Hände bei dir.«

»Bitte«, schnaubte Jake, »als wäre dein Körper irgendeine Versuchung für einen Mann mit meinem Geschmack.«

Char lächelte zuckersüß. »Ach, ich vergaß – du stehst ja auf nachgebessert … mein Fehler.«

»Ich …«

»Und jetzt!« Madame klatschte in die Hände. »Schließt die Augen. Ich werde euch durch den Tanz führen, aber ihr müsst mir vertrauen, und ihr müsst einander vertrauen.«

Char hatte feuchte Hände. Dieses eine Wort – Vertrauen. Das versetzte sie direkt zurück in die Junior High. Als sie und Jake den Trust Fall geübt hatten – als er versprochen hatte, sie aufzufangen, und versagte.

Als sie als fett bezeichnet worden war.

Und er sie nicht verteidigt hatte.

Chars Mutter hatte ihr immer gesagt, dass sie eines Tages darüber lachen würde und dass die Dinge, die einem in der Highschool passieren, im Erwachsenenleben keine Macht mehr über einen haben. Aber sie hatte sich geirrt … Wenn man in einem so verletzlichen Alter gekränkt wurde, dann war es unmöglich, den Schmerz darüber zu vergessen. Besonders dann, wenn diese eine Kränkung zwei Jahre lang Probleme mit Bulimie und Diätpillen nach sich zog.

Also, Vertrauen, ja? O nein, sie vertraute Jake Titus nicht, denn die letzten beiden Male, als sie das getan hatte, hatte er sie im Stich gelassen.

»Vertrauen«, wiederholte Madame. »Und folgt meinen Händen.« Char spürte eine Hand an ihrer Schulter, und dann wurde sie vorwärtsgeschoben, in Jakes Arme. Ihr stockte der Atem, als ihre Wange seinen festen Brustkorb berührte.

»Und jetzt, Jake, einen Schritt zurück«, befahl Madame. »Und mach die – oje, ihr zwei könnt aber doch tanzen, oder?«

Char öffnete die Augen, gerade als Jake sie von sich wegschob, herumdrehte, dann wieder an sich zog und über sein Knie nach hinten neigte.

»Vertrau mir«, flüsterte er, während er sie in seinen Armen umdrehte und an sich drückte.

Er fühlte sich viel zu gut an.

Eine weitere Drehung, und sie befand sich ihm gegenüber.

»Und jetzt«, rief Madame, »kommt eine Serie. Also, Partnerin wegdrehen, auf eine Seite neigen und – oh, du lieber Himmel, Kindchen. Hast du den Paarungstanz schon einmal gemacht?«

Jake errötete.

Char öffnete den Mund, um ihn dasselbe zu fragen, aber er neigte sie über sein Bein und drehte sie dann von sich weg, so dass sie beinahe stolperte, bis er sie in einer eleganten Bewegung wieder fest in den Armen hielt; nur dass diesmal ihre Füße über dem Boden baumelten.

Langsam ließ er sie wieder los, und sie glitt an ihm herab und fühlte dabei jeden einzelnen verdammten Muskel seines Sixpacks. Sie wusste nur, dass es da war, weil sie die Muskeln zählte, während ihr Körper nach unten glitt.

Die Musik hörte auf.

Char sah Jake in die Augen.

Seine Lippen öffneten sich, als er sich vorbeugte.

»Fabelhaft!« Madame klatschte in die Hände.

Char wich ruckartig zurück und wischte sich die Hände an ihren Jeans ab.

»Du hast das schon mal gemacht, nicht wahr, Schätzchen?«

Madame zwinkerte Jake zu und tätschelte ihm den Hintern. Dann wandte sie sich an Char. »Solange du ihn führen lässt, werdet ihr das am Hochzeitstag perfekt hinbekommen.«

Char nickte. »Dann sind wir fertig?«

»Tanzen ist ein Teil des Lebens. Damit ist man niemals fertig.«

»Oder mit Paarung«, meinte Jake. Wie hilfreich.

Madame errötete und fächerte sich Luft ins Gesicht. »Möchtest du vielleicht eine kleine Erfrischung?«

Char hätte ebenso gut auch unsichtbar sein können.

Jake griff nach Chars Arm und zog sie an sich. »Ähm, nein danke. Ich bringe besser meine Freundin nach Hause.«

Madames Lippen formten sich zu einem Schmollmund. »Freundin?«

Jakes Griff um Chars Taille wurde fester.

»Ja, Jake, Freundin? Ich meine …« Char drehte sich, um ihn anzusehen. »Ich wusste gar nicht, dass wir es schon offiziell machen wollten.«

Seine Nasenflügel blähten sich, als er zwischen Madame und ihr hin- und herschaute. »Wir besiegeln es einfach mit einem Kuss, ja?«

Und bevor Char protestieren konnte, lagen seine Lippen auf ihrem Mund.

Er schmeckte nach reiner Männlichkeit. Seine Zunge schob sich zwischen ihre Lippen und tauchte in die Tiefen ihres Mundes ein. Seine Lippen waren wie Samt, der sich perfekt an ihre Lippen schmiegte, die sich nicht gegen ihn wehrten, sondern – mitmachten.

Mit einem Stöhnen schlang Char die Arme um seinen Nacken, vergaß sich ganz und gar und erwiderte den Kuss. Ein Laut drang tief aus seiner Kehle, während sein Griff um sie sich verstärkte.

»Das hier … ist kein Bordell«, unterbrach Madame frostig.

»Hätte ich aber fast gedacht«, raunte Jake an Chars Mund.

Mit einem Auflachen löste Char sich von ihm. »Danke sehr, Madame, für alles. Aber wie sie gerade sehen konnten, müssen mein Freund und ich jetzt gehen und feiern!«

»Nun denn, gehet dahin.« Madames Stimme klang lebhaft, aber ihr Mund war verkniffen, als hätte sie gerade in etwas ganz Saures gebissen.

Die beiden verließen das Gebäude und liefen zu Jakes BMW. Char hatte kaum die Tür zugeschlagen, als sie beide auch schon in Lachkrämpfe ausbrachen.

Jake startete den Motor. »Und ich dachte, meine Oma wäre verrückt.«

»Stimmt.« Char klang ein wenig atemlos. Na großartig, jetzt konnte sie in Jakes Gegenwart nicht einmal wie ein normaler Mensch reden. Es war doch nur ein Kuss, ein verdammter Kuss, um diese Frau abzuwehren, nicht mehr.

»Danke« – das Auto hielt an der Ampel – »dass du mir aus der Klemme geholfen hast. Wenn ich allein dort gewesen wäre – ich bin ziemlich sicher, dann hättest du mich in den Abendnachrichten zu sehen bekommen.«

»Süßigkeiten.« Char nickte.

»Was?« Die Ampel schaltete auf Grün.

»Damit hätte sie dich in ihr Schlafzimmer gelockt. Sie hätte eine Süßigkeitenspur zu ihrem Schlafzimmer gelegt. So machen das diese *Cougar*-Frauen alle. Und dann, sobald du dort bist, hätte sie dich betrunken gemacht, du hättest mitgemacht – alles, um die Erinnerungen an die Nacht zu vernichten –, und dann hast du den Salat. Liebessklave. *Dateline*. *Women Scorned* – Betrogene Frauen.«

Jake schüttelte den Kopf und schnaubte. »Die Art, wie dein Verstand arbeitet, erschreckt mich.«

»Hey.« Char hob die Hände. »Ich sage ja nur.«

Jake schauderte und bog auf den Freeway Richtung Innenstadt ein. »Also, Drinks? Habe ich ja versprochen, und ich bin mir ziemlich sicher, dass ich dir was schulde.«

Nach diesem Kuss? Nein, eigentlich war sie ihm etwas schuldig. Char fühlte, wie der nur zu vertraute Schmerz der Zurückweisung sie erfasste. Klar, sie konnte mit ihm etwas trinken gehen und dann auf all das hereinfallen, worauf normalsterbliche Mädchen meistens so hereinfielen. Vielleicht wäre er gerade beschwipst genug, um sie zu fragen, ob sie mit zu ihm kommen würde. Sie würden sich ein Taxi nehmen, sie würde sagen, nur auf einen Drink, und dann würden sie in seinem Schlafzimmer landen.

Und am nächsten Morgen würde sie aufwachen und einen Zettel mit »Danke schön« darauf und einen Zwanziger für das Taxi nach Hause auf ihrem Kissen finden.

Nein danke.

»Eigentlich« – Char schaute auf ihre Uhr – »kann ich immer noch einen ganzen Nachmittag Arbeit im Büro einlegen. Könntest du mich an der Sendestation von KOMO TV absetzen?«

Jake kratzte sich nervös am Kopf und zuckte dann mit den Schultern. »Klar, ich meine, wenn es das ist, was du willst. Ich für meinen Teil denke, Margaritas sind besser als jeder Arbeitstag.«

»Ja.« Char setzte ihre Sonnenbrille auf. »Andererseits bist du momentan ja so etwas wie arbeitslos, also …«

»Vielen Dank auch für den Hinweis«, grummelte er und fuhr Richtung Innenstadt. »Ich, ähm, ich schau einfach, was Oma noch so auf ihrer Liste hat, und rufe dich dann an.«

»Da wirst du meine Nummer brauchen.«

»Die bekomme ich von Oma.« Er zuckte mit den Schultern.

Verdammnis über den Kerl. Er konnte sie nicht einmal um ihre Nummer bitten? Im Ernst? »Na dann.« Char öffnete die Tür, sobald er angehalten hatte. »Ich will ja nicht, dass du meine Nummer speichern musst; am Ende riskierst du noch, dass meinetwegen eine Schlampe weniger in die Liste passt.«

»Char, warte …«

Sie schlug die Tür zu und marschierte zielstrebig zum Bürogebäude.

KAPITEL 11

Was, zum Henker, war denn das gerade? Eben hatten sie noch Witze gemacht und gelacht, und im nächsten Moment faselte Char etwas von Schlampen und schlug ihm die Tür vor der Nase zu? Was hatte er denn gesagt? Er hatte gedacht, sie sei in Eile, also hatte er sie nicht verärgern wollen, indem er sie noch weiter aufhielt, um sich ihre Nummer geben zu lassen.

Seiner Meinung nach verhielt er sich wie ein Gentleman oder versuchte es zumindest.

Aber nach Chars Meinung war er ein Idiot?

Frauen. Würde er sie denn nie verstehen?

Er fuhr vom Parkplatz herunter und dachte dabei über all die Gründe nach, warum es eine schlechte Idee wäre, Char noch einmal zu küssen, als sein Handy klingelte.

»Was?« Seine Stimme klang heiser.

»Hey, jetzt aber … Schlechter Tag heute?« Travis lachte.

»Sag du es mir. Ich hatte Tanzstunde.«

»Entschuldige, hast du gerade Tanzstunde gesagt?«

»Ich sage es nicht noch einmal«, erwiderte Jake trocken. »Oh, und übrigens, Oma schafft es vielleicht nicht, zur Hochzeit zu kommen.«

»Was? Wieso?«

»Weil ich sie umbringe. Heute Nacht. Entweder das, oder ich schmuggle ein paar Schlaftabletten in ihre Abführpillen.«

»Oh. Na ja, in dem Fall nimm aber kein Benadryl. Da hat sich eine gewisse Resistenz aufgebaut.«

»O ja, seit Kacey haben wir, glaube ich, alle eine gewisse Resistenz aufgebaut. Ich schwöre dir, als ich das letzte Mal einen allergischen Schub hatte, habe ich eine ganze Packung niedergemacht.«

»Ein Glück, dass du noch lebst.« Travis kicherte.

»Sei kein Esel. Was willst du eigentlich?«

Travis lachte wieder. »Erst erzähl mir von dem Tanz.«

»Paarungstanz«, korrigierte Jake und nahm die Ausfahrt zum Smoking-Geschäft. »Ist alles gutgegangen. Char hat mir den Arsch gerettet. Madame, und ja, das war ihr Name, wollte ein neues Spielzeug.«

»Wie bitte?«

»Kauknochen, Spielzeug, einen Kerl zum Herausputzen und Spielen. O ja, wahrscheinlich hättest du mich nie wiedergesehen.«

»Gruselig.«

Jake schüttelte den Kopf. »Du hast keine Ahnung, wie sehr. Auf jeden Fall habe ich gerade Char bei ihrer Arbeit abgesetzt, und jetzt lass ich mir meinen Smoking anpassen.«

»Okay.«

Am anderen Ende der Leitung wurde es still. »Trav, bist du noch dran?«

»Ja.« Dann wieder Schweigen. »Ich muss dich um etwas bitten.«

»Nein, ich spende dir keine meiner Nieren – nimm eine von Oma.«

»Sie hat nur eine Niere.«

»Genau das, was ich meine.«

Travis seufzte. »So etwas ist es nicht, es ist …«

»Okay, jetzt machst du mir Angst.«

»Also, du weißt doch, dass Dad Kacey zum Traualtar führen wird?«

Jake bog in den Parkplatz ein und seufzte. »Ja.«

»Sie, ähm …« Travis fluchte. »Sie wollte wissen, ob es okay wäre, wenn du vielleicht … mit ihnen gehst.«

»Ich?«, rief Jake. »Wieso, in aller Welt, sollte sie mich neben sich haben wollen? Ist das ein Witz? Der ist nicht lustig …«

»Brüll nicht so«, schimpfte Travis. »Siehst du? Ich wusste, dass du ausflippen würdest. Es ist nur so … Ihr beide wart doch so lange die besten Freunde, und auch wenn ihr ein paar schwierige Jahre hattet, warst du doch ein wichtiger Teil ihres Lebens, und sie will dir dafür die Ehre erweisen.«

Ach du Scheiße.

Jake weinte nie.

Niemals.

Das letzte Mal hatte er geweint, als Kaceys Eltern gestorben waren, und selbst da hatte er sich in seinem Schlafzimmer eingeschlossen und sich betrunken, um sich nicht daran erinnern zu müssen, dass er tatsächlich Tränen vergossen hatte.

Aber jetzt … jetzt verspürte er den unbändigen Wunsch, sich die verdammten Augen auszuweinen. Denn weder er sollte Kacey zum Traualtar führen noch sein Vater – sondern ihrer. Ein Teil von ihm, ein kleiner Teil, hatte das Gefühl, es sei seine Schuld, und dass, wenn er nur in der Zeit zurückgehen und ein paar Dinge in Ordnung bringen könnte, dann alle noch am Leben und glücklich wären.

»Jake, bist du noch dran?«

»Ja«, krächzte er. »Kann ich … ähm, kann ich darüber nachdenken?«

»Klar.«

»Weißt du« – Jake schlug mit der Hand auf das Lenkrad – »ich muss los. Grüß Kacey von mir.«

»Okay. Bis später, Mann.«

Jake stellte den Motor ab und schlug erneut gegen das Lenkrad.

Ein Mal reichte nicht. Er trommelte immer wieder darauf ein, bis seine Hand schließlich so taub war, dass er später ganz bestimmt einen Eisbeutel dafür brauchen würde.

Eines schönen Tages würde er ihr alles sagen. Er würde ihr erklären, dass ihr Vater … ihm das Leben gerettet hatte.

Ein bitterer Geschmack füllte seinen Mund, als er an die Vergangenheit dachte – seine Vergangenheit im Allgemeinen. Wäre Bill stolz auf Jake und die Entscheidungen, die er getroffen hatte? Oder hätte er getan, was er vor acht Jahren getan hatte: ihn mit nach draußen nehmen und Holz hacken und Löcher graben zu lassen, bis ihm die Finger bluteten – bis Jake erkannte, wie sehr er sich geirrt hatte?

Mit einem Fluch stieg Jake aus dem Auto und ging zum Smoking-Geschäft. Er würde darüber nachdenken – darüber, Kacey mit zum Traualtar zu führen –, auch wenn das bedeutete, dass er am Ende nicht mehr derselbe Mann wäre. Er hatte diese Art Liebe nie verdient und würde sie wahrscheinlich auch nie verdienen.

KAPITEL 12

Beth schnippte direkt vor Chars Gesicht mit den Fingern. »Ähm, hast du gehört, was ich gerade gesagt habe?«

Char spürte, wie ihre Wangen flammend rot wurden, und nahm einen tiefen Schluck Wein. »Sicher, du hast von der Arbeit geredet.« Das war nichts Neues. Beth' Job als Chemikerin in einem medizinischen Labor sorgte immer für langweiligen Erzählstoff.

»Und?«

Char stellte ihren Wein ab und stocherte mit der Gabel in ihrem Salat herum. »Und, erzähl mir mehr davon?«

Beth seufzte. »Wirklich? Ich habe dir gerade das Periodensystem der Elemente aufgezählt, und du willst mehr davon hören?«

Char schnaubte und beugte sich vor. »Kein Wunder, dass ich weggetreten bin.«

»Wo bist du nur? Es ist Mädelsabend! Weißt du noch? Essen? Trinken? Spaß?«

Och, du weißt schon. Meine Gedanken sind da, wo die einer jeden anderen Frau auch wären. Dabei, Jake zu küssen, seinen muskulösen Brustkorb zu streicheln, mit der Zunge über seine volle Unterlippe zu fahren und …

»Hat hier jemand ›Mädelsabend‹ gesagt?«, erklang eine vertraute Stimme durch das Restaurant. Char drehte sich um und fand sich Angesicht zu Angesicht mit Oma Nadine wieder. Nun ja, Oma Nadine und einem grellen Goldjackett mit Leopardenpelz um den Kragen. Ihre hautengen Jeans wurden noch betont durch passende Leopardenpumps.

»Woher …«

»Ach.« Oma Nadine winkte ab und setzte sich an den Tisch. »Es gibt für alles eine App. Wusstest du das?«

»Ja, aber …«

»Wie auch immer.« Oma Nadine winkte einen Kellner heran und bestellte drei Tequila. Die sollte die alte Dame besser allein trinken – auf keinen Fall würde Char Schnaps mit Jakes Großmutter trinken! »Da gibt es so eine praktische kleine App namens *Find a friend*!«

Char nahm ihr Handy. »Ich wusste nicht einmal, dass ich die auf meinem Handy habe oder dass …«

Oma Nadine zuckte mit den Schultern, als hüte sie ein großes Geheimnis. »So behalte ich den Überblick über Jakes Nutten.«

Beth spuckte ihren Tequila über den ganzen Tisch und fing an zu husten.

Oma gähnte und inspizierte ihre Fingernägel, vollkommen unbeeindruckt von Beth' Ausbruch. Char warf ihrer Schwester einen finsteren Blick zu und wandte sich wieder an Oma Nadine.

»Ich bin sicher, dass diese App geschrieben wurde, damit sich die Leute keine Sorgen um Freunde oder Familie machen müssen. Sie wissen schon, und nicht, um Leute zu verfolgen.«

»Och ja, jedem das Seine.« Oma Nadine legte ihr Handy hin, tippte mit einem Finger auf den Bildschirm, dann noch einmal, und immer wieder.

Beth formte etwas mit den Lippen, an Char gerichtet, doch diese konnte nicht erkennen, was.

Der Kellner stellte die Tequilas ab, und im selben Moment richtete Oma Nadine sich mit einem Ruck auf und klatschte in die Hände. »Ich wusste es!«

Char war wie in Trance, als sie zusah, wie Oma Nadine in die Hände klatschte und ihr Handy in die Luft warf. »Er wird bald da sein.«

»*Wer* sind Sie noch mal?«, fragte Beth.

»Ich bin Grandma.« Das kam so selbstverständlich und sachlich, dass Char dem nichts hinzuzufügen hatte. Denn, gab es überhaupt eine andere Art, diese Frau zu beschreiben? Der Satz »Ich bin Grandma« musste eine Vielzahl an Sünden abdecken. »Cheers.« Oma Nadine nahm eines der Schnapsgläser, hob es in die Höhe und sah Char und Beth erwartungsvoll an.

Char nahm einen großen Schluck Wasser, griff nach dem zweiten Schnapsglas und hob es wie Oma Nadine in die Höhe.

»Ein Toast«, rief Oma Nadine, »darauf, dass ich bei der Hochzeit meines Enkels singen werde!«

»Klar.« Beth stieß mit Oma Nadine an. »Darauf trinke ich.«

Char zuckte mit den Schultern und stürzte ihren Schnaps hinunter. Exakt in dem Moment, als Jake ins Restaurant kam und direkt auf ihren Tisch zusteuerte.

Char war kein Neuling im Schnapstrinken – ganz und gar nicht. Aber aus irgendeinem Grund zeigten die strapazierten Jeans, die sich an Jakes muskulöse Oberschenkel schmiegten, Wirkung. Der Tequila brannte ihr in der Kehle und drohte, wieder hochzukommen – besonders, als er ihr zuzwinkerte und sich bückte, um seiner Großmutter einen Kuss auf die Wange zu drücken.

Char hustete.

Beth seufzte.

Char versetzte ihrer Schwester unter dem Tisch einen Tritt.

Und Oma Nadine bestellte noch eine Runde Tequila.

»Ähm.« Char lachte nervös. »Gibt es denn etwas zu feiern?«

»Ladies' Night!«, verkündete Oma Nadine und wackelte verzückt mit dem Oberkörper.

Jake wandte den Blick ab und errötete.

Schon merkwürdig, dass ein Mann, der keinerlei Moral hatte, erröten konnte.

»Aber Jake ist doch hier.« Char zeigte auf den sündhaft wundervoll duftenden Mann und betete, er möge sich etwas näher zu ihr vorbeugen, damit sie die Wärme spüren konnte, die von seinem Körper ausging, ohne dabei wie eine Wahnsinnige im Paarungsrausch auszusehen.

Oma Nadine musterte ihren Enkel von oben bis unten. »Er zählt nicht.«

»Na, danke sehr, Oma«, antwortete Jake angespannt.

»Hi. Ich bin Beth.« Chars Schwester streckte die Hand über den Tisch aus, um Jake zu begrüßen. »Ich hätte schon im Flugzeug hallo gesagt, aber da waren Sie verschwollen.«

»Danke für den Hinweis.«

»Jederzeit gern.« Sie grinste. »Willkommen zum Mädelsabend.«

»Berühmte letzte Worte, da bin ich sicher.« Jake schüttelte ihr die Hand und wandte sich dann an seine Großmutter. »Okay, also, deinem Outfit nach zu urteilen, wurdest du weder von einem Truck überfahren, noch leidest du an Gehirnerschütterung oder Scharlachfieber – das war übrigens was Neues.« Letzteres war an Char gerichtet. »Normalerweise hebt sie sich die seltenen Krankheiten für jemanden auf, der leichter zu täuschen ist, zum Beispiel für meinen Bruder.« Er wandte sich wieder an Oma Nadine. »Was gibt's?«

Oma Nadine hob einen Finger und fing dann an, in ihrer riesigen Handtasche zu kramen.

Jake stieß einen Fluch aus. »Ich bin mir sicher, in dieser Tasche findet man sogar verschwundene Kinder. Kannst du es uns nicht einfach sagen, damit wir nicht warten müssen?«

Oma Nadine hieß ihn schweigen.

Jake schnappte sich zwei Gläser Tequila vom Tisch und stürzte den Inhalt hinunter.

Char tätschelte ihm den Rücken – armer Junge. Beinahe tat er ihr leid. Oma Nadine konnte jeden dazu bringen, sich sinnlos zu betrinken.

»Da ist es ja!« Oma Nadine holte mit zittriger Hand ein Blatt Papier hervor und fing mit zittriger Hand an zu lesen. »Ihr beide müsst übrigens noch ein paar Dinge auf der Liste, die ich euch gegeben habe, erledigen.« Sie ließ die Liste auf den Tisch fallen. »Wo hab ich's nur?«

Wieder kramte sie in ihrer Handtasche und zog dann eine diamantenbesetzte Lesebrille hervor.

»Dein Gedächtnis?«, fragte Jake. »Vielleicht ist es in der Handtasche.«

Beth räusperte sich, um ihr Lachen zu verbergen.

»Nein, du Esel«, antwortete Oma Nadine ungehalten.

Char bestellte noch eine Runde zu trinken. Sie fluchte. Nicht gut.

»Die Liste, die ich dir und Char heute Morgen gegeben habe! Darauf waren alle Aufgaben, die ihr für die Hochzeit erledigen solltet. Wo ist sie?«

»Im Auto«, antwortete Jake, während Char gleichzeitig sagte: »Wir haben sie verloren.«

Sie sahen einander finster an.

»Ich bin mal eben …« Beth stand auf.

»Bleib sitzen!«, schrie Char schon fast.

Beth setzte sich wieder.

»Jake hat sie.« Char zeigte auf Jake und schenkte ihm ein zuckersüßes Lächeln.

Ein Muskel zuckte in seinem Gesicht, als er sich auf dem Tisch abstützte und ein paar Mal tief durchatmete. »Richtig, sie ist … in Sicherheit.«

»In Sicherheit.« Oma Nadine schnaubte. »Na schön, sorgt nur dafür, dass die letzten paar Aufgaben erledigt werden.«

»Wieso kannst du das nicht machen?«, fragte Jake. »Du bist im Ruhestand; kannst du nicht einfach … mit einem meiner Autos herumfahren und die Besorgungen erledigen?«

Oma Nadine hielt inne und atmete tief durch. Dann drehte sie den Kopf, nur ein klein wenig, in Jakes Richtung. Ein starres Lächeln erschien auf ihrem Gesicht, bevor sie sorgfältig die Liste aufhob und in ihre Tasche stopfte. »Wenn du nicht so ein Esel wärst, dann wüsstest du es. Ich spiele Bridge mit den Mädchen.«

»Jeden Tag?«, fragte Jake.

»Jeden Tag. Zumindest« – Oma Nadine kicherte, als sie offenbar ihre gute Stimmung wiederfand – »morgens.«

»Prima. Dann kannst du die Dinge ja abends erledigen.«

»Oh, Jake.« Sie tätschelte seinen Arm. »Du unschuldiges kleines Ding.«

Jetzt war es an Char, sich an ihrem Drink zu verschlucken.

»Der Abend ist für andere … Aktivitäten.«

»Du lieber Gott, versuch doch wenigstens, für dich zu behalten, dass du ausgehst und … Sachen machst.«

»Was für Sachen?«, fragte Beth plötzlich und beugte sich über den Tisch.

»Mach dir darüber keine Gedanken.« Jake sah Beth finster an und schüttelte den Kopf.

Oma Nadine kicherte. »Na, du weißt schon, Sachen eben.«

Dabei betonte sie das Wort »Sachen« so sorgfältig, als habe es irgendeine ungemein wichtige, tiefere Bedeutung, und fing dann wieder an zu kichern. »Ich liebe die Abende, o ja.« Ihre Augen glänzten.

»Wir werden noch mehr zu trinken brauchen«, flüsterte Char Jake leise zu.

»Und K.-o.-Tropfen«, fügte Jake hinzu. »Ich will mich nicht mehr an diese Unterhaltung erinnern. Niemals wieder.«

»Morgen.« Oma Nadine schob ihren Stuhl zurück und stand auf. »Jake, bring mich nach Hause. Ich bin müde. Aber morgen triffst du dich mit Char, sagen wir … zum Mittagessen, im Haus? Und ihr arbeitet den Rest der Liste ab, bevor wir am Donnerstag ins Flugzeug steigen.«

»Donnerstag?«, riefen Jake und Char entsetzt.

Oma Nadine blinzelte. »Aber natürlich! Ihr müsst mindestens eine Woche vor der Hochzeit dort sein! Was ist eigentlich los mit den jungen Leuten von heute!« Sie zog einen Fünfziger aus der Tasche und warf ihn auf den Tisch. »Und euch wünsche ich viel Spaß, Mädels. Tut nichts, was ich nicht auch tun würde.«

»Na großartig, Oma.« Jake fluchte. »Da kannst du ihnen auch gleich die Erlaubnis geben, sich verhaften zu lassen.«

»Das war nur ein Mal!«, wandte Oma Nadine ein.

»Du warst in einem Gefängnis in Mexiko. Wir haben Glück, dass du noch lebst.«

»Oh, Pablo, das war schon ein Kerl.« Oma Nadine zupfte an ihrer Halskette und strich über die Perlen.

Beth blieb der Mund offen stehen, und Char musste sie noch einmal unter dem Tisch treten, damit sie ihn wieder zumachte.

»Also, ta ta!« Oma Nadine winkte ihnen zu und zog dann Jake am Hemd mit sich, bis sie draußen waren.

Am Tisch herrschte Schweigen.

Überall leere Tequila-Gläser.

Beth sah Char an.

Char schaute auf den Tisch.

»Also« – Beth saugte an einem Stück Limette – »das war lustig.«

Char stöhnte auf und schlug dann mit dem Kopf auf den Tisch. »Wie soll ich nur die nächsten paar Wochen mit diesen beiden durchstehen?«

Beth lachte. »Ganz einfach.«

»Hm?«

»Mit einem Beruhigungsmittel – vielleicht Xanax?«

»Sehr witzig.«

KAPITEL 13

Jake tigerte vor der Tür hin und her. Char hatte ihm eine SMS geschickt, dass sie gegen Mittag käme. Jetzt war es offiziell fünf Minuten nach. Wo war sie? Er musste einen Weg finden, seinen Job und sein Selbstbewusstsein als Mann zurückzubekommen – vorzugsweise in umgekehrter Reihenfolge.

Der Morgen hatte halbwegs normal begonnen: Oma Nadine hatte ihr verdammtes Yoga gemacht und dann von ihm verlangt, dass er sie zu ihrer Bridge-Gruppe fuhr. Doch selbst wenn sie ihn um eine Sache bat, dann ging es niemals nur um *eine* Sache. Nein, für gewöhnlich erwartete sie, dass er noch etwas anderes machte, gab keine Erklärung und schaute ihn dann an, als sei er ein Dummkopf, wenn er nach dem Grund fragte.

Er fühlte sich wieder wie ein kleiner Junge, so wie damals, als sie ihn dabei erwischt hatte, wie er M&Ms im Gemischtwarenladen klaute, woraufhin sie ihm eine Zweikilotüte gekauft und verlangt hatte, dass er sich hinsetzte und die ganze Tüte vor ihren Augen leer futterte.

Ihre Begründung dafür war, dass ihn das davon abhalten würde, noch einmal zu stehlen. Denn sollte sie ihn jemals wieder dabei erwischen, dass er lange Finger machte, müsse er entweder besagtes Objekt konsumieren oder es im ganzen Haus mit sich herumtragen.

In der Highschool war dasselbe noch einmal passiert, mit Bier. Daraufhin hatte sie ihm ein Sixpack gegeben und befohlen, dass er auf ex trank, bis ihm schlecht wurde. Nach der dritten Flasche begann er zu kotzen. Natürlich hatte Oma Nadine den Rest des Packs niedergemacht.

Es genügte, zu sagen, dass es klüger war, der alten Dame recht zu geben, als das Schicksal herauszufordern. Also kutschierte er sie in der Stadt herum, mimte den netten Enkelsohn und betete zu Gott, dass sie ihn doch endlich wieder einstellen möge, damit er aufhören konnte, Chauffeur und Hochzeitsplaner zu spielen.

Guter Gott, wenn er noch lange auf dieses verdammte Mädchen warten musste, würde er noch selbst zum Mädchen werden.

Es klingelte.

Er rannte zur Tür. Dann blieb er stehen und atmete ein paar Mal tief durch. Yep, er benahm sich definitiv wie ein Mädchen. Er tat ja so, als sei das ein erstes Date oder so! Es war Char! Char! Er musste ihren Namen einige Male laut vor sich hin sagen, bevor er endlich in der Lage war, die Tür zu öffnen.

Ihr Lächeln hellte seine trübe Stimmung auf, und plötzlich erinnerte er sich wieder ganz deutlich daran, warum er sich von Frauen wie ihr fernhielt.

Sie bedeuteten Ärger.

Sie versprachen einem Vergnügen, und am Ende wollten sie, dass man sich festlegte, etwas, das jeden Typen in die Flucht schlug – besonders einen Typen wie ihn. Er verdiente nichts in der Richtung – er war nicht Dummkopf genug, um nicht zu wissen, dass eine Frau wie Char, nun ja, dass sie einen von den guten Männern verdiente.

Nicht ihn. Definitiv nicht ihn.

Ihre Augen leuchteten auf, als er lächelte.

Kacke. Er musste aufhören, mit ihr zu flirten. Sie würde es nur falsch auffassen, und er würde den Verstand verlieren, wenn er die ganze Hochzeitswoche mit ihr verbringen und sich dabei fragen musste, ob sie nur auf den richtigen Zeitpunkt wartete, um ihm ein Messer in den Leib zu rammen.

»Komm rein.« Er machte die Tür weiter auf und versuchte krampfhaft, nicht auf ihre Kehrseite zu starren, als sie an ihm vorbeiging und ihre Absätze über den Marmorboden klapperten. Sie kam eindeutig von der Arbeit: enger Bleistiftrock, weiße Bluse und rote Pumps.

Schlechte Wahl.

Denn jetzt dachte er an Oma und ihre dumme Geschichte mit dem Flugzeug und …

»Jake?« Chars weiche Stimme holte ihn zurück in die Gegenwart. »Hast du gehört, was ich gerade gesagt habe?«

»Nein.« Er lachte verlegen. »Ich habe gerade, ähm, deine Schuhe bewundert.«

»Meine Schuhe?« Sie hob belustigt die Augenbrauen. »Du hast eine Schwäche für hohe Absätze?«

»An dir?« Er nickte. »Ja, ich denke, das könnte sein.«

Mist, jetzt fing er schon wieder damit an. Was war nur los mit ihm? Bei Char war das so selbstverständlich, als könne er gar nicht anders, als sich zu ihr hingezogen zu fühlen. Ohne dass er es wollte, suchte sein Körper ihre Nähe. Lag es an ihren Augen? Ihrem Haar? Eine leise Stimme in ihm, eine, auf die er schon lange nicht mehr gehört hatte, sagte: Nein. Es war nichts Körperliches; es war etwas vollkommen anderes, etwas Fremdartiges. Etwas, worüber er nicht nachdenken und womit er sich schon gar nicht länger befassen wollte. Denn dann müsste er zugeben, dass er wirklich ein Herz besaß, was nur eines bedeuten konnte … dass es am Ende brechen würde. Nur gäbe es diesmal nichts, um ihn aufzufangen, nur Luft und Leere.

Er schluckte und wandte den Blick ab. »Also, Essen?«

Sie nahm seinen Arm und sah sich im Haus um. »Klingt gut.« Ihre Augen wurden schmal.

»Was ist?« Er blieb abrupt stehen. »Was ist los?«

»Ein Mädchen kann schon mal vergessen.« Sie kicherte.

»Vergessen?«

»Wie unheimlich und lachhaft reich du bist.«

Jake schnaubte. »Arbeitslos im Moment, aber danke.«

»Oh, bitte.« Char zog ihren Arm wieder zurück und ging vor ihm in die riesengroße Küche. »Das alles hier. Das ist etwas, wovon Menschen ihr ganzes Leben lang träumen. Ich meine, ich würde töten für deine Küche. Du hast zwei Herde! Ich habe nur einen, und der funktioniert nicht richtig.«

Belustigt lehnte Jake sich an den Küchentresen. »Du kochst gerne?«

»Ich liebe es« – Char seufzte – »habe nicht mehr so viel Zeit wie früher, und meine Küche ist ziemlich nervig, genau wie du …« Sie lächelte zuckersüß. »Wenn ich eine Küche wie die hier hätte, würde ich mich nicht so bemitleiden, wie du dich bemitleidest.«

»Na, danke sehr«, brummelte er; er fühlte sich gescholten. »Außerdem bemitleide ich mich nicht selbst.«

»Doch, irgendwie schon.« Char trommelte mit den Fingern auf die Granitarbeitsfläche. »Also, wo ist das Mittagessen?«

»Im Kühlschrank.«

Char ging zum Kühlschrank und öffnete ihn. »Du hast mehr Lebensmittel da drin als ein kleines Land.«

»Oma hat gern alles da, was sie mag.« Jake zuckte mit den Schultern. »Ich nehme die Croissant-Sandwiches mit Gemüse. Möchtest du draußen auf der Veranda essen? Dann können wir mit Blick auf das Wasser sitzen.«

»Ähm, sicher.« Char sah sich in der Küche um. »Brauchen wir sonst noch etwas?«

»Nimm noch eine Flasche Wein aus dem Kühlschrank mit … vielleicht einen Weißwein? Du hast die Wahl.« Er zwinkerte und ging zur Schiebetür, die auf die Veranda – mit Blick auf den Lake Washington – führte.

Nun mussten sie nur etwas essen, sich vertragen und Omas verdammte Liste erledigen, und dann war er frei und konnte sein Leben weiterführen. Sein Plan war immer noch derselbe. Erst den dritten Weltkrieg überleben, auch bekannt als die Invasion der Großmutter, und dann seinen gewohnten Lebensstil wieder aufnehmen.

Obwohl, als er sich einen Augenblick Zeit nahm, um sich zu setzen und die Aussicht zu genießen, merkte er, dass es ihm vorkam, als sei es Jahre her, seit er wirklich entspannt gewesen war, oder nüchtern genug, um das alles hier genießen zu können.

Chars Schritte hallten über den Boden. »Hier, bitte.« Sie reichte ihm ein Glas Wein und stellte die Flasche auf den Tisch. »Ist ziemlich schön hier draußen.«

»Ich schätze schon.« Er blinzelte in die Sonne und zuckte mit den Schultern, verzichtete auf das Glas Wein und trank stattdessen einen Schluck Wasser. »Ich glaube, ich nehme nicht wirklich viel Notiz davon.«

Char schnaubte und schüttelte den Kopf. »Also, die Liste. Lass uns die abarbeiten.«

Abrupter Themenwechsel – aber, gut. Jake holte ein neues Stück Papier heraus. »Okay, mit der hier müssen wir vorsichtig umgehen. Die erste Liste fand ihr Ende bei einem tragischen Unfall mit einem Schredder. Ich musste Omas Reserveliste stehlen, gestern Nacht, während sie schlief.«

»Wow, du bist ja ein richtiger Null-null-sieben.«

»Diese Frau schläft wie eine Tote.«

»Dann war es einfach?«

»Sie hat eine Knarre unter ihrem Kissen, und das ohne eine einzige Stunde Schießunterricht – also, einfach?« Jake schauderte. »Nicht, wenn man all seine Organe behalten will.«

»Schön.«

Jake räusperte sich. »Sieht so aus, als müssten wir uns nur um den Aufsatz für die Torte und das Hochzeitsgeschenk für Kacey und Travis kümmern. Oma sagt, es wird heute Nachmittag geliefert, also nehme ich an, wir nehmen es einfach im Flugzeug mit?«

»Klar.«

Sie verfielen in verlegenes Schweigen. Jake wusste nicht recht, warum ihm alles so unnatürlich vorkam. Als hätte Char allen Kampfgeist verloren und sei auf einmal so weit, einfach nur das zu tun, was irgendjemand von ihr verlangte.

Aber es war genau das, was auch er tat.

Nur dass er sich wünschte, dass sie bei ihm sein wollte. Ihm gefiel ihr Feuer. Mist, er war glücklicher, wenn sie sich stritten, als wenn sie so still war.

»Harter Tag?«, fragte er nach einigen weiteren unbehaglichen Momenten des Schweigens.

Char zuckte mit den Schultern.

»Hey, das Schulterzucken habe ich kapiert.« Er schenkte ihr noch ein Glas Wein ein. »Willst du darüber reden?«

Seufzend legte Char den Kopf schief und sah ihn an. »Nicht wirklich.«

»Kein Druck.« Er hob die Hände. »Aber vielleicht kann ich helfen.«

»Ach, der Millionär bietet seine Hilfe an. Wie aufmerksam.«

Jake zuckte zusammen. »Was, zum Teufel, ist dein Problem?«

»Mein Problem?«, wiederholte Char. Dann stand sie so abrupt auf, dass sie beinahe ihr Weinglas umstieß, und warf ihre Serviette auf den Stuhl. »Mein Problem ist, dass für dich alles so verdammt einfach ist! Für dich war es immer einfach! Du hast dieses perfekte Leben, eine perfekte Großmutter – und wage es ja nicht, auch nur ein Wort gegen sie zu sagen. Sie mag ja verrückt sein, aber wenigstens hast du eine Familie, die sich um dich sorgt, und nicht Eltern, die, wieder mal, deinen Geburtstag vergessen haben.«

Jake erstarrte, und ein unerträgliches Gefühl machte sich in seiner Magengegend breit, als er die Traurigkeit in Chars Gesicht sah. Er kannte diesen Ausdruck nur zu gut: Einsamkeit. Das Gefühl, von der Familie vergessen worden zu sein, war fast so schlimm, wie das schwarze Schaf zu sein, derjenige, den niemand haben wollte. Also, ja, schon möglich, dass seine Situation eine andere war als ihre, aber nicht viel anders. Sie war die Vergessene und er eine Witzfigur.

»Ist schon in Ordnung.« Char lachte bitter. »Wir reden kaum noch miteinander; du konntest nicht wissen, dass heute mein Geburtstag ist. Ich wollte nur – ach, ich weiß nicht. Beth musste heute Morgen auf Geschäftsreise, und ich weiß auch, dass sie im Stress war. Vielleicht hört sich das komplett kindisch an, aber ich wollte, dass nur ein Mal jemand – außer Kacey – daran denkt.«

»Ich bin ein Esel«, flüsterte Jake. »Es tut mir so leid.«

»Nein.« Char zeigte auf ihn. »Siehst du, genau das will ich eben nicht. Mitleid ist nicht dasselbe. Es nervt. Mitleid kriege ich dauernd. ›Oh, sieh nur, das ist doch die arme Nachrichtensprecherin, die in den Fünfuhrnachrichten betrunken vom Stuhl gefallen ist!‹ ›Oh, seht mal, da ist Char; sie ist ganz witzig, aber nehmt sie nicht ernst.‹ ›Oh, wie traurig, Chars Familie feiert nicht einmal gemeinsam Weihnachten, sondern sie lassen sie allein und fahren in Urlaub.‹ Oder wie wäre es damit: Ich kann meine Eltern heute nicht einmal besuchen und ihnen die Meinung sagen, weil sie das Wochenende in Alki Beach verbringen.«

Jake fuhr sich mit der Zunge über die Lippen und beobachtete, wie Chars dunkles Haar im Wind wehte. Ihre Bluse spannte sich über ihrer Brust, die sich hob und senkte. »Tut mir leid«, meinte sie schließlich. »Vielleicht war Mittagessen doch keine so gute Idee. Ich bin einfach nicht in Stimmung für Gesellschaft, und dann komme ich hierher, und alles ist so einfach für dich, und du hast die Dreistigkeit, dir selbst leidzutun, weil deine Großmutter bei dir wohnt und dich zwingt, Donuts zu essen und Wein zu trinken. Verdammt noch mal, ich würde töten für so was.«

Noch nie in seinem Leben hatte Jake sich so schlecht gefühlt. Erst heute Morgen hatte er seine Großmutter angefahren, weil sie ihm Eier zum Frühstück gemacht hatte. Genau genommen hatte er ihr gesagt, sie solle ihre verdammten Eier selbst essen und ihn, zum Teufel noch mal, allein lassen. Dann war er noch einen Schritt weiter gegangen und hatte tatsächlich seinen Job zurückverlangt. Und da war Char, allein an ihrem Geburtstag, und entschuldigte sich dafür, dass sie eine schlechte Gesellschaft war. Was war nur los mit ihm, verdammt? Er verdiente ihren Zorn und noch mehr, auch wenn ihn, ehrlich gesagt, nie jemand kritisiert hatte, außer seiner Großmutter.

Und das war der Augenblick, in dem es ihm klarwurde.

Die Anziehungskraft, der Grund, warum er so gar nicht von ihr lassen konnte, das war ihre Stärke. Er sehnte sich so nach dem, was er in ihr sah – sein unterbewusster moralischer Kompass; er war innerlich so durch und durch verdorben, dass er süchtig nach ihr war wie ein Alkoholiker nach Whisky.

Ungeachtet seiner Gefühle, musste er behutsam vorgehen. Sich auf irgendjemanden einzulassen, das war das Letzte, was er wollte, da er wusste, dass sein eigenes Leben auf unsicheren Füßen stand. Aber er konnte – nein, er würde – es besser machen. Er bekam eine zweite Chance, der Held zu sein, der gute Kerl zu sein, und die würde er ergreifen.

Ganz langsam stand er auf und ging um den Tisch auf Char zu. Mit einer fließenden Bewegung legte er die Arme um sie und zog sie an sich. »Weißt du, wo deine Eltern sich gerade aufhalten?«

Sie fluchte an seiner Brust. »Ich könnte ihnen jederzeit simsen; das heißt, falls sie überhaupt ans Handy gehen. Wieso?«

Jake lachte, auch wenn er innerlich gerade eine einzige Schimpftirade von sich gab, weil ihre Eltern so egoistisch waren. »Na ja, ich habe einen Plan. Wir besuchen sie, auf der Stelle. Rufe im Sender an.« Sein Herz schlug ein wenig schneller in seiner Brust, beinahe wie im Adrenalinrausch, als langsam ein Plan in seinem Kopf Gestalt annahm. Vielleicht war es Stolz, aber kein selbstsüchtiger Stolz, sondern tatsächlich Stolz auf eine Entscheidung, die er im Interesse von jemand anderem traf.

»Aber, Jake.« Char löste sich von ihm. »Was wollen wir denn tun? In ihrer netten kleinen Frühstückspension auftauchen und verlangen, dass sie mir alles Gute zum Geburtstag wünschen sollen?«

Jake lachte. »Du wirst schon sehen.«

»Jake, im Ernst, ich bin nicht in der Stimmung für Spielchen, und ich weiß nicht einmal, wo sie sind.«

»Wir wissen es vielleicht nicht, aber ich denke, ich kenne eine Frau, die früher mal für die CIA gearbeitet hat.«

»Hm?«

»Lass mich meine Leute anrufen.«

»Deine ›Leute‹?«, wiederholte Char. »Ich glaube, die Arbeitslosigkeit hat bereits einen Schaden in deinem sexy Kopf angerichtet.« Mit einem Aufkeuchen schlug sie sich die Hand auf den Mund. »Es war der Wein! Mist!«

»Du findest mich sexy?«, neckte er sie mit einem Augenzwinkern; die Macht der Gewohnheit. Und er hatte besagter Gewohnheit inzwischen seit über einer Woche nicht mehr nachgegeben. Dass sie ihn sexy genannt hatte, war für ihn erschreckend und aufregend zugleich. Sein Blut sammelte sich überall da, wo er es gerade nicht gebrauchen konnte. *Ganz einfach*, meldete sich sein Verstand, *es wäre ganz leicht, sie einfach flachzulegen, und dann müsstest du dich nicht mehr kümmern. Und es auch nicht versuchen*. Aber die Wahrheit? Er hatte ganz mächtig Schiss davor, sich auf jemanden einzulassen, der es wert war, und dann im selben Moment von diesem Jemand ausgelacht zu werden. Er war nicht gut genug für Kacey gewesen; warum, um alles in der Welt, sollte er gut genug für Char sein?

»Nein.« Sie wandte sich ab und schüttelte den Kopf, als versuche sie zu verstehen, wie sie dazu gekommen war, das Wort »sexy« in den Mund zu nehmen.

»Ist schon okay«, sagte Jake. »Eine Menge Frauen sagen das.«

»Genau das, was ich von dir hören wollte.«

»Wieso?« Er spannte sich an, als sie sich umdrehte und die Finger über seinen Brustkorb gleiten ließ.

»Es hilft mir, mich daran zu erinnern, was du für ein egoistischer Mistkerl bist.«

»Wenn der heutige Nachmittag vorbei ist, wirst du deine Meinung vielleicht ändern.«

»Da habe ich so meine Zweifel.«

Jake beugte sich vor, bis ihre Lippen nur noch einen Hauch voneinander entfernt waren. »Ich lebe dafür, dir das Gegenteil zu beweisen.«

Char seufzte. »Na schön, erledige deinen Anruf. Ich bin heute im Job ohnehin zu nichts zu gebrauchen.«

Grinsend holte Jake sein Handy hervor und wählte Oma Nadines Nummer. Sie hob beim zweiten Läuten ab. »Ich hoffe, du hast einen wirklich guten Grund, Jake. Ich bin gerade am Gewinnen.«

»Du musst jemanden für mich ausfindig machen.«

Oma Nadine sagte nichts.

Jake stöhnte. »Es ist für Char.«

»Simse mir die Einzelheiten«, sagte Oma Nadine mit gesenkter Stimme. »Ich werde sehen, was ich tun kann.«

Damit legte sie auf, und Jake schob sein Handy wieder in die Hosentasche. Char sah ihn durch ihre langen Wimpern finster an. »Das ist ›deine Leute‹?«

»Schätzchen, du hast ja keine Ahnung.« Er legte den Arm um ihre Schultern und nahm sich mit der anderen Hand etwas zu essen. »Jetzt fahr schnell nach Hause, wirf dich in sexy Klamotten, pack eine Tasche mit Sachen zum Übernachten und triff mich in einer Stunde wieder hier. Wir haben einiges zu feiern.«

Chars Schultern sanken unter Jakes Arm herab. »Du musst das nicht tun. Im Ernst, es geht mir schon wieder gut. Siehst du? Alles besser.« Sie zeigte auf ihr Gesicht und brachte ein klägliches Lächeln zustande.

Er brachte es nicht übers Herz, ihr zu sagen, wie traurig sie aussah, also schlug er einen anderen Weg ein – nämlich den, der ihn wie einen Mistkerl aussehen ließ. Wenigstens wusste er, wie er diesen Kerl zu spielen hatte. Den Typen, der genau wusste, was man sagen musste, um bei einer Frau die richtigen Knöpfe zu drücken. Nur, dass er es diesmal tat, um sie vor sich selbst zu schützen, und nicht, um sie aus Eigennutz dazu zu überreden, bei ihm zu bleiben. Schon komisch, wie ehemalige Schwächen zu Stärken werden konnten. Er zeigte ihr ein schiefes Grinsen und musterte sie von oben bis unten. Dann streckte er die Hand aus und hob ihren Kopf an, als untersuche er ihr Gesicht auf Fältchen. »Schön. Ganz, wie du willst, aber wenn ich heute ein Jahr älter würde – du weißt schon, so schnell auf die dreißig zu wie du –, dann würde ich die Zeit mit jemandem verbringen wollen, der weiß, wie man es sich gutgehen lässt. Außerdem lade ich dich zum Abendessen ein.«

Chars Augen wurden schmal. »Aber du bist doch arbeitslos.«

»Und, wie du schon bemerkt hast … immer noch Millionär.« Jake stellte die Weinflasche auf den Tisch, nahm Chars Hand und drückte einen Kuss darauf. »Lass es mich wiedergutmachen. Bitte.« Das letzte Mal, als er bitte gesagt und es ehrlich gemeint hatte, war vor über einem Jahr gewesen. Damals hatte er Kacey gebeten, seine Eltern zu besuchen. Na großartig. Als er das letzte Mal aufrichtig und nicht aus Eigennutz um etwas gebeten hatte, war er acht Jahre alt gewesen und wollte ein Eis am Stiel für seinen unsichtbaren Freund.

Ihr Blick ging zwischen der Tür und dem Wein hin und her. »Also gut, aber … sei nicht zu nett zu mir. Sonst verwechsle ich das vielleicht mit Mitleid und werde wieder tierisch sauer auf dich.«

»Abgemacht.« Er wies mit dem Kopf in Richtung Tür. »Und jetzt schaff deinen sexy Hintern nach Hause und wirf dich in etwas« – er trat einen Schritt zurück und musterte sie von oben bis unten – »Heißes. Zieh etwas Heißes an.«

»Ist das hier etwa nicht heiß?« Sie drehte sich vor ihm um die eigene Achse; anscheinend kehrte ihre gute Laune zurück.

Er lachte leise, als sie sich vor ihm drehte wie ein kleines Mädchen. Verdammt, sie war wirklich schön. Er räusperte sich und wandte den Blick ab.

»Du würdest in allem wunderschön aussehen, aber jetzt brauchst du Geburtstagskluft.«

Chars Augen blitzten belustigt. »Okay, ich bin bald zurück.«

Jake nickte und betrachtete ihren Hüftschwung, als sie ging. An der Tür drehte Char sich noch einmal um. »Jake …«

»Ja?«

»Danke.«

»Tja, nun, ich mag dich immer noch nicht.«

Sie lachte. »Ja, ich mag dich auch nicht.«

Damit fiel die Tür ins Schloss, und Jake musste sich setzen, um seine Gedanken zu sammeln. Das Problem war, dass besagte Gedanken heillos durcheinander waren. So langsam wuchs ihm Chars Lächeln viel zu sehr ans Herz.

Und es griff ihn innerlich an, zu wissen, dass sie sich derart einsam fühlte. Was für eine Art von Mensch machte das aus ihm? Wenn er dasaß und sich über die Last seines Lebens beklagte, während sie einen Herd hatte, der nicht funktionierte, und eine Familie, der es scheißegal war, dass sie Geburtstag hatte?

Seine Familie hingegen sorgte sich eher zu viel.

Und er hatte das nie richtig zu schätzen gewusst – bis zu diesem Augenblick.

Seine Hand zitterte, als er sein Handy aus der Tasche holte und Travis' Nummer wählte.

»Hallo?«, meldete sich Travis unwirsch.

»Ich mache es.«

»Hä?« Travis hüstelte. »Und du rufst mich nicht aus Versehen an?«

Jake verdrehte die Augen. »Sei nicht so schwierig. Ich sagte, ich mache es, und ich stehe dazu.«

Schweigen am anderen Ende.

»Bist du noch dran?«, fragte Jake.

»Ja.« Travis lachte. »Ich habe nur auf die Uhr geschaut, um zu sehen, ob gerade Happy Hour ist oder so was. Bist du betrunken?«

»Ich bin nicht betrunken!«, fauchte Jake, der mit jeder Minute ärgerlicher wurde. »Ich wollte dir nur sagen, dass ich darüber nachgedacht habe und dass ich es machen will. Ich will Kacey zusammen mit Dad zum Traualtar führen.« Er hatte nicht gewollt, dass ihm am Ende die Stimme versagte. Hölle noch mal, wie oft würde ihn seine Vergangenheit denn noch einholen? Er malte sich Bills Lächeln aus, jedes Mal, wenn er Kacey ansah, und wieder krampften sich seine Eingeweide zusammen. Es war das mindeste, was er für die Familie tun konnte – für ihre und seine.

»Danke.« Travis klang heiser. »Das ist … es wird ihr eine Menge bedeuten.«

Jake lachte, um die Situation aufzulockern. »Tja, betrachte damit meine gute Tat für dieses Jahr als getan.«

»Erledigt.« Travis seufzte. »Sonst alles gut?«

»Ja.« Jake sah sich kurz in dem leeren Haus um, und zum ersten Mal im Leben fühlte er sich schuldig für alles, was er besaß. Schuldig, weil er es als selbstverständlich hingenommen hatte. »Wird es noch werden.«

»Alles okay mit dir?«

»Großartig.« Jake räusperte sich. »Hör mal, ich muss los. Wir reden später noch mal.«

»Bye.«

KAPITEL 14

Char brauchte über eine Stunde, um sich fertig zu machen. Nichts sah gut genug aus, und sie wollte wenigstens gut aussehen, wenn sie schon zusammen mit einem Promi auftauchte. Und was sollte sie überhaupt anziehen? Die Art, wie Jake sie angesehen hatte, ließ sie erschauern. Na ja, das alles verwirrte sie ungemein, und plötzlich war sie dankbar, dass sie über eine Stunde brauchte, anstelle ihrer sonst üblichen zwanzig Minuten. Sie musste sich ständig ermahnen, dass er wahrscheinlich nur Mitleid mit ihr hatte. So selbstlos war er nun wirklich nicht. Meine Güte, er war Jake Titus. Bei dem wurden ja sogar Spiegel eifersüchtig, wenn er an einem vorbeikam und nicht wenigstens kurz hineinsah.

Sie steuerte ihren klapprigen Ford Escape die Einfahrt entlang zu seinem Haus und schwankte dabei zwischen ausgewachsener Panik, dem Drang, wieder umzukehren, und dann Entschlossenheit. Es war ihr Geburtstag. Sie sollte Spaß haben, das hatte sie verdient, und im Moment bestand ihr einziger Spaß in einer vierbändigen Buchserie auf ihrem Kindle und einer Flasche Wein.

Wenn sie jetzt umkehrte, würde sie nur zu Jimmy Fallon und Justin Timberlake mit deren *History of Rap Volume 5* einschlafen und dann um zwei Uhr nachts zum Geschwafel von Carson Daly in seiner Late-Night-Talkshow wieder aufwachen.

Deprimierend. Gelinde gesagt.

Jake wartete bereits auf sie, als sie vor dem Haus anhielt.

Und ihr fielen beinahe die Augen aus dem Kopf. Was, zum …? So ein Auto hatte sie bisher nur im Fernsehen gesehen, und selbst da war sie nicht sicher gewesen, ob diese Dinger wirklich real waren.

Eines war jedenfalls klar: Sie war der Situation definitiv nicht gewachsen. Plötzlich empfand sie es als unpassend, ihren alten Ford neben seinem Wagen zu parken.

Sie nahm ihre Handtasche und stieg aus ihrem SUV.

Jake trug maßgeschneiderte Jeans, Fliegersonnenbrille und ein hellblaues Hemd, dessen oberste Knöpfe offen standen. Eine passende kamelhaarfarbene Lederjacke komplettierte das Outfit. Und um ehrlich zu sein: Sein Anblick war fast zu viel. Aber das galt auch für den Wagen. Der blendete sie förmlich. Es war … es war unglaublich. Ihr fehlten die Worte.

»Das Auto gefällt dir?«, fragte er und warf ihr die Schlüssel zu. Char stolperte beinahe, als sie sie auffing.

»Ist das echt?«

Jake lachte. »Ist was echt? Das Auto?«

Char konnte nur nicken.

»Ich weiß nicht. Wieso lässt du es nicht an und findest es heraus?«

Begierig darauf, in den überirdisch aussehenden Wagen zu kommen, zog sie schnell die Fahrertür auf und ließ sich auf dem vornehmen Ledersitz nieder. Er schmiegte sich an sie wie ein Handschuh. Es war, als würde das Auto sich um sie herum formen wie ein gut sitzendes Kleid. »Was ist das für einer?«

»Ein Bugatti Veyron.«

»Es ist …« Char fuhr mit den Händen über das Lenkrad und sah Jake an, der inzwischen auf dem Beifahrersitz saß. »Es ist wunderschön. Können Autos wunderschön sein?«

Mit einem Lachen streckte Jake die Hand aus und strich neben Chars Oberschenkel über den Sitz. »Spürst du das?«

Da müsste sie schon tot sein, um nicht die Wärme seiner Fingerspitzen zu spüren.

»Handgenäht. Erstaunlich, nicht wahr? Dass sich ein Auto sexy anfühlen kann. Aber« – seine Hand glitt an ihr Bein – »ich wollte, dass du dich an deinem Geburtstag sexy fühlst. Übrigens, du siehst wunderschön aus. Ich liebe Rot.«

Sie hatte sich für ein enganliegendes, rotes Kleid mit Neckholder-Top entschieden, dazu goldfarbene Pumps. Das war, nachdem sie ihr Schlafzimmer zum Schauplatz eines Hurrikans gemacht hatte.

»Bereit, aufzubrechen?« Jake zog die Hand zurück. »Du kannst fahren, wenn du möchtest.«

Char schüttelte den Kopf. »Auf keinen Fall. Das ist viel zu teuer für mich, um es zu fahren. Ich wäre nicht schneller als zehn Meilen pro Stunde auf dem Freeway, vor lauter Angst, dass uns jemand hineinfährt.«

Jake ging um den Wagen herum und half ihr aus dem tiefen Sitz, doch sie stolperte in seine Arme und sah dabei überaus tollpatschig aus. »Tut mir leid.«

»Muss es nicht.« Einen kurzen Augenblick konzentrierte sich sein Blick auf ihre Lippen, bevor er einen Schritt zurücktrat. »Regel Nummer eins für Geburtstage … du musst dich für nichts entschuldigen. Also, steig ein. Wir haben ein paar Eltern aufzutreiben.«

»Jake, ich bezweifle, dass du sie jemals finden …«

»Habe ich schon, oder sollte ich sagen, Grandma hat sie gefunden? Sie hat bereits beim ersten Anruf einen Treffer gelandet. Sie meinte, es sei eines der hübscheren Häuser in Alki und wäre ein guter Ort, mit ihrer Suche anzufangen. Also hat sie einfach dort angerufen und gesagt, sie läge im Sterben und müsse mit ihrem Sohn sprechen. Sie nannte den Namen deines Vaters und, nun ja … hat aufgelegt.«

»Sie ist ein böses Genie.«

Jake stellte den Schalthebel auf »Drive«. »Eines Tages wird sie die Weltherrschaft antreten. Merk dir meine Worte.« Er griff über ihren Sitz und ließ ihren Sicherheitsgurt einrasten. »Halte dich fest. Ich habe dieses Ding bisher nur ein Mal gefahren, und es ist echt schnell.«

Dass der Wagen schnell war, war kein Scherz. Ebenso wie die Tatsache, dass er ihn nur ein Mal gefahren hatte. Ein paarmal waren sie so sehr in ihre Unterhaltung vertieft, dass er nicht mal bemerkte, dass er mehr als hundertsechzig Stundenkilometer fuhr.

Und zum ersten Mal in ihrem Leben fühlte Char sich wie in einem Märchen. In jüngeren Jahren war sie immer das Mädchen gewesen, in das Jake sich eben nicht verliebte, und jetzt … Sie warf ihm einen verstohlenen Blick zu, während er einen neuen Radiosender einstellte. Sie war seine Cinderella. Es war ein gutes Gefühl, selbst wenn er aus Mitleid handelte. Dieses eine Mal hatte jemand sie auserwählt.

Ihr war nie klar gewesen, wie sehr sie das brauchte. Bis jetzt.

KAPITEL 15

Jake fuhr in die erste freie Parklücke. »Sieht aus, als wären wir hier richtig. Sie glauben, sie hätten eine Art Wettbewerb gewonnen, der von der Frühstückspension veranstaltet wurde. Ich musste das Timing richtig abstimmen, damit wir ankommen, wenn sie beim Cocktailtrinken sitzen.«

Char lachte. »Wow, du bist mit deinen Intrigen ja genauso schlimm wie deine Großmutter.«

»Gut zu wissen, dass ich wenigstens Leute manipulieren kann, um mir meinen Lebensunterhalt zu verdienen, falls ich meinen Job nicht mehr zurückbekommen sollte. Zum Glück ist das das Einzige, was ich von meiner Großmutter geerbt habe.«

»Das und einen tadellosen Geschmack«, murmelte Char und musterte den Wagen.

»Das denke ich auch«, erwiderte Jake, doch als Char ihn ansah, betrachtete er nicht das Auto – sondern sie. Das war nicht real, das war nicht real. Er bot ihr den Arm an. »Wollen wir?«

Kichernd nahm sie seinen Arm und betrat mit ihm die große Frühstückspension. Sie war an ein Nobelrestaurant angeschlossen, das direkt am Alki Beach lag. Die Sonne stand noch hoch am Himmel, aber es war nicht zu heiß für einen Strandspaziergang oder ein Abendessen im Freien. Char wollte beides. Sollte heißen, falls sie sich nicht vorher in einen Kürbis verwandelte.

»Bereit?«, flüsterte Jake ihr ins Ohr, als er ihr die Tür aufhielt.

Unfähig, Worte zu finden, nickte sie.

Der köstliche Duft nach Essen überflutete ihre Sinne, als sie Arm in Arm das Gebäude betraten.

»Ah, Mr. Titus!« Vor ihnen stand ein älterer Herr im Smoking. »Wir haben den Tisch nach ihren Wünschen gestaltet. Wünschen Sie Champagner für den Anfang?«

Jake sah Char an, als warte er auf ihre Entscheidung.

»Ch-Champagner ist gut.« Sie schluckte ihre Nervosität hinunter, während sie den Blick durch den Raum wandern ließ und schließlich ihre Eltern entdeckte. Sie saßen in einer Ecke, ins Gespräch vertieft.

Char stockte der Atem. Plötzlich verlor sie die Nerven und machte Anstalten, zurückzuweichen, doch Jake hielt sie fest. Als ihre Eltern neugierig herüberschauten, tat Jake so, als sei ihm egal, wer sie waren; er nickte lediglich in ihre Richtung, bevor der Ober sie zu ihrem eigenen privaten Bereich des Restaurants geleitete.

Char stieß beinahe einen Schrei aus, als sie den Tisch sah. Er war mit Rosenblättern bestreut, und auf den Tellern stand, mit Schokolade geschrieben, *Happy Birthday.* Erdbeeren lagen um den Schriftzug herum, und in der Ecke stand ein riesiges Geschenk.

Sie musste die Tränen zurückhalten, damit sie ihr nicht ihr Make-up ruinierten. Noch nie zuvor hatte jemand so etwas für sie getan. Es war schier unvorstellbar, dass Jake überhaupt auf eine solche Idee kommen konnte, ganz zu schweigen davon, etwas Derartiges innerhalb einer Stunde zu organisieren! Das musste Oma Nadines Werk sein. Er hatte doch unmöglich ein so großes Herz … entweder das, oder er fühlte sich einfach nur schuldig, weil sie ihm vorgeworfen hatte, dass er egoistisch sei.

Er rückte ihren Stuhl zurecht, damit sie sich setzen konnte, und flüsterte ihr wieder ins Ohr. »Happy Birthday.«

Char merkte, wie sie errötete, und konzentrierte sich auf ihre Atmung. Verdammt schwieriges Unterfangen, wenn man bedachte, dass sie gerade seine Lippen an ihrem Ohr fühlte und ihr Herz deshalb wie verrückt hämmerte.

Jake setzte sich ebenfalls, und der Ober entkorkte die Champagnerflasche. Dann ließ er sie beide allein mit ihren Vorspeisen und dem Champagner.

»Char?« Die Stimme ihrer Mutter klang aufgeregt und überrascht. »Bist du das, Schätzchen?«

Mit einem angespannten Lächeln begrüßte Char ihre Eltern, die an den Tisch gekommen waren, jedes einzelne Detail erfassten und schließlich den Blick auf Jake richteten.

»Jake Titus?« Ihr Vater streckte die Hand aus. »Ich hörte, Sie wurden kürzlich von Ihrer eigenen Großmutter gefeuert. Muss schmerzhaft sein. Wie geht's Ihnen denn so?«

Char musste sich zusammenreißen, um ihren Mund zu halten.

Mit geschmeidiger Eleganz stand Jake auf und schüttelte ihrem Vater die Hand. »Offensichtlich fantastisch. Ein Job ist auch nur ein Job. Alles, was zählt, ist, dass Char hier ist und zu mir hält. Solange ich sie habe, ist alles gut.«

Hätte sie nicht gewusst, dass das gelogen war, hätte sie ihm glatt geglaubt. Ihre Mutter sah zwischen ihnen hin und her. »Ihr beide … geht miteinander aus?«

Char öffnete den Mund, um zu antworten, aber Jake kam ihr zuvor. »Natürlich. Warum sollten wir sonst hier sein?«

Ihre Mutter verzog den Mund zu einem angespannten Lächeln, als sie erst Chars Outfit musterte und dann auf deren Teller sah. »Oh, Schätzchen! Aber natürlich, du hast ja Geburtstag! Wie konnten wir das nur wieder vergessen?«

»Weiß nicht«, krächzte Char und griff nach ihrem Champagner. »Ich werde heute dreiundzwanzig Jahre alt. Cheers.«

Jake hob sein Glas und stieß mit ihr an.

»Oh, das ist ja so nett.« Ihre Mutter legte den Kopf schief und sah Char an. »Jake führt dich also zum Geburtstag aus, dann ist es ja nicht wirklich etwas Ernstes.«

»Nichts Ernstes?«, wiederholte Char. Waren die völlig übergeschnappt? Wie kamen ihre Eltern eigentlich von einer lahmen Entschuldigung, dass sie ihren Geburtstag vergessen hatten, zu der Überzeugung, dass Jake nicht wirklich ernste Absichten hatte? Sie biss sich auf die Unterlippe und warf einen Blick auf Jake. All ihre Unsicherheit kam wie eine Sturzflut zurück. Warum sollte er mit ihr zusammen sein? Er war einer der berühmtesten Junggesellen in Seattle. Er war sogar mit ein paar Models gegangen.

Char machte Anstalten, aufzustehen. Geburtstag hin oder her, sie hielt es nicht mehr aus. Doch als sie aufstand, zog Jake sie an seine Seite und auf seinen Schoß. »Vielleicht ist es das Beste, wenn sie es von uns erfahren, Char.«

»Was denn?« Ihr Vater schien die unterschwellige Anspannung nicht zu bemerken.

»Das von uns.« Jake fuhr mit den Händen langsam über Chars Arme. »Wir gehen miteinander aus, und es ist etwas ziemlich Ernstes.«

Char erstarrte.

Ihre Mutter lachte.

Und ihr Vater stimmte mit ein.

Char wollte sich von Jake lösen, aber der hielt sie fest. Sie konnte seinen Zorn spüren.

»Weißt du, was, Liebling?«

Char drehte sich auf seinem Schoß um.

»Warum feiern wir nicht woanders weiter? Ich habe ein

Apartment direkt am Strand ... wir können deinen Geburtstag mit der Familie feiern.« Tja – jetzt hatte er es tatsächlich getan: Er hatte sie gerettet und sich von einem Frosch in einen Prinzen verwandelt. Sie atmete schneller, als er mit den Fingerspitzen über ihre Wange strich. Das war nicht real. Das konnte einfach nicht real sein. Die Unsicherheit, die sie damals in der Junior High empfunden hatte, kam zurück. Ein Wal. Sie war ein Wal gewesen, und jetzt saß sie auf seinem Schoß. Char befahl ihrem Herzen, nicht so schnell zu schlagen. Sie musste ihren Körper daran erinnern, dass physische Reaktion etwas war, worin Jake gut war. Deshalb war er ja stadtbekannt. Er hatte sie zweimal in ihrem Leben dazu gebracht, ihn zu lieben. Zur Hölle, wenn sie noch einmal auf ihn hereinfiel. Und dann ließ er die andere Hand nach hinten gleiten und streichelte ihren Rücken. Unfreiwillig erschauderte sie. Hatte sie denn nicht immer gewollt, dass Jake für sie eintrat? Zugegeben, inzwischen war sie um einiges älter, und natürlich war es zu spät, aber sie konnte beinahe glauben, dass er das Potenzial hatte, der Mann zu sein, von dem sie immer geträumt hatte. Der eine, der nicht nur nahm, was ihm einfach so in den Schoß fiel, sondern der sich auch einmal um etwas bemühte. Und genau das war es, was sie unbedingt an einem Mann brauchte, vor allem, nachdem sie ihre Eltern wiedergesehen hatte. Sie wollte nicht die Art von Beziehung, wie die beiden sie hatten – ein Leben unter ihrer eigenen speziellen Käseglocke. Char wollte Liebe, Aufregung, einen Helden, einen besten Freund. Verdammt, vielleicht übertrug sie einfach nur all ihre Bedürfnisse und Sehnsüchte auf Jake, weil er sie nicht links liegenließ. Was sie wiederum zu Unsicherheit Nummer eins brachte: Warum sollte ausgerechnet er sie plötzlich wollen? Wollte er nicht. Die Wahrheit tat weh, aber sie musste stark bleiben vor ihren Eltern, damit sie die Lüge glaubten, auch wenn sie sich von Herzen wünschte, es wäre die Wahrheit. Er war hier, weil er aus irgendeinem Grund versuchte, das zu vollbringen, was wohl seine gute Tat des Jahres sein sollte – nicht, weil sein Herz plötzlich aus seinem Eiskäfig ausgebrochen war und nun für sie schlug.

»Familie?« Jetzt klang ihre Mutter ärgerlich. »Welche Familie? Ihre ganze Familie ist doch gerade hier … nun ja, außer Beth; sie ist auf Geschäftsreise in L. A.« Ihre Mutter seufzte. »So erfolgreich, unsere Beth. Wussten Sie, dass sie Chemikerin ist?«

Char wollte am liebsten losheulen. Oder, eigentlich wollte sie von Jakes Schoß herabspringen und mit irgendetwas werfen. Jake war in nur wenigen Stunden eine bessere Familie für sie gewesen als ihre Eltern in den vielen Jahren! Familie? Soweit es Char betraf, verhielt er sich gerade mehr wie ihre Familie, als sie es jemals getan hatten. In ihr tobte der Kampf: aufstehen und ihrer eigenen Mutter eine Ohrfeige verpassen oder hinausstürmen?

Stattdessen löste sie sich aus Jakes eisernem Griff, stand auf und sah ihre Eltern eine Minute lang finster an. Sie würde nie mehr nach deren Anerkennung streben. Sinnlos, es überhaupt zu versuchen, also würde sie es genießen, ihnen zu demonstrieren, dass sie ohne sie glücklich sein konnte.

»Du hast recht, Jake, lass uns Grandma anrufen, ob sie mit uns essen möchte.«

Er stand auf und nahm sie in die Arme. »Großartige Idee.« Und ohne jegliche Vorwarnung lagen seine Lippen auf ihrem Mund. Er küsste sie, als würde er es ernst meinen. Als hätte er sie wirklich gern und wollte ihren Eltern beweisen, dass sie etwas verpassten. Und wieder verlor sie sich in dem Gedanken, was es wohl für ein Gefühl wäre, wirklich begehrt zu werden. Sie schlang die Arme um seinen

Hals und seufzte an seinem Mund. Immerhin war es ihr Geburtstag.

Sie lösten sich voneinander, als ihr Vater sich räusperte.

»Nun, Char, hältst du es für gut, dich mit einem Playboy sehen zu lassen …«

Jake lachte. »Millionär und Playboy.« Sein spöttisches Lächeln war so herablassend, dass Char ihn boxen wollte, aber ihre Eltern hatten es ja herausgefordert. »Zumindest die Bezeichnung sollte stimmen.« Augenzwinkernd griff er in seine Tasche und holte ein paar Einhundertdollarscheine heraus. »Lass uns gehen, Liebes.«

Ohne auch nur zu winken, verließen sie das Restaurant und stiegen in Jakes Auto. Dass ihrem Vater bei dem Anblick des Wagens förmlich die Augen aus dem Gesicht fielen, gab ihr ein süßes Gefühl der Befriedigung.

Und dann, als sie mindestens eine Meile vom Restaurant entfernt waren, brach Char in Tränen aus.

KAPITEL 16

Fluchend fuhr Jake rechts ran und machte den Motor aus. »Es tut mir so leid, Char. Wenn ich die geringste Ahnung gehabt hätte, dass sie dich behandeln würden wie …«

Er fluchte noch einmal, und am liebsten hätte er ihre Eltern erwürgt, weil sie ihrer Tochter den Geburtstag verdorben hatten. Was, zum Teufel, dachten sie sich eigentlich dabei, Char mit ihrer Schwester zu vergleichen? Char war einzigartig. Normalerweise beschrieb er damit Frauen ohne Körper oder Persönlichkeit. Aber nicht Char. Bei ihr meinte er es so. Sie war anders, aber auf eine Weise, die einen Mann aufmerksam werden ließ. Sie war unbestreitbar leidenschaftlich … mit einem Körper, schön wie die Sünde, und der passenden Haltung. Da machte es gar keinen Sinn, dass ihre Eltern an ihr etwas auszusetzen fanden. Chemikerin? Chars Schwester war eine fade Chemikerin? Es ergab keinen Sinn. Diese Leute ergaben keinen Sinn. Je mehr er darüber nachdachte, umso wütender war er.

»Dreck?«, schlug Char vor und trocknete sich die Augen. »Ist schon in Ordnung. Ich weiß nicht, wieso ich etwas anderes erwartet habe. Ich schätze, vielleicht wegen des Wagens oder wegen des Kleides oder vielleicht sogar deinetwegen.«

»Ich dachte, wenn sie dich sehen, dass sie sich dann schuldig fühlen würden, und falls das nicht funktioniert, dass sie dann zumindest neidisch werden, weil du dich so richtig amüsierst.« Jake fluchte. »Ich schwöre dir, das gerade eben war nicht das, was ich beabsichtigt hatte.«

»O ja.« Char kicherte. »Was hattest du denn vor?«

»Oh, du weißt schon.« Jake spielte mit einer Haarsträhne von ihr und strich sie ihr hinters Ohr. »Dich umhauen. Ich Prinz Charming und du Cinderella … nur dass der Plan diesmal eher darin bestand, der Typ zu sein, der den Schuh auszieht, anstatt diejenige zu finden, die hineinpasst.«

»Dann wolltest du also der ungezogene Prinz Charming sein? Der Prinzessin die Schuhe ausziehen? Welch ein Skandal.«

Jake lachte, während sein Herz lautstark in seiner Brust hämmerte. »Ich habe nie behauptet, ich wäre komplett bekehrt, weißt du.«

Das schien Char zu gefallen. Sie lachte und sah dann mit ihren klaren blauen Augen zu ihm auf. »Mir gefällt ein bisschen böser Junge.«

Sie war so nahe. Er hatte nicht vorgehabt, sie im Restaurant zu küssen, aber er war einfach so verdammt sauer auf ihre Eltern gewesen. Er hatte ihnen beweisen wollen, dass, auch wenn sie keinen Wert auf ihre Tochter legten, er das auf jeden Fall tat. Das einzige Problem war: So sehr Char ihn wahrscheinlich als Prinzen empfand, so sehr fühlte er sich als Schurke. Er durfte sich nicht in sie verlieben – und irgendwo hatte er eine Heidenangst, dass er sich vielleicht schon auf bestem Weg dazu befand.

»Wirst du mich noch einmal küssen?«

Jake nickte. »Noch eine Regel für Geburtstage.«

»Ah ja, und was für eine?« Char beugte sich näher zu ihm, bis ihre Lippen seine streiften.

»Küsse zählen nicht. Also falls ich dich küsse, sagen wir, jetzt …« Seine Lippen trafen auf ihre. »Und noch einmal gleich jetzt, dann darfst du mich nicht ohrfeigen oder es mir vorwerfen.«

»Ist das so?«

»Ja.« Er strich mit der Zunge über ihren Mundwinkel, nahm dann ihr Gesicht zwischen beide Hände und vertiefte den Kuss.

Sein Handy in der Tasche summte, aber er ignorierte es. Er ignorierte alles außer ihrem Geschmack, als der herbe Champagner auf ihrer Zunge ihn um den Verstand brachte.

Doch das Handy gab keine Ruhe.

Schließlich löste er sich mit einem Fluch von ihr und meldete sich mit einem schroffen »Hallo?«

»Diese Bastarde!«, brüllte Oma Nadine.

»Hä?«

»Ich bin unterwegs.«

»Was?« Jake war viel zu sehr auf Chars tief ausgeschnittenes Kleid und ihre vollen Lippen konzentriert. »Wohin willst du denn?«

»Zu euch. Stuart hat mich angerufen. Er hat mir alles erzählt.«

»Stuart? Wer, zum Teufel, ist Stuart?«

Oma Nadine seufzte schwer, als sei er derjenige, der sich gerade seltsam benahm. »Der Ober, Jake. Weißt du, manchmal wundere ich mich schon über dich. Er hatte ein Namensschild. Wir treffen uns beim Apartment. Wir bleiben über Nacht und werden eine Party für sie geben, die sie im Leben nicht mehr vergessen wird!«

Oma Nadine legte auf.

Jake fluchte und sah Char an. »Und das war Oma.«

»Ja, habe ich gehört. Die Frau hat's nicht mit leise.«

»Sie will eine Party für dich geben.« Jake starrte immer noch auf sein Handy, und dann wieder auf Chars Lippen. »Wir sollten sie wahrscheinlich bei Laune halten.«

»Tja.« Char schnallte sich an. »Immerhin habe ich Geburtstag … und ich bin am Verhungern.«

»Ich auch«, stimmte Jake zu. Aber es war nicht Nahrung, wonach ihn verlangte. O nein. Er wollte mehr von ihren Lippen. Verdammt, er wollte sie mit Haut und Haaren. Doch er zügelte sein Verlangen und startete den Motor. »Also dann, wollen wir Ihre Hoheit nicht warten lassen.«

KAPITEL 17

Auf das, was Oma Nadine vorhatte, war Jake absolut nicht vorbereitet. Schließlich war es erst vier Uhr nachmittags. Er hatte nur ein frühes Abendessen mit Drinks geplant.

Doch war es vorher nur darum gegangen, dass er Char beeindrucken wollte, kam nun Oma Nadine daher und übertraf alles, was er an schönen Ideen je haben konnte.

Denn sie hatte Chars beste Freundin mobilisiert.

»Kacey?« Char blieb der Mund offen stehen, als Kacey und Travis auftauchten. Oma Nadine hatte ihnen gesagt, sie sollten abwarten und Champagner trinken und sich auf die Party des Jahrhunderts freuen. Ihre Worte, nicht seine.

Zwei Stunden später war Jake sich absolut sicher gewesen, dass Grandma hinter dem Steuer ihres Wagens eingeschlafen sein musste. Nicht, dass es ihn kümmerte. Char wollte einen Strandspaziergang machen, und er tat ihr den Gefallen. Danach wollte sie noch etwas Champagner, und, Teufel noch eins, er hätte ihr alles gegeben, was immer sie sich wünschte. Er wollte einfach nur, dass sie sich gemocht … begehrt fühlte. Und, verdammt, auch wenn er nicht derjenige sein wollte, der ihr dieses Gefühl gab.

Seit ihrem letzten Kuss waren ein paar Stunden vergangen, und er dachte ernsthaft darüber nach, die Wohnungstür abzusperren, damit er sie noch einmal küssen konnte –

als sein Bruder und seine künftige Schwägerin hereinplatzten.

»Überraschung!«, rief Kacey und kam in das große Wohnzimmer.

»Ich kann gar nicht fassen, dass ihr hier seid!« Char lief auf Kacey zu und umarmte sie. »Wie habt ihr überhaupt …«

»Grandma«, antworteten alle einstimmig.

Jake stand von der Couch auf, um seinem Bruder die Hand zu schütteln. »Ich bin überrascht, dass ihr einen Flug erwischt habt.«

Travis fluchte. »Da geht's dir so wie mir. Wir hatten kaum Zeit, irgendwas zu packen. Ich habe nur ein paar Sachen in meine Tasche gestopft und dann noch ein paar so Spitzendinger für Kacey geschnappt.«

»Unterwäsche«, seufzte Kacey. »Er hat meine Seidenunterwäsche eingepackt.«

Travis zuckte mit den Schultern. »Na, ich bin ein Kerl.«

»Und ich kann nicht nackt herumlaufen!« Kacey schrie schon fast.

Travis schien es allerdings nicht zu kümmern, Bastard von Glückspilz. »Du machst das schon.« Er grinste.

Kacey errötete und wandte den Blick ab. »Also, Char, Grandma hat erzählt, Jake war heute dein weißer Ritter.«

»Wow, jetzt aber.« Jake hob abwehrend die Hände. »Ruiniere mir bloß nicht meinen schlechten Ruf.«

Kacey zwinkerte. »Würde ich im Traum nicht daran denken. Er ist immer noch ein Mistkerl, Char. Ich hoffe, das ist dir klar.«

Char lachte mit Kacey.

Jake lachte nicht.

Kein bisschen.

War er denn für jedermann nur eine riesige Witzfigur?

»Also« – Kacey zog Char mit sich auf die Couch – »ich bin froh, dass ich dir das von Angesicht zu Angesicht erzählen kann, denn dann kann ich sehen, wie du darauf reagierst.«

»Du bist schwanger!«, rief Char.

Travis spuckte sein Getränk aus und fing an zu husten.

»Ähm, nein.« Kacey warf Travis einen finsteren Blick zu. »Damit hätten wir dann zwei Mistkerle.«

»Wäre nicht das erste Mal, dass sie uns beiden das vorwirft.« Jake hob sein Glas, um seinem Bruder zuzuprosten, und trank einen langen Schluck.

»Erinnerst du dich noch an Jace Munroe?«, fragte Kacey.

Char machte große Augen. »*Der* Jace Munroe? Der Quarterback von unserer Konkurrenzschule, der wie eine heißere Version von Justin Timberlake aussah?«

»Äh, ja, genau der.« Kacey lachte. »Ich habe ihn zur Hochzeit eingeladen.«

»Ich kann dir nicht folgen.« Char schlüpfte aus ihren Schuhen und zog die Beine hoch auf die Couch. Jammerschade, denn Jake war gerade dabei, ihre wohlgeformten Beine recht genau zu betrachten. »Warum willst du jemanden, den du kaum kennst, auf deine eigene Hochzeit einladen?«

»Travis spielt Golf mit ihm.«

»Ja, und?«

»Sie treffen sich immer wieder mal, sie sind Freunde, und er ist Single.«

Jake schlürfte seinen Champagner zu schnell und verbarg seinen Hustenanfall hinter einem Lachen. Auch wenn er die Situation in keiner Weise amüsant fand.

Char wand sich. »Ich will mich aber nicht verkuppeln lassen.«

»So sollst du es ja auch nicht sehen.« Kacey legte Char die Hand auf den Arm. »Übrigens, er erinnert sich an dich.«

»Tatsächlich?« Chars Gesicht hellte sich auf. Wie konnte sie sich nur ihres eigenen Charmes so gar nicht bewusst sein? Die Frau war umwerfend. Natürlich würde sich dieser Vollpfosten an sie erinnern; wahrscheinlich hatte er in seinem Leben schon mit hundert Frauen etwas gehabt, und jetzt war er bereit, mit der einzig wahren Frau sesshaft zu werden. Also mit genau so einer wie Char. Bastard.

»Irgendwie haben wir ihm erzählt, dass du auch da sein wirst, und na ja, ich weiß nicht, du solltest zuschlagen!«

»Entschuldige mal«, unterbrach Jake. »›Zuschlagen‹?«

»Hm, ja?« Kacey kniff ihn in den Arm. »Sie sollte sich in die Welt hinauswagen und anfangen, sich zu verabreden. Wenn sie so weitermacht wie bisher, hat sie am Ende hundert Katzen und lebt in einem Wohnwagen in unserem Garten.«

»Stimmt nicht.« Char errötete. »Ich bin nur wählerisch.«

»Ich denke, es liegt an der Junior High.« Kacey seufzte. »Ich schwöre, seit dem Camp in der achten Klasse hast du keinen Typen mehr eines Blickes gewürdigt, der dich auch nur zweimal angesehen hat.«

Char errötete erneut und senkte den Blick auf ihre gefalteten Hände.

»Achte Klasse?«, wiederholte Jake. »Hey, in dem Camp war ich doch auch dabei.«

Char hob den Kopf und lächelte. »Ach ja, richtig, das hatte ich vergessen.«

Jake hatte es alles andere als vergessen. In jenem Sommer hatte er mit zahllosen Mädchen herumgemacht. Der beste Sommer seines Lebens. Er war sogar für kurze Zeit in Char verliebt gewesen, bevor sie auf einmal stinksauer auf ihn geworden war: Einen Tag waren sie Freunde gewesen, und am nächsten Tag plötzlich erbitterte Feinde.

Bis zu jener Schicksalsnacht, in der er mit ihr geschlafen hatte.

Ein paar Stunden lang waren sie mehr als nur Freunde gewesen.

Und damit drängte sich ihm die Frage auf: Was waren sie jetzt? Denn es war so, dass er nicht wollte, dass sie sich mit irgendeinem anderen Mann verabredete. Er würde jeden anderen Kerl umbringen, der sie anfasste.

Nicht, dass er derjenige sein wollte, der sie berührte.

Andererseits … Er betrachtete ihr Gesicht, ihre Lippen, ihre Augen. Mist, vielleicht wollte er versuchen, der Typ zu sein, über den sie mit Kacey kicherte. Sollte heißen, falls Frauen mit dreiundzwanzig Jahren so etwas überhaupt noch machten.

»Bitte«, bettelte Kacey, »für mich. Gib ihm einfach eine Chance, wenn du ihm begegnest, okay? Und falls irgendwas passiert« – sie zuckte mit den Schultern – »dann passiert es eben.«

Jake kam Char zu Hilfe – zumindest seiner Vorstellung nach – und gab seinen Senf dazu. »Setz sie nicht unter Druck, Kacey. Ledig sein ist kein so schrecklich Ding. Ich kenne eine Menge Singlefrauen, die glücklich und zufrieden sind mit ihrer Karriere und ihrem Leben. Nicht jeder will heiraten und Kinder kriegen.«

»Richtig.« Kacey zeigte auf Jake. »Und wenn du wie er enden willst, dann tu dir keinen Zwang an, Char.«

»Aber …« Jake schüttelte den Kopf. »Ich will nur sagen, dass es ihre Entscheidung ist.«

»Genauso wie es deine Entscheidung ist, dich durch alle Betten zu schlafen.« Kacey klopfte ihm auf den Rücken. »Jedem das Seine, richtig?«

Wieso war ihm seine Vergangenheit plötzlich so peinlich?

Und wieso, zum Teufel, ließ er sich von Kacey so einschüchtern?

Char sah ihn an, als erwarte sie, dass er irgendwas sagte oder sie verteidigte, aber er hatte keine Ahnung, was er sagen oder tun sollte. Ihm fiel auf, dass sie hochrot im Gesicht war. War sie auch beschämt?

»Endlich!« Oma Nadine platzte zur Tür herein und hatte haufenweise Taschen dabei. »Wisst ihr eigentlich, wie schwer es ist, in Seattle ein gutes Feuerwerk aufzutreiben?«

»Ähm, sollten wir uns jetzt Sorgen machen?« Char deutete auf eine Tasche, auf der *Feuerwerk* stand.

»Nur, wenn sie Streichhölzer hat«, antwortete Travis, als Oma Nadine genug Streichhölzer hervorholte, um damit ganz Alki Beach niederzubrennen.

»Ich sagte doch, das wird der beste Geburtstag von allen!« Oma Nadine lächelte, ließ ihre Taschen fallen, ging zu Char, und nur einen Augenblick später hatte sie sie umarmt. »Du bist ein ganz besonderes Mädchen und verdienst einen ganz besonderen Tag mit Familie.«

Eine Träne rann Char über die Wange, als sie sich von Oma Nadine löste und sich bei ihr bedankte.

Erneut kurzes Schweigen im Raum, und dann fing Oma Nadine an, lautstark Befehle zu erteilen, betreffend einen Kuchen, Feuerwerk und Margaritas.

KAPITEL 18

Hätte irgendwer Char heute Morgen erzählt, sie würde heute den besten Geburtstag ihres Lebens in einer Millionen Dollar teuren Wohnung in Alki Beach feiern, dann hätte sie laut gelacht. Obwohl sie es gerade erlebte, war es schwer zu glauben.

Oma Nadine hatte einen unheimlich guten Kuchen gekauft. Er war samtrot mit Streuseln und mit der erstaunlichsten Glasur, die sie je im Leben gesehen hatte. Sogar die Zutaten für Margaritas, Chars Lieblingsdrink, hatte sie mitgebracht.

Jake war seit Oma Nadines Ankunft distanziert, beinahe kühl. Char hoffte nur, das lag nicht an den Küssen vorher. Sie war aufgewühlt gewesen, und er hatte nur nett sein wollen. Wie er ja zuvor gesagt hatte, es war nicht real. Es zählte nicht, denn es war ihr Geburtstag. Richtig?

»Wie geht es dir so?«, fragte Jake und nahm neben ihr Platz. »Bester Geburtstag von allen?«

Char lachte und stieß mit ihm an. »Bester Geburtstag von allen. Das heißt, falls Grandma nicht noch jemanden in Brand setzt, das wäre dann die Krönung des Ganzen.«

»Wir können froh sein, wenn heute Abend keiner in der Notaufnahme landet«, sagte Travis, der mit Oma Nadine schon seit einer Stunde am Strand einen aussichtslosen Kampf mit dem Feuerwerk kämpfte, während alle anderen Margaritas tranken und ihnen zusahen.

»Ich bin froh, dass wir das hier machen«, meinte Kacey. »Vor dem verrückten Hochzeitstheater. Es ist schön, einfach mit allen zusammen zu sein.«

Oma Nadine schnaubte und holte noch ein Streichholz heraus. Travis wich zurück, während sie damit in der Luft wedelte. »Verrücktes Hochzeitstheater. Das stimmt. Und glaubt nicht, ich werde euch beiden verzeihen, dass ihr Petunia eingeladen habt.«

Travis stöhnte. »Sie ist deine Schwester.«

»Sie ist eine Enttäuschung!« Oma Nadine reckte die Faust in die Höhe.

»Was hat sie denn angestellt?«, fragte Char, obwohl Jake warnend den Kopf schüttelte und Travis wie verrückt hinter Oma Nadine mit den Händen wedelte.

»Was sie angestellt hat?«, wiederholte Oma Nadine. »Was sie angestellt hat?«

»Sie wiederholt sich«, stöhnte Jake. »Schlechtes Omen. Schnell, gebt ihr noch einen Margarita.«

Oma Nadine versetzte ihm einen Klaps auf den Hinterkopf und ging zu Char. »Meine Schwester hat mich Hure genannt.«

Char biss sich auf die Lippe, um nicht loszulachen.

»Auf meiner eigenen Hochzeit!«

Jake hob die Hand. »Grandma, dir ist aber schon klar, dass sie dich nur so genannt hat, weil du auf dem Tisch …«

»Schsch!« Oma Nadine winkte ihn beiseite. »Sie ist eine prüde Zicke, die fast ausschließlich weiße Kleidung trägt.«

Char runzelte die Stirn. »Wieso nur Weiß?«

Jake stöhnte, aber sie ignorierte ihn.

Oma Nadine warf das Streichholz in das Lagerfeuer und schüttelte den Kopf. »Sie sagt, Rot sei die Farbe des Teufels.«

»Und Schwarz?«

»Die Farbe der Hölle.«

»Blau?« Char musste einfach fragen.

»Traurigkeit.«

»Also, das ist albern.«

»Ist es«, pflichtete Oma Nadine bei. »Was sie braucht, ist ein Mann, aber vor denen hat sie so viel Angst, dass sie ledig geblieben ist. All die Jahre.« Sie schüttelte den Kopf.

»All die Katzen«, flötete Kacey hinter Oma Nadine.

»Deine Zukunft« – Travis nickte – »wenn du nicht unseren Rat befolgst und mit Jace ausgehst.«

»Jace?« Oma Nadine wirbelte herum. »*Den* hast du zur Hochzeit eingeladen?«

»Ist nur fair«, erwiderte Kacey. »Ich meine, wir wollen ja, dass es paarweise aufgeht, richtig?«

Oma sah finster drein und fing an, ihre Hände zu kneten.

Char rutschte näher an Jake heran. »Ich glaube, uns entgeht da gerade etwas.«

»Schau mich nicht so an! Ich habe ebenso wenig Ahnung wie du.«

Daraufhin schnaubte Oma Nadine. »O ja, das stimmt. Sagt mal, habt ihr heute irgendwelche Vorbereitungen für die Hochzeit erledigt?«

Jake hüstelte und wandte den Blick ab.

»Zwei Tage!« Grandma hielt zwei Finger hoch. »Und, Char, vergiss nicht, die zusätzlichen freien Tage bei deinem Boss zu beantragen. Wir wollen ja nicht, dass du gefeuert wirst.« Sie zwinkerte Jake zu.

»Sehr witzig«, grummelte er.

»Ich glaube, wir sind so weit!«, verkündete Travis hinter ihnen.

»Ich zuerst!« Oma Nadine stürzte mit ihrem einen Streichholz auf ihn zu und entzündete es. Ein paar Sekunden später schossen die Feuerwerksraketen in den Himmel und explodierten.

Ein Feuerwerk, und nur für sie.

Char kicherte und versuchte, es sich im Sand bequem zu machen. Sie spürte Fingerspitzen an ihrer Schulter, und dann zog Jake sie in seine Arme. Sie lehnte sich an ihn und seufzte, als er in ihr Haar flüsterte: »Happy Birthday, Cinderella.«

»Danke, Prinz Charming.«

»Darf ich dir jetzt die Schuhe ausziehen?«

»Keine Chance.«

Er erstarrte hinter ihr.

»Aber du darfst meine Hand halten.«

»Noch besser.« Seine Hände umfingen ihre von hinten, und er hielt sie in der Sicherheit seiner Umarmung fest.

Es war der perfekte Moment.

Bis sie Sirenen hörten.

»Ähm, Grandma?« Travis kratzte sich am Kopf. »Du hast aber schon eine Genehmigung von der Feuerwehr besorgt, dass wir am Strand ein Feuerwerk machen dürfen, oder?«

Oma Nadines Schweigen war Antwort genug.

Alle sprangen auf die Füße und suchten das Weite, während Grandma die ganze Zeit schrie: »Ich gehe nicht mehr in den Knast!«

Zum Glück schafften sie es sicher ins Haus, genau in dem Moment, als Feuerwehrauto und Polizei am Strand auftauchten. Sie machten alle Lichter aus und verschlossen die Tür.

»In diesem Sinne« – Oma Nadine seufzte zufrieden – »wollen wir jetzt alle schlafen gehen?«

»Ja«, knurrte Travis und zog Kacey an sich.

Kacey entzog sich ihm. »Nicht vor der Hochzeit, Teufelskerl ... viel Spaß auf der Couch.« Sie versetzte ihm einen Klaps auf den Bauch und zwinkerte, aber davon wollte Travis nichts wissen. Er zog sie in seine Arme und drückte sie in einem leidenschaftlichen Kuss gegen die Wand.

»Mach die Augen zu«, flüsterte Jake Char ins Ohr. »Als ich sie das letzte Mal offen gehalten habe, habe ich eine Zunge gesehen – seitdem bin ich nicht mehr derselbe.«

Er gab ein Ächzen von sich, als Char ihn leicht in die Magengegend boxte und in Richtung Schlafzimmer ging.

»Oh, und Char? Du und Jake, ihr könnt das Loft nehmen.« Oma Nadine winkte und verschwand.

»Aber …«, rief Char ihr nach, »gibt es nicht mehr Zimmer?«

»Nein«, brummte Jake leise. »Sieht so aus, als hättest du mich am Hals. Sieh es positiv: Es ist immer noch dein Geburtstag; vielleicht wirst du ja flachgelegt.«

Er wich aus, bevor Char ihn treffen konnte. »Und vielleicht überstehst du ja die Nacht, ohne kastriert zu werden.«

»Das hast du beim letzten Mal aber nicht gesagt.«

Char funkelte ihn an. »Du willst echt von letztem Mal reden, wenn ich so leicht an Streichhölzer und Messer drankomme?«

Jake nickte und wich zurück. »Ich gehe einfach mal duschen und schaue dann, ob ich nicht etwas finde, was du im Bett anziehen kannst.«

KAPITEL 19

Es ging ihm gut.

Gut, gut, gut.

Zu viele »gut« in einem Satz. Wenn Jake es schaffte, sich einzureden, dass es ihn nicht umbringen würde, mit Char im selben Zimmer zu schlafen, war das sicher eine großartige Leistung. Es war, als sei er wieder im Junior High Camp. Nur dass er diesmal ganz genau wusste, was er verpasste, während das Mädchen weit, weit weg von ihm schlief.

Er fuhr sich mit den Fingern durchs Haar und versuchte, sich auf seine gegenwärtige Aufgabe zu konzentrieren: Klamotten für Char zu finden. Andererseits waren keine Klamotten auch eine Möglichkeit. Er grinste; dann fiel ihm ihre Drohung wieder ein, und er suchte weiter.

Er öffnete die oberste Schublade der Kommode und fand ein Paar Boxershorts und ein T-Shirt, das er immer in der Highschool getragen hatte. Das würde gehen.

Bis er schließlich vor dem Loft stand, hatte er sich beinahe selbst davon überzeugt, dass es keine große Sache war. Mit Betonung auf »beinahe«.

Char lag bereits auf dem Bett, die Beine hochgezogen und die Hände hinter dem Kopf verschränkt, so dass ihre Brüste sich so atemberaubend gegen ihr Kleid drückten, dass Jake kurz die Augen schließen musste. Kommando zurück – es war nicht wie in der Highschool, ganz und gar nicht.

»Ich habe Sachen für dich gefunden.« Er warf sie ihr aufs Gesicht. Okay, also vielleicht doch ein wenig wie Junior High Camp, nachdem er immer noch die Mädchen, die er mochte, ärgerte. Wo war nur sein Biss geblieben? Hatte sich verflüchtigt, so sah's aus.

»Danke«, brummelte Char und zog sich die Klamotten vom Gesicht. »Hey, das Shirt kenne ich noch.« Sie lachte und hielt es sich an den Oberkörper. »Mann des Jahres, hm?«

Jake kratzte sich am Kopf und wandte den Blick ab. »Na ja, das ist lange her.« In der Highschool hatte man ihn zum Mann des Jahres gewählt; für einen hormongesteuerten Teenager bedeutete das im Grunde genommen, dass er eine Art Sexgott war, der auf die Erde gesandt worden war, um all den Mädchen um ihn herum seine Aufmerksamkeit zu widmen. Die Mädchen hatten das Shirt geliebt. Jedes Mal, wenn er es getragen hatte – nun ja, es genügte, zu sagen, jedes Mal, wenn er es anhatte, kam er zu spät zum Unterricht.

»Ich habe dieses Shirt gehasst.« Char legte es aufs Bett und seufzte.

»Du hast es gehasst?« Jake ließ sich neben ihr nieder und hob das Shirt auf. War er wirklich so klein gewesen? O Mann, damals hatte er sich für einen gut gebauten, muskulösen Gott gehalten. Armselig, also ehrlich. Jetzt würde er nicht mehr hineinpassen.

»Jawohl, *gehasst*.« Char lehnte sich zurück, auf die Ellbogen gestützt. »Ich fand es dumm, über etwas so Albernes abzustimmen und dass Mädchen das so ernst nahmen. So wie: ›O meine Güte, hast du heute schon Jake Titus gesehen? Er ist ja so sexy, und er trägt das Shirt. Du weißt, was das heißt.‹«

»Kacke, woher wusstest du das denn?«

»Das wusste jeder.« Char lachte. »Wenn du das Shirt anhattest, hieß das, du warst auf eine kleine außerschulische Knutscherei hinter der Turnhalle aus. Und die Mädels rannten zu ihren Spinden, schmierten noch mal Lippenstift nach, zogen ihre Röcke höher und warteten nur darauf, dass du sie dir greifst. Also, ja, ich habe das Shirt gehasst.« Sie seufzte. »Aber viel hat sich ja nicht geändert, außer dass du jetzt ohne das Shirt auf deine Kosten kommst, richtig?«

Jake wusste wirklich nicht, was er darauf sagen sollte. Sollte er ihr beipflichten? Oder einfach lügen, dass sich die Balken bogen? Denn rein technisch, und traurigerweise, hatte sie recht.

»Wie auch immer, ich muss mich umziehen.« Sie sah ihn bedeutungsvoll an.

Jake rührte sich nicht vom Fleck.

»Also …« Sie deutete mit dem Kopf in Richtung Tür.

Jake zuckte mit den Schultern. »Ich kann die Augen zumachen, wenn du so prüde sein willst, aber lass mich doch kurz einige Gründe zu meiner Rechtfertigung anbringen …«

»Oh, ich bitte darum.« Char drehte sich zu ihm und verschränkte die Arme, so dass ihre Brüste wieder fast aus dem Kleid rutschten. Grundgütiger, sie hatte einen schönen Körper. Jake leckte sich über die Lippen und wandte den Blick ab, damit er sich konzentrieren konnte.

»Erstens.« Er hielt einen Finger hoch. »Ich habe dich schon viermal im Leben nackt gesehen.«

»Viermal?«

»Viermal«, bestätigte er. »Das erste Mal, als wir in der sechsten Klasse waren. Ich sollte eigentlich in meinem Zimmer sein, als du und Kace euch für den Pool umgezogen habt. Aber stattdessen bin ich hinüber ins Gästezimmer geschlichen und habe durch die Tür gelinst.«

»Perversling.«

»Hey, ich hatte erst vor kurzem entdeckt, dass ich auf Mädchen stand.«

»Mehr als auf was? Mäuse?«

»Wie nett«, grollte Jake. »Das zweite Mal.« Er wedelte mit zwei Fingern vor ihrem Gesicht herum. Sie schob seinen Arm weg, aber er fuhr fort: »Junior High Camp. Du und Kacey dachtet, ich würde schon schlafen, und habt eure Pyjamas angezogen. Ich schwöre, immer wenn ich seitdem blau-weiß gestreifte Unterwäsche zu Gesicht bekomme, kriege ich …«

»Stopp.« Char wollte aufstehen. »Ich glaube, ich kann mit einiger Sicherheit sagen, dass ich weiß, worauf das hinausläuft.«

»… ein breites Grinsen« – Jake zwinkerte –»übers ganze Gesicht. Ich liebe Streifen. Auf jeden Fall war das dritte Mal in der Highschool, als du für das Basketballteam probeweise gespielt hast und früher in die Dusche gegangen bist, weil du dich nicht gut fühltest und vorzeitig nach Hause wolltest.«

»Dir ist schon klar, dass du dich wie ein Spanner anhörst, oder?«

Jake zuckte mit den Schultern. »Und dir ist schon klar, dass Jungs verzweifelt genug sind, um sich nicht darum zu kümmern, wie gruselig sie sich anhören. Wir hören ›nackt‹, und dann ist alles möglich.«

»Und damit schließt sich der Kreis. Ich soll dir vertrauen, dass du nicht guckst, obwohl wir beide wissen, dass du es doch tust, also bringen wir es hinter uns.«

»P-Pardon?«

»Steh auf.«

Er wusste nicht recht, ob er das konnte – oder sollte.

»Oder bleib sitzen.« Char ließ sich rittlings auf seinem Schoß nieder. Du liebe Zeit, passierte das gerade wirklich? Wollte sie jetzt etwa …?

»Ich denke, du bist der irrigen Annahme, ich wüsste nicht, was Männer denken.«

»Na ja, ich …«

»Und aufgrund dieses kleinen Irrtums, und du weißt schon, für all die Male, als du mich beobachtet hast, wie der gruselige, triebgesteuerte Schuljunge, der du damals warst …«

Sie nahm seine Hände und plazierte sie außen an ihren Oberschenkeln.

»… darfst du nicht zusehen.«

Hieß das, dass er anfassen durfte?

Sie fuhr mit seinen Händen von ihren Oberschenkeln seitwärts nach oben, hielt direkt unter ihren Brüsten inne, und hob dann seine Hände an ihren Oberkörper und ihr Gesicht. »Fühlst du das, Jake Titus?«

Hölle, ja, und wie er das fühlte.

Er fühlte die Sehnsucht in seinen Augen, und sein Körper vibrierte vor Verlangen, sie zu nehmen.

»Jetzt musst du nicht zusehen.« Char trat zurück. »Du und dein perverses Gehirn könnt es euch vorstellen. Und jetzt raus.« Sie zeigte auf die Tür und verschränkte die Arme.

Meinte sie das ernst?

Sie wollte, dass er aufstand? Jetzt? Und tatsächlich zur Tür ging? Und sie hinter sich zumachte? Ohne …

»Ich warte.«

Guter Zug, verdammt.

Schwerfällig stand er auf und schlurfte langsam aus dem Zimmer. Erst als die Tür hinter ihm zufiel, schaffte er es, auszuatmen, und sogar da musste er sich noch an die Wand lehnen, um nicht vor seiner eigenen unbefriedigten Lust in die Knie zu gehen.

»Läuft's gut?«, rief eine Stimme vom Flur nach oben.

Travis kam langsam auf ihn zu und grinste spöttisch. »Ah, dann hast du's also letztendlich doch eingebüßt.«

»Hä?« Schwitzte er etwa gerade? Was, zur Hölle …! Wann hatte eine Frau jemals eine derartige Wirkung auf ihn gehabt?

»Na, deinen Biss, dein Geschick, deine Verführungsmagie, die Fähigkeit, mit deinem Charme selbst eine Nonne aus ihren Röcken zu kriegen …«

»Okay, ich hab's begriffen«, unterbrach Jake ihn.

»Also …« Travis verschränkte die Arme. »Du und Char, hm?«

Jake schwieg.

»Tu es nicht.«

»Offensichtlich tue ich doch gar nichts. Das ist ja das verdammte Problem«, brummte Jake.

Travis fluchte. »Nur eben … tu nichts Leichtsinniges vor der Hochzeit, okay? Ich kann mir nicht vorstellen, wie sauer Kacey wäre, wenn sie herausfindet, dass du versuchst, mit ihrer besten Freundin und Trauzeugin herumzumachen.«

»Da war nichts mit Herummachen, glaub mir.« War das Bitterkeit, was da in jedem seiner Worte mitschwang?

»Gut.« Travis klopfte ihm auf den Rücken. »Weil, ich habe schon jemanden in Aussicht für sie. Einen soliden Typen, der nichts mit Miezen anfängt, die so Namen haben wie Jak-Jak oder Honey.«

»Was, zum Teufel, soll das denn heißen?« Jake stieß sich von der Wand ab.

»Das heißt« – Travis trat näher auf ihn zu – »halte dich, verdammt noch mal, von ihr fern. Du bist nur scharf auf sie, weil sie auf ›Ich bin nicht leicht zu haben‹ macht. Aber sobald sie damit aufhört, bist du weg, und ich muss mich am schönsten Tag meines Lebens mit zwei hysterischen Mädchen herumschlagen – von Oma gar nicht zu reden.

Also … nur dieses eine Mal im Leben, Jake, lass es gut sein, okay?«

Was, zum …? Ein Gefühl von Schmerz traf ihn unvermittelt. War es Enttäuschung? Oder Schuldgefühle? Beschämung? Er wusste es nicht, aber das Letzte, was er wollte, war, weiter jeden Menschen in seinem Leben im Stich zu lassen. Er wich zurück und seufzte.

»Sie ist ohnehin nicht mein Typ.«

Travis verdrehte die Augen. Ja, gut, er würde sich selbst auch nicht glauben – hauptsächlich, weil das rundheraus gelogen war.

»Und« – er zuckte mit den Schultern – »wir sind viel zu gute Freunde. Das will ich nicht zerstören. Ich hatte nie einen richtigen Kumpel, der ein Mädchen war; ich meine, Kacey zählt nur bis zu einem gewissen Punkt. Ich wollte nur etwas Nettes für sie zum Geburtstag tun. Das ist alles, ich schwör's.«

»Wirklich?« Travis sah ihn aus schmalen Augen an.

»Natürlich.« Jake zwang sich zu einem Lächeln. »Außerdem weißt du doch, ich stehe auf Blondinen.«

»Travis!«, rief da Oma Nadine laut aus dem anderen Zimmer. »Couch! Sofort!«

»Kein Schlaflager in Kaceys Nähe bis nach der Hochzeit – Anweisung von Oma«, brummte Travis. »Falls du mitten in der Nacht einen Mann weinen hörst, ignoriere es.«

Jake zuckte zusammen. »Wenigstens ist deine Qual in nicht einmal zwei Wochen vorbei.«

»Klar. Erzähl das mal meinem …«

»Travis!«, brüllte Oma Nadine erneut.

Travis brummte einen Fluch vor sich hin und marschierte die Treppe hinunter in Richtung Couch. Jake drehte sich wieder zur Tür und klopfte.

Char lag bereits im Bett, und alle Lichter waren ausgeschaltet. Enttäuscht zog Jake Hemd und Hose aus. Nur mit Boxershorts bekleidet, legte er sich aufs Bett und zog die Überdecke über seinen Körper.

Sie war bereits eingeschlafen. Wie konnte sie zu so einer Zeit einschlafen? Vibrierte ihr Körper etwa nicht immer noch vor Verlangen? Hatte sie denn keinerlei Gefühle für ihn? Und wieso, zum Teufel, war ihm das überhaupt wichtig? Gähnend versuchte er, die Augen zuzumachen und einzuschlafen.

KAPITEL 20

Char wischte sich eine heiße Träne aus dem Gesicht und versuchte, möglichst keinen Laut von sich zu geben, als sie unter der Decke schniefte.

Es war erbärmlich, also wirklich.

Sie weinte wegen Jake Titus – wieder mal.

Nur dass er diesmal nicht rüde gewesen war, nur ehrlich. Trotzdem tat es höllisch weh. Und am liebsten wollte sie immer noch ihren Kummer in Eiscreme ersticken und sich so richtig ausweinen. Nicht, dass damit irgendwas in Ordnung war.

Kumpel.

Ein guter Kumpel.

Und er stand auf Blondinen.

Sie wusste nicht recht, warum es so schmerzte, erneut zurückgewiesen zu werden. Vielleicht lag es daran, wie er sie geküsst hatte oder wie liebenswert er heute zu ihr gewesen war. Andererseits, es war ihr Geburtstag. Er wollte nur nett sein, denn es war ja halbwegs möglich, dass Jake, trotz all seiner Eitelkeit und dem ausufernden Sexleben, tatsächlich ein anständiger Kerl war.

Er war nur nicht *ihr* Kerl.

Vorsichtig, um kein Geräusch zu machen, holte Char ihr Handy unter den Decken hervor und schickte eine SMS an Kacey.

Freue mich schon, Jace zu treffen!

Da. Abgeschickt. Sie würde ihren Weg weitergehen, denn wenn nicht, würde sie wirklich noch als die verrückte Katzenlady enden, die immer noch darauf wartete, dass Jake endlich seine verdammten Augen aufmachte und ihr seine unsterbliche Liebe offenbarte. Die Chancen dafür standen wahrscheinlich so gut wie die Chance, dass Brad Pitt für sie seine Angelina verließ.

Seufzend stellte sie den Handywecker auf sechs Uhr morgens, damit sie genug Zeit hatte, zu ihrer Wohnung zu fahren und sich für die Arbeit umzuziehen. Dann schob sie das Handy wieder unter die Decke und versuchte zu schlafen.

Musik von Maroon 5 riss Char so abrupt aus dem Schlaf, dass sie beinahe aus dem Bett plumpste. Genau genommen wäre sie tatsächlich hinausgefallen, hätte nicht ein warmes, muskulöses Bein sie auf der Matratze festgehalten. Irgendwie hatte sie mitten in der Nacht sämtliche Decken abgestrampelt und lag nun gefangen unter gut achtzig Kilo geschmeidigen männlichen Muskeln.

Vielleicht sollte sie einfach den Moment genießen, da es dazu nie wieder kommen würde?

Er atmete tiefer. Als Char sich ihm entziehen wollte, schlang sein Arm sich um ihre Taille und zog sie fest an sich.

Mit einem Aufstöhnen drückte er die Nase in ihr Haar und seufzte. *Du lieber Himmel.* Panisch schaute sie sich im Zimmer um, und dann merkte sie, dass sie immer noch ihr Handy in der Hand hielt. Mit einer Hand drückte sie ein paar Icons auf dem Bildschirm und stellte den sehr lästigen Wecker ein – den, der sogar Tote aufweckte, Payback und so. Sie aktivierte ihn und hielt ihm das Handy ans Ohr.

In dem Moment, als der Wecker losging, riss er die Augen

auf, aber er rührte sich nicht. Stattdessen starrte er ihr direkt in die Augen, als sei sie ein Traum. Seine Pupillen weiteten sich, jeder Muskel über ihr spannte sich an. Char hätte schwören können, dass sie seinen Herzschlag hörte, während er sie weiterhin anstarrte.

Und dann, als risse er sich selbst aus seiner Benommenheit, fuhr er zurück und wandte den Blick ab. »Danke für den Weckruf. Da habe ich kein Bedürfnis, dich auf der Stelle zu ermorden.«

»Jederzeit gern«, schnaubte Char. »Du hast geschlafen wie ein Toter.«

»Mir war warm.«

»Du hast mich als Decke benutzt«, wandte Char ein und stand auf.

»Frauen sind dafür am besten.« Er drehte sich um und zwinkerte ihr über die Schulter zu, im selben Moment, als sie ihm ein Kissen an den Kopf warf. Er duckte sich, Mist.

»Du bist ein Schwein.«

»Wenigstens bin ich kein Quälgeist«, flötete er.

»Ach!« Char marschierte hinüber auf seine Seite des Bettes und stieß ihn in die Brust. »Ich bin der Quälgeist? Wenigstens knutsche ich nicht einfach so Leute ab und behaupte, es wäre okay, weil sie Geburtstag haben!« Sie malte mit den Fingern Anführungszeichen in die Luft und sah ihn finster an.

»Es hat dir gefallen. Gib es zu. Und du bist trotzdem ein Quälgeist. Wenigstens war ich ehrlich bei dem, was ich getan habe. Also, es gefällt mir, dich zu küssen? Dann verklag mich doch. Ich küsse auch gern meine Oma, das heißt aber noch lange nicht, dass ich …« Er verzog das Gesicht.

»Nein, rede nur weiter.« Char verschränkte die Arme. »Ich möchte zu gern hören, wie du das zu Ende bringst.«

»Ach, halte den Mund. Es ist noch früh, und ich bin geil,

und du spielst gerade mit deinem Leben, indem du so nahe vor mir stehst, mit nichts an außer T-Shirt und Boxershorts.«

»Also bin ich jetzt kein Quälgeist, sondern nur gerade verfügbar?«

Er zuckte mit den Schultern. »Wenn der Schuh passt – Cinderella.«

Tiefschlag.

Stinksauer wollte sie ihm eine Ohrfeige verpassen, aber er fing ihre Hand ab, zog sie aufs Bett und rollte sich auf sie. »Gib es zu. Du hast dasselbe gedacht wie ich. Oh, seht nur, der Playboy des Jahrhunderts steht auf mich; ich bekomme nur ein kleines Stück Geburtstagskuchen früher …«

Seine Augen nahmen eine andere Färbung an, fast so, als sei er wütend. Sie wollte ihn von sich herabschieben, doch Jake war so unbeweglich wie ein Fels. Jeder einzelne Muskel seines Körpers fühlte sich an, als sei er aus Stein gemeißelt, aber er war warm, so warm, dass es sie ganz langsam umbrachte, ihn auch nur zu berühren. Er versengte sie fast zu Tode.

»Schön«, log sie, »ich wollte nur eine Kostprobe.«

Zorn flammte in seinen Augen auf.

»Wer sagt denn, dass man nicht beides haben kann?«

Die Augen weit aufgerissen, brummelte er einen Fluch vor sich hin; dann ließ er sie los und rollte sich auf den Rücken. »Ich bringe dich nach Hause.«

»Was denn? Keine schnippische Antwort?«, fragte Char unschuldig.

Er war einen Moment lang still, dann brummte er etwas vor sich hin über Großmütter und ihre Intrigen, bevor er flüsterte: »Nein. Nichts.«

»Schön.«

»Schön!«, brüllte er.

»Schön!« Sie schubste ihn zurück aufs Bett und rannte zur

Tür, um sie zu öffnen, aber bevor sie die Tür erreichte, ging sie schon auf.

»Alles okay hier drin?«, fragte Kacey und spähte um Char herum, um Jake einen tödlichen Blick zuzuwerfen.

»Toll«, flötete Jake vom Bett aus. Er lag immer noch auf dem Rücken und starrte an die Decke. »Mir geht's verdammt fantastisch. Ich warte nur darauf, dass Char fertig wird, damit ich sie zurück in die Stadt fahren kann.«

Char setzte ein Lächeln auf. »Ich wasche mir nur noch ein wenig den Playboy ab, dann bin ich so weit. Ein paar von uns müssen schließlich immer noch morgens zur Arbeit.«

»Das habe ich gehört!«, rief Jake.

»Ich bin überrascht, dass du überhaupt etwas hörst, nachdem du so laut schnarchst!«, schoss Char zurück und stürmte aus dem Zimmer.

KAPITEL 21

Stinksauer starrte Jake weiter an die Decke.

Etwas stieß an seinen Fuß.

Er weigerte sich, zu reagieren.

»Was hast du gemacht?« Die Matratze sank ein wenig ein, als Kacey sich neben ihm niederließ. »Ernsthaft.«

»Nichts«, grollte Jake, »das ist ja das verdammte Problem.«

»Das Problem ist, dass du gar nichts gemacht hast?«

»Richtig.«

»Bist du betrunken?«

»Wieso fragt mich das eigentlich jeder? Habe ich mich die letzten drei Jahre denn echt wie ein Alkoholiker verhalten? Ernsthaft?« Seufzend setzte er sich auf.

»Willst du darauf wirklich eine Antwort?«

»Nein.«

»Im Ernst.« Kacey boxte ihn. »Was ist los mit dir?«

»Ich glaube, der Blechmann hat entdeckt, dass er ein Herz hat.«

»War das, bevor oder nachdem du nichts gemacht hast?«

»Beides.« Jake stand vom Bett auf und streckte sich. »Nicht, dass es eine Rolle spielen würde, aber ich habe mich auf den rechten Weg begeben, und jetzt streiten wir wieder.«

Kacey zuckte mit den Schultern. »Der rechte Weg bringt am Ende mehr.«

»Sagt die glücklich verlobte Frau.« Jake drehte sich um und

zwinkerte. »Nichts für ungut, aber ich denke, der andere Weg gefällt mir besser.«

»Vielleicht, weil du es gern einfach hast.«

»Stimmt nicht.«

»Ha« – Kacey schnaubte – »stimmt sehr wohl.«

»Karma.« Jake presste die Lippen aufeinander. »Zum ersten Mal denke ich, dass ich vielleicht tatsächlich etwas will, von dem ich weiß, dass ich keine Chance habe, es zu bekommen, keine Chance, es zu verdienen oder zu gewinnen, und das macht es umso schlimmer.«

Kacey stand auf. »Wieso schlimmer?«

»Weißt du noch, als ich dir diese Schildkröte zu Weihnachten geschenkt habe?«

Kacey lachte. »Speedy? Ja, das beste Geschenk von allen.«

»Und dass du ihn am Ende im Teich freigelassen und gesagt hast, es wäre besser, wenn er eine Schildkröte mit seiner eigenen Familie ist?«

Kacey befühlte Jakes Stirn. »Mal im Ernst«, flüsterte sie, »bist du auf Drogen?«

»Nein.« Er schubste ihre Hand weg. »Ich versuche zu kommunizieren.«

»Gib dir mehr Mühe dabei, denn im Moment machst du mich wahnsinnig.«

»Wenn man etwas liebt, lässt man es los.« Er schluckte schwer und wandte den Blick ab.

»Ich denke, das stimmt nicht.« Kacey drückte Jake in einer flüchtigen Umarmung an sich und gab ihm einen Kuss auf die Wange. »Seit wann gehst du einer Auseinandersetzung aus dem Weg?«

Chars Rückkehr ins Zimmer in diesem Moment beendete den trauten Augenblick. »Bist du so weit?«

»Ja«, rief Jake, »bin in einer Minute da.« Char ging wieder

hinaus und hinterließ damit eine noch größere Leere. Aber eigentlich war das albern. Vielleicht war er nur erschöpft. Also zuckte Jake mit den Schultern und antwortete Kacey: »Ich kneife nicht vor der Auseinandersetzung. Ich entscheide mich lediglich dafür, nicht daran teilzunehmen. Ganz besonders dann, wenn ich weiß, dass ich es nicht verdient habe, teilzunehmen, und schon gar nicht, zu gewinnen.«

KAPITEL 22

Kacey versetzte Travis einen Stoß, um ihn zu wecken. Er lag immer noch auf der Couch und schnarchte. Armer Kerl. Er würde erschöpft sein, wenn sie wieder nach Hause flogen.

»Was?« Er fuhr hoch und stieß ein Schimpfwort aus. »Echt jetzt? Du hast mich getreten? Wieso weckst du mich nicht mit einem Kuss oder mit Sex oder …«

»Wir haben ein Problem.«

»Es gibt kein ›Wir‹.« Travis rieb sich die Augen. »Nur mich. Ich habe ein Problem. Ich habe auf dieser verdammten Couch geschlafen und habe zwei Knoten im Nacken, und wenn ich nicht bald das Bett mit dir teilen kann, verliere ich noch den verdammten Verstand.«

»Finde mal deine Moral wieder.« Kacey boxte ihn gegen das Bein und brachte ihn so dazu, sich aufzusetzen, so dass sie sich auf einer Ecke der Couch niederlassen konnte.

»Die hab ich verloren. Und ich will sie auch nicht wiederfinden.« Travis gähnte. »Wieso hast du mich denn schon wieder geweckt?«

»Das Problem.«

»Ach ja, richtig.« Er seufzte. »Kriege ich erst noch einen Kaffee?«

»Nein«, gab sie unwirsch zurück, »es ist ernst!«

»Heiliger Strohsack. Bist du …?«

»Wieso werde ich eigentlich dauernd gefragt, ob ich schwanger bin? Wie soll das denn überhaupt gehen, wenn wir in getrennten Betten schlafen?«

Darüber schien Travis tatsächlich nachzudenken.

Kacey verdrehte die Augen und nahm seine Hand. »Konzentriere dich. Ich glaube, mit Jake stimmt etwas nicht.«

Travis schnaubte. »Wenn ich einen Dollar hätte für jedes Mal, wo das jemand zu mir gesagt hat …«

»Halt die Klappe, ich meine es ernst! Er sah richtig traurig aus! Er war ganz deprimiert und …«

»Morgen, Jake!«, rief Travis da, während Jake gerade die Treppe herunterkam.

»Yep.« Jake winkte. »Char ist schon im Auto?«

Kacey nickte.

Jake fuhr sich mit der Zunge über die Lippe und ging zur Tür. Sobald diese sich hinter ihm schloss, meinte Travis: »Mist, ich glaube, mit Jake stimmt etwas nicht.«

Kacey zügelte ihre wachsende Ungeduld und schaffte es, nicht frustriert aufzustöhnen. »Wie ich schon sagte, wir haben ein Problem. Was ist, wenn er sie wirklich mag?«

»Unmöglich«, erwiderte Travis. »Der Junge hatte noch nie eine ernsthafte Beziehung. Ich meine, das, was dem am nächsten kam, war mit dir, und wir wissen beide, wie das geendet hat.«

Kacey ignorierte die Bemerkung und fuhr fort: »Es scheint nur so, als sei er wirklich durcheinander wegen ihr. Hast du gestern Nacht irgendwas zu ihm gesagt?«

Travis gab keine Antwort.

»Baby?«

Travis betrachtete eingehend seine Hände.

»Hast du irgendwas wegen Char gesagt?«

»Könnte sein, dass ich ihn ein wenig … gewarnt habe.«

»Gewarnt?«, fragte Kacey. »Inwiefern gewarnt?«

»Du weißt schon, in dem Sinne, dass ich ihm gesagt habe, er soll sich wie ein großer Junge benehmen, nicht mehr überall gebrochene Herzen hinterlassen und Char, verdammt noch mal, in Ruhe lassen.«

»Und er hat auf dich gehört?«

»Komisch, oder?« Travis grinste. »Wie auch immer. Wir beide kennen Jake besser als jeder andere. Er mag sie nicht wirklich; er glaubt das nur, weil sie wahrscheinlich die einzige Frau ist, die nicht den Rock für ihn hochschiebt. Jace ist besser für sie, versprochen.«

»Aber …«

»Kace.« Travis nahm ihre Hand und drückte einen Kuss darauf. »Denk daran, wenn wir verlieren, dann singt Oma auf unserer Hochzeit. Ich garantiere dir, wenn du Char in Jakes Arme treibst, dann bumst er sie und lässt sie danach sitzen, so wie alle anderen Kerben in seinem Bettpfosten.«

»Okay.« Sie ließ sich nach hinten gegen die Couch sinken.

»Baby.« Travis schmunzelte. »Ich weiß, du hast ein großes Herz und willst, dass die beiden glücklich sind, aber dass Jake so schnell ein anderer Mensch wird, das ist unmöglich. Absolut. Und du willst nicht miterleben, dass deine beste Freundin so verletzt wird, besonders nicht direkt vor der Hochzeit. Vertrau mir, okay?«

»Okay, aber falls du dich irrst …« Kacey legte ihre Beine auf Travis' Schoß. »Dann gibt es eine Woche lang keinen Sex.«

»Dir ist bewusst, dass wir jetzt schon keinen Sex haben?«

»Nach der Hochzeit.«

»Du würdest deinem Ehemann den Sex verweigern?«

»Um eine Wette zu gewinnen?« Kacey grinste. »Absolut.«

»Wie herzlos.«

»Nein.« Kacey küsste ihn auf die Wange. »Das ist Grandma. Sie ist diejenige, die dich auf die Couch verbannt hat.«

»Ich höre nur deshalb auf sie, weil sie erst kürzlich ein Schockhalsband gekauft hat.«

Kacey sah ihn verwirrt an.

»Sie hat keinen Hund, Kace. Aber sie hat ein Halsband gekauft. Wenn ich nicht auf sie höre, dann benutzt sie das vielleicht bei mir. Dieser Frau traue ich alles zu.«

»Kacey! Travis!«, rief da Oma Nadine aus dem Nebenzimmer. »Zeit fürs Frühstück! Ich habe Hunger!«

Stöhnend barg Travis das Gesicht in den Händen. »Denkst du, sie hat einen Knopf zum Leiserdrehen? Vergiss, dass ich noch vor Lust sterbe. Vorher werde ich taub.«

Eine Sekunde Stille. Dann: »Das habe ich gehört!«, von Oma Nadine.

In wortlosem Frust hob Travis die Hände und stand dann von der Couch auf. Er streckte die Hand nach Kacey aus und zog sie für eine Umarmung an sich. »Im Ernst, Kace, mach dir darüber keine Sorgen. Ich verspreche es. Jake ist einfach immer noch Jake, okay?«

Sie nickte, aber sie war nicht überzeugt. Denn zum ersten Mal seit Jahren wirkte Jake tatsächlich … traurig darüber, wie seine Nacht verlaufen war. Er sah alles andere als glücklich aus, und – das war das Eigentliche: Noch nie hatte er zugelassen, dass ein Mädchen eine solche Wirkung auf ihn hatte. Nicht einmal, als sie und er zusammen gewesen waren. Und deshalb fragte sich Kacey ernsthaft, ob er sich vielleicht gerade in ihre beste Freundin verliebte.

KAPITEL 23

»Kannst du schneller fahren?«, fragte Char, ein wenig ärgerlich, weil sie so lange für die Fahrt in die Stadt zurück brauchten. Sie hatte exakt vierzig Minuten Zeit, um sich fertig zu machen und im Büro zu erscheinen.

»Klar. Dann handle ich mir nur einen Strafzettel wegen zu schnellen Fahrens ein«, meinte Jake.

»Als ob du dir das nicht leisten könntest.«

»Was ist los mit dir?«, fragte er und wechselte auf die andere Spur. »Gestern Nacht war noch alles in Ordnung, und jetzt auf einmal bist du ein eiskaltes B…«

»Wenn dir dein Leben lieb ist, sagst du den Satz nicht zu Ende.«

»Balg.« Jake grinste und rauschte an einem anderen Auto vorbei.

Char ignorierte sein übertrieben strahlendes Grinsen und sah aus dem Fenster. »Es ist in Ordnung, alles okay. Ich habe nur eine Menge zu erledigen, wenn ich so viel Zeit wegen der Hochzeit freinehmen muss.«

Schweigen.

Ein paar Minuten später fragte Jake: »Ist es etwas, das ich getan habe?«

Etwas, das er getan hatte? War er wirklich derart begriffsstutzig? Er spielte hier mit ihren Gefühlen! Brachte sie dazu, sich in ihn zu verlieben, während er keinerlei Absichten hatte, die über Freundschaft hinausgingen. »Nein«, log sie, »ich bin nur müde.«

»Es tut mir leid.« Er bog ab in Richtung Queen Anne Hill. »Du weißt schon, falls es an mir liegt. Ich hatte nicht die Absicht, dich wegen deiner Eltern zu verunsichern oder uns ins Gefängnis zu bringen oder …«

»Jake«, unterbrach Char, »es war der beste Geburtstag von allen. Ich schwöre. Nur muss ich jetzt nun mal zur Realität zurückkehren, weißt du?«

Du liebe Zeit, wie deprimierend klang das denn? Zurück zur Realität, in der sie keine Prinzessin war und Jake ganz sicher nicht ihr Prinz und in der sie stattdessen einen Job hatte, wo die Leute immer noch hinter ihren Klemmbrettern über sie kicherten.

Ihre Antwort schien ihn zufriedenzustellen, denn er sagte nichts mehr, sondern parkte nur den Wagen und ließ sie ohne die geringste Verabschiedung gehen.

Das war besser so.

Musste.

Als Char zur Arbeit kam, war sie bereits zehn Minuten zu spät und hatte auf ihren Morgenkaffee verzichtet.

Einige Leute tuschelten, als sie vorbeiging, aber das war nichts Ungewöhnliches. Unter den neugierigen Blicken der anderen ging sie zu ihrem Schreibtisch. Also bitte! War ja nicht so, als würde sie hier einen »Walk of Shame« absolvieren – nicht, dass der Gedanke gestern Nacht so abwegig gewesen wäre. Gott, wie konnte sie nur so dumm sein! Der Mann war ihre ureigene Version von Kryptonit! Ein Kuss, und sie war machtlos. Man sollte ihm einen Warnhinweis verpassen oder ein Gesetz erlassen, das ahnungslose Frauen vor ihm warnte.

»Hey.« Ein Mann, den sie noch nie zuvor gesehen hatte, hielt sie auf. »Happy Birthday, Char. Hoffe, Sie hatten einen wundervollen Tag.«

»Ähm, ja, danke.« Verlegen ließ Char den Blick durch den Raum schweifen und registrierte, dass alle Augen auf sie gerichtet waren. Sie marschierte schnurstracks auf ihren Schreibtisch zu.

Er war über und über mit Rosen bedeckt.

Hunderte gelber Rosen.

Mit zitternden Händen nahm sie die Karte. Darin stand eine schlichte Nachricht: *Tut mir leid, dass du weinen musstest. Hoffe, du hattest einen schönen Geburtstag. Ich hole dich um fünf ab, um die Liste zu erledigen – Jake.*

»Verdammt.«

»Von wem sind denn die?« Mark, ihr Boss, tauchte hinter ihr auf und lächelte. »Und wieso haben Sie uns nicht gesagt, dass Sie Geburtstag haben?«

»Ich, ähm …«

»Sie müssen es mir nicht sagen. Aber ich muss kurz mit Ihnen reden, okay? Wenn Sie so weit sind.« Er hob grüßend seine Kaffeetasse, wodurch ihr ein Hauch von Koffein, das sie jetzt so dringend nötig hätte, in die Nase stieg, und ging wieder.

Char verstaute ihre Tasche im Schreibtisch, marschierte in Marks Büro, schloss die Tür und setzte sich.

»Sie haben mir nicht erzählt, dass Sie bei der Titus-Hochzeit dabei sind«, fing er an. Kein »Hallo«, kein »Wie geht's?«. Nichts. Nur eine einfache Tatsache. Sie hatte es versäumt, zu erwähnen, dass sie zur Hochzeit des Jahrhunderts eingeladen war. Was war los?

»Ich, ähm, wollte die Privatsphäre der Brautleute respektieren.« Die Lüge fiel ihr leicht; tatsächlich versuchte sie nur, die Aufmerksamkeit von sich und Jake abzulenken, wieder mal. Letztendlich würde es herauskommen, und sie wollte nicht von sämtlichen Kolleginnen verfolgt werden, die sie ausfragten, wie er duftete.

»Ich will, dass Sie darüber berichten.«

»Aber ich bin dort eingeladen.«

»Eben.« Er beugte sich vor und faltete die Hände auf dem Schreibtisch. Seine grauen Augen glänzten, die Bürobeleuchtung betonte eine Ader an seiner Stirn. »Seit dem Vorfall …« So nannte er es immer. Den Vorfall, als sie, nach einem One-Night-Stand mit Seattles berüchtigtem Junggesellen, volltrunken zu einer Nachrichtensendung aufgetaucht war. Würde sie das denn auf ewig verfolgen?

Mark machte eine Pause und räusperte sich. »Sie haben hier und da ein paar Storys für uns gemacht, aber ihren Platz als eine unserer führenden Berichterstatterinnen müssen Sie sich erst wieder verdienen. Es liegt nicht an Ihnen, sondern es ist unsere Reputation, die dabei auf dem Spiel steht. Wir können es uns nicht leisten, jemand mit Ihrem …«

Oh, jetzt wurde es interessant.

»… Ruf zum Gesicht von KOMO News zu machen, aber ich wäre bereit, Ihnen noch eine Chance zu geben, wenn Sie einen guten Bericht über die Hochzeit abliefern. Auf die Story ist jeder Nachrichtensender scharf, aber wir sind die Einzigen mit einem Insider. Wir haben Sie.«

»Da müsste ich erst um Erlaubnis fragen, Mark. Das wissen Sie.«

Er zuckte mit den Schultern. »Holen Sie sich die Erlaubnis, oder lassen Sie's. Das liegt ganz bei Ihnen, aber wenn die nein sagen, will ich trotzdem, dass Sie es machen.«

»Aber …«

»Es ist Ihre Karriere, Char. Wollen Sie noch eine Chance

oder nicht? Denn falls nicht – die Tür ist hinter ihnen.« Er schaltete seinen Computer ein und würdigte sie keines weiteren Blickes. »Wir sind hier fertig.«

Char stand langsam auf. »Ja, Sir.«

»Und, Char?«

Sie drehte sich um.

»Ich würde an Ihrer Stelle sehr gründlich über meine Zukunft nachdenken. Vielleicht ist KOMO News nicht der richtige Ort für Sie. Es gibt jede Menge eifrige College-Absolventen, die bereit wären, Ihren Platz einzunehmen.«

Char kämpfte mit den Tränen, als sie aus dem Büro direkt zu ihrem Schreibtisch marschierte. Der Duft der Rosen erstickte sie beinah. Oder vielleicht war es auch Furcht. Sie war nicht sicher.

Mit zitternden Händen nahm sie ihr Handy und wählte Kaceys Nummer.

Mailbox.

Natürlich.

Wahrscheinlich saßen sie gerade im Flieger.

Die Sache war die: Char wusste, dass Kacey Privatsphäre wollte. Das war einer der Hauptgründe, warum sie sich dafür entschieden hatten, auf Titus Abbey zu heiraten und nicht in einer großen Kirche. Das Haus war Privatgrund, dadurch konnten sie die Paparazzi auf Abstand halten. Zugegeben, Travis war nicht so prominent wie Jake, aber der Familie gehörte quasi halb Seattle, und über sie war öfter im *Forbes Magazine* berichtet worden, als Char zählen konnte. Die Hochzeit war eine große Sache. Die Familie war ein Multimillionen-Schwergewicht in der Geschäftswelt, und die Leute waren besessen von den Titus-Brüdern, fast so sehr wie von dem örtlichen Footballteam der Seahawks.

Kein schöner Anfang für Chars Arbeitstag; sie arbeitete

ohne Mittagspause durch, und als es auf fünf Uhr zuging, war sie so absolut bereit, zu verschwinden, dass sie in dem Augenblick, als der große Zeiger die Zwölf erreichte, fast wie ein Blitz zur Tür hinausgerannt wäre.

»Fertig?«, fragte eine Stimme hinter ihr.

Noch mehr Getuschel und Keuchen, ein paar Kraftausdrücke, und dann ein Aufstöhnen. Ja, wirklich, eine der Frauen hatte doch tatsächlich laut aufgestöhnt.

»Jake.« Char schluckte und drehte sich um, bereit, dem Gott selbst ins Angesicht zu sehen. Er trug enge Jeans mit modischen Rissen und ein weißes T-Shirt. Süße Muttergottes, er sah hinreißend aus.

Jetzt begriff sie das Aufstöhnen ihrer Kolleginnen.

Seine braunen Augen begegneten ihrem Blick, und Char tat so, als brächte sie das überhaupt nicht aus der Fassung, als sie nach ihrer Handtasche griff und aufstand. »Bereit, wenn du es bist.«

Ein paar Handys richteten sich auf sie. Jakes Lächeln erreichte nicht seine Augen. Tatsächlich wirkte er beinahe … wütend. Er fuhr sich mit der Zunge über die Lippen, winkte den umstehenden Leuten kurz zu und wandte sich dann ab. Ein paar Frauen fingen neben Chars Arbeitsnische laut zu reden an.

»Großartig.« Er lächelte und legte ihr die Hand auf den Rücken, als er mit ihr durch den Flur ging.

Noch mehr Gekicher, als sie an den Bürozellen vorbeikamen.

Und dann auch noch ein Pfiff.

Das Gefühl von Jakes Hand an ihrem Rücken brannte sich ihr in die Haut. Char entging nicht, dass Mark ein zufriedenes Glitzern in den Augen hatte, als sie an seinem Büro vorbeikamen. Bastard. Sie hatten es fast geschafft.

Char drückte auf den Aufzugknopf und betete im Stillen, das Ding möge schneller fahren. Man konnte allen Ernstes eine Stecknadel fallen hören; im ganzen Raum war es unheimlich still, ohne das übliche Stimmengemurmel und Gelächter.

»Jake? Jake Titus?« Eine Frau räusperte sich.

Char und Jake drehten sich um.

Michelle Klike war die Reporterin, durch die Char bei den Fünfuhrnachrichten ersetzt worden war. Sie hatte leuchtend blondes Haar und war zierlich wie eine Barbiepuppe. Ihr Spitzname war Legs.

»Ja?« Jake fuhr sich mit der Zunge über die Lippen und knipste sein unechtes Lächeln wieder an.

»Michelle Klike. Sie haben mich bestimmt schon in den Nachrichten gesehen.« Sie warf das platinblonde Haar zurück und lächelte. »Wir sollten einmal miteinander zu Mittag essen gehen. Ich würde sie liebend gern näher kennenlernen.«

Ja klar. Char schnaubte leise. Michelle warf ihr einen finsteren Blick zu und richtete ihre Aufmerksamkeit wieder auf Jake.

»Ich, ähm …« Jake schüttelte den Kopf und legte den Arm um Char. »Ich bin beschäftigt.«

Michelles Lächeln wurde raubtierähnlich, als sie erst Char musterte, dann Jake und wieder Char, und dabei verwirrt die Stirn runzelte. »Tja« – sie holte eine Visitenkarte hervor – »lassen Sie es mich wissen, wenn Sie mit Char fertig sind, dann mache ich was mit Ihnen aus.«

Mit ihr fertig? Char zog die Augenbrauen so hoch, dass sie wahrscheinlich schon unter ihrem Haaransatz verschwanden, und trat einen Schritt auf Michelle zu.

Jakes Muskeln wölbten sich, als er Char mit einem Arm aufhielt und mit der anderen Hand die Visitenkarte nahm.

»Danke, aber ich habe schon eine Reporterin, mit der ich rede.«

»Im Moment.« Michelle ließ wieder dieses verdammte Lächeln aufblitzen und schlenderte dann davon.

Die Aufzugtüren öffneten sich, Gott sei's gedankt.

Jake drückte mindestens zehn Mal auf den Tür-zu-Knopf, bevor die Türen endlich wieder zugingen und schnulzige Musik das peinliche Schweigen überdeckte.

»Tut mir leid«, sagte er endlich heiser. »Normalerweise ist es nicht so schlimm. Ich meine …«

»Jake« – Char hob abwehrend die Hand – »du musst nichts erklären. Ich weiß, wer und was du bist, okay? Lassen wir's einfach dabei. Und wer weiß, wenigstens musst du jetzt für die nächste heiße Verabredung nicht um die Häuser ziehen, richtig?«

Seine Nasenflügel blähten sich, und sein Blick wurde einen Augenblick lang kalt, bevor er kopfschüttelnd wegsah. Als die Aufzugtüren endlich wieder aufgingen, ließ er Char vorausgehen und legte ihr erneut die Hand auf den Rücken. Was machte er da? Sie hatte ihn gerade zurückgewiesen, und er war immer noch – was eigentlich? Nett zu ihr?

Sie beäugte ihn argwöhnisch. »Was hast du eigentlich vor?«

Er zuckte mit den Schultern, und sie gingen weiter durch die Parkgarage. »Ich dachte, wir könnten etwas essen, bevor wir uns um das Hochzeitsgeschenk und die Torte kümmern«, erklärte Jake und sperrte einen weißen BMW auf. Also mal im Ernst, wie viele Autos hatte der Kerl eigentlich?

»Klar.« Char stieg ein und fühlte sich wieder einmal daran erinnert, an wie viele Strohhalme sie sich eigentlich klammerte, wenn sie auch nur daran dachte, sie könnte mit einem Typen wie Jake zusammen sein. Er spielte mit ihr: das war sein

Blickwinkel. Sobald sie weg war, würde er Kollegin »Legs« anrufen. »Wohin zuerst?«

»Na ja.« Er stellte den Hebel auf »Drive«. Allmächtiger, was war das eigentlich für ein Rasierwasser? Sie beugte sich vor und merkte, wie ihr Gesicht flammend rot wurde, als sein Duft sie doch tatsächlich erzittern ließ.

»Was machst du da?«, fragte Jake und stellte das Auto wieder auf Parkmodus. In seinen Augen glitzerte Belustigung.

»Ähm« – Char prallte zurück – »nur beim Schauen helfen.«

»Schauen?«

»Auf den Verkehr.« Sie zeigte hinter sich auf die nicht existierenden Autos, die in der Parkgarage eventuell an ihnen vorbeifahren könnten.

»Ich denke, das schaffe ich noch allein.« Er grinste und fuhr aus der Parklücke, während Char darum betete, das Auto möge sie doch bitte verschlucken.

»Also, dieses Restaurant«, wechselte sie das Thema und kramte in ihrer Handtasche nach einem Lipgloss. »Es ist dort, wo wir wegen der Torte hinmüssen?«

»Ja.«

»Cool.«

Du lieber Himmel. Würde es jetzt die ganze Zeit über so peinlich sein? »Danke für die Blumen. Sie waren wirklich hübsch.« Bitte sehr, das war ihr Friedensangebot.

»Sie waren gelb«, betonte Jake und steuerte den Wagen in die Third Street.

»Stimmt«, sagte Char langsam.

»Das bedeutet Vergebung.«

»Okay.«

»Dachte nur, du solltest das wissen.« Er zuckte mit den Schultern.

»Jake, du hast nichts Falsches getan.«

Darauf gab er keine Antwort, sondern fuhr einfach weiter, während Char sich darauf konzentrierte, nicht wie eine läufige Hündin auf seinen Duft zu reagieren.

Vor einem kleinen Restaurant parkte Jake den Wagen und ging zur Beifahrerseite, um Char aus dem Auto zu helfen. »Ich weiß, es sieht aus, als wäre es nur ein Loch in der Wand, aber es ist wirklich gut. Versprochen.«

Das Gebäude war ein alter Ziegelbau, wie so viele Gebäude in der Innenstadt von Seattle. Die Tür zum Restaurant war rot, und daneben war das Wort »Fork« aufgesprüht. Schulterzuckend folgte Char ihm hinein.

Hier und da saßen Leute an bunt zusammengewürfelten Tischen mit karierten Tischdecken, auf denen riesengroße Weingläser standen. Hm, vielleicht gefiel es ihr hier doch noch. Jake nahm ihre Hand, führte sie an einen Tisch in der Ecke und zog den Stuhl für sie zurück.

»Du hast schon bestellt?« Sie zeigte auf die gefüllten Weingläser auf dem Tisch.

»Nein.« Er grinste. »Das ist hier auf jedem Tisch so. Der Wein ist all inclusive, so viel du willst und jederzeit. Das erste Glas ist immer Hauswein, und danach bringen sie dir alles, was du möchtest.«

»Heiliger Strohsack.« Char sah begehrlich auf das Glas Wein. »Du hast mich in den Himmel gebracht.«

Sein Lächeln war so breit, dass Char keuchen musste, bevor sie den Blick auf die Speisekarte auf dem Tisch senkte: eine handbeschriebene kleine Kreidetafel, die wie ein Tischset neben ihrem Besteck lag.

»Dann gefällt es dir?«, fragte er.

»Ich liebe es.« Char erwiderte seinen Blick und lächelte.

KAPITEL 24

Es war ein Unfall. Eigentlich hatte er nur eine einzige verdammte Blume bestellen wollen. Aber dann war ihm Chars niedergeschlagener Gesichtsausdruck eingefallen, und wie traurig sie ausgesehen hatte, als sie aus dem Auto ausgestiegen war. Also hatte er ein paar mehr bestellt. Im Ernst, es war, als hätte er bei dem Gespräch mit der Floristin keine Kontrolle über sein Mundwerk.

Sie hatte ihn gefragt, aus welchem Anlass er Blumen schickte, tja, das war der Punkt gewesen, an dem das Ganze außer Kontrolle geraten war. Denn unwillkürlich hatte sein Verstand Bilder heraufbeschworen, was für ein Gesicht Char wohl machen würde, wenn sie zur Arbeit kam und ihren Tisch voller Blumen sah. Er war überzeugt, dass sich noch nie jemand die Zeit genommen hatte, etwas Nettes für sie zu tun. Darauf hätte er sein Leben verwettet.

Also, schön, er hatte etwas übertrieben. Vielleicht zu sehr.

Aber es war ein Friedensangebot. Wer sagte denn, dass Friedensangebote nicht auch mal übertrieben sein durften? Er wollte, dass sie sich gut fühlte.

Mission erfüllt.

Bis er ihr Gesicht sah.

Er sollte wirklich aufhören, sie persönlich zu treffen. Denn dann fühlte er sich so, wie er sich nicht fühlen wollte. Zum Beispiel verletzbar und dumm.

Und jetzt sah sie ihn schon wieder *so* an. Genau der Blick, den Mädchen hatten, wenn sie dabei waren, ihr Herz zu verlieren. Normalerweise hasste er das. Aber jetzt? Jetzt sehnte er sich danach. So ganz langsam trieb sie ihn ins Verderben. Er war nicht sicher, ob er die Flucht ergreifen oder sie einfach küssen und es hinter sich bringen sollte. Aber diese ärgerliche Angst blockierte jeden logischen Gedanken und ließ ihn jede verdammte Entscheidung noch einmal überdenken.

Er wusste, dass er ein Mistkerl war und sie nicht verdiente. Er wusste auch, dass er es wahrscheinlich vermasseln und sie ihn dann hassen würde.

Und dann war da noch seine Vergangenheit mit Frauen. Das obendrauf zu all den schändlichen Dingen, die er Kacey angetan hatte, und er wusste nicht mehr, ob er sich selbst noch trauen, geschweige denn zulassen konnte, dass jemand anderer Vertrauen in ihn setzte.

Mit einem Seufzer richtete er den Blick wieder auf die Speisekarte und versuchte, etwas zu finden, was er bestellen mochte. Alles sah irgendwie verschwommen aus; nichts klang gut, außer ihr.

Und, welch ein Jammer, Char stand nicht auf der Speisekarte. Vielleicht, falls er ein Stück Kreide auftrieb, könnte er sie auf die Karte setzen und dann nett danach fragen.

Und dann würde er *nett* alles vom Tisch fegen.

Und sie *nett* aus ihren Klamotten holen.

Und dann *nett* Anspruch auf sie geltend machen …

»Jake?«, unterbrach Char seine Gedanken. »Du bist ja ganz rot. Alles in Ordnung?«

Zur Hölle, nein. Nicht alles in Ordnung.

Er krampfte die Finger um die Armlehnen seines Stuhls und nickte knapp. »Ich war nur in Gedanken.«

»Möchtest du mich einweihen?« Char lachte. »Deine Gedanken müssen ja sehr aufregend sein.«

Oh, wenn sie wüsste …

»Haben Sie schon gewählt?« Aus dem Nichts tauchte ein Ober auf.

Verdammt. Hätte Jake wirklich auf die Speisekarte gesehen, hätte er aus dem Stand antworten können, aber in seinem Kopf herrschte urplötzlich totale Leere, und jetzt starrte er nur noch auf Chars Lippen wie ein Verhungernder. Perfekt. Er verwandelte sich in einen Verrückten. Oma würde stolz auf sich sein.

»Für mich bitte den Chefsalat und Pommes.«

Jake lachte und zeigte auf Char. »Für mich dasselbe.«

Sie trank einen Schluck Wein und schloss die Augen.

Mit komplett trockenem Mund sah Jake zu, wie sie die rote Flüssigkeit einsaugte und schließlich schluckte.

Reines Glück für ihn, wenn er es aus dem Restaurant schaffte, ohne an Erregung zu sterben. Er räusperte sich und schaffte es, wegzuschauen. »Also, Pommes mit Salat, hm?«

»Das Beste von beidem«, antwortete Char.

Aus dem Augenwinkel registrierte er, dass das Glas der Versuchung, auch bekannt als Wein, wieder auf dem Tisch stand. Er atmete aus und bekam sich mühsam unter Kontrolle, als ihre Blicke sich erneut trafen.

»Also, wir essen« – Char kaute auf ihrer Unterlippe – »dann kümmern wir uns um die Torte, und danach bleibt nur noch eine Aufgabe?«

»Ja.«

»Sollte einfach sein.«

»Wir sind in null Komma nichts fertig.« Jake grinste.

KAPITEL 25

»Wir müssen wirklich aufhören, solche Dinge zu sagen«, sagte Char und seufzte, während sie zusahen, wie die ältere Dame nur mit Zeigefingern auf die Tastatur des Computers tippte.

»Also.« Blanche, die Inhaberin des Kuchengeschäftes, hielt mit ihrer Tipperei inne. »Wie war der Nachname?«

»Titus«, sagte Jake langsam.

»Könnten Sie das bitte buchstabieren?« Die Dame lächelte und enthüllte dabei große Zähne, die wie die perfekte Zahnprothese aussahen.

»Ähm, sicher. T, I, T, U, S.«

»T.« Sie tippte den Buchstaben ein und sah auf.

Char konnte sich gerade noch so das Lachen verkneifen. Sie musste den Kopf abwenden.

»I.« Jake hielt inne.

Und natürlich sah Blanche nach dem Buchstaben wieder zu ihm auf. Du liebe Güte, diese Frau würde sogar die Geduld eines Heiligen auf die Probe stellen!

»T«, fuhr Jake fort.

»Tit?« Blanche hüstelte. »Was ist denn das für ein Nachname?«

»Nein, nein, nein.« Jake beugte sich über den Tresen. »Da kommen noch zwei Buchstaben.«

»Oh!« Blanche legte sich die Hand an die Wange und lachte. »Schätzchen, das tut mir wirklich leid, mein altes Gedächtnis arbeitet nicht mehr so gut wie früher!«

»Arbeitet es denn überhaupt?«, murmelte Char kaum hörbar. Jake stieß sie mit dem Ellbogen an und buchstabierte weiter.

»U.«

Blanche drückte auf die Taste mit dem U und sah auf.

Also wirklich. In der Zeit, die diese Frau brauchte, um einen einzelnen Namen zu tippen, hätte man Brot backen können.

»S.«

Char und Jake atmeten beide auf, als Blanche endlich den letzten Buchstaben eintippte und die Enter-Taste drückte.

Das Summen des Computers und leise Violinenmusik im Hintergrund waren die einzigen Geräusche in dem winzigen Laden. In einem Glaskasten vor der Kasse waren Cupcakes aufgeschichtet, und ein paar Tortenaufsätze lagen herum. Alles in allem ein wirklich kleines Geschäft.

»O nein.« Blanche seufzte.

Jake warf Char einen Blick zu, und ein Ausdruck der Verärgerung huschte über seine perfekten Züge, bevor er in angestrengt geduldigem Ton fragte: »Blanche, was ist los?«

»Es geht um den Aufsatz.«

»Ja?«

»Der, der geliefert wurde, ist ganz anders als der, den wir bestellt hatten. Ich habe versucht, die Nummer anzurufen, die ich bekommen habe, aber ich habe nie einen Rückruf erhalten.«

»Welche Nummer hatten Sie denn?«, fragte Jake.

Blanches Hände arbeiteten sich langsam über die Tastatur. Zwei Minuten später las sie eine Nummer vor.

»Grandma«, sagten Char und Jake wie aus einem Mund, als sei es ein Schimpfwort.

»Wie wäre es, wenn ich ihn Ihnen zeige, und Sie entscheiden?« Blanche hob die Hand in die Höhe. »Ich hole den Aufsatz. Ich muss ihn nur finden.«

Als sie nach hinten verschwand, lehnte Char sich gegen den Tresen und seufzte. »Bis sie wieder zurückkommt, bin ich zu alt, um noch Kinder zu bekommen.«

»Aber wenigstens hast du dann auch keine Unmengen an Katzen.« Jake grinste.

»Wow, wie hilfreich, Mr. Sensibel. Vielen Dank auch.«

Er zuckte mit den Schultern und sah sich um. »Das hier sieht mir nicht nach einem Laden aus, in dem Kacey einen Tortenaufsatz bestellen würde.«

»Wem sagst du das«, grummelte Char. »Das Kleid, das ich anprobieren musste, war schrecklich. Ich schwöre, mir kam der Gedanke, Grandma hätte mich in das falsche Geschäft geschleppt.«

»Denkst du etwa …?«, fragte Jake.

»Was?« Char stemmte die Hände in die Hüften. »Dass das eine Art kranker Scherz ist und Grandma das alles mit Absicht macht, um uns zu quälen?«

»Nein.« Jake schüttelte den Kopf. »Was denkst du?«

Char spähte zur Tür. Es war ein seriöses Geschäft, und die Dame hatte tatsächlich hübsche Entwürfe. »Ich glaube nicht, dass sie so tief sinken würde.«

»Sie hat ihren eigenen Beinahe-Tod vorgetäuscht, um Kacey und Travis zusammenzubringen. Glaub mir, das ist genau die Art von Aktion, die sie bringen würde.«

»Hier ist er!« Blanche tauchte mit einem Tortenaufsatz auf, der vollkommen normal war. Ein Paar, das aussah wie Kacey und Travis und eng umschlungen tanzte.

»Nicht übel.« Jake sah Blanche an. »Was stimmt daran nicht?«

Blanche hob die Hand, holte den Ständer aus der Schachtel und stellte die Glasfigurine darauf.

Auf dem Ständer stand: *Tittis auf ewig.*

»Ach du Scheiße«, fluchte Jake unterdrückt. »Das können wir nicht für die Hochzeit nehmen!«

Char hielt die Hand vor den Mund, um nicht laut loszulachen, und räusperte sich dann. »Gibt es, ähm, gibt es eine Möglichkeit, dass wir ohne Ständer auskommen könnten?«

Blanche schien entsetzt zu sein, dass Char so etwas überhaupt vorschlug. »Ohne Ständer?«

Char nickte.

»Ohne Ständer?« Blanches Augen sprühten Feuer.

»Ganz langsam rückwärtsgehen«, wisperte Jake, nahm Chars Hand und schirmte sie mit seinem Körper ab.

»Der Ständer ist unabdingbar!«, rief Blanche. »Jede Figurine hat einen eigens für sie angefertigten Ständer, mit dem sie auf der Torte angebracht wird. Ohne den sinkt sie ein. Wollen Sie diese Hochzeit ruinieren? Was für eine Art Braut sind Sie denn?«

»Oh.« Char spähte hinter Jake hervor. »Ich bin nicht die Braut.«

Blanches Augen wurden schmal. »Aber Sie suchen doch Ihren Tortenaufsatz aus.«

»Brautjungfer.« Char hob die Hand.

Blanche sah Jake an.

»Ich, ähm«, stotterte der, »ich bin der Bruder. Trauzeuge.«

»Und Sie lassen das zu? Sie lassen das Brautpaar einen Tortenaufsatz mit falscher Beschriftung bestellen?« Blanche kam langsam hinter dem Tresen hervor und baute sich vor den beiden auf. »Was für eine Art von Freunden seid ihr denn?«

»Schlechte«, stimmte Jake zu, »ganz schlechte.«

Blanche schüttelte den Kopf. »Wann ist die Hochzeit?«

»Nächste Woche«, meldete sich Char zu Wort.

»Tja dann, viel Glück, wenn ihr ihnen beichtet, dass sie keinen Tortenaufsatz haben.«

»Wir nehmen ihn!«, rief Char hinter Jake hervor.

Der wirbelte herum. »Da steht ›Tittis auf ewig‹ drauf. Das kommt auf gar keinen Fall auf die Hochzeitstorte.«

»Aber sie brauchen einen Tortenaufsatz!«, wandte Char ein. »Du bist doch ein Junge. Kannst du nicht einfach etwas für die Torte bauen, damit wir den Aufsatz, den sie bestellt haben, doch noch nehmen können? Der ist nämlich wirklich hübsch. Ich meine, wenn man die ›Tittis‹ rausnimmt.«

Jake grinste breit.

Char wandte wieder den Blick ab.

»Ach, was soll's.« Er holte seine Kreditkarte hervor. »Wir nehmen den Aufsatz. Mit Ständer und allem.«

»Reizend.« Blanche lächelte. »Ich bin sicher, dem Brautpaar wird es gefallen. Und sollten Sie mal wieder einen Aufsatz benötigen, dann denken Sie bitte an Tops R Us.«

»Nur über meine Leiche«, brummte Jake und gab Char die Quittung, nahm die Schachtel und marschierte zur Tür hinaus.

Char folgte ihm unbekümmert.

Sie stiegen ins Auto.

Und brachen in Lachen aus.

»Wir sollten uns wirklich nicht um so etwas kümmern müssen«, meinte Char schließlich, als sie sich beruhigt hatte.

»Was, zum Teufel, sollen wir machen? Falls Kacey das so bestellt hat, flippt sie aus, wenn es falsch ist.«

Char zuckte mit den Schultern. »Tja, wir denken uns was aus. Jetzt lass uns alles zu Ende bringen. Wir müssen morgen Abend aufbrechen.«

»Stimmt.«

»Oh, und hier.« Sie gab ihm die Quittung und schnallte sich an.

»Das darf doch nicht wahr sein.« Jake fluchte wortgewandt und zerknüllte die Quittung in der Hand, bevor er sie auf den Boden warf.

»Stimmt was nicht?«

»Ja, dieser Tortenaufsatz kostet zwei Riesen.«

»Was?«, kreischte Char.

Jake grinste. »Tja, Tittis sind offenbar teuer heutzutage.«

Char verbarg ihr Gesicht in den Händen und lachte. Doch dann erstarrte sie, als sie fühlte, wie Jake den Arm auf die Lehne ihres Sitzes legte und rückwärts aus der Parklücke fuhr. Seine Hand streifte ihren Nacken, und unwillkürlich lief ihr ein Schauer über den Rücken.

»Ähm.« Sie beugte sich vor und schnappte sich die Liste. »Okay. Jetzt müssen wir nur noch Grandmas Geschenk abholen.«

»Wohin?«

Char blinzelte. »Das ist komisch.«

»Was denn?«

»Es ist nur eine Adresse?«

Jake zuckte mit den Schultern. »Was für eine? Ich gebe sie ins Navi ein.«

Char las die Adresse vor. Zum Glück befand sie sich nur ein paar Blocks von der Innenstadt entfernt und lag sowohl näher am College als auch an Queen Anne Hill.

Als sie in die richtige Straße einbogen, meinte Jake: »Ich würde Oma zutrauen, dass sie ihnen etwas Unpassendes schenkt. Nur so als Warnung.«

»Ach, komm.« Char verdrehte die Augen. »Wie schlimm kann es schon sein?«

KAPITEL 26

Als sie vor einem Drugstore hielten, begriff Jake, dass es durchaus so schlimm, und noch schlimmer, kommen konnte. »Ich kapiere das nicht. Das ist die Adresse?«

Er schaute noch einmal auf das Stück Papier und dann auf seine Uhr. Es wurde allmählich spät, und so gern er auch mit Char zusammen war, er würde auf gar keinen Fall die Zeit bis in den Abend mit ihr verbringen – nicht, da sein Körper verrückt spielte. Er würde nur alles vermasseln. Wow, jetzt mutierte er also zum Laufburschen. Nie hätte er gedacht, dass er den Tag je erleben würde.

»Also, sollen wir einfach wieder fahren?«, fragte Char.

»Ich rufe sie an.« Jake nahm sein Handy und wählte Oma Nadines Nummer. Sie hob beim zweiten Läuten ab.

»Was gibt's?«

»Wir sind vor dem Drugstore. Hast du uns die falsche Adresse für das Geschenk gegeben?«

»Nein.«

Verdammt, die Frau brachte die Geduld eines Heiligen ins Wanken. »Gut. Dann ist es also im Drugstore?«

»Ja, da sind sie.«

»Sie?«

Oma Nadine brüllte etwas und hielt die Hand über den Hörer; dann räusperte sie sich. »Ja, geh einfach hinein und sag, du bist hier, um die Sachen für Jake Titus abzuholen.«

»Wieso hast du sie unter meinem Namen deponiert?«

Oma Nadine hielt inne und lachte dann. »Oh, ich bin gleich da!«

»Wie bitte?«

»Nicht du.« Sie kicherte. »Es wurde unter deinem Namen bestellt, weil du ja alles abholst. Jetzt geh einfach und melde dich bei dem netten Manager. Er sollte heute Abend Dienst haben, und er erwartet dich schon.«

»Oma, ich frage dich nur ungern …«

»Dann frag nicht!« Und die Leitung war tot.

Jake fluchte und steckte das Handy in die Tasche. »Irgendwas sagt mir, dass wir da nicht reingehen sollten.«

Char ignorierte ihn und öffnete die Tür. »Komm schon, werde erwachsen. Es ist nur ein Drugstore. Sie kann ja eine Geschenkkarte oder so etwas für sie besorgt haben und braucht uns, damit wir sie abholen.«

Jake dachte sich, er sollte wirklich lernen, auf seine innere Stimme zu hören. Also die, die einem zuschreit *Mayday!* oder *Roter Alarm!*, wenn man dabei ist, in eine Falle zu tappen. Und bei dem Gedanken, in diesen Drugstore zu gehen, schrie alles in ihm *Falle!*

Doch anstatt auf seine innere Stimme zu hören, ignorierte er sie; hauptsächlich, weil Char vor ihm herging und er ihren Hüftschwung hypnotisierend fand. Er konnte gar nicht anders, als ihr zu folgen.

Aber er hätte wirklich da bleiben sollen, wo er war.

Das war ihm in dem Moment klar, als sie eintraten und er sich vorstellte.

»Oh!« Bob, der Manager, streckte ihm die Hand hin. »Wir haben schon auf Sie gewartet! Also, ich denke, ich habe alles hier, was Ihre Großmutter für die Hochzeitsnacht wollte!« Er zwinkerte.

Jake zuckte zusammen.

Char schaute in den Korb.

Das hätte sie wirklich nicht tun sollen.

Bob, der dachte, sie könne den Inhalt nicht richtig sehen, kippte den Korb auf dem Tresen aus.

»Also.« Bob räusperte sich. »Ihre Großmutter hat den Wunsch nach Enkelkindern geäußert. Das hier ist unser bester Fruchtbarkeitstester. Er zeigt natürlich an, wann die reizende Lady« – er winkte Char kurz zu und sah dann wieder Jake an – »ihren Eisprung hat. Wissen Sie, wie man ihn anwendet, Miss?«

Chars Augen weiteten sich vor Entsetzen. Sie öffnete den Mund und schloss ihn wieder.

Jake lachte nervös. »Sie, ähm, ich meine, wir werden … es herausfinden.«

Char warf ihm einen Blick zu, der sagte: *Nur über meine Leiche finden wir irgendwas zusammen heraus.* Aber sie sagte nichts.

»Nun zu diesen hier.« Bob holte eine Schachtel Kondome hervor und wedelte damit in der Luft herum. »Oh, warten Sie, das stimmt nicht ganz; das ist die falsche Größe.«

»Wir nehmen sie.« Jake wollte die Kondome zurück in den Korb legen, doch Bob zog sie noch rechtzeitig weg.

»Na, na, junger Mann.« Er drohte Jake mit dem Finger. »Sie wissen ebenso gut wie ich, wie unverantwortlich es ist, ein Kondom zu gebrauchen, das nicht ganz genau passt. Ihre Großmutter und ich haben uns mit all Ihren … Belangen beschäftigt. Sie brauchen die richtige Größe …«

»Perfekt!«, unterbrach Jake und merkte, wie ihm heiß wurde. »Die sind perfekt.« Er griff nach der Schachtel, doch Bob zog sie weg und rief in die Sprechanlage: »Ja, Stacey, kannst du mal zurück in Gang drei laufen und die Schachtel ›Billy Boy‹ in XS holen? Ich brauche sie für einen Kunden.«

Herr im Himmel.

Er würde seine Großmutter ermorden.

Jake lachte nervös. »Nein, wirklich, das ist ein Scherz. Meine Großmutter macht nur Witze. Ich bin nicht wirklich … ich meine, das stimmt so nicht. Das ist nicht meine Größe, ich bin, ich bin …« O Mann, Mist, was sollte er jetzt sagen?

Panisch warf er Char einen hilfesuchenden Blick zu.

Sie kicherte und sah dann Bob mit klimpernden Wimpern an. O nein, sie würde ihm doch nicht so in den Rücken fallen!

»Jake«, schnurrte sie, und hakte sich bei ihm unter, »darüber haben wir doch in aller Länge gesprochen.« Besch… Wortwahl. »Und wir waren uns einig. Du musst dich mit deinem Körperbild arrangieren. Jeder hat so seine kleinen, winzigen, unbedeutenden Defizite. Finden Sie nicht auch, Bob?«

»Ich habe keinen kleinen P…«

»Hier sind sie!« Eine junge Frau, Mitte zwanzig, kam mit der kleinen Schachtel in der Hand zur Kasse und warf einen Blick auf Jake; dann riss sie die Augen auf. »Jake? Jake Titus?«

Konnte man eigentlich vor Scham sterben?

Stacey. An ihren Namen erinnerte er sich nicht mehr, aber an ihr Gesicht. Eine Bar in Belltown, vor zwei Monaten. Wie groß war die Chance, dass die einzige Frau in seinem Leben, bei der er es nicht gebracht hatte, in diesem Drugstore arbeitete?

Das war es: Oma hatte eine Wanze an seinem Körper plaziert. Irgendwo. Sie belauschte und beobachtete ihn, immer und überall. Ach du Schande, sie arbeitete für die NSA.

»Wie geht's so?« Sie spielte mit der Schachtel herum, und dann, als ihr offenbar wieder einfiel, dass sie sie in der Hand hielt, schob sie die Schachtel zu ihm hinüber und hielt inne. »Moment, die sind für dich?«

Char griff nach der Schachtel. »Ja, die sind für ihn. Richtig, Jakey?«

Jake konnte nur nicken, während sein Selbstbewusstsein sich in Luft auflöste. Da konnte er sich ja gleich einen Roman von Nicholas Sparks schnappen, es sich zu Hause mit einer Flasche Wein gemütlich machen und über prämenstruelles Syndrom plaudern.

Er war fix und fertig.

»Ähm, ja.« Stacey zog sich langsam wieder zurück. Wie jede vernünftige Frau, wenn sie mit einer derartigen Situation konfrontiert war. Zweifellos dankte sie ihrem Schöpfer, dass sie im Gang verschwinden konnte.

»Okay.« Bob klatschte in die Hände. »Sehen wir mal, was euer Schatz von Großmutter noch auf die Liste gesetzt hat.«

»O ja.« Char grinste. »Sehen wir mal.«

»Wirklich?«, stieß Jake hervor und boxte Char mit dem Ellbogen in die Rippen. »Ein winziges Problem? Du weißt, dass das nicht stimmt. Ich meine, du weißt wirklich, dass es nicht stimmt.«

Sie zuckte mit den Schultern.

Verdammt noch mal. Wenn ein Mann bereit ist, seine Hosen runterzulassen und sich vor dem Kerl in dem Drugstore zu entblößen, nur um etwas zu beweisen, dann weiß man, dass er wirklich verzweifelt ist.

Entweder verzweifelt oder scharf auf Knast.

Liebe Güte, wann würde dieser Tag zu Ende gehen?

»Ah, hier ist es ja«, sagte Bob und holte einen kleinen weißen Beutel hervor, an den ein Rezept angetackert war. »Das sollte eine große Hilfe sein. Also, das nehmen Sie nur ein, wenn Sie es brauchen. Sollte Ihre Erektion länger als vier Stunden andauern, suchen sie unverzüglich medizinische Hilfe. Aber es sollte die Flitterwochen wahrlich bereichern. Wenn Sie verstehen, was ich meine.« Er zwinkerte Char zu.

Sie antwortete mit einem Kichern.

»Ich brauche das nicht.« Jake verschränkte die Arme.

»Ihre Großmutter sagte …«

»Sie ist senil! Letzte Woche wollte sie eine Show in Las Vegas mit Tigern machen!«, fuhr Jake auf.

»Nun, junger Mann …«

»Jake.« Char tätschelte seinen Arm. »Es ist schon okay, wenn man zugibt, dass man ein Problem hat.«

Jake zwang sich zu einem Grinsen und wandte sich an Char. »Weißt du, was, Liebling?«

Ihre Augen lächelten. »Was denn?«

»Du hast recht.«

»Echt?« Ihr Lächeln schwand, und ihre Augen wurden schmal.

»Natürlich.« Jake legte den Arm um ihre Schultern. »Deshalb hat Oma sich wahrscheinlich gegen Likör oder Wein im Korb entschieden.«

»Aber …«

»Alkoholproblem.« Jake deutete mit einem Kopfnicken auf Char. »Aber das ist okay. Immerhin bist du ja schon clean, seit – wie lange, Liebes? Einem Tag?« Er schnippte mit den Fingern. »Oh, warte, macht nichts, ich habe den Flachmann in deiner Handtasche vergessen. Ach, Baby, es ist gut, zu wissen, dass wir über diese Dinge miteinander reden können. Jetzt, wo du mir gesagt hast, dass du mit dem Trinken aufhörst, können wir vielleicht schwanger werden. Vielen, vielen Dank für diesen Fruchtbarkeitstester.«

Chars Augen erwachten flammend zum Leben. »O ja. Vielen Dank.« Ihre Worte klangen abgehackt. »Immerhin, wenn du wenigstens das Viagra nimmst, dann könnte ich mich auch daran erinnern, dass wir überhaupt Sex hatten!«

»Oh, du wirst dich daran erinnern!«

»Schon komisch, gestern Nacht habe ich eine Einkaufsliste gemacht!«

»Für mehr Alkohol!«, rief Jake laut aus.

Ihre Nasen berührten sich beinahe, sie atmeten beide schwer, und aus irgendeinem verrückten Grund konnte Jake an nichts anderes denken als daran, sie zu küssen. Leidenschaftlich, um ihr eine Lektion zu erteilen, sie dann gegen den Tresen zu drücken – vorzugsweise *weg* von dem Fruchtbarkeitstester – und über sie herzufallen. Mehrmals.

Ihr Blick richtete sich auf seine Lippen.

Jake griff nach ihr, doch sie war schneller.

Ihre Lippen trafen mit solcher Wucht aufeinander, dass Jake aufstöhnte.

Ihre Lippen waren voll und schmeckten nach Wein und Salz. Grundgütiger, am liebsten wollte er sie von oben bis unten ablecken, bis sie darum bettelte, dass er aufhörte.

»Ähm, Mr. Titus.« Bob räusperte sich.

Jake riss sich von Char los.

»D-der Fruchtbarkeitstester«, sagte Char heiser. »Du weißt schon, diese ganzen magischen Dinge zum Babymachen und so.« Sie schloss die Augen, als sei ihr klar, wie lahm das gerade geklungen hatte.

»Wir nehmen alles.« Jake wischte sich mit dem Handrücken über den Mund und sah, wie Char den Kopf schüttelte und dann aus dem Geschäft marschierte. Mist.

»Also, möchten Sie, dass ich Ihnen für fünfzig Cent extra noch etwas Süßes dazulege?«, fragte Bob.

»Keine Süßigkeiten.«

»Kaugummi.«

»Keinen Kaugummi!« Jake kniff sich in den Nasenrücken.

»Nur das, was Oma auf der Liste hatte.« Bob zuckte mit den Schultern, nahm Jakes Kreditkarte entgegen und packte dann alles sehr langsam in eine Tüte. Kaum hielt Jake die Quittung in den Händen, verließ er fluchtartig den Laden. Char wartete beim Wagen auf ihn. Seine Schritte hallten über den Asphalt, als er auf den BMW zuging. »Alles gut bei dir?« Sie seufzte und drehte sich zu ihm um. »Na ja, ich wünschte, ich hätte wirklich einen Flachmann.«

»Ach ja?«

Sie brachte ein Lächeln zustande.

Jake schauderte. »Tja, ich wünsche mir nicht, dass ich extrakleine Kondome bräuchte, vielen Dank auch.«

Das zauberte ein Lächeln auf Chars Gesicht. Jake schloss das Auto auf, damit sie einsteigen konnten.

»Also, das war's«, sagte er, bevor er den Wagen anließ. »Mission erfüllt.«

»Richtig.« Sie nickte. »Nehme ich an.«

»Ja.« Jake, sauer auf sich selbst, fragte: »Also, brauchst du jemanden, der dich am Donnerstag zum Flughafen fährt, oder so?«

»Ähm, nein, nein, bei mir ist alles okay.« Char leckte sich über die Lippen. Sie waren immer noch geschwollen von ihrem Kuss. Was, zum Teufel, war da über ihn gekommen? Es lag an dem Fruchtbarkeitstester – tja, zur Hölle, wenn das Ding nicht schon funktionierte, bevor man es überhaupt aus der Schachtel holen musste.

Er hielt das Lenkrad fest umklammert und lächelte weiter, so angespannt wie der Rest seines vor Lust vibrierenden Körpers.

»Jake?«, fragte Char nach einigen Minuten des Schweigens. Jake dachte ernsthaft darüber nach, einfach rechts ranzufahren und über sie herzufallen.

»Ja?«

»Wegen der Hochzeit. Denkst du, sie lassen irgendwelche

Presseleute zu, du weißt schon, für Berichte über ein paar Details vor der Zeremonie und Interviews mit der Familie?«

Arme Char, wahrscheinlich machte sie sich Sorgen, dass ihr Gesicht wieder überall in den Medien auftauchen würde. Er musste sie beruhigen. »Ganz und gar nicht. Kacey war da wirklich sehr deutlich, dass sie keine Medien dabeihaben will. Also musst du dir keine Sorgen machen. Sie wollen den Tag nicht zu einer Truppenparade machen. Ich meine, du weißt so gut wie ich, was passiert, wenn die Medien dabei sind.«

»Aha.«

»Nichts für ungut.« Er zuckte kurz zusammen, als ihm wieder einfiel, dass sie ja Reporterin war. Auch wenn er sie schon eine Weile nicht mehr in den Nachrichten gesehen hatte. Nicht, dass er sich wie ein Stalker verhielt, der ihren Kanal auf Festplattenrekorder aufnahm oder einprogrammiert hatte oder so was. Er räusperte sich. »Also, was macht die Arbeit?«

»Ist prima.«

»Hast du gerade irgendwelche großen Projekte am Start? Ein Heilmittel für die Hungernden der Welt oder so was?«

»Oder so was.« Char stieß die Luft aus und schaute aus dem Fenster. »Übrigens, tut mir leid.«

»Was denn?«

»Wegen der Kondome.« Sie drehte sich zu ihm um. Das Licht, das durch die Autofenster hereinfiel, betonte die Silhouette ihres zarten Halses.

Er rutschte auf dem Fahrersitz herum, räusperte sich und schaffte es, dabei relativ normal zu klingen und nicht so lüstern, wie er sich gerade fühlte. Verdammt. Wie lange war es her, seit die bloße Erscheinung eines Mädchens ihn dazu gebracht hatte, sich wie ein Vierzehnjähriger zu benehmen? »Na ja, mir tut es auch leid, dass ich dich Alkoholikerin genannt habe.«

Sie lächelte; die Art von Lächeln, von dem Kerle nachts träumten, so ein Lächeln, das die Ewigkeit versprach, gestohlene Küsse, jede Menge Lachen und … Jake schüttelte den Kopf. Nicht auf der Tagesordnung, nicht in seinem Leben, nicht seine Zukunft.

Er fuhr zu ihrer Arbeitsstelle, wo ihr Auto noch geparkt war. Im Hintergrund spielte leise Musik im Autoradio. Das hier war kein Date. Es sollte keines sein, abgesehen davon, dass es sich wie eines anfühlte. Es war das gleiche unbeholfene Gefühl, wie es bei ersten Dates immer war. Also die Art von Dates, wo man nicht weiß, wohin mit den Händen, und sich nervös fragt, ob man Essensreste zwischen den Zähnen hat oder ob man dem anderen vielleicht gruselig vorkommt.

Char legte die Hand auf den Türgriff und öffnete die Tür. »Wir sehen uns, Jake.«

»Ja.«

Er ließ sie gehen.

Schon wieder.

Es kam ihm so vor, als würde er das ständig tun. Sie ging immer auf irgendetwas zu, und aus irgendeinem Grund weckte das in ihm den Wunsch, ihr nachzulaufen. Als sei sie ein Zebra und er ein Löwe, der sich auf sie stürzen wollte.

Wollte er sie nur, weil sie stinksauer auf ihn und schwer zu haben war? Oder war da mehr? Er stellte den Schalthebel wieder auf »Drive« und drehte die Musik auf.

Realität. Davon brauchte er jetzt eine große Portion. Entweder das, oder eine kalte Dusche. Travis hatte ihn gewarnt, dass er sich fernhalten solle, und dieses eine Mal im Leben wollte er Travis oder Kacey nicht im Stich lassen.

»Siri«, befahl er seinem Telefon laut, »finde die nächstgelegene Bar.«

KAPITEL 27

Das Treffen von Char und Jake war zwar kein Date gewesen, doch als sie nach Hause kam, wollte sie nur noch eine große Flasche Wein aufmachen und sich Reality-Schrott im Fernsehen ansehen. Aber wieso? Er hatte doch nichts falsch gemacht.

Außer atemberaubend attraktiv zu sein, sie wie eine Prinzessin zu behandeln und ihr dann noch vorzuwerfen, sie sei Alkoholikerin.

Char grinste, öffnete die Weinflasche und schenkte sich ein Glas ein. Beth schlief bereits, aber Char konnte den vergangenen Nachmittag nicht aus ihrem Kopf bekommen. In typisch weiblicher Manier wälzte sie jedes Detail ihrer letzten Unterhaltung mit Jake hin und her, um herauszufinden, was das alles zu bedeuten hatte. War er einfach nur nett? War er dabei, ein neues Leben anzufangen und all so was? Oder war das alles nur eine Masche, um sie noch mal ins Bett zu bekommen? Verhielt er sich nur wie ein netter Kerl, bis er hatte, was er wollte? Und wollte er sie überhaupt, um mal damit anzufangen, oder war ihm nur auf einmal sein Lebensstil als Playboy zu langweilig?

Und, um die Liste ihrer immer größer werdenden Probleme noch zu verlängern: Keine Medien, hatte er gesagt. Vielleicht, wenn sie ihren Fall anders darlegte und ihm schonungslos ehrlich sagte, dass sie arbeitslos würde, so wie er, wenn sie nicht von der Hochzeit berichtete. Würde er sich ihrer erbarmen? Andererseits war sie verdammt gut in ihrem Job; dieser eine kleine Vorfall war doch keine Definition für sie im Ganzen. Sie brauchte nur ein paar Details über die Hochzeit, ein paar Fotos, und dann war sie der Star. Niemand musste erfahren, dass die Informationen der Presse von ihr kamen. Außerdem, wäre es ihnen nicht lieber, wenn eine Freundin über diesen besonderen Tag berichtete, als irgendein Fremder mit Kamera? War es richtig von Char, überhaupt um einen solchen Gefallen zu bitten? Besonders, wenn man den Stress wegen der Hochzeit berücksichtigte? Sie wollte nicht noch mehr Stress verursachen, und mal ganz ehrlich, es war ja auch nicht Kaceys Problem, dass Chars Boss ein gieriger Mistkerl ohne moralischen Kompass war. Das leise Ticken der Uhr im Schlafzimmer spielte keine Rolle. Es schien, als sei sie bei *Jeopardy*.

Sie versetzte sich in Kaceys Lage: Was würde sie tun? Kacey tat immer das Richtige, selbst wenn es sie umbrachte. Char andererseits heiratete nicht in die reiche Familie Titus ein. Sie brauchte Geld zum Leben! Nach ihrer Herabstufung wusste sie, dass das ihre letzte Chance war. Wenn sie die Bilder nicht lieferte, dann war ihr Traum von einer Karriere als Gesicht der Nachrichten offiziell Geschichte. Also, was, wenn sie Kacey einfach fragte? Oder Travis? Oder gar Oma Nadine? In ihren Schläfen meldete sich pochender Kopfschmerz.

Ihr Handy klingelte, und sie schaute auf das Display. Es war eine Mail, die sie rasch öffnete. Ein Wort. Das war alles. Ein einziges Wort und ein Fragezeichen.

Und?

Das kam von Mark. Die einzige Antwort, die ihr darauf einfiel, war »Nix und«, und das war's. Und als bräuchte sie noch ein Zeichen, erschien Kaceys Gesicht auf ihrem Handydisplay.

Sie brauchte einen Rat, einen weisen Ratschlag, irgendwas. Oder vielleicht auch nur noch eine Unterhaltung mit ihrem Boss. Wenn sie ihm ihr Dilemma erklärte, vielleicht würde er dann einen Rückzieher machen?

Stöhnend schloss sie einen Moment lang die Augen und ließ all den Stress des Tages von sich abfallen. Sie brauchte einen Job. Punkt. Jake Titus? Tja, das war mehr eine Art Bedürfnis, und sie hatte immer noch nicht herausgefunden, ob er den Verstand verloren oder doch ein Herz in seinem gut gebauten Körper entdeckt hatte.

Mit einem Ächzen ließ sie sich auf der Couch nieder und schaltete den Fernseher ein. Bald wurden ihr die Lider schwer, und sie schlief ein.

Der Klang des Fernsehers ließ sie ruckartig wieder erwachen. Langsam stand Char von der Couch auf und nahm die Fernbedienung, um das Gerät abzuschalten.

Doch als sie auf den Knopf drücken wollte, erregte etwas auf dem Bildschirm ihre Aufmerksamkeit.

»Ach du Schande.« Sie stellte den Ton lauter, wacher als seit Stunden.

»Millionär und Playboy Jake Titus zurück in der Partyszene«, berichtete der Reporter. »Er wurde in der Innenstadt gesehen, in den angesagten Clubs ›Brazeel‹ und ›Ice‹. Quellen berichten, dass er nicht nur mit einer, sondern gleich mit zwei Frauen im Arm wieder ging. Während der letzten Woche brodelte die Gerüchteküche, seit Mr. Titus gebeten wurde, im Vorstand von Titus Enterprises zurückzutreten. Die Damenwelt von Seattle muss entzückt sein, den berühmtesten Junggesellen der Stadt wieder in bester Stimmung und so, wie wir ihn alle kennen, zu sehen.«

Char fiel die Fernbedienung aus der Hand.

Zitternd trank sie einen Schluck Wein.

Dieser Mistkerl.

Er spielte nur mit ihr. Er trieb sein Spielchen, und sie war doch wieder darauf hereingefallen! Wie oft hatte sie sich in den letzten paar Tagen geschworen, sie würde sich nicht mehr in ihn verlieben, und doch hatte sie ihre Gefühle für ihn gerechtfertigt, weil er sich so anders verhalten hatte.

Tja, offenbar konnte eben doch niemand aus seiner Haut heraus.

Und Jake Titus konnte schlafen, mit wem er, verdammt noch mal, wollte. Sie war fertig mit ihm, absolut fertig.

KAPITEL 28

Das Erste, was Jake dachte, als er allein in seinem Bett aufwachte, war, dass Gott ihm seinen Sexualtrieb genommen hatte, um ihn zu strafen.

Aber wenn er wirklich ehrlich sein wollte …

Dann war es nicht Gott gewesen.

Sondern Char.

Er wusste nicht recht, ob er sie hassen oder einfach zu ihr nach Hause fahren und über sie herfallen sollte.

Zwei Mädchen, beide umwerfend, beide Models … und: nichts. Absolut nichts. Sogar der Whisky in seinem Magen hatte ihm augenblicklich Übelkeit verursacht, als die beiden angefangen hatten, sich vor ihm auszuziehen. Daraufhin hatte er ihnen doch tatsächlich erklärt, er müsse mal ins Bad.

Ein historischer Tiefpunkt.

Badezimmer? Hatte er den verdammten Verstand verloren?

Er hatte auf ganzer Linie gekniffen, war ins Badezimmer geflüchtet und hatte dort auf der Toilette gesessen, den Kopf in den Händen vergraben und zitternd – jawohl, zitternd – im Angesicht der Tatsache, dass er komplett die Kontrolle über sein Leben verloren hatte.

Und das alles wegen eines bescheuerten Mädchens, mit dem er einst in einem bescheuerten Junior High Camp gewesen war, das einen bescheuert aufregenden Körper hatte und bescheuert strahlende Augen und sinnliche Lippen und …

Tja, an der Stelle im Badezimmer hatte er mehr als nur seinen Trieb wiedergefunden.

Doch dann hörte er, wie die Mädchen, Zwillinge, seinen Namen riefen.

Und da schwand seine Lust dahin.

Direkt die Toilette hinunter.

Zehn Minuten lang hatte er dagesessen. Und dann war er aus dem Badezimmer marschiert und hatte die lahmste Ausrede der Welt gebraucht: »Hört mal, ich fühle mich heute Abend nicht besonders. Mir geht es nicht gut.«

Die Mädels tauschten einen Blick und kamen dann auf ihn zu. Zwilling eins trug einen schwarzen Spitzen-BH mit Höschen, und Zwilling Nummer zwei hatte gar nichts mehr an.

Vielleicht war er schwul?

Als sie nahe genug waren, um ihn zu berühren, trat er einen Schritt zurück. Das Parfum der beiden erstickte ihn beinah. Wieso konnten sie nicht eher duften wie Ch…

»Scheiße!«, brüllte er, so dass beide Mädchen zusammenzuckten. »Tut mir leid, es liegt nicht an euch beiden, sondern an mir.«

»Im Ernst?«, fragte Zwilling eins. »Du willst uns wegschicken? Was, zum Teufel, ist denn dein Problem?«

»Ihr. Ihr beide«, knurrte Jake. »Und jetzt raus mit euch.«

In perfekt synchroner Bewegung zeigten sie ihm den Stinkefinger und sammelten ihre Klamotten auf. Sobald die Tür hinter ihnen zufiel, ließ er sich mit einem Aufstöhnen auf die Couch fallen.

Verdammnis über seinen Bruder, weil der ihm befohlen hatte, sich von der einen Frau fernzuhalten, die in ihm tatsächlich den Wunsch weckte, sein bisheriges Leben aufzugeben. Er musste sich ständig daran erinnern, dass es wieder besser würde und sich dieses Problem bald erledigt hätte.

Denn ihm war klar, dass er der Typ Mann war, der Char verletzen würde. Es würde kein »Glücklich bis ans Lebensende« geben, weil Typen wie er nicht wussten, wie man so etwas machte, und er war nicht wirklich sicher, ob er das sein konnte, was sie brauchte.

War er denn je so ein Typ gewesen? Einer, zu dem ein Mädchen kam, wenn etwas schiefging? Nein, sein Bruder Travis war so ein Typ. Jake war der Aufreißer, der Partylöwe. Er war derjenige, der mit vierzehn Jahren von Kaceys Dad erwischt worden war, als er Kokain schniefte und mit Mädchen herummachte, die doppelt so alt waren wie er. Und Kaceys Dad hatte ihn am Ohr gepackt und ihm gesagt, dass er sein Leben ruinierte.

Und er hatte recht gehabt.

Dass Jake, als Bill ihn erwischt hatte, so high und orientierungslos gewesen war, dass er in den Fluss beim Haus gefallen und beinahe ertrunken wäre, hatte es auch nicht besser gemacht.

Seitdem hatte er keine Drogen mehr angerührt. Alkohol? Ja, vielleicht, weil das der einzige Weg war, alles zu betäuben. Jake gab nie vor, etwas anderes zu sein als das, was er war … er war nur nicht sicher, ob ihm das, was er war, noch gefiel.

KAPITEL 29

»Hey, Blödmann!« Eine ärgerliche weibliche Stimme störte seinen Traum. »Aufwachen! Zeit, ins Flugzeug zu steigen!«

»Wieso brüllst du so?«, flüsterte Jake und drückte die Hände an die Schläfen. »Und was, zum Henker, hast du da an?«

Char stand vor ihm, Hände in die Hüften gestemmt, in einem Sweat-Anzug in leuchtendem Pink, der direkt den Katalogseiten von Victoria's Secret entsprungen zu sein schien.

»Gottverdammt, mach das Licht aus«, schimpfte er und legte die Hand über die Augen.

»Oh, tut mir leid.« Char redete immer noch zu laut. »Macht mein helles Outfit deine Kopfschmerzen etwa schlimmer? Wie wäre es mit einem Schuss Tequila, hm?«

Bei dem Gedanken krampfte sich ihm der Magen zusammen. Wie kam es, dass er sich komplett zugedröhnt und es trotzdem fertiggebracht hatte, gleich zwei Mädchen auf einmal einen Korb zu geben? Und doch sah das Objekt seiner Begierde gerade so aus, als sei es drauf und dran, ihm ein Messer in den Intimbereich zu jagen.

»Nein«, krächzte er, »keinen Alkohol.«

»Spaß gehabt gestern Nacht?« Char verschränkte die Arme. Ihre strahlend blauen Augen waren so klar wie der Morgen. Was. Zum. Teufel. War er jetzt also zum Poeten geworden? Er schlug sich auf den Brustkorb und räusperte sich.

Gut. Damit hatte er sich also auf Höhlenmenschenart versichert, dass er immer noch Eier hatte.

Lebe wohl, du letztes Stückchen Männlichkeit. Er schnippte mit den Fingern, als wolle er es wegwinken. Dann wurde ihm klar, dass er immer noch angetrunken sein musste.

»Steh auf.« Char versetzte seinem Stuhl einen Tritt.

»Nein.« Er brauchte etwas zu essen. Wie war er überhaupt zum Flughafen gekommen? Per Taxi? Richtig, ein Taxi, und dann hatte er das Taxi bezahlt, sein Ticket geholt und war durch die Sicherheitsschleuse geschlendert, während er nach Partynacht roch.

Lustig. Das war ja wie eine Wiederholung seines letzten Fluges.

»Wieso grinst du?« Char packte ihn am Unterarm und zog ihn in die Höhe. »Und wieso riechst du wie ein Pferd? Hast du überhaupt geduscht?«

Sein Gehirn arbeitete schwerfällig, als er über den Morgen nachdachte. Er hatte vergessen zu packen, also war er herumgerannt und dabei über seine Möbel gestolpert, um rechtzeitig fertig zu werden, hatte gerade noch sein Handy geschnappt und ein Taxi gerufen, aber zu keinem Zeitpunkt hatte er daran gedacht, zu duschen. »Ähm … keine Zeit.«

»Du bist gestern um neun Uhr nach Hause gegangen. Muss ja eine anstrengende Nacht mit dem doppelten Lottchen gewesen sein.«

Er zog es vor, zu schweigen. Stattdessen stützte er sich auf Char, als sie ihre Boardingpässe vorzeigten und durch den Terminal zum Flugzeug gingen. Wenigstens würde der Flug nicht lange dauern. Und aus glaubwürdiger Quelle wusste er, dass Oma Nadine erster Klasse fliegen würde, also würde es keine Bombendrohungen, Fertigspritzen und Festnahmen geben.

Wo, zur Hölle, war Oma eigentlich?

Als sie im Flugzeug saßen, schaute er sich um. Sie war nicht in der ersten Klasse, zumindest, so weit er sehen konnte, und in der Holzklasse war sie auch nicht.

»Wo ist denn Oma?«, fragte er Char und ärgerte sich über den immer noch rauhen Klang seiner Stimme.

»Sie ist schon gestern Nacht geflogen. Irgendein Hochzeitsnotfall. Checkst du eigentlich auch mal dein Handy, oder starrst du es nur an und lässt dir von Siri deine Nachrichten vorlesen?«

Jake sah erneut schuldbewusst zu Boden und zog es vor, nicht zu antworten.

»Also«, fuhr Char fort. Im Ernst, wieso redete sie immer noch? Konnte sie nicht sehen, dass er nur noch etwa drei Minuten davon entfernt war, sich die Seele aus dem Leib zu kotzen? Sie verdrehte genervt die Augen, griff über seinen Schoß und schnallte seinen Sicherheitsgurt fest. Na toll, jetzt war er ein Zweijähriger.

Und ganz fantastisch, dass seine Männlichkeit exakt in diesem Moment beschloss, zurückzukehren und in Erscheinung zu treten. Er fühlte sich zu elend, um sich darum zu scheren.

»Wie war deine Nacht?« Sie war sauer, ja, definitiv sauer.

»Grauenhaft«, antwortete er wahrheitsgemäß. »Ich habe zu viel getrunken und letztendlich etwas begriffen, was ich schon vor langer Zeit hätte begreifen sollen.«

»Ach ja?« Chars Stimme klang ausdruckslos. »Und das wäre?«

Mit einem Schulterzucken antwortete Jake: »Ich hasse Blondinen.«

Das erste Lächeln, das er an diesem Morgen zu sehen bekam, huschte kurz über Chars Gesicht, bevor sie sich wegdrehte und aus dem Fenster sah.

»Das ändert nichts.«

»Wirklich?«

»Wirklich.« Sie drehte sich wieder zu ihm um. »Du riechst immer noch wie ein Pferd.«

Er spürte jeden Ruck. Jede Bewegung. In seinem Kopf hatte ein winzig kleines Äffchen mit Trommel Stellung bezogen, und in seinem Magen hauste ein von Dämonen besessener Elefant. Fünf Mal musste er sich beinahe übergeben, bevor der Flug zu Ende war.

Char war überhaupt keine Hilfe.

Sie weigerte sich, mit ihm zu reden, ihn anzusehen oder ihn zu berühren.

Er war bestimmt in den Nachrichten gewesen; das war die einzige Erklärung. Er hatte eine flüchtige Erinnerung an das Aufblitzen von Kameras.

Wie konnte er nur so unsensibel sein? Er wusste doch, was er anstellte, und er tat es trotzdem. Um etwas zu beweisen. Um sich selbst etwas zu beweisen.

Und jetzt fühlte er sich, als hätte ihn jemand mit einem Truck überfahren und wäre danach noch einmal zurückgesetzt, um auch ganz sicherzugehen, dass er erledigt war.

Nach der Landung schlurfte er durch den Gang und zur Gepäckausgabe, in der Hoffnung, dass dieses eine Mal im Leben Oma Nadine irgendwie Mitleid mit ihm hatte und dafür sorgte, dass draußen etwas auf ihn wartete, wie zum Beispiel ein Auto, eine Knarre oder vielleicht sogar einfach nur eine Aspirin. O ja, Aspirin würde er nehmen.

Kein Glück.

»Wo sind denn alle?« Er ließ sein Handgepäck fallen, und eine weitere Welle der Übelkeit erfasste ihn. *Jack Daniel's* war drauf und dran, ihm wieder aus dem Gesicht zu fallen. Sein Magen war in Aufruhr, und er schloss die Augen und versuchte, sich darauf zu konzentrieren, aus- und einzuatmen.

»Char?«, fragte da eine tiefe männliche Stimme.

Jake riss die Augen auf.

Eine riesenhafte Imitation von Donnergott Thor kam auf sie zu.

»Wer, zum Teufel, sind Sie denn?«, fragte Jake deutlich gereizt. Er kratzte alle Kraft zusammen, die er noch hatte, nahm eine aufrechte Haltung an und sah dem Kerl finster in die Augen.

»Oh.« Der Mann lächelte und enthüllte dabei ebenmäßige weiße Zähne, die in seinem sonnengebräunten Gesicht blitzten, verdammt noch mal. »Ich helfe der Familie bei den Hochzeitsvorbereitungen. Travis und ich sind wirklich gute Freunde und …«

»Jace?« Chars Stimme klang viel zu hoffnungsvoll und verdammt viel zu aufgeregt für Jakes Geschmack.

»Du erinnerst dich an mich?« Er grinste und kam näher.

»Natürlich!« Sie trat in seine ausgebreiteten Arme und drückte ihn. Jake stellte sich vor, wie es wohl wäre, seine Hände um Jace' Kehle zu legen und den Kerl zu erwürgen. »Ich wusste gar nicht, dass du Travis und Kace hilfst?«

»Ach, na ja.« Er trat einen Schritt zurück und zuckte mit den Schultern. Errötete er etwa gerade? Im Ernst? Dieses großspurige Exemplar Mann konnte wahrscheinlich auf Kommando erröten, um zum Zug zu kommen.

Jake schob sich zwischen Char und Thor und streckte die Hand aus. »Ich bin Jake, Trauzeuge, Bruder des Bräutigams.« *Und Char gehört mir, sie gehört mir.* Schon möglich, dass er Zähne zeigte und vielleicht sogar knurrte; fehlte nur noch, dass er sie anpinkelte und damit als sein Revier markierte.

»Oh.« Jace sah zwischen beiden hin und her. »Ich habe schon viel von Ihnen gehört.«

»Sicherlich nur Gutes.« Jake kniff die Augen zu.

Jace grinste spöttisch. »Wenn Sie das sagen.«

Irgendwie war der Abstand zwischen ihnen immer kleiner geworden, und nun standen sie sich Auge in Auge gegenüber. Thor war etwas größer, aber nur ein, zwei Zentimeter. Jake hatte ihn bereits von Kopf bis Fuß gemustert; Jace war zwar ein großer Mann, aber Jake hatte die kräftigeren Muskeln.

»Wir, ähm, sollten gehen.« Jake spürte Chars Hand an seiner Brust. Er sah in ihre flehenden Augen und trat zurück, aber nur ein paar Zentimeter. Er wollte nicht derjenige sein, der zuerst das Feld räumte.

»Du hast recht.« Jace schüttelte den Kopf und brachte es fertig, so richtig bescheiden dreinzuschauen. *Blödmann.* »Wollen wir?« Er nahm Chars Tasche und bot ihr den Arm.

Wieso hatte Jake nicht daran gedacht, ihr die Tasche zu tragen?

Ach, richtig, weil er immer noch fertig war von gestern Nacht und den größten Teil des Fluges versucht hatte, alle Körperflüssigkeiten bei sich zu behalten. Der Gedanke war ihm nicht gekommen. Genauso wie ihm nicht der Gedanke gekommen war, sich nicht mehr wie ein Idiot zu benehmen.

Mit einem Fluch folgte er den beiden hinaus.

Zur wartenden Limo.

Na klar.

»Die Familie hat also die Limo geschickt?«, fragte Jake lässig und übergab dem Fahrer seine Tasche.

»Nein.« Jace zuckte mit den Schultern. »Ich dachte mir, dass Char vielleicht müde ist, also habe ich einen Gefallen eingefordert.«

Dann war er also arm. Damit konnte Jake etwas anfangen.

»Einen Gefallen?«, fragte Char und nahm Jace' Hand, als er ihr auf den Rücksitz half.

»Ja.« Jace hielt die Tür auf und ließ Jake zuerst einsteigen. »Normalerweise nehme ich den Fuhrpark nicht in Anspruch, aber ich dachte mir, dieses eine Mal wäre es das wert, weil du bestimmt sehr müde bist.« Er lächelte.

Jake verdrehte die Augen.

»Normalerweise nutzt du den Fuhrpark nicht, weil du selbst in das Kaufhaus fährst, in dem du arbeitest? Erzähl mal, wie läuft es so bei Abercrombie & Fitch zur Zeit?«

»Prima.« Jace grinste spöttisch. »Allerdings deiner Kleidung nach zu urteilen, war ich schon länger nicht mehr dort als du.«

Blödmann.

»Bereit, Mr. Senator?«, fragte der Fahrer.

»Ja, Donald, danke sehr.«

»Gern, Sir.«

»Senator?« Char runzelte die Stirn.

Hundesohn.

Jakes Lächeln gefror, als Jace mit den Schultern zuckte und eine Flasche Wasser hervorholte. »Jüngster Senator in der Geschichte von Oregon.«

»Wow!« Chars Lächeln wurde breiter. »Du musst ja so was von stolz sein!«

Und da war er wieder, dieser bescheuerte bescheidene Blick, den Jace so gut beherrschte; kein Wunder, dass er ein hervorragender Schauspieler war: Er war ein verdammter Politiker! *Falle nicht auf ihn herein, Char! Der Typ ist ein verlogener, betrügerischer …*

Oh, Kacke – das war ja, als würde er in einen verdammten Spiegel starren.

Was, zum Teufel, hatte Travis sich dabei gedacht?

Der Wagen setzte sich in Bewegung, und Jakes Magen revoltierte erneut. Er würde die fünfzehn Minuten bis zu ihrem Haus nie durchhalten.

Auch sich nach hinten lehnen half nicht.

Char und Jace plauderten miteinander, während Jake das Fenster öffnete und sinnierte, wie schlimm es wohl wäre, aus einem fahrenden Auto zu springen oder einen Mord zu planen. Gab es eine Haftstrafe, wenn er jemanden dafür bezahlte?

Der Wagen hielt an.

Jake stöhnte am Fenster.

»Hey, Champ, alles in Ordnung?«

Champ? Hatte Jace ihn gerade Champ genannt?

»Alles bestens«, antwortete Jake zwischen zusammengebissenen Zähnen.

Jace' Lächeln war so verdammt nervtötend, dass Jake sich schwor, falls er sich doch noch übergeben müsste, würde er es direkt über das schwarze T-Shirt und die weißen Leinenhosen des Kerls tun. Wer trug eigentlich in der Stadt Leinenhosen? Sie waren doch hier nicht am Strand, und die Dinger waren praktisch durchsichtig. Der Typ hätte ebenso gut sagen können: *Bitte mal alle auf mein Gemächt starren.*

»Jake, bist du sicher, dass es dir gutgeht?« Char klang aufrichtig besorgt. Er richtete den Blick auf sie und wollte aufbrüllen. Nein, es ging ihm nicht gut, ganz und gar nicht, aber er musste den Eindruck von Stärke erzeugen; sein Selbstwertgefühl hatte schon genug gelitten. Also schluckte er schwer, nickte knapp und zwinkerte Char zu.

Ihre Wangen nahmen eine hübsche Pinkfärbung an, bevor sie den Blick wieder auf Jace richtete.

»Auf jeden Fall, wie ich schon sagte …« Jace räusperte sich und warf Jake einen irritierenden Blick zu, bevor er Char wieder mit seinem strahlenden Lächeln beglückte.

Durch das Fenster drang der Geruch von Fast Food herein. Jake wollte den Kopf in den Nacken kippen, aber es war schon zu spät. Das war sein Knock-out. Alles, was er schon die ganze Zeit an Übelkeit unterdrückte, machte sich auf den Weg zu seiner Kehle hinaus.

»Ich glaube, mir wird schl…«

Er kam nicht mehr dazu, den Satz zu beenden; er steckte den Kopf zum Fenster hinaus und kotzte jeden einzelnen Drink der vergangenen Nacht und wahrscheinlich der letzten zwölf Monate auf die Tür.

Und dann hörte er Sirenen.

Zu elend, um irgendwas zu sagen, konnte er nur entsetzt starren, als der Polizist die Limo überholte und auf Jakes mit Kotze besudelte Tür zuging.

»Sir, Sie wissen sicher, dass es gegen das Gesetz ist, zu …«

»Ist schon okay, Jim«, ließ sich Jace hinter Jake vernehmen. »Er gehört zu mir.«

»Mr. Senator! Schöner Tag heute, nicht wahr?« Jim, ein dicklicher Polizist, salutierte. »Sind Sie sicher, dass alles okay ist? Ich könnte ihn mitnehmen und ein wenig aufmischen.«

Wenn der Gedanke, im Gefängnis zu landen, tatsächlich nach einer angenehmen Alternative zu dem Pochen in deinem Kopf klingt, dann weißt du, dass du einen Kater hast.

»Nicht nötig.« Jace versetzte Jake einen Klaps auf den Rücken und lachte. »Mir scheint, er konnte seinen Drink nicht bei sich behalten.«

»Mit Ihnen können sich nicht viele messen, Mr. Senator.«

»Nehmt euch doch ein Zimmer«, brummte Jake leise vor sich hin.

»Wie bitte?« Jim griff nach seinem Taser. *Oh, Hölle, nicht doch.*

Jace räusperte sich. »Wir müssen weiter, Jim. Grüße Linda und die Kinder von mir.«

»Mache ich!« Jim winkte und beugte sich dann zu Jake. »Und dich, Großkotz, behalte ich im Auge.«

Na toll, also galt er jetzt nicht einfach als harmloser Kerl – nun ja, welch Erleichterung –, sondern als Halbstarker. Bedeutete das, er würde nur Jugendknast bekommen, wenn er seinen Mordplan durchzog?

Hm, darüber sollte man nachdenken.

Der Wagen fuhr weiter, und wieder war Jake allein in seiner Ecke, während Char und Jace lachten und plauderten, als würden sie gleich miteinander ein Haus kaufen gehen.

Mist.

Er musste seine Form wiederfinden, und das schnell. Zum ersten Mal in seinem Leben hatte er ernstzunehmende Konkurrenz. Und natürlich, weil das Glück eine Hure ist, war es rein zufällig auch das erste Mal in seinem Leben, dass er tatsächlich Gefahr lief, nicht nur besagten Konkurrenzkampf, sondern auch noch sein Herz zu verlieren.

KAPITEL 30

Jace war heiß, mehr als heiß. Er sah aus wie Thor, nur dass seine Augen nicht blau, sondern grün waren. Sie waren ihr aufgefallen, weil sie von so langen Wimpern umrahmt wurden, dass sie sich schon fragte, ob der Mann etwa künstliche Wimpern trug.

Er war unglaublich.

Und dann seine gebräunte Haut …

Er war wie ein Dessert, und zwar ein überaus leckeres, das einen die Mutter nicht essen ließ, bevor man nicht seinen Teller leer gegessen hatte … das Dessert, nach dem man für kein anderes mehr zu haben ist. Der Typ Mann, den die Mädchen von fern anschmachten, aber nie tatsächlich ansprechen.

Und er sprach mit *ihr*.

Vor Aufregung krampften sich ihre Eingeweide zusammen, bis sie zu Jake hinübersah. Er sah elend aus. Sie wollte kein Mitleid mit ihm haben. Immerhin verbrachte er die ganze Nacht mit Schlampen – aber trotzdem.

Ihr Körper reagierte auf Jace, aber ihr Herz rief nach Jake, was echt beschissen war, wenn man sie fragte. Es war nicht fair; dieses eine Mal in ihrem Leben sah es so aus, als sei der Typ, der Interesse an ihr zeigte, so gut, wie alle sagten, und da entschied ihr Herz, dass es nicht interessiert war? Im Ernst?

Sie hielten vor Titus Abbey an. Es war noch eine gute

Woche bis zur Hochzeit, aber die Szenerie ließ das nicht erkennen.

Überall Vans – Cateringservice, Dekorateure, Floristen. Puh, es war, als hätte ein Hochzeitsmagazin seine Bilder über dem Platz ausgespuckt.

»Char!« Kacey rannte aus dem Haus auf die Limo zu und blieb dann wie angewurzelt stehen. »Ach du Schande, habt ihr eine tote Katze überfahren, oder was?«

»Tote Katze.« Jace stieg lachend aus. »Klingt schon richtig, oder, Jake?«

Mit einem Stöhnen stieg Jake aus und marschierte schnurstracks auf das Haus zu.

»Och, komm schon, so schlimm sind Hochzeiten doch gar nicht, Jake!«, rief Jace ihm lachend nach.

Char blinzelte; es gefiel ihr nicht, wie Jace Jake verspottete. Schon wahr, er verdiente es, und noch mehr – aber trotzdem. Es war nicht amüsant. Ihrer Meinung nach jedenfalls nicht.

»Sieht aus, als wäre Jake, der Partylöwe, wieder zurück, hm?« Kacey hakte sich bei Char unter, ohne zu merken, dass Chars Herz sich bei dem Gedanken zusammenzog.

Er hatte ein paar Tage mit ihr verbracht.

Und es hatte nicht gereicht, um ihn von seinem Lebensstil abzubringen. Und das war nur ein Beweis mehr – er war es nicht wert. Denn am Ende würde er sich doch immer wieder für sich selbst entscheiden, für seinen Lebensstil und sein Geld. Es würde nie um sie gehen.

»Also« – Char ignorierte den Schmerz in ihrer Brust – »Jace ist wirklich nett.«

»Er ist Senator«, flötete Kacey. »Und er hat das College dank seines ungewöhnlich hohen IQ zwei Jahre früher abgeschlossen. Er ist natürlich Mitglied bei MENSA, und ich weiß aus zuverlässiger Quelle, dass er verletzte Hunde adoptiert.«

»Du sprichst gerade von Jace?« Travis kam heran und drückte Kacey einen Kuss auf die Stirn. »Er ist wie Porno für Frauen. Im Ernst, wenn du ihn nicht magst, dann gibt es keine Hoffnung mehr für dich.«

Char kam nicht dazu, ihm zu antworten. Denn genau da platzte Oma Nadine herein, bewaffnet mit einem großen Mikrofon, das mit kleinen pinkfarbenen Kristallen verziert war.

»Ähm, was ist das?« Char deutete auf das Gerät, das das Auge beleidigte.

»Mein Mikrofon, für die Hochzeit.« Oma Nadine nahm es aus der Box und gab es Char. »Damit klinge ich wie Mariah Carey.«

»Wenn Mariah Carey ein sterbendes Eichhörnchen wäre«, flüsterte Kacey.

»Das habe ich gehört«, gab Oma Nadine gekränkt zurück.

»Du wirst nicht auf unserer Hochzeit singen.« Kacey grinste. »Also spielt es sowieso keine Rolle.«

Oma Nadine nahm das Mikro wieder an sich, verstaute es vorsichtig in der Schachtel, die verdächtig nach einem Kosmetikkoffer aussah, und klemmte sie sich unter den Arm. »Das, womit du und Travis euch beschäftigt, ist nur Kinderkram. Ich hatte immerhin mal was mit einem Kennedy.« Sie strich ihre Bluse glatt. »Genug gesagt. Jetzt bewegt euch. Ich habe noch vieles zu planen. Und heute Abend wird gefeiert!«

»Wovon spricht sie?«, wollte Char wissen und fragte sich, wieso Travis und Kacey Oma Nadine hinterherstarrten, als könnten sie das Rätsel ihres Lebens und ihres Verhaltens lösen wie ein Puzzle.

»Dinnerparty und Cocktails für die Gäste«, sagte Kacey, die immer noch Oma Nadine beobachtete. »Ihr Ton gefällt mir nicht. Was weiß sie, das wir nicht wissen?«

Travis kratzte sich am Kopf. »Sie will uns nur verunsichern.«

»Ich bin gerade nicht auf dem Laufenden.« Char hob die Hand. »Führt ihr irgendwie Krieg mit Grandma?«

»Nein«, rief Kacey und sah Char an, »ein Kampf der Meinungen, möglicherweise ... aber wir werden gewinnen. Oma glaubt, sie wüsste, was das Beste ist, aber ausnahmsweise hat sie mal unrecht. Wir werden es beweisen, und dann wird sie auch nicht bei unserer Hochzeit singen.«

KAPITEL 31

Char sah mit Travis und Kacey zu, wie Oma Nadine sich in der Mitte aufbaute und eine rote Trillerpfeife herausholte.

»Wer, zum Teufel, hat ihr eine Pfeife gegeben?« Travis brummte eine Verwünschung vor sich hin und stöhnte, dass ihn schon ein leichter Windzug scharfmachte, als Oma Nadine laut genug in die Pfeife blies, um alle Anwesenden mit Taubheit zu schlagen.

»Hallo!«, rief sie und pfiff dann noch einmal.

Char verbarg ein Lächeln, als sie irgendwo im Haus lautes Fluchen hörte. Jake war ganz eindeutig auch kein Fan dieser Trillerpfeife.

»Ich brauche euer aller Aufmerksamkeit.« Oma Nadine holte ein Klemmbrett hervor. »Ich wurde nominiert …«

»Hat sich freiwillig gemeldet«, korrigierte Travis. »Und das ziemlich nachdrücklich, wie ich hinzufügen möchte.«

Oma Nadine ignorierte seinen Einwurf und fuhr fort: »Wie gesagt, ich wurde *nominiert«* – sie warf Travis einen finsteren Blick zu – »zur Hochzeitsplanerin für die Dauer eures Aufenthalts hier auf Titus Abbey. Da die meisten Hochzeitsgäste hier im Haus wohnen werden, haben wir beschlossen, Zimmer zuzuteilen.«

Char lauschte Oma Nadine, die weiterschwadronierte, und sah sich im Raum um, ob Jake zurückkam. Wieso eigentlich?

Es war nur Besorgnis, dass er vielleicht an seinem Erbrochenen erstickt oder gegen eine Tür gerannt war oder so etwas.

»Und weil wir nur eine Suite haben und Travis mit Freuden Enthaltsamkeit gelobt hat …«

Travis zeigte mit der Hand auf seinen Kopf und machte eine Geste, als wolle er schießen.

»Die Suite werden sich zwei teilen müssen.« Oma Nadine grinste. »Also, der Terminplan ist auf die Minute genau abgestimmt; versucht bei allen Aktivitäten, nicht im Zeitplan zurückzufallen. Wir haben noch eine Menge zu tun. Ich erwarte, dass jetzt alle in ihre Zimmer gehen, um sich vor der Cocktailstunde noch umzuziehen.«

Oma Nadine teilte laminierte Pläne aus. »Änderungen können nicht gemacht werden, also fragt gar nicht erst. Falls ihr irgendwelche Fragen habt« – Travis hob die Hand – »die nichts mit der Verteilung der Betten zu tun haben« – Travis ließ die Hand wieder sinken – »dann fragt bitte.«

Char nahm den Plan von Oma Nadine entgegen und stöhnte. Jace tauchte hinter ihr auf. »Hey, denkst du, Jake würde den Bettpartner tauschen wollen?«

Hätte Jake etwas in der Art zu ihr gesagt, hätte sie die Augen verdreht und gelacht, weil es etwas ganz Typisches für Jake wäre. Aber es Jace sagen zu hören, das war wie ein Schwall kaltes Wasser; tatsächlich zuckte sie ein wenig zusammen. Wie kam es, dass ein heißer Kerl, der mit ihr flirtete, sie zum Zusammenzucken brachte?

Sie rang sich ein kleines Lachen ab und wedelte mit dem Plan vor seiner Nase herum. »Grandmas Regeln sind endgültig, glaube mir, was das angeht, habe ich meine Lektion gelernt.«

»Sag mal, Char«, ließ sich da Oma Nadine hinter Char vernehmen, »wie waren die Fruchtbarkeitstester?«

Jace riss die Augen auf, und Char blieb der Mund offen stehen. Du liebe Zeit! Was sollte sie darauf sagen? Sie kämpfte stotternd um Worte. »Ha, sehr lustig, Grandma, du meinst die Tester, die du für Kacey und Travis gekauft hast?«

»Sicher.« Oma Nadine grinste.

Chars Gesicht wurde glühend heiß vor Verlegenheit, als sie sich zu Jace umdrehte. »Sie macht Witze. Ich schwöre.«

»Ich mag Kinder.« Er musterte sie von oben bis unten. »Oder lass es mich so sagen: Ich denke doch, dass jeder Mann sich glücklich schätzen würde, Kinder mit dir zu bekommen.«

Und das ging jetzt offiziell zu weit.

»Klar«, erwiderte sie erstickt, »ich gehe mich nur eben frischmachen.«

»Ich kann dein Gepäck nehmen.« Er griff nach ihrer Tasche, aber sie schob seine Hand beiseite.

»Nein.« Char lachte leichthin. »Ich schaffe das schon. Wir sehen uns in einer Stunde.«

Sein Lächeln war selbstzufrieden, als er von dannen zog.

Char rannte, so schnell sie konnte, die Treppe hinauf. Sie hatten die Suite. Sie und Jake. Das musste doch irgendwie ein kranker Scherz sein. Die einzige Suite, die eigentlich für Kacey und Travis bestimmt sein sollte, und sie musste sich da mit Jake einquartieren? Mit dem Casanova, der schon einen Schreikrampf bekam, wenn jemand das Wort »Beziehung« auch nur in den Mund nahm, und der sich betrank, um der Gesellschaft gezielt klarzumachen, dass er genau das war, wofür ihn jeder hielt – ein Playboy.

Mit einem Ächzen stieß sie die Tür auf – und ließ ihre Tasche zu Boden plumpsen.

Irgendwas stimmte nicht mit ihr. Es war, als würden all die aufgestauten Emotionen ihrer Kindheit, ihre Vergangenheit, das Drama mit ihren Eltern und schließlich auch der Druck, ihren Job zu verlieren, über sie hereinstürzen.

Blöde Blumen.

Die waren schuld.

Es waren gelbe Rosen, genau solche wie die, die sie erst vor kurzem von Jake bekommen hatte. Verdammnis über ihn.

Sie nahm eine Rose aus der Vase und atmete tief ihren Duft ein. Eine kurze Minute lang gestattete sie sich, davon zu träumen, dass dies ihre Flitterwochensuite sei, dass Jake ihr Ehemann wäre und dass er ihr Blumen gekauft und nicht vor kaum einer Stunde gekotzt hätte.

Als sie die Augen wieder öffnete, sprang ihr die Wahrheit frontal ins Gesicht. Und zwar in Gestalt eines einzigen breiten Doppelbetts.

So nah und doch immer so fern, das war das Motto ihres Lebens. Sie war so nahe daran gewesen, ihren Abschluss mit Auszeichnung zu machen, doch am Ende war es Beth, die den Titel der Jahresbesten an sich riss.

Und nach ihrem ersten Vorstellungsgespräch waren ihre Eltern mit ihr essen gegangen – um dann enttäuscht zu reagieren, weil es sich um einen Nachrichtensender handelte.

Beth hatte zu ihrem neuen Job ein Auto bekommen.

Es war, als wäre alles, was sie je im Leben gewollt hatte, immer nahe genug für sie, um es zu wollen, aber nie nahe genug, um es auch zu bekommen.

Sie kam sich vor wie ein verdammter Hamster im Laufrad.

Sie hasste Hamster.

Ärgerlich setzte sie sich aufs Bett und sah zu, wie die Tür aufschwang und einen arg mitgenommenen Jake präsentierte. Wenigstens einer, der einen noch mieseren Tag hatte als sie.

»Wie geht's, Prinzessin?«, fragte sie ihn.

»Ich hasse mein Leben.« Mit einem Stöhnen stolperte er zum Bett und ließ sich darauffallen. »Der beste Teil meines Tages heute … na los, frag mich.«

Char stützte sich auf den Ellbogen, um ihn besser sehen zu können. »Beinahe-Verhaftung.«

Er schüttelte den Kopf.

»Hm, die Begegnung mit dem jüngsten Senator in der Geschichte Oregons?«

Jake zeigte ihr den Mittelfinger.

Lachend riet Char noch einmal. »Endlich wie ein großer Junge in eine Toilette kotzen können.«

Er seufzte und hob den Kopf, so dass sich ihre Blicke trafen. »Ein Zimmer mit dir zu teilen.«

Das spöttische Lächeln verschwand aus Chars Gesicht, und ihr Herz hämmerte. Im Zimmer herrschte Stille, abgesehen von ihrem scharfen Einatmen. Plötzlich schien sie nicht mehr fähig, leise ein- und ausatmen zu können.

Schließlich brachte sie ein »Oh« heraus.

Jake starrte sie weiterhin an, als sei sie das Wertvollste seiner Existenz und als würde er das, was er gesagt hatte, wirklich so meinen – dass der beste Teil seines Tages die Tatsache war, dass er ein Zimmer mit ihr teilte. Andererseits, er war ein Spieler. Vielleicht dachte er, damit hätte er Glück bei ihr.

»Tja, also, tut mir leid, wenn ich dir das sagen muss, Champ« – seine Augen wurden schmal – »aber bei mir schläfst du nicht.«

»Ach, das.« Langsam stand er auf und schob die Hände in die Hosentaschen. »War mir schon klar. Ich bin mir ziemlich sicher, dass der Fußboden und ich heute Nacht eine Menge Spaß haben werden. So mit Schwer-Atmen und Schleifgeräuschen.«

»Was, in aller Welt, für eine Art von Nacht auf dem Fußboden hast du denn geplant? Und in welchem Universum ist irgendwas von dem, was du da erzählst, normal?«

Jake grinste. »Das zu wissen, ist an mir, und es ist an dir, es herauszufinden. Du weißt ja, du kannst dich mir und dem Fußboden jederzeit anschließen, falls dir dein Bett zu weich wird.«

»Ich mag es weich.«

Er zwinkerte. »Zu schade aber auch.«

»Jake Titus!« Char warf ihm ein Kissen an den Kopf.

Lachend ging er zum Badezimmer. »Beeil dich, Char. Wir müssen uns für den Cocktailempfang frisch machen. Übrigens« – er drehte den Wasserhahn auf und nahm einen Waschlappen –, »wer, zur Hölle, hat Oma eigentlich eine Pfeife gegeben? Das sollte in allen fünfzig Bundesstaaten illegal sein.«

Char gab keine Antwort. Fasziniert sah sie zu, wie er sich mit dem Waschlappen übers Gesicht fuhr. Wassertröpfchen fielen ins Waschbecken. Sie fühlte sich etwas erhitzt und zog ihre Jacke aus.

Verdammnis über Jake Titus, der sogar noch Augentropfen sexy aussehen ließ, als er den Kopf in den Nacken legte und sie in seine Augen träufelte. Er blinzelte ein, zwei Mal, und dann lief die Flüssigkeit über seine markanten Wangen.

»Hör auf, mich anzustarren, Char«, rief Jake ihr zu. »Vor zehn Minuten war das noch gruselig. Jetzt mache ich mir nur Sorgen, ob du einen Krampfanfall oder so erlitten hast.«

Char war so verlegen, dass sie beinahe vom Bett purzelte, als sie zu ihrer Tasche marschierte und darin herumwühlte, auf der Suche nach einem sexy Cocktailkleid.

Ein Spiel für zwei.

Doch sie wollte nicht nur spielen – sie wollte gewinnen.

KAPITEL 32

»Jake?« Das Blut rauschte so laut in Jakes Ohren, dass Travis' Stimme nur gedämpft zu ihm durchdrang. »Hast du irgendwas mitbekommen, was ich dich gerade gefragt habe?«

Nein, tut mir leid. Ich habe gerade auf Beine gestarrt. Zwei Beine, um genau zu sein, und diese Beine gehörten einer wunderschönen Brünetten mit beeindruckenden blauen Augen und einem so elektrisierenden Lächeln, dass es einen Mann direkt ins Herz traf. »Klar, Junggesellenabschied. Ich bin dabei.«

»Keine Stripperinnen.« Das kam von Kacey.

Jake nickte zustimmend und hielt den Blick dabei immer noch auf Chars Beine gerichtet, die ein paar Schritte von ihm entfernt dastand und mit seiner Mutter plauderte.

Travis schnippte mit den Fingern vor Jakes Nase. »Reiß dich zusammen, Mann. Wenn du nicht aufpasst, fängst du noch an zu hecheln.«

So weit war er schon. »Tut mir leid, war nur gerade abgelenkt.« Jake räusperte sich und drehte sich zu Travis und Kacey um. Travis sah ärgerlich aus, Kacey eher besorgt. Na toll, gleich würde sie mit »Wir müssen reden« kommen. Um Zeit zu sparen, kam er ihr zuvor. »Kace, es geht mir gut. Die Nacht war hart, schlechte Entscheidungen und so, aber jetzt geht es mir besser, und ich halte mich an Wasser statt an Alkohol. Ernsthaft, du bist nicht meine Mutter.« Das klang schroffer, als er beabsichtigt hatte, und dass Travis einen Schritt nach vorn trat, war nur ein Beweis dafür. Aber Kacey hielt Travis mit einer Handbewegung auf.

Und dann folgte ihr Blick dem von Jake, als er Char wieder verstohlen musterte.

Mit einem Grollen drückte sie Travis ihr Glas in die Hand und zog Jake am Ohr nach draußen. »Autsch, was soll das, Kace!«

»Du hast mit ihr geschlafen!«

»Was? Mit wem?«

»Char!«

»Ja!« Ihre Augen wurden doppelt so groß wie normal. »Nein, ich meine, ja, aber das ist lange her.«

Heilige Scheiße, war er am Schwitzen.

Kacey gab sein Ohr frei und verschränkte die Arme. »Wie lange?«

»Ein Jahr oder so.« Er sah zu Boden. »War ein Fehler.«

»Du!« Kacey bohrte ihm den Finger in die Brust, als Jake sie beschwichtigen wollte. »Du bist der Kerl, mit dem sie die Nacht vor diesem YouTube-Clip verbracht hat.«

»Schuldig.« In mehr als einer Hinsicht.

Kacey schüttelte mit finsterem Blick den Kopf. »Ich hätte es wissen müssen. Alle Zeichen deuteten auf einen Titus.«

»Alle Zeichen?«

»Genau – Trinken, Ausschweifung, Sorglosigkeit, TV …«

Jake hielt die Hand hoch, um sie zum Schweigen zu bewegen. »Schön, ich hab's kapiert. Aber es ist nicht so, als hätte ich seitdem irgendwas angestellt, und das weißt du auch.« Verdammt sei sie, dass sie ihn mit diesem Mist zur Rede stellte. Als er sich auf ihrer Verlobungsparty betrunken hatte, hatte sie ihm gesagt, er solle sein Leben in Ordnung bringen oder im Bett einer Nutte umkommen – kein Witz. Es war ja nicht so, als würde er nicht versuchen, das Richtige zu tun, aber es sah so aus, als würde er jedes Mal, wenn er es versuchte, nur noch mehr Mist produzieren. Es war so viel einfacher, den anderen Weg zu gehen und so zu leben, wie die Leute es von einem erwarteten: verantwortungslos und unbekümmert. Doch kaum versuchte er mal, ernst zu werden und sich verantwortungsvoll zu verhalten, dann fragte man ihn gleich, ob er betrunken sei. Es war peinlich und weckte in ihm wieder den Wunsch, den Kopf einzuziehen, zurückzuweichen und in alte Gewohnheiten zu verfallen.

»Du hast diesen Blick«, sagte Kacey und unterbrach damit sein griesgrämiges Sinnieren.

»Blick, was für einen Blick denn?« Jake wollte eine andere Miene aufsetzen, scheiterte aber kläglich, als Char am Fenster vorbeiging.

»Den Blick!« Noch einmal bohrte Kacey ihm den Finger in die Brust. »Du bist dabei, dich in sie zu verlieben!«

»Bin ich nicht!«

»Bist du doch!«

Jake fuhr sich mit der Hand übers Gesicht und fluchte. »Kannst du bitte mal erwachsen sein?«

»Sagt der Typ, der gestern Nacht mit zwei betrunkenen Zwillingen geschlafen hat.«

»Habe ich nicht.« Jake hüstelte. »Ich konnte nicht … ich meine … ich wollte nicht, und ich habe auch nicht.«

»Konntest nicht? Oder wolltest nicht?«

Jake spürte heiße Röte in sein Gesicht steigen. »Beides.« O verdammt, vielleicht brauchte er tatsächlich Viagra. Was für ein deprimierender Gedanke. Wie alt war er noch mal – dreiundzwanzig?

»Du hast sie verletzt.« Kaceys Finger bohrte sich stärker in seine Brust. »Ich schneide dir die …«

»Dinner!«, verkündete da Oma Nadine und öffnete die Tür zur Veranda.

Kacey drehte sich um und rief: »Komme, Grandma!« Dann warf sie Jake einen finsteren Blick zu. »Benutze deine Fantasie.«

»Finger?«, fragte er zuckersüß.

»Du bist ein Blödmann.« Sie hakte ihn unter, und sie gingen ums Haus zu dem Gartenpavillon, in dem das Abendessen serviert wurde.

Jake atmete hörbar aus. »Hat man mir schon gesagt, mehrmals.«

Kacey blieb stehen und seufzte. »Hast du das denn nicht langsam mal satt?« Ihre Augen sahen ihn bittend an, und dieses eine Mal im Leben schaffte er es nicht, seine Maske der Gleichgültigkeit aufzusetzen, die jeder unsichere Typ zu Hilfe nahm, wenn er versuchte, die Welt zu verfluchen und nur für sich selbst zu leben. Unter heftigem Schaudern zuckte er mit den Schultern. Das war alles, was er fertigbrachte, denn Worte zu formen, erschien ihm zu schwierig.

Kacey sah zum Gartenpavillon hinüber und zu Char, die in Begleitung von Jace war. »Ich hasse es, zu verlieren, also sollst du wissen, dass ich dir das jetzt nur sage, weil ich dich gernhabe, aber …«

Jake wartete.

»Liebe ist es immer wert.«

Damit streckte sich Kacey auf die Zehenspitzen, drückte ihm einen Kuss auf die Wange und ging dann zu Travis, der schon auf sie wartete.

KAPITEL 33

Char war drauf und dran, sich den eigenen Arm abzubeißen, um ihn zu verspeisen. Hatte Jakes Mutter es darauf *angelegt*, sie zu foltern, indem sie mit diesen köstlich duftenden Kartoffeln vor ihrer Nase herumfuchtelte? Char hatte schon gehört, dass Jakes Mutter gern zu viel redete, aber sie hatte ja keine Ahnung gehabt, dass es so schlimm war.

Hin und her ging der Löffel, während Bets redete. Über den Teller, über die Schüssel, über den Teller, über die Schüssel. So musste eine Katze aussehen, die mit ihrer gefangenen Maus spielte.

Bets lachte mit Kacey und tauchte den Löffel in den Kartoffelbrei, hob ihn, um Char etwas zu geben – doch dann war sie von der Unterhaltung abgelenkt. Und wieder schwebte der Löffel über Chars Teller und zurück zur Servierschüssel. Char hätte schwören können, dass Kacey Bets mit Absicht zum Weiterreden animierte.

Endlich, drei Stunden später – okay, gut, wohl eher zwanzig Minuten –, hatten alle etwas auf dem Teller und aßen zufrieden. Also, falls zufrieden essen hieß, dass Oma Nadine Geschichten aus Las Vegas erzählte, während Travis auf sein Hühnchen starrte, als mache es ihn an.

Char hätte beinahe Mitleid mit dem armen Kerl gehabt, andererseits: Er würde in einer Woche heiraten. War ja nicht so, als würde er sterben oder so.

Jace saß rechts neben Char, Jake links von ihr. Also, das war nicht unangenehm. Jedes Mal, wenn Jace' Arm ihren streifte, lehnte sie sich zu Jake hinüber, und wann immer seine Haut ihre berührte, lief ihr ein Schauer über den ganzen Körper.

Wasser zu trinken war immer ihr nervöser Tick gewesen. Peinlicher Moment? Ein Schluck Wasser. Keine Ahnung, was man sagen soll? Ein Schluck Wasser.

Aber sie hatte kein Wasser.

Nur Wein.

Und das hieß wohl, wenn sie den Abend irgendwie überstehen wollte, würde sie jede einzelne Flasche auf dem Tisch leer trinken.

So kam es, dass sie schon zwei Gläser intus hatte, und das Essen war erst beim dritten Gang angelangt.

»Also.« Jace schenkte ihr noch ein Glas ein. *O du liebe Zeit.* »Travis hat erzählt, du wärst eine Starreporterin.«

»Ich weiß nicht, Star ist vielleicht zu viel ges…«

»Aber natürlich bist du das.« Travis zwinkerte ihr über den Tisch hinweg zu. »Sie ist der Liebling in Seattle.«

»Du wärst auf jeden Fall mein Liebling.« Jace grinste.

Jake fing neben ihr heftig zu husten an. Sie boxte ihn mit dem Ellbogen in die Rippen und hielt den Blick weiter auf Jace gerichtet. »Danke. Das ist reizend.«

Sein Schulterzucken war so nonchalant, dass Char Brechreiz verspürte. Er antwortete: »Tja, es ist wahr.«

Char wandte den Blick ab und schob sich eine Gabelvoll Kartoffelbrei in den Mund. Zumindest das Essen war grandios, auch wenn die Leute am Tisch so langsam alle durchdrehten. Jace sagte noch etwas, aber sie war zu abgelenkt, um dem näher Beachtung zu schenken, als Jakes Bein ihres streifte.

Sie wandte ihre Aufmerksamkeit wieder Jace zu, der lachte

und sich zu ihr beugte. »Tut mir leid, aber du hast da Kartoffelbrei im Gesicht.«

Sein Mund war nur Zentimeter von ihren Lippen entfernt, als Jake urplötzlich von seinem Stuhl hochschoss: »Verdammte Scheiße!«

»Was? Was ist denn?« Wescott Titus, Jakes Vater, sprang ebenfalls auf und ließ den Blick hektisch über den Tisch schweifen.

»Äh« – Jakes Blick flackerte unsicher – »Eichhörnchen. Ich dachte, ich hätte ein Eichhörnchen gesehen.«

Kacey trank einen Schluck Wein. »Jake hat Schiss vor Eichhörnchen.«

»Erinnere mich daran, dir eines in die Hose zu stecken«, witzelte Char.

»Vielleicht findet er dann ja seine Nüsse wieder.« Das kam von Travis.

Bets lachte verlegen, schenkte sich Wein nach und stieß dann Wescott an, dass er doch etwas sagen solle. Doch Oma Nadine hatte bereits alles fest in der Hand.

»Och, ich weiß nicht. Meine Enkel haben alle Nüsse. Jeder Einzelne. Ich habe mich bei jedem von ihnen vergewissert, dass es Jungs sind, als sie geboren wurden, nicht wahr, Wescott?«

»Ich, ähm …« Wescott sah Bets an und nickte dann nachdrücklich. »Auf die pflichtbewussteste Großmutter von allen.« Er schauderte und hob sein Weinglas. »Cheers.«

»Keine Nüsse?«, wiederholte Jake, der sich offenbar von diesem ersten Schlag gegen seine Männlichkeit noch nicht erholt hatte.

»Du hast's gehört«, mischte sich Jace rechts neben Char ein. »Zuzugeben, dass man ein Problem hat, ist immer der erste Schritt zur Besserung.«

»Problem mit was?« Jake ballte die Hände zu Fäusten. »Damit, meine Nüsse zu finden? Meine Männlichkeit? Meine Eier? Was, zum Teufel, glaubst du eigentlich, wer du bist?« Inzwischen war sein Gesicht feuerrot.

»Oh, er ist Senator«, warf Bets ein. Nicht hilfreich.

Jemand verpasste Char einen Tritt unter dem Tisch. Wahrscheinlich war der aber für Bets bestimmt gewesen, denn nur Sekunden später zuckte sie vor Schmerz zusammen.

»Weißt du, was?« Jake warf seine Serviette auf den Tisch. »Ich bin fertig mit dir und deiner Einstellung, Mr. Senator.«

»Ach ja?«, meinte Jace unbeeindruckt, stellte sein Wasserglas auf dem Tisch ab und grinste. »Ist ja komisch, denn ich war in etwa in dem Augenblick mit dir fertig, als ich hörte, dass du auch zur Hochzeit kommst. Sag doch, wie lange ist es her, dass du mit Travis beim Abendessen warst? Wann hast du das letzte Mal mit ihm Golf gespielt? Hm? Dich mit ihm und seinen Freunden getroffen? Klingelt da irgendwas bei dir, *Trauzeuge*?«, fragte Jace mit einem selbstzufriedenen Grinsen. »Du bist der Bruder, also muss er dir die Ehre lassen, aber als Freund? Da bist du so beschissen, wie man nur sein kann.«

»Das reicht!« Jake stürzte sich auf Jace und verpasste ihm einen Schlag.

Jace wich zurück und traf mit der Faust Jakes Gesicht.

»Und halte dich, verdammt noch mal, von Char fern!« Jake wollte einen weiteren Treffer in Jace' Gesicht landen, doch der wich ihm gerade noch aus, so dass Jakes Faust auf den Tisch krachte und Wein in alle Richtungen spritzte.

Char stand auf, doch Oma Nadine zog sie wieder auf ihren Stuhl zurück und wisperte: »Oh, Schätzchen, genieße es einfach. Absolut reizende Unterhaltung. Lass sie streiten.« Sie zwinkerte und spielte mit der Perlenkette an ihrem Hals.

»Jake!«, brüllte Wescott. »Schluss!«

Mit einem Fluch stand Travis vom Tisch auf und marschierte zu Jake, der zu Boden gegangen war und sich gerade taumelnd wieder aufrappelte. Er erwischte ihn, als der sich erneut auf Jace stürzen wollte.

»Schluss«, befahl Travis kalt, »ich meine es ernst, Jake.« Er stemmte die Hand gegen Jakes Brustkorb. »Dieses eine Mal im Leben, lass es gut sein.«

»Aber …« Jakes Gesicht verzog sich vor Qual, als er die schockierten Mienen um den Tisch herum betrachtete. Char wurde das Herz schwer, als sein flehender Blick auf sie fiel. Was sollte sie sagen? Beschämt senkte sie den Blick auf ihren Teller und hörte, wie Jake fluchte und dann ging.

»Also, das war ja irre.« Kacey lachte nervös, und alle stimmten mit ein. Jace nahm wieder neben Char Platz und richtete seine Krawatte.

»Tut mir leid, das gerade eben.« Er hob eine Serviette an seine blutige Lippe und zuckte zusammen. »Der Junge kann ganz schön austeilen.«

»Er trainiert.« Wescott schenkte sich Wein nach. »Jeden Tag.«

»Trainiert?«, fragte Char. »Was trainiert er?«

Bets tätschelte Wescott den Rücken und schenkte Char ein zittriges Lächeln. »Boxen, meine Liebe. Er ist Boxer.«

»Wahrscheinlich braucht er eine Art Kampftraining, wenn man bedenkt, wie viele Frauen er schon zur Weißglut gebracht hat«, ließ sich Travis von der anderen Seite der Tafel vernehmen.

»Genug!«, rief Kacey und stieß ihren Stuhl zurück.

O je, wie viele Streitereien würden heute denn noch ausbrechen?

Travis fielen die Augen aus dem Kopf, als Kacey mit dem Finger vor seinem Gesicht herumfuchtelte. »Ich weiß nicht, was mit dir los ist, aber er ist dein Bruder!« Sie hob die Hände. »Ist irgendeinem von euch jemals die Idee gekommen, ihm einfach mal eine Chance zu geben? Tut mir leid, wenn ich den Zeitplan durcheinanderbringe, Grandma, aber ich bin hier fertig.« Damit ging Kacey ins Haus.

Travis schluckte und schaute schuldbewusst über den Tisch. »Bin gleich wieder da.«

KAPITEL 34

Wütend suchte Kacey nach Jake, konnte ihn aber nirgendwo finden. Dass er sich ausgerechnet dieses Wochenende, ihr Hochzeitswochenende, aussuchen musste, um urplötzlich ein Gewissen zu entwickeln. Sein Timing konnte schlechter nicht sein! Aber – der Blick in seinen Augen, als er erst Char und dann den Rest der Familie angesehen hatte.

Dieser Blick lag ihr schwer im Magen.

Ja, er war ein Blödmann, aber jeder Mensch, der Augen im Kopf hatte, konnte erkennen, dass er sich tatsächlich Mühe gab – mal abgesehen von dem kleinen Schluckauf gestern Nacht, als er beschlossen hatte, rückfällig zu werden. Aber er hatte gesagt, dass nichts passiert sei. Ein Mann mit diesem Ausdruck in den Augen log nicht. Er war zu verletzlich, um irgendwas zu tun.

»Kace …« Travis rief über den Flur nach ihr.

Die Diele verbarg sie nicht gut genug. Travis' Schritte kamen näher, bis er direkt hinter ihr stehen blieb. »Was?«

»Tut mir leid.«

»Nicht genug.«

»Verdammt.« Travis griff nach ihr und drehte sie so herum, dass sie gegen die Wand gedrückt wurde. »Ich sagte doch, es tut mir leid.«

»Was genau tut dir leid? Dass du dich deinem Bruder gegenüber wie ein Mistkerl benimmst? Dass du ihm sagst, er soll sich von dem einzigen Mädchen fernhalten, das er tatsächlich mag? Oder dass du ihn ständig runtermachst, vor euren Eltern und sogar noch vor Jace? Such dir was aus.« Sie wollte sich gegen ihn stemmen, aber Travis war verdammt viel zu groß. Ein Muskel zuckte an seinem Kinn, als er sich zu ihr vorbeugte. Wieso musste er auch so gut aussehen? Es wäre viel einfacher, mit ihm zu streiten, wenn er hässlich wäre oder wenn er wieder, wie in seiner Kindheit, zu stottern anfinge.

»Hör zu.« Er hob ihr Kinn und grinste. »Ich kann nicht anders.«

»Die schlechteste Entschuldigung überhaupt.«

»Ich bin noch nicht fertig.« Travis' Augen leuchteten auf, als er sie sanft auf den Mund küsste und sich dann wieder von ihr löste. »Ich habe immer noch Probleme mit ihm. Das kannst du doch sicher verstehen, Kace. Ich meine, auf dem College hat er mit dir geschlafen und dich danach sitzenlassen. Und erst letztes Jahr dachte er ernsthaft darüber nach, dich zu heiraten und sich nebenbei noch eine Geliebte zu halten. Und er hielt das auch noch für eine intelligente Idee! Er hat dich benutzt, um im Job weiterzukommen, und jetzt, ein paar Monate später, erwartest du, dass ich plötzlich zu ihm halte? Er hat uns überhaupt nichts bewiesen. Vertrauen muss man sich verdienen, und er hat nichts dazugelernt. Hatte er ja nie nötig.«

Kacey seufzte und biss sich auf die Unterlippe, bevor sie antwortete. »Ich verstehe schon, was du meinst, aber du musst mir vertrauen. Ich kenne diesen Ausdruck in seinem Gesicht. Ich kenne ihn. Er ist dein Bruder, ja, aber er war auch mein bester Freund in meiner Kindheit. Ich denke, er hat es satt, das schwarze Schaf zu sein, aber er wird sich nicht bessern, wenn er das Gefühl hat, dass er gar nicht erst eine Chance bekommt. Vielleicht sollten wir es die beiden selbst austragen lassen?«

Travis schimpfte: »Und was weiter? Willst du, dass ich ihn jetzt umarme, oder was? Und, tut mir leid, aber die beiden selbst machen lassen, das bedeutet, dass wir nicht nur mit Jake ein Risiko eingehen. Sondern wenn wir verlieren – und die Chance dafür steht übrigens bei neunzig Prozent –, dann wird Oma eine Stunde lang auf unserer Hochzeit singen, während die Leute sich zu Tode trinken.«

Ach, Travis, so ungeschliffen und so beschützerisch. Das war der Grund, warum sie ihn heiratete. Er war der attraktivste Mann, dem sie je begegnet war, und er würde ganz ihr gehören. Mit einem sinnlichen Grinsen beugte sie sich vor und knabberte an seinen Lippen. »Ich möchte, dass du es versuchst. Bitte, ja? Für mich?«

»Versuchen?« Seine Stimme klang heiser. »Was versuchen?«

»Versuche, dich nicht wie ein Mistkerl zu verhalten, und gib ihm eine Chance.«

Er stöhnte an ihren Lippen und presste sie fester gegen die Wand. Sein Körper passte sich ihrem genau an, als er sie in seine Arme hob und an sich drückte. »Na gut. Ich versuche es, aber wenn ich es mit ihm versuche, heißt das, dass du es auch mit Oma versuchen musst.« Seine Lippen zogen von ihrem Mund eine heiße Spur über ihren Hals. »Oma. Versuche, dich heute Nacht an ihr vorbeizuschleichen.«

»Wieso?« War das etwas Neues? Seine Zunge fühlte sich so gut an, als er damit über ihren Halsansatz fuhr, dass sie die Finger in sein Shirt krallte und aufstöhnte.

»Weil ich dich will.« Mit den Zähnen zupfte er vorn an ihrem Kleid und setzte seine lustvolle Attacke etwas weiter unten fort. »Und ich könnte noch sterben, wenn ich dich nicht haben kann.«

»Sei nicht so ein Kerl«, keuchte sie.

»Ähem«, erklang da eine Stimme im Flur.

Mit einem Fluch ließ Travis Kacey langsam wieder auf die Füße gleiten und schob sie vor sich. Feigling. Oma Nadine stand mit verschränkten Armen da und durchbohrte sie mit ihrem Blick. »Haltet euch an die Regeln, ihr beiden, ihr seid ja wie Kinder.«

»Würde nicht wollen, dass meine Kinder sich so benehmen …«, sagte Travis hinter Kacey. Er musste einfach etwas erwidern.

Oma Nadine machte schmale Augen und marschierte auf sie zu. Kacey, ganz pflichtbewusste Verlobte, trat zur Seite, als Oma Nadine vor ihr stehen blieb, so dass sie Travis am Ohr packen und über den Flur mit sich ziehen konnte.

»Tausend Dank auch, Kace!«, rief er noch, als Oma Nadine ihn zur Haustür hinauszerrte.

KAPITEL 35

Eine kühle Nachtbrise wehte über den Columbia River. Jake trank einen Schluck Bier. Die Aussicht vom Baumhaus aus war in seiner Familie immer besonders beliebt gewesen. Man hatte den Blick auf den Fluss berücksichtigt. Es war hoch genug, dass man über die Bäume hinwegsehen konnte, aber nicht so hoch, dass Jake, Travis und Kacey als Kinder herunterfallen und sich den Hals brechen konnten.

Char war einmal dort gewesen, vielleicht auch zweimal.

Er war acht Jahre alt gewesen, als er ihr zum ersten Mal begegnet war. Sie war direkt auf ihn zugekommen und hatte ihn auf die Nase gehauen. Als seine Nase zwei Stunden später endlich zu bluten aufhörte, hatte er sie gefragt, wieso sie das gemacht hatte.

Ihre Antwort?

Er hätte sie komisch angestarrt.

Wütend hatte er sie angebrüllt, wenn sie nicht so hässlich wäre, dann würde er sie auch nicht anstarren. Daraufhin hatte sie zu weinen angefangen – und damit begann ihre stürmische Beziehung während der Zeit in der Grundschule.

In der Mittelstufe war alles anders geworden. Mit der Zeit hatte sie sich in ein wirklich hübsches Mädchen verwandelt, ein hübsches Mädchen, das nach wie vor nichts mit ihm zu tun haben wollte.

Bis zur sechsten Klasse. In einer Freistunde hatte er ihr eine

Nachricht geschrieben und sie gefragt, ob sie mit ihm die Pause verbringen wolle.

Danach waren sie unzertrennlich gewesen. Und das alles wegen eines verdammten *Twinkies.* Diese kleinen Kuchen von Hostess, die notfalls auch ein Atominferno überstehen würden. Mal im Ernst, die Dinger wären das einzige Nahrungsmittel, das Aliens auch in Millionen von Jahren noch finden würden. So goldgelb wie eh und je.

Er hatte *Twinkies* immer gehasst, aber an jenem Tag hatte er beschlossen, eines zu nehmen. Er hatte ihr nie gesagt, dass er diese Dinger hasste. Stattdessen hatte er nur vorgegeben, dass er seines für später aufheben wolle, und ihr die ganze Zeit dabei zugesehen, wie sie ihres aß. Sie war so hübsch gewesen. Damals war ihr Haar viel dunkler als jetzt. Mehr schwarz als walnussbraun.

Ihre Augen hatten einen so hübschen Kontrast zu dem dunklen Haar gebildet, dass er sich dabei erwischte, wie er sie erneut anstarrte. Aber diesmal schlug sie ihm nicht auf die Nase; sie war nur errötet und hatte den Blick abgewandt.

Und in dem Augenblick war ihm klar gewesen, dass es ein ganz übler Fall von Verknalltsein war. Er genierte sich sogar davor, es Kacey zu erzählen, die doch zu der Zeit sein weltbester Kumpel war. Und Travis brauchte er schon gar nichts zu erzählen. Travis hasste jeden, und Jake hatte als Kind immer den Eindruck gehabt, dass man ihn dauernd mit Travis verglich. Also hatte er es für sich behalten.

Genauso wie seine Kollektion an *Twinkies.*

Alle im Baumhaus.

Die Erinnerung brachte ihn zum Lachen, und er fragte sich, ob jemand diese verdammten Dinger jemals gefunden und sich darüber gewundert hatte, dass er sie hier wie ein halb verhungertes Eichhörnchen gebunkert hatte.

Rückblickend konnte er sich nicht erinnern, was eigentlich die Feindseligkeit und die Kluft zwischen ihm und Char verursacht hatte. Im ersten Highschool-Jahr hatte sie einfach aufgehört, mit ihm zu reden. Er hatte ihr sogar eine Schachtel Twinkies gekauft und mit einer Nachricht in ihrem Spind deponiert.

Dass das angekommen war, wusste er, denn er hatte ihr Lächeln gesehen, als sie die Notiz las und die Schachtel öffnete. Aber es war auch der erste Tag an der Highschool gewesen. Es war schwierig, mit ihr zu sprechen, wenn sie sich so verdammt rar machte. Was alle anderen Mädchen anging, die waren massenhaft verfügbar, also hatte er seine Chancen genutzt. Char war nach der Highschool zu einer Bekanntschaft geworden, dann zu einem One-Night-Stand, und jetzt … jetzt war sie nur … ein kompliziertes, scharfes Chaos.

Ein Chaos, auf das er sich stürzen wollte, um es in Ordnung zu bringen.

Nur dass er eben irgendwie die Ursache für das Chaos war. Das Kluge, das Richtige wäre gewesen, sie zu fragen, was passiert war. Aber Vergangenheit war eben Vergangenheit; er musste sein Leben weiterleben. Wann war sein Leben zu etwas geworden, auf das er nicht mehr stolz sein konnte? Ihm war alles in den Schoß gefallen, und irgendwie hatte er es vermasselt. Sein eigener Bruder wollte ihn eigentlich gar nicht als Trauzeugen? Wie hatte er das nicht sehen können?

Überhaupt nichts hatte er gesehen.

Weder die Tatsache, dass sein Vater zwanzig Jahre älter wirkte, seit er ihn zuletzt gesehen hatte, noch, dass seine Mutter so tat, als sei mit Oma alles in Ordnung, als er mitbekommen hatte, wie sie im Badezimmer vor dem Abendessen einen heftigen Hustenanfall erlitt.

Ein scharfer Schmerz traf ihn direkt in die Brust. Was, zur Hölle, machte er da eigentlich mit seinem Leben?

Mit einem flauen Gefühl im Magen griff er nach seinem zweiten Bier innerhalb von fünfzehn Minuten. Eine Möwe landete auf dem Dach des Baumhauses und starrte ihn an. Er hob grüßend die Flasche und zuckte zusammen.

Das war seine Zukunft.

Bier, Möwen, ein Baumhaus.

Die Möwe gab einen Laut von sich, der eindeutig nach Spott klang.

Na großartig, jetzt verlor er auch noch den Verstand.

Eine Gestalt kam aus dem Haus und steuerte auf ihn zu. Er ignorierte sie, trank sein Bier aus und öffnete noch eine Flasche.

Als er hörte, wie jemand die Leiter heraufkletterte, krampfte sich sein Magen noch mehr zusammen. Sollte das Travis sein oder Kacey, würde ihn niemand für seine Handlungen verantwortlich machen können. Ganz und gar nicht.

Die Luke ging auf, und Char, in ihrem wunderschönen schwarzen Kleid, steckte den Kopf hindurch.

»Jake!«

Er wappnete sich gegen die volle Kraft der Wirkung, die ihre Schönheit auf ihn hatte, gegen die Gefühle, die ihre kristallklaren Augen in ihm auslösten.

»Ja?« Wow, an seinen Schauspielkünsten musste er echt noch arbeiten. Seine Stimme klang so angestrengt, dass es schon albern war.

»Alles okay bei dir?« Char schob sich ins Baumhaus und ließ sich neben ihm nieder.

»Na klar.« Er zuckte mit den Schultern. »Ich musste nur mal raus.« *Bleib cool und mach nichts komplizierter, als es ist.* Er zuckte erneut mit den Schultern. Vielleicht war das etwas zu viel Schulterzucken. Und tatsächlich hob sich seine Schulter schon wieder, als wolle er es gleich noch mal tun. Okay,

Schauspielunterricht beiseite, mehr Alkohol reichte schon. Er trank einen tiefen Schluck und wandte den Blick ab wie ein Pubertierender an der Highschool.

»Du siehst nicht gut aus«, meinte Char sanft.

Er begegnete kurz ihrem Blick, bevor er sich mit der Zunge über die Lippen fuhr und hinaus auf den Columbia River zeigte. »Wusstest du, dass der Fluss an seiner tiefsten Stelle über dreihundert Meter tief sein kann?«

»Das ist, ähm, inter…«

»Und« – Jake räusperte sich – »die Ureinwohner glauben, dass ein Streit zwischen zwei Brüdern die Ausbrüche des Mount St. Helens verursacht hat. Weißt du, sie waren beide in dasselbe Mädchen verliebt, aber als sie sich nicht für einen von ihnen entscheiden konnte, wurden sie wütend. Ein Kampf brach aus, ganze Dörfer wurden zerstört, und der Vater, aus Zorn, weil seine Söhne ihre Familie nicht über die Liebe zu dem Mädchen stellen konnten, verwandelte sie in Berge.«

Char lächelte und schaute über den Fluss. »In welche denn?«

»Der erste Sohn wurde in Mount Hood verwandelt, den Kopf stolz erhoben.« Jake zeigte auf Mount Hood. An einem klaren Tag konnte man ihn von hier aus sehen, und zum Glück war es noch nicht zu dunkel. »Der andere Bruder wurde zu Mount Adams und hielt den Kopf zu Boden gerichtet, wo seine Geliebte hingefallen war.«

Char schwieg und sah zum Mount Adams hinüber. »Was war mit dem Mädchen? Was wurde aus ihr?«

»Sie flog in die Luft.«

Als Char daraufhin scharf einatmete, lachte Jake. Er fühlte sich besser als seit Tagen. »Nein, im Ernst, die Legende sagt, sie wurde in den Mount St. Helens verwandelt.«

»Also« – Char lehnte sich auf ihre Hände zurück und legte

den Kopf schief – »du erzählst mir, dass zwei Brüder sie wollten, sie konnte sich nicht entscheiden, und am Ende mussten alle leiden, und dann fand sie den Tod?«

Ja, wahrscheinlich nicht die passende Geschichte, um sie Char zu erzählen, aber im Augenblick klammerte er sich an jeden Strohhalm, um sie davon abzuhalten, ihn das Offensichtliche zu fragen – was los war – und ihn dazu zu bringen, dass er seine Gefühle offenlegte.

»Ich denke, ich weiß, warum dir die Geschichte gefällt«, sagte sie.

Jake schnaubte überrascht. »Wieso? Ist doch nur eine Geschichte.«

»Nein.« Char deutete auf den Fluss. »Mit diesem Vortrag, ›Deshalb ist der Columbia River so tief‹, versuchst du nur zu vermeiden, dass du über deine Gefühle redest. Aber die Geschichte ist deine Art, doch darüber zu reden.«

»Wie bitte?« Seit wann war sie denn eine Seelenklempnerin?

Char griff nach einem Bier. »Hättest du um das Mädchen gekämpft? Um deine Liebste? Oder hättest du aufgegeben?«

Jake schwieg. Sein Blick glitt zu den beiden Bergen in der Ferne. »Ich hätte das Einfache getan.«

»Und das wäre?«

Er zuckte mit den Schultern. Guter Gott, was war das nur dauernd mit seinem Schulterzucken! »Ich wäre gegangen.«

»Wieso?«

»Weil es das ist, was ich immer tue, Char. Ich gehe. Ich nehme den einfachen Weg. Ist es das, was du hören willst? Willst du, dass ich dir erzähle, dass ich anders bin? Dass ich der gute Kerl bin? Der Typ, der um das kämpft, was er liebt? Tja, ich kämpfe nie um etwas. Das muss ich nicht, und ich musste es nie.«

Char trank schweigend ihr Bier, aber ihre Hand zitterte, als sie die Flasche an die Lippen hob. Er seufzte und wandte den Blick ab. »Dafür bin ich nicht der Typ.«

»Sagt wer?« Ihre Stimme klang bittend.

Jake schüttelte den Kopf und schaute zurück zum Haus. Lachen war aus dem Garten zu hören. »Alle.«

»Sogar Grandma?«

»Na schön, einen Fan habe ich.« Jake fluchte.

»Zwei.« Plötzlich tauchte Chars Bierflasche vor seinem Gesicht auf; sie stieß mit ihm an und lächelte. »Du hast zwei Fans.«

Jake lachte. »Sagt das Mädchen, das mein Leben die ganze letzte Woche wie oft bedroht hat?«

»Hey.« Char rutschte nicht weg, sondern lehnte sich sogar an ihn an. »Partner beim Fruchtbarkeitstanz halten zusammen.«

»Richtig. Offenbar brauche ich alle Hilfe, die ich kriegen kann; du weißt schon, nachdem mein Selbstwertgefühl wegen der extrakleinen Kondome total im Keller ist.«

»Wer bin ich, darüber zu urteilen?« Char grinste. »Ich greife zur Flasche und habe eindeutig ein Alkoholproblem.«

Sie brachen in unbekümmertes Gelächter aus, bis der Wind sich drehte und Jake Chars blumiges Parfum riechen konnte. Er erstarrte, als könne sie es auch wahrnehmen, und sie hob den Kopf und schmiegte sich an ihn.

»Char!«, rief da Jace von unten. »Bist du da oben? Ich kann dich nicht sehen! Zeit für das Dessert!«

»Ich weiß.« Sie wandte den Blick nicht von Jake ab.

»Schade«, flüsterte Jake und legte die Hand an ihr Kinn. »Ich war gerade dabei, mein Dessert vorzeitig zu genießen.«

»Die meisten Leute müssen sich mehr anstrengen für ein solches Privileg.«

Er schluckte und sah auf ihre vollen Lippen. »Das werde ich, versprochen.«

»Sei kein Berg.«

»Was?« Er löste sich von ihr.

Char stand auf. »Gib nicht auf; sei kein Berg.«

»Was soll ich denn dann sein?«

Char antwortete nicht, als sie sich zur Leiter begab und langsam hinunterkletterte. Aber kurz bevor ihr Kopf verschwand, flüsterte sie: »Du selbst, Jake. Sei einfach du selbst.«

KAPITEL 36

Char wachte von eigenartigen Geräuschen auf. Nach ihrer seltsamen Unterhaltung mit Jake, bei der sie mindestens zu achtzig Prozent sicher war, dass er betrunken gewesen war, hatte sie Kopfschmerzen vorgetäuscht, auf das Dessert und den Familienspieleabend verzichtet und war zu Bett gegangen.

Stöhnend griff sie nach ihrem Handy und schaute auf die Zeitanzeige. Ein Uhr? Waren die anderen immer noch auf?

Ohne weiter nachzudenken, schwang sie die Beine aus dem Bett – und traf auf etwas Weiches. Stöhnen war zu hören, dann Fluchen, und dann zog es Char die Beine weg, so dass sie mit einem dumpfen Poltern darauf landete.

»Jake?«, hauchte sie.

»Nein, hier ist irgendein anderer halb verhungerter, halb betrunkener, mit Möwen quatschender Irrer. Ja klar bin ich es. Wer sonst sollte neben dir auf dem Boden schlafen?«

»Gutes Argument.«

»Du kannst jetzt von mir runtergehen«, ächzte er.

»Wieso redest du mit Möwen?«

»Das ist alles, was du von meiner Aussage mitbekommen hast? Keine Frage von wegen Verhungern oder Betrunkensein, sondern gleich zu den Möwen?«

Char rutschte von seinem warmen Körper weg und seufzte hörbar. »Das ist einfache Subtraktion.«

»Hä?«

»Welcher Teil ist anders als die anderen? Nahrung und Alkohol gehen Hand in Hand. Reden mit Möwen? Nicht so sehr.«

»Entweder bist du brillant oder betrunken. Welches von beiden, das kann ich nicht entscheiden.« Seine Stimme klang rauh. »Wieso bist du auf mich getreten? Oder noch besser, wieso bist du überhaupt aufgestanden?«

»Ich habe ein Geräusch gehört.«

»Das nennt man Atmen, Char. Manche Leute brauchen das zum Überleben.«

»Halt die Klappe, du Esel.« Sie drückte ihn zu Boden und ging zur Tür. »Es war mehr als das. Es klang wie ein Kratzen oder so etwas.«

»Dann haben wir also ein Problem mit Eichhörnchen.« Er klang gelangweilt.

»Du hasst Eichhörnchen.«

»Sollen sie mich doch holen! Habt ihr gehört, Eichhörnchen? Ich bin bereit für euch!« Jake hob die Hände und seufzte.

»Wie viele Bier hast du getrunken?«

Mit einem Fluch rappelte er sich auf. »Eindeutig nicht genug. Andernfalls wäre ich jetzt immer noch besinnungslos, anstatt diese alberne Unterhaltung mit dir zu führen.«

Er trat ins Mondlicht.

Und Chars Mund wurde trocken.

Der Mann war ein Gott.

Wie hatte sie das nur vergessen können?

Kräftige Muskelstränge formten seine Bauchmuskeln und zogen sich bis in seine Pyjamahose. Alles an ihm war geschmeidig und sonnengebräunt. Einfach … viel zu schön, um wahr zu sein. Sie trat einen Schritt vor. War es eigentlich möglich, einen Mann per Photoshop zu retuschieren? Im wirklichen Leben? In Person?

Neugierig drückte sie eine Hand auf seine Brust. Er war so verdammt warm und solide. Verflixt, sein Körper war fest.

»Char?« Seine Stimme klang heiser. »Bist du sicher, dass du nicht schlafwandelst?«

Char zog abrupt die Hand zurück und lachte nervös. »Ich dachte, ich hätte, ähm, eine Schramme gesehen, genau da.« Sie deutete auf die makellos glatte Haut seiner Brust.

»Eine Schramme?« Jake hob die Augenbraue. »Tatsächlich? Tja, wenn du so besorgt bist, dann darf ich bestimmt meine Hose ausziehen, damit du überall nachsehen kannst. Ich will morgen gesund aufwachen. Und ich habe gehört, dass Schrammen sich entzünden können.« Er grinste.

»Blödmann.« Char stemmte sich gegen ihn, griff nach der Tür und öffnete sie einen Spalt.

»Char«, stöhnte Jake, »ich bin erschöpft. Wie schon gesagt, es ist wahrscheinlich gar nichts …«

Mit einem Schimpfwort boxte Char ihn direkt in seine harten Bauchmuskeln und erklärte, er solle die Klappe halten; dann deutete sie auf den Flur.

Offensichtlich war Kacey gerade dabei, sich über den Flur zu Travis' Zimmer zu schleichen. Seine Tür stand offen. Er formte mit dem Mund lautlos Richtungshinweise und deutete auf den Boden. Erwartete er von ihr, dass sie über den Boden robbte wie ein Rekrut bei der Army? Und dann hielt er eine Hand ans Ohr.

»Hm«, flüsterte Char, »knarrende Bodendielen?«

»Ja.« Jake lachte leise, und sein Atem fühlte sich warm an ihrem Nacken an.

»Du weißt, wo die Stellen sind?«

»O ja.« Er schlüpfte an ihr vorbei auf den Flur und

schaute süffisant grinsend zwischen Travis und Kacey hin und her.

Kacey sah ihn mit schmalen Augen an. Dann machte sie mit der Hand eine Schnittbewegung über ihre Kehle und zeigte ihm den Stinkefinger.

Travis gestikulierte obszön in Jakes Richtung. Es sah aus, als würde er seinem Bruder drohen, doch Char konnte es nicht genau sagen. Es war, als würde man einen Pantomimen beobachten, der immer wütender wurde. Er fuchtelte mit den Händen in der Luft herum, aber es war zu komisch, um etwas zu bedeuten.

Und Oma Nadine, ach du liebe Güte. Sie saß mitten auf dem Flur in einem Lehnstuhl. Ihr Mund stand leicht offen, und sie schnarchte gnadenlos laut. Ihr Pyjama mit Leopardenmuster schimmerte im Mondlicht, und auf dem Gesicht hatte sie eine dieser gruseligen Schlafmasken mit aufgemalten Augen, als wollte sie damit sagen, dass sie immer wachsam sei.

Jake trat vorsichtig einen Schritt auf Oma Nadine zu.

Kacey wedelte panisch mit den Händen.

Char hielt die Hand vor den Mund, um ihr Lachen zu verbergen.

Kacey warf einen finsteren Blick in ihre Richtung.

Ein lautes Knarren hallte durch den Flur. Jake machte noch einen Schritt. Das zweite Knarren war sogar noch lauter.

Travis fing an, mit dem Kopf leise gegen die Wand zu hämmern.

Kacey sah aus, als würde sie gerade ein Stoßgebet gen Himmel schicken.

Und dann, urplötzlich, kam Bewegung in Oma Nadine. Ohne die Maske hochzuschieben, holte sie unter dem Kissen eine Knarre hervor und richtete sie direkt auf Travis.

»Schleichst du dich gerade raus, mein Junge?«

Char blieb der Mund offen stehen, während Jake sich eilig ins Zimmer zurückzog und in sicherer Deckung stehen blieb.

»Ich, ähm …« Travis schloss die Augen. »Tu es. Erschieß mich einfach. Ich bin schon unglücklich genug, so wie es ist. Tut mir leid, Kacey, ich kann das nicht tun. Ich schaffe das nicht. Wenn mich das schwach macht, dann soll es so sein.«

»Kacey!«, schimpfte Oma Nadine und schob die Maske hoch, um sehen zu können. »Man stelle sich das nur mal vor! Ich wollte Travis die Schuld an diesem Fiasko geben, und jetzt schau dich nur an! Halbwegs über den Flur! Du kleine Göre.«

Jake kicherte hinter Char.

»Ihr beide!« Oma Nadine fuchtelte mit der Knarre in der Luft herum, und Travis beäugte das Ding vorsichtig, während Kacey sich gegen die Wand sinken ließ.

»Sofort.« Oma Nadine zeigte mit der Waffe auf Travis. »Zurück in dein Zimmer. Zu Bett. Du bist bald verheiratet, und dann kannst du so viel Sex haben, wie du willst.«

»Oma hat gerade ›Sex‹ gesagt«, bemerkte Jake hinter Char. »Ich glaube, das ist die beste Nacht meines Lebens.«

»Und du!« Oma Nadine zeigte mit der Waffe auf Kacey. »Hör auf, ihn in Versuchung zu führen! Er ist ein Junge! Er kann nichts für seine Triebe.«

»Das war nur ein Witz«, sagte Jake. »›Triebe‹. ›Triebe‹ schlägt ›Sex‹.«

»Sofort! Alle beide, zurück in eure Zimmer, damit ihr eure Gedanken an Unzucht hinter euch lassen könnt!«

»Das ist er«, flüsterte Char, »der Gewinner von heute Nacht.«

»›Unzucht‹.« Jake streckte die Hand hinter Char aus, und sie klatschte ihn ab, bevor sie langsam ihre Tür schlossen.

Da rief Oma Nadine ihre Namen.

»Schnell!«, rief Char. »Leg dich auf den Boden! Das ist keine Übung!«

Jake hechtete nach dem Kissen und drückte sein Gesicht auf die Bettdecke, während Char sich auf das Bett warf. Die Tür wurde mit einem Klicken geöffnet.

Oma Nadine seufzte. »So gute Kinder, so gesittet.«

Als die Tür wieder zuging, atmete Char hörbar aus. »Das war knapp.«

»Ich bin neugierig.«

»Weswegen?«

»Heute Morgen hatte sie eine Trillerpfeife ... und jetzt hat sie eine Waffe. Ich schwöre dir, mein Vater sperrt den Waffenschrank genau deshalb ab. Er versteckt sogar die Munition.«

»Wenn es um Grandma geht, frage ich nicht mehr nach dem Warum.«

Jake lachte. Der Klang seiner Stimme ließ eine Wärme entstehen, die Char umhüllte, als sie sich auf die Seite drehte und über den Bettrand sah.

Jake schaute zu ihr hoch. »Was ist? Suchst du weiter nach Schrammen? Mein Angebot steht noch, du weißt schon.« Er zwinkerte, ließ die Hand an den Bund seiner Pyjamahose gleiten und machte Anstalten, sie nach unten zu streifen.

Char legte die Hand über die Augen. »Lass die Hose an.«

»Hm«, meinte Jake, »ich denke, das ist tatsächlich das erste Mal, dass ein Mädchen sich im Dunkeln im selben Raum mit mir befindet und mich um so etwas bittet.«

»Was ist das für ein Gefühl?«

»Tut ein wenig weh.«

Char hatte die Augen immer noch geschlossen, als sie Jakes Hände an ihren Wangen spürte. Sie hatte keine andere Wahl, als die Augen zu öffnen und die volle Wucht der Wirkung seiner haselnussbraunen Augen zu fühlen. Er lächelte, ein echtes, sexy, abgrundtief aufrichtiges, seelenvolles, Ich-verkaufe-meine-Großmutter-nach-Nordkorea-für-diesen-Mann-Lächeln. »Es tut immer weh, bevor es besser wird.«

»W-was?« Sie brachte kaum ein Wort heraus, nicht mit seinen Händen auf ihr, seinem nackten Oberkörper vor ihr und seinen Augen, die sie ansahen, als sei sie die umwerfendste Frau, der er je begegnet war.

»Schrammen. Die tun immer weh, bevor sie heilen. Also tut es zwar weh, zurückgewiesen zu werden, aber ich denke, am Ende ist es das wert.«

»Du solltest öfter trinken«, witzelte Char. »Dann wirst du entzückend sentimental.«

»Das liegt nicht am Alkohol«, flüsterte Jake. Sein Mund war ihren Lippen so nah, dass sie ihn beinahe schmecken konnte. »Gute Nacht, Char.«

»Nacht.« Die eigene Stimme klang ihr fremd und dünn in den Ohren, als Jake ihr Gesicht freigab und sich wieder auf sein provisorisches Bett sinken ließ. »Süße Träume.«

Er drehte sich auf die Seite und schenkte ihr noch ein strahlendes Lächeln. »Wenn du deinen Namen hörst, dann wirst du wissen, wieso.«

Und dahinschmelzen.

Oh, Mist.

Char brachte ein Lächeln zustande, bevor sie sich zurück ins Bett sinken ließ. In ihr tobte ein Kampf.

Was, wenn Jake sich wirklich änderte? Was, wenn er sich echte Mühe gab, und sie merkte es gar nicht, weil sie sich zu sehr auf Jace konzentrierte?

Jace war interessiert.

Jake war ein Risiko.

Eine schlaflose Nacht mehr auf der Liste ihrer Probleme.

Gar nicht zu reden von der Tatsache, dass jeder einzelne Telefonanruf von der Arbeit bisher ignoriert geblieben war.

Ihn. Ihn hatte sie immer gewollt, und jetzt, da er direkt vor ihr und ernsthaft verwundbar war und sich Mühe gab, war sie es sich selbst schuldig, ebenfalls den Versuch zu wagen.

Sie würde es tun.

Möglicherweise würde sie ihren Job und ihr Herz verlieren – wieder einmal –, und das für die geringe Chance, dass der Junge aus dem Junior High Camp ihren Kuss auch wirklich erwidern wollte.

KAPITEL 37

Jetzt war es amtlich.

Karma war gekommen und wieder gegangen, und an seiner Stelle hatte es Jake ein Herz geschenkt. Eines, das so irritierend empfindsam war, dass er etwa fünf Sekunden davon entfernt war, den Verstand zu verlieren.

Sie lächelte.

Ihm wurde schwindelig, ja, tatsächlich schwindelig, und sein Herz machte einen kleinen Satz. Als Char vorschlug, mit in die Stadt zu fahren, war er doch tatsächlich aufgeregt.

Richtig aufgeregt, weil er den Morgen mit Char im Gerichtsgebäude verbringen würde.

Was war nur los mit ihm?

Vor zwei Monaten hätte er sich lieber umbringen mögen.

Und jetzt? Jetzt freute er sich darauf, einfach Zeit mit Char zu verbringen, mit einem Mädchen – einer Frau, um genau zu sein. Seine längste Verabredung seit Jahren, und sie fand in einem Gerichtsgebäude statt. Das musste doch ein schlechtes Zeichen sein.

Oma Nadine hatte vergessen, die Genehmigung abzuholen, nachdem Kacey und Travis dort gewesen waren, um ihre Identität nachzuweisen.

Auf jeden Fall musste Jake als Trauzeuge nur die Genehmigung abholen und dann Char zum Mittagessen ausführen. Nicht allzu schwierig. Zugegeben, es kam ihm albern vor, dass ausgerechnet er das erledigen musste, aber Oma Nadine hatte beim Morgenkaffee einen derartigen Anfall bekommen, dass er zu allem ja und amen gesagt hätte – inklusive dazu, nach Afrika zu gehen und dort für die Rechte der Löwen zu kämpfen –, nur um sie zum Schweigen zu bringen. Travis und Kacey waren mit irgendwelchen kurzfristigen Planungen wegen der Musikgruppe für die Hochzeit beschäftigt, und alle anderen halfen bei der Organisation, also blieben nur er und Char.

Char war ganz wild darauf gewesen, aus dem Haus zu kommen, wegen Oma Nadine, die ihr überallhin folgte und Anweisungen rief.

Jace hatte gefragt, ob er mitkommen könne.

Jakes Antwort? Keine Chance, und Oma Nadine, gesegnet sei sie, hatte behauptet, sie brauche Jace kurzfristig als Unterstützung. Höchstwahrscheinlich war das gelogen – nicht, dass ihn das kümmern würde. Die Situation hatte sich absolut zu seiner Zufriedenheit entwickelt.

Das Gerichtsgebäude war nicht allzu weit vom Haus entfernt und hatte gerade seine Pforten geöffnet, als er mit Char zur Standesbeamtin kam.

»Kann ich Ihnen helfen?«, fragte die ältere Dame. Eine Brille mit Gläsern wie Eulenaugen saß tief auf ihrer Nase, dazu trug sie leuchtend roten Lippenstift und ein grelles stahlblaues Shirt. Es war fast so, als würde er Oma Nadines Doppelgängerin gegenüberstehen.

»Ja«, sagte Jake unbekümmert, »wir müssen die Genehmigung für die Hochzeit Titus abholen.«

»Oh.« Die Dame machte ein langes Gesicht. »Einen Moment, ich muss nur …« Zitternd murmelte sie etwas vor sich hin und durchsuchte einen Stapel auf ihrem Schreibtisch.

Char kaute auf ihrer Unterlippe herum und trommelte mit

den Fingernägeln auf den Tresen, während die Dame suchte. Jake, ganz der Verrückte, der er inzwischen war, beobachtete Char. Ihr Haar war zu einem hohen Pferdeschwanz gebunden, was ihm einen perfekten Blick auf ihre hohen Wangenknochen und den anmutigen Nacken bescherte. Er wollte die Hand ausstrecken und sie berühren, die glatte Haut unter seinen Fingern spüren.

»Die Sache ist die« – die Dame räusperte sich – »ich habe sie nicht.«

»Verzeihung, wie bitte?« Jake riss sich von Chars Anblick los und wandte seine Aufmerksamkeit der Dame zu. »Die Genehmigung? Aber die Hochzeit ist dieses Wochenende.«

»Richtig.« Die Dame lächelte nervös. Lippenstift klebte an ihren beiden Vorderzähnen. »Ich habe da eine Idee, aber dafür könnte ich gefeuert werden …«

»Ich bin ganz Ohr.« Jake versuchte, ruhig zu bleiben. »Die beiden brauchen dieses Papier bis Sonntagabend.«

»Wir können den Prozess beschleunigen. Das Datum kann ich frisieren, aber ich muss die Stelle, wo die Namen hingehören, leer lassen.«

»Wieso?«, fragte Char. »Können Sie die nicht einfach eintippen und das ganze Formular frisieren?«

»Das fällt auf«, flüsterte die Dame und deutete hinter sich auf die anderen Leute, die im Büro arbeiteten. »Und wie ich schon sagte, dafür könnte ich gefeuert werden.«

Jake stöhnte und sah Char an. »Was machen wir jetzt?«

»Tja, wir brauchen die Genehmigung!« Char stieß den Atem aus. »Okay, gut, wir machen es. Was brauchen Sie von uns?«

»Sally.« Eine Frau trat zu ihnen. »Alles in Ordnung hier?«

»Perfekt!«, rief Sally. »Diese jungen Leute sind gerade hier, um ihre Heiratserlaubnis abzuholen! Sie werden diese Woche heiraten!« Ihr Blick richtete sich flehentlich auf die beiden.

»Richtig!« Jake stupste Char an. »Wir sind ja so aufgeregt. Nicht wahr, Törtchen?«

»Sicher, Twinkieschatz.« Char hatte die Zähne zusammengebissen. »So unglaublich aufgeregt vor unserer heiligen Verbindung.«

»Vor Gott« – Jake nickte – »und unserer Familie.«

Char nickte energisch. »Ist nur jammerschade, dass ich meine Unschuld schon vor der Hochzeit verloren habe, hm?«

»Ich würde nicht sagen, dass das schade ist.« Jake machte schmale Augen und verstärkte seinen Griff um ihre Schulter. »Genau genommen würde ich sagen, das war sehr, sehr, sehr gut.«

Char zuckte mit den Schultern. »Es war ganz in Ordnung.«

Sally und ihre Kollegin kicherten.

»Wenn Sie verstehen, was ich meine.« Char zwinkerte.

»Wir sind ja so verliebt!«, rief Jake und versuchte, damit zu verhindern, dass Char sich weiter über das Niveau seiner sexuellen Fähigkeiten ausließ.

»Oh.« Sally klatschte in die Hände. »Das habe ich ja fast vergessen. Ich brauche noch die Führerscheine, nur um Ihre Identität zu bestätigen.«

Char trat Jake auf den Fuß und reichte dann ihren Führerschein über den Tresen.

Jake brummelte einen Fluch und holte seinen heraus.

»Sie passen!« Sally strahlte.

Die Dame hinter ihr verschwand wieder.

Alle atmeten auf.

»Es tut mir leid«, sagte Sally. »Ich weiß, ich bin unprofessionell. Also, bitte denken Sie daran, Sie müssen die Namen der beiden Parteien und dann noch die der Trauzeugen eintragen, okey-dokey?«

»Perfekt.« Jake nahm das Papier und grinste. »Wie viel schulden wir Ihnen für die Genehmigung?«

»Sechzig Dollar in bar.« Sally hielt die Hand auf.

Jake verschluckte sich beinahe. »Sechzig Dollar? Für ein Stück Papier?« War das Ding auf Gold gedruckt? Wer, zur Hölle, zahlte sechzig Dollar für etwas, das sich in zwei Sekunden tippen ließ?

Char boxte ihn mit dem Ellbogen in die Rippen. Zum Glück hatte er immer Bargeld bei sich, also holte er drei Zwanziger heraus und reichte sie über den Tresen.

»Danke vielmals!« Sally zwinkerte. »Und Glückwunsch.«

Jake starrte sie eine Minute lang an. Warum kam sie ihm so bekannt vor?

»Oh, seht nur! Mittagspause!« Sally stand auf. »Also, raus mit euch!«

»Es ist erst zehn Uhr«, bemerkte Jake.

»Ich esse gern.« Sally ging weg.

Jake starrte ihr nach.

»Gehen wir.« Char nahm den braunen Umschlag mit der Genehmigung darin. »Mission erfüllt, und deine Grandma hat mir hoch und heilig geschworen, du würdest dafür sorgen, dass es sich für mich lohnt, und mich zum Essen ausführen.«

Tatsächlich bestand sein Ziel darin, Char wie bei einem Date auszuführen, aber das musste sie ja nicht wissen. Sonst würde sie ausflippen; verdammt, er flippte ja selbst schon aus. Er war tatsächlich dabei, das zu tun. War er bereit dafür? Würde er jemals bereit sein für einen solchen Sprung?

Seine Männlichkeit nahm sich eine Auszeit, sein Verstand war noch ganz benebelt von gestern Nacht, und Chars kurze weiße Shorts waren in der Situation auch nicht hilfreich.

»Hallo?« Sie nahm ihr klingelndes Handy. »Richtig. Okay, ja, kein Problem. Ähm.« Sie errötete und wandte den Blick von Jake ab. »Ich denke nicht, dass …« Sie zuckte zusammen. »Na schön, okay, ja.«

»Alles in Ordnung?«

»Sicher.« Char winkte ab. »War nichts. Nur die Arbeit.«

»Die wissen, dass du Urlaub hast, oder?«

»Urlaub und Grandma passen nicht wirklich in denselben Satz.«

»Wem sagst du das«, grummelte er und steuerte das Auto in Richtung seines Lieblings-Coffeeshops. »Ich kann mit deinem Boss reden, weißt du. Wenn du willst.«

Schweigen im Auto.

»Mit meinem Boss?« Char lachte. »Was willst du denn tun? Da reintanzen, deinen Namen hinausposaunen und meine Probleme damit verschwinden lassen?«

»Dann macht er dir also Probleme.«

»Lass gut sein, Jake. Du bist nicht mein großer Bruder, der mich vor Schulhofschlägern verteidigt.«

»Hölle, nein, kein Bruder. Ich dachte mehr an einen Superhelden, so wie Superman, der auftaucht, um alles in Ordnung zu bringen.«

Char verdrehte die Augen und lachte – und schon war das Schwindelgefühl wieder da. »Und dafür hast du dir Superman ausgesucht.«

»Ja.« Jake atmete hörbar aus und parkte vor dem Coffeeshop. »Und sei es nur deswegen, weil ich dann so eine superknappe Pseudobadehose anziehen kann, damit auch jeder auf Gottes grüner Erde sehen kann, dass ich keine Kondome in extra small brauche.«

Er hätte daran denken müssen, dass das Autofenster offen war.

Eine Frau, die gerade in ihr Auto stieg, schnappte hörbar nach Luft.

Und ihr kleines Kind fragte: »Mami, was ist ein Kondom?«

Jake überlegte: Zu sagen, es sei ein Spielzeug, war wohl nicht angemessen, also lächelte er nur und formte mit den Lippen das Wort »Sorry«, an die Mutter gerichtet, und war sich sicher, dass Gott ihn hasste.

»Ich denke, du hättest das erklären sollen.« Char lachte, löste ihren Sicherheitsgurt und stieg aus.

Jake stieg aus dem Auto und schlug die Tür zu. »Richtig, und dann hätte ich mich verhaften lassen dürfen, weil ich einem kleinen Kind gegenüber die falsche anatomische Bezeichnung in den Mund nehme. Ich kann nur ahnen, wie das angekommen wäre. ›Jake Titus entblößt sich vor Kleinkind auf Parkplatz.‹«

»Ach, komm!« Char reckte die Hände in die Höhe. »Du übertreibst. So schlimm sind die Medien doch gar nicht!«

»Ähm, doch, sind sie.« Jake öffnete ihr die Tür zum Coffeeshop, und der Duft von Biokaffee hüllte sie ein. »Wie kannst du die Medien auch noch in Schutz nehmen? Du weißt doch so gut wie ich, dass eine Story, wie ich einem kleinen Kind helfe, nur dahingehend verdreht würde, dass ich ihm irgendwie sein Eis klaue oder so was.«

Char griff nach seiner Hand und drückte sie. »Die Medien sind nicht gegen dich.«

»Entschuldige, aber schaust du auch mal Nachrichten an?« Jake hielt ihre Hand fest und ließ sie nicht mehr los. Genau genommen hielt er sie als Geisel, und das für immer. Wow, wie erwachsen.

Sie gingen zu einer kleinen Theke, wo man Kaffee und Sandwichs bestellen konnte.

»Was darf es sein?«, fragte die Barista, musterte Jake von

oben bis unten und ignorierte dabei völlig Char und jeden anderen in ihrer Umgebung. Wieso machte es ihm plötzlich so viel aus, dass Frauen ihn taxierten und Char ganz offen übersahen?

Aus Verärgerung log er. »Meine Verlobte und ich – nun ja, wir haben gerade unsere Heiratserlaubnis abgeholt.« Er seufzte sehnsuchtsvoll und sah Char in die Augen. »Und die Sache ist die, ich will das mit dem Lieblingsgetränk meiner Liebsten feiern. Ich will ihn extrasüß, genauso wie sie.« Wow, würde ihn bitte mal jemand mundtot machen?

Mit einem Kichern schmiegte Char sich an ihn, schlang ihm die Arme um den Nacken und stieg auf das Spielchen ein. Auch wenn sie etwas steif zu sein schien. Jake wisperte ihr ins Ohr, sie solle mitmachen, und bevor er wusste, wie ihm geschah, sagte sie: »Aber, Baby, alles, was ich wirklich brauche, bist du.«

Und dann küsste sie ihn.

Und plötzlich ... *O Mann, vergiss Händchenhalten.* Er nahm ihren Mund als Geisel. Mit einem Aufstöhnen erwiderte er ihren Kuss und ließ seine Zunge in ihren Mund gleiten. Sie zu kosten würde sich jedes Mal so anfühlen, als wäre es das erste Mal. Er sehnte sich nach allem an ihr, danach, wie ihre Hände mit den Härchen an seinem Nacken spielten, wie ihre Zähne an seinen Lippen knabberten.

»Entschuldigen Sie?«, ließ sich die Barista laut vernehmen. »Hinter Ihnen stehen Leute, und es sind Kinder anwesend. Puh, nehmt euch doch ein Zimmer.«

Mit einer Kraft, die er beinahe nicht aufbringen konnte, löste Jake sich von ihr und sah die Barista finster an. »Haben wir schon, aber danke für den Vorschlag. Zwei Eiskaffee mit Sahne.« Ohne Char loszulassen, griff er in seine Tasche und holte einen Zwanziger heraus. »Behalten Sie das Wechselgeld.«

Die Barista errötete und murmelte ein Dankeschön, während Jake Char vom Tresen wegzog und noch einmal ihren Mund in Besitz nahm.

Char sagte etwas, doch er kümmerte sich nicht darum.

Verdammt, befänden sie sich nicht gerade in der Öffentlichkeit, hätte er sie längst aus den Klamotten geholt. Er würde sich vollkommen in ihr verlieren, und das nicht nur ein Mal. Nein, es wäre ein Marathon von olympischen Ausmaßen. Er würde sie ans Bett fesseln, damit sie nicht mehr weglaufen könnte, selbst wenn sie wollte.

Wow, er hatte sich nie für den Bondage/Sadomaso-Typ gehalten – bis jetzt. Bis der Gedanke, dass sie ihn tatsächlich zurückweisen oder verlassen könnte, potenzielle Realität geworden war.

»Jake.« Chars Lippen waren kirschrot von seiner Attacke, und geschwollen. »Sie sieht nicht mehr zu. Deswegen hast du das doch gemacht, oder? Du kannst wieder aufhören.«

»Richtig.« Er atmete schwer. »Dachte ich mir.« Er versuchte, seine Atmung unter Kontrolle zu bekommen, und hörte, wie Char die Luft ausstieß.

»Aber du hast mich weitergeküsst.«

»Habe ich.«

»Zwei Eiskaffee an der Bar!«, rief jemand.

Ohne darauf zu warten, dass Char noch mehr Fragen stellte, holte Jake die Eiskaffees und ging mit ihr hinaus.

Char trank einen Schluck und öffnete dann ihren sinnlichen Mund, um etwas zu sagen, aber da klingelte ihr Handy schon wieder.

»Ja, Grandma? Ja, wir haben die Genehmigung. Nein, nein, wir, nein …«

Mit einem Fluch legte Char das Handy auf den Tisch.

»Denkst du, sie würden mir da einen Schuss Wodka hineinkippen, wenn ich danach frage?«

»Sollte ich dir Hilfe besorgen?« Jake grinste.

»Halt die Klappe. Wir müssen die letzten Details für die gemeinsame Party zum Junggesellenabschied für Braut und Bräutigam organisieren.«

»Warte mal.« Jakes Hand mit dem Kaffeebecher erstarrte auf halbem Weg zum Mund. »Gemeinsam?«

»Du hast es gehört.«

»Wieso? Ich dachte, Travis lässt mich …«

»Travis hat seine Eier verloren.« Char nippte an ihrem Eiskaffee und kaute auf dem Strohhalm herum. »Ich glaube, wir sind uns einig, dass Grandma ihn im Würgegriff hat. Und bis er verheiratet ist, wird das so bleiben.«

»Armer Bastard.«

»Wem sagst du das.« Char schwenkte ihren Becher. »Wenn es um mich und meine Hochzeit ginge, dann würde ich irgendwohin ganz weit weg gehen oder es einfach niemandem sagen.«

»Guter Plan. Sag es Grandma erst, wenn du bereits verheiratet bist. Aber dann sieh zu, dass du es per Telefon tust, damit sie nur auf die Wand schießen kann, wenn sie die Knarre rausholt.«

Chars Lächeln traf ihn direkt in die Eingeweide. Er musste den Blick abwenden. »Also, wohin fahren wir jetzt?«

Char rutschte auf ihrem Stuhl herum, trank ihren Eiskaffee aus und mied seinen Blick. »Na ja, ähm, Grandma hatte ein frühes Abendessen mit Tee geplant, aber das hat sie heute Morgen gestrichen.«

»Wieso?«

»Petunia ist angekommen.«

»Ah! Großtante Petunia.« Die Erinnerungen an Tante

Petunia waren allesamt angenehm: Sie hatte ihm jedes Weihnachten die hässlichsten Schals gestrickt, aber es nie versäumt, ihm Geburtstagskarten zu schicken. Sie war sogar zu all seinen Abschlussfeiern und zu ein paar Baseballspielen gekommen. Zu schade, dass Grandma und Petunia einander hassten. »Warte mal, wieso findet das Abendessen nicht statt?«

Char zog eine Grimasse. »Na ja, sieht so aus, dass Grandma etwas Lebhafteres für Petunias Besuch geplant hat.«

»Wie lebhaft?«

Char gab keine Antwort.

KAPITEL 38

Jake stand inmitten des »Pleasure Room« und versuchte, seinen Blick auf die Dame zu konzentrieren, die ihm alles über die Party erzählte. Ihre Lippen bewegten sich, aber es fiel ihm verdammt schwer, ihr seine Aufmerksamkeit zu widmen. Jedem Kerl würde das schwerfallen. O Mann, fühlte er sich unbehaglich.

»Also.« Die Frau holte ein Blatt Papier hervor. »Machen Sie einfach einen Haken bei allen Produkten, die ich präsentieren soll. Ich werde zusehen, dass ich früh da bin. Oh, und für die Kostüme wird eine extra Gebühr fällig.«

»Kostüme?«

Sie nickte. »Ja, natürlich! Ich dachte, Nadine hätte es Ihnen am Telefon gesagt! Die Brautparty findet kostümiert statt. Sie hat auch das Thema ausgesucht: Leder und Spitze! Fantastisch, nicht wahr?«

Sie ließ ihren Kaugummi platzen und zwinkerte Jake zu.

Der verschluckte daraufhin beinahe seine Zunge. »Dann bringen Sie also die Kostüme mit, und dann werden wir …«

»Sie anziehen.« Die Frau lächelte. »Während ich die Produkte präsentiere. Die Leute werden essen, Wein trinken …«

»Scotch«, verbesserte Jake, »große Mengen Scotch.«

Sie winkte ab. »Was immer Ihnen lieber ist, ja. Und dann können die Leute in die Zimmer gehen und sich die Artikel näher ansehen, wenn Sie verstehen, was ich meine.« Sie biss sich auf die Lippe und drückte Jakes Arm.

»Toll«, ließ Char sich knapp zu seiner Rechten vernehmen, »ich wollte schon lange mal dieses, ähm« – sie las von der Liste ab – »›*Whip-Me*‹-Paket ausprobieren.«

Jake warf Char einen hilflosen Blick zu. Sie konnte doch unmöglich von ihm erwarten, dass er ein unbeteiligtes Gesicht beibehielt. Wie, zum Teufel, sollte er sich da konzentrieren? Leder? Spitze? Peitschen? Er hielt sich am Tisch fest und versuchte krampfhaft, ruhig zu atmen.

»Tja, ich überlasse Ihnen beiden die Auswahl.«

»Tun Sie das«, stieß Jake hervor. Er hatte die Zähne so fest zusammengebissen, dass er schon fast einen Kaumuskelkrampf bekam.

Kaum war die Frau außer Hörweite, gab Jake einen Stoßseufzer von sich und beugte sich über den Tisch.

»Alles in Ordnung?« Char klopfte ihm auf den Rücken.

»Nicht anfassen.« Er wollte eigentlich nicht wie ein Mistkerl klingen, aber er war buchstäblich nur noch zwei Sekunden davon entfernt, den Verstand zu verlieren.

»Ah.« Char tätschelte ihn weiter, Verdammnis über sie. »Sexuelle Anspannung. Schon lange her, mein Freund? Fühlst du dich ein wenig … gestresst?« Ihre Hände glitten über seinen Rücken und dann weiter zu seinem Nacken. Er stöhnte.

»Ich sehe schon, ihr habt Spaß mit der Liste!«, ließ sich die Stimme der Frau im Nebenzimmer vernehmen.

Jake schüttelte sich ein wenig und trat einen Schritt von Char weg. »Du suchst aus. Setze einfach Häkchen neben die Sachen. Mir ist es egal.«

»Also« – Char kam langsam auf ihn zu; sogar das Metall des Tresens in seinem Rücken war nicht genug, um seine Erregung abzukühlen – »dir ist es egal?«

»Total.« Er log. Oh, es war ihm nicht egal, es war ihm viel zu wenig egal.

»Wie wäre es mit …« Sie hob das Blatt auf und las ein paar Dinge vor, von denen er nicht einmal wusste, wie man die buchstabierte, geschweige denn aussprach. »Denkst du, dass das gute Sachen wären?«

»Der liebe Gott und Oma haben es auf mich abgesehen«, antwortete er aufrichtig. »Das denke ich. Und ich denke« – er stieß sich vom Tresen ab und kam auf Char zu, die zurückwich –»dass ich für nichts mehr garantieren kann, wenn du nicht aufhörst, mich so anzusehen.«

»Wie denn?« Ihr Blick war bittend. O Mist, ihre Augen flehten ihn praktisch an, sie zu küssen.

Mit einem Fluch drehte er sich weg. »So.«

»Fertig?« Die Frau kam wieder um die Ecke.

»Nicht wirklich.« Char gab ihr das Blatt. »Können Sie nicht einfach für uns aussuchen? Ich bin sicher, dass es gut ist, was auch immer Sie wählen.«

Mit einem Schulterzucken nahm die Frau die Liste entgegen und gab ihnen dann eine Visitenkarte. »Ich werde etwa um sieben Uhr da sein, um aufzubauen. Wir sehen uns dann heute Abend!«

»Heute Abend?«, echoten Jake und Char einstimmig.

Die Frau sah verwirrt drein. »Ja, heute Abend. Ich habe gehört, dass das Probe-Dinner am Samstag stattfindet, und heute ist Freitag. Heute ist der einzig mögliche Abend für diese Art von Präsentation.«

»Tja, und wie lange wird das dauern?«, fragte Jake.

»Oh, Schätzchen.« Die Frau zwinkerte. »Wenn du das fragen musst, dann machst du es aber wirklich nicht richtig.«

Char musste ihn unter Aufbietung ihrer Kräfte aus dem Laden zerren. Er machte es nicht richtig? Nicht richtig?

Wenn sie den Ausdruck auf Jakes Gesicht richtig deutete, dann war er kurz davor, sich mit jemandem zu prügeln. »Wow, langsam, Cowboy. Komm wieder runter.« Sie ging mit ihm zum Auto und fühlte dabei jeden Zoll seiner Muskeln, die sich unter ihren Händen wölbten.

»Ich mache es nicht richtig?«, wiederholte er, diesmal leiser, als versuche er wirklich, herauszufinden, ob er es etwa die ganze Zeit falsch gemacht hatte. »Char?« Er sah auf. *O nein. Oh, Hölle, nein.*

»Hm?« Sie spielte an ihren Haaren herum und sah weg.

»Stimmt das?«

»Stimmt was?«

Er schwieg.

Und dann schimpfte er herzhaft einige Minuten lang. »Du weißt, was ich meine.«

»Nein, weiß ich nicht.«

»Weißt du doch.«

»Nein, ich denke nicht, dass ich …«

»Char.« Jake ging ums Auto herum und streckte die Hand nach ihr aus. Sie hätte seine Unsicherheit mit einem Lachen abwehren und sich ihm entziehen sollen. Eine kluge Entscheidung wäre es auch gewesen, zu lügen, dass sich die Balken bogen – aber sie konnte nicht, nicht, wenn er sie in seinem gegenwärtigen Zustand berührte. Oder mit der vollen Wirkung seines markanten Gesichts so nah an ihrem. »Beantworte die Frage.«

Während ihr das Herz in der Brust hämmerte, schluckte Char gegen die Trockenheit in ihrer Kehle an und antwortete: »Du wirst meinem Gedächtnis auf die Sprünge helfen müssen, denn meine Erinnerung ist da irgendwie verschwommen …«

Er grinste. »Oh, ja?«

»Ja.«

»Ich denke, das kriege ich hin.« Seine Hände glitten an ihr nach oben.

Und dann klingelte wieder mal ihr vermaledeites Handy.

Der Job.

Mist. Jake trat einen Schritt zurück, während Char den Anruf wegdrückte.

»Stimmt was nicht?« Er runzelte besorgt die Stirn.

»Nein. Eigentlich ist es sogar richtig gut.« Sie reckte sich auf Zehenspitzen und küsste ihn innig auf den Mund.

Mit einem Stöhnen legte er die Hände an ihre Seiten und drückte sie mit seinem Körper gegen das Auto. »Was machen wir jetzt?«, flüsterte er an ihren Lippen.

»Uns küssen.«

Seine Zunge tauchte in ihren Mund ein. Sie konnte nicht beschreiben, wie er küsste, wie er schmeckte. Hitze brandete überall in ihr auf; ihre Nerven waren so empfindsam, dass jede einzelne Berührung seiner Zunge ihr einen Schauer bis in die Zehenspitzen jagte, und obwohl er sie nur leicht berührte, schmolz sie doch dahin.

Alles, was er tat, schien sie zu versengen. Wenn das hier küssen war, dann war sie für jedes anderen Mannes Küsse verdorben.

»Bist du« – er löste sich von ihr –»sicher, dass du das willst?« So verletzlich hatte sie ihn noch nie gesehen. In seinen Augen standen Sehnsucht und Unsicherheit. Ihr ganzes Leben lang hatte sie seine Sicherheit sein wollen, sein Fels in der Brandung. Sie hatte das Beste von beidem haben wollen, Freunde, die zu Liebenden geworden waren, und jetzt hatte sie das Gefühl, als könne sie das tatsächlich bekommen.

»Ich bin sicher.«

Das Handy klingelte wieder.

Jake schimpfte. »Ernsthaft, ich werfe dein Handy noch in den Fluss.«

Sie spähte aufs Display und seufzte. »Es ist Grandma. Entweder wir gehen ran, oder wir müssen die Konsequenzen tragen.«

Jake nahm Char das Telefon aus der Hand, hob ab und stellte auf Lautsprecher. »Das sollte besser wichtig sein.« Seine Augen verdunkelten sich, und er fuhr sich mit der Zunge über die Lippen.

»Ich sterbe!«, wehklagte Grandma am anderen Ende.

»Bist du zu Hause? Wo bist du?«, rief Jake aufgeregt.

»Im Haus! Beeil dich!«

»Mist!« Jake sperrte den Wagen auf, und sie stiegen eilig ein.

Panisch konnte Char sich nur am Sitz festklammern, während Jake losraste, und hoffen, dass es Grandma gutging. Sie hatte echt das schlechteste Timing der Welt!

KAPITEL 39

Jake fuhr mit dem BMW bis vors Haus und ließ den Motor laufen, als er heraussprang und zur Haustür rannte. »Oma!«

»Jake!« Sie lief ihm durch die Tür entgegen, ihre Handtasche in der Hand. »Fahr mich ins Krankenhaus.«

Er stutzte. Sie sah vollkommen fit aus. Tatsächlich trug sie einen schicken weißen Hosenanzug und ihre riesige schwarze Sonnenbrille. Sie marschierte an ihm vorbei und öffnete die hintere Autotür.

»Hi, Char.« Sie schlug die Tür hinter sich zu.

Und dann sah Jake hinter Oma Nadine das Objekt ihrer Verachtung durch die Tür herauskommen.

Petunia.

Ihr verkniffener Gesichtsausdruck verriet Jake, dass es kein gutes Aufeinandertreffen gewesen war. Petunia trug ein Rollkragentop und hatte sich, der Sommerzeit zum Trotz, in ihre überdimensionale pinkfarbene Strickjacke gewickelt. Unter einem langen Jeansrock blitzten hautfarbene Strumpfhosen hervor. Orthopädische Schuhe vervollständigten den Aufzug.

»Oh, Jake!« Petunia kicherte. »Wie habe ich meinen Jungen vermisst!«

Er schlang die Arme um sie und drückte sie innig. »Tante Petunia, du siehst keinen Tag älter als fünfzig aus.«

»Oh, du.« Sie versetzte ihm einen Klaps.

Ihr weißes Haar war zu einem Knoten oben auf ihrem Kopf zusammengesteckt, und die übergroße Brille rutschte ihr von der Nase. Sie schob sie wieder nach oben und stemmte die Hände in die Hüften. »Im Übrigen ist sie gar nicht am Sterben.«

»Ja, das dachte ich mir schon.« Jake schaute zum Auto, wo Oma Nadine gerade ihre Lippen nachgeschminkt hatte und sie nun aufeinanderpresste.

»Sie hatte kein Auto da.« Petunia sah an ihm vorbei. »Der Rest der Familie ist unterwegs und macht Besorgungen für die Hochzeit, also waren Nadine und ich allein hier.«

»Irgendwo Blut, das ich aufwischen muss?« Jake schaute an ihr vorbei ins Haus. »Oder kaputte Teller? Irgendwas?«

»Natürlich nicht.« Petunia schniefte. »Ich hatte lediglich eine Unterhaltung mit Nadine wegen ihres grellen Aufzugs.«

»Aber sie trägt Weiß.« Verwirrt kratzte Jake sich am Kopf. »Magst du Weiß denn nicht?«

»An der Farbe liegt es nicht, mein Lieber.« Sie zeigte mit dem Finger auf Nadine. »Diese Frau trägt rote Nietenpumps, und als sie mir die gezeigt hat, weißt du, was ich da gesehen habe?«

»Was denn?«

»Ein Tattoo!«, heulte Petunia auf, bekreuzigte sich und kramte ihre Gebetsperlen heraus.

»Das ist wahrscheinlich nicht echt.« Jake log. Tatsächlich hatte Oma Nadine sich das Tattoo wahrscheinlich genau deshalb stechen lassen, um ihre Schwester zu ärgern.

»Ist es doch! Ich habe gefragt!« Petunia stopfte die Gebetsperlen zurück in ihr Shirt und seufzte. »Ich will doch nicht, dass sie in die Hölle kommt. Ist das denn zu viel verlangt?«

»Tattoos bringen niemanden in die Hölle.«

»Du hast recht.« Petunia straffte sich. »Das tut Gott, und

sobald er dieses Tattoo sieht, kann alles passieren.« Beleidigt drehte sie sich um und stolzierte zurück ins Haus.

Frauen. Jake rieb sich den Nacken, ging dann zum Wagen und klopfte ans Fenster. Oma Nadine ließ die Scheibe herunter, weigerte sich aber, ihn anzusehen. Sie zog einen Schmollmund und schaute starr geradeaus.

»Na, dann los.« Sie fuhr sich mit der Zunge über die Lippen. »Lies mir die Leviten.«

»Oma, ich habe nicht vor, dir die Leviten zu lesen«, antwortete Jake entgeistert. »Aber wieso könnt ihr nicht einfach versuchen, miteinander auszukommen?«

»Ich trage Weiß!« Sie zeigte mit dem Finger auf das Haus. »Und diese … diese Frau nannte mich eine Abscheulichkeit!«

»Okay. Also hättest du wahrscheinlich das Tattoo verdecken sollen.«

»Dieses Tattoo hat mir Mr. Casbon letzten Winter auf Hawaii spendiert. Es war ein Geschenk. Ich kann doch nicht nein sagen zu einem Geschenk.«

»Mr. Casbon?«, fragte Char vom Beifahrersitz aus.

»Nachbar«, knurrte Jake, »frage nicht.«

»Er hat jetzt eine Gehhilfe«, fuhr Oma Nadine fort. »Es ist schwerer für ihn, rüberzukommen, aber er ist viel kreativer geworden.« Sie kicherte. »Du wirst ihn bei der Hochzeit kennenlernen.«

»Kann es gar nicht erwarten.« Char grinste Jake zu.

»In Ordnung.« Jake öffnete die Tür. »Zeig her.«

»Ich bin sicher, dass ich keine Ahnung habe, was du meinst.«

»Zieh das Hosenbein hoch. Lass mich sehen.« Er deutete auf ihr Bein. »Wenn du es mir nicht zeigst, dann inseriere ich es im örtlichen Mitteilungsblatt der Kirche.«

Oma Nadine schnappte nach Luft. »Das wagst du nicht!«

»Doch, würde er«, mischte sich Char ein. »Glaub mir, der Apfel ist definitiv von deinem Stamm herabgefallen.«

Oma Nadine lächelte. »Das ist mein Junge.«

»Hoch damit«, befahl Jake mit einer Handbewegung und ignorierte das Kompliment.

»Na schön.« Oma Nadine zog ihr Hosenbein hoch. Das Tattoo war farbenfreudig; eigentlich wäre es ein wirklich hübsches Tattoo, wäre die Frau im Hula-Rock nicht nackt.

»Das kann nur ›Sailor Jerry Rum‹ sein«, riet Jake.

Auf Chars Aufkeuchen hin rief Oma Nadine: »Das ist ein Klassiker! Hey, das hatten wir zu Zeiten des Krieges!«

»Nackt bleibt nackt, Krieg hin oder her«, sagte Jake.

»Oben ohne«, meinte Oma Nadine schulterzuckend, »ist nicht nackt. Ist ja nicht so, als hätte ich ihre …«

»Und mehr musst du gar nicht sagen«, unterbrach Jake. »Also, wie geht's jetzt weiter? Char und ich müssen die Party organisieren, mit der du so plötzlich aus dem Nichts gekommen bist, und du willst nichts mit Petunia zu tun haben.«

Mit einem dramatischen Seufzer stieg Oma Nadine aus dem Wagen. »Na schön, ich werde mich mit ihr vertragen. Lass nur diese … diese *Frau* nicht in meine Nähe!«

»Oma« – Jake küsste ihr die Hand – »ich wusste, dass wir uns einigen würden.«

»Du Gauner.« Sie zwinkerte. »Du warst immer mein Liebling.«

»Lustig, vor nicht allzu langer Zeit habe ich gehört, wie du dasselbe zu Travis gesagt hast.«

Sie winkte ab. »Ja, nun, der hat im Moment die Arschkarte bei mir.«

Hinter den beiden brach Char in Lachen aus.

Oma Nadine spähte an Jake vorbei. »Ich weiß, ich habe ›Arsch‹ gesagt, aber es stimmt. Er hat sich aus dem Zimmer geschlichen! Davon, dass er grottenschlecht darin ist, gar nicht zu reden. Nach der Hochzeitsnacht wird er es mir danken; das heißt, wenn er nicht vorher umkommt. Aber dann stirbt er wenigstens als reiner Mensch und nicht als Sünder.«

»Ich denke, er und Kacey haben schon …«

»Schon gut. Ich bin dann mal weg und suche nach dem Wodka. Ich brauche etwas Starkes, wenn ich dieselbe Luft atmen soll wie Petunia, die Prüde.«

Char stieg aus dem Wagen und folgte ihnen. »Grandma, es ist erst etwa zehn Uhr vormittags.«

»Meine Liebe.« Oma Nadine drehte sich zu Char um. »Wenn du einmal sechsundachtzig Jahre alt bist und ein langes, erfülltes und glückliches Leben hattest, dann ist Zeit das Letzte, worauf du achtest. Dann ist es also zehn Uhr morgens? Irgendwo anders ist es fünf Uhr!« Damit schlenderte sie davon.

»Hm«, machte Char.

»Was ist?« Jake hakte sich bei ihr unter.

»Ich versuche gerade, herauszufinden, was mir mehr Sorgen macht.«

»Nämlich?« Jake blieb stehen.

»Dass Grandma Musik von Jimmy Buffett hört oder dass sie neun Stunden vor der Vergnügungsparty trinkt.«

»Ihr Kostüm könnte auch ein Lampenschirm sein«, stimmte Jake zu. »Aber du hast sie gehört, und ihr Wort ist Gesetz.«

»Dann ist es vielleicht gar nicht so übel, sechsundachtzig zu sein.« Char lachte.

»Lebe nach ihren Regeln.« Er zeigte in Richtung Küche, wo Oma Nadine sich einen reichlich bemessenen Drink einschenkte. »Und ich bin sicher, dann ist es gut.«

KAPITEL 40

»Mach die Tür auf, Char, so schlimm kann es doch nicht sein.« Jake klopfte zum zehnten Mal an die Tür und wartete. Hinter der Tür fluchte Char. »Char? Ich warte. Wir sind die Gastgeber der Lustparty.«

»Sag das nicht so«, erklang ihre Stimme hinter der Tür.

»Wie soll ich es denn sonst sagen?«

Mit einem Stöhnen öffnete sie die Tür. »Nicht lachen.«

Lachen? War sie übergeschnappt? Sie sah aus wie eine heißere Version von Britney Spears, bevor die durchgedreht war. Ihr langes walnussbraunes Haar war geglättet und fiel bis über ihre Brüste, und auf dem Kopf hatte sie einen Lederhut, der zu ihrem kurzen Lederkleid passte. Sie stemmte die Hände, die in Spitzenhandschuhen steckten, in die Hüften.

»Ab ins Badezimmer«, knurrte er.

Char riss die Augen auf und wich zurück.

Jake stieß die Tür zu, und schon lag sein Mund auf ihren Lippen. Er hob sie auf den Waschtisch, und sie schlang die Beine um seine Taille.

»Verdammt, siehst du gut aus.« Er küsste ihren entblößten Hals. Sie neigte den Kopf nach hinten und ließ einen leisen Seufzer hören, während ihre Finger sich in seinen Rücken krallten.

»Es ist Zeit!« Jemand hämmerte an die Tür.

»Nein, noch nicht«, widersprach Jake, ohne seine Lippen von Chars Hals zu lösen.

»Oh, aber natürlich doch.« Die Tür flog auf, und die Frau aus dem Laden erschien. »Ich sehe schon, ihr probiert ein paar Produkte aus? Die Kostüme bringen es jedes Mal.«

Jake löste sich abrupt von Char und wischte sich fluchend mit dem Handrücken über den Mund.

»Sie sind dran.« Die Frau übergab Jake ein Kostüm. »Außer Ihnen sind schon alle fertig.«

»Richtig.« Er nahm das Kostüm entgegen. »Danke, dass Sie mich daran erinnern.«

Sie stand da und wartete darauf, dass Char ging, bevor die Tür wieder zufiel.

Chars Kostüm war ein Teil seiner wildesten Träume gewesen; dann konnte sein Kostüm ja so übel nicht sein, oder?

»Hast du Jake gesehen?«, fragte Jace und ließ sich Char gegenüber nieder. »Ich wollte ihn noch nach seinem Trinkspruch fragen. Ich möchte morgen Abend auch gern etwas machen; das heißt, falls er sich mal lange genug wie ein Erwachsener benimmt, um mit mir zu reden.«

Char lächelte höflich. »Ich habe ihn noch nicht gesehen, aber ich bin sicher, er wird nichts dagegen haben.«

»Er ist es nicht wert, weißt du«, sagte Jace so leise, dass nur Char ihn hören konnte.

»Entschuldige, wie bitte?« Char trank einen Schluck Wein und lächelte, als Freunde des Brautpaares ins große Wohnzimmer strömten.

»Jake.« Jace setzte sich neben sie auf die Couch. »Er ist ein Spieler. Der Mann ist gut bei dem, was er tut, aber er kommt nicht klar mit Verpflichtungen. Das solltest du wissen.« Jace seufzte. »Alles mit ihm … Beziehungen mit dem Typ von

Mann … damit umzugehen wird immer schwierig bleiben. Und am Ende steht die Chance immer fünfzig-fünfzig, dass dir das Herz gebrochen wird.«

»Danke für deine Besorgnis.«

Jace zwinkerte. »Egoismus meinerseits, reiner Egoismus. Ich finde dich wunderschön. Ich kenne dich erst seit ein paar Tagen, aber ich würde dich liebend gern einmal ausführen.«

»Na ja, ähm, Jake und ich, weißt du, wir sind …«

»Meine Damen und Herren, der Trauzeuge hat sich bereit erklärt, einen Tanz für uns vorzuführen!«

Sich bereit erklärt, meine Fresse, dachte Char. Wahrscheinlich war er dazu genötigt worden. Entweder das, oder er wurde unter Drogen gesetzt.

Das Licht wurde gedämpft, und dann ging im Flur ein Scheinwerfer an, und *Save A Horse, Ride A Cowboy* von Big and Rich hämmerte durch die Lautsprecher.

Jake erschien, in Lederchaps und so etwas ähnlichem wie knappen Shorts darunter. Kein Shirt, doch keine Bange: Er trug eine Bootlace Tie und einen schwarzen Cowboyhut.

Verdammt heiß. Der Mann war zum Anbeißen.

So wie es aussah, hatte die Frau aus dem Laden ihm eindeutig noch eines ihrer Produkte verpasst; sein Oberkörper war mit irgendeinem Öl eingerieben und glänzte. Char blieb der Mund offen stehen, als ihre Blicke sich trafen. Mit zielstrebigem Schritt kam er auf sie zu.

Dollarnoten wurden ihm in die Hose gestopft, als er das Wohnzimmer durchquerte.

Er blieb vor Char stehen, beugte sich tief hinunter und plazierte sich dann rittlings auf ihrem Schoß. *Ach du Scheiße, ach du Scheiße* – hilfesuchend sah sie sich um. War er wirklich dabei, ihr eine Art Cowboy Lap Dance zu liefern? So im Stil von *Magic Mike*? Und das vor der gesamten Hochzeitsgesellschaft? Und vor Grandma?

Grinsend fing er an, sich über ihrem Schoß zu bewegen. Mit dem Mund formte er lautlos »Sorry«, als er einen Body Roll machte und dabei Jace den Ellbogen ins Gesicht rammte.

Vergiss Channing Tatum. Heilige Scheiße, sie war kurz vor einem Schlaganfall.

Der Refrain erklang, und alle sangen mit: »Save a horse, ride a cowboy!«

Jake tippte grüßend an die Hutkrempe vor Char und erhob sich wieder von ihrem Schoß. Wäre es nach ihr gegangen, hätte er die ganze Nacht dort bleiben können.

Mit pantherartiger Anmut tanzte er durch das Wohnzimmer. Das goldbraune, leicht gewellte Haar fiel ihm ins Gesicht. Char wusste nicht recht, ob es Schweiß oder das Öl war, das sein Haar wellte. Aber sie hatte keine Ahnung gehabt, dass es so natürlich gewellt war oder überhaupt so vernichtend sexy, dass sie buchstäblich Grandma vor einen Bus geschubst hätte, um mit den Händen durch sein Haar fahren zu können.

Ein paar Frauen riefen seinen Namen. Er richtete seine volle Aufmerksamkeit auf die Gruppe und tanzte auf sie zu.

»Wie gesagt« – Jace räusperte sich neben ihr – »einmal ein Spieler, immer ein Spieler. Glaubst du, er wird je damit aufhören?« *Für dich?* Die letzte Frage blieb unausgesprochen, aber Char fühlte die Worte wie einen Schlag in den Magen. Die Musik brach ab, und alles klatschte. Char sah auf ihren Schoß hinab und spielte mit ihrem Weinglas.

»Und nun begrüßen wir Braut und Bräutigam – und einen besonderen Gast!« Ein unglücklich aussehender Travis kam über den Flur. Der Mann war riesengroß, ganz Muskelpaket und brachiale Kraft. Und er trug ein Höhlenmenschenkostüm aus Leder. Armer Kerl, der hatte definitiv den Kürzeren gezogen.

Kacey trug einen kurzen weißen Lederrock und ein weißes Spitzenshirt, augenscheinlich bereit für die Party.

Ihnen auf dem Fuß folgte Oma Nadine.

Und das in einem echten Catsuit, der gar nicht mal so ein Ding gewesen wäre, hätte sie sich nicht noch Schnurrhaare ins Gesicht gemalt. Aber wenn hier irgendwer so richtig rocken konnte, dann war es Oma Nadine.

»Lasst die Party beginnen!«, rief sie.

Kacey nippte an ihrem Wein, und die Musik ging zu Techno über. Die Leute im Zimmer tanzten durcheinander und lachten, aber Char fühlte sich vollkommen allein.

Als hätte jemand ihr jeglichen Kampfgeist genommen.

Ein Handy einzustecken war bei ihrem Kleid nicht drin, also war sie offiziell das überzählige Mädchen, das auf den Tisch starrte, bei einer Party, deren Gastgeber sie und Jake eigentlich sein sollten.

Jace beugte sich von links zu ihr. »Soll ich dir Wein nachschenken?«

Alles, um ihn und seine herablassende Haltung loszuwerden. »Ja, sicher, danke.« Sie gab ihm das Glas und starrte weiter vor sich hin, während Jake mit ein paar der Mädchen plauderte und flirtete, die Char noch nie in ihrem Leben gesehen hatte. Sie waren die übrigen Brautjungfern. Rein technisch gesehen, war es Chars Aufgabe, die Leute einander vorzustellen und über den Dingen zu stehen, aber irgendwie wollte sie sich viel lieber in ihrem Kummer wälzen.

»Char!«, rief Jake quer durch den Raum und winkte sie zu sich. Char versuchte, nicht finster dreinzuschauen, als sie von der Couch aufstand, und sie spürte, wie ihr Gesicht heiß wurde, als die Frauen sie von oben bis unten musterten. Totales Taxieren möglicher Konkurrenz.

Als sie nahe genug war, legte Jake den Arm um sie und hielt sie fest. »Das ist Char. Ich glaube, ein paar von euch sind mit ihr zur Schule gegangen.«

»Wirklich?«, fragte Char, die keines der Gesichter wiedererkannte.

»Ja.« Jake drückte ihre Schulter. »Was denn? Erinnerst du dich nicht mehr an Britney?«

»Ähm.«

Eine hochgewachsene Blonde mit breitem Mund und braunen Augen streckte die Hand aus. »Schön, dich wiederzusehen.« Merke: Britney war nett und hatte ein wirklich reizendes Lächeln.

»Und Lillian.« Jake deutete auf eine Asiatin mit blauen Strähnen im Haar. Char hatte sie noch nie gesehen, schüttelte ihr aber dennoch die Hand.

»Ich weiß, dass du dich noch an mich erinnerst«, sagte die Nächste giftig. Sie war ungefähr so groß wie Char, hatte aber Kurven, die an Kim Kardashian erinnerten. »Amy …«

»Stevens«, würgte Char hervor. Offensichtlich war Gott damit fertig, Jake zu bestrafen, und war nun zu ihr übergegangen. Na toll. Wie groß waren die Chancen? Dasselbe Mädchen, mit dem sie im Junior High Camp gewesen waren? Und wieso, zum Teufel, musste Kacey sie bei ihrer Brautparty dabeihaben? Im Ernst? Um fair zu sein: Kacey hatte nicht gewusst, wieso Char Amy hasste. Char war ihre Besessenheit für Jake viel zu peinlich gewesen, um es ihr zu erzählen. Soweit sie wusste, war Amy mit Kacey in Kontakt geblieben. Und rein technisch gesehen, war es Chars Schuld, dass die Frau hier war. Sie war so auf ihre Arbeit konzentriert gewesen, dass sie, als Kacey ihr die Details zu den Brautjungfern geschickt hatte, einfach zu allem ja gesagt und sie ansonsten so gut wie ignoriert hatte. Jetzt bedauerte sie, dass sie die Mails nicht gründlicher gelesen hatte. Wie hatte sie Amys Namen nur übersehen können?

»Toll, dich wiederzusehen, Char.« Amys Lächeln erreichte nicht ihre Augen, und nach ein paar peinlichen Sekunden berührte sie leicht Jakes Arm. »Also, erzähl mir was vom Leben. Ich brenne darauf, auf den neuesten Stand zu kommen; es ist ja Ewigkeiten her.« Und damit schob sie Char ganz einfach aus dem Weg. Jake warf ihr über die Schulter einen Blick und ein irgendwie mitleidiges Lächeln zu, das alles nur noch schlimmer machte.

Wenn er ein Idiot war, konnte sie wenigstens wütend auf ihn sein.

Aber wenn er nett zu ihr war, oder wenn sie das Gefühl hatte, dass er sie bemitleidete? Das war beschissen, und zwar richtig.

»Hier ist dein Wein.« Jace trat neben sie. »Ja, hallo, Werk der plastischen Chirurgie.« Er schüttelte den Kopf und sah Amy und Jake an.

Char ließ ein Knurren tief in ihrer Kehle hören und nahm Jace den Wein aus der Hand.

»Alles in Ordnung?«, fragte er.

Char atmete hörbar aus und sah ihn an. Wieso konnte sie ihn nicht leiden? Vielleicht, wenn sie die Augen zumachte, konnte sie glauben, es sei Jake und nicht Jace, den sie küsste oder berührte.

Würde denn jeder Mann im Vergleich zu Jake den Kürzeren ziehen? Oder überhaupt: Würde sie denn ihr Leben lang alle Männer mit ihm vergleichen?

»Achtung! Bitte alle Platz nehmen!« Die Frau aus dem Laden marschierte mitten in den Raum und fing langsam an, verschiedene Geräte aus Schachteln zu holen und sie auf einem Tischtuch aus schwarzem Samt zu arrangieren.

Char war nun wirklich nicht prüde, aber sogar sie war schockiert. Hilflos sah sie zu Jake, aber der war immer noch in eine Unterhaltung vertieft. Sie ließ den Blick durch den Raum schweifen. Kacey lachte, Travis sah Kacey sehnsuchtsvoll an, und Oma Nadine …

O toll: Oma Nadine zog Petunia mit sich über den Flur zur Show.

Das würde ein Kampf von biblischen Ausmaßen werden.

Char zuckte zusammen, als die Lichter ausgingen.

Der Tisch leuchtete.

O Hölle.

»Also« – die Verkäuferin klatschte in die Hände – »ich bin Lola. Und ich bin heute Abend Ihre Lustberaterin.« Jace fing neben ihr zu husten an. Sie klopfte ihm auf den Rücken, und er würgte ein »Danke sehr« hervor.

»Um diese Party etwas intimer zu gestalten, habe ich in verschiedenen Zimmern Tische mit Produkten arrangiert. Außerdem habe ich einige wundervolle Dessous aus unserer Romantikkollektion mitgebracht. Perfekt für die Braut!«

»Hier, hier!«, rief Travis.

Nervöses Gelächter wurde laut.

»Also …«, begann Lola am anderen Ende des Tisches.

Nach einer halben Stunde Präsentation war Char dankbar, dass die Lichter ausgeschaltet waren. Ihr Gesicht war wahrscheinlich rot wie eine Tomate.

Nachdem das letzte Produkt vorgestellt war, flüsterte Jace neben ihr: »Macht es mich weniger zu einem Mann, wenn ich zugebe, dass ich von der Hälfte von dem, was sie da erzählt hat, keine Ahnung habe?«

»Nein, das macht dich zu einem normalen Menschen«, antwortete Char.

»Gut, denn so auf halbem Weg habe ich echt angefangen, mir Sorgen zu machen.«

Lachend tätschelte Char ihm den Arm, genau in dem Moment, als Jakes Blick von der anderen Seite des Zimmers auf ihre Hand fiel. Er schüttelte den Kopf, presste die Lippen fest zusammen und marschierte über den Flur davon.

»Irgendwelche Fragen?«, wollte Lola wissen. Die Lichter gingen wieder an.

Oma Nadine wiegte sich mitten im Raum, ein Glas Wein in der Hand. Petunia hatte jeglichen Kampfgeist verloren. Entweder das, oder sie war tot, das war noch nicht klar. Sie saß mit geschlossenen Augen, nach hinten gelehnt, in einem Sessel, und ihr Mund stand offen.

»Du hast sie umgebracht.« Char zeigte auf Petunia.

»Nur betäubt.« Oma Nadine drehte eine kleine Pirouette. »Sie wollte nicht aufhören, über die Party zu meckern, also habe ich eine Benadryl in ihren Saft gebröselt.«

»Grandma!«, schalt Char. »Das ist gefährlich!«

Grandma trank einen tiefen Schluck Wein. »Ich war mal mit einem Apotheker zusammen.«

»Das macht dich aber nicht zur Apothekerin.«

»Ach, Kinkerlitzchen.«

Char kniff sich in den Nasenrücken und entschied, dass sie diese Schlacht nicht schlagen wollte.

»Alles in Ordnung, meine Liebe?« Oma Nadine runzelte besorgt die Stirn.

»Kopfschmerzen.« Herzschmerzen, alles dasselbe.

»Ich habe Aspirin in meinem Zimmer, direkt den Flur entlang. Geh und hol dir eine, sie liegen auf meinem Nachttisch neben den Benadryl. Sieh nur zu, dass du die weiße Tablette nimmst und nicht die pinkfarbene. Denn mit der wärst du nach all dem Wein ganz schön weggetreten.«

Char nickte und ging, um sich Aspirin zu holen. Oma Nadines Zimmer lag im Erdgeschoss, denn sie hasste Treppensteigen. Kacey hatte erzählt, dass Oma Nadine erst letztes Jahr nach oben hatte ziehen wollen, weil sie den Film *Oben* gesehen und gedacht hatte, es wäre lustig, einen dieser Treppenlifte zu benützen.

Die anderen hatten Einspruch erhoben.

Mit einem Seufzer stieß sie die Tür auf – und fand Jake und Amy in inniger Umarmung vor. Amy hatte die Arme eng um Jakes Hals geschlungen und trug nichts weiter als billige Dessous von der Party.

Jake schob sie von sich und sah Char an.

»Du erlaubst?«, giftete Amy in Chars Richtung. »Wir sind hier gerade beschäftigt.«

»Char, warte!«, rief Jake, aber Char rannte schon davon, Plateaupumps hin oder her, über den Flur und zur Tür hinaus.

KAPITEL 41

»Verdammt noch mal, Amy!«, fuhr Jake auf. »Was soll das, verdammt? Ich habe doch gesagt, ich bin nicht interessiert.«

»Du sahst aber interessiert aus«, entgegnete sie, die Augenbrauen hochgezogen, und suchte erneut Körperkontakt.

Jake hob die Hände, um sie auf Abstand zu halten. »Im Ernst, kein Interesse. Weder jetzt noch irgendwann.«

»Typen wie du …«

»Typen wie ich, was?« Jake grinste spöttisch. »Sprich dich ruhig aus.«

Sie leckte sich über die Lippen und verschränkte die Arme. »Die sagen nicht nein.«

Jake nickte. »Da hast du recht.«

Amys Lächeln war boshaft, als sie wieder auf ihn zukam.

»Aber ich muss aufhören, so ein Typ zu sein.« Er stürmte aus dem Zimmer, um Char zu suchen.

Eine Stunde später hatte er sie immer noch nicht ausfindig machen können, um sich bei ihr zu entschuldigen. Der einzige verdammte Grund, warum er sich überhaupt in diesem Zimmer aufgehalten hatte, war Amy, die so viel getrunken hatte, dass er verhindern wollte, dass sie ausflippte und die Party ruinierte – er hatte beobachtet, wie sie vor ihrem letzten Glas Wein ein paar Pillen eingeworfen hatte.

Jake brummelte einen Fluch vor sich hin und marschierte

nach oben, um sich das Öl abzuschrubben und Sachen anzuziehen, in denen er nicht wie eine schlecht bezahlte Prostituierte aussah. Schon komisch, noch vor wenigen Monaten wäre so ein Outfit gar kein Problem für ihn gewesen. Doch jetzt fühlte er sich schmutzig, benutzt und widerlich.

Er hatte sich gerade ein nasses Tuch geschnappt und angefangen, das Öl abzurubbeln, als ein Handy zu klingeln anfing. Er schaute zum Nachttisch. Es war Chars Telefon, und das Display verriet ihm, dass der Anruf von ihrem Sender kam.

Char hatte ihr Handy schon das ganze Wochenende ignoriert, also beschloss er, einfach dasselbe zu tun.

Doch zehn Minuten später, nach zwei weiteren unbeantworteten Anrufen, riss ihm der Geduldsfaden.

»Hallo?«, meldete er sich mürrisch, als es zum vierten Mal klingelte.

»Wer, zur Hölle, ist da?«, brüllte ein Mann.

»Jake Titus. Wieso? Wer sind Sie?«

»Mark Cromwell. Der Boss Ihrer kleinen Freundin.«

Jake hatte nicht die Energie, um klarzustellen, dass sie alles andere waren, nur eben *nicht* zusammen, und dass Char wahrscheinlich vorhatte, ihn kommende Nacht im Schlaf zu meucheln. »Was kann ich für Sie tun, Mark?«

»Sie können Char sagen, sie hat sechs Stunden, um mir eine Story zu liefern, oder sie ist gefeuert.«

»Eine Story?«, wiederholte Jake. »Irgendeine Story?«

»Nein, Sie Dummkopf«, schimpfte Mark ins Telefon, »die Hochzeit. Sie soll über die Hochzeit berichten.«

»Aber …«

Aufgelegt.

Fassungslos saß Jake auf dem Bett, das Handy in der Hand. Dann ging es also nur um eine Story? Sie war nett zu ihm, um an ihn ranzukommen?

So wie jede andere Frau auf der Welt.

Char wollte etwas von ihm, doch jetzt fragte er sich, ob dieses Etwas, das sie wollte, gar nicht das war, das er geben mochte. Sein Körper? In ihm zerbrach etwas. Vielleicht hatte sie ihn über die Grenze seiner Belastbarkeit getrieben, aber er war sauer. Nein – er war mehr als sauer. Wie konnte sie ihm das antun? Nach allem, was er zu ihr gesagt hatte? Nach allem, was sie geteilt hatten? Für sie war er nicht mehr wert als ein blitzendes Lächeln und eine Story. Aber für ihn? Für ihn war sie die Welt.

All die namenlosen Gesichter verflossener Eroberungen blitzten durch sein Gedächtnis. All die Frauen, all die Zeit mit Sex und Partys … Jede einzelne Frau hatte etwas von ihm gewollt, ob nun sein Geld, seinen Status, Sex mit ihm. Und Char? Sie hatte sich als die Schlimmste von allen erwiesen, denn sie hatte vorgegeben, eine Freundin zu sein. Sie hatte sich so gründlich in sein Leben geschlichen, dass der Gedanke, sie sich wieder auszutreiben, so abscheulich war, dass er ihm Übelkeit verursachte. So fühlte sich also Verrat an? Wie Messer, die einen von vorn und hinten durchbohrten, absoluter Kontrollverlust über die eigenen Emotionen? Richtig. Tja, er hasste es. Er hasste es, dass Char diejenige war, die die Verantwortung dafür trug, dass er sich so fühlte. Von all jenen anderen Frauen hatte er nie mehr erwartet, denn ihm war immer klar gewesen, welcher Art diese Beziehungen waren. Sie hatten etwas von ihm gewollt und umgekehrt. Alle waren zufrieden. Aber jetzt? Er fühlte sich leer, als hätte er Char alles, was er besaß, zu Füßen gelegt, in der Hoffnung, sie würde ihm wenigstens eine verdammte Umarmung schenken und »Danke schön« sagen, anstatt ihn mit dem Laster zu überrollen und abzuhauen.

Er hasste es, sie in einen Topf mit all den anderen Frauen zu werfen. Er wollte nicht einmal ihren Namen neben all den anderen stehen lassen. Aber …

Am Ende war sie genau wie *die*.

Eine Welle der Übelkeit überkam ihn, als er das Handy hinlegte. Mit zitternden Händen fuhr er sich durchs Haar. Char hatte einfach auch an dem Witz namens Jake Titus teilhaben wollen.

Und das bedeutete nur eines: Er war kurz davor, ohne Fallschirm von der Klippe zu springen, die da hieß – ernsthafte Bindung.

Tja, wenn sie eine Story wollte, würde er ihr eine geben. Auf keinen Fall wollte er, dass sie ihn dafür verantwortlich machte, wenn sie ihren Job verlor.

Eine Stunde später kam Char ins Zimmer. Ihre Wangen waren gerötet und ihr Haar vom Wind zerzaust.

»Wo warst du?«, fragte Jake. Char verdrehte genervt die Augen und wollte wieder gehen, doch Jake packte ihren Arm und zog sie wieder ins Zimmer. »Ich habe mir Sorgen gemacht.«

»Oh, verschone mich damit. Du hast wirklich besorgt ausgesehen in Amys Armen.«

Jake brummte einen Fluch vor sich hin und ging ein paar Schritte auf Abstand. »Ich wollte damals nichts von ihr, und ich will jetzt nichts von ihr. Andererseits, wenn du meinem Wort vertrauen willst, heißt das, dass du mir tatsächlich auch als Person vertrauen müsstest. Und das heißt, dass ich ebenso dir vertrauen muss. Und das tue ich nicht.«

Char ließ ihre Handtasche fallen und ging auf ihn zu. »Wie kannst du es wagen! Ich habe nichts getan, um …«

Er hielt ihr Handy in die Höhe. »Mark hat angerufen.«

»Du bist so ein Mistkerl!« Char riss ihm das Handy aus

der Hand. »Du bist an mein Handy gegangen? Das ist privat!«

»Du hast Glück, dass ich so ein guter Kerl bin.«

Sie schnaubte.

»Also, frag mich aus.«

»Was?« Char schaute ihre eingegangenen Meldungen durch. »Worüber, in aller Welt, soll ich dich denn ausfragen?«

»Über die Hochzeit. Du weißt schon, Details, wer den Partyservice macht, welche Promis so vorbeischauen … über die hochwichtigen Einzelheiten. Mach ein Interview mit mir.«

Chars Miene wurde traurig, als sie in seine kalten, unempfänglichen Augen sah. »Jake, ich hatte nie vor, das mit dem Interview durchzuziehen.«

»Ist mir egal.« War es nicht, aber das wollte er sie nicht wissen lassen, denn das ließe ihn nur erbärmlich aussehen. »Stell mir deine Fragen.« Er warf ein Blatt Papier und einen Stift auf das Bett. »Na los. Oder willst du gefeuert werden?«

»Nein, aber …«

»Ich bin gerade stinksauer«, sagte Jake ehrlich. »Aber ich will nicht der Grund dafür sein, dass du deinen Job verlierst.«

»Och, du bist ja eine wahre Mutter Teresa.« Char schnaubte. »Kennst du mich denn nicht besser, Jake? Glaubst du wirklich, ich würde meine Freunde hintergehen, um es zu etwas zu bringen? Ich bin nicht du!«

»Du bist gerade eine richtige Zicke.«

»Und du bist ein Dummkopf, wenn du so schlecht von mir denkst«, rief sie.

»O ja, und du bist eine schlechte Freundin«, gab Jake wütend zurück, und auch seine Stimme wurde lauter. »Ich dachte, du wärst anders. Deswegen habe ich doch …«

»Jake?« Travis' gedämpfte Stimme drang durch die Tür.

»Die Party geht aufs Ende zu, Mann. Hast du schon diese verrückte Frau mit dem Sexspielzeug bezahlt?«

»An dem Satz klingt so vieles falsch.« Jake verdrehte die Augen. »Komme!« Er ging zur Tür. »Und du!« Er zeigte auf Char. »Kein Wort zu Travis und Kacey. Sag ihnen nicht einmal, dass du auch nur darüber nachgedacht hast, auf die Forderung deines Chefs einzugehen. Es würde ihnen das Herz brechen, und sie haben schon genug um die Ohren. Ich gebe dir eine verdammte Story. Wenn es sein muss, renne ich nackt über die Straße; aber lass die beiden in Ruhe.«

Angewidert ging Jake zur Tür hinaus und fragte sich dabei die ganze Zeit, ob sein Herz jemals wieder fähig wäre, irgendjemandem zu vertrauen.

KAPITEL 42

Char starrte geschockt auf die geschlossene Tür. Was war das denn gewesen? Hatte Jake ihr gerade einen Ratschlag über Freundschaft erteilt? Und das, nachdem er ihr erst etwas vorgespielt und dann in einem Zimmer mit Amy herumgemacht hatte? Der Mann war ein einziges Chaos! Und er hatte die Dreistigkeit, zu sagen, dass das, was Char tun sollte, schlecht war? Sie hatte nicht vor, die Interviews zu machen! Stattdessen hatte sie beschlossen, ihren Job, den sie immerhin zum Leben brauchte, zu opfern, weil sie ihre Freunde nicht hintergehen wollte.

Und der Blödmann hatte ihr nicht einmal die Chance gegeben, ihm alles zu erklären! Stattdessen hatte er wieder mal den eingebildeten Besserwisser herausgekehrt und sie verwirrt und mit gebrochenem Herzen stehen lassen. Sie hatte ihn bei einer heißen Knutscherei mit ihrer Erzfeindin erwischt, und er hielt ihr eine Standpauke, als sei sie diejenige, die ihm das Herz gebrochen hätte!

Jake würde nie verstehen, dass sie bei ihrer Entscheidung gezögert hatte, denn er hatte schon immer Geld gehabt. Ihm war nicht klar, wie verlockend es war – genug Geld zu haben für Miete und Lebensunterhalt und seine Eltern nicht immer wieder zu enttäuschen!

Mit einem Aufschluchzen ließ sie sich aufs Bett fallen und wünschte Jake Titus zur Hölle. So langsam wurde ihr das zur

Gewohnheit. Vielleicht würde ihr Herz endlich aufhören, immer wieder zu brechen, wenn sie ihn nur lange genug verfluchte. So nah und doch so fern.

Den ganzen Samstag über sprach Jake fast kein Wort mit Char. Genau genommen redete er nur ein Mal mit ihr, nämlich als er sie fragte, ob er etwas von ihrer Zahnseide haben könne. Sie hatte ihm die vor die Nase gehalten und darauf gewartet, dass er irgendeinen Witz darüber machte.

Stattdessen nahm er sie einfach, reinigte seine Zähne und verließ das Zimmer.

Und um das Ganze noch schlimmer zu machen, wurde sie am selben Morgen auch noch gefeuert.

Sie hatte ihre Frist verpasst. Gut möglich, dass ihr Leben als Reporterin damit endgültig vorbei war.

Char sah auf die Uhr. Schon fünf Uhr, und Kacey und Travis waren immer noch nicht aus der Stadt zurück. Irgendeine Besorgung in letzter Minute.

Sie versuchte noch einmal, Kacey am Handy zu erreichen, aber vergeblich.

Allmählich wurden alle unruhig. Char lief vor dem Gartenpavillon hin und her. Dreißig Minuten später kam Oma Nadine angerannt.

»Sie schaffen es nicht zur Generalprobe«, sagte sie. »Platte Reifen.«

»Platte Reifen? Also mehr als einen?«, fragte Jake und stand von der Bank auf.

»Ich fürchte, ja. Als hätte jemand sie aufgeschlitzt.«

Petunia schüttelte den Kopf. »Portland ist voller Ganoven. Wahrscheinlich einer dieser Kerle.«

»Richtig.« Jake grinste. »Weil wir ja so viele Ganoven kennen, die uns umlegen wollen.«

Petunia erstarrte.

»Dann müssen wir eben ohne sie weitermachen.« Oma Nadine rieb sich die Hände. »Char, du bist die Trauzeugin, also springst du für Kacey ein, und du als Trauzeuge, Jake, nimmst den Platz für Travis ein.«

Chars Magen verkrampfte sich. Gott war grausam. Der einzige Mann, in den sie seit der Junior High je verliebt gewesen war, stand nun hier als Bräutigam – nur dass es nicht echt war. Und wieder einmal: so nah. Ihr Herz zog sich zusammen, als sie ihm in die Augen sah, denn sie wusste, es würde nie Wirklichkeit für sie werden. Das Ganze war eine Art kranker Scherz des Universums. Sie würde seine Hände halten, und er würde so tun, als stecke er ihr einen Ring an den Finger.

Und danach würde er gehen.

Char zuckte zusammen, als Oma Nadine in ihre Trillerpfeife blies. »Ruhe, alle!«

»Wir sind hier doch nicht in einem Gerichtssaal«, grummelte Jake.

»Ich brauche Ordnung!« Oma Nadine blies wieder in die Trillerpfeife, diesmal direkt ins Ohr des Pastors. Der zuckte zusammen und wandte den Blick ab, arme Seele. »Also, die Mädchen sollen sich unter dem Gartenpavillon verteilen. Ja, perfekt!« Dann zeigte sie auf die Männer. »Und die Männer: Ihr stellt euch auf der anderen Seite in einer Reihe auf. Oh, das sieht reizend aus.«

Es sah schrecklich aus, aber niemand fragte Char, also hielt sie den Mund. Andererseits konnte es auch an ihrer schlechten Laune liegen.

»Pastor?« Oma Nadine hob die Hand, anstatt noch einmal die Trillerpfeife zu bemühen, Gott sei's gepriesen.

»Ja, Nadine?«

»Würden Sie bitte die komplette Zeremonie durchproben? Ich möchte sichergehen, dass die Mikrofone funktionieren und alle das Brautpaar hören können.«

»Natürlich.« Der Pastor lächelte und hielt Jake grüßend die Hand hin. »Ich bin Jim.«

Jake schüttelte ihm die Hand.

Pastor Jim wandte sich an Char. »Und Sie müssen die Trauzeugin sein.«

Ihr Lächeln war angespannt, als sie ihm die Hand schüttelte.

»Sie beide stehen genau hier.« Er schob sie näher zusammen.

Char stolperte beinahe an Jakes harten Brustkorb. Sein Blick war distanziert, als würde er sie aus seiner Welt ausblenden. Durch das enganliegende, schwarze T-Shirt konnte sie beinah sein Sixpack sehen. Aber den Blick zu senken, das half auch nicht, denn dann hätte sie direkt auf seine enge Designerjeans und seine Schuhe von Marc Nason geschaut, die wahrscheinlich mehr gekostet hatten als ihr Auto.

»Liebe Anwesende …« Jim begann damit, die Begrüßung und das Gebet zu rezitieren. »Nun kommen wir zu den Ehegelübden. Nehmt euch an den Händen und sprecht mir nach.«

»Ich, Jake Titus …«, fing Jim an.

Jake räusperte sich. Seine Hände, die Chars Hände hielten, waren warm. »Ich, Jake Titus« – seine Stimme klang leicht belegt, als er weitersprach – »nehme dich, Char Lynn, zu meiner Frau. Ich verspreche, dir von diesem Tage an treu zu sein, in guten wie in schlechten Tagen, in Reichtum und Armut, in Gesundheit und Krankheit.« Seine Stimme stockte, und seine flammenden Augen sahen sie unverwandt an. »Dich zu lieben und zu ehren, als meinen Schatz und meine beste Freundin.

Von diesem Tage an bis zu meinem letzten Atemzug – ich bin dein, so lange wir beide leben.«

Char musste sich auf die Lippe beißen, um nicht loszuheulen. Es war alles, was sie sich je gewünscht hatte, ihn sagen zu hören.

Jake schloss die Augen, als er geendet hatte.

»Und nun, Char« – Jim räusperte sich – »sprechen Sie mir nach. Ich, Char Lynn …« Char wiederholte dasselbe Gelöbnis. Schon bald fingen ihre Hände an zu zittern. Jake öffnete die Augen und sagte lautlos »Ist okay«, also sprach sie weiter.

Bis sie fertig war, hämmerte ihr Herz derart heftig, dass sie hätte schwören können, Jake würde es hören. Als sie einander wieder loslassen mussten, lächelte er traurig.

Jim wandte sich an die nichtexistenten Gäste. »Travis und Kacey, oder in diesem Fall, Jake und Char, haben beide den Wunsch geäußert, persönliche Trauversprechen füreinander zu verfassen. Diese werden wir nun hören.«

Er übergab das Mikrofon an Jake. Ratlos wollte Jake es zurückgeben. Jim schüttelte Kopf. »Nein, nein. Nadine muss Ihre Stimme hören. Ich denke, über eine so reizende junge Dame wie Char zu sprechen, das dürfte Ihnen keine Probleme bereiten.«

Ach du Schande. Er würde sie vor versammelter Mannschaft demütigen.

»Ich hatte immer was übrig für hübsche Mädchen.« Jake lachte ins Mikro und zerstörte damit Chars kurzen Augenblick des Glücks. »Und ich kann aufrichtig sagen, Char ist die Hübscheste, die mir je untergekommen ist.«

Die Brautjungfern hinter ihm seufzten.

»Zu schade, dass sie verrückt ist.« Er zwinkerte. »Ich meine, wirklich verrückt. Sie hat mir öfter mit irgendwas gedroht, als ich zugeben möchte. Und von Hochzeitsgeschenken und Apotheken will ich gar nicht erst anfangen. Einige meiner glücklichsten Momente hatte ich mit ihr, und ebenso einige meiner schlimmsten.« Er stockte. »Vielleicht geht es bei der Liebe genau darum. Man teilt das Gute und das Schlechte, und man hofft bei Gott, dass am Ende der andere trotzdem noch auf der anderen Seite auf einen wartet. Heiraten ist ein vollkommener und totaler Vertrauensbeweis. Ich habe mich immer für jemanden gehalten, der kein Risiko scheut. Doch das größte Risiko von allen ist, jemandem mit ganzem Herzen zu folgen und dabei zu wissen, dass es absolut möglich ist, dass man nicht zurückgenommen wird.«

Char wusste nicht, ob sie lachen oder weinen sollte.

Alles war still.

Und da fuhr ein Auto in die Einfahrt. Kacey und Travis.

Oma Nadine blies in die Trillerpfeife. »Beenden Sie die Zeremonie, Jim.«

Char schüttelte den Kopf. »Aber …«

»Machen Sie schon!«, rief Oma Nadine und lief dabei bereits die Einfahrt entlang.

»Nehmen Sie sie?«, fragte Jim, an Jake gerichtet.

»Ähm, ja?«

»Nehmen Sie ihn?«

Char merkte, dass ihre Augen schmal wurden, als sie knapp nickte.

»Sie müssen es aussprechen.« Jim lachte nervös.

»Also schön. Ja, ich nehme ihn.«

»Dann, kraft meines Amtes, verliehen durch den Staat Oregon, erkläre ich Sie hiermit zu Mann und Frau. Sie dürfen die Braut jetzt küssen!«

Alles klatschte lahm, bis Jake auf sie zutrat und Char an sich zog, für einen Kuss, der sie alles vergessen ließ und alle

Schutzwälle in ihr einriss, die sie am Morgen noch errichtet hatte.

»Sieht so aus, als hätte ich die Widerspenstige geheiratet.« Er zwinkerte.

»Immer noch besser, als den Casanova mit Harem zu heiraten!«, schäumte Char und stemmte sich gegen seine Brust.

Pastor Jim versuchte, sie zu trennen, aber sie standen schon Nase an Nase.

»Höre ich da etwa Eifersucht?«, schnaubte Jake.

»Eifersucht?«, wiederholte Char, dann warf sie den Kopf in den Nacken und lachte. »O ja, ich bin ja so eifersüchtig auf alle Frauen, mit denen du im Bett warst! Immerhin bin ich nur eine Kerbe in deinem Bettpfosten.«

»Zwei.« Jake grinste. »Du bist zwei; du weißt, wieso.«

Char wollte ihm an die Kehle gehen, doch Jim stand im Weg.

»Du kannst grinsen und lachen, so viel du willst, Jake. Aber heute in zehn Jahren, wenn ich verheiratet bin, Kinder habe und ein glückliches Leben führe, wirst du nichts weiter sein als ein einsamer Junggeselle.«

Sie konnte die Worte nicht zurückhalten. Es war, als würde aller Schmerz in ihr hochkochen und sich letztendlich seinen Weg nach draußen erzwingen. Jakes Zurückweisung hatte so viele alte Wunden wieder aufgerissen, Wunden, die sie so lange ignoriert hatte.

Sein Lächeln verschwand. »Besser Junggeselle als Miststück.«

Die Minihochzeitsgesellschaft verstummte.

Travis marschierte auf sie zu, die Hände in den Hosentaschen. »Also, was haben wir verpasst?«

Pastor Jim stand immer noch zwischen Char und Jake, sein Gesicht war tiefrot. »Eine geheiligte Verbindung.«

Jake fluchte und machte einen Abgang.

Kacey tauchte neben Travis auf. Ihr Blick folgte dem davongehenden Jake. »Was ist passiert?«

»Das, was jedes Mal mit Jake passiert?« Char zuckte mit den Schultern. »Er haut ab.«

KAPITEL 43

Er konnte seine Probleme nicht im Alkohol ertränken, und sie mit Sex zu betäuben, das ging auch nicht. Es war, als müsse er für jeden Schritt auf Char zu wieder einen Schritt rückwärtsgehen. Ja, er war immer noch sauer, dass sie darüber nachgedacht hatte, seine Familie um ihres Jobs willen zu hintergehen. Doch je mehr er darüber nachdachte, umso mehr nötigte es ihm Respekt ab, dass sie sich doch gegen ihren Boss gestellt hatte.

Sie brauchte einen Job.

Im Gegensatz zu ihm.

Er konnte den Rest seines Lebens verplempern und immer noch mehr Geld haben, als er auszugeben wusste. Char jedoch hatte keinen Treuhandfonds im Rücken; sie hatte kein Haus im Wert von mehreren Millionen Dollar, das sie verkaufen konnte, oder einen Fuhrpark mit mindestens zehn ausländischen Autos, aus dem sie sich bedienen konnte.

Die Frau musste essen und Rechnungen bezahlen, Dinge, über die Jake sich niemals je Gedanken gemacht hatte.

Er hatte einen fertigen Plan im Kopf gehabt: Erst ein wenig mit ihr herumalbern, um das Eis zu brechen, und dann wollte er sich dafür entschuldigen, dass er sie gestern Abend so angepflaumt hatte.

Doch dann mussten sie für diese verdammte Trauzeremonie einspringen, und die ganze Situation war so unglaublich real geworden, dass er angefangen hatte zu zittern, als er Char bei den Händen hielt. Als er dieses Ehegelöbnis nachsprach, hatte er die Worte auch wirklich so gemeint. Zum ersten Mal in seinem Leben hatte er sich gewünscht, dass diese Bindung echt wäre. Verdammt, aber er wollte, dass sie hinter die Maske sah, die er immer hochhielt, und ihn einfach akzeptierte.

In dem Moment, als er sie bei den Händen hielt und in ihre blauen Augen sah, hatte sein Herz darum gefleht, dass sie mehr sehen möge als alle anderen vor ihr. Er dachte, wenn irgendwer seine Verunsicherung durchschauen könnte, dann war es Char.

Doch anstatt ihn zu durchschauen …

Hatte sie ihn vor aller Welt bloßgestellt. Und zum ersten Mal im Leben wusste er nichts zu sagen, um es besser zu machen. Er hatte sie Miststück genannt und war abgehauen, mal wieder. War das die Art, wie er immer noch mit den Dingen umging? Abhauen und schmollen? So wollte er nicht mehr sein: ein Typ, der seine Emotionen ignorierte, in den tiefsten Winkel seines Verstandes verbannte und sich betrank, um zu vergessen, dass es sie überhaupt gab.

Das Problem dabei war, dass die Dämonen seiner Vergangenheit, wenn er sich ihnen endlich mal stellte, schon so lange einen Teil von ihm darstellten, dass sie schon fast zu einer Art Trost oder gar eine Stütze geworden waren.

Er hatte immer noch Probleme mit dem Tod von Kaceys Eltern – er hatte es nie überwunden, dass ihr Tod ein Verlust sowohl für ihn als auch für Kacey war. Dazu das Gefühl, dass er den Erwartungen seines Vaters, wie ein Titus zu sein hatte, nie gerecht werden konnte. Und dann auch noch seine eigene Überzeugung, dass er nicht fähig war, jemanden so zu lieben, wie derjenige es verdiente.

Sein Leben lang hatte er Angst vor festen Beziehungen gehabt, doch erst jetzt wurde ihm klar, dass er schon seit dreiundzwanzig Jahren in einer festen Beziehung lebte. Er war an sich selbst gefesselt, in einer Beziehung mit seinen eigenen Dämonen. Nur für den Moment und nur für sich selbst zu leben, das war immer das Wichtigste in seinem Leben gewesen. Eltern warnten ihre Kinder vor den Gefahren ungesunder Beziehungen mit anderen – also warum warnten sie ihre Kinder nie vor den Gefahren einer ungesunden Beziehung mit sich selbst? Mit dem eigenen verdammten Herzen?

Jake ging in den hinteren Bereich des Hauses und hinaus zu der Anlegestelle beim Fluss. Mit einem Seufzer setzte er sich auf den Rand und sah ein Dinner-Kreuzfahrtschiff langsam vorbeifahren.

Das Leben war so viel einfacher gewesen, als er noch ein Kind war und seine einzigen Sorgen darin bestanden hatten, ob Mom seine Basketballklamotten rechtzeitig gewaschen bekam oder ob die Kinder in der Schule Lust auf Kickball hatten.

Erwachsen zu sein, das nervte.

Und wenn man endlich kapiert hatte, dass man ein selbstsüchtiger Mistkerl war, half das auch nicht gerade.

»Kann ich mich zu dir setzen?«, fragte Travis hinter ihm.

»Klar«, meinte Jake.

»Ist ein schöner Abend.« Travis' Knie knackten, als er sich auf die Anlegestelle setzte.

Jake nickte und schaute weiter hinaus aufs Wasser. Wenn er seinem Bruder in die Augen sah, würde er ihn wahrscheinlich nur anfahren, gereizt, wie er war.

»Willst du mir erzählen, was los ist?«, fragte Travis.

Mit einem Seufzer lehnte Jake sich nach hinten auf die Hände und schüttelte den Kopf. »Nicht wirklich, nein.«

Eine Bewegung lenkte Jakes Aufmerksamkeit ab. Er sah,

wie Travis einen kleinen Umschlag aus der Tasche zog. »Hör mal, ich wollte dir das hier eigentlich nie geben.«

»Lassen wir uns etwa scheiden?« Jake wollte unbekümmert klingen, aber er war ein wenig von der Rolle. Was, in aller Welt, konnte denn in diesem Umschlag sein?

Travis verdrehte die Augen. »Du solltest dich echt glücklich schätzen, von mir wegzukommen. Nein, es ist nichts in der Art. Es ist nur …« Travis fluchte. »Während des letzten Jahres hat Kacey endlich ein paar der Briefe gelesen, die ihre Eltern hinterlassen hatten. Offenbar hatten sie ihr Testament in dem Jahr vor ihrem Tod aktualisiert und ein paar Erinnerungsstücke dazugelegt, für alle Fälle.«

Jake biss sich auf die Lippe und wandte den Blick ab, als ihm Tränen in die Augen zu steigen drohten. Das war der Grund, warum er nie über seine Gefühle redete. Schon von Kaceys Eltern nur zu reden, bereitete ihm Herzschmerzen. Verdammt, wieso hatten sie einfach so sterben müssen?

Und wieso musste es in derselben Nacht passieren, in der Jake wieder etwas Unverantwortliches angestellt hatte? Wieso hatte Jake nicht die Chance bekommen, sich bei Kaceys Vater zu entschuldigen?

Travis gab Jake den Umschlag. »Der hier war für dich.«

»Für mich?« Jake nahm den Umschlag. »Und wieso jetzt? Wieso gibst du mir das gerade jetzt?«

Travis grinste. »Weil meine künftige Frau kein Erbarmen kennt …« Er boxte Jake in die Seite. »Und weil die strikte Anweisung lautete, dir den Umschlag erst dann zu geben, wenn etwas ganz Bestimmtes eintritt.«

»Ach ja? Und was? Irrsinn?«

Travis fuhr sich mit der Zunge über die Lippen und wandte den Blick ab. »Nein, es war für den Zeitpunkt, wenn du dich verliebst.«

»Ja, ich habe so das Gefühl, wir beide erleben gerade einen ganz speziellen Moment«, witzelte Jake.

»Halt die Klappe.« Travis lachte. »Sie haben Briefe für Angehörige und Freunde geschrieben. Offenbar hat Kaceys Mutter echt gerne Notizen verfasst; sie hat ein ganzes Notizbuch voll mit Gedanken und Gedichten. Auf jeden Fall waren da noch zwei Briefe. Einer für Kacey an ihrem Hochzeitstag, und einer für dich ...«

»Und was ist mit dir? Hast du auch einen Brief bekommen?«, fragte Jake.

Travis schüttelte den Kopf. »Ich habe Kacey. Ich schätze, wir werden morgen erfahren, was in dem Brief steht, wenn wir unser Ehegelübde ablegen. Du hast immer noch vor, sie zusammen mit Dad zum Altar zu führen?«

Jake kämpfte gegen das Hämmern seines Herzens an und nickte knapp.

»Gut.« Travis klopfte ihm auf den Rücken. »Ich lasse dich jetzt allein mit ...« Er zeigte auf den Brief. »Wir sehen uns beim Abendessen.«

Jake hielt den Brief umklammert und sah zu, wie Travis wieder ging.

Mit zitternden Fingern brach Jake das Siegel des Umschlags und holte ein Blatt Papier heraus.

Der Inhalt war in kritzeliger Handschrift verfasst:

Ich wusste, dass es passieren würde. Erst heute Morgen habe ich Rose erklärt, dass es passieren würde, und sie hat mich ausgelacht. Ich frage mich, ob es Kacey ist, die letztendlich deine Aufmerksamkeit erregt hat. Ach, ein Vater weiß Bescheid: so wie du sie anschaust, schaut ein Mann seinen besten Freund an. So etwas erkenne ich, wenn ich es sehe.

Auf jeden Fall: Wir haben nie über jene Nacht gesprochen, Jake. Du weißt, welche ich meine. Himmel, ich bezweifle, dass du es jemals vergessen wirst: Löcher im Garten graben und dich dabei immer wieder dafür entschuldigen, dass du dich erwischen hast lassen mit Drogen und Frauen, mit denen zusammen zu sein du kein Recht hattest. Du warst immer ein lebhafter Mensch. In dem Moment, Jake, wusste ich, dass du als Erwachsener wahrscheinlich einer von diesen großen Unternehmertypen wirst. Die mit den schicken Autos und den leichten Mädchen. Du hattest diesen Blick, und ich muss zugeben, der Gedanke, dass Kacey mit dir zusammenkommen könnte, erschreckte mich etwas.

Ich schätze, ich muss einfach darauf vertrauen, dass die guten Anlagen aus deinen Kindertagen überdauert haben. Sollten sie wohl, wenn deine Großmutter da ein Wort mitzureden hat.

Rose sagt, wir müssen Briefe an Freunde und Familie schreiben, nur für alle Fälle. Ich weiß, du fragst dich jetzt wahrscheinlich, warum ich dir einen geschrieben habe. Du warst immer wie ein Sohn für mich, Jake. Ich kenne dich schon, seit du noch in den Windeln gelegen hast. Und heute kam mir der Gedanke: Was, wenn ich dich nicht als Erwachsenen erleben kann? Was, wenn ich dich nicht am Tag deiner Hochzeit sehen kann? Was, wenn ich nicht ein Teil deines Lebens und deiner Zukunft sein kann? Wenn ein Mann alt wird, denkt er über seine Vergangenheit nach und über die Dinge, die er bedauert. Ich habe es immer bedauert, dass ich nicht noch ein letztes Mal mit meinem Vater reden konnte, bevor er diese Welt verließ und in die nächste ging. Obwohl du einen verdammt guten Vater hast, habe ich mich immer als eine Art zweiten Vater für dich betrachtet. Davon abgesehen, Jake, bin ich so verdammt stolz auf dich. Ich hoffe, du hattest bis jetzt sowohl Erfolge als auch Niederlagen, aber noch mehr als das bin ich stolz darauf, dass du jemanden gefunden hast, der es wert ist, bei ihm zu bleiben. Wenn Männer zu Fall kommen, dann fallen sie hart, rückwärts ins kalte Wasser, ohne Rettungsring – du bist ein solcher Mann, Jake. Mein Rat an dich? Sei ein Mann. Lass dich nicht unter Wasser ziehen, um zu ertrinken. Lauf oder schwimme nicht weg von der Sicherheit des Bootes. Das Boot, das ist dein Zuhause, deine Familie, dein Leben. Der Rettungsring, der dich oben hält, ist immer deine Frau, deine Partnerin. Ohne einen Rettungsring ertrinkst du, und ein Rettungsring ohne jemanden, der sich daran festhält, hat keinen Zweck. Du siehst also, ihr braucht euch gegenseitig … ihr müsst euch in allem aufeinander verlassen. Vergiss nie, dass etwas, worum man nicht kämpfen muss, den Besitz nicht wert ist. Wenn du glaubst, aufgeben zu müssen, wenn du glaubst, dass du vielleicht nicht gut genug bist, dann denke daran, dass niemand von uns wirklich gut genug ist. Keiner von uns verdient die Frauen in unserem Leben, aber verdammt sollen wir sein, wenn wir nicht jeden einzelnen Tag unseres Lebens versuchen, uns ihrer Liebe würdig zu erweisen. Ich denke, was ich dir sagen will, ist … liebe sie. Mach sie glücklich, hege und pflege sie, und bei Gott, mein Junge, sie sollte besser mehr Grund zum Lachen als zum Weinen haben.

An meinen zweiten Sohn … und seine neue Frau: Möge euer Bett voll Lachen sein, eure Nächte voller Wonne, möge euer Heim erfüllt sein vom Duft nach gutem Essen und eure Herzen voller Freude. Das ist der Grund, weshalb wir auf der Welt sind – um zu lieben.

Jake schluckte den riesigen Kloß in seiner Kehle hinunter und steckte den Brief in seine Tasche. Verdammt sei Bill; seinetwegen fühlte er sich jetzt wie ein rührseliges Frauenzimmer.

Liebte er sie?

Char?

Er atmete schneller, als er über die letzten paar Wochen nachdachte. Gut, sie waren erst jetzt wieder aufeinandergetroffen, aber er kannte sie ja schon fast sein ganzes Leben. Er wusste von den Sommersprossen an ihrer Hüfte, von ihrer Abneigung gegen Essiggurken oder überhaupt alles Grünzeug – und dachte schließlich an ihr Lachen.

Oh, er kannte ihr Lachen, denn immer wenn er sie zum Lachen brachte, fühlte er sich wie ein verdammter Superheld.

Und jetzt fühlte er sich wie ein Mistkerl, denn das letzte Mal, dass sie gelacht hatte, war schon viel zu lange her, und stattdessen war er wahrlich einer der Gründe für ihre Tränen.

Fluchend stand er von der Anlegestelle auf und marschierte zurück ins Haus.

KAPITEL 44

Char trank ihr zweites Glas Wein und nahm an dem großen Tisch Platz, der draußen aufgestellt worden war. Das Abendessen war eine Veranstaltung mit Partyservice und vollem Unterhaltungsprogramm. Gastgeber hätten eigentlich Kaceys Eltern sein sollen, doch da sie nicht mehr lebten, kam der gesamte Titus-Klan für alle Kosten auf.

Ein paar Zelte für die Büfetts standen an der Seite. Der Haupttisch für die Hochzeitsgesellschaft war lang und mit Kerzen und verschiedenen Sorten tropischer Blumen dekoriert. Alles herzzerreißend romantisch.

Oma Nadine ließ sich neben Char nieder und musterte deren Glas Wein. »Wie viele von denen hast du schon intus?«

»Genügend.« Char seufzte.

»Hm.« Oma Nadine griff in ihre große Handtasche und holte einen braunen Umschlag heraus. »Der Pastor hat mir erlaubt, dich und Jake getrennt unterschreiben zu lassen, nachdem ihr beide so sauer aufeinander seid.«

Char beäugte die Heiratserlaubnis. »Sollte das nicht erst morgen ausgefüllt werden?«

»Ach.« Oma Nadine winkte ab. »Nur ein weiteres Detail, um das wir uns dann nicht mehr kümmern müssen. Hier unterschreiben.« Das Blatt steckte zum Großteil noch im Umschlag; nur ein kleines Stück schaute heraus, was eigentlich auch besser war, wenn Char so darüber nachdachte. Sie wollte nicht einmal die Stelle sehen, an der Jake unterschreiben sollte. Sie hatten beide die Beherrschung verloren. Char wusste nicht mehr, wieso sie eigentlich so wütend auf ihn war. Wenn sie ernsthaft darüber nachdachte, dann war es eigentlich nicht einmal Wut; es war absolute, vollkommene Demütigung und Zurückweisung.

Er hatte ihr Herz zu Fall gebracht.

Und der Fall war hart.

Nach der Hochzeit würden sie beide getrennte Wege gehen, und dann würde sie arbeitslos auf ihrer Couch liegen und Trübsal blasen, weil der einzige Kerl, den sie je geliebt hatte, ihre Liebe nicht erwiderte und sie nicht so sehr begehrte, um es überhaupt zu versuchen.

Char unterschrieb rasch und gab Oma Nadine den Stift zurück.

»Na, na.« Oma Nadine tätschelte ihr den Rücken. »Es wird alles noch richtig gut. Vertraue einfach deiner Großmutter.«

»Da gibt es nur ein Problem.« Char beugte sich zu Oma Nadine und flüsterte: »Du bist gar nicht meine Großmutter.«

Das Lächeln in Oma Nadines Gesicht wurde ein ganz klein wenig breiter, bevor es wieder auf Normalgröße schrumpfte. »Aber natürlich bin ich das. Weißt du noch, als ich dir gesagt habe, dass ich Jake zugrunde richten würde?«

Char wollte wirklich nicht über Jake reden; sie nickte, versuchte dabei aber so zu tun, als habe sie kein Interesse.

»Er war schon verloren.« Oma Nadine tätschelte Chars Hand. »In dem Augenblick, als sein Blick auf dich in diesem Hochzeitskleid fiel. Ich habe es gekauft, weißt du.«

»Was?«, kreischte Char, so dass einige Gäste am Tisch, die gerade auf den ersten Gang warteten, aufmerksam wurden. Sie hustete und verbarg sich hinter ihrem dunklen Haar. »Sag mir, dass das ein Scherz ist, Grandma!«

»Oh.« Oma Nadine zuckte mit den Schultern. »Ich dachte, das Kleid gefällt dir. Und es sah so schön an dir aus. Wahrhaft göttlich.« Sie schenkte sich ein Glas Wein ein und schloss die Augen, als sie einen tiefen Schluck nahm und dann das Glas zurück auf den Tisch stellte. »Außerdem könntest du es ja eines schönen Tages gebrauchen.«

»Richtig.« Char kämpfte die Tränen zurück. «Möglich ist alles, denke ich.«

»Oh, aber natürlich ist es das«, meinte Oma Nadine. »Wusstest du, dass ich immer eine gute Fee sein wollte?«

»Hm?«

»Die meisten Mädchen wollen die Prinzessin im Märchen sein. Ich will die gute Fee sein.«

War sie betrunken? Jetzt schon?

»Okay.« Char blinzelte. »Nun ja, alles, was du dafür brauchst, ist ein Zauberstab und etwas Magie, und dann ist alles möglich.«

»Meinen Zauberstab habe ich schon, und Magie besitzt jede Großmutter.« Sie zuckte mit den Schultern. »Also, erzähl mir von Jace.«

»Er ist …« Char sah über den Tisch. Sein blondes Haar war zurückgekämmt und enthüllte seine grünen Augen und das kantige Gesicht. »Nett.«

Oma Nadine brach in Gelächter aus. »O Liebes, der Mann ist vieles, aber ›nett‹ ist nicht das Wort, mit dem ich ihn beschreiben würde. Verdammt sexy, das ist er. Eine Bestie unter Männern.«

»Grandma«, stöhnte Char, »nicht so laut.«

»Nun ja.« Oma Nadine hob die Hände. »Ich sage nur, der Mann könnte ein Mädchen mit nur einem Blick zum Dahinschmelzen bringen.« Als würde er sie hören, schaute Jace in dem Moment zu Oma Nadine herüber und grinste. »Grundgütiger, ich glaube, ich hatte gerade einen Schlaganfall im Miniformat.«

»Wirklich?« Panisch griff Char nach dem Arm der alten Dame.

»Na ja.« Oma Nadine zwinkerte Jace zu. »Wenn das ein Schlaganfall war, dann will ich noch einen.«

Char merkte, wie ihr heiß im Gesicht wurde.

»Bringt er dein Blut denn nicht in Wallung?«, fragte Oma Nadine.

Char verschluckte sich an ihrem Wein und fing wild an zu husten, während Oma Nadine ihr kräftig auf den Rücken klopfte. »Liebes, trink langsamer, sonst machst du noch einen Fleck auf dieses hübsche gelbe Sommerkleid.«

»Genau. Es war der Wein«, krächzte Char. »Nicht das mit der Wallung.«

»Na ja.« Oma Nadine beugte sich vor und flüsterte: »Wie nennt ihr jungen Leute das denn heutzutage? Bringt er dich zum …«

»Grandma!«, zischte Char. »Hör auf damit, hör einfach auf.« Beschämt verbarg sie das Gesicht in den Händen. »Er ist ein netter Kerl, aber nicht …« Sie war kurz davor, zu sagen »nicht Jake«, als genau der dazukam und sich am Ende des Tisches niederließ. Ihre Augen, die seinen Körper begierig von oben bis unten in Augenschein nahmen, verrieten sie. Jake beugte sich über den Tisch, und seine Unterarme streiften die Blumen, die um seinen Teller verstreut waren. Oh, wäre sie doch nur eine Blume.

»Ich sehe schon«, sagte Oma Nadine leise, »er ist nicht mein Enkel.«

»Was?« Char riss den Blick von Jake los und verknotete die Hände in ihrem Schoß.

»Jace.« Oma Nadine zeigte auf ihn. »Er könnte ein zweiter

Marlon Brando sein, und du würdest ihn immer noch ansehen, als sei er nichts als ein Ersatz.«

»Marlon Brando? Ersatz?« Char lächelte angespannt, schaute Oma Nadine aber nicht an.

»Für den einen, den du wirklich willst.« Oma Nadine legte ihre Hand beruhigend auf die von Char. Ein paar Diamantringe blitzten an ihren Fingern, als sie Char die Hand tätschelte. »Meinen Enkel. Du bist verliebt in ihn.«

»Ich bin …« Aber sie konnte es nicht abstreiten, also sah sie stattdessen Oma Nadine in die Augen und sagte: »Bitte, sag es ihm nicht.«

Oma Nadine wich abrupt zurück und schnaubte. »Schätzchen, wenn er bis jetzt noch nicht weiß, dass du ihn liebst, dann ist er ein Idiot. Andererseits, er ist ein Mann.« Sie sah in Jakes Richtung und hob die Hände in die Höhe. »Er sieht unglücklich aus. Wahrscheinlich liegt es an all dem Sex, den er zur Zeit nicht hat.«

Und da war er wieder, Chars rasender Herzschlag. Hatte Oma Nadine gerade schon wieder »Sex« gesagt? Beim Abendessen?

Dieses Mal erregten ihre Worte die Aufmerksamkeit von Travis und Kacey, die ihr beide flehentliche Blicke zuwarfen, als wollten sie sagen: *Bitte keine peinlichen Momente mehr.*

Pastor Jim verschluckte sich an seinem Wein, und alle am Tisch verstummten.

Hilflos sah Char Oma Nadine an.

»Wir sprachen gerade über Petunia.«

O nein. Petunia gegenüber am Tisch erstarrte, und ihr Blick aus schmalen Augen richtete sich auf Oma Nadine, als sei sie ein Spross Satans. »Ich nehme solche vulgären Worte nicht in den Mund.«

»Nein, du strickst nur und liest schmutzige Bücher.«

»Aber nein, ich würde nie …«

»Streite es nicht ab.« Oma Nadine schwenkte ihr Weinglas. »Ich habe diese Bücher mit eigenen Augen gesehen. Du bist nicht so sittsam, wie du immer vorgibst, Schwesterherz.«

Petunia schaute, die Lippen fest zusammengepresst, über den Tisch. »Sie ist betrunken, ganz klar.«

»Erzähl doch mal: Hat Captain Jack den Weg nach Hause gefunden, mit dem Sklavenmädchen? Bis dahin war ich noch nicht gekommen, obwohl ich zugeben muss, dass ich sehr aufgeregt bin, zu erfahren, ob sie es schaffen, sich zu …«

»Oma«, warnte Travis.

Sie zuckte mit den Schultern. »Ich wollte sagen ›sich zu verlieben‹.«

»Meine Fresse«, brummelte Jake von der anderen Seite.

Petunia warf Oma Nadine einen finsteren Blick zu. »Du bist eine Heidin.«

»Aber zumindest stehe ich dazu … Wo ist deine Peitsche, Petunia?«

Char riss die Augen auf.

Wescott schmunzelte. »Nun, wie wäre es, wenn sich alle wieder beruhigen. Wir sind hier zur Feier der …«

»Wahrscheinlich bei deinen roten Pumps, du tätowiertes Flittchen!«, kreischte Petunia.

»Ich liebe diese Absätze«, seufzte Oma Nadine sehnsüchtig.

»Oh, seht nur, das Abendessen!«, rief Bets mit hoher Stimme. »Esst alle, esst!« Sie klatschte in die Hände und fing an, sich von den Gerichten auf den Teller zu laden, die von den Leuten des Partyservice gebracht wurden.

»Austern.« Oma Nadine zeigte auf einen der Behälter. »Iss die auf, Travis. Morgen Nacht wirst du das brauchen.«

Der stieß daraufhin einen Fluch aus und sah gen Himmel. »Und ich hatte es so gut unter Kontrolle.«

»Wenn *das* Unter-Kontrolle-Haben ist, dann bin ich eine Nonne.« Oma Nadine grinste, während Travis stöhnte und ein wenig von Kacey wegrutschte.

»Oh, seht nur!« Bets deutete auf die Tischmitte. »Der Wein ist alle.«

»Ich hole welchen!«, rief Travis, stand vom Tisch auf, Kaceys Unterarm fest gepackt.

Seelenruhig griff Oma Nadine in ihre Handtasche und holte ein Halsband heraus, das verdächtig viel Ähnlichkeit mit einem von den Dingern hatte, die man einem Hund umlegte, um ihn per Stromstoß zu disziplinieren. »Setz dich, Travis.«

Mit einem Schimpfwort setzte er sich wieder.

»Ich, ähm, ich gehe schon.« Char stand auf.

»Ich auch.« Das kam von Jace. »Du könntest dich in diesem Weinkeller verlaufen.«

»Mein Held«, sagte sie trocken, auch wenn es ihn nicht zu kümmern schien. Sein Blick war fest auf Oma Nadine gerichtet. Er nickte kurz und sah dann wieder Char an.

»Bereit?« Er bot ihr den Arm und ignorierte ihren neugierigen Blick.

Schweigend gingen sie den Weg zum Haus zurück.

KAPITEL 45

Jake würde den beiden genau fünf Minuten geben, bevor er, zum Angriff bereit, in den Weinkeller platzte. Er hatte gerade anbieten wollen, Char zu begleiten, als Jace auf der anderen Seite aufgestanden war. Jace hatte einen eigenartigen Blick mit Oma Nadine gewechselt und war dann gegangen.

Die Augen zusammengekniffen, trank Jake einen Schluck Wein, behielt die Tür im Auge und wartete darauf, dass die beiden zurückkamen. Er schaute auf die Uhr. Verdammt, erst dreißig Sekunden vorbei.

»Sieh an, sieh an.« Oma Nadine zog sich neben ihm einen Stuhl heran. »Ich hätte nie gedacht, dass ich den Tag je erleben würde.«

»Was?« Jake zuckte zusammen, als ein Vogel auf dem Türgriff landete. Wow, wie kläglich war er eigentlich?

»Du hast eine gute Wahl getroffen.« Oma Nadine seufzte. »Na ja, ich hätte sie selbst ausgesucht, wenn ich da irgendwas mitzureden hätte. Aber meine Tage als Heiratsvermittlerin sind vorbei, wie du sehr gut weißt.«

»Richtig.« Jake leckte sich über die Lippen und schaute erneut auf seine Uhr. Anderthalb Minuten. Er war in der Hölle.

»… deshalb musst du nur eben hier unterschreiben.« Ein Stift wurde ihm in die Hand gedrückt. Er warf kaum einen Blick auf das Papier, setzte seinen Namen auf die Stelle, über der Oma Nadines Hand schwebte, und gab ihr den Stift zurück. »Drei Minuten, Jake. Es sind kaum drei Minuten vergangen. In drei Minuten kann nicht viel passieren. Nun ja, außer …« Oma Nadine kicherte. »Einmal hatten dein Großvater und ich nur fünf Minuten, und du würdest gar nicht glauben, was wir alles …«

Jake sprang auf die Füße und marschierte zum Haus.

Der Weinkeller der Familie Titus sah aus wie aus einem Hochglanzmagazin. An einer Seite befand sich eine Bar aus Granit mit einer Reihe von Lederstühlen davor. Nachdem Bierbrauen eines von Wescotts Hobbys war, hatte die Familie sogar eine eigene Biermarke. An den meisten Wänden standen Weinflaschen aufgereiht. Es hätte der Himmel auf Erden sein können. Sogar die Gesellschaft war gar nicht so übel, abgesehen davon, dass – wieder einmal – Jace nicht derjenige war, den sie sich ausgesucht hätte. Vielleicht sollte sie einfach nur dankbar sein.

»Also.« Jace griff nach einer Flasche. »Wie wäre es mit diesem hier? Ein klassischer Merlot?«

»Gut.« Konnte Char nicht gleichgültiger sein. Unbekümmert schlenderte sie zur Bar. Ein paar gerahmte Bilder standen auf der Tischplatte. Eines davon zeigte Jake und Travis als Kinder. Zwischen ihnen Kacey, die Jake gerade einen Kuss auf die Wange drückte.

Kacey war immer da gewesen, wo Char hatte sein wollen.

Nicht, dass sie je eifersüchtig genug gewesen wäre, um ihre Freundschaft zu beenden, aber mit Kacey auszukommen, das war auch immer einfach gewesen.

»Alles in Ordnung?« Jace tauchte hinter ihr auf und legte ihr die Hände an die Schultern.

»Ja.« Char versteifte sich. »Wieso fragst du?«

»Weil ich schon seit ein paar Minuten mit dir rede, und du hast nicht einen Laut von dir gegeben. Ich schwöre, ich habe mir schon Sorgen gemacht, ob du überhaupt noch atmest.«

Char konnte ihr Auflachen nicht zurückhalten.

»Da ist es ja«, flüsterte Jace.

»Was?« Sie drehte sich zu ihm um.

»Das Lachen. Mir gefällt dein Lachen. Man hört es nur viel zu selten.«

Char fuhr sich mit der Zunge über die Lippen und lehnte sich an den Tresen. »Es war eine harte Woche. Was soll ich sagen?«

»Jace nickte. »Ich weiß.«

Wie konnte er das wissen? Er kannte sie ja nicht einmal richtig!

»Unerwiderte Liebe ist nichts für Schwache.« Er griff nach dem Korkenzieher und öffnete die Weinflasche, schenkte ihr ein kleines Glas ein und eines für sich selbst. Das hob er in die Höhe und stieß mit ihr an. »Wie kommst du klar?«

»Woher weißt du überhaupt …?«

Jace lachte. »Ich bin nicht dumm. Aber lass mich dich etwas fragen.« Er nahm ihr das Weinglas aus der Hand und stellte es auf den Tisch.

»Was denn?« Seine Augen waren so klar und schön, dass es schwer war, sich nicht darin zu verlieren.

»Denkst du …?« Er schob ihr das Haar hinters Ohr und drückte seine Stirn an ihre. »Dass du ihn liebst, oder zu lieben glaubst, weil er deine Gefühle nie erwidert hat? Vielleicht ist ja ein Abschluss das, was du brauchst.«

Char zitterte unter seiner Berührung. »Ist es das, was du mir anbietest? Einen Abschluss?«

Jace umfasste ihr Gesicht mit den Händen und fuhr mit dem Daumen über ihre Unterlippe. »Ich bin nicht gern zweite Wahl, Char. Aber ich wäre bereit, dein Zweiter zu sein. Das heißt, wenn du mich haben willst. Ich würde mich liebend gern mit dir verabreden, dich zum Essen ausführen und dir das Gefühl geben, dass du das alles verdienst, denn, ganz ehrlich, das ist mein Job als Mann. Dir zu zeigen, wie ich dich sehe. Und ich denke, du siehst dich selbst nicht deutlich. Ich denke, dein ganzes Leben lässt sich in einem Wort zusammenfassen.«

Char wollte sich von ihm lösen, aber er hielt sie fest. »Ach ja, Dr. phil., und das wäre?«

Er lächelte betrübt. »Beinahe. So definierst du dich selbst. Beinahe. Und das macht mich traurig, denn du bist nicht die Art von Frau für ein Beinahe.«

»Und du bist Experte dafür, welche Art von Frau ich bin?«

»Absolut.«

»Tja dann, was bin ich?«

Jace legte den Kopf schief und fuhr mit der linken Hand sachte an ihrem Hals entlang. »Für immer. Du bist eine Frau für immer.«

Seine Lippen drückten sich sanft auf ihre, bevor er sich wieder von ihr löste. »Die Frage ist, willst du ihn vergessen? Willst du dein Leben weiterführen? Vielleicht mit mir? Oder wäre es genug: meine Worte, mein Geld, alles, was eine Beziehung mit mir bedeuten würde – wäre es genug, um ihn für immer aus deinem Gedächtnis zu streichen?«

Chars Unterlippe zitterte. Mit einem leisen Aufkeuchen schüttelte sie den Kopf. »Nein, Jace, es tut mir leid, aber nein.«

Mit einem strahlenden Lächeln löste er sich von ihr. »Da bin ich aber froh.«

»Wie bitte?«

Er zuckte lässig mit den Schultern. »In der Highschool hatte ich aus Spaß Schauspielunterricht genommen. Ich muss zugeben, das hier war der größte Spaß, den ich seit Jahren erlebt habe.«

Char konnte ihn nur verwirrt anstarren. »Du Mistkerl! Du hast nur so getan, als würdest du mich mögen?«

»Du liebe Güte, nein.« Jace nahm ihre Hand. »Ich würde dich liebend gern aus den Händen dieses Idioten befreien. Aber du willst gar nicht befreit werden. Habe ich recht?«

»Ich verstehe nicht.« Char massierte sich die Schläfen.

»Ein Wort.« Jace nickte. »Grandma.«

»Nein!« Char keuchte. »Sie bezahlt dich dafür?«

»Geld brauche ich nicht, ich musste nur über eine schlechte Trennung hinwegkommen. Diese Frau versucht seit einem Jahr, mich zu verkuppeln. Sie hat mich Travis vorgestellt, und der Rest ist irgendwie Geschichte. Ich hatte ohnehin vor, zur Hochzeit zu kommen. Es war alles so einfach. Travis wollte, dass ich dich treffe. Grandma hatte andere Pläne. Und hier bin ich und trinke Wein, während alle anderen unsere bevorstehende Hochzeit planen.«

»Heilige Scheiße!« Char lief vor ihm hin und her. »Die Frau ist wahnsinnig.«

»Ein wahnsinniges Genie.« Jace hob sein Glas. »Gib es zu. Sie hat mehr geholfen als Schaden angerichtet.«

»Sie hat mir ein Hochzeitskleid gekauft.«

»Bringt das nicht Unglück?« Jace legte den Kopf schief. »Nur so aus Neugier.«

»Dann bist du also nicht wirklich ein Wichtigtuer.«

Darüber schien er nachzudenken. Dann antwortete er: »Nein, ich denke nicht. Aber wenn du meine Ex fragst, würde sie dir sagen, dass doch, und noch mehr als das. Ich versuche einfach, die Hochzeit zu überstehen, ohne dass deine Großmutter mich umlegt und die Leiche verschwinden lässt. Du weißt, dass sie ein Schockhalsband gekauft hat, oder?«

Lachend warf Char ihm die Arme um den Hals. »Ich weiß nicht, ob ich dir danken oder dich ohrfeigen soll dafür, dass du mich geküsst hast.«

»Hey.« Jace löste sich von ihr und küsste sie auf die Wange. »Mein Angebot steht. Deine unglaubliche, manipulative Großmutter mal außen vor gelassen, ich hätte dich trotzdem nach deiner Handynummer gefragt.«

»Danke.« Char drückte ihm einen kurzen Kuss auf die Lippen.

Doch offenbar war der Kuss nicht kurz genug.

Denn ehe sie es sich versah, kam Jake die Treppe herabgestürmt, und in seinen Augen blitzte die Wut.

KAPITEL 46

Jake sah nur noch rot.

Jace hielt sie in den Armen. Sein Mädchen, seine Frau, seine Zukunft – in Jace' schmutzigen Politikerpfoten! Mit einem Kriegsschrei, der jeden *Braveheart*-Fan mit Stolz erfüllt hätte, ging er auf Jace los und schleuderte ihn gegen den Tresen.

Seine Faust flog auf Jace' Gesicht zu und landete einen Kinnhaken, so dass dessen Kopf nach hinten ruckte und auf den Tisch knallte.

Irgendwo registrierte sein Verstand verschwommen, dass Char schrie, er solle aufhören, aber es war schon zu spät. Jace sackte zu Boden.«

»Heilige Scheiße!« Char schlug die Hände vors Gesicht. »Du hast gerade einen State Senator k. o. geschlagen!«

»Tja.« Jake fluchte. »Er hat dich angefasst!«

»Na toll!« Char lief hektisch hin und her. »Das solltest du dann unbedingt dem Richter erzählen, wenn du gefragt wirst, wieso man dich nicht ins Gefängnis stecken soll!« Sie versetzte ihm einen Schlag gegen den Bauch.

»Tut mir leid. Ich habe nur … Panik bekommen. Ich wollte deine Ehre verteidigen!«

»Nun mal langsam«, sagte Char. »Du sitzt gerade im Glashaus und willst hier mit Steinen werfen.«

Jake funkelte sie an. »Sehr witzig.«

»Was machen wir jetzt?« Char zeigte auf Jace. »Du hast ihn doch nicht umgebracht, oder?«

»So fest habe ich ihn nicht getroffen«, brummte Jake und beugte sich über Jace. »Er ist bestimmt nur für eine Weile k. o.«

»Tja, wie lange wollen wir darauf warten, dass er wieder aufwacht?« Char lief immer noch hin und her, nur dass sie jetzt ihr Weinglas in die Höhe hob und abwechselnd trank und ihn anschrie.

»Ich weiß nicht. Stell den Wein wieder hin. Du machst mich nervös.«

»Ich mache dich nervös?« Nun ja, wenigstens hörte sie mit dem Gerenne auf. »Mit welchem Recht kommst du überhaupt hier als mein Retter daher?«

Jake stieß einen schweren Seufzer aus. »Ich wollte schon immer mal dein Retter in der Not sein.«

»Komisch, ich erinnere mich nicht daran, dass der Retter einen Unschuldigen krankenhausreif schlägt.«

»Unschuldig, meine Fresse!«, schrie Jake. »Er hatte seine Hände überall an dir!«

»Na und?« Sie verschränkte die Arme. »Was kümmert dich das?«

»Verdammt, Char!« Zwei Schritte, und sie lag in seinen Armen; ihr Mund öffnete sich, und der Moment, als ihre Zungen sich trafen, setzte sie in Flammen.

Er schob sie gegen den Tresen, und der Kuss wurde inniger. Ihr Körper reagierte so empfänglich auf ihn. Sie küssten sich, wie sie miteinander stritten: aggressiv, leidenschaftlich und alles andere als langsam und bedächtig.

Nicht länger Herr seiner Sinne, schob Jake die Träger ihres Sommerkleids nach unten. Ihre Haut war samtweich. Ihre Hände wanden sich in sein Haar, als er mit der Zunge über ihre Unterlippe fuhr, daran saugte und den Geschmack von Wein in ihrem Mund kostete. Gänsehaut breitete sich über ihren Oberkörper aus, als seine Lippen von ihrem Mund abwärtswanderten und direkt über ihrem BH innehielten.

Jace stöhnte, noch immer am Boden liegend.

Jake ignorierte es.

Das Stöhnen wurde lauter.

Char grub die Fingernägel in Jakes Rücken.

Gott hasste ihn.

Sich wieder von ihr zu lösen, das war wohl das Schwierigste, was er je im Leben getan hatte.

Jace bewegte sich.

»Wir sollten gehen.« Jake kämpfte darum, wieder zu Atem zu kommen, als sein Blick dem von Char begegnete. Sie war wild geküsst worden und sah völlig derangiert aus, und es gefiel ihm, zu wissen, dass er der Mann war, der für den Ausdruck auf ihrem Gesicht die Verantwortung trug: Lust, Begehren, und das alles seinetwegen.

Jace stöhnte erneut.

»Wir flüchten gerade vom Tatort, oder?« Char nahm Jakes Hand, als sie wieder ins Erdgeschoss hinaufgingen.

»Falls jemand fragt, haben wir gesehen, wie er gestolpert ist.«

»In deine Faust?«, fragte Char. »Im Ernst? Mit dieser Lüge sollen wir durchkommen?«

»Tut mir leid, dass mein Verstand gerade leicht neben der Spur ist. Wir haben schon Glück, dass ich überhaupt geradeaus laufen kann, ohne dich auf die Treppe zu drücken und dir den Rock hochzuschieben.«

»Du kannst das, weißt du.«

Jake erstarrte. »Kann was?«

»Meinen Rock hochschieben.«

»Du folterst mich gerade, oder?«

Char grinste und flüsterte ihm ins Ohr: »Ich habe auf der Party einige Dessous gekauft. Denk beim Abendessen daran.«

»Großartig«, schimpfte Jake. »Und was soll dann Oma von mir denken? Dass Blumen mich scharfmachen? Dass ich bei Austern heiß werde? Verdammt ungemütlich, wenn du mich fragst. Wir sollten das Abendessen einfach ausfallen lassen.« Kaum hatten sie das obere Ende der Treppe erreicht, drückte er sie gegen die nächstbeste Wand und hielt sie mit seinem Körper gefangen. »Nur noch ein Kuss.«

»Mit dir ist es nie nur ein Kuss, Jake.«

Er konnte nichts gegen das breite Grinsen tun, das sich auf seinem Gesicht ausbreitete. »Gut, denn ich will, dass es kein Ende gibt.« Er küsste sie auf die Nase. »Ich habe das Bedürfnis, dir zu beweisen, dass es nicht nur bei einem Kuss bleibt.« Seine Lippen streiften ihre. »Denn es soll der erste von hunderttausend Küssen sein.« Er ließ seine Lippen über ihren Halsansatz wandern. »Der erste von allen letzten Küssen, die du im Leben je bekommen wirst.« Seine Zunge zog Kreise über ihr Schlüsselbein und an der anderen Seite ihres Halses wieder nach oben. »Ich will dich unempfänglich für die Küsse jedes anderen Mannes machen; ich will dich zeichnen als die meine. Ich will dich meinen Namen rufen hören, nicht weil du sauer bist, sondern weil du so verdammt scharf bist, dass du nicht mehr klar denken kannst. Das will ich mit dir machen. Ich will, dass du mir gehörst.«

»Dir?« Tränen stiegen ihr in die Augen.

»Ich bin ein sehr besitzergreifender Mann, falls du es noch nicht weißt. Ich bin fertig mit Ständig-Abhauen.«

»Kannst du mir das versprechen?«

Jake nahm ihr Gesicht zwischen beide Hände. »Für immer. Das ist mein Angebot.«

»Dann ist das hier also eine geschäftliche Vereinbarung?« Sie schenkte ihm ein fragendes Lächeln.

»Absolut.« Er zog sie in seine Arme und küsste sie auf die Stirn. »Natürlich lasse ich dich auch noch einen irrsinnigen Knebelvertrag unterschreiben aus der Feder von Rechtsanwälten, die nichts Besseres zu tun haben, als mich zu beschützen. Du wirst auf der gepunkteten Linie unterschreiben müssen – du weißt schon, das Übliche –, dass du Tag und Nacht meine Liebessklavin sein wirst. Und wenn du versuchst, mich zu verlassen, werde ich dich bestrafen.«

»Wie nett. Und wenn du immer noch Vorstandsvorsitzender wärst, könnte ich dich jetzt Christian Grey nennen.«

»Jake Titus!« Oma Nadines Stimme hätte die Toten aufwecken können. »Wo bist du! Ich muss mit dir reden!«

»Weglaufen?«, fragte Char.

»Oma sieht alles. Das ist, als wollte man sich vor dem Herrn persönlich verstecken.«

Mit einem Seufzen lösten sie sich voneinander. Jake hob ihre Hand an seine Lippen. »Wir können später weiterreden.«

»Über diese Sache mit ›für immer‹?« Ihr Blick war hoffnungsvoll, und sein Herz machte einen Satz.

»Genau, über diese Sache mit ›für immer‹.«

»Da bist du ja!« Oma Nadine keuchte. »Ich habe überall nach euch beiden gesucht! Es ist Zeit für den Trinkspruch! Moment. Wo ist Jace?«

»Schlafen gegangen«, erklang eine Stimme hinter ihnen. »Ich hatte beschlossen, ein Nickerchen zu machen.«

»Im Weinkeller?« Oma Nadine verschränkte die Arme. »Ach du liebe Zeit! Was, in aller Welt, ist denn mit deinem Auge passiert?«

»Eichhörnchen.« Jace starrte Jake mit schmalen Augen an.

»Wie es aussieht, hat es seine Nüsse doch noch wiedergefunden und mich angegriffen, verdammtes Ding.«

»Oh.« Oma Nadine nickte. »Alles klar. Nun, ich bin sicher, seine Nüsse sind nicht annähernd so eindrucksvoll, wie es uns glauben machen möchte.«

»Oh, aber das sind sie«, warf Char ein.

Jake schenkte ihr ein sündhaftes Grinsen.

Jace verbarg sein Lächeln und sah Oma Nadine ernst an. »Wenn du bereit bist, sollten wir jetzt wohl zurück zum Abendessen gehen.«

»Okay.« Sie nahm seinen Arm und entfernte sich mit ihm von Jake und Char.

»Danke.« Jake nahm ihre Hand. »Dafür, dass du meine Männlichkeit verteidigst.«

»Ach ja, die hat in letzter Zeit einen ganz schönen Schlag abbekommen. Ich dachte, da sollte ich dir beistehen.«

Mit einem zufriedenen Grinsen zog Jake sie an sich und flüsterte: »Ich denke, später darfst du noch mehr als nur mir beistehen.«

»Wir werden sehen.« Einen kurzen Augenblick trafen sich ihre Blicke, bevor sie blinzelte und den Blick abwandte.

KAPITEL 47

Kacey konnte nicht übersehen, dass Jace ein blaues Auge hatte, als er wieder zum Tisch kam. Char und Jake kamen gleich hinter ihm, die Köpfe zusammengesteckt. Char lachte. Jake berührte sie am Arm.

O nein.

Kacey warf einen finsteren Blick auf Oma Nadine, die damit beschäftigt war, sich selbst auf die Schulter zu klopfen.

»Sie gewinnt.« Kacey stieß Travis in die Rippen.

»Glaub mir.« Er ließ den Kopf hörbar auf die Tischplatte sinken. »Ich weiß es.«

»Ach, hör auf damit. Du hast noch vierundzwanzig Stunden.«

»Das waren die zwei längsten Wochen meines Lebens.« Travis seufzte. »Was bedeuten da schon vierundzwanzig Stunden?« Er legte den Arm um Kacey, und dann erstarrte er.

»Was? Was ist denn los?«

»Er hat sie geküsst.«

»Hm?«

»Dieser gerissene Mistkerl.« Travis grinste. »Sieh ihn dir an.«

Kacey sah dorthin, wo Travis hinzeigte. Jake grinste seinen Teller an und schwenkte sein Weinglas. Sein Blick begegnete alle paar Sekunden dem von Char, und sie wechselten ein vertrauliches Lächeln.

»Blutige Hölle«, brummte Travis.

»Der Fluch funktioniert nicht. Du bist eben kein Brite.« Jetzt seufzte Kacey.

Oma Nadine stand auf und hob ihr Glas. »Der Trauzeuge möchte gern einige Worte an das Brautpaar richten. Jake?«

Jake fuhr sich mit der Zunge über die Lippen, stand auf und hielt sein Glas hoch. »Ich habe dich zuerst geküsst.«

Kacey brach in Gelächter aus, und Travis knurrte.

Grinsend fuhr Jake fort: »Ich glaube, mich an eine alberne Wette mit meinem Bruder zu erinnern, in der es darum ging, das Mädchen von nebenan zu heiraten. Tja, Bruderherz, ich denke, die hast du gewonnen. Danke übrigens für die Rechnung, sehr nett von dir. Ihr beide wart immer ein wichtiger Teil meines Lebens, und ich kann gar nicht sagen, wie froh es mich macht, zu sehen, dass meine zwei besten Freunde heiraten. Auf das Brautpaar!« Er hob sein Glas.

»Cheers!«, riefen alle.

Jake machte eine Handbewegung zu Jace hin. »Wolltest du nicht auch ein paar Worte sagen?«

Jace winkte ab. »Nein, ich denke, du hast alles gesagt.«

»Heilige Scheiße«, flüsterte Kacey, »irgendwas stimmt da ganz und gar nicht. Die beiden waren doch die ganze Woche über wie zwei Kampfhähne!«

Travis schaute von Char zu Jake, dann zu Jace und wieder zu Jake. »Ich verstehe das nicht. Sie wirken alle vollkommen normal.«

Kacey umklammerte Travis' Hand wie ein Schraubstock. Oma Nadine zwinkerte ihnen zu und deutete dann auf den Boden.

Auf den verdammten Behälter mit ihrem Mikrofon.

»Mist«, brummelte Travis, »diese verdammte Frau wird uns schlagen.«

»Ich denke« – Kacey zeigte auf Jake – »das hat sie schon.«

Jake saß Char gegenüber und warf ihr immer wieder derart unangemessen lustvolle Blicke zu, dass Kacey sich fragte, ob sie nicht einfach Mitleid mit Travis haben und ihm die Hand auf die Augen legen sollte.

Doch als sie sich umdrehte, um etwas zu Travis zu sagen, umspielte ein boshaftes Lächeln seine Lippen.

»Oh-oh«, sagte Kacey, »was denkst du gerade?«

»Ich denke, wir werden ausgleichen.«

»Ausgleichen?«

»Er will sie so sehr.« Travis lachte leise. »Und er denkt, er bekommt sie, heute Nacht, aber …«

»Aber was?«

»Was für ein Bruder wäre ich, wenn ich das Herz meines Bruders nicht beschütze? Und was für ein Mensch wäre ich, wenn ich nicht Chars Tugend verteidige?« Er schüttelte den Kopf und hob die Hände an die Brust. »Ich könnte mir selbst nicht mehr in die Augen sehen …«

»Jake wird mich umbringen.«

»Geteiltes Leid ist halbes Leid.« Travis trank einen großen Schluck Wasser. »O ja.«

KAPITEL 48

Das Dessert wurde serviert. Char entschied sich für Schokoladensoufflé mit Schlagsahne. Es stand kaum vor ihr, als sie Jakes hungrigen Blick sah.

Mit einem sündigen Lächeln tauchte sie den Finger in die Schlagsahne und leckte ihn langsam ab.

Und ihm blieb ein klein wenig der Mund offen stehen.

Sie leckte sich über die Lippen und tauchte den Finger erneut ein.

Jake beugte sich vor, und sein Blick unter halb geschlossenen Lidern war unbeschreiblich.

Char fragte sich, wann es zuletzt vorgekommen war, dass jemand mit dem Spieler spielte oder dass er tatsächlich mal auf etwas warten musste.

Vorsichtig schlüpfte sie aus ihren Schuhen und rutschte entspannt auf ihrem Stuhl noch etwas tiefer. Sie versuchte, lässig zu wirken, als sie noch einen Fingervoll von ihrem Dessert nahm und zusah, wie Jake sie beobachtete. In dem Augenblick, als ihr Fuß sein Bein berührte, zuckte er zusammen, stieß einen Fluch aus und packte die Tischkante.

»Alles in Ordnung, Jake?«, fragte Petunia und sah ihn durch ihre Brille prüfend an.

»Perfekt«, erwiderte er angestrengt, »nur ein wenig heiß.« Er blinzelte ein paar Mal, bevor er nach seinem Wasserglas griff und einen langen Schluck nahm.

»Es ist recht feucht draußen.« Petunia fächelte sich Luft zu. »Aber du siehst wirklich etwas erhitzt aus. Bist du sicher, dass da nichts bevorsteht?«

»Wäre das schön«, meinte Jake.

»Wie bitte?« Petunia runzelte die Stirn.

»Das ist schön.« Er zeigte auf die Platte mit Butter in der Mitte des Tisches.

Char biss sich auf die Lippe, um nicht loszulachen. Langsam genoss sie einen weiteren Löffel von ihrem Dessert und leckte ihn ab. Jake stöhnte hörbar auf.

Ihr Fuß berührte seine bloße Haut.

»Mutterg…«

»Jake?« Petunia schüttelte den Kopf. »Du machst mir Sorgen.«

»Mir auch.« Char leckte sich über die Lippen und ließ ihren Fuß langsam höher gleiten.

Jake umklammerte mit beiden Händen die Tischkante, und sein verschleierter Blick setzte sie in Brand. »Da bin ich sicher.«

Er schloss die Augen, als sie über sein Bein rieb und dann beide Beine darum schlang, um ihn näher an den Tisch zu ziehen.

»Verdammt.« Er atmete hörbar aus.

»Erlaube mal!«, schalt Petunia ihn. »Jake Titus, hör mit diesen schmutzigen Wörtern auf.«

»Er ist so ein ungezogener Junge«, pflichtete Oma Nadine grinsend bei.

Jake stöhnte und sah Char bittend an, dass sie entweder aufhören oder weitermachen und ihn hier auf der Stelle zugrunde richten solle.

»Du weißt, was mit ungezogenen Jungs passiert«, sagte Char – wie hilfreich.

»Was denn?« Seine Stimme klang heiser.

»Sie bekommen Schläge auf den nackten Po«, stieß Petunia hervor. »Und zwar kräftig!«

Jake gab ein eloquentes Schimpfwort von sich.

»Wescott!«, forderte Petunia. »Bitte zügle deinen Sohn! Offenbar hat er gerade das dringende Bedürfnis, sich bei Tisch unanständiger Wörter zu bedienen! Also, zu meiner Zeit hätten wir Knaben, die sich so benehmen, auf ihr Zimmer geschickt.«

»Na gut.« Wescott verdrehte die Augen. »Geh auf dein Zimmer, Jake, und trage deine Strafe wie ein Mann.«

»Ich, ähm …«, stammelte Jake, »sollte vielleicht da bleiben, wo ich bin.«

»Du hast deinen Vater gehört.« Petunia schüttelte den Kopf. »Du musst bestraft werden.«

»Bitte«, flehte er und vergrub den Kopf in den Händen.

»Jake …« Char zog ihren Fuß zurück und beugte sich vor. »Du solltest auf deinen Vater hören. Wir wollen doch nicht, dass du Probleme bekommst … also geh auf dein Zimmer.«

»Kann ich nicht«, sagte er, die Zähne zusammengebissen.

Da stand Oma Nadine auf und stieß einen vollen Krug mit Eiswasser um, der ihm über den Schoß kippte. Ihm fielen förmlich die Augen aus dem Kopf, als sie sich vornüberbeugte, so dass nur er und Char sie hören konnten: »Gern geschehen.«

»Ich will sterben.« Das kam von Jake.

»Du ungeschickter Junge, geh und zieh dich um«, befahl Oma Nadine. »Char, warum holst du uns nicht noch etwas Wasser aus der Küche?«

Das musste man ihr nicht zweimal sagen.

Mit einem Fluch ließ Jake seine Serviette fallen und lief ihr nach.

Ohne Schuhe schaffte sie es im Laufschritt übers Gras. Als sie beim Haus ankam, warf sie einen Blick über die Schulter. Jake holte auf. Der Ausdruck auf seinem Gesicht war raubtierhaft.

Mit einem Aufschrei rannte sie die Treppe hinauf und erreichte das Schlafzimmer in dem Moment, als seine starken Arme sich um sie schlangen.

»Du böses Mädchen. Dafür wirst du bezahlen.«

Sie drehte sich in seinen Armen um und fuhr mit der Zunge über sein Kinn. »Versprochen?«

»Zieh dich aus.« Er gab sie frei, ging zum Bett hinüber und ließ sich langsam darauf nieder. »Auf der Stelle.«

»Ganz schön fordernd, oder?« Char stemmte die Hände in die Hüften.

»Ja.« Jake lehnte sich nach hinten auf die Ellbogen. »So wie ich das sehe, schuldest du mir was. Nicht nur, dass ich einen unanständigen Tanz für dich hingelegt habe, sondern du hast mich auch noch während des Desserts leiden lassen, während meine Großtante Jungfrau Nummer eins, wie du weißt, erklärt hat, dass ich Schläge auf den nackten Po bräuchte.«

Char lachte.

»Nicht witzig«, stöhnte Jake. »Der peinlichste Moment meines Lebens.«

»Bevor oder nachdem Grandma dich abgekühlt hat?«, fragte Char.

»Wenn du willst, dass ich in der Lage bin, meinen Mann zu stehen, jetzt oder überhaupt jemals, dann erwähne das nie wieder.« Jake fluchte.

Char fingerte an den Trägern ihres Kleides. »Ich erinnere mich.«

»Erinnern?« Jake hatte den Blick unverwandt auf ihre Finger gerichtet, als sie mit den Trägern spielte und diese über ihre Schultern schob. »Woran erinnerst du dich?«

»An uns.« Char ließ das Kleid zu Boden gleiten und stieg heraus. »Ich erinnere mich an unsere gemeinsame Nacht. Ich habe gelogen. Ich habe Beth erzählt, dass ich mich nicht mehr daran erinnere. Und ich habe dir erzählt, es wäre nicht so toll gewesen. Aber ich wollte nur, dass du dich schlecht fühlst.«

»Hm.« Jake stand auf und kam langsam auf sie zu. »Das hatte ich verdient.«

»Ich weiß.«

»Also … auf einer Skala von eins bis zehn …« Jake streckte die Hände aus und ließ sie von ihren Schultern nach unten über ihre Arme wandern. »Mit eins als dem schlimmsten Moment deines Lebens und zehn als dem besten …«

»Sechs«, sagte Char aufrichtig. »Um fair zu sein, du hattest Tequila getrunken.«

»Verdammt«, meinte Jake, »ich muss wirklich meinen Biss verloren haben.«

»Ich hatte nichts, womit ich es vergleichen konnte.«

Jakes Hände an ihren Armen erstarrten. »Du meinst, du hattest niemanden zum Vergleich? Oder du hattest entschieden, mich mit keinem zu vergleichen, weil ich so schlecht war?«

Und da war es. Ein Teil des Grundes, warum sie ihr Herz an ihn verloren hatte, damals und für immer. »Ich, ähm, hatte irgendwie niemanden zum Vergleich.«

Jake fluchte und drückte seine Stirn an ihre. »Ich bin ja so ein Blödmann. Das wusste ich nicht. Ich meine, wie du schon sagtest, eine Menge Tequila und …«

»Ist schon in Ordnung.« Char küsste ihn sanft.

»Nein.« Er zuckte zurück. »Es ist nicht in Ordnung. Es ist eine verdammte Schande, das ist es.« Bevor Char noch etwas sagen konnte, hob er sie auf seine Arme und trug sie zum Bett. »Es sollte etwas sein, das ein Leben verändert. Etwas Weltbewegendes, Atemberaubendes. Es sollte so sein, dass du jede einzelne meiner Berührungen fühlst.« Er ließ seine Finger von der Spitze ihres BH bis hinunter zu ihrem Bauch gleiten. »Deine Muskeln sollten zucken, jedes Mal, wenn mein Atem dein Gesicht streift. Dein Körper sollte sich mir entgegendrängen, er sollte um meine Berührung betteln, und mein Körper sollte selbstlos genug sein, um dir zu geben, was du brauchst, bevor ich auch nur anfange, an mich selbst zu denken.«

Char wimmerte, als er sich das Shirt über den Kopf zog. »Sex kann gedankenlos oder aufmerksam sein. Er kann zur Gewohnheit werden oder sich nur um den Orgasmus drehen. Er kann ganz und gar egoistisch sein. Aber ich habe entschieden, dass ich keinen Sex mehr haben will.«

»Was?« Das verscheuchte Chars Leidenschaft ein wenig. »Was meinst du?«

»Ich will lieben«, flüsterte Jake. »Dich. Ich will nicht, dass es nur körperlich ist. Es muss spirituell sein, denn mit dir ist es so viel mehr, Char. Es ist alles. Vielleicht ist es für dich etwas anderes, aber für mich …« Jake schüttelte den Kopf und küsste sie auf den Mund. »Ich bin aus dem Boot gesprungen. Kommst du mit?«

»Bin schon da.« Char schlang die Arme um seinen Nacken und zog ihn zu sich herab. Sie konnte nur ahnen, wie wundervoll es nach dieser Ansprache mit ihm sein musste.

KAPITEL 49

Eine Jungfrau. Sie war eine Jungfrau gewesen, und er hatte sie als One-Night-Stand benutzt. Und hätte dabei das perfekte Mädchen zugrunde richten können. Das bezauberndste Mädchen, seine Seelengefährtin.

Jake drückte ihr einen sanften Kuss auf die Stirn und löste sich von ihr.

»Wo willst du hin?«, fragte Char.

»Nirgendwohin«, sagte er, und das war sein voller Ernst. Er würde nirgendwohin gehen, nicht, wenn sie nicht an seiner Seite war. Er ließ seine Hose zu Boden fallen und trat zum Bett. Char betrachtete ihn. Verdammt, er könnte sie den ganzen Tag nur ansehen. Das walnussbraune Haar fiel über ihren roten Spitzen-BH. Sie hatte tatsächlich Dessous gekauft. Und sie standen ihr gut – zu gut, wenn die schwarzen Punkte, die vor seinen Augen tanzten, irgendein Anhaltspunkt waren. Er würde noch den verdammten Verstand verlieren, wenn er sie nicht nahm – und zwar hier und jetzt.

Er kniete sich über sie aufs Bett. »Ich muss dir etwas sagen.«

»Ah ja?« Char zitterte unter seiner Berührung. Er griff nach ihrer Hand und saugte an ihrem Finger.

»Ich war die ganze letzte Stunde eifersüchtig auf diesen Finger. Verdammt, ich war eifersüchtig auf die Schlagsahne.«

Sie stöhnte auf. »Und jetzt?«

»Jetzt will ich dich von oben bis unten ablecken.«

Er legte die Hände an ihre Hüften. »Bis auf den letzten Zentimeter … soll nichts unberührt bleiben …«

»Nichts?« Sie hob die Augenbrauen.

»Nichts«, wiederholte er und eroberte ihren Mund. Er drückte sie aufs Bett und küsste sie leidenschaftlich, sog sie in sich auf und erkannte in diesem Augenblick, dass ihr Aroma für immer ein Teil von ihm sein würde. Alles an ihr passte so perfekt zu ihm; er war nur bisher zu blind gewesen, um es zu sehen. Doch jetzt würde er sie nie mehr gehen lassen.

Sanft trafen ihre Lippen aufeinander, als sein Körper ihre Wärme suchte, doch als sie aufseufzte, wich er zurück. »Was ist los?«

»Was ist jetzt anders?«

Die Worte wollten nicht kommen. Er hatte also ganz offiziell nicht nur seinen Biss verloren, sondern war auch noch unfähig, eines der elementarsten Bedürfnisse seiner Existenz mitzuteilen.

Chars Lider schlossen sich flatternd. Als sie sich wieder öffneten, schimmerte Feuchtigkeit in ihren Augen.

Jake hielt ihr Gesicht umfasst und sagte sehr leise: »Ich. Ich bin anders.«

Sie runzelte die Stirn.

»Es lag an mir, nicht an dir. Du warst immer beständig. Ob du mich jetzt meucheln oder küssen wolltest, du hast dich nie verändert. Aber ich – ich bin jetzt anders.«

»Einfach so?« Char klang skeptisch.

O verdammt, am liebsten wollte er sich jetzt gleich einfach in ihr verlieren und erst danach mit ihr über die ernsten Dinge reden, aber er wusste besser als jeder andere, dass Frauen nun mal nicht so gestrickt waren. Also löste er sich von ihr, mit einer Selbstbeherrschung, die er kaum für möglich hielt, setzte sich, nur mit Boxershorts bekleidet, aufs Bett und wartete, bis sie sich ebenfalls aufgesetzt hatte.

Dann schlang er die Arme um sie, hob sie vom Bett und trug sie zum Sitzplatz am Fenster, von wo sie beide hinaus aufs Wasser blicken konnten, hinaus auf alle seine Erinnerungen – seine Vergangenheit.

Sobald sie auf seinem Schoß saß, zog er eine Decke aus einem Korb, der auf dem Boden stand, und wickelte sie beide darin ein. Das Gefühl ihrer Haut ließ seinen ganzen Körper prickeln, als sie umschlungen auf dem Sessel saßen. Er stützte sein Kinn auf ihren Kopf und legte die Arme um ihren Oberkörper.

»Es war da drüben, bei der Anlegestelle.«

Char atmete hörbar aus. »Was denn?«

»Das erste Mal, dass ich Drogen nahm.«

Sie erstarrte.

Jake schluckte schwer. »Ich war noch ein Kind – jung, dumm und wesentlich eingebildeter, als gut für mich war. Ich weiß, was du jetzt denkst: Manche Dinge ändern sich nie. Aber ich kann mir nicht mal vorstellen, was aus mir geworden wäre, wenn er mich nicht gefunden hätte.«

»Er?«

»Bill.« Jake nahm ihre Hände. »Kaceys Dad. Ich hatte in der Nacht so viel getrunken, dass ich von Glück sagen konnte, dass ich noch am Leben war. Ich habe immer weitergetrunken, weil ich dauernd Kokain geschnupft habe. Ich fühlte mich unbesiegbar, so als könnte ich fliegen. Ich meine, ich war nicht mal müde. Ich wollte die ganze Nacht durchfeiern. Ich kam mir so erwachsen vor und dachte, ich könnte damit umgehen.«

»Was ist passiert?«

Jake lachte. »Na ja, meine Eltern waren übers Wochenende

weg. Ich war mit Travis zu Hause geblieben, aber er war mit Freunden ausgegangen, und ich blieb allein im Haus zurück. Also habe ich eine Party geschmissen. Nur ein paar Leute. Alle im vierten Jahr der Highschool oder noch älter. Ich hielt mich ja für einen so harten Kerl.«

»Jedenfalls« – er räusperte sich – »hatte mein Dad Bill gebeten, übers Wochenende nach uns zu sehen. Davon wusste ich offensichtlich nichts. Er fand mich, kurz nachdem ich von der Anlegestelle aus ins Wasser gesprungen war und mir irgendwie den Kopf an dem Boot angeschlagen hatte, das dort vertäut war. Meine sogenannten Freunde waren alle viel zu high oder zu betrunken, um davon etwas mitzukriegen. Aber Bill war gerade erst angekommen und hatte das Ganze gesehen. Er rannte los und sprang ins Wasser. Er hat mir das Leben gerettet.«

Chars Griff um seine Hände wurde stärker. »Ich vermute, man sollte meinen, du hättest dich nach dieser flüchtigen Bekanntschaft mit dem Tod geändert? Ich verstehe das nicht.«

»Ich habe mich geändert.« Jake zuckte mit den Schultern. »Eine Zeitlang. Ich schrieb gute Noten, machte jede Menge Sport und habe mich ausführlich bei Bill entschuldigt. Er hat es nur seiner Frau erzählt, aber nie meinen Eltern oder Kacey. Das hat uns verbunden. Ich sah zu ihm auf und respektierte ihn, weil es das erste Mal in meinem Teenagerleben war, dass ein Erwachsener mich wie einen Erwachsenen behandelte, und deshalb wollte ich, dass er auf mich genauso stolz ist, wie er es auf Travis und Kacey war.«

Zitternd schloss Jake die Augen und brummelte einen Fluch vor sich hin. Warum war das hier so verdammt schwierig?

Vielleicht lag es daran, dass er zum ersten Mal davon erzählte, und zwar jemandem, der ihm wirklich wichtig war, jemandem, den er liebte. Und indem er seine Seele entblößte, erkannte er, wie beängstigend es war, einen Menschen wirklich zu lieben. Denn wenn man jemanden liebte, gab man diesem Menschen alle Macht, einen zu verletzen und zurückzuweisen. Und er wusste tief im Inneren: In dem Augenblick, in dem er offenbarte, wer er wirklich war, würde die Maske fallen, und dann wäre nur noch er zu sehen. Er, Jake Titus, ein gebrochener Mann. Würde sie ihn dann immer noch wollen? Oder würde sie ihn verlassen, so wie er es verdient hatte?

»Auf dem College«, fuhr er fort, »waren Kace und ich unzertrennlich. Ich weiß, dass du die ganze schmutzige Geschichte kennst. Ich meine, ich bin mir ziemlich sicher, dass die fiesen Textnachrichten, die ich ein ganzes Jahr lang von einer unbekannten Nummer bekommen habe, von dir stammten.« Char lachte.

»Richtig.« Jake grinste. »Wir haben auf dem College miteinander geschlafen … aber in der Nacht … Mist, ich wusste, was ich tat. Ich habe ihr erzählt, ich sei jung und dumm gewesen, aber ein Kerl weiß Bescheid. Es war mir einfach egal. Ich wusste, dass es uns verändern würde, dass es sie verändern würde, aber ich wollte es trotzdem. Ich wollte sie, obwohl ich wusste, dass es nicht über diese eine Nacht hinausgehen würde. Ich denke, irgendwo im Hinterkopf war mir immer klar, dass wir bessere Freunde als Liebende waren. Bill hatte mir immer wieder gesagt, dass Männer und Frauen keine Freunde sein können. Ich denke, er wollte mich damit warnen, dass in jedem Fall irgendwann die Hormone die Regie übernehmen würden. Und wenn Alkohol und Hormone zusammenkommen, na ja …« Verdammt, er hasste es, ihr diesen Teil zu beichten. »Kacey erinnert sich nicht mehr an viel, aber ich schon.«

»Was meinst du damit?«, fragte Char mit schwacher Stimme.

Tja, also: Augen zu und durch. »Wir haben beide gleich viel getrunken, aber sie ist ja viel kleiner als ich. Sie weiß noch, dass sie Sex hatte und dass es peinlich war, aber ich glaube, sie weiß nicht mehr, dass sie geweint hat. Oder dass sie mittendrin gesagt hat, dass ich aufhören soll und dass sie ihren Dad nicht enttäuschen will …«

Char drehte ihm das Gesicht zu. »Du hast nicht aufgehört, oder?«

»Nein.« Jake erstickte beinahe an diesem einen Wort. »Ich habe ihr erzählt, es sei in Ordnung und dass es normal wäre, Angst zu haben. Ich …« Jake schloss die Augen. »Ich habe ihr gesagt, dass ich sie liebe und dass es deshalb in Ordnung wäre.«

»Und dann hast du sie verlassen«, beendete Char die Geschichte.

»Wie der Mistkerl, der ich war. Ich bin abgehauen.« Jake seufzte. »Ich habe ihr Schlafzimmer verlassen und bin direkt zu einem Studentenwohnheim. Ich hatte solche verdammten Schuldgefühle, und die wollte ich einfach nur betäuben und darin verschwinden. Also habe ich mich sinnlos betrunken, bin im Bett irgendeines Mädchens aufgewacht und habe dann nur ein paar Stunden später erfahren, dass genau zu der Zeit, als ich Kacey betrog … ihre beiden Eltern bei dem Unfall umgekommen waren.«

Ein paar Minuten lang schwiegen beide, bis Jake fortfuhr: »Das Schlimmste daran? Es war eine Art Scheideweg für mich. Ich hätte ganz einfach zu ihr gehen, sie um Verzeihung bitten und mit ihr trauern können. Verdammt, ich hätte der Freund sein können, den sie verdient hatte. Stattdessen habe ich mir die Schuld gegeben. Ich fühlte mich, als sei es meine

Schuld, dass sie gestorben waren. Dass, wenn ich nur aufgehört hätte, als sie mich gebeten hat … dass sie dann immer noch am Leben wären.«

»Jake.« Char umfasste sein Gesicht mit den Händen. »Du weißt, dass das nicht stimmt. Du hättest es nicht verhindern können mit dem, was du tust, ebenso wenig, wie du es hättest verursachen können.«

»Ich glaube, das ist mir inzwischen klar«, sagte Jake. »Aber ich fühlte mich trotzdem beschissen; es hat mich immer verfolgt. Und um ehrlich zu sein, es war nur zu leicht, es zu ignorieren und mir die Haltung zu eigen zu machen, dass ich auf der Überholspur leben und tun kann, was ich will. Ich wollte so weit wie möglich weg von Kacey und von allem, wofür sie stand.«

»Sie hat dir ihr Herz anvertraut …«

»Und ich habe es gebrochen«, beendete Jake. »In eine Million winzige Stücke. Und als ich die Chance hatte, es wiedergutzumachen, habe ich die Stücke auch noch mit Füßen getreten, sie in Grund und Boden gestampft und damit alles zerstört, was unsere Freundschaft ausmachte.«

Char starrte unbeweglich auf seine Brust.

»Was denkst du jetzt?«, flüsterte er. Ihm war vollkommen klar, dass er gerade wie ein Mädchen klang, aber das war ihm egal.

»Ich bedaure dich.« Char fuhr mit dem Finger über seine Brust. »Ich bedaure den vierzehnjährigen Jungen, der immer noch verzweifelt versucht, der Mann zu sein, der er sein sollte.«

»Der bin ich.« Jake streckte die Hand nach ihrem Gesicht aus. »Ich bin dieser Mann. Ich will dieser Mann sein. Du weckst in mir den Wunsch, dieser Mann zu sein.«

Char sah ihm in die Augen und wartete ab.

»Travis hat mir heute etwas gegeben.« Er schob sie sachte von sich und ging zur Kommode, öffnete die oberste Schublade und holte den Brief heraus.

»Was ist das?« Er gab ihr das Papier.

»Ein Brief, von Bill.«

Auf Chars Erstaunen hin fuhr Jake fort: »Travis hatte strikte Anweisung, ihn mir nur unter einer Bedingung zu geben.«

»Welcher?«

»Dass ich mich verliebt habe.«

Der Brief fiel Char aus den Händen und flatterte zu Boden. »Meinst du das ernst?«

Mit zwei Schritten stand Jake vor ihr. Er nahm sie in die Arme und küsste sie auf den Mund. »Das tue ich. Ich liebe dich, und es tut mir leid, dass ich mit einer solchen Last zu dir komme. Es tut mir leid, dass ich eine Vergangenheit habe, und es tut mir leid, dass ich ein Mädchen geküsst und zum Weinen gebracht habe. Es tut mir leid, dass du das Mädchen bist, das ich zum Weinen gebracht habe. Es tut mir leid, dass ich bisher nicht der Mann war, der ich sein sollte, aber mit dir, Char« – ein weiterer hungriger Kuss – »bin ich dieser Mann. Du machst mich zu diesem Mann, denn du lässt mich daran glauben, dass ich es sein kann.«

Char nickte, und Tränen strömten ihr übers Gesicht. »Was steht drin?« Sie deutete auf den Brief.

»Alles, was ich hören musste«, antwortete Jake ehrlich. »Alles, was ich nicht hören wollte. Er schrieb, du solltest mehr Grund zum Lachen als zum Weinen haben.« Mit dem Daumen wischte Jake ihr ein paar Tränen von der Wange. »Er schrieb, ich solle dich hegen und pflegen, nicht nur als Geliebte, sondern als Partnerin.« Jake hielt ihre Finger an seine Lippen und küsste jeden einzelnen. »Es ist beinahe so, als hätte er gewusst, dass ich es vermassle, aber er liebte mich trotzdem.«

»Jake, genau das ist Liebe.«

»Liebe.« Jake lächelte. »Liebe ist nichts Müheloses, sie tut weh. Wenn ich dich ansehe, ist es, als würde mir das Herz in der Brust explodieren; wenn du mich berührst, dann fühle ich dich überall; wenn du Luft holst, dann halte ich den Atem an, bis du wieder ausatmest. Liebe ist Hölle und Qual, sie treibt einen Mann in den Wahnsinn, und sie ist das am meisten Beängstigende, was ich je empfunden habe. Ich fühle mich, als wäre ich gerade mitten in ein brennendes Gebäude gesprungen … aber, Char, du bist das Wasser. Ich muss nur eines wissen.«

»Was denn?«, flüsterte sie.

»Wirst du mich retten?«

KAPITEL 50

Wortlos küsste Char Jake auf den Mund. Ihre Zunge schob sich langsam in seinen Mund und traf dort auf seine, als er ihren Kuss vorsichtig erwiderte. Sie legte die Hände auf seine Brust und drückte ihn aufs Bett.

»So wahr mir Gott helfe, Jake Titus, wenn du mir nach heute Nacht wieder einen Zettel mit ›Danke schön‹ dalässt, dann werde ich dich jagen und zur Strecke bringen.«

Jake warf den Kopf in den Nacken und lachte. »Heißt das, du liebst mich?«

»Nein.« Char grinste. »Das heißt, eine aufgebrachte Frau ist kein schöner Anblick.«

»Oh.« Er machte ein langes Gesicht.

»Aber« – sie zuckte mit den Schultern – »ich schätze mal, wenn wir schon beichten« – sie ließ den Rest ihrer Kleidung zu Boden fallen und stieg heraus – »ich liebe dich, seit ich dich zum ersten Mal gesehen habe.«

»Du hast mich schon geliebt, als ich acht Jahre alt war und mich im Schlafzimmer meiner Eltern versteckt habe, weil das Feuerwerk zum vierten Juli zu laut war?«

»Du hattest blondes Haar«, meinte Char versonnen. »Inzwischen ist es dunkel, aber als du klein warst, hattest du richtig blondes Haar. Ich weiß noch, dass ich dachte, wie gern ich es anfassen würde, weil es so schön war.«

Jake lächelte nur, während er sie mit Blicken verschlang.

»Ich wollte, dass du der Erste bist, der mich küsst«, gestand Char, kroch auf das Bett und ließ sich rittlings auf ihm nieder.

Jake setzte sich auf und flüsterte an ihrem Mund: »Wie wäre es, wenn ich einfach dein Letzter bin?«

»Was willst du damit …«

»Ich liebe dich … ich bin verliebt in dich.« Jake nahm ihr Gesicht zwischen seine Hände. »Ich will dich ganz und gar, mit Haut und Haaren …«

Er hob sie hoch, in einem hungrigen Kuss ließ er seine Hände an ihre Hüften gleiten und presste sie an sich. Seine Lippen zogen eine Spur wie aus Feuer über ihren Hals, als er ihrem Körper huldigte. Er hielt die Augen geschlossen und verließ sich nur auf das Gefühl seiner Hände, als er langsam über ihre Hüften und über ihre Beine strich und dann wieder nach oben, bis er ihre Brüste umfasste.

Er fuhr sich mit der Zunge über die Lippen, bevor er sie losließ und vom Bett aufstand.

»Jake?«

»Nicht so.« Er ging hinüber zum Lichtschalter und machte das Licht an.

Char wollte ihre Blöße bedecken. »Nicht.« Jake schüttelte den Kopf. »Ich will alles von dir sehen. Ich will, dass es« – sein Blick hing an ihren Lippen –, »ich will, dass es diesmal anders ist.«

»Jake …«

»Du bist keine Kerbe«, sagte Jake. »Char, du bist nicht bloß eine verdammte Kerbe in meinem Bettpfosten, und du bist nicht bloß irgendein Mädchen. Das hier ist nicht nur ein Augenblick im Rausch, den wir miteinander teilen. Es ist nicht nur eine weitere Nacht als Playboy. Ich habe dir nichts anzubieten außer mich selbst, und ich will nichts dafür als jedes einzelne Stück deines Herzens.«

Char nickte langsam.

»Sag es«, bat er mit belegter Stimme.

»Es gehört dir«, flüsterte Char.

»Was gehört mir?« Er kam langsam aufs Bett zu.

»Mein Herz.« Char richtete sich auf. »Ich, alles von mir, jeder verdammte Millimeter. Ich will, dass alles dir gehört.«

Als er sie erreicht hatte, schloss er die Augen. »Ich schwöre, ich lasse dich nie mehr gehen.«

»Seit wann bist du eigentlich so romantisch?«

»Keine Ahnung.« Jake zog sie in seine Arme. »Seit wann bist du so verdammt wunderschön, dass ich die ganze Zeit nur Poesie von mir geben will?«

»Küss mich.«

Jake hielt sie sanft auf Abstand. »Ich will mir Zeit lassen.«

»Bitte, lass dir keine Zeit«, wimmerte Char; der Verlust seiner Berührung fühlte sich wie ein kalter Wind auf ihrem Körper an.

»Nein.« Jakes Fingerspitzen streiften leicht ihr Kinn. »Ich will dich genießen.«

Char keuchte auf, als er ihren Kopf zu sich zog, mit der Zunge über ihre Unterlippe strich und daran saugte, bevor er seine Zunge zwischen ihre Zähne schlüpfen ließ, um sie zu kosten. »Gott, du bist erstaunlich«, flüsterte er an ihren Lippen, während er an ihrem Mund knabberte und jeden Zentimeter ihres Gesichts erforschte. Seine Hände überall auf ihrem Körper, war es ihr unmöglich, zu denken oder etwas anderes zu tun, als auf ihn zu reagieren, während er ihr zuflüsterte, sie streichelte, sie liebte.

Mit einem Seufzen hob er sie auf seine Arme und legte sie sacht auf dem Bett nieder. Dann löste er sich von ihr und betrachtete sie, und seine Augen verdunkelten sich vor Verlangen. Doch er hielt sich zurück.

Lächelnd tauchte er seine Finger in ihr Haar und breitete es um ihren Kopf herum aus, kämmte es mit seinen Fingern, immer wieder, wie hypnotisiert von dem Gefühl an seinen Fingerspitzen.

»Davon habe ich geträumt, weißt du«, sagte er. »Davon, wie dein Haar auf diesem Bett aussehen würde, auf Satinlaken, einfach auf allem. Es ist wunderschön. Du bist wunderschön.«

Char wollte etwas sagen, aber er legte ihr den Finger auf die Lippen.

Er senkte den Kopf, um ihren Hals zu küssen, hinauf bis zum Ohr, über ihr Ohrläppchen. Er hauchte ihr ins Ohr, und Gänsehaut breitete sich über ihren ganzen Körper aus.

»So empfindsam.« Seine Lippen wanderten über ihr Kinn und ihren Hals zum anderen Ohr. Dort machte er dasselbe, drückte ihr einen Kuss mitten zwischen ihre Brüste, und blies über die feuchte Stelle, woraufhin ihr Körper erneut auf ihn reagierte und jeder einzelne Nerv in ihr angespannt und voll Vorfreude darauf wartete, was er als Nächstes tun würde.

Seine Hände waren warm, als er ihren Po umfasste und sie auf dem Bett nach unten zog. Die Hitze seines Körpers versengte sie, als er über ihr schwebte, und seine Augen sahen sie unverwandt an, während er die Hände von ihren Hüften zu ihren Schenkeln wandern ließ. »Heute Nacht geht es nicht um mich, sondern um dich. Um dich allein.«

»Aber …«

Und dann war es vorbei mit jeglichem klaren Gedanken, als Jakes Hände auf ihrem Körper ihre ganz eigene Magie entfalteten. Als sie aufschrie, küsste er sie auf die Stirn und dann auf beide Augenlider. Er massierte ihre Beine von oben nach unten, wanderte wieder hinauf bis zu ihren Schultern. Es war, als würde sie den besten erotischen Traum ihres Lebens durchleben; jeder Kuss, jede Berührung war wie eine Droge.

Als er endlich in sie eindrang, war sie so errregt, dass sie nicht anders konnte, als seinen Namen zu rufen.

Und das war der Augenblick, in dem seine Selbstbeherrschung, seine quälende Zurückhaltung und Geduld sich auflösten, und an ihre Stelle trat ein wilder und besitzergreifender Mann, der sie liebte und der alles in seiner Macht tat, um sie zu seiner Frau zu machen.

»Ich liebe dich«, flüsterte er, während ihre schweißfeuchten Körper sich gemeinsam bewegten.

Chars Welt explodierte – und war nicht länger dieselbe. Alle Farben strahlten heller, alle Gefühle waren stärker, und ihre Seele verband sich mit seiner.

»Für immer«, flüsterte er atemlos, »für immer mein.«

KAPITEL 51

Sie mussten eingeschlafen sein. Jake hatte nach dem ersten Mal nicht aufhören können, und auch nicht nach dem zweiten Mal. O Mann, er konnte von Glück sagen, dass er noch genug Energie hatte, um den Kopf zu heben. Der Rest der Hochzeitsgesellschaft nahm wahrscheinlich an, dass er schmollte. Doch das konnte nicht weiter von der Wahrheit entfernt sein: Er war beschwingt, gesättigt, immer noch erregt – verdammt, wie war das überhaupt möglich? Begierig nahm er Chars Anblick in sich auf – ihre samtige Haut, die Art, wie ihr das walnussbraune Haar über die Schultern fiel. Unglaublich, sie war einfach unglaublich. Jake seufzte und schaute aus dem Fenster. Der Himmel war dunkel. Als er Stimmen hörte, die über den Flur näher kamen, setzte er sich ruckartig auf.

»Char!« Er stieß sie leicht an. »Wach auf!«

Das Laken über ihrem Körper rutschte herab.

In ihm tobte ein Kampf. Sollte er sie noch einmal nehmen oder riskieren, dass die Tür unverschlossen war und seine Großmutter höchstpersönlich zu sehen bekam, was passierte, wenn man ihn mit einem absolut heißen Mädchen auf sein Zimmer schickte?

Oma Nadine brüllte irgendetwas.

Furcht gewann die Oberhand. »Beeil dich!« Er sprang aus dem Bett und warf ihr ihr Kleid zu.

Jake schnappte sich Hose und Shirt und zog sich an, so schnell er konnte. Als sich der Türknauf drehte, versuchte er gerade, die Bettdecke glatt zu ziehen.

Die Tür ging auf.

Char saß am Rande des Bettes und faltete die Hände im Schoß. Jake setzte sich zu ihr und atmete hörbar aus.

Oma Nadine stürmte herein. »Wo seid ihr beiden denn?«

»Na, hier.« Jake räusperte sich. »Du hast uns doch hierhergeschickt, um mal damit anzufangen.«

Travis und Kacey kamen hinter Oma Nadine ins Zimmer. Na toll. Jake versuchte, nicht schuldbewusst dreinzusehen, doch Travis' wissender Gesichtsausdruck sagte ihm, dass sein Versuch, ein unschuldiges Gesicht zu machen, kläglich scheiterte. Was konnte er denn dafür, dass er sich nicht davon abhalten konnte, zu grinsen, als hätte er gerade im Lotto gewonnen? Er merkte, wie sein Grinsen breiter wurde. Ach, zum Teufel. Dann musste er eben die Tatsache akzeptieren, dass er vor seinem Bruder nichts verbergen konnte.

»Was habt ihr hier drin gemacht … so allein?« Oma Nadine verschränkte die Arme, und ihre Armbänder klimperten leise. »Doch kein Techtelmechtel, oder?«

»Nein, Ma'am.« Jake schüttelte den Kopf und räusperte sich erneut. »Wir haben nur …«

»Scharade gespielt«, ergänzte Char nickend.

»Zu zweit?« Oma Nadine kniff die Augen zusammen und linste an Char vorbei aufs Bett.

»Sicher doch.« Jake verschluckte sich beinahe an seinem unterdrückten Lachen – *Nacktscharade, ein Klassiker.* »Ist was Neues.«

Travis stöhnte hörbar auf. »O Mann, ich wünschte, ich könnte so eine Scharade mitspielen.«

»Such dir eine eigene Mitspielerin!«, gab Jake unwirsch zurück.

»Die Mitspielerin ist nicht das Problem, sondern der Aufseher.« Er warf Oma Nadine einen finsteren Blick zu.

»Reden wir hier immer noch über Scharade?«, fragte diese unschuldig.

»Ja!« Char lachte gezwungen. »Es ist … ähm, das Spiel ist nur etwas heftiger geworden.«

»Darauf möchte ich wetten«, brummelte Travis.

»Wer hat denn gewonnen?« Das kam von Kacey.

»Ich«, antworteten Jake und Char gleichzeitig.

»Wie oft habt ihr denn gespielt?«, fragte Kacey, woraufhin Travis sie in die Rippen boxte. »Was denn?«

»Nicht hilfreich.«

»Tut mir leid«, murmelte Kacey, während Jake sah, dass Char vier Finger hochhielt.

Woraufhin Kacey mit Daumen hoch reagierte.

»Dass mir auch ja keiner meiner albernen Enkelsöhne seine Aufmerksamkeit schenkt.« Oma Nadine ging zum Stuhl hinüber, an dem noch Chars BH hing, und setzte sich.

Jakes Augen weiteten sich vor Entsetzen.

Travis kicherte.

Kacey stellte sich rasch hinter Oma Nadine und ließ den BH zu Boden gleiten. »Ich höre dir zu, Grandma.«

»Ich wollte nur … ich muss es Char und Jake sagen, bevor es zu spät ist.«

»Zu spät?«, fragte Char. »Wofür?«

»Für eine Annullierung natürlich!«, rief Oma Nadine. »Weswegen sollte ich mir denn sonst Sorgen machen?«

Jake machte den Mund auf und schloss ihn dann wieder. »Wieso, in aller Welt, sollten wir eine Annullierung brauchen, wir sind doch nicht verheiratet.«

»Was das angeht« – Oma Nadine spielte an einem Faden an ihrem T-Shirt herum – »das Dokument, das ihr unterschrieben habt … wie es aussieht, stehen eure Unterschriften an der Stelle für Braut und Bräutigam … also technisch gesehen seid ihr jetzt ein Ehepaar.« Sie hob die Schultern. »Okay?«

»Okay?«, echote Jake. »Meine Fresse! Das hast du mit Absicht gemacht!«

»Wie kannst du es wagen!« Oma Nadine richtete sich auf. »Nicht einmal ich würde so tief sinken, meinen Lieblingsenkel mit einem Trick zum verheirateten Mann zu machen.«

»Heute Morgen war ich noch dein Lieblingsenkel.« Das festzustellen, war Travis offenbar ein Bedürfnis.

Oma Nadine ignorierte ihn. »Ihr werdet einfach verheiratet bleiben müssen. Schließlich hält unsere Familie nichts von Scheidung, und dem Zustand von Chars Haar nach zu urteilen, habt ihr bereits« – hier hatte Oma Nadine so viel Anstand, zu erröten – »Scharade gespielt.« Dann, als fiele ihr gerade ein, dass sie ja eine Großmutter und damit über jede Sittenkritik erhaben war, sah sie Char an. »Erzähl mal, Liebes, wie *war* das Spiel denn so?«

Char errötete und tastete nach Jakes Hand. »Lebensverändernd, weltbewegend, eine Seelenerforschung.«

Jakes Herz schlug ein wenig schneller bei ihrem Geständnis. Sie hatte das wiedergegeben, was er vorhin zu ihr gesagt hatte. Ach, was soll's. Er legte die Hand an ihren Hinterkopf und küsste sie leidenschaftlich. Viel zu früh löste er sich wieder von ihr und grinste dabei wie ein Narr.

»Gib auch noch damit an«, grollte Travis.

»Och, Schätzchen, wenn du morgen erst verheiratet bist, kannst du so viel Scharade spielen, wie du willst!« Oma Nadine tätschelte Travis am Arm. »Wer weiß, vielleicht hat deine

Großmutter ja heute Nacht ein wenig Zeit für ein Spiel drüben bei Mr. Casbon.«

»Grundgütiger, ich hoffe nicht«, murmelte Jake vor sich hin.

»Tja.« Oma Nadine, die sehr zufrieden mit sich wirkte, stand vom Stuhl auf. »Nun, da das geklärt ist, zurück zur Tagesordnung. Jake, du und Char seid verantwortlich dafür, dass der Aufsatz für die Hochzeitstorte an den Partyservice geht, und vergesst euren Tanz nicht.«

Jake fluchte.

»Ich fühle mich auf einmal sehr viel besser«, meinte Travis selbstzufrieden.

»Tanz? Was für ein Tanz?«, fragte Kacey.

»Verdirb die Überraschung nicht.« Travis dirigierte sie zur Tür und warf Jake ein letztes erwartungsvolles Lächeln zu.

»Husch, husch, zu Bett, ihr zwei!« Oma Nadine schob Travis und Kacey aus dem Zimmer. »Die beiden sind verheiratet. Ihr allerdings müsst noch eine Nacht allein verbringen, bevor ihr eure kleinen Spiele spielen könnt.«

»Ich hasse dich, Jake«, rief Travis, als er aus dem Zimmer komplimentiert wurde.

»Schlaf schlecht, Travis!«

Daraufhin zeigte der ihm noch den Vogel, bevor sich die Tür hinter Oma Nadine schloss.

»Das hatte sie geplant.« Char schüttelte den Kopf. »Diese furchterregende Frau hat das alles geplant.«

Jake ließ sich auf dem Bett nach hinten fallen. »Sie sollte ein Ehrendiplom von Harvard kriegen oder so.«

»Ich frage nach, ob es dort auch Abschlussdiplome in Manipulation gibt«, meinte Char.

»Nicht Manipulation. Es ist wie die Kunst der Kriegsführung.«

»Ich wette, in einem anderen Leben war sie ein Kriegsherr«, pflichtete Char bei.

Einen Augenblick herrschte Schweigen. Jake griff nach ihrer Hand. »Eigentlich wollte ich jetzt eine richtig romantische Ansprache halten, aber dann ist mir plötzlich aufgefallen, dass ich nicht zu Abend gegessen habe, und jetzt bin ich am Verhungern. Gehen wir runter und plündern die Küche?«

»Ja.« Char sprang vom Bett auf. »Ich habe nicht einmal meinen Wein ausgetrunken!« Sie sah ihn entsetzt an.

»Diese armen Kinder in Afrika. Ich kann nicht glauben, dass du deinen Wein nicht ausgetrunken hast. Du weißt, dass es dort nicht einmal Wein gibt.«

»Sehr witzig.« Char drängte sich an ihm vorbei und lief zur Tür hinaus. Oma Nadine war bereits dabei, ihren Stuhl mitten auf dem Flur zu positionieren.

Etwas bellte.

Jake zuckte zusammen. Das Bellen wurde lauter. Er sah nach unten: Heiliger Strohsack, Oma hatte einen Ewok gekauft.

»Was ist denn das?« Er deutete auf das Anstoß erregende Tier und hoffte inständig, es sei nur eine Halluzination. Das Biest war viel zu klein und nervtötend für einen Wachhund.

»Das ist mein Beschützer.« Oma Nadine streckte die Hand nach dem kleinen Hund aus. »Du bist mein Charles Barkley, nicht wahr? Nicht wahr?«

»Du hast ihn nach einem Basketballspieler benannt? Ich wusste nicht mal, dass du dir überhaupt ein Basketballspiel ansiehst.«

Oma Nadine zuckte mit den Schultern. »Es gibt eine Menge Dinge, die du nicht über mich weißt. Und ich finde diesen Mann … faszinierend. Er ist so groß und eindrucksvoll, wenn du verstehst, was ich meine.«

Jake beschloss, ganz gezielt nicht zu verstehen, was sie

meinte, um nicht für den Rest seines irdischen Lebens von Alpträumen geplagt zu sein. »Oma, bitte sprich so etwas nie wieder laut aus.«

»Was denn?« Sie zuckte mit den Schultern. »Das ist die reine Wahrheit. Außerdem dachte ich mir, dass meine Trillerpfeife gegen Sittenstrolche nicht ausreicht, um mich vor Eindringlingen zu schützen. Aber mein kleiner Charles hier macht das ganz großartig. Ich schlafe wie ein Stein!«

»Du wohnst doch bei Mom und Dad«, wandte Jake ein.

»Im Erdgeschoss.« Oma Nadine klang aufgebracht. »Bis ich meine Trillerpfeife in die Finger bekomme, sind die Kerle doch längst im Schlafzimmer! Und wenn sie erst einmal im Schlafzimmer sind, dann heißt es gute Nacht für Oma!« Na ja, da war Jake sich nicht so sicher. Oma würde nie irgendwas tatenlos hinnehmen, und wahrscheinlich wäre der Eindringling am Ende derjenige mit dem Trauma.

Char beobachtete die Unterhaltung amüsiert. »Also, Grandma, dann ist das Schockhalsband für ihn?«

»Ah.« Jake nickte. »Jetzt ergibt das einen Sinn.«

»Was?« Oma Nadine setzte den Hund auf den Stuhl.

»Das Schockhalsband. Es ist für Charles?«

»Nein.« Oma Nadine tätschelte den Hund. »Guter Junge, guter Junge! Charles …« Sie wandte sich Jake zu, »ist ausgebildet.«

Der Hund bellte wieder.

»Der perfekte Hund, er hört aufs Wort.«

Das Bellen ging weiter.

»Ja, er versteht sogar Französisch!«

»Woher weißt du das?« Jake sah den Hund finster an, der ihm die Zähne zeigte.

Oma schnippte mit den Fingern. »Er wurde in Frankreich geboren, oui, oui!«

Der Hund hörte tatsächlich auf zu bellen und setzte sich.

»Das Schockhalsband war dazu da, um Travis eine Heidenangst einzujagen.«

»Danke schön, Oma!«, rief Travis aus einem der Schlafzimmer.

»Ich habe dich lieb, Trav!«, rief Oma Nadine zurück, laut genug, um die Schallmauer zu durchbrechen.

»Alles klar.« Jake wich langsam zurück. »Tja, also, Char und ich wollen nur eben etwas essen. Wenn wir dann wiederkommen, wie, ähm, kommen wir an dem Wachhund vorbei?«

»Jake.« Oma Nadine schüttelte den Kopf. »Ich bin enttäuscht. Gerade du solltest wissen, wie man an einem Streuner vorbeikommt. Immerhin warst du mal einer.«

»Ein Punkt für Grandma«, warf Char hinter ihm ein.

Auf Oma Nadines Kichern hin machte Jake schmale Augen. »Wie kommen wir an dem verdammten Hund vorbei?«

»Sieh es als ein weiteres *Spiel.*« Oma Nadine winkte ab. »Genießt euren Snack!«

KAPITEL 52

Sie hat viel zu viel Zeit«, sagte Jake, als sie in die Küche kamen. Char brauchte ja eigentlich keinen Wein; sie war immer noch benebelt von ihren gemeinsamen Stunden im Bett. Aber etwas zu essen, das brauchte sie dringend.

»Es ist nicht ihre Schuld, dass ihre beiden Enkel rein zufällig ihr Hobby sind.« Char machte die Gläser ausfindig und brachte sie zu dem Tresen in der Mitte der großen Gourmetküche.

Jake holte eine Flasche Rotwein und schenkte ihnen beiden ein. »Hey.« Er biss sich auf die Lippe. »Wie wäre es, wenn wir das mit ins Baumhaus nehmen? Ich möchte dir etwas zeigen.«

»Ah, was für ein Spieler. Ich wette, das hast du zu allen Mädchen in der Junior High gesagt.«

Jake verdrehte die Augen. »Nimm einfach dein Glas und komm mit.«

Sie folgte ihm hinaus in die kühle Nacht. Sie fühlte sich schwindlig. Eigentlich war es wirklich albern, aber ihre ganze Lebenseinstellung kam ihr verändert vor. Vielleicht lag es daran, dass sie endlich mit dem einen Mann, den sie immer gewollt hatte, zusammen war.

Mit ihm verheiratet, um genau zu sein.

Nicht nur verabredet.

Also lief das Ganze bei ihnen rückwärts ab? Sollte ihr recht sein.

»Komm.« Jake nahm ihr Glas, stellte es auf dem Boden des Baumhauses ab und half ihr beim Hochklettern.

Als sie in dem kleinen Häuschen angekommen waren, zündete Jake eine Kerze an und blies das Streichholz aus. »Fertig für die Überraschung?«

»Kommt darauf an.« Char trank einen Schluck Wein. »Willst du mir jetzt eine Gespenstergeschichte erzählen, oder hast du wirklich vor, mich zu überraschen?«

»Ja oder nein?« Er beugte sich vor und küsste sie auf den Mund.

»Ja.« Ihr Körper war ein Verräter.

»Mach die Augen zu.«

Sie zog einen Schmollmund.

»Zumachen.«

»Also gut.« Sie schloss die Augen. Erst hörte sie Schleifgeräusche und dann das Knistern von Plastik.

»Mach den Mund auf.«

»Ich weiß nicht, ob ich das will«, meinte sie.

»Vertrau mir«, flüsterte er.

Und weil er ihr gesagt hatte, dass er sie liebte, und weil sie ihm letzten Endes vertraute, tat sie es. Sie öffnete den Mund.

Das Erste, was sie schmeckte, war süße Creme. Flatternd gingen ihre Augen auf. »Ein ›Twinkie‹!« Lachend nahm sie es aus seiner Hand. »Wieso, in aller Welt, hast du ›Twinkies‹ hier oben?«

Es sah aus, als würde Jake erröten. Er biss sich auf die Lippe und setzte sich neben sie. »Und jetzt zur Geschichte …«

Sie lehnte den Kopf an seine Schulter.

»Es war einmal ein Junge, der einem Mädchen begegnete. Es ärgerte sie, dass er sie anstarrte, also boxte sie ihn ins Gesicht.« Char lachte, und er fuhr fort: »Dann, eines Tages, gab sie ihm ein ›Twinkie‹. Offenbar sind Nahrungsmittel in der Grundschule ein Friedensangebot. Der Junge brachte es nicht übers Herz, dem wirklich hübschen Mädchen zu sagen, dass er ›Twinkies‹ nicht mochte, also hob er das ›Twinkie‹ auf. Jedes Mal, wenn er eines von ihr bekam, lief er damit nach Hause und versteckte es in seinem Baumhaus.«

Char stiegen die Tränen in die Augen. »Wie ein Eichhörnchen?«

»Wie ein verdammtes Eichhörnchen.« Jake lachte. »Bis es eines Tages vorbei war mit den ›Twinkies‹. Weißt du, manchmal werden kleine Jungs erwachsen und verwandeln sich dabei in so richtige Dummköpfe. Sie glauben, nur weil ihnen Haare am Kinn wachsen oder weil sie ihre Armmuskeln entdecken, brauchen sie plötzlich keine Mädchen mit ›Twinkies‹ mehr. Sie glauben, dass sie eine Menge Mädchen haben sollten und nicht nur eines. Also bauen sie Mist. Ich …« Er drehte sich zu ihr um und schluckte. »Ich habe so oft bei dir Mist gebaut. In der Junior High war ich total in dich verknallt, und dann auf einmal war es so, als würde sich keiner von uns mehr Mühe geben. Das war das erste Mal, dass ich dich alleingelassen habe, mein erster Fehler …«

Char blinzelte die Tränen zurück. »Und dein zweiter?«

»Dass ich dich noch einmal verlassen habe, in der Nacht, als ich dich wie ein Egoist benutzt habe, um mich besser zu fühlen.« Er seufzte. »Und der dritte und letzte Fehler in meiner tragischen Geschichte …«

»Was denn?«

»Dass ich dich nicht gleich geküsst habe, als ich dich wiedersah, und dass ich mich nicht dafür entschuldigt habe, dass ich abgehauen bin … dass ich dich im Stich gelassen habe, obwohl ich, denke ich, tief in meinem Herzen immer gewusst habe, dass du die Eine bist, Char.«

Sie wischte die Tränen weg, die ihr übers Gesicht liefen.

»Aber was ist mit Kacey? Ich meine, du und sie, ihr beiden wart …«

»Es war nie so wie jetzt mit dir.« Jake schüttelte den Kopf. »Nie.« Sein Blick wurde ernst. »Das hier ist unbeschreiblich.«

»Oh.«

»Wow. Nach allem, was ich dir gerade erzählt habe, sagst du nur ›Oh‹?«

Char grinste und legte den Kopf wieder an seine Schulter. »Nun ja, ich bin ein wenig müde vom Scharadespielen.«

»Schade.« Jake schnaubte. »Ich hatte da noch ein paar Spiele in petto.«

»Da bin ich sicher, Tiger.«

Unterhalb des Baumhauses war ein Klappern zu hören. Jake bedeutete Char, leise zu sein, schaute über den Rand und sah, wie Oma Nadine über den Rasen zum Haus des Nachbarn ging.

»Was tut sie da?«, flüsterte Char.

»Sieht so aus, als ginge sie zu einem mitternächtlichen … Spiel?«, schlug er vor.

»Mit?«

»Dem Nachbarn. Verrückter alter Mann, der nur Hawaiihemden trägt und Oma allen Ernstes beim Abendessen im Kreis der Familie in den Hintern kneift. Er liebt sie. Er ist besessen von ihr. Er plant seinen Tagesablauf um ihre morgendlichen Spaziergänge herum.«

»Wow, wie hingebungsvoll.«

»Sie macht eindeutig irgendwas richtig.«

Char lachte. »Sie ist eine Titus.«

»Gut gesagt.« Jake fuhr sich mit der Zunge über die Lippen und zog Char für einen weiteren Kuss an sich. »Ich habe sie nicht geküsst, weißt du. Ich wollte nicht. Nie.«

»Wen denn?«

»Amy.«

»Ach, die.« Char schnaubte. »Meine Nemesis aus der Junior High und ganz allgemein ein hinterhältiges Wesen. Ich weiß, ich sollte damit abschließen. Und ich schwöre, das hatte ich auch, bis ich gesehen habe, wie sie ihre künstlichen Klauen in deine Brust gekrallt hat.«

»Hat weh getan.« Jake lachte. »Ganz schön sogar. Und zwar nicht auf angenehme Art. Ein Schmerz, bei dem ein Mann abhauen will, und zwar ganz langsam, damit er nicht gefressen wird.«

Auf der Veranda von Mr. Casbons Haus gingen die Lichter an, und eine quietschend auflachende Oma Nadine wurde ins Innere gezogen.

»Tja.« Jake streckte die Hand aus. »Du weißt, was das bedeutet.«

Char ergriff seine Hand. »Wir können zurück ins Bett?«

Mit einem Knurren nahm er sie in die Arme und küsste sie auf den Mund. »Ohne uns Sorgen machen zu müssen, dass Oma plötzlich hereinplatzt.«

Char biss sich auf die Lippe und legte den Kopf schief. »Ich glaube, ich habe noch Schlagsahne im Kühlschrank gesehen.«

»Ab mit dir. Sofort!« Lachend half Jake ihr die Leiter hinunter, und sie liefen zurück zum Haus. In der Küche machte Jake Obst und Schlagsahne ausfindig, und Char den Wein. Sie liefen die Treppe hinauf, immer zwei Stufen auf einmal nehmend – doch dann erstarrten sie, als sie ein lautes Knurren hörten.

»Oh, Mist.«

KAPITEL 53

Es war ganz einfach«, ließ sich Travis oben an der Treppe vernehmen. »Weißt du, unser Jake hat nie Französisch gelernt, zu feminin für seinen Geschmack. Nicht wahr, Bruderherz?«

»Travis …« Jakes Stimme hatte einen warnenden Unterton. Was, zum Teufel, machte sein Bruder da?

Kacey saß auf Travis' Schoß, und die beiden hatten einen Ausdruck reinster Zufriedenheit auf dem Gesicht, während der Hund dastand und Jake und Char den Weg zu ihrem Zimmer versperrte.

»Selbstbeherrschung ist gut für euch«, meinte Kacey und küsste Travis auf den Hals. »Ich meine, im Ernst, wir tun euch einen Gefallen.«

»Wie seid ihr eigentlich Oma losgeworden?«, fragte Jake. »Sie würde euch doch auf keinen Fall allein lassen.«

Travis grinste. »Mr. Casbon. Anscheinend fühlt er sich ziemlich einsam, seit Oma nachts im Flur residiert. Ein Anruf, und schon war sie die Treppe hinunter.«

Jake hätte seinem Bruder liebend gern das Grinsen aus dem Gesicht geboxt. »Also schön, du hast gewonnen, du besitzt mehr Intelligenz als ein Floh. Jetzt lass uns rauf.«

Kacey und Travis sahen sich an, als würden sie einander fragen: *Was denkst du?*

Char stöhnte.

»Betrachtet es als Teamübung«, meinte Kacey schließlich. »Ihr arbeitet zusammen, um die Treppe hinauf in euer Schlafzimmer zu kommen, und wir ignorieren sämtliche Hilferufe.«

»Wieso macht ihr das?«, fragte Jake.

»Wir haben eine Wette verloren«, antwortete Kacey durch zusammengebissene Zähne. »Da ist es nur fair, wenn wir dafür entschädigt werden.«

»Wieso können nicht alle entschädigt werden?«, fragte Jake.

»Weil es eure Schuld ist, dass Grandma auf unserer Hochzeit singen wird«, antwortete Kacey. »Deshalb bekommen wir Genugtuung, und ihr bekommt« – sie zeigte auf den weißen Hund – »Charles Barkley.«

Travis klatschte sie ab, und gemeinsam verließen sie den Flur, so dass Jake und Char allein mit dem kleinen Hund zurückblieben.

»Wie gefährlich kann der schon sein?« Jake streckte die Finger nach dem Hund aus. Der begann zu knurren und schnappte. »Er tut nur so, oder? Er ist nicht wirklich ein böser Hund, nicht wahr, Charles?« Er versuchte es noch einmal. Diesmal biss der Hund ihm beinahe den Finger ab.

»Tja, ich würde nicht näher rangehen.« Char zog ihn weg. »Am Ende beschließt er noch, dir etwas anderes abzubeißen, und das würde uns den Abend doch ziemlich ruinieren.«

Jake kratzte sich am Kopf. »Was machen wir jetzt? Er bewacht den Weg zu unserem Zimmer, und alle anderen Gästezimmer sind von den Hochzeitsgästen belegt.«

»Wir können immer noch neben Amys Zimmer ›Feuer‹ schreien und sie dann aus ihrem Zimmer aussperren?«, schlug Char hoffnungsvoll vor.

»Char.« Jake nahm ihre Hand. »Sei ein größerer Mensch.«

»Muss ich?«

»Versuche es.« Jake lachte leise, nahm sie in die Arme und drückte ihr einen Kuss auf den Mund. Der Hund begann aufgeregt zu bellen.

Grollend wich Jake zurück. »Hör auf zu bellen!«

Der Hund bellte nur noch lauter und richtete sich auf, als wolle er in die Luft springen.

»Schsch!« Char zeigte auf den Hund. »Nicht bellen!«

Der Hund hörte zwei Sekunden lang auf, bevor er wieder anfing.

»Ich hasse Oma«, schimpfte Jake.

Char stellte sich hinter ihn.

»Hey, na danke sehr. Wann bin ich vom Ehemann zum menschlichen Schutzschild mutiert?«

Char lachte hinter ihm. »Na ja, wir sind doch jetzt verheiratet.«

»Gutes Argument.«

»Was machen wir jetzt?«

Der Hund würde sich nicht von der Stelle rühren, so viel war klar, und Jake würde auf keinen Fall das Risiko eingehen, dass ihm der Kläffer irgendwelche wichtigen Teile seiner Anatomie abbiss. Sackgasse. Er schaute hinter sich über den Flur. »Ich habe eine Idee.«

Zehn Minuten später waren sie wieder im Baumhaus. Nur hatten sie diesmal Decken, mehr Wein und Popcorn dabei.

Jake griff nach Chars Hand und hielt sie fest, als er aus dem Fenster über den Fluss blickte. »Wegen deines Jobs …«

»Pfeif auf den Job.« Char schlang ihm die Arme um den Nacken und setzte sich rittlings auf seinen Schoß. »Es ist nur ein Job wie jeder andere.«

»Aber du liebtest deine Arbeit doch.« Er löste ihre Arme von seinem Nacken und sah ihr in die Augen. »Früher, mit sieben Jahren, hast du immer mit Kacey die Frühnachrichten im Baumhaus gemacht. Es war dein Traum.«

»Ich habe schon immer gern Geschichten erzählt, gern geschrieben …« Sie zuckte mit den Schultern. »Aber du bist mir wichtiger. Im Leben ist manchmal das, was man wirklich will, direkt vor einem.«

Jake lachte. »Wow, erröte ich gerade? Das war ein verdammt sexy Kompliment. Ich bin ja so froh, dass du mich magst. Könnten wir uns vielleicht verabreden und später heiraten? Halt, warte mal.« Er schlug sich mit der Hand gegen die Stirn. »Irgendwie ist es bei uns rückwärts gelaufen.«

»Ach was.« Char zog seinen Kopf zu sich heran. »Manchmal ist rückwärts für die einen das Vorwärts für die anderen.«

Jake sah ihr in die Augen, mit dem Versprechen, sie nie mehr gehen zu lassen. »Ich denke, ich mag rückwärts.«

Char lächelte, und ihre blauen Augen schimmerten im Mondlicht. »Ich auch.«

KAPITEL 54

»Könnte sein, dass ich sterbe.« Travis fluchte. »Nur damit du es weißt, ich könnte tatsächlich auf der Stelle tot umfallen. Das kommt dann in den Nachrichten, und die Leute lachen darüber; es könnte hässlich werden, Kace. Ich sage es dir lieber gleich.«

»Nur für alle Fälle?« Kacey zog ihr Shirt aus.

Travis' Augen wurden dunkel. »Genau, für alle Fälle.«

»Verstehe.« Sie stieg aus ihren Shorts und ließ sie zu Boden fallen.

»Lieber Himmel, das ist wie in meiner Kindheit.«

»Versuchst du gerade, die Stimmung zu ruinieren?« Kacey funkelte ihn an und stemmte die Hände in die Hüften.

Travis wandte den Blick ab. »O ja, das ist so gar nicht das, was ich gemeint habe.«

»Erklärung gefällig?«

»Teenagerzeit.« Travis grinste. »Wie damals, als ich dich zum ersten Mal im Badeanzug gesehen habe.«

»Ah, die Geschichten aus deiner versauten Jugend. Erzähl mal, Satan …«

»Oh, schmutzige Wörter. Ich liebe es.«

Kacey verdrehte die Augen. »Welche Farbe hatte mein Badeanzug?«

Travis fuhr sich mit der Zunge über die Lippen und kam auf sie zu. »Pink. Es war ein heißes Pink, und es war ein Bikini.« Er nahm sie in die Arme und leckte über ihr Ohr. »Das Ding war heiß.«

»Ach ja?«, flüsterte Kacey und wich zurück. »Hast du mich deshalb in den Pool geschubst?«

»Ich sagte doch, heiß.« Travis knabberte an ihren Lippen. »Du brauchtest eine Abkühlung ... und ich war nur Gentleman.«

»Du warst ein Mistkerl«, sagte Kacey.

»Das auch.« Travis fuhr mit den Händen durch ihr Haar. »Verdammt, du bist wunderschön.«

Kacey fühlte ihre Wangen heiß werden und senkte den Blick. Das hatte er schon seit etwa einer Woche nicht mehr zu ihr gesagt. Was absolut verständlich war, da Oma Nadine sie so gut wie die ganze Zeit voneinander getrennt gehalten hatte. Es jetzt zu hören, war ein gutes Gefühl.

»Nicht.« Travis lachte leise. »Werde vor mir nicht plötzlich schüchtern.«

»Nicht schüchtern.« Kacey begegnete seinem Blick. »Nur glücklich, dich das sagen zu hören.«

Travis runzelte die Stirn. »Sage ich es dir denn nicht oft genug?«

»Doch.« Das klang nicht mal für sie selbst glaubwürdig. »Du liebe Zeit, so langsam werde ich richtig pflegeintensiv. Das liegt daran, dass du mich verwöhnt hast!« Sie kniff ihn in den Arm und wurde mit einem schmerzvollen Aufschrei von ihm belohnt.

»Du Göre.« Travis warf sie aufs Bett, setzte sich auf sie und hielt ihre Handgelenke fest, so dass sie sich nicht bewegen konnte.

Kacey stemmte sich gegen ihn. Verdammnis über den Kerl, er hatte Kraft.

Ein Muskel zuckte an seinem Kiefer, als er die Zähne zusammenbiss und die Augen schloss. Das dunkle wellige Haar fiel ihm über die Stirn, als er sich nahe genug zu ihr vorbeugte, um sie zu küssen. Doch stattdessen atmete er nur tief ein und tat ansonsten gar nichts.

»Ähm, Travis«, flüsterte Kacey.

»Hm?«

»Was machst du da? Ich dachte, du stirbst schon fast? Ich dachte, du hättest gesagt, dass du noch verrückt wirst ohne jeglichen Körperkontakt, und jetzt« – sie lachte atemlos – »jetzt schnüffelst du nur an mir?«

»Ja.« Er schnupperte weiter, und seine Nase kitzelte an ihrem Gesicht, als er langsam an ihrem Hals nach unten wanderte.

Mann, er fühlte sich gut an. Sie hatte ganz vergessen, wie richtig es sich anfühlte, mit ihm zusammen zu sein, und wie bereits seine Nähe ihr das Gefühl gab, dass alles in Ordnung war. Die Welt rückte in weite Ferne, und es gab nur sie beide.

»Ich liebe deinen Hals«, murmelte er, und seine Lippen brannten auf ihrer Haut, als er weitersprach: »Er riecht nach Blumen. Das war schon immer so, aber ich weiß nicht, ob das dein Parfum ist oder einfach du selbst. Es ist unglaublich.«

Seine Zunge wagte sich zwischen seinen Lippen hervor, kostete ganz langsam ihre Haut, und dann küsste er sie, ein Mal, ein zweites Mal, und hielt nach jedem Kuss inne, als wolle er sich den Geschmack jeder einzelnen Stelle, die er küsste, einprägen.

Seine Lippen lösten sich von ihrem Hals und wanderten weiter an ihre Schulter. »Ein ganzes Jahr lang war ich besessen von dieser Schulter.«

»Ach, hör auf!« Kacey lachte. »Was läuft denn bei dir falsch?«

Er legte die Hand auf ihre rechte Schulter und fuhr mit

dem Daumen über die empfindsame Haut, so dass ihr eine Gänsehaut über den Körper lief. »Es ist wahr. Du hattest ein Shirt an, das genau über diese rechte Schulter rutschte. Und als ich über den Flur lief, bin ich auf die Nase gefallen, weil ich so fixiert auf dieses kleine Stück Haut war. Damals schwor ich mir, dass ich eines Tages die Hand ausstrecken und deine Schulter berühren würde. In meinen Teenagerzeiten ging das dann natürlich noch weiter. Ich wollte …«

»Mich küssen? Sex haben?«

Travis lachte, und sein Lächeln stellte ganz verrückte Dinge mit ihrem Magen an. Er hatte ja keine Ahnung, welch verheerende Wirkung er auf sie ausübte. »O nein, Süße. Ich wollte nur deine Hand halten. Und das ist die reine Wahrheit.«

»Meine Hand halten? Irgendwie brav, findest du nicht?«

»Nicht für mich.« Er schluckte, und seine Augen bekamen einen verletzlichen Ausdruck, als er sich über die Lippen leckte und ihr das Haar aus dem Gesicht strich. »Ich wusste, du würdest mich niemals küssen, jedenfalls damals, also habe ich mir eingeredet, wenn ich nur deine Hand halten könnte …«

»Was dann?«, fragte Kacey atemlos.

Travis verschränkte über ihrem Kopf seine Finger mit den ihren. »Dass es genug wäre.«

Kacey hatte vor Rührung einen Kloß in der Kehle. Darauf wusste sie keine Antwort. Was sagt man auf so was?

»Ich wäre zufrieden gewesen«, fuhr Travis fort. »Ich wäre sogar glücklich gewesen … damit, mein eigenes Leben zu führen, weiterzuleben und dich, meine erste Liebe, hinter mir zu lassen, hätte ich nur deine Hand halten können. Zumindest habe ich das geglaubt.«

Kacey drückte seine Hand und hob sie an ihre Wange. »Und jetzt? Was glaubst du jetzt?«

»Niemals.« Seine Stimme klang heiser. »Nie im Leben.« Er ließ ihre Hand los und umfasste ihr Gesicht. »Wäre es genug gewesen? Eine flüchtige Berührung deiner Fingerspitze.« Er schob seinen Daumen in ihren Mund. »Verdammt, aber das hätte mich schier umgebracht. Und jetzt, jetzt will ich dich einfach die ganze Zeit, jede Sekunde, jeden Tag. Ich kriege dich nicht aus meinem Kopf. Ich werde nie genug von dir haben. Und ich hoffe, dass dieses … dieses Brennen, dieses Fieber, das du in mir auslöst, nie aufhört.« Er eroberte ihren Mund mit einem Kuss, saugte an ihren Lippen, bevor er sich wieder von ihr löste. »Nur für den Fall, dass noch irgendwelche Zweifel bestehen, du weißt schon, du bist mehr als nur hübsch.«

Kacey stiegen Tränen in die Augen.

»Ich habe dir einmal, vor einigen Monaten, gesagt, dass du es jeden Tag hören solltest. Offensichtlich war ich zu egoistisch, um daran zu denken, dass ich es dir sage. Verdammt, ich habe nicht weiter gedacht als daran, dass deiner Hand ihr bester Freund fehlt: ich.« Er grinste. »Aber, Kace, Gott sei Dank, dass du mir gehörst, denn du bist wunderschön. Ich liebe deine Wimpern …«

»Travis.« Sie unterbrach ihn mit einem Kuss.

Er löste sich von ihr. »Lass mich zu Ende reden. Ich liebe deine Wimpern, denn sie lächeln zusammen mit deinen Augen. Und deine Hände, denn Gott hat sie geschaffen, um meine Hände zu halten. Ganz im Ernst; Oma hat ihn übrigens sogar gefragt, und er hat ja gesagt …«

»Ah ja, und was hat er sonst noch gesagt?«, witzelte Kacey.

»Dass du mir gehörst, schon vom ersten Tag an, seit dem ersten sehnsüchtigen Wunsch, deine Schulter zu sehen, deine Hand zu halten und diesen perfekten Mund zu küssen. Du und ich gegen die Welt, das war so und wird immer so sein.« Er seufzte. »Die Hochzeit ist erst der Anfang unserer Geschichte, und ich hoffe bei Gott, wenn er irgendwann einmal ›Ende‹ auf die letzte Seite schreibt, dass wir dann immer noch Händchen halten.«

Kacey traute ihrer Stimme nicht genug, um etwas zu sagen. Sie konnte nur nicken und sehen, wie die Liebe, die Travis für sie empfand, von seinen Augen bis hin zu seiner beschützenden Körperhaltung ausstrahlte. »Ich liebe dich.«

Er seufzte an ihren Lippen. »Süße, ich liebe dich so sehr. Ich kann es nicht erwarten, dich zu heiraten. Und du sollst wissen, dass es mir jetzt schon leidtut.«

Kacey schüttelte den Kopf. »Was denn? Was hast du vor?«

Lächelnd zog Travis sich von ihr zurück und zog sein Shirt wieder an.

»Travis, warte …«

»Ich liebe dich … und ich weiß, dass ich das hier in ungefähr fünf Sekunden bereuen werde, was bedeutet, dass ich die Tür zu meinem Zimmer zusperren muss …« Er seufzte. »Aber, Süße, ich werde Omas Rat befolgen, im Hinblick darauf, dass sie der Grund ist, dass wir überhaupt zueinandergefunden haben. Ich werde jetzt zu dieser Tür hinausmarschieren und noch zwölf Stunden warten.«

»Hm.« Kacey spielte an ihrem BH-Träger. »Wirklich? Volle zwölf Stunden?«

»Verdammt noch eins.« Travis schloss die Augen und seufzte. »Ja. Also, lass deine Dessous an, während ich versuche, an diesem Hund vorbeizukommen, ohne dabei massakriert zu werden.«

Er ging langsam zur Tür, als würde er seinen Entschluss bereits anzweifeln.

Mit einem Seufzen stand Kacey vom Bett auf und kam auf ihn zu. Sie umarmte ihn von hinten. »Ich liebe dich, Travis Titus.«

»Du« – Travis hielt inne, und seine Muskeln spannten sich unter ihren Armen an – »du bist mein Leben, künftige Kacey Titus.«

Sie ließ ihn los, und er drehte den Türknauf und ging hinaus.

Der Mann besaß die Selbstbeherrschung eines Heiligen, und anstatt wütend auf ihn zu sein, liebte sie ihn umso mehr. Noch zwölf Stunden, und dann würde er ihr gehören, ihr ganz allein.

KAPITEL 55

Char stöhnte leise, als ein Arm sie an etwas Warmes heranzog. Begierige Lippen trafen ihren Mund, und sie seufzte glücklich. Mit einem leisen Auflachen schob Jake sich über sie und zog sein Shirt aus. Der Mann war ja unersättlich – was ihr nur recht war. Er winkte ihr mit dem Finger und wich zurück. Sie schob ihr Top halbwegs hoch und hielt dann inne.

Mit einer ungeduldigen Bewegung zog er es ihr über den Kopf und schob dann die Träger ihres BHs nach unten. Nur Sekunden, und sie spürte seinen Mund. Hände wanderten an ihre Hüften, als er sie an sich drückte und einen Laut aus tiefster Kehle von sich gab, der wie ein verzweifeltes Flehen klang.

»Ich kann nicht genug bekommen«, sagte er und stahl ihr noch einen leidenschaftlichen Kuss. »Bitte hasse mich nicht, weil ich dich schon wieder will.«

Ihn hassen? Sie kam gar nicht schnell genug aus ihren Klamotten. Wer hätte je gedacht, dass sie ihre erste Nacht als verheiratete Frau in einem Baumhaus verbringen würde? Mit Jake Titus? Und »Twinkies«. Also schön, offenbar hatte der liebe Gott doch Sinn für Humor.

»O Mann, du schmeckst gut.« Ihre Zungen spielten miteinander, und seine Hände glitten über ihre Hüften.

Feuerwerk ging krachend los, als seine Hände ihre Haut

berührten, oder vielleicht war es auch eine Trillerpfeife. Sie küsste ihn heftiger. Irgendwas war seltsam.

Das Feuerwerk wurde lauter.

Und dann klopfte jemand an die Luke zum Baumhaus.

»Okay, ihr zwei!«, rief Oma Nadine. »Kommt da runter! Wir müssen Pläne machen! Und auf eine Hochzeit gehen! Runter mit euch!«

Jake, den das offenbar nicht kümmerte, küsste Char weiter.

Char erwiderte seinen Kuss, sollte heißen, bis er mit einem Ruck von ihr weggezogen wurde, und zwar von Oma Nadine persönlich, die Trillerpfeife in der Hand.

Jake schimpfte heftig und bedeckte seine Blöße mit der Decke. »Was, zur Hölle, glaubst du, was du da tust?«

Oma Nadine zuckte mit den Schultern. »Ihr habt den Rest eures Lebens Zeit, im Baumhaus Unzucht miteinander zu treiben …«

»Wenn man verheiratet ist, ist es keine Unzucht«, wandte Jake ein.

»Also schön. Ihr könnt später bumsen.« Oma Nadine sah ihn finster an. »Aber der Partyservice ist hier, und die Torte ist auch da. Ich brauche den Aufsatz.«

Char merkte, wie sie entsetzt die Augen aufriss. »Oh, der war, ähm …«

»Ich weiß, dass ihr den Aufsatz habt«, antwortete Oma Nadine gelangweilt. »Blanche hat bestätigt, dass ihr ihn bezahlt habt.«

»Teures Stück Arbeit, dieser Tortenaufsatz«, grummelte Jake.

»Runter jetzt, alle beide.« Oma Nadine blies noch einmal in die Trillerpfeife, stieg dann die Leiter wieder hinunter und rief: »Ihr habt zehn Minuten, um mir den Aufsatz zu bringen.«

»Oder was?!«, rief Jake ihr nach.

Doch die Pfeife war alles, was sie hörten, und dann kam Charles Barkley kläffend aus dem Haus gestürmt. Er trug das Schockhalsband. Ein Knopfdruck, und er hörte auf zu bellen und sank schmerzvoll fiepend ins Gras. »Benutze deine Fantasie. Ich glaube, so etwas gibt es für die männlichen …«

»Na schön!«, rief Jake. »Wie du willst!«

Jetzt war es an der Zeit, in Panik zu geraten. »Jake, wir haben keinen Ständer für den Aufsatz. Wir können nicht einfach zulassen, dass die Torte dadurch ruiniert wird.«

Jake fluchte. »Also ruiniert der Aufsatz die Torte, indem er einfach durchfällt oder indem er auf einem Ständer thront, auf dem steht ›Tittis auf ewig‹.«

Char legte die Hand auf den Mund und lachte los. »Um fair zu sein, wir waren abgelenkt.«

»Du« – er zeigte auf sie – »warst eine Ablenkung. Wärst du nicht in hochhackigen Schuhen und kurzem Rock vor mir herumgetänzelt, hätte ich einen verdammten Ständer gebaut.«

»Richtig. Also, wo ist dein Hammer?«

Auf Jakes schuldbewussten Blick hin sah Char ihn triumphierend an. »Wow, du weißt aber, was ein Nagel ist?«

Er grinste schamlos. »Ich glaube, ich habe bewiesen, dass ich nageln kann.«

»Du lieber Himmel, ich weiß nicht, ob ich dich abklatschen oder dir eine scheuern soll.«

»Was ist eigentlich mit der Option von wegen ganz ohne? Ist die denn vom Tisch?«

»Negativ.« Char zog ihr Shirt an und stand auf. »Die war in dem Moment vom Tisch, als Oma Nadine von Schockhalsbändern anfing und auf männliche Teile anspielte.«

»Zur Kenntnis genommen.« Jake zuckte zusammen. »Also gut, bringen wir's hinter uns. Vielleicht merkt es ja niemand?«

»Ja, klar.« Char nickte. »Und vielleicht haben Grandma und Mr. Casbon gestern Nacht auch nicht Scharade gespielt.«

Jake zuckte wieder zusammen. »Erregung. Weg.«

»Gut.« Char streckte die Hand nach ihm aus, damit er ihr die Leiter hinabhelfen konnte. »Denn es sähe ganz und gar unangemessen aus, wenn du dem Partyservice den Tortenaufsatz im Zustand sichtbarer Erregung übergibst.«

Jake kletterte hinter ihr die Leiter hinunter. »Du findest doch immer die richtigen Worte.«

»Deshalb hast du mich ja auch geheiratet.« Char grinste.

Jake hob sie in seine Arme und trug sie über den Rasen. »Unter anderem.«

»Lass mich runter!«

»Schwelle.« Jake hauchte ihr einen Kuss aufs Gesicht. »Ich mache die Dinge richtig.«

»Außer, wenn nicht«, wandte Char ein.

»Manche Dinge« – er stellte sie wieder auf die Füße, sobald sie in der Küche angekommen waren – »mache ich schon richtig, wie zum Beispiel die wichtigen mit Namen Char. Falls du nicht gehört haben solltest, wie ich es gestern Nacht ungefähr eine Million Mal gesagt habe.« Er zog sie fest an sich. »Ich liebe dich.«

»Ich liebe dich auch.« Tränen stiegen ihr in die Augen, und im selben Augenblick attackierte ein weiteres schrilles Trillern ihre Ohren.

»Aufsatz. Schon dabei.« Jake ließ sie los und rannte über den Flur.

KAPITEL 56

Jake legte den Kopf schief und zuckte zusammen. »Sieht doch ganz gut aus, oder?«

Er stieß Char an, die regungslos neben ihm stand. »Na?«

Sie brachte kein Wort heraus, und auch ihr verkniffener Gesichtsausdruck trug nicht gerade dazu bei, dass er sich besser fühlte. Die Leute vom Partyservice hatten eine brillante Idee gehabt: Sie hatten immer extra Glasur dabei, für den Fall, dass etwas von der Verzierung auf der Torte abbrach. Der Kuchen war schwarz-weiß, mit weißer Glasur und schwarzen Dekobögen, einfach, elegant und, laut Char, »niedlich«. Zum Glück für sie war es ganz einfach, das Wort »Tittis« zu verstecken.

Also war jetzt nur noch das »Auf ewig« zu sehen.

Nur, dass es nicht korrekt in der Mitte stand, denn, nun ja, es war deutlich zu erkennen, dass dort ein Wort mehr stehen sollte.

»Es ist in Ordnung«, sagte Char schließlich. »Ich kann nicht einmal mehr die ›Tittis‹ sehen.«

Jake atmete hörbar aus. »Echt? Keine Tittis?«

Exakt in diesem Moment stieß Oma Nadine zu ihnen. »Was höre ich da mit Tittis?« Sie versetzte ihm einen Klaps auf den Hinterkopf. »Kannst du nicht wenigstens mal fünf Minuten lang aufhören, an Sex zu denken, und dich auf etwas anderes konzentrieren?«

Char trat ihm gegen das Schienbein, und er sagte laut: »Nein, ich kann einfach nicht anders. Ich bin ein« – er seufzte schwer und ließ die Schultern hängen – »hoffnungsloser Fall. So ist es. Tut mir leid, Oma, kommt nicht wieder vor. Ich gebe mir mehr Mühe.« Er biss die Zähne zusammen und warf Char einen finsteren Blick zu.

Oma Nadine beäugte sie beide abschätzend und ging dann einmal um die Torte herum. »Irgendwas ist anders.«

»Draußen«, platzte Char heraus. »Es liegt daran, dass wir draußen sind, und das Licht von, ähm, das Licht von den Partikeln in der Luft …«

»… und das Sonnenlicht!«, fiel Jake überlaut ein. »In der Sonne sieht die Torte …«

»Wunderschön!« Oma Nadine klatschte in die Hände, woraufhin Jake und Char einstimmig aufseufzten. »Gut gemacht! Ich wusste, dass ich euch beiden vertrauen kann.«

Jake schloss die Augen und fluchte leise, als Oma Nadine davonstöckelte. »Wir werden sie ins Grab bringen, so wird es kommen. Wenn sie merkt, was wir hier gemacht haben …« Er kratzte sich am Kopf. »Sie darf es eben nicht merken. Basta. Die Hochzeit darf nicht durch meine Schuld ruiniert werden.«

Char nahm seine Hände. »Es ist in Ordnung! Niemand wird die Tittis je zu sehen bekommen.«

Ein Mann vom Partyservice, der gerade an ihnen vorbeiging, stieß einen leisen Pfiff aus.

Jake rief ihm nach: »Sie meint nicht ihre damit, sie meint …«

Char hielt ihm den Mund zu. »Hör auf damit, lass es einfach gut sein.«

Er fühlte ihre Finger auf seinen Lippen und sah ihren Mund so nahe vor sich, dass er, o verdammt, nur noch darauf konzentriert war, also auf Char, um genau zu sein, und ganz und gar nicht mehr auf die Hochzeit. Ohne weiter darüber nachzudenken, packte er sie bei der Hand und zog sie mit sich zurück ins Haus.

Doch schnell machte Oma Nadine sie ausfindig. »Beeilung! In zwei Stunden stehen Fototermin und Cocktails auf dem Programm, bevor die Hochzeit um vier Uhr anfängt!«

»Okay!«, antwortete Jake angestrengt und zog Char weiter mit sich die Treppe hinauf. Als sie endlich das Badezimmer erreicht hatten, schlug er die Tür hinter sich zu, prüfte noch einmal, ob er abgeschlossen hatte, und drehte die Dusche auf.

»Ähm, was machst du da?«

Er schlüpfte aus seinem Shirt. »Ich dusche. So wie ich das sehe, müssen wir uns irgendwann mal fertig machen. Dann können wir es ebenso gut gleich tun.«

»Aber wir haben …« Char schüttelte den Kopf. »Was sage ich denn da? Warum sollte ich darüber debattieren?«

Jake lachte. »Zieh schon die Sachen aus, bevor ich sie dir vom Körper reiße.«

»Sag ›bitte‹.«

»Zur Hölle, nein.« Jake drückte sie gegen den Tresen und umfasste ihren Kopf. »Ich sage nicht bitte, aber du kannst verdammt gut danke sagen.«

»Wofür?« Char stemmte sich gegen seine Brust.

»Du wirst schon sehen.« Er biss sich auf die Lippe. »Es ist mehr ein ›Danke sehr im voraus, Jake Titus‹ …«

»Nicht, bevor du ›bitte‹ sagst, Jake Titus.«

»Ich mag es, wenn du mich mit vollem Namen ansprichst.« Char griff nach seiner Hose, machte die Knöpfe auf und schob ihm die Jeans über die Hüften. »Merke ich.«

Er stöhnte. »Also schön, bitte.«

»Lauter.«

»So mag ich mein Mädchen.« Er eroberte ihren Mund mit einem heftigen Kuss.« »Bitte.«

Sie schob ihn von sich, diesmal kräftig genug, um ihn ein paar Schritte zurückweichen zu lassen, aber das war es wert. Verdammt, doch, es war es wert, zuzusehen, wie sie sich vor ihm auszog. Würde er jemals genug davon bekommen, wie sie auf ihn reagierte? Die Röte auf ihren Wangen oder die perfekte Art, wie ihr straffer Körper zu seinem passte?

»Mach die Tür auf, Sohn!«, polterte da Wescott. »Ich weiß, dass du da drin bist! Tante Petunia hat dich gesehen und, und ...« Sein Vater stieß ein Schimpfwort aus. »Char, und mein Sohn, das ist nicht richtig. Hier muss sich einiges ändern; du kannst nicht einfach ...« Von seiner Mutter waren gedämpfte Worte zu hören. »Wie deine Mutter sagt: Lass das arme Mädchen in Ruhe. Du hast ihr schon genug Kummer bereitet, mit – nicht jetzt, Bets! Ich versuche gerade, mit meinem Sohn ein paar ernste Worte über sein ausschweifendes Benehmen zu reden!«

Jake lehnte sich an die Wand, verschränkte die Arme und wartete darauf, dass die Bombe platzte.

»Sohn!« Sein Vater hämmerte wieder an die Tür. »Nicht jetzt, Bets! Siehst du nicht, dass ich beschäftigt bin? Wir können nicht zulassen, dass er Travis' großen Tag ruiniert mit seinem ...«

Urplötzlich war alles still.

Und dann hörte man eine Menge Gestammel, Fluchen, und, Gott segne sie, Oma Nadines laute Trillerpfeife.

»Mach's gut, Dad!«, rief Jake.

»Ähm, Sohn.« Und das war's.

Eine leicht bekleidete Char starrte Jake erheitert an. »Also, auch wenn jetzt jeder weiß, dass wir beide hier drin sind, willst du trotzdem noch ...«

Er ließ sie nicht aussprechen. Stattdessen zog er sie unter die Dusche. Sie hatte noch ihre Dessous an, aber das war ihm egal. Er würde ihr kaufen, was auch immer sie brauchte. Aber jetzt wollte er sie genau so, wie sie war: nass vom Wasser, das langsam über ihren Körper rann, und ganz und gar die seine. Liebe Zeit, ihm war sogar egal, ob sein eigener Vater wusste, dass er sich verliebt hatte und zusammen mit seiner Frau unter der Dusche stand. Mensch, er würde es auf Facebook posten und bei *Good Morning America* anrufen. Die Idee war eigentlich gar nicht schlecht. Er wollte jedermann wissen lassen, dass er vergeben war – denn es hatte eine bemerkenswerte Frau gebraucht, um ihm endlich begreiflich zu machen, was ihm die ganze Zeit über gefehlt hatte.

Sie war nicht nur seine zweite Hälfte oder Seelengefährtin. Solche Worte klangen für ihn wie etwas, das ein Kerl einer Frau sagte, wenn er versuchte, romantisch zu sein oder sie flachzulegen.

Nein, vielleicht verlor er wirklich seinen Biss, aber als er sie berührte, sie kostete, sie fühlte – da wurde ihm klar, dass sie nicht nur schmückendes Beiwerk war, sondern dass sie ihn ergänzte, allein schon dadurch, dass sie bei ihm war. Ihm war nicht klar gewesen, was ihm fehlte, bis er Char besser kennenlernte, und jetzt, da er sie kannte, begriff er: Er würde eher sterben, als sie aufzugeben. Sie war Komplizin, beste Freundin, Geliebte, Kämpferin – und sie war ganz die seine.

KAPITEL 57

Also, zu duschen wäre nie wieder dasselbe. Vielmehr war Char überzeugt, dass sie in nächster Zeit enorme Schwierigkeiten haben würde, nicht zu grinsen, wenn sie Wasser plätschern hörte. Diese Lippen, diese Hände, Gott segne diese Hände – im Ernst, Jake sollte Unterricht erteilen, darüber, wie man das nutzte, was Gott einem gegeben hatte. Und wie er das nutzte, was er hatte.

Ihr Körper vibrierte noch von dem Gefühl seiner Hände an ihren Hüften, ihrem Po, und dann das Gefühl, als er ihren feuchten Körper unter der Dusche über seinen eigenen gleiten ließ. Sie fühlte sich erhitzt und fächelte sich Luft zu, als sie zum Cocktailempfang ging. Wenn sie so weitermachte, würde ihr Make-up sich noch verflüssigen.

Sie wollte so gut wie nie aussehen für diesen dämlichen Fruchtbarkeitstanz, den Oma Nadine geplant hatte; davon, dass sie mit Jake tanzen würde und für ihn attraktiv sein wollte, gar nicht zu reden.

Als sie um die Ecke bog, fing Oma Nadine sie ab und dirigierte sie in ihr Schlafzimmer.

»Was machst du da?«, fragte Char, als Oma Nadine sie in die gewünschte Richtung lenkte, bis sie sich in ihrem Schlafzimmer befanden. Dort schloss sie wortlos die Tür und drehte sich zu Char um.

»Du siehst furchtbar aus.«

»Ähm, danke sehr«, erwiderte Char und sah an sich hinab auf das hässliche Brautjungfernkleid, das Kacey ausgesucht hatte. Doch offenbar hatte Kacey die Kleider gar nicht ausgesucht, sondern Bets, die Kacey bei der Organisation der Hochzeit helfen wollte, hatte sie selbst entworfen. Und so trug Char jetzt ein Kleid, das aussah, als hätte der Herbst selbst sich übergeben, und das sie zudem noch zig Pfunde schwerer aussehen ließ, als sie tatsächlich war.

Oma Nadine stieß einen langen Seufzer aus und legte sich die Hand an die Wange, während sie Chars Aufmachung begutachtete. »Das geht so nicht. Schließlich hast du nie die Chance bekommen, ein Brautkleid zu tragen.«

»Ich frage mich, wessen Schuld das wohl sein mag.« Char runzelte die Stirn.

Oma Nadine zuckte mit den Schultern und winkte ab. Offensichtlich spielte sie immer noch die Unschuldskarte. »Auf jeden Fall ist eine Dame stets vorbereitet.« Sie ging zum Wandschrank und öffnete die Türen. Nachdem sie sich unter viel Gemurmel durch Textilien gewühlt hatte, die sich nur als ungesunde Ansammlung von Leoparden-Overalls beschreiben ließen, hob sie eine Kleiderhülle aus dem Regal. »Das ist für dich.«

Als Char daraufhin zögerte, legte Oma Nadine die Hülle aufs Bett. Das Geräusch des Reißverschlusses, der aufgezogen wurde, war fast nervenzermürbend.

»Na los.« Oma Nadine trat einen Schritt zurück. »Sieh es dir an.«

Char hatte fast Angst, hinzuschauen. Sie fuhr sich mit der Zunge über die Lippen, griff dann in die Kleiderhülle und holte das Kleid heraus.

Das Kleid.

Das aus dem Laden.

»Aber, das ist doch gar nicht meine Hochzeit!«, stammelte sie.

»Kleinigkeiten.« Oma Nadine winkte ab. »Kacey war mehr als begeistert von der Aussicht, dass ihre beste Freundin etwas trägt, das eher einem Kleid als einem trächtigen Kürbis ähnelt. Also, stecken wir dich in dieses Ding, um meinem Enkel einen Herzstillstand zu bescheren.«

»Aber ...«

»Gefällt es dir denn nicht?« Oma Nadine strich über das Kleid in Chars Händen und seufzte. »Ich dachte, an dem Tag im Geschäft ...«

»Nein.« Char fühlte Tränen in ihren Augen brennen. »Das ist es nicht. Es ist nur so, dass ich mir vorkomme, als würde ich ein Märchen leben.« Sie hatte auch das Gefühl, als würde sie es nicht verdienen, nichts davon.

»Lieber Gott, und falls Jake der Märchenprinz ist, haben wir ein Problem«, grummelte Oma Nadine. »Er hat immer noch Aufgaben vor sich, angefangen mit dem Tanz, den ihr beide vorführen sollt, und dann soll er mir noch Urenkel bescheren. Ihr beide werdet mir doch Urenkel schenken, nicht wahr?«

Char merkte, wie ihre Wangen heiß wurden, als sie den Blick abwandte und auf den Fersen wippte. »Wir arbeiten daran.«

»Das ist mein Mädchen.« Oma Nadine tätschelte ihr die Hand und verstärkte dann den Griff um Chars Handgelenk. »Und denkt nicht mal daran, ein Kondom zu benutzen. Ich habe mit einer Nadel Löcher in jedes Einzelne davon in diesem Haus gestochen. Ich erwarte Nachwuchs bis kommenden Frühling.«

Char starrte sie mit offenem Mund an und merkte, wie ihre Wangen noch heißer wurden. »Wir, ähm, werden sehen, was sich machen lässt.« Nur Oma Nadine würde so etwas vorausplanen.

»Gutes Mädchen.« Oma Nadine trat einen Schritt zurück. »Ich habe gebetet, dass dein Schoß fruchtbar sein möge, weißt du.« Sie lächelte in sich hinein. »Jetzt zieh dich aus.« Der Satz klang so verkehrt, dass Char zusammenzuckte, bevor sie sich umdrehte, damit Oma Nadine den Reißverschluss an diesem Zerrbild eines Kleides aufziehen konnte.

Sobald das geschehen war, sank das Kleid zu Boden. Char stieg heraus und blinzelte. Das Kleid war weiß, doch ihre Unterwäsche war schwarz.

»Oh, fast vergessen.« Oma Nadine hob die Hand und ging zu einer Nordstrom-Tüte auf dem Boden, holte ein weißes Korsett, einen passenden Tanga und Strümpfe heraus. Grundgütiger, woher kannte sie überhaupt Chars Größe?

»Habe Jake gefragt«, erklärte Oma Nadine. »Er scheint deine Größe genau zu kennen, kannst du dir das vorstellen? Und deine Oberweite – nun ja, sagen wir einfach, ich musste ein paar Mal die Trillerpfeife bemühen, bevor er wieder in der Lage war, sich zu konzentrieren. Der Bursche lässt sich wirklich viel zu leicht ablenken. Das ist meine Schuld. Sein Großvater war immer auf Brüste fixiert.« Oma Nadine streckte den Brustkorb ein wenig heraus. »Auf jeden Fall, fang damit an, das anzuziehen, und danach helfe ich dir mit dem Kleid.«

Char zögerte. Wollte Oma Nadine wirklich, dass sie sich hier vor ihr auszog?

»Wenn du nicht schneller machst, bin ich vielleicht tot, bevor ich meine Urenkel kennenlernen kann. Glaube mir, du hast nichts, was ich nicht schon mal gesehen hätte. Nun ja, vielleicht ist das bereits eine Weile her; mein Spiegel neigt sich zur Zeit etwas nach Süden.«

Lachend nahm Char die Dessous von Oma Nadine und legte sie aufs Bett, bevor sie sich nackt auszog.

Oma Nadine seufzte.

»Was ist denn?« Char, die gerade nach dem Korsett greifen wollte, hielt inne.

»Nichts.« Oma Nadine winkte ab. »Es ist nur so, dass ich nicht glaube, dass Jake die Zeremonie durchhält. Dass du ihm ja nicht erlaubst, zu früh über dich herzufallen, Char! Hörst du? Solche Dinge erfreuen Gott nicht.«

»Ähm.« Char zog das Korsett an. »Welche Dinge? Verheiratete Leute, die übereinander herfallen?«

»'türlich nicht.« Oma Nadine warf ihr einen tadelnden Blick zu. »Gott sieht es nur nicht gern, wenn hübsche Dinge verderben, und du, meine Liebe, wirst spektakulär sein. Also, sorge dafür, dass er genug zu schauen bekommt, bevor du ihn trinken lässt, du verstehst?«

Char grinste breit. »Absolut.«

Oma Nadine schnaubte.

Zehn Minuten später steckte Char in dem wunderschönsten Seidenkleid, das sie in ihrem ganzen Leben je gesehen hatte. Oma Nadine hatte nicht bei den Dessous haltgemacht, nein, sie hatte auch noch hohe kristallklare Pumps gekauft, die Char wie ein Supermodel aussehen ließen. Gottes Segen über Oma Nadine und ihr manipulatives Herz.

Char drehte sich und besah sich im Spiegel.

Und Oma Nadine stand hinter ihr und strahlte. »Mach ihn fertig.«

KAPITEL 58

Jake trank einen großen Schluck von seinem Whisky on the rocks und zuckte zusammen, als die Flüssigkeit seine Kehle hinablief. Die Hitze war enorm; dass er einen schwarzen Anzug mit Hosenträgern trug, machte es auch nicht besser. Wenigstens war sein Anzug nicht so schlimm wie Chars Kleid. Die Arme hatte unglücklich ausgesehen, als sie mit Kacey und den anderen Mädels zum Umziehen gegangen war.

Langsam trank er noch einen Schluck und machte eine Grimasse, als Jace auf ihn zusteuerte.

»Also.« Jace bestellte einen Tequila und stürzte ihn in einem Zug hinunter. »Wie geht's so?«

»Ah, Small Talk.« Jake lachte. »Großartig. Was macht dein Auge?«

»Fühlt sich schrecklich an, danke sehr.« Jace schüttelte den Kopf.

Jake spähte suchend an ihm vorbei nach Char. Wo war sie nur? Sie hätten sich schon vor einer halben Stunde treffen sollen. Als Travis an ihm vorbeiging, hielt er ihn am Arm zurück. »Hast du meine Frau gesehen?«

»Nein.« Travis zuckte mit den Schultern und lachte dann. »Deine Frau. O Mann, ich hätte nie gedacht, dass ich den Tag je erleben würde.«

Petunia kam vorbei, genau in dem Moment, als Travis ein

Schimpfwort von sich gab, und versetzte ihm mit finsterem Blick einen Klaps auf den Hinterkopf. Er legte den Arm um sie, entschuldigte sich und bestellte hinter ihrem Rücken zwei Whisky. Ah, offenbar lagen alle Äpfel von Oma Nadines Stamm fest Seite an Seite.

»Deine Frau?«, fragte Jace. »Du hast eine Frau? Und was ist mit Char?«

Jake konnte sein Lächeln nicht verbergen. »Lange Geschichte, aber Oma hat uns versehentlich verheiratet.« Er machte Anführungszeichen in die Luft.

»Glücklicher Bastard.«

Jake grinste noch breiter. »Schuldig.« Ein letztes Mal schaute er prüfend über die Terrasse und sah ein Mädchen in einem weißen Kleid. Sein Blick glitt weiter und dann wieder zurück zu dem Mädchen.

Das Mädchen war seine Frau.

Es war Char.

Sie trug das Kleid aus dem Laden. Er konnte den Blick nicht von ihr losreißen, und Hitze schien seinen ganzen Körper zu versengen.

»Können wir um sie kämpfen?«, flüsterte Jace.

»Den Kampf habe ich schon gewonnen.« Jake ging an ihm vorbei auf seine Braut zu – seine Frau. Er wollte sie so gern küssen, aber damit würde er das perfekte Bild ruinieren, das er gerade betrachtete. Ihr Haar war zu einem tiefen Knoten zurückgebunden, und einzelne Strähnen umrahmten ihr Gesicht. Und irgendwie war sie auch größer, vielleicht hohe Absätze. Im Augenblick konnte er kaum einen klaren Gedanken fassen. Sie lächelte strahlend und hatte nur Augen für ihn.

Gott sei Dank.

»Ich kann dich nicht küssen«, sagte er, als er sie erreicht hatte. »Ich würde dein Make-up ruinieren.«

»Ist schon in Ordnung.« Char neigte sich ihm zu und gestattete seinen Händen, die über die glatte Seide des Kleides strichen, an ihre Hüften zu wandern. »Eine weise Frau hat mir einmal gesagt, dass du etwas brauchst, was dich ordentlich ruiniert … vielleicht bin ich das Richtige.«

Jake hätte schwören können, dass er irgendwo Grandma kichern hörte. Stattdessen küsste er seine Frau, seine Braut, hob sie hoch und wirbelte sie im Kreis herum.

»Du bist verheiratet!«, rief da jemand.

Jake stellte Char wieder auf die Füße und drehte sich um. Eine junge Frau mit blonden Locken kam auf sie zugerannt und wedelte mit den Armen. Es war Chars Schwester Beth.

Char kreischte auf und klatschte in die Hände, und Beth warf sich in Chars Arme und heulte. »Ich kann es gar nicht glauben! Ich kann nicht glauben, dass du verheiratet bist. Als Grandma mich vor ein paar Tagen anrief …«

»Vor ein paar Tagen?«, fragte Jake und drehte sich dann zu seiner Großmutter um. »So zuversichtlich, hm?«

Sie zuckte nur mit einer Schulter. »Was soll ich sagen? Ich kenne meine Jungs.«

»Gut geraten.«

Beth kniff Char in den Arm. »Wie kannst du es wagen, mich nicht einzuladen!«

»Es war …« Char sah Jake hilfesuchend an.

»Unerwartet.« Er legte den Arm um Char. »Sehr, sehr unerwartet. Man könnte fast sagen, wir wussten nicht, dass es passieren würde.«

Inzwischen war Oma Nadine näher geschlendert und hakte sich nun bei Beth unter. »Also, meine Liebe, besorgen wir dir etwas zu trinken. Ich habe gehört, du bist Single …«

Beth warf den Kopf zurück und lachte. »Ich bin mit meinem Job verheiratet.«

»Oh, Liebes, dein Job kann dir nicht geben, was ein Mann dir geben kann, glaub mir.« Sie dirigierte Beth näher an die Bar, wo Jace saß, und hob zwei Finger, an den Barkeeper gerichtet.

»Ist sie …« Char verschränkte die Arme.

»Sie ist nur glücklich, wenn sie sich irgendwo einmischen kann.« Jake drückte Char an sich. »Typisches Beispiel.« Er nickte in Oma Nadines Richtung, als die Jace und Beth mit ihren Drinks allein ließ. War nur zu hoffen, dass die beiden Drinks ohne Benadryl waren. Aber bei Oma Nadine war das schwer zu sagen. Sie bevorzugte nicht-verschreibungspflichtige Arzneimittel.

»Du bist so verdammt wunderschön«, flüsterte Jake Char ins Ohr. »Was meinst du, gehen wir wieder nach oben und …«

Char entzog sich ihm. »Ich habe strikte Anweisung, dich bis nach der Hochzeit leiden zu lassen. Also bitte.«

»Von wem?«

»Grandma.« Char kicherte. »Ich glaube, wenn man alles bedenkt, bin ich ihr was schuldig.«

Jake runzelte die Stirn.

»Denk nur an all die verborgenen Dinge, auf die du dich freuen kannst …« Und dann flüsterte sie ihm ins Ohr, was genau sie unter dem Kleid trug, Stück für Stück, und beendete die kleine erotische Aufzählung mit einem Zupfen an seinem Ohr.

Seine Knie wurden so weich, dass er beinahe zusammenbrach.

Verdammt, Oma, sie war nicht glücklich, wenn nicht jemand leiden musste.

KAPITEL 59

In zwei Stunden würde sie verheiratet sein. Der Cocktailempfang war großartig verlaufen, aber jetzt war es Zeit. Kacey hatte sich für ein eierschalenweißes Kleid mit tief ausgeschnittenem Rücken entschieden. Es war etwas gewagt für ihren Geschmack, doch genau deshalb hatte sie es ausgesucht. Sie fühlte sich verwegen und unbesiegbar darin. Außerdem hatte sie sich ganz schön abgemüht mit dem bescheuerten Fitnessprogramm für die Hochzeit; sie verdiente es, an ihrem Hochzeitstag ein sexy Kleid zu tragen.

Schmale perlenbesetzte Träger formten ein Nackenband und verliefen dann über ihren Rücken, um sich dort wieder mit dem Stoff zu verbinden. Das Kleid war figurbetont von oben bis zu den Hüften und floss dann in lockeren Chiffonschichten aus. Der Teil mit dem Overlay aus Glasperlen und Spitze, der vom Brustbereich bis nach unten ging, gefiel ihr am besten. Sie drehte sich vor dem Spiegel und lächelte. Die knapp einen Meter lange Schleppe war perfekt um sie herum angeordnet. Kacey seufzte.

Sie sah toll aus.

Also, wie konnte es sein, dass sie trotzdem nervös war? Ihre Finger krampften sich an den Seiten ins Kleid, doch dann fiel ihr ein, dass es dadurch verknitterte, also ließ sie los und fing an, vor dem Spiegel hin und her zu laufen.

»Nervös, Liebes?«, fragte leise eine Frauenstimme.

Kacey sah auf. Petunia stand händeringend in der Tür.

»Ähm, ein wenig«, gestand Kacey.

Petunia nickte. »Das kann ich verstehen. Es ist nur natürlich, sich zu sorgen, was im Ehebett vor sich geht.«

»Oh.« Kacey schluckte. »Es ist nicht …«

»Ich weiß schon. Schlafzimmergespräche sind ein heikles Thema. Und ich bin nicht die richtige Adresse für derartige Erörterungen. Ich würde wahrscheinlich einen Baseballschläger oder so etwas mitnehmen, für den Fall, dass er zu ausgelassen wird. Ein paar kräftige Hiebe sollten ihn beruhigen.«

»Einen Baseballschläger?« Kacey presste die Lippen zusammen. »Ich denke, das wird nicht nötig sein, und ich bin nicht nervös, was das Ehebett angeht.«

»Oh.« Petunia winkte Kacey zu und lachte. »Es ist schon in Ordnung, nervös zu sein, meine Liebe. Ich sage dir was: Du rufst einfach deine Tante Petunia an, sollte mein Neffe zu sehr …« Petunia errötete und wandte den Blick ab. »Ach, du weißt schon, was ich meine. Falls er, falls er …« Petunia presste die Hände zusammen. »Wenn er dir weh tut, dann sag einfach nein.«

»Ich denke nicht, dass Travis mir weh tun würde«, entgegnete Kacey in ruhigem Tonfall und versuchte zugleich krampfhaft, nicht in Gelächter auszubrechen. »Schließlich ist er ein einfühlsamer … Mann.«

»Ah, ein einfühlsamer Liebhaber.« Petunia nickte. »Ich verstehe, und das weißt du woher?«

Kacey hoffte, dass ihr Gesichtsausdruck nicht zu schuldig aussah.

Petunias Augen weiteten sich.

Und dann platzte Oma Nadine herein. »Petunia! Du solltest nicht hier sein.«

»Ich habe ihr gerade einen dringend notwendigen Rat erteilt.«

»Zum Thema ›Wie bleibe ich eine Jungfrau‹, zweifellos«, schnaubte Oma Nadine. »Nun geh und zieh dein Kleid für die Hochzeit an.«

»Ich weigere mich.« Petunia hob trotzig das Kinn. »Du weißt, wie ich zu lebhaften Farben stehe.«

Oma Nadine schloss kurz die Augen und rieb sich mit zwei Fingern den Nasenrücken. Als sie die Augen wieder öffnete, trat sogar Kacey einen Schritt zurück. »Du wirst dieses verdammte Kleid tragen, und zwar mit einem Lächeln. Und jetzt gehe es anziehen, oder, so wahr mir Gott helfe, ich werde jede einzelne deiner Katzen vergiften!«

Petunia schnappte nach Luft. »Das wagst du nicht!«

»Erzähl doch mal, wie geht es Garfield? Ach ja, er kommt auch langsam in die Jahre. Es wäre doch jammerschade, wenn er plötzlich die Treppe hinunterfiele oder versehentlich etwas frisst, das nicht gut für ihn ist.«

Verärgert aufstampfend, verließ Petunia den Raum.

Oma Nadine schloss die Tür hinter ihr, strich ihr goldfarbenes Jackett glatt und sah Kacey an. »Liebes, was ist denn los?«

Die Tränen, die Kacey bisher zurückgehalten hatte, liefen ihr jetzt übers Gesicht. Mit leisem Schluchzen sank sie in Oma Nadines Arme.

»Oh, Liebes, Schätzchen, weine doch nicht. Grandma ist ja da, ich bin bei dir. Also, wenn du jetzt Angst hast, ist das vollkommen normal. Nun ja, Männer können richtige Bestien sein! Sie geben Geräusche von sich, die kein menschliches Wesen in der Öffentlichkeit machen sollte. Sie finden sich selbst ungeheuer witzig und haben überhaupt keine Vorstellung davon, wie man den Abwasch macht …«

Kacey hickste.

»Ach, aber Schätzchen, sie sind wundervoll. Sie wurden für uns geschaffen, weißt du, ausdrücklich dafür gemacht, um da stark zu sein, wo wir schwach sind, geschickt zu sein, wo wir es nicht sind, und eine Verbindung mit uns zu teilen, die so magisch ist, dass du dich nicht einmal daran erinnern willst, wie es vorher war, bevor du diesen Ring an deinem Finger hattest. Schätzchen.« Oma Nadine löste sich von ihr und reichte Kacey ein Taschentuch. »Liebe ist Magie. Und du, mein Liebes, bist sehr verliebt; man sieht es in allem, was du tust, hört es in jedem deiner Atemzüge.«

Kacey tupfte sich die Augen ab und brachte ihre Atmung wieder unter Kontrolle. »Es liegt nicht an ihm.« Kacey schüttelte den Kopf. »Travis ist ein Geschenk Gottes. Er ist unglaublich. An ihm liegt es nicht, sondern an mir.«

Oma Nadine sagte nichts und tätschelte Kaceys Hand.

»Ich liebe ihn so sehr. Ich wünschte nur …«

»Was denn?«, fragte Oma Nadine.

»Ich wünschte« – Kaceys Lippen zitterten – »dass Dad mich zum Traualtar führen könnte. Dass meine Mom in der ersten Reihe sitzen und lächeln könnte. Ich weiß nicht … ich wünschte mir nur, sie könnten mich sehen.«

»Oh.« Oma Nadine zog Kacey wieder in die Arme. »Aber, Schätzchen, das können sie doch! Sie können dich sehen! Habe ich dir nicht gesagt, dass Liebe Magie ist? Nun, ich habe die Vorstellung, dass die Liebe, die du und Travis füreinander empfindet, von Gott selbst geschaffen ist, und wenn Gott höchstselbst euch Beachtung schenkt, wie könnte es dann sein, dass deine Eltern es nicht tun? Ich bin sicher, sie sitzen heute in der ersten Reihe. Liebe ist strahlend wie ein Stern am Nachthimmel. Man kann sie nicht übersehen. Sie ist wie die Sonne selbst, man muss sie einfach fühlen. Sie ist wie Atmen, man kann nicht ohne sie sein. O Schätzchen, ob deine Eltern wissen, wie unglaublich dein Hochzeitstag ist, sollte deine geringste Sorge sein – sie sind hier.« Oma Nadine legte die Hand auf Kaceys Herz. »Und, Liebes, da drin sind sie auch.« Dann holte sie ein kleines Kästchen aus ihrer Tasche und legte es in Kaceys Hände. »Nur zu, mach auf.«

Zitternd öffnete Kacey das Kästchen. Darin war eine lange Silberkette mit einem ovalen Anhänger. Der Anhänger ließ sich leicht öffnen. Und darin war ein Bild von Kaceys Eltern.

»Das ist dein ›etwas Altes‹«, flüsterte Oma Nadine. »Es ist schon sehr lange in meiner Familie. Es gehörte meiner Mutter, und davor ihrer Mutter.« Sie nahm Kacey die Kette aus der Hand und öffnete den Verschluss. »Wenn du dich unsicher fühlst, dann möchte ich, dass du daran denkst, dass deine Eltern nie weit weg sind …« Sie legte Kacey die Kette um den Hals und machte den Verschluss wieder zu. Der Anhänger lag genau zwischen Kaceys Brüsten. »Sie sind direkt an deinem Herzen.«

Mit einem Aufschluchzen umarmte Kacey Oma Nadine. Nie im Leben hätte sie das erwartet. Es war perfekt, und ganz plötzlich, als sei eine Last von ihr genommen worden, fühlte Kacey sich wieder lebendig, aufgeregt, bereit, und, o ja, fertig damit, nur Kacey zu sein. Sie war bereit, Kacey Titus zu sein.

»Ich habe dich lieb, Grandma.«

»Und ich dich, Liebes.« Oma Nadine seufzte. »Jetzt korrigiere dein Make-up. Wir wollen doch nicht, dass du aussiehst, als hättest du geweint.«

Kacey küsste sie auf die Wange und stand auf. »Ich glaube, jetzt ist pinkfarbener Lippenstift gefragt.«

»Das ist mein Mädchen.« Oma Nadine griff in ihre Handtasche und holte eine Hülse hervor. »Nutze ihn weise. Ich habe mir sagen lassen, dass pinkfarbener Lippenstift auch magische Kräfte haben soll.«

»Ja? Von wem?«

»Na ja, von Großvater, möge er in Frieden ruhen. Er liebte das Pink.« Mit einem kecken Zwinkern richtete Oma Nadine sich zu voller Größe auf und ging zur Tür hinaus.

»Gott segne sie«, sagte Kacey, »und lasse sie ewig leben … ich weiß, dass du sie bei dir haben willst, aber noch kannst du sie nicht holen.«

KAPITEL 60

Bereit?« Jake klopfte seinem Bruder ein paar Mal auf den Rücken, während der brummelnd in den Spiegel sah.

»Verdammt, ich kann einfach nicht aufhören zu zittern.« Travis schloss die Augen, schüttelte die Arme und hüpfte auf der Stelle.

»Ähm, zuerst hör mal auf zu hüpfen.« Jake legte Travis die Hände auf die Schultern. »Das ist kein Basketballspiel. Wir sind nicht im Meisterschaftsfinale.«

»Stimmt.« Travis stand wieder still und nickte einige Male.

»Und hör auf zu nicken. Du siehst aus, als wärst du irre.«

»Mist.« Travis setzte sich auf den Stuhl und vergrub den Kopf in den Händen. »Ich muss hier raus, bevor ich durchdrehe.«

»Stimmt.« Jake griff in seine Jacketttasche. »Aber bis es so weit ist, nimm das hier.«

Travis schaute nicht auf. »Jake, ich denke, das hier ist kaum die richtige Situation für Omas berühmt-berüchtigtes Heilmittel Benadryl.«

»Keine pinkfarbene Pille.« Jake hielt Travis das kleine Fläschchen Schnaps vor die Nase. »Flüssiger Mut, mein Freund. Trink aus.«

Travis öffnete die Augen und nahm das Plastikfläschchen. »Hm, also ein Heilmittel à la Jake Titus? Gefällt mir.«

»Oder einfach ein Titus-Heilmittel, auch wenn Mom für gewöhnlich Wein bevorzugt.« Jake zuckte mit den Schultern. »Auf jeden Fall gebührt die Ehre nicht mir allein.«

Travis drehte den Verschluss auf und schauderte, als er den gesamten Inhalt an billigem Wodka hinunterstürzte. »Das schmeckt ja scheußlich.«

»Habe ich Oma gemopst.« Jake nickte. »Dachte mir schon, dass es schrecklich schmeckt. Ich habe noch nie eine Frau erlebt, die billigen Wodka so gern hat wie sie.« Er zuckte mit den Schultern. »Jedenfalls ist es fast Zeit für den Gang zum Traualtar. Wie wär's jetzt mit etwas Rückgrat?«

Ein paar Sekunden vergingen, und dann sagte Travis: »Fertig.«

»Na, das ging ja schnell.« Jake grinste.

»Na ja, mir ist gerade klargeworden, dass ich meine Frau in exakt sechsundvierzig Minuten verführen darf, vielleicht sogar in vierundvierzig, wenn ich mein Eheversprechen schnell genug aufsagen kann.«

»Das ist die richtige Einstellung.« Jake klopfte ihm auf den Rücken. »Also, ich bin dann mal weg, um deine künftige Frau zu finden; wie es aussieht, muss ich ein Mädchen vor den Traualtar führen.«

»Wenn sie stolpert, kriegst du ein Veilchen.«

»Zur Kenntnis genommen«, rief Jake, schon auf dem Weg hinaus auf der Suche nach Kacey. Er fand sie ganz allein am Ende der Veranda, wo sie wartete, während im Hintergrund leise Musik spielte.

Char stand neben ihr. Die beiden unterhielten sich flüsternd. Zumindest so lange, bis Jake sich mit einem hörbaren Räuspern bemerkbar machte.

Kacey drehte sich als Erste um. Ihre Augen blitzten vor Aufregung.

»Ich gehe einfach, ähm« – Char deutete hinter Jake – »da hinüber und bleibe dort stehen, bis es Zeit ist, vor den Traualtar zu treten.«

Chars Parfum schwebte in der Luft, als sie an Jake vorbeigehen wollte. Keine Chance. Er schlang den Arm um ihre Taille und küsste sie auf den Mund. »Du kannst nicht einfach an mir vorbeigehen, ohne hallo zu sagen.«

Char lachte. »Ist das die Art, wie wir jetzt hallo sagen?«

»Ja.« Jake öffnete ihre Lippen mit seiner Zunge. »O Mann, ja.«

Char entzog sich ihm, zwinkerte ihm kokett zu und ging.

Er starrte ihr immer noch nach, als Kacey sagte: »Ich hätte nie gedacht, dass ich diesen Tag erleben würde.«

»Was?« Jake kratzte sich nervös am Kopf und ging auf Kacey zu. »Welchen Tag?«

»Du weißt schon.« Sie verschränkte die Arme und deutete mit dem Kopf dorthin, wo Char und die anderen Brautjungfern saßen. »Diesen Tag.«

»Ich verstehe immer noch nicht.«

Sie zuckte mit den Schultern. »Ende der Pubertät. Du bist tatsächlich erwachsen geworden und hast dich verliebt.«

»Dann bin ich jetzt also ein Mann?« Jake blinzelte.

»Gratuliere.« Kacey lachte. »Du meine Güte! Ich wette, du hast sogar Haare auf der Brust!« Jake zuckte zusammen. Er war immer ein Anhänger der kosmetischen Enthaarung gewesen. Vielleicht übertrieb er es ja ein wenig mit seinen monatlichen Gesichtsbehandlungen.

Er schlug Kaceys Hand weg, als sie seine Brust berühren wollte. Göre.

»Bist du so weit?«, fragte er, um das Thema zu wechseln.

»Ich denke schon.«

»Gut.« Jake lachte. »Mach dich darauf gefasst, überwältigt

zu sein. Genau genommen, mach dich darauf gefasst, in Tränen auszubrechen. Ich habe gehört, du und Oma hattet ein nettes Schwätzchen.«

»Diese Frau kann doch für ihr Leben kein Geheimnis für sich behalten«, grummelte Kacey.

»Na ja, ich habe Char in Alarmbereitschaft, für alle Fälle.« Jake ergriff Kaceys Hände. »Kacey, ich kenne dich schon, seit du ein kleines Mädchen mit Zöpfen warst. Du warst besessen von Barbie und hast zu mir gesagt, dass ich dein Ken sein sollte. Um genau zu sein, bin ich ziemlich sicher, dass ich öfter Ken gespielt habe, als ich zugeben möchte.«

Kacey kicherte.

»Wir haben zusammen gelacht, geweint, uns angebrüllt, gestritten, uns gehasst …« Jake versuchte, seine Emotionen in den Griff zu bekommen. Verdammt, von wegen, Kacey würde in Tränen ausbrechen; er hatte das Gefühl, gleich selbst die Fassung zu verlieren. »Ich habe dir das Herz gebrochen und es nie wiedergutgemacht.« Er fuhr sich mit der Zunge über die Lippen und atmete hörbar aus. »Das hat er getan.«

Kacey griff nach Jakes Hand und drückte sie.

»Er hat es wiedergutgemacht, mein Bruder.« Jake schloss kurz die Augen. »Kace, ich habe dir im College dein Herz gestohlen. Ich habe es gestohlen und bin nicht vorsichtig damit umgegangen. Ich war leichtsinnig, jung, dumm, such dir was aus.« Er ließ ihre Hand wieder los und griff in seine Tasche, um das Geschenk herauszuholen. »Also, hier bin ich und bringe dir die zerbrochenen Stücke wieder, damit er sie alle haben kann. Travis verdient alles. Ich wollte reparieren, was ich zerbrochen habe, ich wollte in Ordnung bringen, was schiefgelaufen war, aber weißt du, es ist schwierig, das zu tun, also hier …« Er hielt ihr die Anstecknadel hin. »Es ist ein blaues Herz, ein Saphir. Dein ›etwas Blaues‹ ist zugleich dein

›etwas Neues‹.« Er zuckte mit den Schultern. »Ich habe dich immer geliebt, Kace.« Er steckte ihr die Nadel ins Haar und küsste sie auf die Stirn.

Kacey klopfte ihm auf die Schulter. »Hör auf, mich zum Weinen zu bringen!«

»Tut mir leid!« Er löste sich von ihr und hob die Hände.

»Oh, komm her.« Kacey drückte ihn an sich. »Danke dir, Jake, für alles.«

Im Garten erklang Musik. »Tja, ich bin noch nicht ganz fertig.« Er bot ihr den Arm, und im selben Augenblick kam sein Vater um die Ecke.

»Bereit, Liebes?«, fragte Wescott und wischte sich ein paar Tränen ab, nachdem er Kacey einen Kuss auf die Wange gedrückt hatte.

»Bereit.« Sie schluckte und hakte sich mit einem Arm bei Jake, mit dem anderen bei seinem Dad unter. »Tun wir es.«

Char brachte Kaceys Brautstrauß. Jake zwinkerte ihr kurz zu, bevor er sich wieder zur Treppe wandte.

Er spürte, wie Kacey neben ihm zitterte.

»Ich liebe euch, Mom und Dad«, hauchte Kacey.

»Ich bin so stolz auf dich«, sagte Wescott, und eine Träne lief ihm über die Wange, bevor er losgehen konnte. »Und ich weiß, dass sie es auch sind.«

Jake drückte ihren Arm fester, nickte seinem Vater zu und kämpfte mit allem, was er hatte, darum, nicht seinen Emotionen zum Opfer zu fallen.

Aber das war schwierig.

Besonders, als der Hochzeitsmarsch einsetzte.

Und, einfach so, kamen die Erinnerungen.

Die Trauungszeremonie fand in der Nähe des Baumhauses statt. Kacey fühlte sich in der Zeit zurückversetzt und sah sich als Fünfjährige um den Baum herumrennen, während Jake sie verfolgte.

Ihre Mom kam um die Ecke und rief: »Kacey, weg damit! Wage es nicht, ihn mit Matsch zu bewerfen!«

Kacey hörte nicht auf sie.

Und dann sprang ihre Erinnerung ein paar Jahre vor. Dasselbe Baumhaus, derselbe Junge. Jake war älter, er stritt sich mit Travis, und dann erklärte Travis, er habe eine Schlange gefunden, und hielt sie ihr direkt vors Gesicht.

Ihre Mutter kam, zusammen mit Bets, aus dem Haus gerannt, und schrie Travis zu, er solle die Schlange töten.

Und dann: Highschool. Travis beobachtete sie vom Haus aus, als sie mit Jake am Fluss spazieren ging. Sie warf ihm einen Blick über die Schulter zu und verdrehte die Augen, als er mit ihrem Vater auf die Gartenveranda hinauskam, um den Rest der Angelausrüstung in den Truck zu laden.

»Pass auf dich auf!«, hatte sie gerufen.

»Aber immer doch!«, rief ihr Vater zurück, und dann, als sei ihm gerade etwas eingefallen, lief er mit weit offenen Armen auf sie zu. »Das hätte ich ja beinahe vergessen!«

»Was denn?« Sie kicherte und rannte ihm entgegen.

»Ein Prinz hat immer einen Kuss von seiner Prinzessin verdient, bevor er in den Krieg zieht!«

»Du ziehst nicht in den Krieg, du jagst Fische.«

»Und Löwen, Tiger und Bären!« Ihr Vater riss die Augen auf und gab ihr einen Kuss nach dem anderen auf die Wange.

»Hör auf!« Sie schob ihn weg und lachte. »Na gut. Hier ist Euer Kuss, werter Herr.« Sie machte einen Knicks, und ihr Vater verbeugte sich. »Werdet Ihr meine Farben tragen, liebster Prinz?«

»Aber natürlich!« Ihr Vater zog ein pinkfarbenes Band aus

ihrem Haar und hielt es in der Hand. »Ich werde es für immer und ewig bewahren, liebste Dame!«

Und als Kacey wieder in der Gegenwart angekommen war, wurde ihr klar: All diese Erinnerungen, all die Zeit, die sie hier auf Titus Abbey verbracht hatte – es war, als seien ihre Eltern bei ihr und würden sie ihrer Zukunft entgegenführen.

Travis hob den Blick.

Und plötzlich konnte sie gar nicht schnell genug zu ihm kommen. Sie ging den ganzen Weg zur Vorderseite des Pavillons entlang, ohne dabei den Blick von seinen Augen abzuwenden. Er sah so gut aus in seinem schwarzen Anzug. Sein Haar war leicht zerzaust, und seine sonnengebräunte Haut machte sein Lächeln nur umso unwiderstehlicher.

Travis ging zwei Schritte auf sie zu. Wescott und Jake ließen sie los, und dann streckte Travis die Hand aus.

Als er ihre Hand ergriff, drehte er sie um und öffnete ihre Finger.

Und auf ihre Handfläche ließ er ein abgegriffenes pinkfarbenes Haarband fallen.

Tränen standen Travis in den Augen, als er sich vorbeugte und ihr ins Ohr flüsterte: »Ich werde es für immer und ewig bewahren.«

Kacey pfiff auf die Tradition, nach der sie ihren Ehemann nicht berühren sollte, bevor der Pastor den Mann ansprach, der die Braut übergab. Sie warf Travis die Arme um den Nacken und heulte.

Volle fünf Minuten vergingen, bevor sie ihre Fassung wiedererlangte. Und auch da war ihr klar, dass sie wahrscheinlich schrecklich aussah, aber das war ihr egal.

Travis nahm das Band aus ihrer Hand und befestigte es an der Anstecknadel, die Jake ihr gegeben hatte.

»Also.« Der Pastor grinste. »Wer übergibt diese Frau an diesen Mann?«

Wescott sagte nichts, und auch Jake schwieg. Kacey schaute sich um, und dann berührte jemand ihren Arm.

Oma Nadine. Sie strahlte Kacey an und legte ihre sanften Hände um die von Travis und Kacey. »Ihre Eltern und ich.«

»Und ich«, sagte Jake rechts neben ihr.

»Und meine Frau und ich«, fügte Wescott hinzu.

Nie hatte Kacey sich mehr geliebt oder zu Hause gefühlt. Und dazu noch der Gedanke, dass sie sich genau in dem Garten befand, in dem sie ihre ganze Jugend lang gespielt hatte. Mit tränenfeuchten Augen und einem Lächeln umarmte sie alle und trat dann zu Travis vor den Pavillon.

Eine warme Brise wehte. Kacey blickte über den Fluss, als der Pastor den Gästen bedeutete, Platz zu nehmen.

Und vielleicht sah sie ja Gespenster, aber sie hätte schwören können, dass sie an der Anlegestelle ihre Eltern sah, Hand in Hand, die ihr zusahen und lächelten.

KAPITEL 61

»Bist du bereit?«, flüsterte Jake Char ins Ohr.

Sie schüttelte den Kopf. Könnte das denn irgendjemand von sich sagen? Sie würden einen verdammten Fruchtbarkeitstanz vorführen, vor allen Leuten! Auch wenn er nicht wirklich so aussah. Es war eher ein Tango – aber trotzdem. Warum Grandma sie dazu nötigte, den Tanz vorzuführen, ging über ihren Verstand, aber da waren sie, mitten auf der Tanzfläche, und warteten darauf, dass die Musik einsetzte, als Oma Nadine sich vor dem Mikro räusperte.

»O nein«, flüsterte Char, »das kann nichts Gutes bedeuten. Will sie etwa während unseres Tanzes singen?«

»Nicht, dass es noch schlimmer werden könnte …«, brummte Jake.

»Ist dieses Ding an?« Oma Nadine klopfte auf das Mikro, woraufhin ein lautes Kreischen zu hören war, und lachte dann laut hinein. »Oh, ich liebe moderne Technik.«

»Ja, das wissen wir, Grandma«, meinte Char.

»Ich bin ja so froh, meine beiden Enkelsöhne verheiratet und sesshaft zu sehen. Der Tanz, der jetzt kommt, wurde mit großer Liebe zum Detail arrangiert. Jede Figur besitzt eine eigene Bedeutung.«

»War nur ein Scherz«, meinte Jake. »Es ist schlimmer. Sie will das Paarungsritual erklären.«

»Die erste Drehung«, erklärte Oma Nadine, »steht für

wahre Liebe. Die zweite für ein glückliches Leben in den Armen des jeweils anderen für alle Zeit. Der uralte Glaube an diesen Tanz reicht bis zu den Zigeunern zurück. Sie glaubten, ein Tanz könne zwei Menschen für immer miteinander verbinden, ungeachtet ihrer Herkunft, Rasse, Leid in der Vergangenheit …«

Und als Oma Nadine fortfuhr, riss Char die Augen auf, ebenso wie Jake.

»Und deshalb ist mein Hochzeitsgeschenk an Char und Jake dieser Tanz, den sie vor einigen Wochen gelernt haben. Überraschung! Und viel Spaß.«

Die Musik setzte ein.

Char konnte sich nicht rühren.

Oma Nadine hatte alles von Anfang an geplant, angefangen beim Tanz, bis hin zu allem anderen – da war sie sicher.

Sie schluckte die Rührung hinunter, als Jake um sie herumging und sie dann in die Arme zog.

Er drehte sie, einmal, dann noch einmal, und sah sie dabei jedes Mal so eindringlich an, dass es unmöglich gewesen wäre, sich nicht immer wieder neu in ihn zu verlieben. Bei jeder Drehung sah sie eine neue Facette seines Lächelns, die sie fesselte und ihr sagte, dass er sie liebte und begehrte.

Jake drückte sie eng an sich, als sie das Bein um seine Hüfte schlang, und bog sie nach hinten. Er küsste sie auf den entblößten Hals und drehte sie erneut.

Der Rest des Tanzes verlief von Angesicht zu Angesicht.

Er beugte sich vor, und seine Lippen streiften ihre Wange. »Du würdest mir fehlen – selbst wenn ich dir nie begegnet wäre, würdest du mir fehlen, weil ich wissen würde, dass es einen Teil von mir gibt, der nicht da ist.«

Sie holte hörbar Luft.

»Und selbst wenn ich dir nie begegnet wäre … ich würde dich dennoch begehren.«

Jake ließ die Hände über ihre Schultern zu ihrer Taille gleiten und drückte sie an sich. »Sogar jetzt fehlst du mir.« Seine Lippen streiften ihr Ohr. »Denn jedes Mal, wenn ich dich berühre, ist es, als wärst du nicht nahe genug. Mein Körper sehnt sich danach, dir noch näher zu sein. Aber selbst wenn nichts als Haut zwischen uns ist, lässt das Drängen nicht nach. Es wird nie nachlassen. Denn deine Essenz ist das, wonach ich mich sehne.«

Der Tanz endete, und sie beide sahen sich tief in die Augen.

Char schloss die Augen und zog Jakes Kopf zu sich heran, während sie dastanden, ohne sich zu bewegen.

Seine Lippen legten sich sanft auf ihren Mund, und er seufzte. »Ich werde dich mein Leben lang verfolgen, dich begehren, dich verwöhnen und dich entdecken …«

Mit einem Aufschrei drückte sie die Lippen auf seinen Mund. Er hob sie in die Arme und schwang sie auf der Tanzfläche im Kreis, während sein Kuss inniger und drängender, forschender wurde. Hitze explodierte in ihrem Körper, und ein Schauer lief ihr über Arme und Beine. Er drückte sich noch enger an sie, doch das war nicht genug.

»Ähem.« Oma Nadine lachte ins Mikro. »Vielleicht bekomme ich ja schon vor dem Frühling einen Urenkel!«

Die Gäste lachten. Jakes unbekümmertes Lachen wärmte Char das Herz. Wie kam es, dass ein Mann, der vor gerade einmal einer Woche noch jede ernsthafte Bindung vermieden hatte, plötzlich den Gedanken an Kinder reizvoll fand? Ein Wunder, das war es. Mit einem Seufzen gab er sie frei, und sie glitt an seinem festen Körper entlang zu Boden.

»Zeit, zu tanzen!«, rief Oma Nadine und fing an zu rappen.

»Ach du lieber Gott.« Jake stöhnte.

»Und dieser Moment war etwas so Besonderes.« Char lachte.

Die Black Eyed Peas hatten sich nie so gut angehört. Zumindest fanden die Gäste es urkomisch, und um ehrlich zu sein, Oma Nadine war gar nicht so übel.

Travis und Kacey stießen zu Char und Jake auf der Tanzfläche. Sie tanzten, so gut sie konnten, während Oma Nadine über die Bühne stolzierte und sang: »Tonight's the night, let's live it up! I've got my money …«

»Dann machen wir eben mit.« Travis boxte Jake mit dem Ellbogen. Sie nickten sich zu, und dann fingen beide an, in die Luft zu springen, die anderen Gäste machten mit, und aus dem als romantisch gedachten Tanz wurde eine ausgewachsene Party, mit Oma mitten auf der Bühne.

Nach den ersten paar Liedern war Char verschwitzt und brauchte dringend etwas zu trinken. Sie nahm Jakes Hand und zog ihn zu ihren Sitzplätzen.

Oma Nadine verließ die Bühne und kam auf sie zu. Ihre Augen blitzten vor Aufregung.

»Wie war ich?«, fragte sie, als sie die beiden erreichte.

»Hervorragend«, antwortete Jake. »Wahrhaft bemerkenswert. Ich habe noch nie eine sechsundachtzigjährige Frau rappen sehen. Zehn Mäuse, dass sich das morgen im Netz verbreitet.«

»Ich liebe YouTube«, seufzte Oma Nadine.

»Was ist so wichtig?«, rief Petunia und kam an ihren kleinen Tisch. Ihr leuchtend blaues Kleid betonte ihre blauen Augen und das silberne Haar. »Ich musste den ganzen Weg von meinem Platz hierherlaufen.«

»Einen Augenblick.« Oma Nadine hob die Hand.

Char sah sich um. Worauf wartete sie?

»Ah, da kommen sie ja.«

Ein eindrucksvoller älterer Mann mit Gehgestell kam auf sie zu. Bei ihm befand sich ein weiterer freundlicher Herr, der in seinem schwarzen Anzug eine gute Figur machte.

»Wer ist das?«

»Mein Liebster. Tatsächlich planen wir, kommenden Winter zu heiraten.« Oma Nadine zuckte mit den Schultern. »Jedenfalls hat er einen Bruder. Ich möchte, dass du ihn kennenlernst.«

»Nein.« Petunia verschränkte die Arme. »Ich werde nichts dergleichen tun, ich werde nicht …«

»Nadine!« Mr. Casbon nahm ihre Hand und drückte einen Kuss darauf. »Reizend wie immer, und was für ein schönes Lied du da gesungen hast, meine Liebe.«

»Ich habe geübt.« Oma Nadine strahlte.

Jake fing an zu lachen, aber Char stieß ihm den Ellbogen in die Rippen, und er verbarg sein Lachen mit einem Husten.

»Und wer ist dieses reizende Geschöpf hier?«, fragte der andere Mann, an Petunia gerichtet. »Ich beobachte Sie schon den ganzen Abend, meine Liebe. Sie sind … überwältigend.«

»Oh.« Petunia sah Oma Nadine an, dann wieder den Mann und streckte die Hand aus. »P-petunia.«

»Ah, so lieblich wie die Blume!« Er ergriff ihre Hand. »Darf ich um diesen Tanz bitten?«

Petunias Wangen nahmen eine hübsche Pinkfärbung an, bevor sie kurz nickte und ihm auf die Tanzfläche folgte.

»Oma.« Jake räusperte sich.

»Ja, mein Lieber?«

»Mr. Casbon hat keinen Bruder.«

Mr. Casbon kicherte und wandte den Blick ab.

»Heute Abend schon, mein Junge.«

»Wo hast du ihn gefunden?«

Oma Nadine zupfte an ihrem Kleid und betrachtete dann ausgiebig ihre Fingernägel.

»Oma«, drängte Jake, »wo hast du ihn gefunden?«

»Er ist ein Escort-Boy.« Sie winkte ab. »Verlangt auch ein hübsches Sümmchen, aber ich denke, dass sie sich ganz reizend zusammen machen. Weißt du, vor ein paar Jahren hat er seine Frau verloren. Er macht das nur zum Spaß. Es gibt eine Menge Witwen, die Gesellschaft brauchen.«

Char blieb der Mund offen stehen. Jake tippte ihr ans Kinn und klappte ihr den Mund wieder zu.

»Wollen wir tanzen?« Oma Nadine schnappte sich Mr. Casbon und führte ihn mitsamt Gehgestell zur Tanzfläche.

Char sah geschockt zu, wie Petunia lachte und tanzte, als amüsiere sie sich prächtig.

»Hm.« Jake schüttelte den Kopf. »Escort-Boy?«

»Na ja, zumindest ist sie glücklich. Ich meine, sieh sie dir an!«

Mit einem Kichern stand Jake auf und zog Char mit sich. »Ich will sie mir nicht ansehen. Ich will dich ansehen.«

»Oh.«

»Du bist wunderschön.«

»Ist das hier an?«, rief da Bets ins Mikro. »Ah ja, gut, es ist Zeit, die Torte anzuschneiden.«

Alles klatschte.

Arm in Arm gingen Jake und Char zur Torte – und erstarrten.

Die Dekobögen schmolzen.

»Ach du Schande«, flüsterte Jake. »Wir müssen etwas tun.«

Und dann drehte der Mann vom Partyservice die Torte den Gästen zu.

Ein lautes Aufkeuchen war zu hören, gefolgt von Gemurmel.

»Tu etwas!« Char schob Jake auf die Torte zu. »Geh schon!«

Er stemmte die Fersen in den Boden. »Oh, zur Hölle, nein. Ich gehe nicht allein in mein Verderben.« Er packte sie am Handgelenk und zog sie mit sich, genau als Travis und Kacey den Tisch erreichten.

Travis bemerkte es als Erster. Ihm fielen förmlich die Augen aus dem Kopf, und dann sah er Kacey an.

Sie schaute glücklich und voller Liebe zu ihm auf, und dann, als würde sie seine Bestürzung fühlen, blickte sie zum Tisch und schlug die Hand vor den Mund.

»Ähm, Überraschung!«, rief Char laut genug, dass jeder es hören konnte.

Travis starrte sie an. »Überraschung?«

»Wir …« Char knuffte Jake.

»Wollten.« Er hüstelte. »Noch …« Seine Miene wurde ausdruckslos. O nein, ihm fiel nichts ein. Überhaupt gar nichts. Von allen möglichen Gelegenheiten, sich zu blamieren, bitte nicht jetzt!

Kacey und Travis warteten.

Schließlich ließ Jake den Kopf hängen. »Wir sind die schlechtesten Trauzeugen überhaupt. Sie konnten es nicht mehr rechtzeitig ändern. Deshalb steht da …«

»›Tittis auf ewig‹!«, rief Oma Nadine laut durch das Mikro. »Und lasst euch sagen, diese Titus-Brüder lieben ihre …«

»Einen Toast!«, übertönte Bets Oma Nadine. »Auf Travis und Kacey!«

Alle hoben die Gläser, während Kacey und Travis zur Torte gingen und den Aufsatz betrachteten.

»Wenigstens sieht es uns ähnlich«, meinte Kacey.

»Und ich mag deine …«

»Du liebe Güte!«, rief Bets. »Gut gemacht, reizend, reizende Torte.« Sie stürzte den Rest ihres Weines auf ex hinunter und sah dabei aus, als würde sie jeden Moment in Ohnmacht fallen.

Jake seufzte. »Lass uns das Ding abnehmen, bevor meine Mom noch umkippt.«

Char brach in Gelächter aus. »Merkst du was? Nimm das Ding von den Titten?«

Sie brachen in hemmungsloses Gekicher aus, bis ihr plötzlich irgendjemand Kuchen ins Gesicht schmierte. Jake, der Mistkerl! Und dann schmierte Travis Kacey Kuchen ins Gesicht.

Und dann begann eine gnadenlose Schlacht.

Eine Schlacht, bei der Travis und Jake schließlich die Waffen streckten, mit der Begründung, dass sie das hübsche Make-up der Mädchen nicht ruinieren wollten. Doch Kacey und Char wussten genau, der wahre Grund lag darin, dass ihnen klar war, dass sie verlieren würden. Immerhin hatten die Gebrüder Titus von Anfang an keine Chance gehabt.

KAPITEL 62

Bereit?«, fragte Kacey und nahm Travis' Hand.

»Ja.« Er küsste sie auf den Scheitel und ging mit ihr nach draußen zum wartenden Auto. Jake debattierte gerade mit Oma Nadine, und Char hielt die Hände vors Gesicht und lachte.

»Oh-oh.« Kacey ging zum Auto. »Will ich das überhaupt wissen?«

»Oma hält sich für eine Künstlerin«, erklärte Jake durch zusammengebissene Zähne. »Ich wollte sie aufhalten, aber …«

»Ah.« Kacey betrachtete die Windschutzscheibe. Oma Nadine hatte zwei sehr große Brüste aufgemalt und *Titus auf ewig* dazugeschrieben, nur dass das U und das S so klein waren, dass man sie fast nicht sehen konnte. »Allerliebst.«

»Welch ein ganz besonderer Tag«, brummte Travis hinter ihr.

»Na los, ihr zwei!« Oma Nadine seufzte. »Also.« Sie nahm die beiden beiseite. »Ich vermute, ihr beide wisst, wie diese Dinge … vor sich gehen.«

»Dinge?«, echote Kacey. »Welche Dinge?«

»Oh, Liebes.« Oma Nadine legte sich die Hand an die Wange. »Dinge eben, wie …« Sie zuckte mit den Schultern. »Wenn man Babys macht …«

»Ach du lieber Gott.« Travis verdrehte die Augen gen Himmel.

»Es ist wichtig, dass man die Beine hochlegt. Nun, so kam Wescott zustande!« Sie seufzte. »Unter anderem musst du die Beine in die Höhe strecken, etwa so.« Oma Nadine machte die Autotür auf, setzte sich und reckte die Beine kerzengerade in die Luft, so dass sie sich parallel zum Oberkörper befanden. »Nur normalerweise liegst du dabei. Verstehst du?«

»Die Leute starren schon herüber, Oma«, meinte Jake.

»Und dann« – sie ließ die Beine wieder sinken – »nach einer halben Stunde drehst du dich um, etwa so, wie man einen Braten im Ofen wendet.«

»Wendet man denn einen Braten im Ofen?«, fragte Char laut. »So habe ich das noch nie gemacht.«

»In diesem Fall, meine Liebe, brauchst du noch einige Tipps von mir«, sagte Oma Nadine unwirsch.

»Nein danke.« Char trat einen Schritt zurück.

Oma Nadine stand wieder auf richtete ihr Augenmerk auf Travis und Kacey. »Deine kleinen Soldaten sollten kräftig sein! Aber sie haben ja Titus-Blut in sich, also sollten sie ihre Aufgabe zufriedenstellend erledigen.«

»Zufriedenstellend?« Travis nickte. »Ich dachte, sie wären mehr als nur zufriedenstellend.«

»Sind sie.« Kacey tätschelte ihm den Rücken.

»Austern.« Oma Nadine nickte. »Iss mehr Austern, die lenken den Blutfluss in die richtigen Regionen; und deine Soldaten werden bereit sein für den totalen Kampfeinsatz!«

»Ah, Kampfeinsatz«, sagte Jake, »ein Wunschtraum, und doch stehen wir immer noch hier.«

Oma Nadine warf ihm einen finsteren Blick zu und wandte sich dann wieder Kacey zu. »Liebes, hast du irgendwelche … Fragen an deine Grandma?«

Travis hob die Hand, Jake ebenso.

Oma Nadine ignorierte beide und tätschelte Kaceys Hand.

»Ich weiß, dass es beängstigend sein kann, aber was du tust, tust du für deine Großmutter. Geh einfach ins Schlafzimmer und denke dir dabei, ich tue das für Grandma.«

»Nicht.« Travis schüttelte den Kopf. »Bitte pflanze uns nicht dieses Bild ins Gedächtnis, ich flehe dich an …«

»Ich brauche Urenkel.« Oma Nadine zuckte erneut mit den Schultern. »Also, enttäuscht mich nicht!« Seufzend griff sie in ihre Tasche. »Die hier sollten auch helfen.«

»Was ist das?«, fragte Travis und zeigte auf die große Halskette, die Oma Nadine Kacey um den Hals legte.

»Fruchtbarkeitsperlen.« Oma Nadine zuckte mit den Schultern, als müsste das jeder wissen.

»Der Wahnsinn.« Das kam von einem lachenden Jake.

»Du bist der Nächste«, brummte Travis und legte dann den Arm um Kacey. »Ich denke, wir sollten besser gehen, ähm …«

»Und Schiffe versenken spielen mit deinem kleinen Soldaten?«

Er grinste. »Ich bringe dein Schiff jederzeit zum Untergehen.«

»Hm, ich könnte dich ja mal lassen.«

Oma Nadine stieß Jake mit dem Ellbogen in die Rippen. »Was habe ich gesagt? Diese Perlen wirken Wunder. Sieh dir nur die beiden an.«

Kacey ignorierte Oma Nadine und stieg ins Auto. »Danke für den, ähm, Ratschlag.«

»Jederzeit gern!« Oma Nadine winkte. »Und solltet ihr … Probleme haben, dann rufst du einfach deine Grandma an, ja?«

»Wenn die Hölle zufriert.« Travis startete den Motor.

»Wie war das?« Oma Nadine legte horchend die Hand ans Ohr.

»Liebe dich!«, rief er und fuhr aus der Parklücke.

Kacey griff über die Mittelkonsole nach seiner Hand. »Bereit zum Spielen?«

»Verdammt.« Er lachte. »Darauf warte ich schon mein ganzes Leben.«

»Kace, wenn du nicht in fünf Sekunden durch diese Tür kommst, trete ich sie ein«, rief Travis aus dem Schlafzimmer. Sie verbrachten ihre Hochzeitsnacht im neuen Flügel des Hauses anstatt in der Suite, in der Jake und Char waren.

»Nur noch eine Minute.« Sie lachte und zog sich vollständig aus. Er dachte, sie trüge irgendwelche raffinierte Unterwäsche, aber nichts da, sie hatte nur sich selbst.

»Kace, ich meine es ernst!«, rief Travis. »Du bringst mich noch um.«

»Tja, dann.« Kacey sperrte die Badezimmertür auf. »Ich möchte ja nicht, dass mein neuer Ehemann gleich stirbt, nicht wahr?«

Langsam öffnete sie die Tür und lehnte sich an den Türrahmen. Travis drehte sich um und musterte sie ausgiebig. Ihm blieb der Mund offen stehen, und er liebkoste sie mit seinem Blick – von ihren Zehen langsam nach oben über ihren ganzen Körper, bis er ihr schließlich in die Augen sah. »O verdammt.«

»Wirklich?« Sie lächelte.

»Du lieber Gott.« Er kam auf sie zu, nahm sie in die Arme und küsste sie innig. »Ich bin besessen von deinem Körper.«

»Trav …«

Seine Zunge schob sich zwischen ihre Lippen, und seine heißen Hände lagen an ihren Hüften. Er hob sie hoch und ließ sie auf das Bett fallen. »Ich werde nicht sanft mit dir umgehen. Das kann ich nicht, das schaffe ich gar nicht. Ich liebe dich, und ich verspreche dir, beim zweiten Mal bin ich superlangsam und romantisch, und ich sage dir alles, was du hören willst, aber jetzt im Augenblick will ich wirklich nur noch in dir sein, um dich herum, neben dir, auf dir, unter dir.« Er stieß einen Fluch aus und zog seine Kleidung aus. »So wahr mir Gott helfe, wenn ich dich nur noch ein Mal anfasse, dann explodiere ich.«

Und ehe Kacey es sich versah, war er über ihr, küsste sie, neckte sie, zog an ihrem Haar und rollte sich dann auf den Rücken, so dass sie rittlings auf ihm landete.

Travis verdrehte die Augen und hauchte noch einen Fluch, während seine Hände über ihre Haut wanderten und Spuren der Hitze mit jeder einzelnen Berührung hinterließen. »Gott, ich liebe dich.«

»Ich liebe dich auch.« Sie beugte sich über ihn und küsste ihn. Ihr Haar hing wie ein Vorhang über ihren Gesichtern, als er sie fester an sich drückte.

Er grinste breit, als sie sich zur Seite drehte und ihn mit sich zog, so dass er auf ihr lag. »Ich kann nicht …« Er fluchte. »Beurteile mich nicht nach diesem einen Mal, mehr sage ich dazu nicht.«

»Tja, ich bilde einfach den Durchschnitt aus den Malen davor und zähle dieses Mal dazu, gut?«

»Gut.« Er drang in sie ein und stöhnte auf. Als sie aufkeuchte, hielt er inne und küsste sie ganz langsam auf den Mund. »O Mann, ich bin so froh, dass du mich geheiratet hast.«

»Hör auf, mich hinzuhalten.« Sie drängte sich an ihn.

»Zu Befehl, Ma'am.«

KAPITEL 63

Jake sah zu, wie Char sich ein Glas Wein holte und sich auf der hinteren Veranda zu ihm gesellte. Beth und Jace gingen am Fluss spazieren. Oma Nadines Idee, nicht deren Einfall. Aber so wie die meisten Leute wollten sie sie bei Laune halten und sagten, sie wären später wieder da, um Pläne fürs Frühstück am nächsten Morgen zu machen.

»Also.« Jake stieß mit ihr an. »Wohin in den Flitterwochen? Ich meine, technisch gesehen bist du gefeuert, also können wir einen ganzen Monat flittern, wenn du willst.«

Char kicherte. »Einfach so? Wir steigen morgen in das nächstbeste Flugzeug irgendwohin?«

»Ja.« Jake beugte sich zu ihr, um sie zu küssen. »Einfach so.«

»Aber ich habe keinen Reisepass.«

Jake zuckte mit den Schultern. »Dann können wir warten, bis einer ausgestellt ist, und von Seattle aus fliegen oder in den Staaten bleiben.«

»Hawaii.« Char wirkte nervös, als sie den Blick abwandte und einen Schluck Wein trank.

»Darf ich fragen, wieso Hawaii?«

Sie stützte sich nach hinten auf ihre Hände, und das Mondlicht spiegelte sich auf ihrer gebräunten Haut, als sie die Augen schloss und ausatmete. »Meine Eltern haben mir immer wieder versprochen, sie würden mit mir hinfliegen. Das erste

Mal nach dem Highschool-Abschluss, aber dann kam etwas dazwischen, danach College, und, na ja … du kannst es dir denken. Es war stets ein leeres Versprechen. Und ich wollte immer nur dorthin.«

O Mann, er liebte sie so. Er würde ihr Hawaii kaufen, wenn das möglich wäre. »Dann Hawaii.« Er küsste sie auf die Wange.

»Kinder?« Oma Nadine öffnete die Tür und kam heraus. »Da seid ihr ja! Ich suche euch schon überall.«

Sie zog einen Stuhl heran und setzte sich. »Also, ich weiß ja, dass meine Methoden nicht immer ganz sauber sind.«

»Tja, das ist die Untertreibung des Jahrhunderts«, meinte Jake.

»Dummkopf.« Sie kniff die Augen zusammen. »Jedenfalls möchte ich mich entschuldigen.«

»Wirklich?« Jake beugte sich vor und grinste. »Wofür?«

»Für alles.«

»Und das wäre dann …«, hakte Jake nach, »was genau?«

Oma Nadine wandte den Blick ab und antwortete gereizt: »Der Fruchtbarkeitstanz. Aber zu meiner Verteidigung – ich musste sichergehen, dass ihr die Spannung wahrnehmt.«

»Oh, die haben wir wahrgenommen.« Char lachte.

»Und?« Jake musterte seine Großmutter.

»Das Hochzeitsgeschenk im Drugstore.« Sie schniefte.

»Ach ja.« Jake fluchte. »Ganz herzlichen Dank dafür.«

»Och, papperlapapp. Du brauchtest einen kleinen Dämpfer, oder auch einen großen. Erzähl mal, haben sie die Kondome mit Fanfare präsentiert? Darauf hatte ich so sehr gehofft!«

Jake ignorierte die Frage und schüttelte den Kopf. »Und was noch, Oma? Wofür willst du dich wirklich entschuldigen?«

»Dass ich euch mit einer List dazu gebracht habe, eine

Heiratserlaubnis einzuholen. Aber ist euch überhaupt klar, welche Gesetze ich brechen musste, um das hinzubekommen! Geld, das den Besitzer wechselte, Gefallen, die erwiesen wurden!« Sie stand auf und lief hin und her. »Ich musste sogar eine Spende an die verdammte Handelskammer überweisen!«

»Mir blutet das Herz«, kommentierte Jake trocken.

»Und das alles, um euch beiden einen Gefallen zu tun.«

Ein paar Sekunden vergingen, und dann sagte Jake schließlich: »Du hast recht.«

»Habe ich?« Oma Nadine hob den Kopf. »Ich meine, ja, ja, ich habe recht, und vergiss das bloß nicht! Also, wo ist denn deine reizende Schwester, Char?«

»O nein.« Jake nahm seine Großmutter bei der Hand und führte sie zurück zum Haus. »Deine Tage als Heiratsvermittlerin sind vorbei.«

»Aber …«

»Ins Bett, und zwar gleich. Und sieh zu, dass du allein dort bist, oder ich komme mit der Trillerpfeife.«

»Du würdest nicht wagen, mein Allerheiligstes zu stören!«

»Würde und werde ich. Das ist das mindeste, was du verdient hast.«

Hocherhobenen Hauptes marschierte Oma Nadine ins Haus, und ihre Absätze klapperten über den Holzboden des Korridors.

»Würdest du es zurücknehmen?«, fragte Char hinter ihm.

Er drehte sich um und drückte sie an sich. »Nein. Niemals, kommt nicht in Frage. Du etwa?«

»Ich wollte schon seit der achten Klasse deine Freundin sein, also kann ich jetzt auch deine Frau sein.« Sie lächelte und küsste ihn dann innig.

EPILOG

Flugzeuge.

In den letzten zwölf Monaten war jeder einzelne Flug ein Drama für ihn gewesen. Zumindest konnte er jetzt beruhigt sein. Seine Frau war bei ihm, gar nicht zu reden von Travis und Kacey, die im letzten Moment beschlossen hatten, ihre Pläne in Sachen Flitterwochen zu ändern und mit nach Hawaii zu fliegen.

Wer hätte je gedacht, dass Jake einmal in Flitterwochen fliegen würde? Zusammen mit seinem Bruder? Und dem Mädchen, das er immer geärgert hatte? Ganz zu schweigen von seiner Frau. Grundgütiger, sein Leben ähnelte einem epischen Melodram.

Wenigstens kam Grandma nicht mit.

Er lachte nervös auf, als er die Sonnenbrille abnahm und Char half, ihren Koffer zum Terminal zu tragen.

»Was ist denn so lustig?«, fragte sie.

»Ach, nichts.« Jake seufzte. »Nur dass bei meinem letzten Flug Oma auftauchte und entschlossen war, mitzufliegen. Danach war mein Leben nie wieder dasselbe.«

Char lachte. »Gib es zu. Du bist froh, dass sie sich eingemischt hat.«

»Das nehme ich mit ins Grab«, grummelte Jake und küsste sie auf den Mund.

»Nichts da«, ließ sich Travis hinter ihnen vernehmen.

»Nicht, bevor ihr in eurer Flitterwochen-Suite seid, und auch dann werde ich so tun, als würdet ihr Dame spielen oder so.«

»Klar.« Kacey schüttelte den Kopf. »Weil man das in den Flitterwochen auch so macht.«

Jake schnaubte, zog Char an seine Brust und küsste sie auf die Stirn.

Ein paar Fotografen drückten auf den Auslöser, aber die Anwesenheit der Medien war er gewohnt, darüber dachte er nicht weiter nach. Bis die Fotografen ihnen auf die Pelle rückten.

»Hey.« Jake winkte. »Nicht jetzt, Leute.«

Sie knipsten weiter und rannten dann an Jake und Travis vorbei zu einer anderen Gruppe von Leuten.

»Wow.« Travis sah den Fotografen nach. »Die haben tatsächlich auf dich gehört.«

»Senator, ist es wahr? Es heißt, Sie hätten die Nacht, in der Ihre Verlobte sie verlassen hat, mit einer Prostituierten verbracht?«

Jace drängte sich durch die Menge der Fotografen und kam auf Jake und Travis zu.

»Mr. Senator!« Ein Reporter eilte auf Jace zu.

Mit einem unterdrückten Fluch drehte Jace sich zu den Medienleuten um. »Kein Kommentar. Wenn Sie mich jetzt bitte entschuldigen würden …«

Jake und Travis bildeten eine kleine Pufferzone um Jace, als sie sich alle zusammen von den Reportern entfernten. Gleich darauf war auch der Sicherheitsdienst vor Ort und hielt die Meute zurück.

»Mist.« Jace biss die Zähne zusammen. »Ich muss eine Weile von der Bildfläche verschwinden.«

»Hat da gerade jemand ›verschwinden‹ gesagt?«, erklang eine Frauenstimme hinter ihnen.

Jeder Einzelne von ihnen stöhnte hörbar auf, als sie sich alle umdrehten und sich Oma Nadine gegenübersahen.

Sie hielt eine Kreditkarte in der Hand und ging an ihnen vorbei. »Ja, ich brauche drei Tickets nach Maui. Kihei? So nennt man das?« Oma Nadine drehte sich um. »Kacey, Liebes, wo verbringt ihr eure Flitterwochen?«

»Lüge«, raunte Travis ihr zu, während Char im selben Moment antwortete: »Kanaapali.«

»Aber natürlich!« Oma Nadine drehte sich wieder um. »Drei Tickets dorthin. Ja, ich möchte meine Bonusmeilen nutzen.«

»Das ist ein Witz, oder?«, fragte Jake.

»Ich wünschte, es wäre einer.« Travis seufzte. »Als wüsste sie genau, wie man aus dem Nichts auftaucht.«

»Moment.« Char schob sich an Jake vorbei. »Wieso drei Tickets?«

Oma Nadine winkte jemandem hinter ihnen. »Beth, Liebes, komm doch mal her. Ich brauche deinen Pass.«

Char sah geschockt, wie Beth näher kam, einen nicht übermäßig glücklichen Ausdruck im Gesicht.

»Was hat sie gegen dich in der Hand?«, fragte Jake. »Schmutzige Fotos? Peinlicher Moment? SMS im Suff?«

Beth blinzelte. »SMS im Suff.«

Jake zeigte auf Travis. »Manche sind einfach nicht die hellsten Lichter am Baum. Er ist Oma auch per SMS im Suff zum Opfer gefallen.«

»Ein Wort.« Travis hielt einen Finger hoch. »Paarungstanz.«

»Touché.« Jake seufzte. »Also, was war es, Beth, hm?«

Beth biss sich auf die Unterlippe, sah Oma Nadine an, und dann glitt ihr Blick zu Jace. Beide wandten augenblicklich den Blick ab.

»O nein«, stöhnte Jake. »Hör mal, Beth, falls da Benadryl im Spiel war …«

»Medikamenteneinfluss.« Travis schüttelte den Kopf. »Kommt in den besten Familien vor.«

»Grandma hat dir etwas verabreicht?«, fragte Char.

Beth schob sich das Haar hinters Ohr. »Nicht so ganz. Ich bin nur, ähm, na ja, sie …«

»Beth«, rief Oma Nadine laut genug, um jedermanns Aufmerksamkeit zu erregen, »komm schon, nicht bummeln, wir haben nicht den ganzen Tag Zeit! Du auch, Jace, schaff deinen Luxuskörper hier herüber. Lasst Grandma einfach machen.«

Jake seufzte. »Es ist, als warte man darauf, dass der Sturm losbricht. Egal, wie oft man auch ruft, ›Ein Hurrikan, sucht alle Schutz‹, es gibt immer ein paar arme nichtsahnende Opfer, die einfach nur ehrfürchtig in den Himmel glotzen.«

»So wirkt Grandma nun mal auf Menschen.« Char hakte sich bei ihm unter.

»Ich kann einfach nicht wegsehen«, sagte Travis. »Es ist, als würde man einen Autounfall beobachten. Du weißt, dass du den Notruf wählen und helfen solltest, aber du bringst, verdammt noch eins, nicht mehr fertig, als langsam vorbeizufahren und zu gaffen.«

»Jetzt kann ihnen nur noch der liebe Gott helfen.« Kacey seufzte.

So standen sie zu viert da und starrten Jace und Beth an, während Oma Nadine für die beiden Tickets erster Klasse ins Paradies kaufte. Nun ja, schon bald würde die Hölle daraus werden, nachdem die Pläne der alten Dame meistens Pein, Demütigung und Manipulation beinhalteten. Bei genauerem Nachdenken musste Jake grinsen.

»Wieso grinst du?«

Er zuckte mit den Schultern. »Ich stelle mir gerade vor,

dass Travis sich genauso gefühlt haben muss, als er zusah, wie Oma die Fäden in unserem Leben gezogen hat.«

Travis lachte. »Du meinst, unglaublich selbstzufrieden?«

»Ja, genau das.«

»Das Gefühl habe ich immer noch«, gestand Travis. »Gut zu wissen, dass sie neue Opfer gefunden hat.«

Travis und Kacey marschierten zur Sicherheitsschleuse und ließen Jake und Char hinter sich.

»Betrachtest du uns beide als Zugunglück?«

»Nein.« Jake zwinkerte. »Ich denke, oder zumindest möchte ich denken, dass ich nicht so dumm gewesen wäre, dich auf ewig zu ignorieren. Früher oder später hätten wir zueinandergefunden, mit oder ohne Oma.«

Gerade da ging Oma Nadine an ihnen vorbei und schnaubte. »Idiot.«

»Oder auch nicht.« Jake lachte.

»Ich liebe dich.« Char reckte sich und küsste ihn auf die Lippen. Er würde ihrer nie müde werden, nie im Leben. Vielleicht kannte seine Großmutter ihn besser als er sich selbst. Immerhin hatte es eine ganze Menge an Konspiration gebraucht, um ihn dazu zu bringen, den Hintern hochzukriegen. Und er wusste, früher oder später würde er seiner Großmutter für ihre manipulative Art danken müssen.

Rachel van Dyken

GAMES OF LOVE – Bittersüße Sehnsucht

Roman

Kacey und Jake sind zusammen aufgewachsen, doch auf dem College brach der gutaussehende Frauenheld ihr das Herz. Trotzdem haben sie es geschafft, Freunde zu bleiben. Nun bittet er sie, sich als seine Verlobte auszugeben, denn Jakes energische Großmutter fürchtet um seine Zukunft. Kacey lässt sich auf das Spiel ein. Doch als sie das Wochenende bei seiner Familie verbringt, trifft sie auch auf seinen Bruder Travis, der sie in Jugendtagen stets gepiesackt hat. Zu dumm, dass der schweigsame Einzelgänger inzwischen eine unwiderstehliche Anziehung auf sie ausübt.

KNAUR

L'autrice et l'éditeur remercient le Centre national du livre pour son soutien.

Illustration de couverture : © **Patrick Connan**

www.lerouergue.com

épik

Alice de Poncheville

la route de Ness

rouergue

À Zacharie.

« [...] si les maîtres de monde étaient préparés
à recevoir la lumière, ils pourraient voir
et comprendre. Malheureusement,
un fatal bandeau les aveugle, le bandeau
des préjugés et des faux principes,
dont on les a pétris et infectés dès l'enfance. »

Thomas More - *L'Utopie* - 1516

« This is fake news! »

Homo Politicus - Réseaux - 2021

Un vent puissant se leva sur le pays. Dans le ciel assombri, il précipita les nuages et les dernières minutes du siècle finissant.

La tempête naissait, autoritaire. Le vent forcit, inclina les arbres et balaya le sol. Les animaux se réfugièrent dans leurs terriers, les humains avancèrent courbés, surpris par les bourrasques, leurs cheveux en désordre aspirés vers le ciel.

On fila se mettre à l'abri pour se serrer les uns contre les autres, heureux d'être sains et saufs, encore inquiets, mais prêts à fêter la nouvelle année et remplis d'espoir devant l'ère qui s'ouvrait.

Un siècle commençait, tout neuf.

Dans l'hôpital de la Ceinture qu'on appelait la Bulle, comme dans la clinique de la Colline dénommée la Pagode, les naissances se bousculaient. La vie ! La vie jaillissait inquiète et impatiente. Le grand nombre d'enfants qui avaient choisi d'arriver ce jour-là allait dessiner un pic sur la courbe démographique du pays.

Un puissant grognement monta du sol, accompagna le râle des femmes qui accouchaient et les cris des premiers nouveau-nés.

Puis le tremblement de terre éclata…

Une première secousse bouscula les corps, la deuxième agita les esprits. La troisième déracina des arbres et fit osciller les constructions humaines. L'hôpital de la Ceinture, large bulle aplatie construite sur les ruines de l'ancienne zone commerciale, vacilla. Du matériel médical tomba à terre, les cloisons se lézardèrent. Le personnel eut l'impression que le bâtiment se mettait à glisser sur le sol comme une goutte d'eau sur une vitre. Certains imaginèrent qu'ils commençaient un grand voyage, car la secousse ne s'arrêtait pas. Elle roulait sur elle-même telle une vague gigantesque. Tout autour, on entendait des craquements de bois et de pierre, le langage secret de la matière.

Sur la Colline, au milieu de son parc fleuri, la clinique de la Pagode tanguait. Ses treize étages cerclés de titane ondulaient gracieusement, sans aucun risque d'effondrement. La Pagode semblait danser, un peu ivre. Depuis longtemps, elle avait résisté à tout, ne craignant ni les colères du magma ni le vent en furie. Elle se laissait porter par les éléments, rassurée par l'intelligence des matériaux qui la composaient et confiante dans le charme de sa danse. À l'intérieur, le personnel vaquait à ses occupations, tout en maîtrise et en sang-froid.

La secousse se calma, ses dernières ondes se perdirent entre les herbes.

Dans l'hôpital de la Bulle, une sonnerie grave retentit, mais Doris, concentrée sur l'enfant qui venait de naître, son enfant, l'entendit à peine. Elle avait accouché au milieu de la troisième et grande secousse. Le tremblement de terre et la naissance de son bébé ne faisaient qu'un dans son esprit et dans son corps.

Jonas, son compagnon, se tourna vers l'infirmière lorsque la sonnerie eut cessé.

– Ça sonne la fin du tremblement de terre ? lui demanda-t-il.

– Je ne crois pas, répondit-elle.

Le médecin reposa le test qu'il venait de faire au bébé et lança un signe de tête positif à l'infirmière. Celle-ci prit aussitôt le nouveau-né dans ses bras.

– Nous devons lui administrer les premiers soins, murmura-t-elle.

On allait nettoyer ses mucosités, rincer son corps et l'habiller. Et puis on le leur rendrait. Doris eut un mouvement d'inquiétude et Jonas capta son regard troublé. Il hésita à suivre l'infirmière, à lui reprendre l'enfant, mais celle-ci sortit de la salle d'accouchement d'un pas si décidé qu'il n'eut d'autre choix que d'aller réconforter sa femme. Le visage de Doris affichait une expression qu'il ne lui avait jamais vue, un mélange de soulagement, d'inquiétude et d'émerveillement. Sur sa peau pâle, ses joues faisaient deux taches rouges. Ses yeux étaient devenus immenses, comme pour capter toutes les images de la naissance de son enfant, ce miracle qui avait eu lieu ici et qui se renouvelait partout, jour après jour.

Pendant quelques instants, Jonas fut l'homme le plus heureux du monde. Doris et le bébé qui venait de naître étaient des êtres merveilleux pour lesquels on pouvait vivre et mourir.

Le médecin abandonna le couple et rejoignit la salle de soins où l'infirmière nettoyait le bébé. Il saisit le téléphone et composa le numéro de la clinique de la Pagode tout en observant scrupuleusement les gestes de l'infirmière.

– Allô ? Oui, ici le docteur Francœur, hôpital de la Bulle. Je voudrais parler au professeur Janpaire, c'est une Urgence bleue.

De l'autre côté, au standard de la clinique de la Pagode, on s'activa. Le professeur Janpaire répondit au bout de quelques secondes.

– Nous avons un enfant bleu particulièrement *dense*. Né il y a…

– Douze minutes, intervint l'infirmière de la Bulle.

Elle manipulait l'enfant avec un soin extrême. Dans le téléphone, la voix du professeur Janpaire se fit pressante et passionnée :

– Vous avez de la chance, il y a un remplaçant ! Une remplaçante, plutôt !

– Une fille ?

– Oui… C'est la seule Pâle qui soit née aujourd'hui. Elle a exactement le même nombre de minutes au compteur.

– Mais ici, c'est un garçon !

– Oh ! Un bébé est un bébé… Et vous avez quelques bonnes techniques d'effacement, non ?

– Oui… bien sûr.

– Alors, on se dépêche !

Tandis que l'infirmière emmaillotait l'enfant, deux membres du personnel médical sonnaient à la porte du local. Le docteur Francœur leur ouvrit tout en jetant un œil dans le couloir. Il fallait rester discret.

Les employés se dirigèrent vers la table à langer, un sourire béat aux lèvres, montrant une expression émerveillée proche de la vénération. Ils regardèrent le nouveau-né comme s'ils cherchaient à découvrir quelque chose sur son visage. On voulait savoir si le fait d'être un Dense donnait au bébé un aspect différent, une coloration particulière à sa peau, à ses petits ongles tout juste formés. L'enfant avait déjà les yeux grands ouverts, mais le regard vague, comme tous les bébés, ce regard étrange qui semblait encore attaché au monde qu'il quittait. Pourtant, bien que rien ne soit visible sur le visage doux et calme de l'enfant, dans la pièce, tout le monde y lisait des signes exceptionnels. La naissance d'un bébé bleu dense, en cette fin d'année qui ouvrait un siècle nouveau et en ce jour de tremblement de terre, prenait le sens d'une bénédiction.

– Article 38 ! lança solennellement le docteur Francœur.

Les membres du personnel acquiescèrent en silence. L'article 38 leur imposait le secret médical le plus absolu concernant les naissances. Pour travailler dans l'équipe Enfantement, ce qui était une chance et le signe de capacités particulières, il fallait montrer un grand dévouement et une loyauté totale.

Ils terminèrent de préparer l'enfant, remplirent les documents administratifs et bientôt, on frappa à la porte. Un envoyé de la clinique de la Pagode entra, un berceau à la main. Il le déposa sur la table médicale, tendit au docteur Francœur le dossier du bébé pâle qui venait d'arriver, puis avec d'infinies précautions, il saisit l'autre couffin où dormait l'enfant bleu dense. À son tour, il sembla subjugué par le nouveau-né. Quelques secondes plus tard, il s'éclipsa de la salle de soins, emportant son butin.

L'échange d'enfants avait eu lieu.

Les employés de l'hôpital de la Bulle rangèrent la salle et stérilisèrent les plans de travail. Il leur fallut quelques minutes pour se rappeler qu'un autre couffin se trouvait là. On l'avait complètement oublié.

À l'intérieur, une petite fille chauve comme un œuf dormait paisiblement. Elle *souriait aux anges* et cette expression vieillotte n'avait jamais semblé aussi juste. Oui, ce bébé-là n'avait pas tout à fait touché terre. Il lui fallait encore un peu de temps pour terminer son voyage. Un peu de temps et les bras aimants d'une mère pour l'ancrer parmi les humains.

Avec la dernière secousse, les lumières de secours s'étaient automatiquement allumées dans l'hôpital de la Bulle. Les couloirs avaient pris une teinte verte fluorescente qui donnait la sensation de circuler dans un vaisseau spatial. Tout en les longeant, hommes et femmes de service replaçaient les objets bousculés par le tremblement de terre. Ils constataient les fissures, allaient chercher balais et sacs-poubelles pour remettre de l'ordre. Les bureaux et salles de consultation étaient plongés dans une pénombre violette qui n'empêchait pas les infirmiers et les infirmières de travailler.

On venait de transférer Doris, la jeune accouchée, dans sa chambre. Jonas s'activait autour d'elle, plaçait un coussin dans son dos, remontait la couverture sur ses jambes. Le jeune couple attendait son bébé, le cœur battant vivement, comme lors d'un premier rendez-vous. Dans la pénombre de la chambre, ils se tenaient serrés l'un contre l'autre, heureux mais un peu démunis. Les lanternes de secours faisaient tomber des auréoles rouges sur la porte d'entrée et au-dessus du lit.

La pièce, qui aurait pu être impersonnelle, avait pris l'apparence d'une vieille taverne chaleureuse et pleine de mystère.

Dans la salle de soins, l'infirmière prépara deux injections qu'elle administra au docteur Francœur et à elle-même. Puis elle s'empara d'un aérosol et rejoignit la chambre de Doris.

– Le docteur arrive avec le bébé ! clama-t-elle en entrant. Tout va bien.

Elle fit le tour de la pièce en vidant l'aérosol. Le gaz qui s'en échappait était tout à fait inodore.

– Désinfectant et supplément d'oxygène, expliqua-t-elle en agitant la bombe.

Puis elle s'immobilisa subitement.

Un regard à sa montre.

Une observation rapide du jeune couple.

Un coup d'œil à la porte.

Le jeune couple, à nouveau.

Maintenant, ils étaient tous les deux endormis.

Un bip et le docteur Francœur entra dans la chambre, le couffin à la main.

L'infirmière déplia le bras de Jonas pour pratiquer une injection. Quelques secondes plus tard, ce fut au tour de Doris.

– Vous vérifierez que tout a bien été effacé dans deux heures. Vous opérerez une reconfiguration en supplément.

– Bien, docteur.

– Placez-y les souvenirs du tremblement de terre.

– Évidemment.

Deux jours plus tard, Doris et Jonas rentrèrent chez eux, dans le troisième quartier de la Ceinture, accompagnés d'une jolie petite fille qu'ils avaient prénommée Ness.

Le concert de cloches n'en finissait pas, enchaînant des variations mélodieuses sur l'hymne du pays. Cette musique aérienne, presque céleste, envoûtait les spectateurs et ravissait la centaine de lycéens pâles réunis dans la grande cour de l'établissement, tous parfaitement sanglés dans leur uniforme noir. La fin d'année était arrivée et avec elle le terme de la scolarité, la remise des diplômes et l'entrée dans le monde du travail. Ness venait d'avoir quinze ans.

Les élèves étaient alignés à la perfection, droits comme des i dans leur tenue sombre et stricte ; derrière eux, les parents attendaient avec émotion la remise des honneurs. À l'avant, sur la grande estrade, dix délégués de la mairie, des Bleus purs descendus tout droit de la Colline, encadraient la directrice et les professeurs.

Le Bleu délégué à l'Éducation se leva et prit la parole :

– Chaque année, une nouvelle promotion de lycéens pâles nous fait l'honneur de se mettre au service de la communauté. Chaque année, ils participent au fonctionnement d'une société que nous avons construite ensemble pour le bien de tous. Une société où chacun a sa place, où chacun est utile et poursuit l'œuvre de ses aînés. Nos éminents statisticiens, issus de la Grande École de la Colline, travaillent sans relâche à l'élaboration de quotas précis. Incroyable travail de calcul et d'anticipation qui permet d'éviter les surnuméraires. Travail d'une importance inouïe qui a éradiqué l'inactivité et l'inutilité. Grâce à eux, je le répète, nous sommes tous utiles ! Et je profite de cette occasion pour les en remercier.

Ness se tourna légèrement vers Ferdinand, qui se trouvait non loin d'elle dans la file. Comme il était impossible de parler à son ami, elle le regarda en louchant démesurément. Il lui répondit par une grimace discrète qui lui donna l'air complètement abruti.

« Vous, lycéens pâles, vous accédez maintenant à l'âge adulte... », continuait le délégué à l'Éducation. « Nouveaux apprentis, vous allez perfectionner le savoir transmis par vos maîtres grâce à l'expérience de terrain... » Le ton devenait lyrique et sur l'estrade les professeurs sentaient monter en eux la fierté d'avoir mené tous ces jeunes vers l'autonomie de la vie active. « Une année irremplaçable commence... » Le discours se poursuivit sur le même ton pendant quelques minutes, puis vint la liste complète des métiers pour lesquels on avait formé les élèves.

La liste était longue. Dans les enseignements pâles, on trouvait les métiers de service : technicien/ne de ménage, spécialiste de la petite enfance, adjoint/e à la cuisine et à l'hygiène, professionnel/le du grand âge, coiffure et esthétique... Il y avait également tous les métiers du bâtiment, quelques métiers de l'industrie et du secteur agricole. Pour chaque métier mentionné, les lycéens concernés levaient les bras en l'air avec enthousiasme et leurs parents manifestaient bruyamment leur jubilation. Des sifflets joyeux et des applaudissements fusaient, accompagnés de quelques commentaires flatteurs. La mention d'une poignée de métiers inattendus intrigua l'assemblée, comme celui de gardien de ménagerie, qui provoqua de grands rires, ou celui de sertisseur, qui fit jaillir des oh ! d'admiration. La directrice de l'établissement prit à son tour la parole pour féliciter la nouvelle promotion de diplômés avant de lancer le début des festivités. Aussitôt, les rangs se défirent, les cravates se dénouèrent et des groupes se formèrent autour du buffet.

Malgré la foule, Ness, Ferdinand et Sander se retrouvèrent rapidement ; où qu'ils soient, ils semblaient aimantés. Zéno, le petit frère de Sander, les rejoignit à son tour et se jeta dans les bras de Ness pour la féliciter. Des quatre, il était le plus ému. Ness, qu'il adorait, était aujourd'hui devenue une grande personne. Cela conférait à son amie de nouveaux pouvoirs, dont celui, songeait-il, de veiller encore mieux sur lui. Kléber, le père de Ferdinand, s'approcha du groupe, un verre à la main. Il avait adopté la façon de se tenir des Bleus, leur regard pénétrant et intense, froid comme un jugement. Il soupesait les êtres humains comme on tâte la qualité du matériel et n'aimait pas changer d'opinion. Sa femme, usée par tant d'autorité, avait été emportée par la maladie sans lui opposer la moindre résistance. Le veuvage de Kléber ne l'avait pas adouci, bien au contraire.

– Alors, Ness, quelle formation vas-tu suivre cette année ?

– Recyclage et Transformation.

Le père de Ferdinand faillit s'étouffer. Recyclage et Transformation. La jeune fille parlait de... *poubelles.*

– Une jolie fille comme toi ? Quel dommage !

– Les quotas de Beauté/Coiffure étaient complets, expliqua-t-elle en pinçant discrètement Ferdinand.

Elle mentait outrageusement, Ferdinand le savait. Il releva un peu la tête tout en craignant de croiser le regard de son père.

– Mais vous savez, Recyclage et Transformation, c'est un peu le salon esthétique des poubelles. Des choses moches, usées et cassées arrivent et nous leur donnons une nouvelle vie. Quelques soins, un coup de peigne, un peu de maquillage et hop, c'est reparti !

Le père de Ferdinand n'appréciait pas cet humour. Devant sa mine fermée, Ness se crut obligée d'ajouter :

– Il y a de grandes capacités de promotion dans ce métier. On n'est pas obligé de rester toute sa vie devant le tapis de tri des déchets...

– Tu as toujours eu une façon originale de penser, rétorqua le père de Ferdinand.

Dans sa bouche, ça ne sonnait pas vraiment comme un compliment.

– Sander a choisi Plomberie ! Un vrai métier, dit Ness d'une voix enjouée comme si cela rattrapait le niveau de leur groupe.

Sander adorait Ness quand elle prenait son air de jeune fille sage pour résister aux adultes. Il lui sourit de son beau sourire, *le* 6, lui aurait-elle dit, car Ness avait une liste de toutes les expressions de ses amis.

– Si je m'occupais du sous-œuvre, je t'aurais pris chez moi, sans aucun doute, fit Kléber en donnant une tape encourageante sur l'épaule de Sander.

– Je ne manquerai pas de travail, je pense, répondit Sander.

– Oui, les statisticiens sont là pour ça. Et puis c'est un métier solide !

– Qui s'occupe de liquide… ajouta Ness.

Devant le manque de réaction du père, elle précisa :

– Ça fait circuler les flux, les eaux usées… Ça nettoie, ça libère…

– Je comprends… fit le père.

Décidément, cette fille… Elle avait quelque chose de… dégoûtant. Il s'éloigna du groupe sans avoir dit le moindre mot à son fils Ferdinand. L'amitié de cette fille-là est une plaie, pensa le père, puis il fendit la foule vers les délégués de la mairie.

– Il n'est pas content que tu aies choisi Horticulture ? demanda Ness à Ferdinand.

– Pppfff… Les mains dans la terre… Tu parles comme ça lui fait plaisir ! Lui qui bétonne tout ce qui bouge… De toute façon, venant de moi, aucun choix ne l'aurait satisfait…

Ils restèrent silencieux un moment, simplement attentifs aux images qui leur traversaient la tête. Ness avait eu la vision d'une bétonneuse gigantesque qui se vidait sur le monde.

– Tu aurais dû choisir une orientation dans le bâtiment, souffla Sander.

– Oui, ben c'est justement la dernière option que j'aurais prise, tu vois.

– Oui, je sais…

– Il était si heureux quand il a su qu'il n'y avait pas de place d'accordeur de pianos avant au moins cinq ans.

La voix de Ferdinand s'était brisée sur cette phrase. Devenir accordeur de pianos lui aurait permis de rester au contact d'un instrument qu'il vénérait. Les pianos étaient rarissimes dans la Ceinture, où ils habitaient, mais on en trouvait dans la plupart des logements de la Colline.

– Tu joueras encore pour nous ? demanda le petit Zéno.

Ferdinand haussa les épaules.

– Bien sûr qu'il jouera pour nous ! dit Ness. Il ne peut pas s'en empêcher !

Dans la cour, le volume de la musique augmenta. Les lycéens commençaient à danser, les garçons invitaient les mères de leurs amis et les pères saisissaient les mains des jeunes filles. L'ambiance était joyeuse, on ressentait l'apaisement après les angoisses de cette année de bachotage. Il avait suffi d'une remise de diplôme et de beaux discours pour que les jeunes gagnent subitement en assurance. En une heure à peine, ils avaient grandi de plusieurs mois et leurs uniformes ressemblaient tout à coup à d'étroits déguisements de pingouins. Comme s'ils avaient pris un coup de vieux, les parents s'étaient tassés devant ces jeunes gens prêts à mordre la vie. Les mères avaient la larme à l'œil ; les pères riaient fort en se donnant des poignées de main chaleureuses ou des accolades viriles. On évoquait les jeunes années de sa progéniture, on osait raconter des anecdotes drôles ou peu flatteuses sur ces gamins qui portaient encore des couches il n'y avait pas si longtemps.

Doris et Jonas, les parents de Ness, se sentaient un peu perdus au milieu de la foule. Ils ne voulurent pas déranger leur fille et se rapprochèrent d'Ed, la grand-mère de Sander et Zéno, tout en cherchant les mots adéquats. Il en avait fallu du courage et de la volonté à cette femme pour surmonter la disparition d'Olga, sa fille, et de Lyas, son gendre. Mais elle avait conduit Sander à bon port après la mort de ses parents. La mère de Ness embrassa chaleureusement Ed.

– Voici ma deuxième remise de diplôme à vingt-cinq ans d'intervalle ! dit Ed en souriant. Eh bien… C'est toujours pareil !

– Tu retrouves les mêmes sensations ? demanda Doris.

– Exactement les mêmes… C'est…

Sa gorge se noua. Le visage de sa fille Olga, à quinze ans, venait de lui apparaître.

– Ton Sander est un garçon formidable, enchaîna Jonas.

– Oui ! Je suis très fière de lui ! Et je remets ça dans cinq ans avec Zéno !

– Il a déjà une idée de son orientation ?

– Il hésite. Mais il va falloir qu'il se décide. Avec son frère et ses amis, il peut en discuter. C'est un énorme avantage. Ils sont formidables ces gamins !

Doris et Jonas acquiescèrent en souriant.

– Une jolie bande ! ajouta Jonas.

– Aussi mal assortis qu'un déguisement du Carnaval ! dit Ed. On aurait dû leur conseiller d'accorder leurs formations pour monter un projet ensemble.

– Oh… Difficile avec les quotas… répondit Jonas.

À cet âge-là, le père de Ness avait choisi une formation par défaut et s'était plié aux besoins de la société. Il avait cependant décidé de se reconvertir sur le tard avec l'ouverture d'un petit Établissement de loisirs qu'il tentait de faire fonctionner. On y servait des sandwichs, des boissons, on pouvait regarder de courts spectacles ou de vieux films. Mais les Normeurs multipliaient les tracasseries administratives car, selon les statisticiens bleus, les Établissements de loisirs pâles étaient trop nombreux. L'administration avait du mal à comprendre ce qui avait décidé Jonas, très bon ouvrier imprimeur, à quitter son travail. La fatigue physique et le contact prolongé avec des produits toxiques étaient des arguments incompréhensibles pour les Bleus. La Chambre des métiers en charge des reconversions professionnelles, organisme tatillon et difficile à convaincre, venait d'accorder quelques semaines à Jonas avant de statuer sur le sort de son entreprise. Doris n'évoqua pas la proposition qu'ils avaient reçue d'aller travailler à la Noble Extraction. Quelques mois de travail dans la mine d'Induline permettaient de mettre de l'argent de côté et de se relancer dans un nouveau projet. Si l'Établissement de loisirs de Jonas venait à être fermé, c'est la route qu'ils prendraient.

La vie filait plus vite qu'on ne l'imaginait, pensa Doris, mais elle se tut. Elle luttait vaillamment contre sa mélancolie et Ness, sans le savoir, luttait à ses côtés. Elle aussi voulait voir le soleil caché derrière les nuages et les herbes folles vivant entre les décombres. Elle savait partager cela et considérait qu'il y avait en toute chose les germes d'*autre chose*.

Le brouhaha des conversations et de la musique eut raison de Doris et Jonas. Avant de partir, la mère de Ness jeta un coup d'œil à Kléber, le père de Ferdinand qui parlait toujours avec les délégués bleus de la mairie. Elle se tourna vers son mari qui lui fit non de la tête. Non, il n'irait pas discuter avec eux de ses problèmes professionnels. Ça ne servait à rien et puis il n'en avait pas le courage. Des Bleus, il en voyait toutes les semaines. Régulièrement, il devait contrecarrer leurs discours parfaits, leurs arguments si raisonnables, leurs chiffres solides comme des briques et leurs normes protectrices établies pour le bien commun.

Ness suivit des yeux le départ de ses parents. Ils étaient si touchants. Un jour, ils seraient de petits vieux dont elle s'occuperait aussi bien qu'ils s'étaient occupés d'elle. Doris sentit le regard de sa fille et lui fit un petit geste avant de franchir le grand portail du lycée.

Le souvenir de sa naissance lui revint comme un flash. Les lumières de secours, son petit corps emmailloté, les secousses telluriques… Les enfants nés ce jour-là ont été mis en mouvement par le tremblement de terre, pensa-t-elle. Ils deviendront peut-être des aventuriers armés d'une force inattendue ou bien des êtres fébriles agités de l'intérieur, comme s'ils avaient absorbé la secousse.

Les jeunes diplômés pâles disposaient d'une quinzaine de jours avant d'entrer en apprentissage. Le temps de se reposer un peu, d'organiser la vie à venir, d'anticiper les problèmes de transport, d'acheter quelques vêtements pour remplacer les uniformes du lycée.

Certains passaient leur temps à dormir, d'autres à faire la fête, la plupart se rendaient au moins une fois jusqu'à leur lieu de travail pour saluer leur futur patron.

Ness faisait partie de ceux qui en avaient d'abord profité pour rattraper leurs heures de sommeil en retard, mais au bout de deux jours, elle fut saisie d'une frénésie de mouvement.

– Je t'accompagne au travail, dit-elle à sa mère.

– Aujourd'hui ?

– Pourquoi pas.

Doris, surprise, hésita. Son travail n'avait rien de passionnant.

– Tu vas t'ennuyer…

– Mais non, je vais t'aider !

Ness voulait voir la Colline. Ça faisait longtemps qu'elle n'avait pas mis les pieds chez les Bleus.

Les quartiers de la Ceinture s'enroulaient autour de la Colline en déployant leurs lots d'immeubles de trois à quatre étages et leurs grandes pelouses. Tous les deux kilomètres environ, un supermarché, une salle de sport, une salle polyvalente se regroupaient autour d'un grand parking. L'architecture était partout semblable et l'on différenciait les quartiers par leurs couleurs, toutes présentes, sauf le bleu. La Ceinture s'étendait comme un arc-en-ciel de cubes de béton sillonnés de tramways. Les lignes paires partaient du centre vers les quartiers périphériques et dessinaient les rayons d'une étoile dont la Colline était le cœur. Les lignes impaires, elles, suivaient la Ceinture. Dans une de ses parties les moins peuplées, au nord, l'hôpital de la Bulle constituait une zone d'activité particulière. En quinze ans, depuis le tremblement de terre, on avait construit d'autres bâtiments plus petits sur le modèle *bulle* de l'hôpital. Ness trouvait que l'ensemble avait l'apparence d'une multitude d'œufs qu'une grenouille géante aurait oubliés.

En route, quelques clics attirèrent l'attention de Ness. Dans le ciel, elle aperçut les drones des Brigades qui surveillaient la circulation des passants et des rares véhicules personnels. Tiens, quelqu'un sait exactement où nous sommes, pensa-t-elle.

Doris et Ness descendirent au terminus du tramway, au pied de la Colline, et se présentèrent à la Porte Saint-Jean. Le gardien bipa leurs poignets où les puces d'identification étaient intégrées. Le vieil homme fut ravi de faire la connaissance de la fille de Doris.

On ne trouvait aucun véhicule motorisé dans les rues de la Colline, mais on empruntait des sortes de pousse-pousse en aluminium conduits par des jeunes gens sur des vélos électriques. On pouvait y monter à volonté, sans rien débourser. Beaucoup de jeunes de la Ceinture, curieux, occupaient ce job pendant quelques jours pour se familiariser avec le mode de vie des Bleus. Les rues de la Colline, pas très larges, montaient et descendaient dans tous les sens. On se perdait facilement dans ce dédale lorsqu'on ne le pratiquait pas. Cependant, l'architecture variée apportait rapidement quelques repères visuels. Certains bâtiments très anciens présentaient des façades aux balcons ornés, d'autres des mosaïques de briques de différentes couleurs, des colombages ou des poteaux en bois ouvragé. Ness remarqua des façades végétalisées entièrement recouvertes de fleurs, de mousses aux formes délicates et de jaillissements de fougères.

– Ferdinand pourrait entretenir ces façades, plus tard… dit Ness.

– Oui, c'est tout à fait possible. J'ai déjà vu des jardiniers grimpés sur de grandes échelles. La plupart des immeubles végétalisés ont remplacé des bâtiments qui avaient été très abîmés par le tremblement de terre.

– C'est intelligent.

– On est sur la Colline, ma fille !

Elles marchaient tranquillement. Doris était partie en avance pour que Ness ait le temps de s'imprégner de l'ambiance. Et la Colline semblait répondre au souhait de la mère en se montrant sous son meilleur jour. On sentait même une délicieuse odeur de viennoiserie.

– Tu veux un croissant ?

Doris emmena sa fille un peu plus haut, à la boulangerie du Croissant d'or. La boutique, aussi dorée que ses pains, portait bien son nom. L'enseigne peinte en lettres brillantes, les vitrines entourées de plaques vernissées, les plateaux de gâteaux aux tons chauds donnaient au commerce l'apparence d'un bijou.

– On dirait une boutique du Parc d'attractions, murmura Ness.

Doris se pencha vers l'oreille de sa fille.

– C'est le Parc d'attractions qui a pris modèle sur cette boulangerie. Et sur beaucoup d'autres bâtiments de la Colline…

Ness ne put s'empêcher de rire. Elle n'avait jamais fait le rapprochement.

Dans la boulangerie, le ton particulièrement poli que Doris employa avec la boulangère surprit sa fille. Mais Ness eut rapidement conscience qu'il répondait à l'attitude hautaine et fière de la boulangère. Dans les mains de celle-ci, le croissant prenait l'allure d'une offrande sacrée. Il fallait le recevoir et le payer avec les mêmes manières. Une fois dehors, et le croissant dévoré, Ness demanda à sa mère :

– C'est quand même pas une Bleue, la boulangère ?

– Bien sûr que non ! Elle est comme toi et moi.

– Elle se prend carrément pour une princesse !

– Les Pâles qui travaillent à la Colline sont choisis parce qu'ils sont les meilleurs. Et ils finissent par le croire.

– La boutique lui appartient ?

– Ici, rien n'appartient aux Pâles, tu le sais bien… Ils ont un bail d'exploitation de trois ans, renouvelable. Et je peux te dire qu'ils font tout pour qu'il soit renouvelé !

– Remarque, je n'ai jamais mangé un croissant aussi bon…

– C'est bien ce que pense la boulangère !

Doris s'arrêta pour regarder sa fille. Elle lui remit sa mèche de cheveux en place et reboutonna sa veste.

– On arrive, fit-elle. Tu sais ce qu'il faut dire ?

– Bien sûr ! On a eu trente heures de cours de Maintien et Attitude !

Doris sonna à la porte d'une jolie maison de trois étages. Une femme leur ouvrit.

– Bonjour Doris, vous n'avez pas vos clés ?

– Bonjour madame, je vous prie de m'excuser. Je suis venue avec ma fille. Est-ce que cela peut poser un problème ?

– Pas du tout ! Bien au contraire.

– Elle a reçu son diplôme, il y a trois jours. Et elle voulait me donner un coup de main aujourd'hui. Un mini-stage en quelque sorte…

– Formidable !

– Bonjour madame. Je m'appelle Ness.

Elles firent quelques pas dans l'entrée où les dalles du sol luisaient de propreté, puis débouchèrent dans un salon éclairé par une large baie vitrée. Derrière, on apercevait un jardin ravissant.

– Vous empruntez la même voie professionnelle que votre mère ? demanda la femme.

– Non, madame, je m'oriente vers *l'écologie*.

Ness avait choisi à dessein une expression vague. Elle se rappelait la réaction de Kléber à l'évocation du *Recyclage* et ne souhaitait pas lire la même déception sur le visage de la patronne de sa mère.

– Bon choix. Par ailleurs, votre mère est une employée très compétente. Je vous laisse, mesdames. À tout à l'heure.

– Merci, madame, répondit Doris, tandis que Ness s'évertuait à faire un beau sourire.

La jeune fille s'imprégna de l'ambiance calme de la maison où tout semblait si bien à sa place qu'on osait à peine bouger. Par son savoir-faire, Doris participait à cette harmonie, pensa Ness en posant un rapide baiser sur sa joue.

– Au travail, fit Doris, souriante.

Coussins – plumeau – aspiro ; rangement – vaisselle – sols ; le col – les manches – le plastron ; tout l'entretien de la maison s'organisait par groupes de mots. Chacun d'eux générait des gestes à faire dans un ordre particulier. Doris les effectuait avec une précision et une efficacité redoutables. La maison était si propre qu'elle semblait tout juste sortie de son emballage.

La matinée touchait à son terme, Doris appela Ness qui terminait de nettoyer la grande baie vitrée.

– On déjeune ?

– Où ça ?

Doris montra le sac qu'elle avait apporté.

– Soit ici, dans le local technique…

Elle se pencha pour murmurer à l'oreille de sa fille :

– Mais il n'est pas très agréable, il est tout petit. Et Madame ne veut pas qu'on déjeune dans le jardin.

Elle reprit sa voix normale :

– Soit dehors. Il y a le parc de la Pagode, vers la clinique.

– Dehors, alors ! Ah ! J'ai vu une enveloppe pour toi, sur la table…

– Oui, c'est mon questionnaire de satisfaction.

Tandis qu'elles marchaient vers le parc de la Pagode, Doris expliqua le fonctionnement des Aides ménagères, cette grande communauté à laquelle elle appartenait. Tous les ans, elles – car c'était souvent des femmes – devaient changer d'employeur. Cela évitait que les relations se tendent entre les patrons et leurs employés. On avait l'habitude de penser qu'en se côtoyant trop longtemps, on finissait par franchir les limites, d'un côté comme de l'autre. Familiarité, baisse de la qualité du travail, agacement, récriminations… Doris avait connu ça au tout début de sa carrière. Avec cette organisation, ça fonctionnait mieux. On ne se devait rien. On travaillait, on se respectait… Et si on s'appréciait moins, on savait que ça ne durerait pas longtemps, expliqua Doris. Ness lut le papier.

– Alors tu es notée ?

– Oui, pour chaque tâche, comme tu vois.

– Et aussi sur tes qualités personnelles…

– C'est souvent ce qui fait la différence.

– On t'apprécie…

– Je crois, sourit Doris. Je n'ai jamais eu une note en dessous de 8 et j'ai de très bons scores d'*Invisibilité*. C'est-à-dire une grande capacité à faire le travail sans qu'on me remarque. C'est essentiel dans ma fonction.

Certains employeurs se sont débrouillés pour m'engager plusieurs fois de suite... C'est un motif de fierté.

Ness n'avait pas choisi un métier qui la mettrait en contact avec des Bleus. Elle pensa tout à coup que c'était peut-être une erreur. Mais il était trop tard maintenant.

– J'ai eu de très bonnes notations chez une ingénieure zoologiste. Elle était aussi vétérinaire. Je crois que son savoir était sans limite. Parfois, elle racontait des histoires d'animaux à son fils. Le lendemain, il me les citait mot pour mot. Et ils n'étaient pas des exceptions ! Les Bleus sont incroyables !

Comme si elle lisait dans les pensées de sa fille, elle ajouta :

– Dans ton parcours, tu en rencontreras forcément. Je suis sûre que tu auras l'opportunité d'échanger avec eux, un jour ou l'autre.

Plus loin dans le parc, la Pagode qui abritait la clinique se dressait avec élégance. Sa forme traditionnelle était rehaussée des matériaux les plus modernes. Ce mélange architectural était d'une beauté surprenante, l'œuvre d'un architecte Bleu maîtrisant parfaitement tous les savoirs techniques et l'harmonie des formes. Autour du bâtiment, le jardin particulièrement fleuri constituait une barrière à la fois gracieuse et sophistiquée.

Elles terminèrent leur repas et se rendirent chez le deuxième employeur de Doris. La mère avait pris le bras de sa fille et l'entraînait d'un pas rapide et dynamique, pourtant, elles n'étaient pas en retard. Ness se demanda pourquoi sa mère devenait si impatiente.

Un jeune homme de son âge vint leur ouvrir.

– Bonjour, monsieur, voici ma fille Ness, elle vient de recevoir son diplôme. Elle a proposé de m'accompagner aujourd'hui pour m'assister dans mon travail. Une sorte de mini-stage en somme. Est-ce que cela peut poser un problème ?

– Non. Bonjour Ness. Bonjour Doris. J'aimerais vous embrasser.

– Moi aussi. Ne vous inquiétez pas.

– Bonjour, monsieur, dit Ness.

– Heureux que vous soyez arrivée à l'heure et en bonne santé.

– Merci, Quirin. Je vais bien, en effet.

Le jeune homme bascula d'un pied sur l'autre, comme s'il hésitait à s'en aller.

– Oui ? Je vous en prie Quirin... dites-moi, fit Doris.

– S'il vous plaît, pas l'aspirateur en premier.

– D'accord, Quirin, je comprends.

Les deux femmes se rendirent directement au local technique où du repassage les attendait.

– Les parents de Quirin font partie de ceux qui m'engagent régulièrement depuis des années. Selon eux, Quirin m'apprécie. Et c'est réciproque.

Ness voulut interroger sa mère sur le jeune homme, mais cette dernière mit un doigt sur sa bouche, puis désigna son oreille. Quelques secondes plus tard, les premières notes d'un morceau de piano se firent entendre.

Ness s'immobilisa, subjuguée.

– Je peux aller voir ? demanda-t-elle à voix basse.

– Très discrètement. Tu sais qu'il est dense ? Il s'inquiète rapidement au contact des personnes étrangères. Reste invisible.

Ness longea le couloir de la maison et s'approcha du salon dont la porte était entrouverte. Le jeune homme, assis devant un immense piano à queue, lui tournait le dos. Elle pouvait l'observer. Et surtout, l'écouter. La musique semblait couler de ses doigts, émaner de son dos, de son crâne, de son corps tout entier. Tour à tour, le jeune homme donnait l'impression de dompter brutalement la masse noire de l'instrument ou de la flatter en la caressant.

Les doigts et les touches du clavier dialoguaient dans une langue rapide tout à fait impossible à maîtriser, pensa Ness. Et pourtant le jeune homme y parvenait et la rendait troublante. La musique s'insinuait dans le cœur de Ness, l'enrobait de douceur ou l'étreignait jusqu'à ce qu'il manque d'oxygène. Ses jambes tremblaient légèrement, sa nuque chauffait et se couvrait de sueur. Était-ce ça, la musique ? se demanda-t-elle. Non pas un enchaînement de notes, mais d'émotions ? Le jeune homme semblait capable de jouer tous les morceaux du monde comme s'ils étaient inscrits en lui.

La beauté de ce qu'elle entendait était presque inhumaine. Doris s'approcha de sa fille pour écouter un moment avec elle.

– J'aime travailler ici… Tu comprends pourquoi, n'est-ce pas ?

Oui, Ness comprenait. Les placements apportaient à Doris des cadeaux d'intelligence pure et de beauté intense qu'elle n'aurait pu recevoir autrement. *Tu comprends ce que Bleu et Dense veulent dire maintenant*, lui chuchota-t-elle.

Pour se défendre et maintenir la tête haute, les Pâles pouvaient railler les Bleus et les Denses, faire circuler toutes sortes de blagues sur leur compte, mais cela n'enlevait rien à leur immense supériorité.

Les Pâles tournaient autour des Bleus comme autour d'un soleil.

De cette loi naturelle découlaient toutes les autres.

Dans le tramway du retour, la mère et la fille ne disaient rien. Des images de la journée traversaient l'esprit de Ness : les pousse-pousse brillants, les yeux de la boulangère, l'élégance de Madame, les rues sinueuses de la Colline, les mains du jeune pianiste qui volaient sur le clavier. Ces mains ! Elle aurait pu les embrasser. Les embrasser ? Et pourquoi pas se marier avec un Bleu, tant qu'elle y était !

Dehors, les grands panneaux publicitaires aux images lisses clamaient « Soyez sereins ! Dazur vous transporte. Dazur, l'énergie pure ! » Oui, tout était une question d'énergie, de flux, tout circulait, bougeait, dansait à l'intérieur d'une ronde où il fallait réussir à entrer. *Trouver sa place et suivre le mouvement.*

Ness descendit du tramway avant sa mère, direction la grande pelouse de son quartier où l'attendaient les garçons. Elle les aperçut de loin, assis dans l'herbe et ne put s'empêcher de penser qu'ils formaient avec elle une superbe *Équipe B*. Une équipe de deuxième division très sympathique, mais pas destinée à la plus haute marche du podium. Une simple équipe de remplacement, se dit-elle.

Sander, le plus nerveux du groupe, s'évertuait à passer pour un garçon calme mais son air révolté impressionnait plus qu'il ne rassurait. Au dedans, ça chauffait à gros bouillons, d'ailleurs, la sueur perlait souvent sur ses tempes. Ce n'était pas un grand bavard, pourtant dans sa tête, il se parlait longuement. Quand Ness surprenait son air inquiet ou pensif, il lui souriait, complice, certain qu'elle avait lu dans ses pensées.

Sander protégeait son petit frère Zéno avec une rage contenue qui éloignait rapidement les agresseurs potentiels. Et Zéno, à son tour, calmait son grand frère en faisant preuve d'une sagesse étonnante pour son âge.

À dix ans, le petit garçon était d'une gentillesse extraordinaire. Devant sa bienveillance, les trois adolescents restaient parfois bouche bée tout en se demandant si cela ne pourrait pas lui jouer des tours. Un jour, on avait décidé de ne plus jamais se moquer de lui. On écoutait ses remarques naïves ou profondes et c'était comme entendre parler l'Enfance elle-même.

Parfois, quand Zéno était heureux, il dansait ou se jetait sur les trois grands pour les embrasser. Et quand il était triste, il se faisait habilement oublier et gérait seul son stock de larmes. Même Ed, sa grand-mère, avait appris à respecter ses chagrins discrets, comme autant de jardins secrets.

Sander et Zéno avaient adopté Ferdinand, le troisième de l'équipe, comme un frère. Impossible de remettre cela en question. Et Ferdinand, dont le père était totalement fermé d'esprit, faisait grand cas de cette fraternité choisie. Elle l'aidait à tenir debout, au sens propre, car tout en lui avait tendance à pencher. Il avait poussé trop vite, comme une herbe sauvage. Ses grandes jambes, ses longs bras minces, son cou qui n'en finissait pas semblaient toujours pris dans une bourrasque. Il était maladroit à souhait, se tenait voûté et cachait volontiers son visage derrière une mèche de cheveux. Mais lorsqu'il évoquait la musique, son corps tout entier se redressait et passait du statut d'herbe à celui d'arbre. Pendant quelques instants, il devenait impressionnant.

La quatrième, c'était Ness.

Les garçons regardaient s'avancer cette fille joyeuse, à la démarche élastique. Elle avait quelque chose d'une gymnaste, mais pas seulement physiquement. Ses pensées s'enchaînaient avec souplesse et s'agençaient parfois en figures compliquées. Lorsqu'ils réfléchissaient avec elle, les garçons pouvaient avoir accès à de purs moments de joie. Ils aimaient la taquiner, surtout lorsqu'ils la surprenaient à bougonner comme une vieille mule. Car parfois, elle se sentait aussi lourde qu'une pierre, tétanisée devant la complexité du monde. Il valait mieux en rire et elle ne s'en privait pas.

Ness était amicale et attentive, clairvoyante aussi, et les garçons sentaient parfois qu'ils ne connaissaient qu'une toute petite partie de sa personnalité.

Pour le jeune Zéno, Ness incarnait une sœur, une mère, une amie, et même, de temps à autre, sa *vieille épouse*. Elle était absolument indispensable à la vie des trois garçons. Ils auraient préféré qu'on leur arrache le cœur et les ongles un à un plutôt que de la voir disparaître.

Ness fit semblant de se prendre les pieds dans la pelouse, tangua dangereusement devant eux, les gratifia de son fameux regard stupide et papillonnant, *le 7*, et s'écroula sur l'herbe en riant.

Puis ils se regardèrent tous les quatre, s'interrogeant muettement sur leur journée.

– Rien fait, dit Ferdinand.

– Pas mieux, fit Sander.

– École, couina Zéno.

– Croissant aérien… poussière maîtrisée… col et plastron bien aplatis… pensées variables, mais humeur stable… ajouta Ness.

– Merci pour ce bulletin météo, dit Sander en s'allongeant sur l'herbe, le visage au soleil.

– C'est quoi, un plastron ? demanda Zéno.

Ness lui expliqua qu'elle avait passé la journée avec sa mère à la Colline, à repasser des chemises dont le devant s'appelait « plastron ». Et qu'elle avait également mangé un croissant archi-délicieux, léger comme un nuage.

– Ah ! Moi aussi ! Je suis allé à la Colline hier, avec mon père, dit Ferdinand. J'avais pas trop le choix… Il monte des cloisons chez un Bleu.

Ness saisit l'occasion pour lui faire part de ce qu'elle avait pensé.

– Ferdinand, il faut que tu travailles à la Colline ! Il y a des pianos partout, enfin… j'en ai vu un, noir et luisant, large comme une baleine. Je pensais… Il y a ces murs végétalisés. C'est si beau ! Tu pourrais te spécialiser là-dedans…

– Et quoi ? demanda Sander. Entrer chez les Bleus pour jouer du piano en douce ?

– Non, il pourrait leur demander la permission de jouer après ses heures de travail, suggéra Ness.

– *Demander la permission*… Ça ressemble pas trop à Ferdi, dit Zéno.

Ferdinand était tout recroquevillé autour de l'idée. Plus grand-chose à tirer de lui quand il était comme ça. Il valait mieux le laisser réfléchir et attendre.

– Moi aussi je vais bientôt aller saluer mon patron, dit Sander.

– Tu le connais ? demanda Ness.

– Je l'ai déjà croisé il y a longtemps. C'était un ami de mon père.

– Ah ! C'est bien.

– Oui, ça me fait plaisir. Ed m'a dit que c'était un type valable.

– Il faut qu'on prépare le Carnaval, rappela Zéno.

Ferdinand releva la tête, il avait fini de se torturer l'esprit.

– Ness…

– Oui ?

– Les Bleus, tu as regardé leur cou ?

– Non…

– Il paraît qu'on voit battre leur veine, là.

Il désignait sa jugulaire droite, dans le cou, à l'aplomb de l'oreille.

– On dit qu'elle est bleue.

– Je n'ai pas fait attention, dit Ness.

– Leur blanc d'œil se colore aussi, dans certaines conditions, ajouta-t-il.

– Et ils ont des oreilles pointues et des pieds palmés, sourit Ness.

– Je suis sérieux !

– Ferdi ! Oui ! Peut-être que c'est vrai ! Mais ce ne sont pas des extraterrestres ! Ils sont juste plus intelligents. Mais pour mille choses, ils sont comme nous. Ils mangent, ils dorment et ils vont aux toilettes !

Zéno éclata de rire, bien évidemment.

– Et peut-être même qu'ils ont des relations amoureuses, dit Sander.

– Ou peut-être qu'ils considèrent l'amour comme quelque chose d'inutile, d'encombrant… un truc complètement dépassé, précisa Ness.

– Ils n'auraient pas tort ! s'écria Ferdinand.

– Tu oses dire ça, toi ! Avec tout l'amour qu'on te donne ! Tu es vraiment un ingrat ! s'écria Ness.

Ferdinand ne put s'empêcher de sourire.

– Oh ! Tout cet amouuuur ! s'amusa-t-il.

– Et moi ? fit Zéno.

– Et moi ? fit Sander.

– Vous me fatiguez ! dit Ness en se levant.

Zéno sauta sur ses pieds et prit la main de sa *vieille épouse*.

– Donne-leur tes ordres, Princesse, dit-il.

Elle désigna Ferdinand :

– Toi, tu prends un bain, ça te rendra moins triste ! Toi, Sander, tu donnes un coup de main à Ed pour préparer le dîner car nous sommes tous invités chez vous.

– Parfait, acquiesça Sander.

– À vos ordres, enchaîna Ferdinand.

– Et moi, je mets une jupe !

– C'est vrai ? s'écria Sander.

– Plutôt mourir, fit Ness en s'éloignant.

Sander, Zéno et leur grand-mère Ed habitaient le rez-de-chaussée d'un petit immeuble jaune pâle. Les appartements de plain-pied avaient le grand avantage de posséder quelques mètres carrés de jardin et dans ce petit espace extérieur, on se sentait presque plus chez soi qu'entre les murs. Ed aimait recevoir l'Équipe B le plus souvent possible. Depuis un an, elle leur laissait même l'appartement quand elle dînait chez des amis, le soir. Elle avait une vie sociale active qui étonnait Ness dont les parents étaient affreusement casaniers.

Ferdinand avait bien pris une douche et paraissait moins triste. L'effet cheveux propres, se dit Ness. Sander se concentrait sur la cuisson de petits friands confectionnés par ses soins. Zéno mettait la table.

– Alors, en quoi vous allez vous déguiser pour le Carnaval ? demanda Zéno.

– Oh là là ! Pas encore réfléchi, fit Ness.

– On pourrait remettre nos uniformes ! dit Sander, ironique.

– Tu es bête ! lui répondit Ness d'une voix joyeuse.

– Déguisons-nous en nous-mêmes puisque nous ne savons pas encore qui nous sommes, susurra Ferdinand.

– Mais tu as mis tes habits de Grand Sage, ce soir ! Moi, je sais très bien qui vous êtes ! dit Ness en les dévisageant d'un regard perçant. Et c'est pas joli, joli ! ajouta-t-elle en riant.

– J'aimerais bien trouver un costume d'animal, dit Zéno.

Tout le monde se tourna vers lui.

– Quand tu étais tout petit, maman t'avait rapporté une robe de chambre tigre, avec une longue queue, dit

Sander. Et la capuche avait des oreilles. Tu étais drôlement mignon.

Il y eut un silence pendant lequel le regard de Zéno s'échappa, à la recherche d'une image de sa mère disparue.

– Je crois que je m'en souviens, dit-il.

– Je vais au Centre de Tri demain matin, intervint Ness. J'ai rendez-vous avec ma patronne. Je ferai un tour au département Fibres. Il doit y avoir tout un tas de vieux vêtements.

– Ils te laisseront prendre des choses ? demanda Ferdinand.

– Il paraît que la directrice est gentille. On verra bien.

– Tu seras notre costumière, alors ! lança Zéno, plein de confiance.

– Qu'est-ce qu'on ferait sans toi !

– Rien ! C'est bien connu !

Les friands commençaient à sentir bon, l'Équipe B s'activa pour passer à table. Pendant le repas, ils reparlèrent de leurs professeurs, les imitèrent, peinèrent à se mettre d'accord sur ceux qu'ils avaient aimés, et rirent de ceux qu'ils appelaient « Bleu pâle », « Reine-déveine » et « Grand Injuste ». Malgré l'inconnu, cette année d'apprentissage qui commençait était terriblement excitante. Ils allaient aussi gagner leurs premiers salaires. À peine plus que de l'argent de poche, mais quand même.

La nuit tombait sur le petit jardin. La table était débarrassée, Zéno avait apporté des bougies et sculptait la cire en silence.

– Tu nous joues quelque chose ? demanda Ness à Ferdinand.

Il réfléchit un moment.

– Tu as laissé une partition ici, dit Sander.

Zéno fila la chercher et la tendit à Ferdinand.

– Tu nous la joues ?

– Ça fait longtemps que je ne l'ai pas travaillée…

– Tu avais l'air de bien la connaître, reprit Zéno.

– Ça marche ! Tu me tournes les pages ?

Zéno se positionna près de la table avec la partition contre lui.

Ferdinand fouilla dans la poche de sa veste et en sortit un étroit rouleau de tissu qu'il déroula sur la table. L'objet ne le quittait jamais.

Sur la longue bande de coton, les touches noires et blanches d'un piano avaient été dessinées. Ferdinand lissa les plis du clavier avec soin, puis se redressa. Il était prêt. Dans son visage soudain détendu, son regard s'éclaircit. Ses doigts se mirent à tapoter les touches fictives produisant de petits bruits secs. Leur ton variait, pas comme de réelles notes de piano, mais certains coups paraissaient plus graves et d'autres plus aigus. Et le rythme était là.

– Maintenant ! dit-il à Zéno qui s'occupait de tourner les pages de la partition.

On entendit le bruit du papier qui se mêlait aux martèlements des doigts et aux notes que Ferdinand chantonnait doucement. Et tout à coup, Zéno, Sander et Ness entendirent réellement la musique.

Leurs cerveaux, peut-être, comblaient les vides… qu'importe… La musique les saisissait ; ils étaient traversés d'émotions, libérés de toute pensée parasite. Ness retrouvait la sensation de bonheur qu'elle avait éprouvé pendant *le concert* du Dense. Durant un instant, il n'y eut plus de grandes capacités bleues et d'insuffisances pâles, mais le grand continuum créatif de la musique.

Sander grimpa dans le tramway en direction de la zone d'activité ouest où se trouvait l'entreprise de plomberie qui l'accueillait pour son apprentissage. Il avait remis son uniforme du lycée après s'être longuement demandé dans quelle tenue se présenter. C'était ce qui lui semblait convenir le mieux pour un premier rendez-vous. Il s'était soigneusement lavé et coiffé et ressemblait à un jeune mannequin d'une publicité Dazur.

Il débarqua parfaitement à l'heure et trouva son patron, Victor, très affairé. L'homme rassemblait son matériel pour gérer une urgence au Lycée Bleu de la Colline. Il prit à peine le temps de se présenter.

– Les autres sont sur un chantier et je suis tout seul pour gérer la fuite. Tu veux bien me donner un coup de main ?

Un quart d'heure plus tard, la grille du lycée de la Colline s'ouvrait pour les laisser passer.

– La fuite a eu lieu dans les sanitaires, au rez-de-chaussée. Impossible de vous dire ce qui s'est passé ! expliqua le concierge.

– Vous inquiétez pas, on s'en occupe, fit Victor, souriant. Je suis déjà venu pour l'entretien des robinets.

Le concierge les conduisit vers les sanitaires. Lorsqu'ils entrèrent, ils découvrirent avec étonnement que la fuite ne provenait ni des lavabos ni des toilettes. L'eau suintait directement du mur.

– C'est dommage, on a fait repeindre il y a un mois, dit le concierge, contrarié.

– Souvent comme ça… répondit Victor. À côté, il y a quoi ?

– La salle de physique chimie. Il n'y a pas de cours actuellement.

– Il y a eu des travaux dans cette salle ?

– Oui, il y a un mois.

Le concierge lui remit un bipeur.

– Si vous avez besoin de moi, composez le 01. Je dois reprendre mon poste. Je vous laisse travailler, on fera le point tout à l'heure.

Le concierge s'en alla et Victor sortit aussitôt un burin.

– On va casser par-là, dit-il. Déplie la bâche. Tu risques de salir ton beau costume !

– Pas grave, fit Sander.

Victor lui tendit les outils.

– Ouvre doucement autour de ce point. Je vais jeter un coup d'œil à côté.

Sander fit tomber des morceaux de plâtre. Il procédait avec soin, à la manière d'un archéologue. Casser des murs ne faisait pas partie de ce qu'il avait appris au lycée et il comprit à l'instant à quoi allait servir l'année d'apprentissage. La pratique… Rien ne remplaçait la pratique. Le réel ne se comportait pas comme les leçons dans les manuels de l'école. Il fallait s'y frotter, le gratter, le casser pour voir ce qui se trouvait derrière. De l'autre côté de la cloison, il entendait Victor s'activer et donner des coups, lui aussi. Il est sympathique, cet homme, je suis bien tombé, pensa Sander, je suis sûr que toute son équipe est comme lui. Il se souvint de ce que disait Ness, *les gens s'entourent souvent d'autres personnes qui leur ressemblent.*

Le trou s'agrandissait et divers tuyaux émergeaient. Sander prit un burin plus petit pour ne pas faire de dégâts. Lorsqu'il se releva, la tête lui tournait légèrement. Il continua à agrandir le trou, en suivant les contours de la tache humide. La pièce lui semblait de plus en plus chaude, il commençait même à voir flotter un nuage de vapeur effiloché. Une sorte d'écœurement le saisit, puis une sensation d'oppression. Il s'immobilisa, la main appuyée sur le mur, inspira profondément et s'évanouit.

Lorsqu'il reprit connaissance, il était en train de marcher, soutenu par un homme qu'il ne connaissait pas. Celui-ci le fit entrer dans une pièce où il put s'asseoir.

– C'est une chance que je sois passé aux toilettes ! dit l'homme en s'asseyant derrière le bureau.

Il portait une blouse.

– Vous êtes à l'infirmerie. Ça va mieux ?

Sander approuva. La tête lui tournait encore un peu et il luttait toujours contre son écœurement.

– Vous avez déjeuné ce matin ?

– Non.

– À votre âge, on ne commence pas une journée le ventre vide ! Sinon… Comment vous appelez-vous ?

– Sander.

L'homme inscrivit son nom sur une fiche, puis se pencha sur une pile de petits cartons, ouvrit le premier et en retira une fiole blanchâtre. Il s'empara d'une seringue qu'il remplit de liquide laiteux.

– Après ce malaise, vous devriez rentrer chez vous plus tôt.

L'homme contourna le bureau et releva la manche de Sander pour lui administrer la piqûre. Sander fut immédiatement soulagé, comme si de l'oxygène frais lui arrivait dans les veines.

– Merci, monsieur, dit-il à l'homme.

– Je vous en prie. Bonne journée.

L'homme l'avait vouvoyé, signe qu'il l'avait pris pour un Bleu. Sander en fut fier.

Dans les sanitaires, il n'y avait plus de vapeur, mais une très légère odeur. Sander poursuivit vers la salle de physique chimie où se trouvait son patron.

– L'installateur de la salle a percé des tuyaux de gaz et d'eau en faisant passer un nouveau circuit… J'ai tout fermé. J'ai fait la soudure sur l'arrivée d'eau, mais je vais laisser l'installateur du gaz gérer sa bourde ! Trop dangereux ! Ça peut être toxique, je ne suis pas équipé.

Le concierge arriva avec un homme de service qui se mit immédiatement à nettoyer les gravats.

– La fuite est réparée, mais va falloir rappeler l'installateur de la salle, dit Victor au concierge. Il faudra qu'il vérifie l'étanchéité des circuits qui servent aux expériences. Ce n'est pas dans mon domaine de compétence.

Je vous envoie mon compte rendu cet après-midi.

Sur le chemin du retour, Sander se sentit euphorique. Sa première expérience sur le terrain s'était finalement bien déroulée, Victor était sympathique et compétent. Et lui-même avait su comment se comporter, il n'avait pas étudié en vain.

Tout paraissait brillant et limpide autour de lui et, d'une façon qu'il aurait eu du mal à expliquer, tout paraissait compréhensible.

Ness, elle aussi, partait faire la connaissance de sa future patronne, et apprivoiser le chemin qui allait être le sien pendant un bon moment, des années peut-être. Chaque jour, elle pourrait explorer une nouvelle manière d'aller au Centre de Tri, histoire de varier les plaisirs. Varier les chemins pour aller au même endroit… Quel projet lamentable ! lui souffla une petite voix intérieure. Mais peut-être que les chemins comptaient… Il faut choisir de nouveaux parcours, même si la destination est connue d'avance, se dit-elle.

Le Centre de Tri se trouvait un peu plus loin que le dernier cercle de la Ceinture. Avant de l'atteindre, il fallait marcher trois kilomètres et traverser des zones encore en ruines depuis le tremblement de terre. Malgré l'impression de désordre et d'abandon, Ness aima ce paysage. C'était un soulagement de voir qu'il restait encore des espaces inutilisés et même inutiles, aussi superflus que des rêveries d'enfants ; des espaces où rien n'avait été planifié par les Bleus. Ces recoins formaient de minuscules pays, avec des parpaings en guise de hautes montagnes, des coulées de gravillons pour plages, des herbes drues comme des forêts sauvages. Ness vit là des lieux rêvés pour venir jouer, mais elle n'avait plus l'âge, et aucun enfant n'aurait été autorisé à s'échapper de la Ceinture pour aller se perdre dans les terrains vagues. Tandis qu'elle s'imaginait en train de courir entre les ruines, trois Brigadiers la hélèrent. Elle présenta son poignet, ils la bipèrent et prirent quelques secondes pour vérifier les informations enregistrées. Elle avait le droit de circuler jusqu'au Centre de Tri, mais elle précisa tout de même qu'elle n'y travaillait pas encore et s'y rendait aujourd'hui pour faire une visite de courtoisie à sa future patronne. Avec les Brigadiers, il fallait être exact, dire toute la vérité et même plus. Ils détestaient qu'on hésite, qu'on semble éluder une information ou une autre. Formés aux interrogatoires, ils posaient leurs questions avec une efficacité redoutable, et la personne la plus honnête du monde se sentait inévitablement coupable de quelque chose. Après chaque vérification d'identité, on se surprenait à souhaiter devenir transparent.

– Bonne journée, mademoiselle, lui dit l'un des Brigadiers, à peine plus âgé qu'elle.

Et tandis qu'elle frottait son poignet, elle vit l'un d'eux armer un drone et le lancer en l'air.

– Vous êtes sous bonne escorte, lui dit-il en souriant.

– Merci, bafouilla Ness. Bonne journée à vous.

Ils s'éloignèrent d'un pas viril tandis que le drone demeura immobile à deux mètres au-dessus de sa tête. Lorsque Ness reprit sa marche en direction du Centre, le drone émit un léger grésillement et la chaperonna.

L'engin flottait au-dessus d'elle comme une conscience, une mauvaise conscience. C'était la première fois qu'une telle chose lui arrivait. Confusément, elle fit un lien entre la machine volante et le fait de devenir adulte.

Ness fut surprise de découvrir les murs du Centre de Tri recouverts d'herbes grimpantes. Elle contourna le bâtiment, à la recherche d'une entrée qu'elle finit par découvrir entourée de lierre. Dans ce bouillonnement de verdure, la porte lui rappela un conte de fées. Mais les princesses ne travaillaient pas dans le recyclage. Ça tombait bien, elle ne se prenait pas pour une princesse, ne fréquentait pas de prince charmant, seulement trois originaux qui lui demandaient pas mal d'attention. Dès qu'elle eut poussé la porte, le drone poussa un léger bip électronique, fit demi-tour et remonta dans le ciel. Ness se sentit soulagée.

Personne ne se trouvait dans la cour ni à l'accueil. « Sonnez ici », était-il inscrit au-dessus d'un bouton. Elle sonna, une grande femme apparut. Elle portait un costume beige qui avait dû appartenir à des Bleus et ses cheveux noirs et crépus, coiffés en chignon strict, faisaient ressortir ses yeux vert clair. Sur sa poitrine, les pierres d'un pendentif ancien brillaient de la même couleur. Son allure qui ne devait rien à la mode du moment était d'un chic intrigant et séduisant.

– Bonjour, mademoiselle Ness. Un drone vient de confirmer votre arrivée il y a quelques minutes ! *Bzzzz*, ajouta la femme en regardant vers le ciel d'un air malicieux.

– Je m'appelle Mare, je suis la directrice. Venez, je vais vous faire faire le tour du premier bâtiment, celui qui a le grand avantage de ne pas sentir !

Les alentours étaient propres, les plantes franchissaient les murs d'enceinte et redescendaient en grappes vers la cour. Mare fit coulisser la grande porte de l'atelier et la première chose que vit Ness fut une montagne de tissu. Une grande pince métallique piochait régulièrement dedans et déversait les vêtements sur le tapis de tri. Mare lui tendit un masque.

– Pour la poussière, lui dit-elle.

Ness remarqua ensuite les ouvriers qui portaient un masque et avaient de drôles d'apparences. Un grand châle en laine rouge couvrait les épaules de l'un d'eux ; un autre s'était enroulé dans un tissu à motifs vert et bleu ; un troisième était coiffé d'un grand chapeau mou. Ils avaient tous l'air déguisés et Ness pensa aussitôt à Zéno qui cherchait un costume pour le Carnaval. Elle se tourna vers Mare qui venait de saisir une veste à carreaux qu'elle jeta dans un grand bac en plastique.

– Vous récupérez des choses ? demanda Ness.

– Oui, il faut bien qu'il y ait quelques avantages à ce boulot ! Viens, je vais te montrer notre petite *boutique*.

Au bout de l'atelier, Ness découvrit une salle remplie de hautes piles de coupons de tissu et de vêtements parfaitement triés.

– La plupart des affaires sont recyclées…

– Oui, je sais, dit Ness. On en fait du rembourrage pour les canapés, pour les sièges des véhicules…

– Mais on garde quelques pièces intéressantes pour les vendre au kilo. Les profs des sections Couture prennent ici de quoi permettre aux lycéens de s'exercer. Jette un coup d'œil si tu veux, le Carnaval approche.

Le visage de Ness s'éclaira d'autant qu'elle venait de repérer quelques pièces en fausse fourrure. Elle tomba en arrêt devant une combinaison avec capuche dont la taille semblait convenir à Zéno.

– Prends, dit Mare, cadeau de bienvenue !

– C'est pour un ami, expliqua Ness. Il rêve de se déguiser en animal. Il a dix ans...

– Et toi... qui voudrais-tu être ? demanda Mare d'un ton détaché.

Ness chercha en vain tandis que Mare l'entraînait vers le bâtiment suivant.

– Ce bâtiment-ci est plus technique, tu vas voir.

– Pâte à papier ?

– Exactement !

Elles entrèrent dans une pièce humide où s'alignaient plusieurs grandes cuves en aluminium. La matière première, papier et emballage, se trouvait entassée dans un coin. Des hommes et des femmes les répartissaient sur différents tapis de tri. Les documents étaient ensuite déchiquetés dans des broyeurs puis envoyés dans des cuves emplies d'eau. Les confettis de papier étaient alors rincés à plusieurs reprises, comme dans une grande machine à laver, avant d'être malaxés. De l'autre côté des cuves, la pâte à papier ressortait et se déversait dans des bacs comme une bouse grise à l'odeur fade.

– Il y a aussi un scanner, n'est-ce pas ? demanda Ness, qui voulait montrer qu'elle avait bien suivi ses cours.

Tandis que Mare approuvait, Ness remarqua que les ouvriers faisaient la même chose que dans l'atelier précédent. Parfois, ils s'emparaient d'un document pour le mettre de côté.

– Vous gardez des papiers ? demanda Ness.

Mare s'arrêta et regarda Ness si fixement qu'elle en tressaillit.

– À partir de maintenant, tu fais partie du Centre et tu as un devoir de réserve. Ce que l'on fait, ce que l'on se dit… Tout ce qui se passe ici doit rester ici.

Ness dissimula la vague d'inquiétude qui la traversait et suivit Mare. Elles s'immobilisèrent devant une porte éclairée par une lumière de secours. Le bruit des broyeuses à papier ne s'entendait presque plus.

– Ici, au Centre, nous avons affaire à l'histoire des gens, à leur intimité. C'est une grande responsabilité et ça demande du tact et de la discrétion. Tu vois ce que je veux dire ?

Les yeux clairs de Mare luisaient d'un éclat étrange dans la pénombre.

– Oui… Bien sûr…

– Nous avons des consignes du Conseil Politique que nous sommes les seuls à connaître et que nous appliquons à la lettre, cela va sans dire… Nous avons également notre règlement intérieur. Tout cela est très strict.

Ness mourait d'envie d'en savoir plus, là, tout de suite, et Mare la dévisagea, séduite par la curiosité que la jeune fille n'arrivait pas à cacher.

– Nous choisissons les aspirants et les aspirantes au Recyclage avec beaucoup de soin, dit-elle avec malice.

Ness se souvenait très bien de l'entretien qu'elle avait passé et pensait l'avoir raté à cause d'une blague qu'elle avait faite à propos *des vieilles choses*. Naïvement, elle avait affirmé que le Centre de Tri n'était pas le premier choix des lycéens, mais qu'elle était assez folle pour que les déchets la fassent rêver, elle, comme autant de témoignages de la vie passée des gens, avec leurs secrets et leurs espoirs.

– L'entretien que tu as passé nous a largement convaincus que tu avais ta place ici. Je crois qu'il y a beaucoup de loyauté en toi. Travailler dans les *poubelles* est une plus grande responsabilité que l'on ne croit. Je vais te remettre un livret d'explications et un contrat à signer. Tu liras attentivement la clause de discrétion.

Elles sortirent enfin à l'air libre et marchèrent en silence le long du mur d'enceinte. Sous un grand auvent, Ness remarqua de hautes piles brinquebalantes de cartons. De l'un d'eux, tombé au sol et tout éventré, s'échappaient des livres. Des livres... Il n'y en avait aucun dans la Ceinture. Les Pâles ne s'y intéressaient pas ; d'autres distractions avaient leur préférence. Mare se pencha pour en remettre quelques-uns en place, Ness l'imita, mais le plaisir de tenir un livre fut si fort qu'elle ne put s'empêcher de l'examiner. Des documents imprimés, elle en avait lu et étudié des centaines, mais pas de vrai livre comme celui-ci. L'objet était harmonieux et avait un côté antique.

– Notre bibliothèque est pleine ! dit Mare en souriant. Sers-toi !

Malgré l'autorisation, Ness le glissa dans sa besace avec la rapidité d'une voleuse.

Dans son bureau, tandis que Mare préparait le dossier d'enregistrement à remplir, Ness eut tout le loisir de l'observer.

La directrice lui lançait de temps à autre un regard bienveillant ; elle était non seulement sympathique, mais aussi rassurante. À plusieurs reprises, Ness l'avait trouvée drôle et mystérieuse, jeune et mature, toutes choses qui, selon elle, n'allaient pas bien ensemble. Un pur a priori. Mare cultivait un monde où se mêlaient le passé et le présent et s'était inventé une façon d'être bien à elle, hors du temps et des modes.

Ness repartit avec son contrat à signer, le livre et la tenue en fausse fourrure pour Zéno bien à l'abri dans sa besace. Les objets ne pesaient pas lourd, mais ils étaient précieux comme une découverte archéologique, chargés d'histoire. Au Centre, les objets sont comme des bouches scellées qui ne demandent qu'à s'ouvrir pour raconter, pensa-t-elle, et moi, je ne suis plus aussi transparente. Elle se mit à redouter le passage d'une Brigade.

Tout à coup, les jours à venir, avec leur programme écrit à l'avance, lui parurent moins étriqués. Elle nota dans son carnet : *Le Centre est un ogre qui avale les souvenirs pour les garder à l'abri.*

Arrivée au cercle extérieur de la Ceinture, Ness sauta dans un tramway pour rejoindre sa mère à la Colline. Le vieux gardien la bipa en souriant, puis elle courut jusqu'à la porte de la maison de Quirin, le jeune pianiste.

– Comment ça s'est passé au Centre ? demanda Doris.

– Oh ! Ça me plaît ! La directrice est géniale !

Quirin les rejoignit dans l'entrée.

– Bonjour Doris, bonjour Ness. J'aimerais vous embrasser.

– Bonjour, Quirin.

– Bonjour, monsieur, fit Ness.

Elles ne s'approchèrent pas de lui. La veille, Doris avait expliqué à sa fille que « J'aimerais vous embrasser » était une phrase rituelle chez Quirin, mais jamais suivie d'effet.

– Mère a mis de côté des choses pour vous, dit-il.

Il les précéda vers le local technique où un grand sac les attendait. Dedans, il y avait deux vieilles perruques, une veste chic et passée de mode, des bijoux fantaisie et même du maquillage.

– Mère m'a dit que c'était pour vous.

– Vous la remercierez de notre part, dit Doris.

Le garçon s'éclipsa. Ness, tout excitée, montra à sa mère ce qu'elle avait récupéré au Centre de Tri. Doris proposa de laver la fausse fourrure, puis elle regarda le livre qui s'intitulait *Voyages en pays sorcier*. On pouvait voir des photos d'hommes et de femmes affublés de costumes invraisemblables, parés de masques d'animaux. Les personnages surnaturels ressemblaient plus à des gris-gris géants qu'à des humains. Parfois, ils étaient surpris au milieu d'une danse sacrée, la jambe ou le bras levés vers le ciel.

– Voilà de quoi trouver l'inspiration pour le Carnaval, dit Doris qui rêvait sur les images.

– Quirin va jouer aujourd'hui ? demanda Ness.

– Je ne sais pas… Il n'a pas parlé d'aspirateur, souffla-t-elle avec malice.

– Tiens regarde, c'est le concert de Ferdi, hier, dit Ness en tendant son écran à sa mère.

Doris regarda l'interprétation de Ferdinand avec une grande attention.

– Il ne manque plus que le son, fit-elle.

Et elles éclatèrent toutes les deux de rire. La remarque avait été prononcée avec sérieux, mais son ironie involontaire leur avait sauté à la figure. Quirin, attiré par le bruit, pointa le bout de son nez.

– Des rires, n'est-ce pas ? Pour quelle raison ?

– Une séquence filmée par ma fille, monsieur.

À la demande de Quirin, Ness lui repassa le film, mais rien ne vint trahir le visage impassible et attentif du jeune homme. Ses yeux suivaient les doigts de Ferdi, son corps se balançait légèrement, comme s'il entendait la musique. Ce type est vraiment bizarre, pensa Ness. S'il n'était pas un Bleu, s'il ne jouait pas comme il joue, je penserais qu'il est à moitié idiot.

– C'est puissant ! s'exclama Quirin. Il a un beau touché. Très beau… Il a quelque chose de… Je cherche mes mots… Précision ! Précision ! Il dégage une…

– Une émotion ? proposa Ness.

– Hmm, oui, je crois. Une grande tristesse expressive. Pour certains pianistes, l'émotion est très difficile à trouver et l'émotion juste encore plus.

Lorsqu'il parlait de ce qui lui tenait à cœur, Quirin ne paraissait plus aussi étrange, aussi inadapté, aussi… idiot. Il en devenait même beau. Et Ferdi, c'était vrai alors ? Il jouait réellement ? Ness en avait souvent douté. Ses mains couraient sur le clavier, oui, elles avaient l'air d'interpréter un morceau, mais il pouvait tout aussi bien faire semblant de jouer. Les Pâles adorent imiter les Bleus, pensa Ness. Elle se rappelait cette fille qui s'évertuait à se tenir comme une Bleue, le dos bien droit, le menton légèrement relevé avec cette expression qui vous disait « Je vous suis infiniment supérieure, mais j'ai la grande bonté de vous accorder mon attention, misérables fourmis. » C'était inexplicable, ce mimétisme. Puisque rien, jamais, ne ferait d'une Pâle une Bleue. Et l'inverse était tout aussi vrai.

Quelques minutes plus tard, installés à la petite table de la lingerie, Doris tenait la main de Quirin entre les siennes. Elle lui coupait les ongles avec d'infinies précautions, employant des gestes si doux qu'on aurait plutôt dit qu'elle le réconfortait. Quirin, paisible, se laissait faire comme un petit enfant. Ness les trouva beaux tous les deux et personne, à cet instant, n'aurait pu dire qu'ils étaient d'une caste différente. Deux castes, deux mondes qui avançaient en parallèle, avec leurs valeurs différentes, leurs fonctions prédestinées, leurs places immuables. Il y avait autant de différences entre les Bleus et les Pâles qu'entre les Pâles et les animaux. Cette fille qui imitait les Bleus, elle aurait pu se prendre pour un hippopotame, cela aurait été tout aussi absurde. Ness eut un petit rire soudain. Quirin se tourna vers elle.

– Vous aimez bien le rire, dit-il de sa voix monocorde.

– Oui, bafouilla-t-elle en riant encore plus.

– *L'humour est la défense des faibles*, dit Mère.

– Elle a parfaitement raison, répondit Ness sans se démonter.

– Elle a *toujours* raison, dit Quirin. Mais elle n'est pas drôle.

Il planta son regard dans le sien, tandis qu'un sourire saugrenu lui fendit le visage. Ness se dit qu'il était drôlement sympathique, ce type bizarre, bien plus sympathique que tous les Bleus qu'elle avait croisés et même que la plupart des Pâles qu'elle connaissait.

– Regarde-moi ces mains, murmura Doris.

Ness s'approcha pour observer les mains gracieuses du pianiste, longues et fines comme les pattes d'un insecte timide. Ces mains-là ne s'useraient jamais au travail, pensa Ness qui se sentit tout à coup lourdaude et accablée. Cette réalité, c'était le mur qui séparait des filles comme elle des garçons comme Quirin. Infranchissable.

Ness, Sander et son petit frère attendaient Ferdinand pour ouvrir la merveilleuse malle d'Ed, qui, chaque année, augmentait son contenu d'un nouveau morceau de tissu, d'un vêtement étonnant, de plumes ou de bijoux de pacotille. Un petit trésor qu'elle offrait à la nouvelle génération pour célébrer le Carnaval. Mais Ferdinand arriva l'air sombre, le poignet caché dans sa poche kangourou. L'ambiance changea en quelques secondes tandis qu'il se mit à parler d'une voix sourde.

– « Tu ferais mieux de montrer de quoi tu es capable pour t'élever au-dessus de la masse grouillante des Pâles. *Jouer du piano pour ton plaisir ?* Ça ne veut rien dire. Du temps perdu. Tu veux faire quoi avec tes trois accords quand un pianiste bleu connaît par cœur toutes les partitions qu'il a lues. Dis-moi… quelle est l'utilité d'ajouter ta médiocrité au génie ? »

Tétanisés, les amis de Ferdinand écoutaient le discours du père qui sortait de la bouche de son fils.

Quelques heures plus tôt, Kléber avait surpris Ferdinand un casque vissé sur les oreilles. Les yeux fermés, le jeune homme laissait la musique guider ses doigts sur la table. Les coups rythmés vibraient dans ses mains et le faisaient sourire. Comme toujours, Kléber avait vu là une joie inutile, immature et pour tout dire féminine. La leçon avait alors commencé :

« Ta seule dignité est dans le fait d'accepter ta place, dans le rôle que tu dois tenir, dans la fonction que tu honores. Les Bleus ont besoin de nous, voilà notre chance. Besoin de toi pour ce que tu peux faire, pour ce que tu vas apprendre à faire. Ils n'ont pas besoin de ce que tu es, car tu n'es rien. Personne n'est rien ici, à la Ceinture, tant qu'il n'a pas prouvé ce qui le rendait utile aux Bleus. »

Devant ses amis, les yeux de Ferdinand brillaient de colère malgré la tristesse.

– « Tu peux finir à la mine, si tu veux, à user ces mains qui te semblent si précieuses. Tu auras au moins la fierté de servir à quelque chose. » Voilà comment a fini la leçon, dit Ferdinand en montrant son poignet.

Kléber avait serré si fort que la main de son fils avait blêmi et pris l'apparence d'une souris morte. Puis il l'avait brutalement lâché et Ferdinand avait trébuché. Ce père-là lui avait appris à marcher de nombreuses années plus tôt ; maintenant, il lui apprenait à chuter et Ferdinand n'en pouvait plus de se cogner aux portes, aux tables, aux êtres, au monde tout entier devenu soudain hostile et mouvant, presque impraticable.

– Ton poignet, demanda Ness, il te l'a cassé ?

Ferdinand lui tendit son poignet bleu et gonflé en tremblant.

– Nous, c'est par les coups qu'on devient bleu, dit Ness avec ironie.

Elle ausculta le poignet contusionné de son ami.

– Je ne veux pas devenir un Bleu. Je veux juste jouer…

– Personne ne peut devenir un Bleu. Mais nous avons droit à un espace pour exister, non ? Un petit espace rien qu'à nous, tu vois ?

– Moi, je vois, fit Zéno.

– Alors, prenons tous des coups et bleuissons, intervint Sander. Cassons-nous la gueule !

– Et relevons-nous, dit Ness.

Une boule s'était nouée dans le ventre d'Ed qui avait entendu l'échange depuis sa chambre. En son temps, elle s'était posé ces mêmes questions et, dans la plus grande intimité, avait aménagé en elle ce petit espace dont avait parlé Ness. Un lieu secret où débattre et réfléchir. Mais elle n'était pas sûre qu'on puisse le transmettre. Il fallait le trouver seul.

Ed pénétra dans le salon avec l'envie de bousculer les jeunes gens et de leur dire qu'ils avaient raison. Il fallait penser à vivre, à lutter. Mais à la place, elle leur proposa de préparer les tenues pour le Carnaval.

On ouvrit la malle merveilleuse et, en quelques minutes, le salon se transforma en marché aux puces. Ness se précipita pour offrir la tenue en fausse fourrure à Zéno qui lui sauta dans les bras.

Demain, jour du Carnaval, on plongerait dans des vagues aux mille nuances de bleu, mais il y aurait aussi des taches de blanc et de beige, les caricatures de Pâles habillés de vêtements clairs, souvent maculés, le visage couvert de maquillage blanchâtre qui les ferait ressembler à des fantômes. On verrait des costumes délirants, des panoplies d'artisans avec leurs outils d'un mètre de haut, en carton-pâte. Parfois, on s'y perdrait. Qui, des Bleus ou des Pâles se déguisait en l'autre ? Des Bleus jouant aux Bleus, des Pâles jouant aux Pâles, il y en aurait aussi, histoire de brouiller un peu plus les pistes. Car c'était ce que les uns et les autres souhaitaient atteindre, ce grand oubli de soi-même.

Tout à coup, Ness eut une idée et se mit à feuilleter *Voyages en pays sorcier*, le livre qu'elle avait rapporté. Elle allait créer sa tenue sur le modèle de ces êtres étranges et puissants. Ferdinand et Sander se penchèrent sur son épaule pour regarder le livre. Quelques images leur suffirent pour désirer à leur tour se glisser dans la peau d'un sorcier.

– Ce livre est fantastique, tu l'as trouvé où ? demanda Ed à Ness.

– Au Centre de Tri. Il traînait par terre. La couverture m'a plu. Ma cheffe a dit que je pouvais l'emporter.

– C'est fou que tu aies pu le prendre… Je ne suis pas sûre qu'il soit *autorisé*.

Ness regarda Ed avec étonnement. Au lycée, on ne leur avait jamais parlé de livres non autorisés. Il n'y en avait aucun, point final, ce n'était pas un sujet de débat. Au kiosque à lettres, en revanche, on pouvait trouver des tonnes de documents à télécharger ou à imprimer, sur des centaines de sujets pratiques.

– Le Conseil des Sages n'aime pas que des livres circulent… Encore moins s'ils sont un peu… ésotériques.

– Il faudrait que je le cache ? demanda Ness.

– Oui, c'est mieux.

Comment se fait-il que je n'aie jamais parlé de ça avec l'équipe ? se demanda Ed. Elle se rappelait qu'enfant, sa mère et sa grand-mère, surtout, lui avaient transmis des choses du monde d'avant, des récits où la société n'était pas organisée comme aujourd'hui, où l'on pouvait créer sans être puni, lire et s'intéresser à tous les sujets. Mais c'était déjà des souvenirs très anciens, devenus irréels avec le temps.

Sander s'était emparé du livre et lisait la préface avec curiosité. Avant qu'on s'attable, il en donna le résumé.

« Mes enfants, fit-il d'une voix docte – on aurait dit leur professeur d'Expression, celui qui arborait en toutes circonstances un air si pincé qu'on en avait mal pour lui – qui sont donc les sorciers ? Les sorciers, reprit-il, sont les intercesseurs entre le monde réel et tous les autres mondes. Ils savent communiquer avec l'âme des morts, guérir les malades, trouver les réponses aux grandes questions des humains, mais aussi aux petites. Ils entrent en transe grâce aux danses ou au son des tambours et font alors des voyages dans le Monde de l'au-delà, au-dessus des nuages et du soleil où vivent, paraît-il, des esprits qui nous sont infiniment supérieurs. Ils parcourent aussi le Monde du milieu où peinent les vivants et circulent dans le Monde souterrain où reposent les morts. Ils savent chevaucher des sangliers, courir avec les loups, voler avec les corbeaux, les moineaux, les oies ! Ils apprivoisent ces animaux totems et en font leurs guides. Ils entendent leur langage. Ces sorciers sont des fous très sages ! Leurs expériences nous prouvent qu'il existe d'autres mondes au-delà d'Ici. Un Ailleurs ! » s'écria-t-il, avant de se laisser tomber sur les coussins. Les trois autres pensèrent sérieusement qu'il venait de perdre la tête. Puis tous ensemble, ils se mirent à rire et à chahuter comme des chiots, sans remarquer Ed qui fermait les fenêtres. Elle jeta des coups d'œil inquiets vers le jardinet, à la recherche de drones, car les mots jaillis de la bouche de Sander avaient la fluidité d'une cascade si puissante qu'ils lui faisaient peur. Sa respiration s'apaisa quand elle vit le ciel dégagé.

– Tous en tas ! entendit-elle en entrant dans le salon.

Et elle découvrit un amoncellement de gosses sur son tapis.

Plus tard, lorsque le repas fut dévoré et les costumes terminés, on installa matelas et coussins au milieu de la grande pièce. Les parents de Ness et de Ferdinand avaient été prévenus : cette nuit, on la passait chez la grand-mère de Sander et Zéno. Après tout, demain, c'était Carnaval.

Allongés dans l'immense lit qu'ils avaient bricolé, emmitouflés sous les coussins et les couvertures, ils n'avaient aucune envie de dormir. La fourrure de Zéno pendait à la poignée de la fenêtre, dessinant dans la pénombre une silhouette de fennec presque vivante.

– Je crois que c'est lui mon animal totem, dit Zéno en regardant la forme poilue.

Il bondit du lit, saisit la peau du fennec et la plaqua contre son corps. Bien emboîtés, la bête et l'enfant se mirent à tournoyer. Ils virèrent de bord, guidés par la musique qu'ils étaient seuls à entendre, puis l'enfant dévisagea la bête en souriant. Il l'embrassa avant de la reposer et, tandis qu'il se jetait sur le lit, les grands l'applaudirent tout doucement. Ils jubilaient lorsque l'esprit de la danse lui rendait visite.

– Dans le livre, ils disent comment on peut faire un voyage dans les autres mondes ? demanda l'enfant.

– Je crois qu'il faut faire exactement ce que tu viens de faire, dit Ness en souriant.

– Sinon, il suffit de dormir, poursuivit Sander.

– Et de rêver, ajouta Ferdinand.

Ils se dirent bonne nuit en langue des signes, se répondant par l'intermédiaire des ombres qui se projetaient sur les murs. Quelques minutes plus tard, ils s'étaient assoupis dans la chaleur des couettes et de l'amitié. Dans un demi-sommeil, Ness sentit leurs pulsations cardiaques résonner à l'unisson, le salon n'était plus qu'un unique cœur géant.

L'Équipe B s'était réveillée en panique et tentait d'arborer des visages souriants devant le père de Ferdinand. En effet, Kléber se tenait debout au milieu du salon avec l'air de celui qui vient de trouver très exactement ce qu'il craignait. Oui, les jeunes avaient dormi ensemble comme une portée de chiots. L'homme aurait tout de même pu la prévenir de son passage, pensa Ed. Mais Kléber, premier Pâle de la puissante Corporation du bâtiment, avait cette morgue typique des Pâles qui fréquentaient les Bleus de trop près. Il entrait n'importe où, n'importe quand, et l'on se taisait à son arrivée.

Surmontant son agacement, l'homme entama le petit sermon qu'il avait préparé. « Les Bleus ne font pas d'écart, mais les Pâles, oui. Il y a chez nous des personnes qui justifient notre mauvaise réputation. Pendant le Carnaval, amusez-vous, mais dans un esprit *bon enfant*, c'est-à-dire avec une attitude dont vous n'aurez pas à rougir. Vous êtes dans votre majorité au regard de la loi. Cela veut dire que vous êtes responsables de vos actes. Personne ne pourra rien pour vous. »

L'homme se tourna vers Ed, mais elle évita son regard en lui versant une caféine.

– Les drones seront de sortie et ils nous connaissent tous, dit-elle. On n'y échappe pas.

– On pourra danser ? demanda Zéno.

– Oui, oui, danser, s'amuser... mais vous avez bien entendu ce que je viens de vous dire ? insista le père de Ferdinand.

Oui, firent les trois plus âgés.

– On pourra jouer de la musique ? poursuivit Zéno.

– De la musique ? C'est plutôt du bruit que vous faites... répondit Kléber.

Ferdinand prit la remarque pour lui. Son père regarda matelas, coussins et couvertures qui traînaient au milieu de la pièce.

Il se tourna vers Ed.

– Vous êtes bien... brave... de les laisser mettre ainsi du désordre chez vous. Je pense qu'ils sont arrivés à un âge où cela ne devrait plus être toléré...

– Vous avez raison ! acquiesça Ed. Allez ! Rangez-moi tout ça.

La bande s'exécuta. Kléber salua la troupe avant de glisser quelques pièces de monnaie dans la main de son fils. Il eut un petit mouvement de gêne en remarquant son poignet gonflé.

Quand Kléber fut parti, le soulagement succéda à la panique.

– Vous avez vu le déguisement de mon père ? Il est super réussi, non ? dit Ferdinand en ramassant une couverture.

Ness éclata de rire.

Zéno tenait un tambourin entre ses pattes. Les deux grands avaient l'apparence de tas de chiffons sophistiqués. Ness avait choisi la perruque noire offerte par la mère de Quirin. Ed portait un immense chapeau jaune couvert de fleurs en papier. Leurs déguisements n'évoquaient ni les Bleus ni les Pâles, mais des êtres venus d'ailleurs.

Ils se placèrent devant l'écran de l'appartement pour faire une belle photo de groupe. Et enfin, ils sortirent.

Des ribambelles de piétons aux aspects aussi variés que des insectes traversaient les grands rectangles de pelouse de la Ceinture. Le flot bariolé et plutôt calme, inhabituel à cette heure, créait une ambiance étrange. Parfois, un coup de sifflet résonnait auquel un autre venait répondre.

Tous convergeaient vers la Colline.

Là-bas, de nombreux Bleus plus âgés avaient déserté leurs maisons et pris quelques jours au calme, mais la plupart des jeunes étaient restés pour profiter de la fête, se travestir en Pâle ou au contraire, sans tabou, mettre à l'épreuve leur autorité de Bleu. Après tout, ils auraient bientôt la responsabilité de gouverner le pays, d'en soigner les habitants, d'en gérer l'information, de l'enrichir à bon escient. Il fallait gagner en expérience. Il était bon de connaître la moitié pâle de la société, de se plonger dans ce bain d'humanité. Parfois, les Pâles pouvaient être agressifs, leur avait-on expliqué, ce qui était normal lorsqu'on se trouvait en bas de l'échelle sociale. Il n'était pas toujours simple d'accepter l'ordre naturel.

Mais en tant que Bleus, ils devaient être capables de répondre dignement, c'est-à-dire sans s'abaisser à cette hargne pâle. De grandes capacités venaient avec de grandes responsabilités et savoir comment se tenir en toutes circonstances, c'était rester supérieur en toutes circonstances.

L'équipe, accompagnée par Ed, se joignit au flot des marcheurs. Leurs tenues avaient une originalité certaine, d'ailleurs on vint les féliciter plusieurs fois. « Pour les costumes, on se débrouille aussi bien que les Bleus », entendit Ness.

À ce stade, il n'y avait encore que des Pâles dans la foule, et quelques personnes faisaient les fières. Mais les attitudes allaient changer une fois que les Bleus auraient rejoint la masse, car ceux-ci allaient présenter des costumes époustouflants.

Zéno remarqua que certains avaient les ongles vernis de toutes les couleurs.

– C'est pour cacher les lunules bleues ou faire croire qu'on veut les cacher, expliqua une femme.

Une autre participante se tourna vers eux :

– Seuls les Bleus Denses ont des lunules bleues.

– Denses ? Qu'est-ce que ça veut dire ? demanda le petit garçon.

– Ce sont les plus bleus d'entre les Bleus. Les génies, si tu veux. D'ailleurs, on dit qu'ils en deviennent un peu… spéciaux… À force d'être si bleus, ils ne seraient plus si bien adaptés au monde.

Ness pensa à Quirin. Elle n'avait pas remarqué de lunules bleues sur ses belles mains.

– Plus bleu que les Bleus ? demanda Zéno, un peu déstabilisé.

– Comme il y a plus pâle que les Pâles : les orphelins… fit la femme.

Ness approuva d'un signe de tête.

– Les Bleus et les Pâles ont aussi des hiérarchies internes à leurs groupes… dit Ed.

Zéno s'étonna de toutes ces choses mystérieuses qu'il fallait connaître sans qu'on vous les apprenne.

À la Porte Saint-Michel, une escouade de bureaucrates en livrée de fête, issus de familles bleues, étaient descendus pour prêter main-forte aux portiers pâles débordés. Tous ensemble, dans un joyeux effort collectif, ils bipaient les poignets des entrants. Pas de pousse-pousse dans les rues aujourd'hui, ils avaient été réquisitionnés par les marchands ambulants et stationnaient aux alentours du parc de la Pagode. On allait à pied, comme dans une procession.

Les premières rues furent gravies en silence car les marcheurs pâles étaient saisis par le raffinement de l'architecture de la Colline. Dans la partie basse, de jolies boutiques se succédaient, toutes illuminées. Les magasins étaient encore ouverts, mais personne n'aurait eu l'idée d'y entrer. Des groupes de femmes, d'hommes et d'enfants s'agglutinaient aux devantures des trois grandes bijouteries, éblouis par l'éclat des pierreries. Des effluves puissants et délicieux enveloppèrent les marcheurs au croisement d'une boutique de parfum. « C'est pas nous qu'on sent la rose ! » cria une voix d'homme et l'on entendit les premiers rires.

Ce fut comme un signal lancé, alors le Carnaval commença pour de bon.

Les processionnaires, muets jusque-là, se tournèrent les uns vers les autres et se mirent à faire connaissance. L'ambiance se détendit comme par magie.

Ness montra la boulangerie à ses amis, le croissant délicieux venait de là, expliqua-t-elle. À l'entrée, une file d'attente composée de personnages déguisés attendait bien sagement sous le regard d'un vigile embauché pour la journée. La boulangère sortit, un panier à la main, et distribua des dizaines de viennoiseries miniatures. Lorsque son panier fut vide, elle rentra dans sa boutique avec la grâce d'une grande dame tout auréolée par la générosité de son geste.

Aujourd'hui, il y avait quelque chose de spécial dans l'air, un mélange d'excitation et d'appréhension, quelque chose que Ness n'avait jamais ressenti lors des Carnavals précédents. Elle prit tout à coup conscience que leur équipe – la belle Équipe B, celle qui ne gagnait jamais – allait peut-être se dissoudre. Ses membres risquaient d'être séparés par la vie, écartés les uns des autres par le flot des jours et des habitudes, comme ils pouvaient l'être soudainement par la marée humaine qui les poussait là, au hasard des rues.

De temps à autre, les processionnaires levaient les yeux vers les maisons et apercevaient aux balcons des petits Bleus qui les saluaient d'un signe de la main. Certains d'entre eux jetaient une poignée de bonbons qu'on attrapait en criant « Hourra ! » Des lycéens bleus, déguisés en mendiants ou en princes, sortaient des habitations par petits groupes et allaient se mêler à la foule. Au bout de quelques pas, ils se perdaient dans la masse et personne ne pouvait plus dire s'ils étaient issus de la Colline ou de la Ceinture. Plus on avançait, plus la mixité gagnait le cortège, plus les voix devenaient fortes et joyeuses.

Entrées par les différentes portes de la Colline, d'autres processions arrivaient et commençaient à se rejoindre aux carrefours des rues. L'équipe suivait le chapeau d'Ed qui surnageait au-dessus de la foule, comme un signe de ralliement. Un jeune homme en costume de velours bleu vif se pencha vers Ness.

– Vous êtes bien jolie, sorcière, lui dit-il.

– Faites attention, elle a le pouvoir de faire disparaître les lutins dans votre genre, lui répondit Sander.

– Elle me les donne à dévorer, ajouta Zéno.

Le jeune homme partit immédiatement faire la cour à la jeune fille suivante, drapée dans une cape bleue.

– Avec nous, Ness, tu ne crains rien ! s'amusa Sander.

– Et surtout pas de trouver un fiancé ! ironisa-t-elle.

Zéno lui jeta un regard noir, l'air de dire « Tu nous as déjà ! Ce n'est pas suffisant ? »

Ed leur montra un groupe d'hommes très âgés juchés sur une estrade au milieu d'une petite place. Ils portaient des costumes sombres bien coupés, des cravates identiques d'un bleu mat et subtil, et discutaient d'un air pénétré comme s'ils étaient seuls au monde.

– Ce sont des représentants du Conseil des Sages, expliqua-t-elle.

– Les véritables Sages ? demanda Zéno.

– Ça, on ne le sait pas. Certains ont peut-être assez de caractère ou d'humour pour oser se mêler au Carnaval. Mais je ne peux pas te dire si les hommes que tu vois là sont des Sages, des Bleus qui jouent leur rôle ou même peut-être des Pâles…

Devant l'estrade, des exclamations et des applaudissements jaillirent de la foule. Ness remarqua qu'on déposait fleurs et petits mots sur le plancher.

– Certains Pâles saisissent l'occasion pour faire des demandes particulières qu'ils n'ont pas réussi à faire entendre par les voies administratives. Il paraît que ça donne parfois des résultats… expliqua Ed.

Après la petite place, Ness se dirigea vers la maison de Quirin où sa mère l'attendait. Dans sa précipitation, elle marcha sur les pieds d'un homme qui la remit aussitôt à sa place d'un petit geste sec.

– Grossière Pâle ! dit-il en la dévisageant de haut en bas.

Ness se sentit aussi repoussante qu'une clocharde dans son costume qu'elle avait pourtant voulu joyeux. Ça, c'était un Bleu, sans aucun doute… Ou un Pâle qui haïssait sa propre caste. La haine de soi… ce n'était pas facile à comprendre, mais c'était pourtant monnaie courante à la Ceinture. Heureusement, quelques secondes plus tard, Ness fut distraite de son humiliation par Doris. À côté d'elle, Quirin se tenait droit, les bras serrés contre son torse, une perruque rousse tout en pétard posée sur la tête. Ness se précipita vers eux et se souvint juste à temps qu'il n'était pas souhaitable d'embrasser Quirin.

– Vous venez avec nous, monsieur ? demanda-t-elle au jeune homme.

Élisabeth, la mère de Quirin, apparut sur le seuil de la maison. Doris lui présenta Ness. La femme observa attentivement la jeune fille, puis s'adressa à Doris.

– Je vous confie Quirin. Il a beaucoup insisté pour participer au Carnaval avec vous.

Élisabeth jeta un œil au reste de la bande et masqua sa désapprobation sous une longue inspiration.

– À ce soir, dit-elle à son fils.

On salua poliment la mère de Quirin, puis Ness présenta son équipe au garçon dont la perruque accentuait le côté lunaire.

– Bonjour, dit-il sans s'avancer.

La bande n'osa pas bouger, mais il y eut tout de même une vague de sympathie qui se glissa entre eux.

– On y va ? demanda Doris à Quirin.

– C'est possible, fit-il en lançant un regard étrange aux trois jeunes gens.

Dans ses yeux, on pouvait lire une sorte de peur et en même temps de la curiosité et de l'impatience.

– Quirin, vous pouvez rester auprès de moi, proposa Doris. Vous n'aimez pas trop la foule, je crois.

– Pas trop. Les gens sont différents lorsqu'ils s'agrègent les uns aux autres. Comme les éléments chimiques quand ils se recomposent. Cela peut donner des résultats dangereux.

– Des corps composés. *Des corps mal composés*, dit Sander.

Quirin lui sourit, car l'expression « corps mal composés » disait très exactement ce qu'il voulait exprimer. Sander poursuivit en racontant qu'il avait récemment accompagné son patron au Lycée Bleu, pour réparer une fuite. Mais Quirin expliqua qu'il avait suivi sa scolarité ailleurs. Les Denses étaient élevés à part.

Pendant ce temps, Zéno poursuivait une étude approfondie du garçon dense. Il venait de découvrir ses longues mains terminées par des ongles courts et soignés, sans lunules bleues, et comprit qu'il ne fallait pas accorder de crédit à toutes les rumeurs.

Au coin d'une rue, une Brigade était stationnée. La foule faisait un léger détour en les croisant, si bien que la Brigade semblait repousser les passants par une sorte de magnétisme mystérieux. Ils souriaient de façon mécanique comme pour dire qu'ils participaient à la fête à leur façon, une façon qui avait autant à voir avec le bien-être de tous qu'avec une surveillance stricte. Vu le détour des marcheurs, personne ne semblait souhaiter faire l'expérience de leur bienveillance policière.

L'Équipe B aperçut le haut de la Pagode émerger du parc et, garés devant, les pousse-pousse des marchands ambulants avec leurs carrioles remplies de petits pains protéinés et de tourtes aux légumes.

– Papa a réservé un pousse-pousse pour ses friands ? demanda Ness à sa mère.

– Non, répondit Doris, l'air absent.

Et Ness sentit que ce n'était pas le moment d'aborder le sujet.

– On vous laisse déjeuner, fit Ed à l'équipe, avant d'entraîner Doris par le bras.

Dans le parc, Zéno avisa un arbre splendide aussitôt élu comme l'emplacement idéal. Le temps que les autres approchent, il refoula les intrus à grands coups de pattes et de jappements.

Le bâtiment de la Pagode se dressait plus loin et l'élégance de son architecture n'évoquait en rien la maladie, la fragilité des corps ou la souffrance. Des massifs fleuris vous guidaient jusqu'à l'entrée ; à côté, des bouquets de joncs, d'épilobes violets et de roseaux délimitaient les berges d'une mare artificielle. On ne pouvait pas mourir dans un tel décor ou bien cela n'avait pas d'importance parce qu'on entrait directement au paradis, pensa Ness. La longévité, c'était peut-être ça, l'ultime secret des Bleus. Les Pâles avaient des vies si courtes en comparaison. Leurs métiers, physiques pour la plupart, usaient les corps et les esprits.

Après les plantations bien ordonnées et les grands arbres, un bois presque sauvage commençait, plein de promesses de promenades et d'évasion.

– Ness, vous rêvez ? demanda Quirin d'un ton net.

C'était étrange ce mélange de timidité, de bienveillance et d'autorité. Quirin était tout cela en même temps, mais surtout, de façon intense, pensa Ness. Il assumait d'être lui, avec ses bizarreries, sans manifester ni honte ni culpabilité. Ces sentiments qui lui étaient, à elle, si familiers.

– Vous êtes né ici, à la Pagode ? demanda Ferdinand à Quirin.

– Il paraît. Mes deux parents sont médecins, ils travaillent là.

– Elle est née le jour du tremblement de terre, dit Sander en désignant Ness.

– Moi aussi, répondit Quirin en agitant les épaules et le torse pour mimer la secousse.

Ness imita les mouvements de Quirin en souriant.

– C'est pour ça qu'on est un peu secoués, dit-elle.

– Oui ! Secoués ! C'est exactement ce que je voulais dire… fit-il en remuant à nouveau son corps.

– Tes parents te laissent aller tout seul au Carnaval ? demanda Zéno.

– Ils sont très occupés. Et puis ils ont une immense confiance en moi.

– Je ne sais pas s'ils devraient ! s'amusa Sander en détaillant sa perruque échevelée et son accoutrement.

Ils décidèrent de déjeuner et mirent en commun leurs provisions tandis que Ness partait chercher de l'eau à l'une des fontaines du parc. « Hey ! Coyote ! » cria un homme. Ness sursauta et aperçut l'animal, un friand aux protéines entre les crocs, qui filait en direction d'un taillis. Il se faufila entre les branchages où son panache s'ébroua, puis il se confondit avec les feuilles et disparut.

– Quel culot ! Vous l'avez vu, vous aussi ? demanda l'homme.

Ness opina.

– Vous saviez qu'il y en avait ici ? fit-elle.

– Oui, oui, on me l'avait dit. Le Comité des parcs et jardins les traque, mais ils sont rusés ! Ils se nourrissent dans les poubelles. Il paraît qu'il y en a plus d'une centaine dans la ville.

Plus d'une centaine ? Ness n'en revenait pas.

Tout en retournant vers son groupe, Ness songea à son immense ignorance. Un mouvement d'humeur l'agita tout à coup, l'impression confuse et désagréable qu'elle n'avait fait qu'effleurer la surface des choses. Cela faisait d'elle une touriste de l'existence, une idiote ravie. Elle eut envie de bousculer ces petites familles confites dans leurs costumes ridicules. Ils étaient tous trop calmes, trop passifs. Ces gens n'entraient au parc de la Pagode que le jour du Carnaval, montraient leurs poignets pucés avec empressement, lorgnaient les parures des bijouteries, baissaient les yeux devant les Bleus et les Sages, vrais ou faux.

Lorsque Ness revint parmi eux, les garçons remarquèrent son air farouche. Dans ses mains, les bouteilles étaient encore vides. Zéno s'en saisit et fila les remplir. Ness s'allongea dans l'herbe et ses amis la laissèrent tranquille. Sander et Ferdi avaient déjà ressenti ces mêmes moments de flottement où il était préférable qu'on vous laisse en paix. C'était un mélange d'ennui, de colère, une sensation d'oppression ou d'isolement comme d'être dans une cage dont on agitait stupidement les barreaux.

Sur la pelouse, les groupes formaient des masses confuses, des tas de détritus, pensa Ness.

– Moi, je vous trierais tout ça, lança-t-elle à la cantonade. Déchets organiques, pour la plupart. Au compostage !

Ness fit de gros yeux, puis retrouva son sourire devant l'air interloqué de Zéno.

– Déformation professionnelle, déjà ! s'amusa Sander. Elle va travailler dans le Recyclage… Et toi ? demanda-t-il à Quirin. Tu es destiné à quoi ?

Zéno scruta le visage du jeune homme.

– Toi, tu es un Dense, les coupa l'enfant.

Le ton méfiant de Zéno provoqua un silence dans le groupe.

– Personne n'est responsable de sa naissance, répondit Quirin.

Ness le regarda avec étonnement. Jamais elle n'aurait pu imaginer un habitant de la Colline en situation de fragilité.

– Dense… Ça implique quoi ? lui demanda-t-elle.

– À terme, nous sommes destinés au Comité des Sages.

– C'est ce que tu vas devenir… *obligatoirement* ? demanda Ferdi.

– Oui. Entre-temps, on peut s'occuper à des choses compliquées.

– Et le piano ? l'interrogea Ness.

Le piano ? Ferdinand tendit l'oreille.

– Le piano est un hobby.

– C'est comme ça que tu le considères ? lui demanda-t-elle.

– C'est comme ça que cela doit être. Précision : pour les gens de mon espèce.

– Tu joues toi aussi ? lui demanda Ferdi.

Quirin planta son regard dans celui du jeune homme. Il se souvenait du film de Ferdinand que Ness lui avait montré.

– Nous ne pouvons jouer ni l'un ni l'autre, n'est-ce pas ? lui répondit Quirin.

Lorsqu'Ed et Doris revinrent, elles trouvèrent une bande d'adolescents aussi vifs que des lièvres suspendus aux crochets d'un boucher.

– Ne me dites pas que vous en avez fini avec le Carnaval, fit Doris.

– Exact. Précision : le Carnaval n'en a pas fini avec nous, lui répondit Quirin.

Pour la suite, Ed leur donna des consignes avec autant de précision qu'un général d'armée : vérifier l'opercule des boissons car le bruit courait qu'on y glissait des drogues ; se méfier de la nourriture ; à la nuit tombée, rester groupés car les esprits s'échauffaient. Zéno refusa absolument de rentrer avec sa grand-mère. Pour éviter le drame, Ed le confia avec solennité à son frère et ses amis. Pas question qu'ils le quittent d'une semelle.

Doris s'éloigna avec Quirin pour lui dire encore deux, trois choses et Ness put observer la démarche à la fois raide et nonchalante du jeune homme, qui provoqua chez elle un mouvement de tendresse involontaire. Elle ne put s'empêcher de penser que l'Équipe B venait de gagner un joueur.

Dans les rues de la Colline, les piétons formaient de grands courants. Les membres de l'Équipe B plongèrent ensemble dans cette marée humaine bruissant de paroles, de rires, de sifflets, et fendirent la foule jusqu'à la Porte Saint-Jean.

Lorsqu'ils retrouvèrent la Ceinture, ils se sentirent immédiatement plus légers, plus assurés, et la sensation de fête les gagna à nouveau. Sur le bord de la route, ils croisèrent des enfants qui proposaient des bouteilles d'eau et des bonbons pour quelques pièces. Des hommes et des femmes s'étaient installés le long des trottoirs et vendaient leur artisanat. La rue s'était transformée en vitrine du savoir-faire des Pâles. Quirin s'émerveilla de toute cette intelligence pratique, s'acheta une besace et la remplit aussitôt de babioles qu'il comptait offrir. Ness le regarda avec fierté, comme pour lui dire « Tu as vu tout ce que nous savons faire ? »

Tandis qu'ils passaient non loin de l'hôpital de la Bulle, Ferdinand expliqua qu'ils y étaient tous nés.

– Nous avons fait trembler les murs ! fit Ness.

– On en discerne encore les stigmates, répondit Quirin.

Et c'était vrai. Maintenant que Quirin les lui avait fait remarquer, Ness vit les lézardes un peu partout sur les façades. Elle aurait aimé donner un grand coup de peinture sur la Ceinture pour qu'elle montre un meilleur visage à Quirin. Si les cubes en béton peint n'avaient pas l'élégance des maisons de la Colline, ils pouvaient avoir la dignité des formes géométriques. Ness réfléchissait à cela tout en se sentant vaguement honteuse d'appartenir à ce monde.

– Ce qui compte, ce n'est pas tant l'aspect extérieur des maisons que la façon dont elles sont habitées, remarqua Quirin qui observait avec attention.

Et tous songèrent que c'était exactement la même chose pour les êtres humains.

– Tu es déjà venu à la Ceinture ? demanda Zéno.

– Oui, souvent.

– Seul ?

– Oui, seul.

– Et tu n'as pas peur ? poursuivit l'enfant avec curiosité.

– Si je le souhaite, je peux porter mon badge d'identité. Et alors, en tant que Dense, personne n'osera m'approcher.

– Rien ne pourra t'arriver ?

– C'est ça. Rien ne pourra m'arriver.

– C'est triste.

– C'est pour cela que je ne le porte pas ! reprit Quirin d'un ton sérieux et malicieux à la fois.

– Mais les gens sentent que tu es un Dense.

Ness fit les gros yeux à l'enfant qu'elle trouvait trop insistant.

– Parfois, murmura Quirin.

Ils coupèrent par des passages où la foule était beaucoup moins compacte, mais la pauvreté plus visible. Des herbes poussaient au pied des immeubles, des palissades bricolées fermaient des jardins. Sur un mur, la bande remarqua des affichettes encore humides de colle. Elles présentaient de simples dessins au trait.

Sur l'une d'elles, deux couples nus se tenaient debout. Au-dessus du premier couple était écrit : Bleus ; au-dessus du deuxième : Pâles. La femme bleue portait un collier de perles et l'homme bleu un nœud papillon, mais leurs corps étaient en tous points identiques à ceux des Pâles à côté. Une deuxième affiche présentait un groupe de petits Pâles actifs, affublés de balais, de pinces, de tournevis, et écrasés sous le poids d'un Bleu immense avec nœud papillon autour du cou et tétine géante à la bouche, lui donnant l'air d'un gros bébé.

Le groupe fut fasciné par ces dessins. Ils n'avaient jamais vu une chose pareille. Qui pouvait oser faire ça ?

– Vous vous moquez souvent des Bleus ? demanda Quirin, intrigué, comme si les caricatures étaient le fait de l'Équipe B elle-même.

– Personnellement, je dessine comme une patate, dit Ness.

– Pas mieux, firent Sander et Ferdi.

L'air moqueur, ils se tournèrent vers Zéno :

– C'est toi qui as fait ça ? lui demandèrent-ils d'une grosse voix.

– Des gens tous nus ? Beurk ! se défendit-il.

Ils éclatèrent de rire. Ils se sentaient tout à coup complètement ragaillardis par les images qu'ils venaient de voir.

– Je crois que je vais en piquer une pour mon père, dit Ferdi.

Mais sa joie se calma en apercevant deux drones voler vers eux.

– On bouge, ordonna Sander.

Ils poursuivirent et croisèrent d'autres affiches, des caricatures, drôles ou poignantes, et des slogans peints à l'encre noire. On lisait des phrases comme « Le Pâle est une couleur. » Ou des énigmes : « Azur, Indigo, Turquoise, Marine, Outremer, Saphir : Toutes les couleurs de l'arc-en-ciel selon les Bleus. » On trouvait aussi des jaillissements poétiques : « Tes yeux sont bleus, mon amour Pâle – Ton cœur est pâle, mon amour Bleu. »

Ils croisèrent une équipe de propreté qui lessivait un graffiti sous la surveillance d'un trio de Brigadiers, et accélérèrent le pas.

La troupe franchit le dernier cercle de la Ceinture avant de rejoindre la route qui menait au Parc d'attractions. Les piétons convergeaient par centaines car aujourd'hui, les manèges étaient gratuits et beaucoup de familles pauvres profitaient de l'occasion. Fous de joie, les enfants couraient vers les portiques. Des files se formaient devant les tourniquets et vite, vite, on présentait son poignet pucé pour pouvoir entrer.

– Vous restez près de moi… dit Quirin à Ness.

C'était à peine une question.

– Vous êtes déjà venu ? lui demanda-t-elle.

– Jamais… Ça fait mal aux yeux.

– Quoi ?

– Toutes ces couleurs. Tous ces détails.

Certains bâtiments du Parc ressemblaient à ceux de la Colline, mais en plus colorés, surchargés de moulures, d'enseignes peintes ou de fleurs qui dégringolaient par grappes. On trouvait des bancs aux pieds ouvragés, des fontaines qui déversaient des eaux mystérieusement colorées. La fête paraissait éternelle. L'imagination de Zéno se mit en marche tandis que Ness, malgré l'entretien régulier du Parc, repérait les taches graisseuses laissées par le frottement des mains qui avaient voulu vérifier la réalité des décors.

– Vous voulez aller au cinéma ? demanda Sander.

– Je préférerais voir des spectacles, répondit Ferdi. Et vous ?

Ils étaient tous d'accord avec cette idée. Des films, ils pouvaient en voir toute l'année, mais les spectacles étaient plus rares. Pendant le Carnaval, des salles avaient été mises à disposition des habitants de la Ceinture pour présenter leurs créations.

Au carrefour principal, des panneaux indiquaient « Salle du Trésor », « Théâtre des ombres », « Planétarium ». Un peu plus loin, Quirin remarqua une affiche qui proposait un concert. « Entrez ! On n'attend plus que vous ! » avait été rajouté sur un bandeau. Il tira discrètement sur la manche de Ness qui avisa l'invitation et proposa aux autres d'y aller. À la lecture du mot « Concert », une vive émotion traversa Ferdinand.

Ils entrèrent sous le porche en stuc sculpté de masques et d'instruments de musique, puis poussèrent un grand rideau de velours rouge. Leurs yeux mirent quelques secondes à s'habituer à la pénombre. À l'intérieur de la salle, il y avait déjà du monde ; l'Équipe B prit place aux premières places libres. Ness aperçut Mare, sa future patronne, assise un peu plus loin et lui fit un signe de la main.

Ferdinand, lui, fut immédiatement subjugué par le grand piano à queue qui trônait sur la scène. Il le dévora des yeux, admirant ses formes et son éclat. Les lumières de la salle étaient encore allumées, les gens parlaient à voix haute, riaient, mais de temps à autre, un vieux clown passait sur scène et lançait :

– On attend les musiciens !

Il s'en allait puis revenait avec un chapeau, en sortait une bouteille, des verres, se servait à boire avant de tout faire disparaître. Un instant plus tard, il était de retour, déroulait des mètres de foulards multicolores de ses manches et s'emmêlait dedans avant d'annoncer une nouvelle fois :

– On attend les musiciens !

Les spectateurs commençaient à rire dans la salle, si bien qu'on finissait par se demander si ce n'était pas le numéro du clown qui constituait finalement le spectacle. « On attend les musiciens », dit-il à nouveau, tout en s'étonnant de trouver un gâteau plein de crème dans sa poche. D'un geste rapide, il le porta à sa bouche et le mangea si goulûment que Ness fut prise d'un fou rire. Et alors, comme si le trille joyeux qui sortait de la gorge de Ness les avait réveillés, Ferdinand et Quirin se regardèrent. Ils virent la même évidence dans les yeux l'un de l'autre. Ils comprirent exactement au même instant que les musiciens qu'on attendait, c'était eux.

Quirin remonta l'allée en tirant Ferdinand par son déguisement. Tandis qu'ils empruntaient le petit escalier sur le côté de la scène, Quirin souffla à Ferdinand le nom de quelques accords. Ils allaient improviser, ensemble.

Lorsqu'ils s'assirent devant le clavier, le brouhaha de la salle se calma. Zéno, Ness et Sander suspendirent leur souffle.

Les touches tremblaient sous le regard de Ferdinand. Ses mains allaient toucher pour la première fois un véritable clavier. Sans jamais l'avoir expérimentée, il sentait la pression exacte qu'il faudrait donner à ses doigts pour faire jaillir les notes.

Quirin commença par jouer une mélodie aiguë et joyeuse, puis fit signe à son partenaire. Les mains de Ferdinand, comme mues par une intelligence autonome, plaquèrent alors des accords plus graves. Le piano enveloppa soudain le jeune homme de ses vibrations et l'âme de Ferdinand pénétra l'instrument. Le piano était une grande baleine qu'il pouvait charmer et dont il libérait les chants. À son tour, l'âme de la baleine-piano le guida et résonna en lui.

Les notes de Quirin se mirent à raconter une histoire, tandis que les accords de Ferdinand imprimaient un rythme entêtant. Les mesures se répétaient, se répondaient et l'on se sentait pris dans un tourbillon. Elles généraient des images de courses joyeuses, de retrouvailles, puis les sensations devinrent plus planantes comme si l'on avait décollé de terre. Ferdinand suivait

Quirin à la perfection, comme s'il avait su à l'avance ce que celui-ci allait jouer. Sa concentration était si grande qu'il n'avait plus peur. Dans la salle, les auditeurs les écoutaient, subjugués. Pour la plupart, ils n'avaient jamais assisté à un concert.

Depuis les coulisses, le vieux clown et un grand homme en smoking les observaient. Ils n'étaient pas déçus d'avoir attendu les musiciens.

Les mains des pianistes s'immobilisèrent sur le clavier. Ferdinand releva vivement la tête, son visage avait changé, il rayonnait. Son regard rencontra celui de l'homme en smoking. Et les yeux de l'homme lui renvoyèrent une impression de justesse, d'évidence, une sorte d'acquiescement, comme si tout avait trouvé sa place dans le monde.

Les applaudissements jaillirent avec une telle force que Ness, Sander et Zéno, portés par l'enthousiasme, se retrouvèrent debout en train de crier « Bravo ! » Mais soudain, Sander s'écroula.

Il y eut un moment de confusion, puis Ness agrippa Sander pour l'extraire de la rangée de fauteuils. Quelques secondes plus tard, Mare, la directrice du Centre de Tri, lui donnait un coup de main pour le transporter vers les coulisses.

Ils prirent place autour de Sander allongé sur une banquette. Son visage était calme, ses yeux fermés, son souffle régulier. Il ne semblait pas souffrir, mais dormir profondément. L'homme en costume et le vieux clown les rejoignirent et Zéno, le plus inquiet de tous, leur lança un regard suppliant. L'homme prit le pouls de Sander, souleva sa paupière, regarda sa pupille.

– Ce n'est pas grave, dit-il.

– Parle-lui, fit Zéno à Ness. Tu sais toujours quoi lui dire…

Ness s'approcha de Sander et se mit à lui murmurer à l'oreille. Sa voix était douce, Ness y mettait toute l'amitié et toute la confiance qu'elle avait en lui. Lentement, il émergea, puis mit quelques secondes à reconnaître les visages autour de lui.

– Je suis parti loin… murmura-t-il.

– Ça va mieux ? demanda Ness.

– Oui, oui, ça va.

Zéno grimpa sur la banquette et se pelotonna contre son frère. Sander leur raconta qu'il s'était déjà évanoui la veille, au Lycée Bleu où il réparait une fuite de gaz avec son patron. Une intoxication, probablement.

– Restez là tranquillement et reprenez vos esprits, dit l'homme en smoking. Je m'appelle Harry. Voici Puk le clown. Nous sommes en charge de la salle ce soir.

À côté, les voix d'une chorale d'enfants se mirent à résonner ; les spectacles se poursuivaient.

– Vous avez été grandioses ! dit Sander à Ferdinand et Quirin. C'était fou… tous les deux… cette harmonie ! Je n'ai jamais entendu quelque chose d'aussi beau…

– Magnifique ! reprit Harry.

L'homme donna une petite tape sur l'épaule de Ferdinand et le garçon en fut si fier et si ému qu'il aurait pu s'évanouir, lui aussi.

Quelques minutes plus tard, Mare apporta de quoi manger, l'inquiétude se dissipa. Le souvenir de la musique envoûtante de Quirin et de Ferdinand déposa des sourires sur les visages. L'Équipe B se sentait à l'abri dans les coulisses et la place était idéale pour voir la suite des spectacles.

– On a eu de la chance que vous soyez là, dit Ness à Mare.

– Ce n'est pas de la chance, répondit-elle. Harry est un ami très cher. Ne partez pas avant son numéro d'Hypnographe. Il faut voir ça !

Depuis les coulisses, des numéros étonnants ou touchants se succédèrent jusqu'à ce que l'Équipe B perde la notion du temps.

Le cabaret pouvait durer toute la nuit ; une chaleur douce les enveloppait. Les effets lumineux les projetaient dans d'étranges régions aux paysages mouvants. Le brouhaha de la salle les berçait comme un léger ressac. Ferdinand se demanda si finalement, la nourriture n'avait pas été mélangée à quelques substances bizarres car il avait de plus en plus de mal à comprendre ce qui se passait devant lui. Ness se sentait étrange elle aussi. Zéno somnolait un peu. Sander, lui, observait tout avec acuité, avant que les images se mélangent et lui fassent perdre le fil de l'action. Quant à Quirin, son esprit dense enregistrait à toute allure mille impressions nouvelles qu'il tentait de classer. Ces impressions si étonnantes, si puissantes… c'était peut-être cela qu'on appelait des *émotions*. Il se concentra pour ne pas se laisser submerger.

Les dernières choses qu'ils entendirent sur scène furent un flot de paroles débitées sur un ton presque monocorde par l'Hypnographe.

« Vous avez la capacité de voir les yeux fermés. Vous entendez au-delà de la salle les bruits du Parc et de la ville. Vous pouvez choisir d'écouter celui-ci ou celui-là.

Vous entrez où bon vous semble, comme en vous-même. Ce dont vous avez besoin, vous le trouvez. Ce qui vous est inutile, vous l'abandonnez. Vous dialoguez avec les êtres et si cela vous chante, avec les arbres, avec les lieux, avec le vent. Vous êtes libre de choisir ce qui est bon pour vous. »

Ensuite, ce fut le noir complet.

Comment ils rentrèrent chez eux, personne ne put l'expliquer.

Mais chacun, à sa façon, avait senti vibrer un autre monde sous la surface de celui qu'ils connaissaient.

Vous êtes libre de choisir ce qui est bon pour vous.

C'était loin d'un conseil de son père, pensait Ferdinand.

Dès le lendemain du Carnaval, il se plia à toutes les exigences de Kléber afin d'endormir sa violence. Ce calme relatif lui laissa le temps de retrouver les sensations du concert et, chaque fois, une puissante vague de bonheur l'envahit.

La veille au soir, quelque chose de rassurant et d'enthousiasmant s'était déployé. Un espoir. Comme si son histoire avait commencé.

Ce dont vous avez besoin, vous le trouvez. Ce qui vous est inutile, vous l'abandonnez.

Les phrases de l'Hypnographe résonnaient dans sa tête.

Il prétexta une course pour aller marcher et écouter de la musique. Mais ses pas le guidèrent vers le Parc d'attractions.

L'Hypnographe était peut-être encore là.

Dans les allées du Parc, la foule s'était évanouie, les travailleurs pâles avaient troqué leurs costumes de fête contre leurs uniformes. Il suivit les panneaux d'orientation comme s'ils étaient une charade à décrypter et retrouva la Salle du Trésor. Derrière la vitre du guichet une ouvreuse s'était endormie. Ferdinand poussa la lourde porte de la salle et descendit l'escalier, une main frôlant les fauteuils. L'immense cube ténébreux de la scène l'impressionna. Vide, silencieux, entouré de grands rideaux noirs, quelque chose semblait devoir en jaillir d'un moment à l'autre. Ferdinand osa se hisser sur le plateau et le parcourut en jetant des coups d'œil entre les grands panneaux latéraux ; derrière, les coulisses étaient plongées dans le noir. Il s'immobilisa au milieu de la scène et s'imprégna du silence. Son obscurité, comme une invitation à reposer son esprit, rendait le lieu plus précieux encore.

Soudain une voix retentit.

« J'ai bien cru que ce serait ma seule visiteuse, aujourd'hui ! »

Ferdinand vit une souris traverser le plateau, faire une halte, puis s'en aller. Tandis qu'elle disparaissait, l'Hypnographe était entré. Le cœur de Ferdinand se mit à battre la chamade.

– Hum… fit l'Hypnographe… Le *pianiste*…

– Oui, c'est ça… Je m'appelle Ferdinand.

L'homme dévisagea le garçon. Un musicien doué pouvait lui être utile. Ferdinand, lui, se trouvait sur scène comme dans un rêve, sans aucune idée de ce qu'il fallait interpréter.

– Tu cherches quelque chose ?

– Je… Je ne sais pas très bien, bafouilla Ferdinand.

– Quelqu'un, alors ?

Le cœur de Ferdinand battait de plus en plus vite.

– Vous êtes l'Hypnographe…

– C'est mon nom de scène. Je fais des numéros d'hypnose et de mentalisme. Tu peux m'appeler Harry.

Ferdinand fut soulagé d'entendre l'homme parler plus longuement. Celui-ci en devenait moins impressionnant.

– Suis-moi, dit-il.

Ils quittèrent la scène et rejoignirent une loge où de grandes malles de voyage débordaient de costumes et d'accessoires.

– Vous partez ? demanda le jeune homme, inquiet.

– Je commence ma tournée. La plupart du temps, je suis sur les routes.

Ferdinand ne put réprimer un soupir de déception.

– Ça t'intéresse ? demanda l'Hypnographe.

L'homme s'approcha d'une forme recouverte d'un grand foulard bigarré qu'il ôta d'un geste de magicien. Une cage. Harry glissa sa main à l'intérieur, aussitôt une souris grimpa sur son bras. Elle s'immobilisa dans le creux de son cou.

– Alors, mademoiselle, êtes-vous prête ?

La souris couina en s'agitant. L'Hypnographe la posa sur son épaule où elle s'assit tranquillement.

– Je te transformerai en souris si tu veux voyager incognito…

Le garçon écarquilla si fort les yeux que l'Hypnographe partit dans un rire tonitruant. Il eut du mal à s'arrêter, tant le jeune homme semblait crédule.

– Ha ! Ha ! Tu es bon public !

L'Hypnographe se désintéressa de Ferdinand pour finir ses bagages. Désemparé, le jeune homme glissa ses mains dans ses poches. Le clavier de piano en tissu était là, fermement roulé.

– Tu veux venir avec moi ? demanda Harry d'une voix redevenue sérieuse, envoûtante, même.

Ferdinand eut l'impression d'être suspendu dans le vide.

– Si tu viens, tu abandonnes tout ce que tu connais ici. Tu pars comme tu es. Sans rien d'autre que ce que tu deviendras.

On frappa à la porte. L'Hypnographe fit signe à Ferdinand de se cacher dans la penderie. Des hommes débarrassèrent les malles avant de s'éclipser.

– Si tu pars, tu seras comme un orphelin. Je ne peux rien te garantir, à part une vie compliquée, pleine de surprises, et l'exploration de ton talent. C'est l'inconnu. Hum... De grandes souffrances et de grandes joies...

Ferdinand écoutait, assis au fond de la penderie.

– Sors ! lui intima l'Hypnographe d'un ton à la fois amusé et autoritaire.

Ferdinand émergea de sa cachette.

– Tu as un quart d'heure pour faire ton choix, dit Harry en regardant sa montre. À moins vingt, je serai à la sortie nord. Ma camionnette sera garée en face, vers l'entrepôt.

L'Hypnographe lui fit un petit signe de tête amical avant de disparaître au bout des loges.

Ferdinand avait longuement hésité, puis il avait suivi la direction de l'Hypnographe et se trouvait maintenant dans un couloir à peine éclairé. Il avait peur de se perdre, d'être trop lent. La camionnette ne l'attendrait pas. Ses jambes lui parurent faibles, ses mains tremblaient. S'il se mettait à réfléchir, il n'avancerait plus. Une porte métallique lui bloqua le passage, il la repoussa d'un coup d'épaule et découvrit une sorte de grand tunnel au sol en terre battue. Tout au bout, une porte laissait filtrer un peu de lumière du jour. Il lui suffisait de faire quelques pas…

Une fois dehors, il aurait encore le choix. À droite, à gauche… Il n'était pas obligé de se diriger vers la camionnette…

Ses doigts sur le piano.

Le visage de son père.

Ness, Sander, Zéno…

Il se souvint des petits papiers sur l'estrade du Conseil des Sages pendant le Carnaval. Ces vœux d'une vie nouvelle déposés aux pieds des puissants n'étaient que des simulacres.

Et lui, comment voulait-il écrire sa vie ?

Il poussa la porte, la lumière l'aveugla.

En face, une camionnette était garée le long de l'entrepôt.

Il marcha jusqu'à elle, droit devant.

Jonas et Doris jubilaient en écoutant leur fille raconter sa soirée. Ness retrouvait les détails du spectacle, les airs de musique, les expressions de ses amis. Quirin avait été extraordinaire et Ferdinand l'avait suivi au piano avec brio, comme envoûté.

– Fais attention, Ness. C'est tout de même un Dense. Tu dois garder tes distances, sinon, tu seras déçue.

– Oui, oui… Il a simplement été gentil.

– Et Sander, il va bien ? demanda Jonas.

– Je n'ai pas encore pris de ses nouvelles. Tu crois qu'on peut s'évanouir à cause d'une émotion trop forte ?

Doris n'eut pas le temps de répondre car l'écran domestique se mit en marche.

DAZUR s'inscrivit en grosses lettres, suivi d'un message écrit.

« À l'attention de Doris et Jonas GRV.

Madame, monsieur,

Votre départ pour la Noble Extraction a été programmé ce mardi, à la gare Nord-Extérieur, à 8 h 45.

Vos codes d'identité ont été transmis aux Brigadiers en service, vous n'avez aucun document à présenter.

Un véhicule vous prendra en charge au terminus de la ligne.

Nous vous remercions de votre attention,

Le Service du renouvellement des opérateurs Dazur. »

La joie de Ness fondit en un instant. Alors c'était maintenant… Ils partaient pour de bon…

– Si vite ? dit-elle d'une voix tremblante.

– On n'avait pas de date précise. Mais quand on a reçu la notification de fermeture de l'établissement, on savait que le départ serait dans le mois… dit Jonas.

– Prenons ça comme une expérience, ajouta Doris. Ça ne va pas être long.

– Trois mois… murmura Ness. Peut-être six…

– On essaiera trois, déjà… dit Jonas pour la rassurer.

– C'est rien ! poursuivit Doris en essayant de prendre un ton léger. Ça va nous permettre de remettre les compteurs à zéro. À notre sortie, Jonas aura la possibilité de se reconvertir dans quelque chose d'intéressant.

Remettre les compteurs à zéro, ça ne veut rien dire, pensa Ness. Ses parents n'étaient pas des machines. Il devait y avoir une meilleure solution pour relancer leur existence. Une solution qui ne les séparerait pas. Elle avait besoin d'eux, encore un peu, pour affronter cette vie d'adulte qui l'attendait.

– Viens, on va faire des courses pour remplir le garde-manger, dit Doris.

– Des courses pour trois mois ? demanda Ness avec un pauvre sourire.

Plus tard, tandis que Jonas empaquetait leurs affaires, Doris parla, parla, parla, comme pour laisser une trace entre les murs qu'ils abandonnaient. Elle racontait leurs retrouvailles futures, les bons salaires qu'ils allaient mettre de côté, toutes les chances que la mine d'Induline leur offrait, mais sa voix était un peu trop aiguë, son débit trop rapide. Parfois, son regard se figeait sur un objet de l'appartement et un silence glaçant envahissait la pièce.

Ness aurait préféré partager les craintes de ses parents plutôt que cet enthousiasme feint. S'inquiéter ensemble, c'était encore une façon d'être ensemble.

Le lendemain de leur départ, Ness reçut un premier message sur l'écran domestique : une grande photographie représentant ses parents au milieu d'un jardin. Deux beaux arbres, dont l'un semblait porter des fruits, les encadraient sous un ciel clair. Doris et Jonas souriaient, collés l'un à l'autre comme de jeunes amoureux. Au bas de l'image, ils avaient écrit « Notre arrivée ! Tout va bien. Les mineurs sont très gentils et nous avons été bien accueillis ! Nous t'embrassons très fort. »

Quelques jours plus tard, la photo du message était prise dans le même décor. Assis sur un banc, ses parents regardaient l'objectif l'air un peu ailleurs. « Jonas vient de commencer au gisement d'Induline, mais ce n'est pas un travail pénible. Rien à voir avec l'idée qu'on pourrait se faire d'une mine. Moi, je travaille dans des bureaux, pas très loin. Et ce n'est pas du ménage. C'est du secrétariat ! Je suis contente. On t'embrasse très fort. »

Sur le troisième message, le décor de la photo n'avait pas bougé. « Notre logement est petit, mais confortable. On peut cuisiner des choses simples ou dîner au Restaurant. Il y a une petite salle de cinéma… » Jonas espérait *qu'on se retrouve bientôt*, mais n'évoquait pas de date.

Le premier jour au Centre de Tri, Ness travailla le cœur débordant de tristesse. Elle rentra épuisée. L'appartement était déserté, silencieux ; personne ne l'attendait et elle n'attendait personne. L'absence de ses parents lui pesait et ses amis semblaient très occupés. Comme elle, ils plongeaient dans la vie active, avec toutes ces nouvelles informations qu'il fallait enregistrer et comprendre. Ils ne lui avaient pas fait signe et de son côté, Ness n'avait pas le courage de reprendre contact. Trop déprimée.

À la fin de la semaine, elle se força à s'extraire de son abattement et envoya des messages à Ferdi et Sander. Ils allaient se retrouver, parler et rire. Ils sauraient lui remonter le moral.

Mais Ferdi et Sander ne répondirent pas.

Évaporés, pensa-t-elle et le mot lui tordit l'estomac.

Un soir, elle reçut un appel du père de Ferdinand. Au téléphone, la voix de Kléber fut si tranchante qu'elle en bégaya comme une idiote.

– Vous avez eu de ses nouvelles ? lui demanda-t-il. J'attends de toi la vérité, Ness.

– Je… Non… je n'ai pas… La dernière fois qu'on s'est vus, c'était le soir du Carnaval. Qu'est-ce qu'il se passe ?

– Alors, tu ne sais pas qu'il a disparu ?

Ness en eut le souffle coupé.

Elle joignit aussitôt Ed et apprit que Sander avait été admis à l'hôpital à cause de nouveaux évanouissements. Après une batterie d'analyses, sa maladie n'était toujours pas identifiée. Un mal sans nom, sans traitement.

Il sembla à Ness que le monde entier lui avait faussé compagnie.

Lorsque le bus la déposa au dernier cercle de la Ceinture, d'où elle poursuivit à pied vers le Centre de Tri, elle pensa qu'il n'y avait jamais eu autre chose dans son existence et qu'il n'y aurait jamais, jamais, jamais, rien d'autre.

Elle n'était pas entrée dans la vie active. Comme une mouche, elle s'était engluée dans l'immense toile de la réalité.

La semaine suivante, Ness prit un poste à la section Papier.

Elle travailla en amont du tapis de tri et observa attentivement les gestes des ouvriers pour acquérir les bons réflexes. L'un d'eux, parfois, sélectionnait un document et le jetait dans un petit chariot. Le bruit des machines était entêtant et les casques de protection vous enfermaient dans une solitude ouatée. On ne se parlait pas, ou alors en signant. Ness connaissait les bases de la langue des signes qu'elle utilisait parfois avec les garçons, pour jouer. Que cela lui serve aujourd'hui dans cet environnement de travail plutôt hostile lui sembla pathétique, comme si son enfance était subitement morte.

En fin de matinée, à cause de la répétitivité des gestes, des vibrations et du casque, Ness se sentit tout à fait déconnectée du monde. Juste avant la pause, c'est une affiche froissée, une des caricatures qu'elle avait vues le jour du Carnaval, qui la sortit de sa torpeur. Elle la laissa passer sur le tapis de tri et vit l'ouvrière suivante s'en saisir et la jeter dans un des chariots. Lorsque la sonnerie du déjeuner retentit, Ness suivit discrètement le parcours du document. Il rejoignit ceux qui avaient été mis de côté dans un grand bac, à l'entrée d'un local mitoyen.

– La *bibliothèque*, annonça le chef d'atelier dans son dos.

Ness sursauta. L'homme lui désigna l'endroit.

– Une initiative fantaisiste de Mare. Mais… chut… fit-il doucement.

Et Ness comprit que la *bibliothèque* transgressait le règlement.

– On déjeune dehors, tu viens avec nous ?

Ness hésita, la bibliothèque l'attirait.

– Tu peux aussi déjeuner là, dit le chef d'atelier en désignant la pièce. Si elle avait été ici, Mare aurait été d'accord.

Ness fit une moue interrogative.

– Mare est partie mettre en place un nouveau Centre pour toute la région nord, expliqua-t-il.

– Ah…

La gestionnaire s'était elle aussi *évaporée*, pensa Ness.

– On a besoin de calme quand on commence ce boulot, j'ai connu cette fatigue moi aussi, ajouta-il en souriant.

– Merci…

L'homme s'éloigna et Ness pénétra dans la bibliothèque.

D'un côté, tout un mur était couvert de rayonnages de livres, de l'autre, des dizaines de casiers s'empilaient, intitulés : prospectus publicitaires, notices de machine, cartes géographiques, loisirs, travail… Avait-elle le droit d'y jeter un coup d'œil ? Le chef d'atelier ne le lui avait pas interdit, après tout. Et Mare lui avait même donné des objets récupérés... Mal à l'aise, mais incapable de résister à la curiosité, Ness ouvrit le casier des cartes et fut immédiatement passionnée par les vieux documents. Au lycée, on passait peu de temps à étudier la géographie et encore moins l'histoire. Là, sur la carte qu'elle tenait, tout le pays se déployait entre ses mains, avec ses routes, ses rivières... Elle ne l'avait jamais vu de cette façon-là et les dizaines de noms de villes et de villages se mirent à danser devant ses yeux. La mer était une grande tache bleue vers le sud, et au nord, le Haut-Pays était symbolisé par de nombreuses courbes sur un fond vert. La Noble Extraction se trouve dans cette région, pensa-t-elle, quand elle découvrit un tracé léger, au crayon à papier. À l'intérieur de la zone délimitée, quelqu'un avait écrit *Mine d'Induline*. Mes parents sont là, songea Ness et la joie afflua en elle. Ils existaient quelque part, ils n'avaient pas disparu. Un projet se forma aussitôt dans son esprit : dans quelques semaines, elle aurait quatre jours de congé, et alors elle leur rendrait visite. D'une main tremblante, elle plia la carte et l'enfourna dans sa besace.

Lorsque Ness arriva chez elle, Zéno l'attendait devant la porte.

– Ness ! Tu viens voir Sander avec nous, dimanche ?

– D'accord.

– Il ne va pas mal, tu sais. C'est juste qu'il roupille la moitié du temps, ce gros paresseux, dit Zéno en riant.

Le garçon courut à la cuisine et y déposa des friands confectionnés par sa grand-mère.

– Ed les a faits pour toi. Ils sont où, Doris et Jonas ?

– Ils sont partis à la Noble Extraction.

Zéno fit une grimace.

– Ce nom, il me fait penser à une dent qu'on arrache, dit-il. Et au Centre de Tri, tu fais quoi ?

– Du tri ! Mais après, ce sera plus intéressant.

– Pourquoi tu ne viens pas habiter avec nous ?

– En ce moment, j'ai besoin de mettre de l'ordre dans mes idées…

– De faire du tri ? demanda-t-il en souriant.

Ness embrassa Zéno en se demandant si au fond, dans la troupe, ce n'était pas lui qui la comprenait le mieux. Ils commencèrent à s'activer dans la cuisine où le désordre régnait depuis qu'elle était seule. Pendant ces jours difficiles, Ness avait été comme un animal qui a perdu ses petits. Elle avait tourné en rond, cherchant les traces qu'ils avaient laissées.

– Est-ce qu'on en sait plus sur la maladie de Sander ? demanda Ness.

– Non, mais Ed dit que ses analyses sont bonnes et qu'on devrait tous dormir quatorze heures par jour, fit Zéno avant de pousser de gros ronflements.

Ness imagina Sander assoupi, puis elle pensa à Ferdinand et à Quirin. Elle aurait tant aimé qu'ils soient là, tous ensemble, à parler, à chahuter. Se jeter tous-en-tas-au-milieu-du-salon, ça, c'était une bonne idée.

– On te donne rendez-vous dimanche à onze heures devant l'hôpital de la Bulle. Ça va ? demanda Zéno.

– Oui, j'y serai. Vous avez eu des nouvelles de Ferdinand ?

– Non, pourquoi ?

– Comme ça…

L'enfant plongea les mains dans ses poches.

– Ah ! Regarde ce que les maîtres nous ont donné à l'école. Elle est belle, hein !

Il lui tendit une camionnette jaune vif, dont le côté était orné d'un beau Dazur en lettres majuscules.

« En route vers la Noble Extraction ! » cria-t-il en s'en allant.

Le lendemain, jour de relâche, Ness reçut une autre visite.

Quirin se présenta au matin, bien coiffé, un paquet de croissants de la Colline à la main. Ness en fut incroyablement surprise, impressionnée même, et se demanda aussitôt si cette visite était autorisée. Doris et Jonas lui avaient toujours appris à garder ses distances avec les Bleus, jamais ils ne lui avaient parlé de la façon dont il faudrait se comporter lors d'un tête-à-tête. Mille questions montèrent immédiatement à son cerveau, mais il fallait donner l'impression de se conduire normalement, alors elle prépara une caféine. Ness et Quirin s'assirent à la table de la cuisine comme deux personnes très sages et bien élevées.

– Doris m'a prévenu qu'elle partait avec ton père à la Noble Extraction. Ils sont bien arrivés ?

– Oui, j'ai reçu des messages la première semaine. Plus rien depuis. Ils doivent être occupés par leur installation.

– Ils vont bien ?

– Je crois. C'est ce qu'ils ont écrit, en tout cas. Et sur les photos… ils souriaient.

Quirin avait posé ses mains bien à plat sur la table, Ness regarda leur ligne parfaite.

– Tu te demandes qui me coupera les ongles ?

– Oh, non ! Pas du tout.

– Je sais le faire moi-même, dit-il d'un ton enfantin et maladroit.

– J'en suis sûre.

– Doris me l'a appris.

Ness sourit.

– Doris m'a appris beaucoup de choses. C'est une femme bien.

– Oui, dit Ness d'une voix mélancolique.

– Elle doit te manquer.

– Oui beaucoup. Et mon père aussi. Je n'étais pas bien préparée à leur départ.

– Je comprends. La solitude est parfois pesante. Notre maison est vide depuis le départ de Doris, reprit Quirin à mi-voix.

Ses mains fines cherchèrent de quoi s'occuper et se posèrent comme deux papillons sur la carte du pays qui traînait sur la table. Ness songea aussitôt qu'elle aurait dû la cacher.

– Vous allez partir, vous aussi ?

Il s'était subitement raidi et la vouvoyait à nouveau.

– Non ! Enfin pas tout de suite… J'irai voir mes parents quand j'aurai quelques jours de congé.

– Je viendrai avec vous…

Ness fut prise de court. Quirin déplia la carte.

– Vous avez remarqué… Quelqu'un a crayonné l'emplacement de la Noble Extraction. C'est là, dans les montagnes du Haut-Pays, dit-il. Où avez-vous trouvé cette carte ?

– Je n'ai pas le droit de le dire.

– Je comprends. Nous apprenons assez vite ce que les Pâles ont le droit de faire ou pas. Par exemple, vous ne pouviez pas venir me rendre visite à la Colline sans une raison précise. C'est pour cela que je me suis déplacé.

– Et vous ? Quelle est votre raison ?

Il planta ses yeux dans les siens.

– Prendre des nouvelles de Doris, dit-il.

Il se leva et lui fit un petit signe de tête.

– Demain, si vous avez du temps, je viendrai prendre des nouvelles de vous.

Ness se sentit déstabilisée.

– Je serai là, répondit-elle.

– Je vous remercie.

Il se dirigea vers la porte de son pas net et lui fit un petit salut avant de sortir.

Ness se rassit à la table, encore étonnée par cette étrange visite. Ils n'avaient pas touché aux croissants. Elle en sortit un avec précaution, le tourna dans tous les sens pour admirer ses reflets dorés et le grignota lentement, les yeux fermés.

Depuis le Carnaval, Quirin se mettait plus souvent au piano. Lorsqu'il jouait, les souvenirs de l'Équipe B surgissaient dans son esprit. Les lumières du Parc se mêlaient à leurs gestes, à leurs voix, et cette ronde envoûtante le ravissait. L'énergie qui s'était dégagée de ce garçon, Ferdinand, quand il avait joué avec lui, l'avait profondément marqué. Il s'était senti bousculé par le jeune homme, comme revigoré. Les visages de l'équipe ne cessaient de lui apparaître, traversés par ces expressions qui le fascinaient et qu'il essayait de comprendre.

Ness, Ness, son nom revenait souvent. Lorsqu'elle le regardait, le monde semblait suspendre sa course folle. Il était incroyablement fier d'avoir osé lui rendre visite. En y repensant, le pouls de Quirin s'accéléra et provoqua un trouble agréable, quelque chose qui s'appelait peut-être la joie.

Les jours derniers, quand ses parents revenaient, Quirin les saluait rapidement et remontait dans sa chambre pour que toutes ces sensations secrètes ne s'évanouissent pas.

Ce soir, Élisabeth et Louis, les parents de Quirin, rentrèrent beaucoup plus tard que d'habitude. Quirin descendit à pas de loup, mais se figea dans les escaliers en entendant leurs voix nerveuses. Élisabeth évoquait un des garçons qui était avec la fille de Doris le jour du Carnaval, le plus costaud de la bande.

– C'est la première fois que tu vois ça ? demanda Louis.

– Oui, la première. Mais le professeur Lambe m'a dit qu'il avait déjà vu passer quelques cas. Quoi qu'il en soit, le dossier du garçon malade est passé directement entre les mains de la *Grande Direction*, dit Élisabeth avec une pointe d'ironie.

– Chez le délégué à la Santé ?

– Moui.

– Je ne vois pas pourquoi ce jeune Pâle a été transféré chez nous, à la Pagode.

– S'ils veulent faire des analyses poussées, on a un matériel de meilleure qualité, c'est tout.

– Pourquoi ne pas laisser ce garçon développer tranquillement sa maladie… Il dormira de plus en plus, et alors ? Ce n'est pas une façon déplaisante de mourir. Surtout pour un Pâle, affirma Louis.

Dans la pénombre, Quirin sentit son cœur se serrer.

– Le Ministère de la Santé a l'air de craindre une épidémie… expliqua Élisabeth.

– Dans ce cas, son éloignement est indispensable.

Élisabeth approuva en soupirant.

– C'est ce qui est prévu. On lui a déjà retiré sa puce d'identification.

– Ils vont transférer le garçon au centre médical du Haut-Pays ? demanda-t-il.

– Oui, ils organisent son *dépérissement*.

Le sang se mit à battre violemment contre les tempes de Quirin. Il se souvint du visage inquiet de Sander lorsqu'il s'était réveillé de son évanouissement. Ce qu'il y avait eu dans ses yeux… Ce désarroi… comme si la réalité était devenue indéchiffrable. En quelques fractions de seconde, Quirin avait lu cela dans les yeux de Sander parce qu'il connaissait cette sensation. Le monde lui criait ses questions depuis toujours. Il l'envahissait de son murmure intarissable et il fallait à Quirin une force exemplaire pour décoder les signes et maintenir l'ordre au-dedans de lui-même. Il était né ainsi, au milieu de cette réalité mouvante que le jeune Pâle découvrait à son tour.

Le jeune Dense voulait l'aider ; Sander était subitement devenu comme un frère qu'il fallait guider.

Quirin entendait maintenant ses parents discuter d'une épidémie chez les Pâles. Qui leur fabriquerait du pain, ferait leur ménage, réparerait leur plomberie ? Qui bêcherait les jardins, conduirait les tramways, sortirait les poubelles ? On risquait une épidémie ? C'était intolérable. Il fallait éviter tout risque de contagion et se débarrasser du garçon qui n'était qu'un mort en sursis.

– Ils transfèrent le garçon demain matin avant le début des visites, dit Élisabeth. Le risque d'épidémie chez les Pâles sera à l'ordre du jour du congrès des médecins.

– Il n'est pas question que Quirin revoie les jeunes de cette bande, dit Louis d'une voix sèche.

Au milieu de sa chambre impeccable, assis sur son lit, le dos bien droit, Quirin se remémorait toutes les paroles échangées avec l'équipe le jour du Carnaval. De chaque conversation, il extrayait des renseignements, puis extrapolait, associait des bribes de phrases, recomposait les informations. Il organisait avec une rapidité stupéfiante les idées qui se présentaient à lui. Et bientôt, il sut qu'il n'y avait d'autre solution que de mettre Sander à l'abri. La seule question qui demeura fut celle-ci : à quelle heure pourrait-il prévenir Ness sans que cela semble trop étrange. Il avait un plan… Le début d'un plan…

Le message que Ness reçut disait ceci :

« Chère Ness, Sander a été transféré hier en début d'après-midi à la clinique de la Pagode. Je souhaite t'emmener le voir. Rendez-vous à sept heures du matin précises dans le parc, sous le grand arbre. Prépare-toi. »

Ness sursauta quand l'écran domestique émit sa sonnerie familière. Elle dut lire plusieurs fois le message de Quirin avant de le comprendre. Le jeune Dense avait des informations différentes de celles d'Ed, complètement inattendues.

Quelque chose se tramait, « Prépare-toi », lui écrivait-il. Ness s'immobilisa, à l'affût. Le transfert de Sander à la Pagode créait une passerelle entre les mondes bleu et pâle. C'était inhabituel et tout à fait anormal. *Prépare-toi*… Oui, quelque chose allait se passer et Quirin lui enjoignait d'y prendre part.

Elle se mit à trembler en pensant que le message allait laisser une trace de son contact avec Quirin. Un fort sentiment de culpabilité l'envahit, pourtant, elle n'avait pas encore fait un seul geste.

Ness pressentit qu'il ne s'agissait pas de faire une simple visite à Sander. Une Pâle comme elle ne pouvait tout simplement pas faire une *simple visite* à la Pagode. Il fallait une bonne raison et pouvoir la présenter à un Brigadier en cas de contrôle. Quirin prenait un risque avec cette proposition, mais le risque était bien plus grand pour elle et il le savait. Elle repensa à sa visite de la veille, son paquet de croissants à la main, puis aux appréciations de Doris sur le jeune homme. Il n'avait pas envoyé ce message pour jouer, ce n'était pas son genre. Une très bonne raison l'avait poussé à lui donner rendez-vous. S'il ouvrait cette porte, c'était mû par une nécessité absolue. Ness comprit que dans les heures qui allaient suivre, il faudrait être souple et rapide comme un chat. Ou rusée comme un coyote.

À cinq heures du matin, elle rassembla ses idées puis fourra quelques affaires dans son sac. L'atmosphère sembla se clarifier. Elle se faufila hors de l'appartement comme une espionne.

On était en fin de semaine, il y avait peu de monde dans la Ceinture, les habitants savouraient leur grasse matinée. Le soleil était voilé, il faisait frais, Ness marchait d'un pas régulier. Le long de son trajet, les grandes affiches déployaient leurs couleurs vives et leurs slogans. « Dazur, l'énergie pure ! » Le fournisseur d'énergie avait les publicités les plus belles et les plus graphiques, les plus nombreuses aussi. Attirantes comme des oiseaux de paradis.

Quelque chose s'était affermi chez Ness. Il y avait ce rendez-vous avec Quirin, puis il y aurait une série de choses à accomplir, logiques. Elle était passée à l'action.

Elle entra à six heures trente par la Porte Saint-Jean où le vieux gardien bipa son poignet. Elle monta les petites rues à pied, croisa les éboueurs qui terminaient leur matinée de travail et d'autres Pâles qui la commençaient. À six heures cinquante-cinq, elle traversa le parc de la Pagode, puis se dirigea vers le grand arbre. Quirin fut à ses côtés sans qu'elle l'ait vu s'approcher.

– Marchons un peu, lui dit-il en l'entraînant vers le bois.

Ils empruntèrent un petit chemin qui s'enfonçait entre les bosquets jusqu'à ce qu'ils se retrouvent à l'abri des regards.

– Qu'est-ce qu'il se passe ? demanda Ness.

– Sander est en danger de mort.

Ness eut l'impression que son sang gelait dans ses veines, mais en même temps, et elle n'aurait su se l'expliquer, elle s'était attendue à une information aussi terrible.

– Nous devons l'emmener. Précision : maintenant. Avant la fin de la matinée, il sera exilé. Son *dépérissement* est programmé.

De sa voix blanche et tranchante, Quirin ouvrait une brèche dans la vie de Ness. Elle n'avait pas d'autre choix que de s'y engouffrer.

– Nous sommes les seuls à pouvoir le sauver… dit-elle, réfléchissant à toute allure.

– Oui. Et dans quelques minutes, nous deviendrons des *fuyards*… Donne-moi ton poignet, dit Quirin d'une voix autoritaire.

Il sortit de sa poche un bracelet en pierres noires et le lui accrocha.

– Tu l'as acheté le jour du Carnaval ? murmura-t-elle.

– Oui. C'est de l'hématite. Ça désactive la puce. Tu deviens invisible à partir de cette minute.

Voilà, on y était. *Fuyards, fuyards…*

Quirin n'osa pas dire à Ness qu'il n'avait qu'un début de plan. Ensuite, ce serait l'inconnu.

– Attends-moi là, près du banc, dit Quirin, je vais chercher Sander.

– Et tes parents ?

– Précision : ils sont à un congrès de médecins.

Quirin fila vers la clinique de sa démarche légèrement mécanique.

Dix minutes plus tard, il ressortit en poussant une chaise roulante dans laquelle Sander somnolait. Le malade eut le temps d'apercevoir Ness comme dans un rêve, puis il ferma les yeux et se mit à sourire.

Ils descendirent quelques rues et croisèrent des Pâles qui se rendaient au travail.

– Je repasse chez moi. Je vous rejoins dans une demi-heure.

Ness eut l'air paniqué.

– Sander n'a plus de puce d'identité. Administrativement, il est mort. Prenez un tramway vers la gare Nord-Extérieur et attendez-moi là-bas.

– Tu viendras, hein… dit Ness.

– Oui.

C'était un *oui* simple et net, mais aussi puissant qu'un serment.

Peu de passagers se trouvaient à la gare Nord-Extérieur. Les trains qui partaient de là sillonnaient les plaines agricoles en direction des montagnes du Haut-Pays. Ness aurait préféré que le hall soit bondé et qu'avec Sander, ils disparaissent au milieu de la foule. Il lui sembla qu'on ne voyait qu'eux, avec leurs mines perdues et leurs gestes fébriles. Sander avait mille questions à poser, mais les mots s'emmêlaient dans sa tête.

– On parlera tout à l'heure, ne t'inquiète pas…

Ness observa le lieu avec attention, cherchant d'abord les Brigadiers, puis détaillant la gare qui datait de deux cents ans au moins. Des guichets avaient été fermés depuis la gratuité des transports ferroviaires. À la place, une boutique de service proposait de recharger ses écrans, consulter le Réseau ou acheter de l'eau. La boutique avait ce petit air misérable de certains commerces des Pâles, comme si à chaque instant pouvait surgir un panneau « Fermé pour cause de faillite » ou « de décès ».

Ness suivit des yeux les lézardes du tremblement de terre qui avaient été bouchées à la va-vite. Au bout d'un zigzag plâtreux, la vieille et grande horloge du hall trônait, dépourvue d'aiguilles. Son rond immense surplombait l'espace comme une lune déchue. C'est l'œil du temps, indifférent aux destins des petits Pâles, pensa-t-elle.

Sander focalisa son attention sur Ness pour chasser les brumes de son esprit. Il était un naufragé, elle était la terre. Lorsqu'elle tourna à nouveau son visage vers lui, il se sentit reprendre pied. La clinique de la Pagode avait disparu avec ses infirmiers qui lui parlaient comme à un demeuré et lui dispensaient des soins du bout des doigts. Sander n'aurait pu dire si les soignants souhaitaient améliorer son état ou abréger ses souffrances.

Un train arriva en gare, quelques passagers descendirent. Ness eut l'envie subite de saisir Sander et de grimper dans un wagon. Elle redoutait que Quirin les ait abandonnés.

Par les baies vitrées de la gare, elle aperçut un drone qui longeait les quais et émettait de petits clics en enregistrant les identités des voyageurs. Elle poussa rapidement la chaise roulante de Sander jusqu'aux toilettes, puis prit son ami dans ses bras et s'enferma avec lui. Ils grimpèrent sur la cuvette et se tinrent là, comme deux oisillons. Une minute plus tard, un drone fit entendre son bruit caractéristique, mais n'émit aucun clic. Les deux amis se serrèrent encore plus fort. « Nous sommes invisibles », murmura Ness. *Invisibles*, répéta Sander d'une voix rêveuse, comme s'il s'était agi d'un pouvoir réel et merveilleux.

Les derniers voyageurs avaient disparu quand Ness aperçut enfin Quirin pénétrer dans le hall. Avant de les rejoindre, il jeta un coup d'œil à l'écran qui affichait les départs.

– Où allons-nous ? demanda-t-il à Ness.

Elle prit un air éberlué, puis, d'un œil vide, regarda Sander qui semblait dormir. Contre toute attente, Quirin se mit à sourire. Rien d'ironique sur son visage, seulement la jubilation d'être ensemble, en vie. Quirin n'en savait pas plus que Ness sur la suite, mais il avait confiance.

– L'Équipe B... C'est vraiment nous… dit-elle avant qu'un fou rire nerveux monte en elle.

Tout était si mal préparé… Ils avaient peu d'atouts et aucune visibilité sur l'avenir. Rire, c'était peut-être la dernière chose qu'ils pouvaient faire…

– Le Haut-Pays, réussit-elle à articuler.

– Oui, le Haut-Pays, dit Quirin. Là-bas, la surveillance est faible.

Ness renifla.

– On rejoindra mes parents à la Noble Extraction.

– Ness… tu te souviens ? À partir de maintenant, nous sommes des fuyards, tu comprends ?

– Bien sûr que je comprends. Je…

Mais non, elle ne comprenait pas vraiment.

– Il y a un train dans quatre minutes. Nous allons monter dedans. Et nous allons réfléchir.

– Ce ne sera pas trop tôt ! lança Sander qui s'était réveillé.

Et Ness se remit à rire, mais des larmes coulaient sur ses joues.

Assis dans le train, ils n'avaient pas encore échangé un mot. Ils s'imprégnaient de l'ambiance du wagon, du roulis, de leur présence à tous les trois. Le train avait atteint sa vitesse de croisière, plutôt lente, et tanguait. On détaillait le paysage, les serres agricoles, les immenses champs de céréales, les villages écroulés et d'autres reconstruits. Au loin, on avait aperçu l'autostrade et les voitures qui filaient bien plus vite que le train, puis elle avait disparu.

Quirin était assis le dos bien droit, le regard fixe. Ness eut peur qu'il regrette son départ. Sander, bien éveillé, fut le premier à rompre le silence.

– C'est mon premier voyage…

Et aussitôt tout le monde pensa *C'est peut-être notre dernier*.

Sander sourit à ses deux compagnons d'une façon que Ness ne reconnut pas.

– Pourquoi m'avez-vous emmené ? demanda-t-il.

– Es-tu prêt à entendre la vérité ? dit Quirin.

– Oui. S'il vous plaît, seulement la vérité entre nous.

Ils se regardèrent en approuvant. La vérité, c'était leur richesse, ils n'avaient pas grand-chose d'autre à partager. Ils passèrent un pacte silencieux. La vérité, toute la vérité.

– Les Bleus ont décidé d'organiser ton *dépérissement*.

Sander blêmit.

– Personne ne semble avoir d'informations valables sur ta maladie, même mes parents qui sont médecins. Mais les Bleus craignent une épidémie.

– Ils veulent m'*effacer*… Comme on efface une preuve… murmura Sander.

Il tripota nerveusement le bandage qu'il portait au poignet depuis le retrait de sa puce. Tous les trois, ils se sentaient aussi minuscules que des grains de sable. Ness prit la main de Sander et la serra très fort entre les siennes. Elle ne le laisserait pas disparaître.

Le train ralentit et entra en gare. Quelques voyageurs montèrent à bord. Une femme chercha longuement un compartiment, entrouvrit la porte du leur, puis la referma avant de revenir quelques minutes plus tard. Il ne fut plus question de poursuivre la conversation.

– Bonjour, lança-t-elle en posant son panier rempli de légumes et de fleurs.

Ils la saluèrent à leur tour tandis qu'elle s'installait. La femme avait un regard vif, son visage bruni était couvert de petites rides ; difficile de lui donner un âge. De temps à autre, elle jetait un regard à Sander ou à Ness, mais évitait soigneusement de croiser celui du jeune Dense.

– Ça vous dit de belles petites pommes ? demanda-t-elle.

– Ah… Oui… C'est gentil. Ça ne vous prive pas ? répondit Ness.

– Pas du tout ! Je les ai cueillies chez mon frère, il en a tant qu'il ne sait plus quoi en faire !

Elle présenta les pommes en détournant légèrement la tête. Ness comprit alors qu'elle évitait délibérément d'entrer en contact avec Quirin, mais qu'elle tenait néanmoins à se montrer polie. La femme tritura la broche ovale qu'elle portait à sa veste avec une petite gêne.

– Merci, dirent les trois jeunes gens.

– Je vous en prie, fit la femme d'un air digne.

Tandis qu'ils croquaient tous les trois dans les pommes, la femme glissa un regard vers Quirin. Elle semblait fascinée, mais aussi étonnée qu'un jeune *comme lui* voyage avec deux Pâles.

– Vous allez où, si ce n'est pas indiscret ? demanda-t-elle à Ness.

– Au terminus. Et vous ?

– À Cabrieste.

– Ah… fit Ness, qui n'avait aucune idée de l'endroit où pouvait se trouver cet arrêt.

– C'est le terminus, ajouta la femme.

– On va au même endroit, alors, fit Ness en souriant.

La femme sourit aussi, malicieusement.

– Je m'appelle Christine, dit-elle.

– Moi, c'est Ness. Et voici Sander et Quirin.

Les deux garçons la saluèrent d'un signe de tête. Christine sortit aiguilles et laine de son panier et se plongea dans son tricot.

– Comment tu te sens ? murmura Ness à Sander.

– J'ai un peu l'impression de flotter, dit-il. Et le roulis n'aide pas… Mais ça va. Je n'ai mal nulle part.

Il lui fit un sourire et s'endormit d'un coup, comme ensorcelé. Quirin en profita pour faire signe à Ness de l'accompagner dans le couloir.

– Qu'est-ce que c'est que cette maladie… chuchota Ness.

– Sander a dit qu'il n'avait pas de douleurs.

– Sa grand-mère a expliqué que ses analyses étaient normales. Celles faites à l'hôpital.

– Il dort… C'est son unique symptôme.

– La *maladie du sommeil*… fit Ness.

Ils rêvèrent quelques secondes à l'évocation de ce nom, puis Quirin se redressa brusquement.

– Je ne peux pas utiliser mon écran ou le Réseau. Je serais repéré. Et je suis en fuite, comme toi, comme vous deux. Ton écran est bien désactivé ?

– Je ne l'ai pas emporté.

Quirin acquiesça.

– Tu as peur ? lui demanda Ness.

– Oui. Précision : Très.

Pourtant, l'œil de Quirin s'éclaira. Il avait peur, certes, mais il découvrait avec intérêt cette émotion nouvelle ; les petits picotements qu'elle lui procurait sous l'épiderme n'étaient pas si désagréables.

Dans le compartiment, la femme s'était assoupie, Sander dormait toujours. Ness et Quirin échangèrent un long regard et pendant quelques instants, tout fut d'un calme parfait.

Cela faisait déjà une heure qu'Ed était assise sur un banc, face à l'hôpital de la Bulle, incapable de bouger, incapable de parler. À côté d'elle, Zéno se sentait perdu. De temps à autre, il lui demandait « Ça va ? » et constatait qu'Ed bougeait la tête comme une marionnette, le regard absent. Les médecins de l'hôpital ne lui avaient rien dit sur les raisons du transfert de Sander et, depuis, elle semblait installée dans un autre temps où il était impossible de la rejoindre. On dirait qu'elle a cent ans, pensa tout à coup Zéno en la regardant de biais, elle me lâche comme une vieille machine usée. Cling, clang, faisaient les pièces rouillées en tombant par terre. Il n'y aurait plus de discussions, plus de baisers, plus de choses à accomplir avec elle et Sander, plus d'occasions d'apprendre d'eux ou de les épater. Il n'y aurait plus que des trucs cassés. Comment allait-il faire, sans eux ? Un Home d'enfants était situé plus loin, à Pondesprit, il en avait entendu parler, il ne voulait pas y aller. Parfois, il avait imaginé la vie des enfants là-bas. Même avec Ed, même avec Sander, il était orphelin et, du jour où il l'avait compris, il avait su que sa vie, à un moment ou à un autre, révélerait sa dureté. C'est maintenant, pensa-t-il. Les mots qui vous reliaient, les gestes tendres qui vous emplissaient de courage, tous ces liens tissés, ces perches tendues étaient des miracles. Zéno le savait. Zéno les provoquait. Il s'en nourrissait et les chérissait. Tout cela est bien caché en moi, à l'abri, pensa-t-il pour se rassurer. Mais des larmes coulaient sur ses joues sans qu'il s'en soit aperçu ; il ne sentait que la morsure des rayons du soleil sur son visage. Et puis il songea à Ness. Si personne ne venait le chercher, il pourrait la rejoindre et vivre avec elle, sa *vieille épouse*. Depuis un moment, il s'attendait à la voir surgir et pourtant, elle n'arrivait pas. Pourquoi n'était-elle pas là ?

Il fouilla dans le sac de sa grand-mère, trouva l'écran et commença à rédiger un message pour Ness.

« Il est 13 h 20 et j'ai fin. Ce qui n'est pas très important.

Sander n'est pas – il effaça « n'est pas » – Sander n'est plus à l'hôpital.

Et toi, tu n'es pas venu.

Alors envoye-moi un message pour me dire où tu est.

Et je te rejoindrait avec Ed.

Là, on est encore devant la Bulle. Il fais très chaud. »

Il reçut aussitôt une réponse automatique indiquant *Destinataire injoignable* et ce fut aussi violent qu'une claque en pleine figure.

Assise à côté de son petit-fils, Ed ne sentait pas le soleil qui tapait sur son crâne et changeait subtilement la chimie de son cerveau. Sander n'était plus sa préoccupation principale, pas plus que Zéno.

Elle se remémorait l'époque lointaine de *l'évaporation* de sa fille Olga et de Lyas, son gendre. Ils avaient disparu comme ça, sans prévenir… Et Ed avait déposé une *déclaration d'absence inquiétante*. Un Brigadier avait soigneusement enregistré sa déposition, avant de lui indiquer le Bureau des disparitions, section administrative 108, situé à la mairie, qui s'occupait des *évaporations*. Le jour même, elle s'était rendue à la section 108 où on lui remit un dossier de six pages à remplir. Elle était revenue avec le dossier le jour suivant, mais la fonctionnaire avait refusé le long document car la section 108 ne s'occupait que des disparitions de mineurs. Pour les personnes majeures, il fallait se rendre au bureau 111. Au bureau 111, on lui expliqua qu'elle devait commencer par trouver le numéro du bureau correspondant à la catégorie générale d'activité de la personne disparue, qu'elle dénicha, c'était le 213, mais où l'on fut incapable de lui dire s'il fallait déposer un dossier à la section 237A ou 732B du même bureau, les activités d'Olga pouvant entrer dans les deux catégories. Quoi qu'il en soit, il ne fallait déposer qu'un seul imprimé, le C20, le CA20 ou le C20a, sans quoi les demandes s'annuleraient. Ed avait commencé à perdre le fil des démarches. Au bout d'une semaine d'angoisse passée à relire les notices explicatives des nombreux imprimés, elle avait pris les conseils d'un vieux Pâle expert dans les questions administratives. Une bonne partie de ses économies passèrent alors dans la rémunération du retraité qui semblait toujours de bonne humeur et l'assommait de discussions techniques. Lorsqu'elle lui demandait des nouvelles, l'homme répondait d'un ton pénétré « L'affaire suit son cours, l'affaire suit son cours. » Trois mois passèrent avant qu'Ed se décide à reprendre *le cours de l'affaire* et se replonge dans ce jeu de chiffres ensorcelés.

Puis, sans qu'elle s'en rende compte, elle avait tout abandonné pour s'occuper de Sander et de Zéno et prendre le relais de leur éducation.

Zéno et Ed étaient encore sur le banc, près de la Bulle, un bon coup de soleil sur le visage. « Prête attention aux chemins que tu empruntes. Un jour, si ça se trouve, tu auras besoin de t'orienter seul ou de guider quelqu'un », lui avait dit Ness qui craignait toujours qu'il se perde et qu'il panique. L'enfant se souvint et donna un coup d'épaule à sa grand-mère somnolente. Il la prit par la main, puis l'entraîna vers le tramway numéro 15. Sur cette ligne, il y avait l'arrêt Violet, qu'il connaissait par cœur, celui de Ness.

Aujourd'hui, Zéno avait eu peur, mais il venait de mener Ed jusqu'à la porte de son amie.

Ils découvrirent le lieu tel que la jeune fille l'avait laissé quelques heures auparavant.

– Olga ! Olga ! cria Ed.

– On est chez Ness, précisa Zéno.

– Ah oui ! bien sûr ! Ness ! Ness ! se mit aussitôt à crier Ed.

La chambre de Doris et de Jonas n'avait pas bougé depuis leur départ. À la cuisine, il restait un peu de vaisselle sale et le sachet de croissants. Zéno aurait bien voulu se glisser dans le rôle d'un enquêteur, mais il ne savait pas quoi chercher. Ed se précipita vers la salle de bains, tandis que la porte d'entrée s'ouvrait. Le cœur de Zéno sauta de joie dans sa poitrine, Ness ! Elle revenait enfin ! Il courut à sa rencontre et tomba nez à nez avec trois Brigadiers.

– Bonjour, jeune homme.

Zéno se figea, bouche bée.

Un Brigadier lui saisit le poignet et le bipa. Les deux autres souriaient mécaniquement. De la salle de bains arrivaient des bruits pas très ragoûtants. Ed se sentait mal.

– Assieds-toi là, Zéno, dit le premier Brigadier en désignant le canapé.

Il fit le tour du salon tandis que l'autre partait en direction de la salle de bains. Le troisième inspecta la cuisine où se trouvait le sachet de croissants de la Colline. Zéno ressentit de la colère devant ces hommes qui déambulaient chez Ness sans aucune gêne. Mais il faudrait obéir à ce qu'ils demanderaient et montrer du respect, Zéno le savait, comme tous les petits Pâles.

– Vous n'êtes pas ici chez vous, je me trompe ?

– Non, répondit Zéno. Nous sommes venus voir notre amie, Ness. Nous avions rendez-vous avec elle à l'hôpital de la Bulle, mais elle n'est pas venue.

Le deuxième Brigadier revint avec Ed qui sentait sa tête de plus en plus lourde. L'enfant jeta un coup d'œil paniqué à sa grand-mère dont l'homme tapotait la joue. Il l'assit sur le canapé.

– Au vu de la couleur de son visage, je dirais qu'elle a une insolation.

– Vous savez où est Ness ? demanda l'enfant, apeuré.

– Nous sommes donc ici chez Jonas, Doris et Ness GRV. Vous êtes des amis de la famille ?

– Oui, dit l'enfant. Vous savez où elle est ?

– Mais vous êtes cependant entrés sans autorisation des habitants.

– On peut venir quand on veut puisqu'on est des amis, rétorqua Zéno.

Heureusement que Zéno était un enfant pour répondre de cette façon, semblèrent se dire les hommes avec un petit rictus amusé.

– Le code de l'amitié et le code des infractions ne sont pas les mêmes, glissa un Brigadier avec un sourire étrange qui le fit ressembler à un chien aux babines relevées.

Le premier Brigadier reprit la parole et l'on eût dit qu'ils ne formaient tous les trois qu'un seul être muni d'un cerveau commun et de bouches coordonnées.

– Quand avez-vous vu Ness pour la dernière fois ?

Ed ferma les yeux, luttant contre un puissant mal de crâne. Zéno répondit à sa place.

– Elle était là hier.

– Des nouvelles depuis ?

– Non.

– Qui alliez-vous voir à l'hôpital ?

– Mon frère, Sander.

– Sander FJS, c'est bien ça ?

– Oui.

– De quoi souffre-t-il ?

L'enfant réfléchit.

– Je ne sais pas. Il est fatigué.

Un Brigadier se leva pour ouvrir une fenêtre. Un drone entra aussitôt, rapide et obéissant comme un animal dressé. Muni d'une petite télécommande, l'homme lui envoya des ordres tout en inspectant le salon. La machine émit des bips, elle prenait probablement des photos.

– Avez-vous une idée de l'endroit où pourraient se trouver Ness GRV ou Sander FJS ?

Le ton de l'homme s'était fait mielleux pour ne pas effrayer l'enfant.

– Sander ? On nous a dit qu'il avait été transféré. Je crois que c'est à la Pagode, dit Zéno.

Le Brigadier poussa un soupir ironique et Zéno comprit que son frère ne se trouvait plus ni à la Bulle ni à la Pagode.

Le drone frôla doucement les vêtements de Ness, l'enfant eut l'impression qu'il les reniflait. Est-ce que les drones pouvaient emmagasiner les odeurs et suivre une piste ? D'un claquement de doigts, l'homme rappela le drone au-dessus de lui, puis renifla à son tour les habits. Zéno trouva cela si dégoûtant qu'il détourna la tête.

Les trois Brigadiers se tenaient maintenant debout devant le canapé, dominant Zéno et sa grand-mère de toute leur hauteur. Ils sont immenses ces hommes, pensa Ed, confusément. De son côté, l'enfant comprit que les hommes ne leur diraient rien sur l'absence de Ness ; il se pelotonna contre sa grand-mère en faisant la moue. Un Brigadier lui tendit une boîte de médicaments.

– Un comprimé maintenant et un autre dans quatre heures. Ça lui fera passer l'insolation.

Ed se serra contre son petit-fils.

– On peut rester là en attendant ? demanda Zéno en réceptionnant la boîte.

– Oui, vous pouvez.

Ils n'avaient pas eu besoin de se concerter pour répondre. La présence de Zéno et d'Ed chez Ness leur permettrait de fouiller l'appartement de la grand-mère et de son petit-fils sans les avoir sur le dos.

Depuis le départ des Brigadiers, Ed dormait profondément. Affamé, Zéno trouva du riz, mit de l'eau froide dans une casserole et y déversa tout le paquet. Le résultat fut immangeable, alors il se rabattit sur une boîte de conserve.

Ed ronflait doucement. Zéno la recouvrit d'une couverture et fut aussitôt rejoint par l'ombre maigre de la solitude. Elle lui tint la main pendant quelques minutes, refroidissant ses doigts. Puis l'enfant alluma l'écran domestique et les lumières colorées des animatiques emplirent la pièce.

Ness et Quirin avaient consulté la vieille carte routière tandis que le paysage défilait par la fenêtre, associant des images aux noms des régions qu'ils lisaient. Après de nombreuses serres, le train longeait maintenant une steppe ponctuée de bosquets vert foncé où des taches violettes et jaune vif vous surprenaient comme des coups de cymbales. La femme regardait le paysage, son tricot sur les genoux.

– On arrive dans une heure, dit Christine aussi bien pour elle-même que pour les trois jeunes gens.

Elle tapota durement un message sur son vieil écran, un modèle qui semblait capable de résister à tout, puis elle le balança négligemment dans son panier.

Quirin avait eu le temps de détailler le réseau de chemin de fer affiché dans le couloir. Une correspondance était possible à Cabrieste, le terminus, pour s'engager plus loin vers le nord, mais les horaires des trains n'étaient pas accessibles.

– Christine, savez-vous s'il y a encore des trains dans la soirée ? demanda Quirin.

– Je vous conseille de faire une halte à Cabrieste.

– C'est que nous aimerions continuer. Nous avons rendez-vous au pied du Haut-Pays pour des affaires de famille.

– La vôtre ? demanda Christine en le regardant droit dans les yeux.

– Celle de mon amie, fit-il sans se démonter.

Manifestement, Christine savait qu'aucun d'eux n'avait de lien de parenté, mais surtout, elle l'avait repéré, lui, comme Dense, il en était sûr.

– Faites une halte chez nous. Nous pouvons vous loger à la résidence des Vaches de Pierre. Comment vous dire…

Elle chercha ses mots puis se mit à sourire avec douceur.

– C'est mon anniversaire aujourd'hui…

Elle annonça cette nouvelle comme si les jeunes gens devaient s'en réjouir et Ness pensa qu'à la campagne les anniversaires avaient peut-être une valeur particulière. La femme farfouilla dans ses affaires d'une main distraite comme pour laisser aux trois jeunes voyageurs le temps de se concerter.

– Dans les provinces, dit-elle en relevant la tête quelques secondes, les Brigadiers ont des costumes différents de ceux de la ville. Chez nous, ils sont habillés en vert clair. Et comme partout, nous les évitons, dit-elle avec sérieux.

L'information les ramena à leur réalité de fuyards. Christine s'adressa à Ness :

– Les deux garçons pourraient échanger leurs vestes, qu'est-ce que tu en penses ?

Les trois jeunes se regardèrent et comprirent rapidement que la femme avait raison. La coupe impeccable du vêtement de Quirin accentuait son côté dense. Il s'en débarrassa aussitôt et Sander lui tendit sa veste. Christine lui fit signe de cacher sous sa manche le bandage qu'il portait au poignet.

– Vous pouvez nous loger tous les trois ? demanda Ness.

– Bien sûr, répondit Christine.

– D'accord. Merci. Merci beaucoup, dit-elle.

Christine sortit son écran, tapa un nouveau message, puis se tint immobile. Son visage bienveillant avait pris un air résolu. Elle vient à notre aide, pensa Ness avant d'être saisie par l'angoisse.

Dans l'encadrement de la vitre, la steppe caillouteuse laissa la place à une forêt d'arbres courts et noueux qui s'ouvrit sur un vaste défilé de collines mauves. Ness prit conscience qu'elle n'avait jamais vu une nature aussi changeante, son pays lui était inconnu. Cette région, à l'inverse du Sud, avait encore quelque chose de sauvage et Ness se demanda si ses habitants étaient à son image, puissants, mais aussi mystérieux et changeants.

Le soleil disparaissait à l'horizon, ses derniers rayons s'amusaient à éclairer un visage après l'autre dans le wagon et l'on plissait les yeux en souriant à la lumière. Il y avait une douceur inattendue malgré les cahots du train et l'incertitude de la situation. Sander la savourait.

Christine se mit à rassembler ses affaires et les jeunes gens l'imitèrent. Du coin de l'œil, elle vérifia qu'ils lui portaient une attention suffisante. Oui, ils guettaient ses mouvements. Sans qu'ils aient échangé un mot, ils savaient que la femme prenait la suite des opérations en main. *Les Brigadiers ont des costumes vert clair*, voilà la couleur qu'il fallait fuir.

Le train s'arrêta. Christine observa la trentaine de passagers qui descendaient. Trois silhouettes vert clair débouchèrent du hall de la petite gare, suivies par un drone, tandis qu'un groupe joyeux les dépassait rapidement. Visages souriants, chapeaux de fête, crécelles et cris de joie accueillirent Christine. Elle éclata de rire avant de sauter prestement du marchepied. Quirin lui emboîta le pas. Ness donna un grand coup dans le dos de Sander qui s'accrocha à la poignée pour ne pas s'effondrer. Le groupe se referma sur les trois jeunes gens, puis entama aussitôt une chanson. « Ah ! Regarde au loin ! Elle est terminéééée ! Elle n'reviendra pas, cette fichue annéééée !!!! Si tu la regreeeeettes, viens donc faire la fêêête ! À l'année qui passeeee ! La voilà passéééée ! Ah ! la belle annéééée qui vient ! » Les trois amis avançaient sous la protection des fêtards dont les bras et les jambes bougeaient à dessein pour créer une barrière autour d'eux. Sander sentait qu'un homme vigoureux lui avait saisi la taille et le portait à moitié ; il formait avec cet inconnu un faux couple d'ivrognes. Un petit garçon avait agrippé la main de Ness. Quirin, digne comme un Bleu, était entouré d'un homme et d'une femme de haute stature qui avaient adopté son maintien et jouaient des épaules. Tous ensemble, bien agrégés, ils suivaient le flot des voyageurs en créant une agitation théâtrale. Les Brigadiers laissèrent leur drone voler au-dessus de tout ce petit monde sans se donner la peine d'enquêter. Sur le parking, les jeunes voyageurs furent poussés dans une camionnette. En quelques secondes, les véhicules démarrèrent et la gare retrouva le silence de l'attente.

– Les Brigadiers ont eu des déboires avec des voyous descendus des montagnes du Haut-Pays, expliqua la conductrice.

Assis à côté d'elle, un homme ajouta :

– Du coup, ils ont augmenté les contrôles. Mais… nous sommes une terre d'hospitalité, n'est-ce pas ? Aux Vaches de Pierre, on aime bien éviter que nos invités soient bipés à tout bout de champ ! Ha ! Ha !

Derrière le leur, d'autres véhicules suivaient et l'on voyait des bras se glisser par les fenêtres entrouvertes pour lancer des saluts. Les véhicules dépassèrent une zone commerciale, un hameau abandonné à flanc de coteau, puis les camionnettes se garèrent devant une longue série de jardins potagers.

Aussitôt sortis de cette étrange caravane, hommes et femmes entourèrent l'Équipe B. On se présenta, les prénoms fusèrent et Ness se demanda comment elle pourrait en retenir autant d'un seul coup. Tous lui collaient une bise sur la joue et serraient la main de Sander, mais devant Quirin, ils s'inclinaient légèrement et le saluaient d'un petit mouvement de tête. Il n'y avait rien de dédaigneux dans ce geste, bien au contraire. Ness comprit qu'ils saluaient Quirin le Dense avec tout le respect qu'ils pensaient devoir lui témoigner.

On se dirigea vers un groupe de maisons rectangulaires alignées sur trois rangées. Dans leur raideur, elles ne ressemblaient en rien à leurs habitants. Christine guida les jeunes gens jusque chez elle, une maison aux murs d'un blanc immaculé où se trouvaient quelques meubles artisanaux et des bouquets de fleurs séchées.

– Vous pouvez dormir là, dit-elle en désignant une porte. C'est la chambre de mon fils.

Ils installèrent deux matelas supplémentaires dans la pièce ; on ne pouvait plus y faire trois pas.

– Votre fils n'habite plus ici ? demanda Ness.

– Il est mort. Accident de chantier. Il travaillait dans le bâtiment.

Ness et Sander ne surent quoi dire.

– Toutes mes condoléances, Christine, murmura Quirin.

– C'est lui qui a fabriqué les meubles. Il était doué.

Elle dit cela d'un ton ferme, comme pour repousser les émotions.

– Faites comme chez vous, ajouta-t-elle.

– Merci, dit Ness. Vous nous avez évité de…

– Inutile de se retrouver dans les pattes des Brigadiers quand on rend visite à sa famille.

Elle jeta un œil au pansement de Sander.

– Vous avez ce qu'il faut pour les soins ?

– Non… On… bafouilla Ness.

Un instant plus tard, Christine leur déposa une trousse de secours. À l'intérieur, il y avait bien plus que des pansements : catgut et aiguilles pour sutures, bandes, antibiotiques…

Ness déroula la bande et souleva la compresse. Ils découvrirent la cicatrice.

– Ça te fait mal ? demanda Ness

– Pas vraiment.

– Plus de puce, dit Quirin.

– Maintenant, tu es libre comme l'air, ajouta Ness.

– Aussi immatériel qu'un songe, fit Sander.

– Non, non, lui souffla Ness en le prenant dans ses bras. Tu es bien vivant et tu vas continuer à vivre.

Quirin recula légèrement et baissa les yeux devant leur étreinte. Il rejoignit Christine dans la cuisine.

– La salle de bains est aussi à votre disposition, dit-elle. L'eau vient de la source. On a des panneaux solaires, ne vous gênez pas !

– L'hygiène est importante, dit Quirin d'un ton bien élevé. Vous êtes une personne… très… Précision : très bien.

Christine rougit subitement et s'éloigna en souriant. Puis elle se retourna vers lui.

– Il y a une fête, ce soir. J'espère que vous serez des nôtres. Vous nous feriez un grand honneur.

Et pour une fois, ce fut Quirin, pourtant rompu aux bonnes manières, qui ne sut quoi répondre.

Ness griffonna dans son petit carnet :

Cabrieste, terminus de la ligne nord-ouest.

Christine, résidence des Vaches de Pierre.

Quirin repéré comme Dense, visiblement. Reçoit des marques de respect dont il s'accommode.

Habitants très prévenants avec Sander et moi.

Sander : 3 siestes, à peu près quatre heures en tout.

Vivre en perdant quatre heures d'éveil par jour, c'était acceptable. Elle procéda à des calculs de temps de sommeil puis son esprit s'évada. Elle songea aux « immortelles », ces fleurs dont Ferdinand lui avait déjà parlé et qui décoraient la maison de Christine. Leur nom magique métamorphosait leur hôtesse en bonne sorcière et Ness l'imagina cachée au fond d'un bois, cueillant des herbes, conseillant une génération après l'autre, depuis des siècles. On peut lui faire confiance, pensa-t-elle.

– Ness… appela doucement Quirin qui revenait de la salle de bains.

Elle était allongée sur un des lits, Sander à côté d'elle la regardait écrire.

– Christine va bientôt nous emmener à la fête. Si vous voulez vous préparer, suggéra-t-il.

– Tu es tout beau ! dit-elle.

Quirin se balança d'un pied sur l'autre, un peu gêné.

– J'ai quelques affaires pour vous deux dans mon sac à dos...

Il en sortit des habits et un tissu éclatant émergea du lot.

– Qu'est-ce que c'est ? demanda Ness.

Il la laissa s'en saisir et le déplier. C'était une robe couleur miel.

– C'est pour toi, dit Quirin.

– Il y a de grandes probabilités pour que je porte cette robe avant Ness, sourit Sander. Tu ne connais pas sa devise préférée ? « Ni robe ni jupe ! »

– Hein ? Mais non ! s'exclama Ness perdue dans ses pensées.

Est-ce que cette robe appartenait à la mère de Quirin ? Était-ce vraiment à elle, Ness, qu'il avait pensé en glissant le vêtement dans sa valise ?

– Je vais prendre une douche, moi aussi, dit Sander.

– Je vais t'aider, proposa Ness. Pas question que tu t'assommes en t'endormant.

– Je n'ai pas besoin de toi, je me sens tout à fait réveillé. Si tu me savonnes, je risque de tomber dans le coma ! Les grandes émotions me font cet effet, susurra-t-il.

Ness se leva précipitamment.

– Alors prem's ! dit-elle en lui grillant la priorité.

Les deux garçons restèrent face à face, un peu embarrassés. Quirin eut du mal à chasser l'image des mains de Ness savonnant le corps de Sander.

– Dorénavant, je vais porter des vraies affaires de Bleu, dit Sander en choisissant une chemise.

Une demi-heure plus tard, les trois jeunes gens suivaient Christine sur un petit chemin à flanc de coteau. La robe jaune miel battait contre les jambes de Ness avec des reflets dorés. Aux pieds, elle portait ses grosses chaussures de ville qui juraient avec le reste de sa silhouette, mais on les oubliait volontiers en la regardant.

D'autres habitants marchaient dans la même direction en trimballant des paniers ou des chaises. Ils rejoignaient les ruines du hameau aperçues depuis les fenêtres de la camionnette, à l'aller. La pleine lune éclairait vivement le chemin et le faisceau d'une lampe torche mettait parfois en lumière un arbre ou un rocher.

Une fontaine marquait l'entrée du hameau. Devant, on avait construit un auvent en bois où des tables déjà dressées regorgeaient de nourriture. On avait disposé des lampes-tempêtes un peu partout.

– Bon anniversaire, Christine, dit Ness.

– En vérité, ce n'est pas vraiment mon anniversaire. C'est la fête des bouchers des Vaches de Pierre.

– Des bouchers ? demanda Sander.

– Oui, c'est ce que nous sommes. Il en faut !

– Ah… Oui… bafouilla Sander.

Il se rappela que le métier était prévu par les statisticiens des quotas. Mais la consommation de « viande sur pattes » était réservée aux Bleus. Les Pâles mangeaient du muscle protéiné cultivé en usine laboratoire – bien moins cher –, jamais de vrais animaux.

– Je ne voulais pas vous effrayer. Les bouchers sont plutôt mal vus. Vous excusez mon petit mensonge ?

Ness lui sourit.

– On peut aider ? lui demanda-t-elle.

– Bah… laissez-vous faire. Vous êtes nos invités. Prenez une lampe, et allez visiter.

Le hameau produisait une impression étrange car bien qu'il soit en partie écroulé, les ruines semblaient entretenues. Les maisons n'avaient plus ni portes ni fenêtres, à l'intérieur, on découvrait parfois un vieil évier ou un dessin d'enfant. Au milieu d'une grande cave voûtée, Ness remarqua des lits de camp et deux jeunes qui jouaient aux cartes.

Une voix d'enfant les appela. C'était Jim, le petit garçon de la gare.

– Venez, la cérémonie va commencer !

Ness pensa aussitôt qu'il s'agissait d'une *cérémonie de bouchers* et fut saisie de peur.

Assis sur une pierre au milieu du pré, Albert, le père de Jim, caressait un agneau en attendant que tout le monde soit installé. Christine fit un signe à Sander et lui désigna des places. Quirin, raide comme un piquet, s'installa près de Ness qui tremblait légèrement dans sa robe.

– Pince-moi fort si tu sens que je m'endors, dit Sander à Ness. J'ai bien l'impression que les émotions à venir me seront fatales.

Albert se leva et salua les spectateurs, puis il prit l'agneau dans ses bras et le présenta à la ronde. La bête semblait calme, légèrement étonnée d'être ainsi soulevée dans les airs. L'homme se rassit sur son caillou, la tête de l'agneau posée contre son épaule, comme celle d'un enfant.

– Nous aimons les bêtes, lança Albert d'une voix douce.

– Oui !!! répondit la foule.

– Et pourtant nous les tuons…

Un acquiescement grave parcourut l'assemblée. Ness se mit à trembler de plus belle, persuadée que l'homme allait sacrifier l'agneau sous leurs yeux.

– Il est temps de les célébrer.

La phrase tomba comme un couperet, et Ness fixa les mains du boucher, cherchant inconsciemment la lame d'un couteau. Mais c'est un chant de femme qui se fraya un passage dans l'assistance. Une langue inconnue et mélodieuse monta lentement. D'autres femmes mêlèrent leurs voix à la première ; les hommes produisirent des roulements et des claquements de bouches qui donnaient le rythme. Ness crut entendre des bruits d'animaux, appels ou soupirs. Le son se propageait autour d'eux faisant vibrer leurs cages thoraciques. Quirin suivait le rythme les yeux fermés tandis que Sander se laissait bercer. La langue envoûtante prenait les commandes du cerveau, le corps se relâchait. L'assemblée n'était plus qu'un seul être et l'agneau, au centre, comme un cœur pur et palpitant. Ness oublia ses craintes. Elle était les femmes qui chantaient et l'agneau paisible. À côté d'elle, Quirin, comme s'il connaissait la langue, entendait les adieux faits aux bêtes que l'on avait tuées. Des adieux qui démêlaient les âmes et apaisaient les consciences.

Lorsque les habitants revinrent à eux, ils souriaient, fatigués et heureux, libérés du poids de la mort qu'ils avaient donnée dans l'année.

Les chants s'arrêtèrent, puis Albert se leva et présenta l'agneau.

– Il l'a tué ? demanda Ness, naïvement.

– Non, il dort... Celui-ci ne mourra pas, dit Christine. La femme qui s'approche le prend dans son troupeau. Il y restera jusqu'à ce qu'il meure de sa belle mort.

Ness ouvrit des yeux si grands que Christine se mit à rire.

Sander était resté éveillé pendant la cérémonie, mais les émotions l'avaient fatigué et la fête lui faisait tourner la tête, bien qu'il ait évité le vin. Quirin, lui, avait sifflé son premier verre et le deuxième était encore meilleur. Les tensions qu'il ressentait en permanence quand il était avec d'autres semblaient fondre avec cet alcool qu'il ingurgitait pour la première fois. Il se sentait tout à coup capable d'aller parler de n'importe quoi avec n'importe qui. Sa façon de bouger s'était assouplie et Ness pensa que cela lui donnait un charme inattendu, un peu comme l'agneau sur ses grandes pattes.

– La robe te va bien, lui dit Quirin à voix basse.

– Merci.

Elle se sentait fière et timide à la fois.

– La robe appartenait à ma mère quand elle était jeune. Ma mère était très jolie.

– Elle l'est encore.

– Oui, c'est vrai.

Ils pensèrent à tous ceux qu'ils avaient quittés sans prévenir.

Un peu plus loin, Christine et Albert les observaient.

– Tu crois qu'ils savent ? Pour nous ? demanda Ness.

– J'en suis sûr, répondit Quirin.

Christine leur fit signe de la rejoindre, tandis qu'Albert s'éloignait dans le hameau.

Christine avait fait asseoir les trois jeunes gens à l'écart de la fête, dans le hameau. Elle ne ressemblait plus du tout à la grand-mère du train, mais plutôt à une professeure expérimentée qui vient de convoquer ses élèves.

– Expliquez-moi votre voyage. Vous allez où ? leur demanda-t-elle.

– Vers le Haut-Pays, dit Ness, je veux rendre visite à mes parents.

– Ils habitent dans les montagnes ?

– Ils travaillent à la Noble Extraction.

Christine laissa passer quelques secondes, puis jeta un œil à leurs poignets.

– Qui t'a enlevé la puce ? demanda-t-elle à Sander.

– Un médecin à l'hôpital de la Bulle.

– Et toi ? demanda-t-elle à Ness, tu as encore la tienne.

– Oui…

– Tu ne devrais pas porter ton bracelet de façon aussi visible.

La bande se tut.

– Écoutez. Je ne veux pas connaître vos raisons, mais je sais que vous êtes trois fuyards. Et que vous êtes perdus. Cette puce que tu portes encore, Ness, elle t'enverra au cachot à la moindre occasion.

– Mais j'ai mon bracelet d'hématite !

– Ils le remarqueront au premier contrôle, répondit Sander du tac au tac.

Quirin baissa les yeux. Oui, *son* bracelet n'était qu'un peu de sable jeté aux yeux d'un Brigadier.

– Tous les trois, vous devez prendre de nouvelles identités. Vous faire passer pour des orphelins est le plus simple, on peut trouver des médaillons. Et Ness, il faut retirer cette puce.

Christine releva sa chemise jusqu'au nombril, découvrant une cicatrice sur son flanc droit.

– J'ai eu une appendicite, il y a douze ans. À l'époque, nous étions en conflit avec les patrons de l'abattoir. Le comité nous a bloqués à l'intérieur des locaux pendant deux semaines, pour casser la grève. Sans Albert, le père de Jim, je serais morte.

Albert l'avait opérée sur place, avec les outils du bord. Dans leur métier, où les accidents pouvaient être graves, les bouchers recevaient une formation de secouriste. Mais les capacités d'Albert dépassaient largement ce que la plupart des bouchers étaient capables de faire.

– Il a du talent, dit Christine. Et il peut retirer ta puce.

– Mais vous n'avez pas de salle stérile ! s'inquiéta Quirin.

– Non. On fait de notre mieux. Deux jeunes se font opérer au *bloc* en ce moment. Ness peut passer après eux, poursuivit-elle.

Sander et Quirin regardèrent longuement leur amie. C'était l'occasion ou jamais. Ness le comprenait, mais elle avait peur.

– On ne sait pas s'ils ont un anesthésiant, lui dit Quirin d'une voix faible.

– On y va, répondit Ness.

Jim et Christine conduisirent les trois jeunes gens au *bloc opératoire*, la salle entraperçue plus tôt avec ses lits de camp, et désormais protégée d'une tente de drap blanc. Des valises en aluminium, remplies de matériel chirurgical, étaient ouvertes sur la table. Un des garçons qu'ils avaient vu jouer aux cartes se reposait sur un lit de toile, l'autre était allongé. Albert l'opérait sous la lumière de plusieurs lampes-tempêtes.

– Terminé, dit-il en relevant la tête.

Christine vint aider le jeune homme à se remettre debout ; Albert fit quelques pas pour se dégourdir les jambes.

– Vous avez un produit anesthésiant ? lui demanda Quirin d'une voix transformée par l'appréhension.

– Très superficiel... répondit-il.

Sander sentit qu'il ne pourrait pas tenir plus longtemps. Trop d'inquiétude, trop d'émotions. Ness le conduisit vers un des lits de camp où il s'endormit aussitôt. Quirin repéra une bouteille d'eau-de-vie et en avala une grande rasade avant de la tendre à Ness. Elle but plusieurs gorgées brûlantes et s'allongea à son tour sous les lampes-tempêtes. Albert, parfaitement concentré, nettoya son poignet, puis commença l'opération.

Au premier coup de scalpel, Ness étouffa un cri et Quirin eut l'impression qu'une main plongeait dans son propre ventre pour lui tordre les entrailles. À chaque soupir de Ness, à chaque tressaillement, il ressentait une nausée. Il aurait mille fois préféré être celui qu'on opérait.

Au bout de quelques minutes, les griffes de la pince retirèrent une drôle de chose de cinq millimètres carrés qui tenait autant de l'insecte que du composant électronique. Puis il fallut recoudre.

Quirin attrapa maladroitement Ness par la taille pour la conduire à un couchage. Elle s'allongea, groggy par la douleur de l'opération et par l'alcool qu'elle avait ingurgité.

– Quirin… Pourquoi tu nous aides ? murmura-t-elle.

Il s'immobilisa, chercha longuement ses mots.

– Je voudrais être précis. Précis.

– Oui, dit-elle.

– Tu te souviens du coyote, dans le parc de la Pagode ?

– Bien sûr…

– Je me sens… Je me sens comme lui… un passager clandestin. Il est traqué, peut-être, mais il est libre. Il désobéit. Et Sander aussi, avec sa maladie. Et Ferdinand, avec le piano. Et toi… Toi, tu es comme une petite pierre très dure qui ne veut pas se laisser casser. Je ne sais pas très bien expliquer… Nous avons quelque chose en commun… Vous abandonner… c'était m'abandonner moi-même. Je devais agir… Je n'ai pas pu faire autrement… Tu comprends ?

– Oui… dit Ness en fermant les yeux.

Toute la nuit, Quirin veillerait sur son souffle.

Les Brigadiers ne mirent pas longtemps à trouver la photo prise le matin du Carnaval sur laquelle Ed et l'Équipe B souriaient dans leurs costumes multicolores. Chez Ness, ils découvrirent le message de Quirin dans la mémoire de l'écran domestique et le sachet de croissants de la Colline couvert d'empreintes digitales du garçon. Ils apprirent rapidement que la mère du Dense avait employé la mère de la jeune fille de nombreuses années comme aide-ménagère.

Le passage du Dense n'avait été signalé nulle part, et pour cause, mais Ness était entrée à la Colline pour ne jamais en ressortir, ce qui était un premier délit. L'identité du dénommé Ferdinand avait été enregistrée lors de sa visite au Parc d'attractions, avant qu'on perde sa trace. Une fugue, un délit. Il était fort probable qu'il ait quitté la Capitale. Le jeune malade s'était évaporé de la clinique de la Pagode, délit. Mais celui-ci, selon leurs informations, n'en avait plus pour longtemps.

Le groupe de la photo et le Dense se connaissaient, ils avaient passé du temps ensemble lors du Carnaval et, à l'exception du petit garçon et de sa grand-mère, ils avaient tous disparu à la même période. Les Brigadiers, plutôt satisfaits, déposèrent le résultat de l'enquête sur le bureau de leur chef qui s'empressa de le transmettre aux autorités supérieures.

Le dossier passa de service en service, d'abord à la Ceinture, puis il pénétra la Colline où il fut déposé par une main gantée de blanc sur le précieux bureau du chargé de la Sécurité Intérieure, monsieur Désignon, un jeune Bleu très compétent. Celui-ci traversa les grands couloirs décorés de tableaux anciens et de moulures dorées pour rendre compte lui-même de ce sujet à monsieur Acronne, secrétaire du Service des disparitions.

Après avoir étudié ensemble le dossier, messieurs Désignon et Acronne prirent des airs pensifs et concernés. Ils aimaient énormément se donner l'un à l'autre l'impression de faire bon usage de leur intelligence. L'évaporation du Dense était problématique, mais le plus âgé des deux hommes avait déjà eu à traiter ce genre de problème.

– Nous allons nous occuper du jeune Dense en priorité, dit monsieur Acronne avec un grand sérieux. Il faut ménager les parents, ils travaillent à la Pagode.

– Bien sûr.

– Cependant, le jeune Dense est lié aux autres fuyards…

– Il me semble.

– Nous essaierons de faire d'une pierre deux coups.

– Très bien, dit le jeune Désignon.

Et, pour montrer l'intérêt qu'il portait à son travail, il ajouta :

– Monsieur, parfois, je me demande si nous ne devrions pas créer un Bureau Bleu à la Ceinture. Nous pourrions plus rapidement remettre de l'ordre dans leurs affaires…

Monsieur Acronne lui jeta un sourire compréhensif.

– Ah… La Ceinture est notre fardeau, c'est vrai. Les Pâles devraient apprendre à gérer leurs affaires… En sont-ils capables ? Vous savez, pour ne pas trop souffrir de leur manque… *d'à-propos*, je les considère comme des enfants. Essayez ! Vous verrez, c'est une astuce qui aide à les comprendre.

Monsieur Acronne se fit ensuite un plaisir de raconter au jeune Bleu son passage, bien des années auparavant, au Service de la communication intercastes. Malgré toute la bonne volonté des employés de l'époque, il n'avait pas fallu beaucoup de temps pour comprendre l'impossibilité d'un Bureau Bleu à la Ceinture. Cela aurait créé une mixité qui n'était pas souhaitable. Les Bleus et les Pâles ne pouvaient pas s'entendre car ils ne pensaient pas de la même façon, tout simplement. La différence était fondamentale, une véritable loi naturelle. À la longue, le manque de capacité des Pâles pouvait exaspérer un Bleu ou, bien pire, le faire déprimer. Il n'était bon pour personne de fréquenter la misère mentale des Pâles trop longtemps.

– Il est largement préférable que les Bleus restent à l'écart. Le recul, il n'y a que ça de vrai pour juger.

– Vous avez raison, approuva le jeune chargé de la Sécurité Intérieure.

Ils soupirèrent ensemble devant la grande responsabilité qui incombait aux Bleus.

– J'ai quelqu'un qui s'occupera très bien de ce dossier de disparition, dit monsieur Acronne. Un chasseur de l'Élite Sécurité. Un certain Cramet. Pâle très efficace comme il en existe dans certains domaines, il faut bien le reconnaître. Je lui donnerai des indications particulières pour le jeune Dense. Il s'y connaît. Il nous a déjà ramené un pauvre garçon dense qui avait perdu la tête.

– Parfait. J'imagine qu'il saura quoi faire des autres.

– Entre Pâles, ils n'ont pas de pitié, dit monsieur Acronne.

Ils se dirigèrent vers la *cantine* où des mets délicieux leur seraient servis accompagnés d'un grand vin de la Plaine Centrale.

Quirin s'était levé plusieurs fois pour surveiller Ness. D'une main légère, il avait remonté la couverture, repoussé sa mèche de cheveux, puis longtemps admiré son oreille parfaite. Maintenant, le jour se levait et la tente blanche irradiait sous les premières lueurs de l'aube.

Christine posa un thermos de caféine sur la table chirurgicale. Les fuyards s'éveillèrent et Ness chercha du regard les deux jeunes gens qui avaient été opérés avant elle.

– Ils sont déjà partis ? demanda-t-elle.

Son poignet la fit grimacer. Les minuscules points de suture tiraient sur la peau et une douleur profonde battait dans tout son avant-bras.

– Oui, c'était prévu comme ça, dit Christine.

– Où vont-ils ?

– Je n'en ai aucune idée.

– Vous ne leur demandez rien ? s'étonna Sander.

Christine leur servit des caféines bien chaudes.

– Nous ne demandons rien à ceux qui viennent se faire opérer. S'ils le font, c'est qu'ils en ont besoin.

Nous suivons notre intuition. Peut-être que nous nous trompons parfois, mais ça fait partie de l'action.

Christine et ses amis n'étaient pas du genre à regarder la vie défiler devant eux, ils la saisissaient à bras-le-corps.

– Il y a peut-être quelque chose que vous pourriez faire pour nous, dit Christine en s'adressant plus particulièrement à Quirin. Des changements ont été pratiqués à l'abattoir il y a quelques semaines et depuis, nous avons des problèmes avec les animaux. Vous avez un regard neuf… Peut-être comprendrez-vous quelque chose qui nous échappe.

Quirin accepta, sans savoir toutefois s'il pourrait se révéler utile. Être un Dense ne lui donnait pas des compétences dans tous les domaines, quoi que les Pâles puissent en penser.

L'abattoir, bâtiment d'un étage en béton, était situé à l'entrée du bois. L'intérieur était d'une propreté rigoureuse. Quirin avait redouté le sang, mais il n'y avait ni trace ni odeur à part celles du ciment humide et du désinfectant. Christine expliqua par où les animaux entraient et la façon dont on les dirigeait vers le couloir.

– Et puis, c'est l'étourdissement… Nous avons besoin que les animaux soient calmes. D'abord parce qu'il est impossible de travailler dans la violence et dans la peur. Et puis pour la tranquillité des bêtes, pour la qualité de la viande. Les Bleus sont des consommateurs exigeants.

Quelque chose en Ness se révolta. Pourquoi les Bleus ne pouvaient-ils pas manger de viande cultivée en usine laboratoire, comme les Pâles ?

– Des ouvertures ont été pratiquées dans le toit du bâtiment. Il était trop sombre, expliqua Christine.

Quirin remarqua les taches de lumière sur le sol.

– Les bêtes n'aiment pas les contrastes forts. Pour elles, les taches claires sont comme des obstacles tandis que les ombres ressemblent à des creux infranchissables. Peut-être faudrait-il tendre des voiles opaques sur ces ouvertures pour diffuser la lumière, dit-il.

Christine regarda le jeune homme avec respect. Il avait raison. Les rayons du soleil plongeaient brutalement dans la pièce.

Quirin effectua le trajet d'une vache jusqu'au couloir d'étourdissement, écoutant les bruits de ses pas, observant les tabliers en toile cirée sur les portemanteaux.

– Si j'étais une vache, je détesterais ces tabliers, dit Ness.

– C'est ça ! constata Quirin. Elles n'ont pas la même vision que nous. La forme des vêtements leur fait peur.

– On va les enlever, dit Christine.

Le lendemain, une dizaine de vaches arrivaient. Les bouchers constateraient alors si l'abattage se passait mieux. Ness en eut le cœur serré. Christine, Albert et les autres avaient un métier affreusement dur. Un métier qui pouvait rendre cruel et que l'on pouvait difficilement aimer, mais ils le pratiquaient avec toute la dignité possible. Jim, le petit garçon, avait dit à Ness que les Brigadiers ne venaient jamais leur rendre visite. Les bouchers avaient une *réputation*, ils savaient en jouer, ils étaient craints.

De retour à la résidence, Ness et Quirin s'assirent avec Sander au soleil, près des jardins potagers où des enfants jouaient. Ils lui racontèrent la visite à l'abattoir.

– Comment Christine a-t-elle compris que tu saurais ce genre de choses ? demanda Sander à Quirin.

– On dit que les Denses voient des choses que les autres ne voient pas.

Quirin se tourna vers Ness.

– Toi aussi tu as compris… pour les tabliers, lui dit-il.

– J'ai pensé comme une vache ! s'exclama-t-elle en riant.

– C'est ce que je fais, poursuivit Quirin, je me glisse…

– Tu peux te glisser dans la peau d'un taureau aussi ? demanda Sander avec humeur. Et dans celle d'un mouton ? D'un chien ? D'une tortue ?

– Oui, c'est ça. Avec les animaux, ça m'est assez naturel. J'ai plus de mal à comprendre les êtres humains…

Ness pensa au contraire qu'elle aimait bien les réactions étonnées de Quirin. Elle lui fit un sourire qui n'échappa pas à Sander. Comme elle l'agaçait, parfois, avec sa gentillesse.

– Je vois essentiellement en images, expliqua Quirin. Ce n'est que pour faire part de mes idées que je les transforme en mots.

Sander dévisagea le garçon. Son flegme lui devenait insupportable. Cette façon qu'il avait de parler de lui… Cette assurance détachée…

– Pourquoi veux-tu nous aider ? demanda-t-il subitement. Tu es un Dense, le summum du Bleu ! Tu n'as rien à craindre, toi.

Sander se leva, vacillant. La colère montait en lui, mêlée de jalousie et de dépit. Les mots se mirent à sortir de sa bouche comme des étincelles.

– Moi, je ne te connais pas ! Pourquoi devrions-nous te faire confiance ? Pourquoi m'as-tu sorti de la clinique ? Cette histoire de *dépérissement*, je n'y crois pas. Qu'est-ce que tu veux ? Je n'avais aucune raison de partir. Je suis peut-être malade, mais je ne suis pas fautif. Est-ce que je voulais partir, moi ? Non. Je ne crois pas, non !

Plus Sander s'énervait, plus son corps semblait ramollir. Il se détourna et fit quelques pas, mais ses genoux fléchissaient. Avant qu'il ne tombe, Ness se précipita et l'enlaça fermement.

Sander dormait, les sourcils froncés, faisant de son sommeil un coffre où enfermer sa colère. Sur le lit d'à côté, Quirin et Ness avaient déplié la carte routière pour étudier leur trajet vers la Noble Extraction, au cœur du Haut-Pays. Plus on avançait vers les montagnes, moins il y avait d'axes de communication. Si la région avait été un organe, il aurait dépéri, pensa Ness. Tout au nord, les sommets les plus hauts faisaient office de frontière naturelle.

– Mare, tu sais, ma patronne du Centre de Tri, elle met en place un nouveau Centre au pied du Haut-Pays. C'est une femme bien, je suis sûre qu'on peut lui faire confiance et je pense que c'est un bon relais avant de s'engager plus loin dans les montagnes.

Le Haut-Pays... Y avait-il réellement de la vie là-bas ? C'était pourtant dans cette région qu'ils pouvaient mettre Sander à l'abri. Le paradoxe sauta au visage de Ness.

– Vous devrez éviter les Brigadiers, leur cria Christine depuis la pièce d'à côté.

Elle s'approcha et leur expliqua que certains faisaient du zèle, pensant progresser dans la hiérarchie.

– Mais vous pouvez trouver de l'aide sur le chemin, reprit Christine en triturant sa broche comme elle l'avait fait dans le train.

Il fallait voir un signe dans ce geste particulier.

– La broche… chuchota Ness.

Christine sourit avec satisfaction. Ness comprenait enfin.

– Oui. Dans le train, vous ne l'avez pas remarquée, ça m'a permis de comprendre que vous ne saviez rien, que vous étiez trois jeunes fuyards sans aucun plan… Ceux qui vous présenteront ce signe ovale pourront vous venir en aide.

Le pendentif ovale de Mare, avec ses éclats vert clair, brilla soudain dans l'esprit de Ness. Mare pouvait les aider, oui, c'était sûr. Et Christine, Christine… Ness comprit tout à coup son manège dans le train. Elle avait parcouru les wagons tout en cherchant quelqu'un qui aurait eu besoin d'aide et les avait trouvés, eux. L'accueil bruyant organisé à leur arrivée en gare était son coup de maître.

– Vous avez vos raisons de fuir. Mon fils avait les siennes. Il n'est pas mort dans un accident de chantier… Il a… Disons qu'il n'a pas voulu suivre la voie tracée par les Bleus.

La voix de Christine trembla de colère et de tristesse.

– Beaucoup de familles pâles ont connu des drames et des disparitions. On en parle peu. Mais les fuyards… Les fuyards sont considérés comme une maladie que l'on doit éradiquer. À partir du moment où vous avez décidé de fuir, l'État se débrouille pour que vous sortiez de ses *préoccupations* une bonne fois pour toutes…

– L'État ? s'étonna Quirin. On m'a toujours expliqué que l'État, c'était nous tous…

– Oui, vous tous les Bleus et les Denses. Connaissez-vous un Pâle au gouvernement ? Un Pâle qui décide de quoi que ce soit ?

Évidemment, les Bleus dirigeaient, décidaient. Toujours. Les Bleus déterminaient ce qui était bon ou mauvais. Ils arbitraient tout, les faillites comme les succès et leurs jugements étaient indiscutables.

– Vous n'avez plus de puce… Vous pouvez vous faire passer pour des orphelins, expliqua Christine.

– Mais il faudra qu'on trouve des médaillons d'identification, dit Quirin.

– Oui. En tant qu'orphelins, il sera normal que vous soyez sur les routes, à la recherche d'un emploi. La plupart sont saisonniers. Vous pouvez même prétendre rejoindre la Noble Extraction pour vous faire engager là-bas. Mais ça n'empêchera pas les Brigadiers de vous harceler de questions et même de vous mettre en garde à vue. Ils n'ont pas besoin de chef d'inculpation et se font un plaisir d'envoyer les orphelins errants au cachot du Haut-Pays…

Quirin avait lu des documents au sujet de cet endroit terrible qui fascinait tout le monde, mais seuls les criminels de droit commun y étaient enfermés. Il n'avait jamais entendu dire qu'on y envoyait d'autres personnes. Pour la première fois de sa vie, Quirin fut étonné d'en savoir moins que les autres et le Bleu en lui se sentit déstabilisé. Il comprit ce que l'on pouvait ressentir lorsqu'on était un Pâle.

– Savez-vous que les Brigadiers ont le permis de tuer ? Il vous faut rejoindre le Haut-Pays au plus vite… L'intégrer, c'est intégrer un monde dans lequel vous n'aurez plus rien de ce que vous avez connu ici. Mais là-bas, on peut se faire *oublier*.

– Pas de retour pour ceux qui partent vers les montagnes… murmura Ness.

Le Haut-Pays lui apparut avec ses montagnes hostiles et sombres.

– Mes parents sont partis là-bas, à la Noble Extraction…

– Personnellement, je n'ai jamais croisé quelqu'un qui revenait de la mine d'Induline… la coupa Christine.

Quirin vit son amie pâlir et se sentit dépassé par sa tristesse.

– Je vais chercher Albert. Il a des médaillons d'orphelins pour vous, dit Christine avant de s'en aller.

– On va préparer nos sacs, marmonna Quirin.

Sander avait gardé les yeux fermés pour ne pas avoir à se mêler à la conversation car il se sentait lourd, aussi embarrassant qu'un boulet. Lorsque Quirin et Ness l'appelèrent, il s'étira et s'allongea, les mains sous la nuque, faussement détendu. Mais son beau visage demeura fermé à double tour.

– Tu as entendu ? lui demanda Ness.

Sander fit un sourire étrange que Ness ne lui connaissait pas. Un sourire en contradiction avec l'expression résignée de ses yeux.

– Je reste ici.

Ness suspendit sa respiration et le dévisagea. Quirin s'assit à l'écart, incapable de soutenir le regard entre Ness et Sander.

– Si tu veux, finit-elle par dire d'un ton qui se voulait détaché.

Elle commença à faire son sac, la mâchoire serrée.

La porte s'ouvrit d'un coup sec et Jim, le fils d'Albert, sauta sur le lit, à côté de Sander. Joyeux et totalement indifférent à la tension qui flottait dans la pièce, il sourit avant de prendre la même position que Sander, les mains sous la nuque. Puis, comme le silence durait, il s'agita dans tous les sens et sortit quelque chose de sa poche. Les médaillons d'orphelins. Il tendit l'un à Quirin, l'autre à Ness, puis se pencha vers Sander pour lui accrocher le sien autour du cou.

– Vous êtes tout neufs ! dit-il.

Sander sentit son cœur froissé se déplier dans sa poitrine. La présence de l'enfant était si douce… Il prit la main du petit garçon et l'attira contre lui comme il l'aurait fait avec Zéno. Il cacha son visage, mais Ness avait reconnu son expression. C'était le grand chagrin qui n'avait pas de numéro sur sa liste. Le chagrin de la perte de ses parents, de la peur des séparations, de l'abandon et de la mort.

– Tu peux te laisser mourir… Mais je serai là. Jusqu'au bout, lui dit-elle.

Elle s'assit près de Sander et le serra dans ses bras. « Je ferai tout ce que tu diras… », lui murmura-t-il. Quirin ressentit alors une douleur étrange devant la beauté de leur enlacement.

Monsieur Acronne, secrétaire du Service des disparitions, aurait pu passer un très agréable week-end s'il n'y avait pas eu ce rendez-vous qu'il redoutait avec Cramet, Major de l'Élite Sécurité. S'entretenir avec ce Pâle, même haut gradé, le rendait nerveux et leurs vingt ans de collaboration n'apaisaient pas ce malaise. Dans ses gestes comme dans ses paroles, le Major Cramet présentait une forme de brutalité tout à fait désagréable qui constituait cependant sa qualité principale. C'était un chasseur, l'atout secret de son Service. Physique imposant, chevelure épaisse, larges mains d'assassin, Cramet avait de quoi vous terroriser si vous étiez un Pâle. Acronne, lui, n'avait pas peur, c'était un Bleu. Seulement, il n'aimait pas se salir les mains, s'abîmer les yeux sur des formes grossières ou user son esprit en dialoguant avec cette brute pourtant bien utile. Combien de vies cet homme avait-il ôtées ? Car c'est bien ce qu'on attend de lui, pensa le secrétaire du Service des disparitions. Il se rassura. Une fois qu'ils auraient fait le point sur les disparitions des trois jeunes Pâles et du garçon dense, il n'entendrait plus parler de Cramet avant longtemps. Bientôt, il recevrait un rapport d'une dizaine de lignes qui clôturerait le dossier, et qu'il enverrait aux oubliettes.

Sur le dossier, on lirait alors l'une des trois options suivantes : « Sujet décédé », « Réintégration concertée » ou « Exil ». La Réintégration concertée signifiait le retour des fuyards dans la communauté ; l'Exil, leur disparition dans le Haut-Pays. Acronne n'avait jamais vu ces deux dernières options inscrites sur aucun des dossiers du Major. Et c'était bien plus net comme cela. Cramet, en effet, ne se préoccupait pas de donner à quiconque une *deuxième chance* car le concept lui était totalement étranger. Dès son adolescence, il avait saisi *la première chance* qui s'était présentée à lui. Elle s'était manifestée par l'intérêt des Bleus pour son physique hors norme et son opiniâtreté. Il les en avait remerciés par une loyauté totale. Selon le Major, les jeunes Pâles incapables de s'intégrer présentaient une faiblesse de caractère qu'il était néfaste d'encourager. Il y veillait depuis longtemps maintenant. Quant aux jeunes Denses qu'il avait eus à ramener, aucune paperasse n'avait été nécessaire. Une fois de retour, ces Bleus particuliers étaient pris en main par leurs pairs et Cramet n'avait plus à s'en soucier.

Mal à l'aise devant l'air buté du Major, Acronne tritura son dossier. Il fallait expliquer la mission et donner ses ordres.

– En réalité, nous avons deux problèmes, Major. Et nous pensons qu'ils sont liés.

Acronne déposa devant Cramet différentes photos prises par les drones pendant le Carnaval. Quirin et l'Équipe B marchaient ensemble. Le jeune Dense parlait avec Ness ou les garçons. On voyait également Doris lui sourire ; Ed et Zéno qui se tenaient par la main.

– Nous avons affaire à des *fuyards*. Le garçon Pâle, dénommé Sander, est malade. Maladie contagieuse que nous souhaitons éradiquer. L'autre garçon n'a pas de capacité remarquable et la fille n'a aucun intérêt, c'est *une mangeuse de poubelles*… À effacer. Nous avons appris que ces trois-là étaient liés à un jeune Dense disparu. C'est notre deuxième problème et le seul qui mérite véritablement notre attention.

Acronne rappela que les Denses présentaient des qualités supérieures à n'importe lesquelles des Bleus, mais que la contrepartie de ces dons pouvait se traduire par une forme d'inadaptation aux réalités.

– Le jeune Dense, un certain Quirin, a été embarqué contre son gré, ajouta le secrétaire Acronne en lui tendant le dossier.

Un grognement résonna dans la puissante cage thoracique de Cramet, ce fut son unique commentaire.

– Vous savez à quoi sont destinés les Denses qui parviennent à un âge respectable… susurra Acronne avec le ton d'un charmeur de serpents.

Cramet prit aussitôt une attitude respectueuse qui révéla sa fascination pour l'illustre Comité des Sages et son profond amour des Bleus. Mais avec cet amour-là, on ne fabriquait pas des rêves, des enfants ou des jardins. Avec cette sorte d'amour, on appliquait des ordres sans appel et l'on assenait des coups mortels.

– Ramenez-nous le Dense. Quant aux autres… pfff… souffla Acronne avec un geste incontrôlé et plein de dédain.

Le Major l'avait parfaitement compris, il en avait toujours été ainsi, ses résultats passés le prouvaient. Derrière son front buté, son instinct de chasseur parfaitement affûté était une forme d'intelligence qui savait interpréter les ordres des Bleus aussi bien que les signes disséminés par ses proies.

Lorsque Cramet se leva pour partir, Acronne se sentit défaillir devant son corps gigantesque et s'en voulut de ressentir cette fascination étrange. Il soupira telle une diva effarouchée.

Les Pâles, les Pâles, les Pâles… avec eux, on n'aboutirait jamais à un monde parfait.

Cramet revint chez lui et prépara son sac de voyage avec méthode. Sa mère, petite femme sèche aux cheveux blancs, lui apporta sept chemises et sept caleçons soigneusement repassés, mais elle rangea l'uniforme de Major dans sa housse en polyuréthane. Lorsque son fils partait en chasse, la discrétion s'imposait, il ne s'agissait pas d'être immédiatement identifiable. Jamais la mère de Cramet n'avait pris conscience que son fils fut reconnaissable en toutes circonstances puisqu'il portait l'idée même du crime sur son visage. Et puis son corps, ce corps qu'elle avait connu si petit, semblait avoir gonflé autant qu'il avait grandi. Ses bras musclés par les haltères et les kilos de pâtée surprotéinée s'écartaient de son torse. Des muscles inconnus de la plupart des hommes avaient surgi sur ses épaules ou dans son cou, près des genoux et même sur ses mains. Le regard de son fils avait acquis une sorte de neutralité froide et pourtant, elle le recherchait sans cesse et le croisait avec émotion.

Elle lui apporta un chiffon doux pour envelopper ses outils de travail qu'elle appelait avec respect *les instruments de la justice* : une tresse de métal souple, un couteau fin et court, une seringue en verre munie d'une solide aiguille. Cramet essuya lentement les outils avant de les emballer dans le chiffon, et sa mère fut fière de lui avoir enseigné le soin des choses.

Ils dînèrent en silence tandis qu'elle imaginait son fils marcher dans le pays tel un géant, faisant disparaître les inutiles. Le Major, tout en mastiquant, repassait dans sa tête les éléments du dossier. Il connaissait par cœur le message envoyé à Ness par le petit Zéno. Il possédait les photos du Carnaval et celle du groupe. Mentalement, il leur avait retiré leur accoutrement, chapeau et perruque pour visualiser leurs traits avec précision. Maintenant, dans son esprit, les visages des fuyards se succédaient au ralenti, leurs yeux s'animaient, leurs bouches s'ouvraient délicatement, mais sans prononcer de mots. Cramet aurait aimé mordre leurs lèvres. Il allait les soulager des questions stupides et vaines qu'ils se posaient sur la vie.

Accompagnés par Christine, les trois jeunes fuyards quittèrent la résidence des Vaches de Pierre et marchèrent en silence à travers la forêt. Les ombres des feuillages dessinaient des motifs ciselés sur le sol. Un calme étrange régnait dont Ness s'imprégna. Bientôt, il y aurait le vacarme de la route, puis viendraient de nouveaux bruits dont elle aurait à comprendre la signification. Un bruit de feuilles la fit tressaillir. Là, au milieu des bois, elle aurait aimé se métamorphoser en bête et suivre son instinct pour se mettre à l'abri.

Sanglée dans sa combinaison de mécanicienne, Jenny, leur conductrice, les attendait devant le camion frigo. Le cœur lourd, Christine serra les fuyards dans ses bras, puis s'empressa de disparaître.

À l'arrière du véhicule, de grandes carcasses de vaches emballées de housses en cellophane pendaient à des crochets. Ce n'étaient plus des corps d'animaux, mais d'étranges fruits d'un blanc opaque. Dans le frigo flottait une odeur métallique qui se mêlait à celle d'une peau très propre. Est-ce cela qu'on appelle l'odeur de la chair fraîche ? se demanda Ness en frissonnant.

– Installez-vous tout au fond, sur les cartons. Si je tape un coup sur la porte, vous pourrez sortir. Si je tape trois coups sur la paroi de la cabine, soyez prêts à bondir à l'extérieur. Et alors ce sera simple : courez.

Ness aurait aimé demander d'autres informations. Il y avait sûrement un code précis à mettre en place qui leur indiquerait comment faire face aux différentes situations... Mais un tel code n'existait pas, bien sûr que non. Ils allaient devoir improviser. Tout était maintenant une question de réponse rapide et adaptée. Quirin regardait Ness réfléchir. Il était passé par les mêmes raisonnements et n'avait rien dit. Pas besoin de poser des questions qui n'avaient pas de réponse.

– Le trajet jusqu'au Centre de Tri va durer quatre heures environ, dit Jenny tandis que les trois jeunes s'installaient dans le frigo.

Jenny roulait à une allure moyenne en évitant les à-coups. La petite lampe de poche qu'elle leur avait prêtée éclairait les housses remplies de viande qui tanguaient doucement. Pour lutter contre le froid du camion frigo, Sander, Quirin et Ness avaient passé tous leurs habits et enveloppés leurs têtes de chiffons. Emmitouflés dans des couvertures de survie dorées, ils s'étaient tassés bien au fond de la remorque et ressemblaient à une pile d'écus brillants.

– Quelqu'un a l'heure ? demanda Ness.

– Il est sept heures et quart, répondit Quirin.

– On commence à s'inquiéter quand ? ironisa Sander.

– Dans quatre heures… proposa Ness.

– S'il n'y a pas de toc, toc, toc avant… fit Sander en détachant les syllabes.

– On devrait économiser la batterie de la lampe, dit Ness.

Quirin éteignit et l'habitacle fut plongé dans un noir profond.

Pendant un moment, ils ne souffrirent pas du froid. Mais au bout d'une heure, leurs nez coulaient et leurs orteils étaient devenus insensibles. Quirin sentait le corps de Ness près du sien et cette présence valait bien toutes les souffrances de la terre. Sander tombait parfois dans un sommeil profond, mais s'éveillait quelques minutes plus tard, comme si le froid était un antidote à sa maladie. Ness bougeait ses orteils régulièrement pour faire circuler le sang. Avec leurs pieds engourdis, comment pourraient-ils sauter du camion et courir ?

Le bruit lancinant des grandes carcasses qui se frottaient les unes contre les autres plongea Ness dans le sommeil. L'habitacle devint une chambre abandonnée aux éléments ; les housses prirent l'apparence d'énormes cocons. Lentement, ils tournèrent sur eux-mêmes, puis leur surface s'anima comme si des mains cachées dessous repoussaient l'enveloppe souple. Ils semblaient défier Ness de percer leur mystère. Elle avança jusqu'au premier cocon, et tira dessus de toutes ses forces. Alors la masse s'écroula avant de s'ouvrir comme un fruit mûr.

Ses parents émergèrent de l'enveloppe, enlacés, immobiles et livides.

Ness se réveilla en sursaut. Son cœur battait dans sa gorge.

Les autres semblaient dormir. Elle resta prostrée, se mit à écouter ce que lui disaient les bruits du camion. Le frigo parfaitement hermétique brouillait les repères spatio-temporels. On aurait pu rouler en plein jour, on aurait pu rouler n'importe où.

Elle entendit toquer contre la cloison de la cabine.

Deux coups…

Elle attendit le troisième, qui ne vint pas.

Deux coups, qu'est-ce que ça voulait dire ?

Est-ce qu'elle avait rêvé ?

Quirin alluma. Il était dix heures. Trop tôt pour s'inquiéter. Cependant, à partir de cet instant, les secondes se mirent à peser lourd et les minutes s'écoulèrent avec une lenteur exaspérante.

Lorsqu'ils seraient arrivés, s'ils arrivaient, ils auraient encore une cinquantaine de kilomètres à parcourir jusqu'au nouveau Centre de Tri que Mare aménageait. Ness se demanda comment ils allaient faire pour parcourir ce trajet avec Sander qui s'endormait à tout bout de champ. Il leur faudrait au moins deux jours, ou plutôt deux nuits, car le camion ne pouvait pas les déposer plus près. Au-delà de cette distance, on ne livrait plus de viande.

Minuit arriva.

C'était beaucoup plus de temps que prévu.

Tout à coup, le camion ralentit, tourna sur la gauche et se mit à tanguer. On roulait sur une route défoncée, un chemin de terre probablement. Un quart d'heure de cahots s'écoula avant que le camion s'arrête. Ils entendirent la portière de Jenny claquer. Quelques secondes plus tard, la porte s'ouvrit et le souffle de la nuit pénétra dans l'habitacle. Ils voulurent se précipiter vers l'extérieur, mais ils étaient trop engourdis pour cela. Une fois dehors, l'air leur sembla tiède, mais Jenny frissonnait.

– J'ai été obligée de faire un détour. Il y avait un contrôle de Brigadiers sur la route.

– Deux tocs égale détour, fit Quirin.

Puis il se mit à sautiller sur place pour se dégourdir les jambes, suivant l'exemple de Ness et de Sander.

– On est beaucoup plus loin que prévu.

– On est où ? demanda Ness.

Ils déplièrent la carte et Jenny pointa sa lampe torche. Ness vit qu'ils étaient à plus d'une centaine de kilomètres du Centre de Tri.

– Je sais, fit Jenny, désolée. Vous trouverez peut-être de l'aide dans les villages en lisière du bois. Vous savez lire les signes ?

Elle montra l'étiquette de son nom cousu sur sa combinaison. Il tenait dans un ovale.

– Oui, fit Ness en traçant le signe dans l'air.

Jenny donna l'accolade à Ness et tendit un paquet de comprimés à Sander.

– Caféine concentrée. Ça permet de rester éveillé. Je prends ça pour les longs trajets. Pas plus de six par jour. Pas bon pour le cœur…

Elle s'éloigna d'un pas vif. Les phares du camion fendirent la clairière et disparurent.

Ness, bien réveillée, portait les provisions que lui avait données Christine. Quirin était chargé comme un bœuf, sac à dos bien rempli.

– Ça pèse ! Qu'est-ce qu'il y a là-dedans ? Toute ton intelligence ? demanda Sander avec ironie.

Quirin lui lança un regard franc.

– Tu veux partager ce poids avec moi ? lui demanda-t-il.

Sander se sentit décontenancé et prit une partie des réserves d'eau.

– On marche vers le nord ? demanda Ness.

– Vers le nord, confirma Quirin.

Il regarda rapidement le ciel.

– Par là.

Sander laissa passer Quirin devant lui, Ness ferma la marche. Elle voulait garder un œil sur son ami au cas où il s'écroulerait.

Ils marchèrent longtemps dans la forêt. Quirin maintenait le cap avec assurance. Lorsqu'il hésitait entre plusieurs directions, un rapide coup d'œil vers les étoiles lui permettait de modifier sa trajectoire. Dans son esprit, la carte du ciel se superposait à leur route.

– Tu as une vraie boussole dans la tête, lui dit Ness.

À son tour, Sander regarda les étoiles et le ciel lui parut d'une lecture étonnamment facile. Sirius, Véga, Mercure, Polaris… Les noms des étoiles jaillissaient dans son esprit. D'où est-ce que je me rappelle tout cela ? se demanda-t-il avant d'avaler deux cachets de caféine. Il voulait tout, sauf ralentir ses compagnons. Devant lui, Quirin avait une démarche un peu raide mais très régulière. Ce garçon devrait faire du sport, se dit-il. Et tout à coup, il prit conscience de la folie qu'avait faite Quirin en les accompagnant. Les Bleus avaient une vie que tout le monde enviait, riche de tous les possibles, remplie de satisfactions, de loisirs, de bien-être. Partir vers les marges, choisir le Haut-Pays, devenir un fuyard, c'était renoncer à la lumière. Marcher dans la nuit, comme ils le faisaient. Aimer Quirin, l'apprécier ou pas, le jalouser… Ce n'est plus la question, pensa Sander. Quirin était entré dans sa vie comme Ferdinand et Ness auparavant. Maintenant, il appartenait à son histoire.

Un énorme bruit de feuilles les fit s'arrêter. Ça ne provenait pas d'un humain, mais d'un gros animal, sûrement.

– Parlons, parlons, dit Quirin. Bla, bla, bla, bla, bla… Il faut parler, les grosses bêtes n'aiment pas ça.

Ness ne se le fit pas répéter.

– Bla, bla, bla, bla. Disons n'importe quoi !

– Ours ! Sanglier ! Qui que tu sois, accepte nos hommages ! Nous traversons ton…

Une immense tache blanche passa devant leurs yeux en produisant un bruit à la fois doux et puissant. La chouette se posa sur une branche haute, à quelques mètres.

– Une chouette effraie, dit Quirin.

– Une *dame blanche*, ajouta Sander.

Elle les regarda fixement de ses yeux ronds et dorés. Pendant quelques secondes, ils eurent l'impression qu'elle allait parler.

Et puis Sander tomba sur le sol, endormi.

La chouette s'envola tandis que Quirin et Ness se précipitaient vers Sander. Ils glissèrent un vêtement sous sa tête.

– Il a marché longtemps, dit Quirin.

– Plus longtemps que j'aurais pensé. Tu crois qu'on a fait combien de kilomètres ?

– Douze.

– Précision ? demanda Ness.

– Douze et six cents mètres, dit-il.

– Une boussole et un compteur kilométrique…

– J'ai les mêmes fonctionnalités qu'un écran. Voilà à quoi ça sert d'être un Dense.

Ness éclata de rire. Et Quirin se sentit incroyablement fier de sa blague.

Ils fabriquèrent un petit abri de branchages au-dessus de Sander et s'allongèrent près de lui. Ils burent quelques gorgées d'eau, firent le compte de leurs réserves. Quatre jours, au maximum. Il faudrait marcher plus vite ou trouver du ravitaillement, car aucun d'eux ne serait capable de chasser.

Ils s'endormirent avant le lever du jour. On était déjà demain.

Le Major Cramet patientait près de l'immeuble d'Ed, bien planté sur ses jambes musculeuses, dures comme des troncs d'arbres. Il pouvait attendre ainsi des heures et son attente immobile le rendait presque invisible. Sa silhouette épaisse vêtue de couleurs indéfinissables semblait prendre tour à tour la teinte des murs, des plantations, de tous les décors.

Le Dense et les jeunes fuyards qu'il avait pour mission de retrouver s'étaient volatilisés, mais la vieille femme et son petit-fils étaient là, comme deux beaux appâts. Quand on s'aimait, on s'attirait inévitablement, comme les aimants qui portaient bien leur nom. Cramet trouvait cela comique, ridicule et terrible. À un moment ou à un autre, il y aurait contact entre les fuyards, la vieille femme et l'enfant. Ce n'était qu'une question de temps et de patience, la qualité principale d'un chasseur.

Assise à côté de Zéno, Ed caressait le front de l'enfant en souriant. Elle n'avait plus cette figure rouge et inquiète, mais des yeux pétillants au milieu d'un visage bruni. Lorsque l'enfant s'éveilla, il se pelotonna contre elle, rassuré.

– On part en voyage ! lui dit-elle.

– Où ça ? Pourquoi ? Qu'est-ce qu'on va faire ?

– C'est les vacances ! On va s'amuser et sortir de ce fichu cube ! On va voir Eva !

– Qui c'est ?

– Une amie qui a des dizaines d'enfants !

– Une souris ? demanda Zéno sans attendre de réponse.

Il se leva d'un bond et traversa l'appartement pour rassembler ses affaires.

– Je ne t'ai jamais emmené bien loin. On va voir du pays ! lui cria-t-elle en s'agitant à son tour.

En quelques minutes, leurs valises furent prêtes.

– On va retrouver Sander ? demanda Zéno.

– Bien sûr ! dit Ed.

Il n'était pas question de procéder avec cette disparition comme avec celle des parents de Zéno et de Sander. Pas question de remplir des formulaires incompréhensibles ni de se gaver de chiffres. L'administration n'avait rien fait, Ed avait bien retenu la leçon.

– On prend le train ou les rollers ? demanda Zéno.

Ed fit semblant d'hésiter.

– Le train ! choisit-elle.

Ils montèrent dans le tramway, direction gare Nord-Extérieur. Ils n'avaient rien à craindre des Brigadiers ni des drones. On pouvait les biper autant qu'on voulait. Ils étaient en vacances et avaient le droit d'aller où bon leur semblait. Les yeux grands ouverts, Zéno regarda la Ceinture défiler avec une joie nouvelle. Maintenant qu'il partait, il devenait un explorateur et tout lui semblait intéressant.

Ed utilisa la borne du Réseau pour vérifier les horaires des trains et réserver un hôtel.

– Je n'ai pas pris le train depuis longtemps, dit Zéno sur un ton de grande personne.

– Tu n'as jamais pris le train, s'amusa-t-elle.

– On va où ?

– On s'arrête à Lafond. On dort à l'hôtel de la Gare et on repart demain vers Debrume pour voir mon amie Eva.

– La souris ?

– Oui ! hi ! hi ! Tu l'aimeras sûrement beaucoup !

Ils achetèrent des bouteilles d'eau au marchand tout voûté, puis se postèrent sur le quai, à l'ombre. Zéno alla regarder la vieille carte qui pâlissait sur le mur. Il repéra les villes de la Plaine Centrale, puis Lafond, un peu plus au nord, et Debrume, située près d'un lac. Le garçon se demanda si l'on pouvait trouver un métier dans lequel on passait son temps à voyager. Si un tel métier existait, il l'aurait volontiers choisi, car depuis l'annonce de leur départ, Zéno se sentait heureux et léger.

Dans le hall de la gare, caché derrière un panneau publicitaire, le Major Cramet, tout comme l'enfant, se sentait enfin à sa place. Les informations qu'Ed avait cherchées étaient détournées en temps réel vers son écran. Elle organisait son planning. Il n'avait qu'à suivre.

Zéno s'installa dans le wagon et apprécia tout de suite l'ambiance du train. Les fauteuils étaient usés et rassurants comme le mobilier d'une vieille tante. Il ouvrit la partie haute de la fenêtre pour humer l'air. Très vite, il remarqua que les odeurs lui étaient inconnues. Jamais il n'avait imaginé que les champs verts, par exemple, puissent avoir un parfum particulier. Il resta longtemps à la fenêtre, ses cheveux voletant dans le courant d'air. Lorsqu'il se rassit près de sa grand-mère, sa tête était pleine de vent et toutes ses idées semblaient un peu mélangées, mais bien rafraîchies.

Zéno se régala de sandwiches et s'endormit aussitôt le pique-nique avalé. Ed passa l'heure suivante à regarder le visage du petit garçon. Ses cheveux emmêlés par le vent lui donnaient un petit air sauvage. Ses mains reposaient mollement, doigts légèrement repliés, paumes ouvertes. Ed aurait aimé placer dedans des armes fines et puissantes qui donneraient à l'enfant le pouvoir de se défendre contre toutes les tristesses.

Quand ils se présentèrent à l'accueil de l'hôtel de la Gare, le Major Cramet avait déjà pris une chambre. Savoir précéder ses appâts était une bien meilleure façon de les suivre. L'hôtelière bipa les nouveaux arrivants et leur remit une clé. À travers la mince cloison, Cramet espionna le trajet des deux nouveaux clients, puis il prit une photo de sa chambre et l'envoya à sa mère. Celle-ci l'enregistra et y ajouta les commentaires habituels, date, lieu, météo. La photo vint se ranger à la suite de plusieurs centaines d'autres, tout aussi étranges. Sur les clichés, jamais un être humain, seulement des chambres tristes, des parcelles de forêts, des parkings d'autostrades, des restorapides.

Pendant qu'Ed et Zéno dînaient, Cramet partit se promener en ville. Il fit le tour du quartier de la Butte, l'équivalent de la Colline, en une demi-heure seulement tant la ville était petite. On pouvait apercevoir les magnifiques bâtiments en pierre, bien éclairés, mais personne ne circulait dans les rues. Les Bleus avaient peut-être migré dans leurs résidences d'été, à moins qu'ils aient décidé de vivre ailleurs, dans une cité plus grande, mieux à même d'accueillir leurs ambitions qu'une petite ville comme Lafond. Le cœur de la cité semblait déserté, cependant, tout autour, dans l'Anneau, on s'activait. Cramet pensa qu'une ville sans Bleus pouvait être rayée de la carte et qu'il se serait volontiers chargé d'éliminer les inutiles qui en profitaient. Et qu'est-ce qu'il y en avait eu, par-là, de ces parasites ! pensa Cramet qui connaissait Lafond depuis longtemps.

Il fit un tour au centre commercial, à la sortie de la ville, et s'acheta un kilo de pâtée protéinée qu'il mangea à même l'emballage. Puis il emprunta la route qui longeait les champs. Ses jambes le portaient sans peine, comme une machinerie infatigable, rechargeable à l'infini à coups de viande pour Pâle. De temps à autre, il croisait quelqu'un et jetait alors un coup d'œil à son écran pour vérifier son identité. Ce jour-là, aucun fuyard ne se trouva sur sa route.

Le Major marcha longtemps, avec régularité. Il longea un champ de blé, puis un champ de colza en fleur dont le jaune éclatant vibrait sous le ciel bistre. Au loin, on apercevait les silhouettes noires des premiers arbres du bois. Le paysage oscillait au gré de ses pas et l'homme pensa qu'il était le seul point fixe de l'univers. Tout tournait autour de lui comme autour d'un soleil. Un soleil froid.

Cramet scruta les bas-côtés et reconnut sans peine le chemin qu'il avait emprunté cinq ans plus tôt pour pénétrer dans la forêt. Malgré l'ombre qui tomba aussitôt sur ses épaules, l'homme ne ressentit aucune inquiétude. Il aimait l'odeur de la forêt, particulièrement celle du bois mort tombé au sol, qui pourrit tranquillement. Avec le temps, tout disparaissait et se renouvelait.

Les oiseaux avaient cessé de chanter. L'homme entendait les feuilles sèches craquer sous ses pas. Après les rochers, dernier repère de son parcours, le sol devenait sablonneux. Il suffisait de marcher encore quelques minutes vers la droite pour trouver *l'endroit.*

On ne pouvait plus se douter que le tas de bois avait été une cabane. Les liserons recouvraient tout. Les herbes avaient repoussé depuis longtemps là où Cramet avait creusé. Il ressentit une petite amertume en constatant qu'il n'y avait plus aucune trace de son travail. Il fit le tour du site pour retrouver ses souvenirs. Il cherchait les sensations qu'il avait eues en creusant profondément la terre, tandis que les corps des deux orphelins qu'il avait tués attendaient d'être ensevelis.

Il ferma les yeux et la scène reprit vie dans son esprit. Quelle simplicité… La fille et le garçon avaient eu si peur qu'ils en avaient perdu tous leurs moyens. Alors, il s'était approché du garçon, avait tendu les mains et l'avait étranglé. La fille s'était jetée sur lui, si légère qu'il l'avait repoussée d'un coup d'épaule. Lorsque son compagnon était tombé à terre, elle avait tenté de fuir, mais ses jambes la portaient à peine. Il l'avait laissée trébucher plusieurs fois avant de la rattraper.

Il les avait allongés côte à côte, puis avait creusé leur tombe durant une bonne partie de la nuit. Les corps avaient eu le temps de refroidir. Il avait gardé leurs médaillons d'orphelins, son péché mignon, sa collection secrète et interdite.

Une fois la tombe rebouchée, Cramet s'était dit qu'il suffisait d'en faire un peu plus que nécessaire pour que la société avance à grands pas. Il était fier de son engagement. Ses actes n'étaient pas des crimes, mais de bonnes actions. Il s'imaginait comme un grand héros anonyme.

Une fois Cramet revenu à la maison, sa mère avait récupéré les médaillons pour les ranger avec les autres, dans le petit coffre en hématite sur lequel elle veillait.

Cramet pensa qu'il ne restait plus grand-chose des corps, sous la terre. Il marcha sur l'emplacement de la tombe en soufflant comme un bœuf. Un peu plus haut dans les arbres, une chouette effraie tourna la tête et s'inquiéta de cette présence. L'homme était lourd et bruyant, déplaisant. Il jeta un regard exalté autour de lui et entendit bientôt des voix. On le félicitait, on le bénissait, on le louait. La chouette effraie disparut, emportant sous ses ailes les hallucinations qu'elle avait provoquées chez l'homme.

Cramet revint vers la ville de sa démarche métronomique, se guidant à la seule lumière des étoiles.

À l'hôtel de la Gare, Ed et Zéno dormaient tranquillement.

Assis dans la camionnette de l'Hypnographe qui traversait le pays en direction du nord, Ferdinand était longuement resté muet, comme subjugué par sa propre décision. Partir, fuir, fuguer, disparaître… Il ne savait pas exactement comment résumer son geste, mais il avait bel et bien eu l'impression de sauver sa peau. Pour parer au silence angoissé du jeune homme, Harry avait décidé de lui parler de tous les membres de la caravane qu'ils rejoignaient. Tandis qu'ils approchaient de leur but, Ferdinand se répétait leurs noms.

Autour de Markand, dernière ville avant le Haut-Pays, se déployaient la lande et quelques prairies sauvages. Les camions de la troupe remplis de matériel stationnaient à l'extérieur de la cité, sur l'immense parterre bétonné qui servait aux grands rassemblements populaires ou aux ventes de bestiaux. À Markand, point de Carnaval, mais deux fêtes, l'une à l'automne, l'autre au printemps, seules distractions en dehors des spectacles itinérants. Le spectacle de l'Hypnographe, *Féerie Psychomagique*, était le plus important et le plus apprécié.

La troupe avait monté son campement, et derrière les tentes disposées en rond, les danseurs pouvaient s'entraîner à l'abri des regards. En arrivant, Ferdinand avait eu l'impression de débarquer dans un rêve ; très rapidement, il avait eu le désir de ne jamais en sortir.

Harry lui avait donné des partitions qu'il devait travailler pour accompagner les numéros. Chaque jour, le jeune homme entrait dans le camion, laissait la porte ouverte et jouait des heures sur le clavier électronique qu'on lui avait installé. Parfois ses doigts le démangeaient d'aller taper un message à Ness ou à Sander, alors il jouait de plus belle. Pas de contact pour le moment. Trop tôt, trop dangereux.

De son côté, l'Hypnographe dirigeait les répétitions du spectacle sous le grand chapiteau. Incapable de s'économiser, il en sortait parfois fatigué, mais toujours ravi. Dans le campement, on le sollicitait souvent pour un conseil ou simplement parce qu'on aimait sa présence. Lorsque Ferdinand entra pour la première fois sous le chapiteau pour observer le travail, il fut fasciné par l'habileté des danseurs, un groupe de trois filles et de trois garçons qui semblaient dix fois plus nombreux sur scène tant ils occupaient bien l'espace.

Entre les numéros de danse, on pouvait voir le clown Puk et ses souris apprivoisées. Sur scène, Puk se vieillissait et laissait penser qu'il allait trébucher à chaque instant, mais il était d'une dextérité incroyable. Les souris grimpaient sur sa tête, couraient sur ses épaules. Il les retrouvait dans ses poches, sous son chapeau et donnait l'impression d'être leur marionnette. Ferdinand mit un moment à reconnaître le Puk qu'il avait croisé pendant le Carnaval, au Parc d'attractions. Les souvenirs de cette soirée restaient flous, peut-être trop chargés d'émotions.

Il y avait une autre clown, qu'on appelait Nénette, une femme toute petite qui présentait un numéro burlesque autour d'une séance de bricolage avec des outils d'une taille démesurée. Ferdinand l'avait observée pendant qu'elle mettait au point ses accessoires : de faux placards, des tiroirs sur élastiques, des portes qui basculaient au lieu de s'ouvrir. Sous leur aspect vieillot et cabossé, les dispositifs étaient merveilleusement inventifs et cela faisait de Nénette une ingénieure bien plus douée que beaucoup d'artisans.

En dehors de ses propres répétitions au piano, Ferdinand regardait les artistes travailler du matin jusqu'au soir. Il les admirait tous.

Ferdinand n'avait jamais pensé sortir du périmètre de la caravane jusqu'à ce qu'il voie la troupe de danseurs s'éloigner à pied vers le quartier du Baudrier qui entourait le Mound. Dans le nord du pays, Markand était la dernière ville organisée selon le principe Colline/Ceinture et cela signifiait que c'était la dernière ville abritant des Bleus.

Ferdinand demanda aux danseurs s'il pouvait les accompagner en ville.

– C'est pas trop tôt, lui dit Marco, le plus fin des trois garçons.

– On pensait que tu étais muet, ajouta Serena, la plus jeune.

Et elle lui lança quelques mots en langage des signes auxquels il répondit aussitôt, au plus grand étonnement de la troupe.

– Tu sais parler comme ça ? demanda Hocine.

– On a appris avec mes amis, expliqua Ferdinand.

– T'es orphelin ?

– Heu… Non, pourquoi ?

– Je croyais que c'était un truc d'orphelin, dit Flore en se tournant vers le groupe.

– Mon père ne m'aime pas et je ne l'aime pas non plus, mais de là à dire que je suis orphelin…

Rika, la troisième danseuse, lui prit le poignet et constata qu'il portait un bracelet d'hématite.

– Pas orphelin, peut-être, mais… en sursis…

Phil tapota l'épaule de Ferdinand.

– Viens, il faut qu'on passe chez le bijoutier !

Qu'est-ce que ça voulait dire ? Ils parlèrent tous les six de façon si excitée et désordonnée que Ferdi ne comprit pas très clairement de quoi il s'agissait, puis le groupe se calma en croisant un Établissement de loisirs où des jeunes étaient attablés. Des éclats de rire désagréables fusèrent dans le dos des danseurs. Un peu plus loin, Flore murmura à Ferdinand :

– Ici, les gens adorent aller au spectacle, mais certains détestent les artistes. Tu vois la contradiction ?

Ils trouvèrent la petite bijouterie où Serena entraîna Ferdinand. Dans le magasin, point de diamants ou de bijoux extraordinaires, mais des médailles, des petites bagues et des gourmettes. Le patron fut légèrement déçu lorsque Serena lui demanda à voir les chaînes en acier. Il en avait tout un présentoir, visiblement, ce genre d'article se vendait bien.

– Allez ! Choisis !

– Mais… Pourquoi ?

– Choisis, je te dis.

Serena paya avec l'argent du groupe, puis le bijoutier lui fit un petit clin d'œil complice croyant comprendre que Ferdinand était son petit ami. Elle joua le jeu et posa un baiser sur la joue du garçon qui rougit aussitôt.

– Bonne fête, mon Ferdi ! dit-elle en riant.

Au retour, ils évitèrent de prendre le même chemin, pour ne pas avoir à croiser les jeunes de la ville.

– J'ai un ami qui a eu des problèmes ici, il n'y a pas très longtemps, expliqua Hocine. Les étrangers ne sont pas bienvenus.

– Pourquoi ?

– Je ne sais pas.

– C'est peut-être la proximité du Haut-Pays... dit Rika.

– C'est surtout les orphelins qu'ils n'apprécient pas. Et ils savent que la plupart des artistes de la troupe font partie de cette caste, expliqua Marco.

– Je crois même qu'ils ont un sixième sens pour nous reconnaître, ajouta Rika.

– On boira un verre un autre jour, de toute façon, on est fauchés, maintenant, déplora Hocine.

Ferdinand s'arrêta, étonné.

– Mais pourquoi vous m'avez acheté ça ?

– Maintenant, on t'emmène chez *la véritable bijoutière*, dit Phil.

– Elle est arrivée ? demanda Flore.

– Hier soir !

Un quart d'heure plus tard, ils se trouvaient à l'arrière du camion régie et frappaient à la grande porte. Nénette leur ouvrit.

– On vient pour le pendentif de Ferdinand, dit Phil. Daphné est là ?

– Oui, entrez.

Ils aperçurent Daphné penchée au-dessus d'un réseau de fils électriques, et qui semblait opérer la console son et lumière d'une maladie grave. Lorsqu'elle releva la tête, Ferdinand découvrit une belle femme brune au regard perçant.

– Salut les Colibris ! Bonjour... Ferdinand ? C'est ça ?

– Oui, bonjour.

– Il a besoin d'un pendentif, expliqua Serena.

– Je m'en doute, fit Daphné.

Elle attrapa une poignée de câbles électriques qu'elle souleva d'un geste rapide. Dessous, Ferdinand aperçut un petit établi de bijoutier, avec ses outils de précision et ses tiroirs bien organisés. Bonne cachette, pensa-t-il.

– Quelle est ta date de naissance ?

– 31/03/00, répondit Ferdi.

– Année du tremblement de terre...

– Oui...

– Je n'ai pas de puce à cette date. J'en ai une du 30/03/99. Tu viens de vieillir d'un an. Ton code famille va aussi changer. Tu dois absolument mémoriser ces données.

Et pour se présenter, les six danseurs lancèrent tour à tour : « HOV305 ! QRA502 ! VAL432 ! DYP705 ! KIB108 ! SOX331 ! »

Daphné sortit une petite puce électronique d'un des tiroirs, vérifia ses données sur un écran, puis la glissa dans le médaillon en métal.

– Tu le fermes ? demanda-t-elle à Nénette.

– Avec plaisir.

Nénette fit un délicat trait de soudure pour le sceller. Il ne restait plus qu'à vérifier son fonctionnement. Daphné sortit un lecteur et bipa le *bijou*.

– 30/03/99. XOT204, énonça la voix numérique de l'écran.

– Ta nouvelle identité, fit Daphné.

– XOT204 ! Bienvenue dans la troupe, Ferdinand !

La chaîne en acier et le médaillon renfermant la puce glissèrent de main en main tandis que les danseurs s'agitaient autour de Ferdinand comme une volée de colibris. Oui, ils portaient bien leur nom. Serena s'immobilisa et, d'un geste gracieux et solennel, accrocha le bijou autour du cou du pianiste. Enfin, elle lui saisit le poignet.

– Il faudra ôter cette puce, dit-elle avec sérieux.

Au dîner, la jeune fille posa de nombreuses questions à Ferdinand. Elle voulait savoir qui lui avait appris le piano, comment il était arrivé jusqu'à la caravane de l'Hypnographe, d'où il venait... Ferdinand lui répondit sans se faire prier, car il lui tardait d'en apprendre davantage sur les Colibris, les orphelins et la façon dont on allait lui retirer sa puce.

– Tu n'as jamais entendu parler des orphelins ? demanda Serena.

Bien sûr qu'il en avait déjà entendu parler. Le sujet était abordé plusieurs fois par an aux informations sur l'écran domestique. Les présentateurs évoquaient les enfants pâles abandonnés par leurs parents et l'impossibilité d'enrayer ce phénomène malgré les circulaires votées par les Bleus. Il n'y avait jamais de témoignages directs, car aucun Pâle n'aurait osé avouer qu'il avait abandonné son bébé à la naissance. Alors les chroniqueurs meublaient ce sujet avec des reportages de toutes sortes dans lesquels se mêlaient des récits plus ou moins fictifs.

– C'est un sujet qui rend mon père complètement dingue, dit Ferdinand.

– Il y a de vrais et de faux orphelins... expliqua Serena.

– Ça, je viens de le comprendre, dit Ferdinand en touchant sa chaîne et son médaillon.

– Les vrais orphelins naissent rarement dans des hôpitaux. Alors personne ne les puce. Il paraît qu'avant, ils n'avaient carrément aucune identification, rien. Les faux, ce sont simplement des jeunes qui ont retiré leur puce pour obtenir une nouvelle identité. Ça leur évite des problèmes s'ils étaient bipés par les Brigadiers. Mais c'est complètement secret.

– C'est mon pass pour une nouvelle vie, alors ! s'exclama Ferdinand.

Serena lui sourit d'un air triste.

– Hmmm... La vie des orphelins n'est pas si simple... Il faut savoir se protéger.

Ferdinand se souvint de la réaction des jeunes au village.

– Ici, tu as une place, un rôle, mais beaucoup d'orphelins sont livrés à eux-mêmes.

– Et qu'est-ce qu'ils deviennent ?

– Certains sont complètement intégrés aux Pâles, d'autres tournent mal, mais souvent, ils sont des cibles idéales.

– Parce qu'ils sont isolés ?

– Oui… Il y a bien quelques familles d'accueil et des associations…

Ferdinand ne put s'empêcher de regarder Serena, comme s'il cherchait sur son visage un indice. Elle connaissait ce type de regard.

– J'ai été élevé dans un Home d'enfants.

– Ah…

Il y eut un silence entre eux.

– C'était pas si mal, tu sais, fit Serena.

Un jour, elle lui raconterait peut-être.

– Harry et Daphné t'attendent pour ôter ta puce, dit-elle.

Ils traversèrent le campement sous les lumières colorées des guirlandes et rejoignirent le camion de l'Hypnographe. Devant l'entrée, Ferdinand s'immobilisa et porta la main à son poignet. Devenir orphelin… Il ressentit une tristesse étrange à l'égard de son père.

– N'aie pas peur. Tu ne vas pas souffrir, dit Serena en grimpant les quelques marches.

– Je n'ai pas peur.

Daphné installa Ferdinand dans une sorte de fauteuil de dentiste, l'avant-bras posé sur un large accoudoir en métal. Nénette allait peut-être l'opérer avec ses grands outils de clown… pensa-t-il.

– Tu souris, c'est bien, glissa Harry en plongeant ses yeux dans les siens.

Et il enchaîna immédiatement des phrases apaisantes et répétitives prononcées d'une voix grave. Ces inductions hypnotiques provoquèrent une transe légère, Ferdinand sentit la chaleur augmenter rapidement dans son corps. Ses yeux se fermèrent. Le visage pur de Serena traversa son esprit, puis ce fut au tour de quelques instantanés du spectacle d'émerger sous ses paupières closes. Les dernières images qu'il vit furent les silhouettes de l'Équipe B. Elles s'estompèrent soudainement et Ferdinand s'endormit.

Aujourd'hui, le grand événement qui allait se dérouler au Palais des Ministères provoquait l'effervescence de la Colline et l'intérêt des journaux d'information diffusés dans tout le pays. Des élections avaient lieu ! Et pas n'importe lesquelles : on choisissait le prochain membre du Conseil des Sages, la plus haute autorité morale du pays. Bien qu'il n'y ait aucune surprise quant à l'élu – le choix se faisant en fonction de l'âge le plus avancé du prétendant –, les esprits s'échauffaient. Le mort qui laissait sa place, un Dense de cent huit ans, serait remplacé par un collègue dense de quatre-vingt-cinq ans seulement qui aurait l'honneur de siéger à son tour jusqu'à son dernier souffle.

L'événement rassemblait le personnel politique et tous les Bleus les mieux placés. On était donc particulièrement fier d'y participer.

Les employés pâles donnaient un dernier coup de chiffon sur les pupitres en bois et tapotaient les coussins des fauteuils qui allaient accueillir tant de dignes séants.

Le fleuriste du Palais faisait disposer de grands bouquets de lys blancs.

S'ils étaient la plus haute référence morale du pays, les Sages constituaient également sa plus grande fierté quant à l'intelligence, car ils étaient tous denses. Hautement spécialisés, ils avaient excellé dans leurs domaines qui allaient de la classification scientifique des espèces à l'étude des roches martiennes. Ils vivaient leur savoir comme un sacerdoce, sans aucun contact avec la vie réelle. L'étude des nanotechnologies, des trous noirs ou de la physique quantique avait fait progresser la science, et il ne serait jamais venu à l'esprit des Bleus que cela n'avait qu'un lointain rapport avec la gestion concrète du pays. Pour l'ensemble de la société, être un Dense autorisait à donner son avis sur tous les sujets concernant le pays, comme la justice, l'éducation, la répartition du budget de l'État, les grands travaux, et sur tous les sujets concernant la vie des Pâles. Rien ne devait échapper aux Sages de la formation des générations futures.

Ils se réunissaient donc avec la régularité d'un métronome afin d'approuver ou de recaler les propositions de lois votées.

Ce qui triomphait à la fin des débats, qui étaient fort calmes pour ne pas dire soporifiques, était habituellement *la coutume*. C'est-à-dire l'idée qu'une habitude ancienne, validée par le passage du temps, était forcément la meilleure. Ainsi, le passé restait la référence absolue. Les Sages choisissaient de faire ce qu'on avait toujours fait, puisqu'on avait toujours bien fait. L'avenir n'avait pas besoin d'être écrit.

En fin de séance, le Sage Rapporteur allait rendre ses conclusions au Conseil Politique. Ne changeons rien, disait-il sur tous les tons. Et le verdict sans surprise, mais énoncé avec une conviction renouvelée, faisait le bonheur de tous. On se congratulait longuement des décisions qu'on avait déjà prises mille fois, puis on allait déjeuner à la cantine des Ministères.

On n'emmenait pas les adolescents denses rendre visite aux Sages qu'ils ne manqueraient pas de devenir car il restait trop de jeunesse en eux. Et la jeunesse, qu'on soit Bleu, Pâle ou Dense recelait cette énergie vitale qui pouvait être dangereuse pour l'ordre établi. En résumé, il ne fallait pas effrayer les jeunes Denses en leur présentant l'image racornie de ceux qu'ils deviendraient, de peur qu'ils cherchent à tout prix une autre voie.

L'année précédente, c'est par un concours de circonstances que Quirin avait pu observer les Sages dans l'exercice de leur fonction.

Ce jour-là, il accompagnait Doris, la mère de Ness, qui postulait pour un poste de Technicienne propreté aux Ministères. Ils s'étaient rendus ensemble au Palais, et tandis que Doris rencontrait la Responsable de l'hygiène et passait un test d'aptitude, Quirin, à la recherche des toilettes, s'était retrouvé dans la salle tout en boiserie du Conseil des Sages. Il n'avait pas immédiatement compris où il se trouvait, tant ce qu'il avait vu lui avait paru mystérieux. Disséminés dans l'amphithéâtre, des vieillards grommelaient, penchés sur leurs pupitres. Certains jouaient aux dominos sous l'éclairage d'une lampe de bureau, d'autres grignotaient des biscuits ou gribouillaient des suites de chiffres incompréhensibles. Il y avait ceux qui se raclaient longuement la gorge, ceux qui somnolaient avant de pousser de petits cris en se réveillant brusquement. La peau blanche des visages émaciés et des doigts crochus accrochait le peu de lumière de la pièce. Quirin crut avoir pénétré dans la salle d'attente de la Mort elle-même. Ce n'est qu'en levant les yeux vers la chaire qu'il avait pu lire tout en haut du mur « Salle du Conseil des Sages » et comprendre alors qu'il était dans un lieu bien réel.

Un jour, il serait chez lui dans cet endroit. Toute sa vie ne constituait même qu'une préparation à cette haute fonction.

Une heure plus tard, lorsque Doris avait retrouvé Quirin, le garçon semblait avoir rétréci. Il se tenait voûté, son regard s'était éteint, son visage frémissait de tics. Émue par la détresse du garçon, Doris l'avait raccompagné chez ses parents. Entre de longues plages de silence, il lui avait parlé de fantômes qui allaient venir le chercher, évoqué un grand cercueil de bois dans lequel on le forçait à entrer et qu'on jetait au milieu de la mer. Doris avait posé un baiser sur le bout de ses doigts et ses doigts sur la joue du garçon. Il n'aimait pas qu'on le touche, elle le savait. Mais pour la première fois, le garçon avait levé les yeux sur elle et lui avait dit, d'une voix tendue, *J'aimerais vous embrasser*. Depuis, c'était devenu leur phrase.

Avec Ness et Sander, Quirin avait marché une bonne partie de la nuit. Maintenant, ils se reposaient tous les trois, mais de lointains aboiements avaient réveillé Quirin. Adossé contre un arbre, il regardait les premiers rayons du soleil se glisser entre les feuilles. La forêt lui parut vivante. Sa main glissa sur la terre, sur l'herbe, sur un morceau de racine qui émergeait du sol et, pour la première fois, Quirin se sentit exister sur une parcelle bien réelle du monde.

Il ne regrettait pas son départ, rien de ce qu'il avait laissé à la Colline ne lui manquait. Il allait s'allonger et poser sa joue contre la terre quand Ness murmura :

– À quoi tu penses ?

J'aimerais vous embrasser, songea Quirin.

– À Doris, dit-il en souriant.

Ness lui répondit d'un beau sourire fatigué et trouva le visage de Quirin changé, son expression plus naturelle. Parfois, ses traits paraissaient crispés comme s'il cherchait maladroitement à mimer la normalité. Ses sourires mécaniques pouvaient aussi la gêner.

– J'aime beaucoup ta mère, murmura-t-il. Quand je me sens… enfin… pas très bien, je pense à elle. J'imagine ce qu'elle m'aurait dit et alors je me sens mieux.

– Oui, elle essaye toujours d'être rassurante, fit Ness. Quelquefois, ça m'énerve…

– Je comprends.

– Il faut qu'on se repose, on doit encore marcher… dit-elle.

– Tu as entendu les chiens ?

– Il doit y avoir une ferme pas loin. Viens te reposer…

Les aboiements des chiens se rapprochèrent et d'un geste vif, comme s'il souffrait, Quirin se boucha les oreilles.

– Qu'est-ce qu'il y a ?

– Les sifflements ! Tu les entends ?

Ness ne les avait pas entendus, mais maintenant, on percevait clairement des animaux courir dans la forêt. En quelques secondes, ils furent cernés d'une meute de chiens qui se mirent à couiner, baver, trépigner, puis trois cavaliers arrivèrent au galop. Les chevaux piaffèrent ; sanglés dans leurs beaux costumes de chasse, les hommes dévisagèrent les fuyards d'un air mauvais.

– Mathis ! hurla le plus âgé.

Un quatrième cavalier apparut, beaucoup moins bien habillé que les autres. L'homme qui l'avait appelé lui cria :

– Prévenez les Brigadiers !

Le Mathis en question lança un coup d'œil rapide aux jeunes gens. Ness et Quirin avaient l'air apeuré, et Sander, à moitié endormi, clignait des paupières.

– Je les connais ! dit-il. Ce sont des extras, des rabatteurs…

– Ils n'ont pas l'air bien efficaces ! le coupa le cavalier.

– J'en suis désolé, Monsieur. Tout le personnel travaille au mariage de Mademoiselle. Nous n'avions personne de disponible pour la chasse.

Monsieur poussa un grognement.

– Vous me montrerez la liste des extras.

– Bien sûr. Allez ! Au travail ! lança Mathis d'une voix autoritaire aux jeunes gens.

Puis il poussa une série de cris à l'intention des chiens. La meute détala, aussitôt suivie par les trois chasseurs.

Inquiets, les fuyards regardaient Mathis qui paraissait immense sur son cheval.

– Orphelins ? leur demanda-t-il.

Ils acquiescèrent.

– Donnez-moi vos médaillons.

Ils restèrent figés comme des troncs d'arbres. Des secondes trop longues s'écoulèrent.

– Nous allons au Centre du Tri du Nord, dit Ness. Nous sommes engagés là-bas.

– Ce n'est pas le sujet. Je connais Monsieur. Dès la fin de la chasse, il demandera aux Brigadiers d'augmenter leurs rondes dans la forêt. Rester dans le coin… hmmm, c'est pas très bon pour vos matricules…

Les trois jeunes eurent l'air si perdus que Mathis ne put s'empêcher de soupirer.

– Vous n'avez pas le choix, leur dit-il.

Sander s'écroula sur le sol.

Une minute plus tard, Mathis avait hissé le garçon sur sa monture et les deux autres, blancs comme des fantômes, ouvraient la marche.

Zéno quitta la chambre d'hôtel sans avoir oublié de glisser un savon miniature dans sa valise. Est-ce qu'il y avait un hôtel de la Gare près de toutes les gares ? Dès qu'il eut posé le pied dans le train, la perspective d'un nouveau voyage lui fit oublier Lafond, son hôtel et ses savonnettes.

Avec Ed, ils allaient rejoindre Eva, à Debrume, un nom qui faisait rêver Zéno.

– Eva est ma meilleure amie, dit Ed. Quand elle est devenue grand-mère, elle a récupéré l'ancienne Imprimerie Cailloux qui était abandonnée. Et elle a obtenu l'autorisation d'ouvrir un orphelinat. Les habitants du village ont commencé à l'aider…

– Ils avaient de l'argent ?

– Non, mais ils ont donné des choses. Et beaucoup de leur temps. Ils ne travaillaient plus, tu sais, ils étaient à la retraite. Alors ils étaient contents de s'occuper et d'être utiles.

– C'est très utile les grands-mères, dit Zéno d'un air docte.

– Et les petits-enfants aussi, lui répondit Ed. Ils nous apprennent plein de choses. Et surtout de quoi ils ont besoin ! Ce sont des maîtres !

Zéno se sentit fier. Et grand.

Pour l'Administration, ce projet qui ne coûtait rien et venait décharger les Homes d'enfants surchargés de la région avait été une aubaine. À Debrume, sans se faire remarquer, on trouvait des idées neuves et des solutions.

– Un jour, au début, un petit qu'on leur avait déposé était si déprimé que tout le monde avait cru qu'il allait mourir. Eva l'a pris dans sa maison et l'a gardé contre elle pendant toute une semaine.

– Même quand il dormait ?

– Oui, même quand il dormait. Et le petit a retrouvé des forces. Il s'est remis à manger. Mais il n'était plus possible de le réintégrer au bâtiment des Cailloux… Depuis ce jour-là, les enfants abandonnés sont recueillis par les retraités eux-mêmes. Ils habitent ensemble.

Lorsque les premiers adoptés atteignirent l'âge de quinze ans, ils partirent faire leur vie et endossèrent tous les métiers proposés par les quotas des statisticiens, comme n'importe quel jeune Pâle. Parfois, ils revenaient travailler à Debrume. Souvent, ils prenaient soin des vieux qui avaient pris soin d'eux. Maintenant, les usages étaient bien établis aux Cailloux, mais de nouvelles idées arrivaient régulièrement et gardaient le village bien vivant.

En arrivant à Debrume, Zéno remarqua tout de suite les plantations variées qui fleurissaient un peu partout et les nombreux enfants qui jouaient. Beaucoup de personnes âgées discutaient ou poussaient des landaus. Drôle d'endroit, pensa Zéno.

– C'est ici qu'Eva a commencé. Elle habite là maintenant, dit Ed en s'arrêtant devant le grand bâtiment des Cailloux.

Elle sonna à la porte. Une très vieille dame vint leur ouvrir.

– Bonjour madame, nous cherchons Eva.

La vieille dame les entraîna jusqu'au jardin où elles découvrirent Eva occupée à arroser les plantes. C'était une grande femme aux gestes déliés. Lorsqu'elle reconnut Ed, elle la serra si longtemps dans ses bras que Zéno pensa qu'elles s'étaient toutes les deux mystérieusement endormies. En fait, elles pleuraient tout doucement dans le creux de l'épaule l'une de l'autre.

Ed présenta son petit-fils à Eva, mais à peine eurent-ils fait connaissance que trois enfants déboulèrent dans le jardin. Il fallut moins de deux minutes pour qu'ils entraînent Zéno avec eux.

– T'es nouveau ? Comment tu t'appelles ? Tu vas venir habiter ici avec la vieille dame ? demanda la petite fille.

– C'est ma grand-mère.

– Ta vraie grand-mère ? l'interrogea un garçon.

Zéno n'eut pas le temps de répondre, la petite fille enchaîna et dit aux autres :

– J'en connais des enfants comme ça, qui ont des vrais grands-parents.

Ils se ruèrent dans les escaliers, Zéno fut bien obligé de les suivre, et en les regardant, il ne put s'empêcher de penser à l'Équipe B.

– Ces trois-là, dit Eva, c'est ma troisième nichée !

Un jeune homme entra dans la maison, les bras chargés de courses.

– Tiens, voilà Andor, ma deuxième nichée ! Je te présente Ed, une vieille amie. Andor est revenu travailler avec nous. Il me donne un coup de main à la maison, en plus de son boulot de maintenance. C'est un excellent cuisinier !

Andor montra les sacs de courses et se dirigea vers la cuisine. Sourd-muet, pensa Ed.

– Tu parles la langue des signes ? demanda Eva.

– Sander et ses amis m'ont appris quelques mots…

– Andor sait lire sur les lèvres.

Les deux femmes terminèrent l'installation.

– Ça ne devrait pas s'appeler « les Cailloux », mais « les Diamants », dit Ed. C'est tellement beau ce que tu as réussi.

– Je n'étais pas seule ! Et surtout, ce n'est pas fini.

– J'aurais dû faire comme toi, dit Ed.

– Mais c'est exactement ce que tu as fait. Tu as pris soin de deux enfants. Et tu as aussi combattu un grand chagrin…

Ed aurait voulu lui dire que Sander avait disparu, mais elle n'en avait pas encore la force.

Le Major Cramet avait marché jusqu'au lac, situé à deux kilomètres de Debrume, et pris une chambre dans l'Établissement de loisirs qui louait des barques. Depuis sa fenêtre, il apercevait l'eau et cette immense étendue lisse l'inspirait. Il attendait calmement que le vent se lève. Et s'il ne se levait pas, il soufflerait lui-même à la surface pour créer la tempête.

Il envoya une photo du lac à sa mère qui apprécia le gris-vert métallique de l'eau.

Debrume ou la tentation absolue. Debrume, cette couveuse à parasites, véritable obscénité. Il suffirait d'un acte exemplaire pour éradiquer le village. Placer quelques bombes incendiaires aux endroits stratégiques et laisser brûler. Mais jamais il n'obtiendrait une telle autorisation. Et l'action était trop visible pour en prendre seul l'initiative. Par petits coups mortels, voilà comment il fallait procéder et voilà comment il procédait. Personne n'avait jamais rien trouvé à redire à cela.

Cramet sut qu'il fallait cesser de rêver à l'anéantissement des parasites, l'excitation devenait trop forte, cela pouvait lui faire faire des erreurs. Se calmer à tout prix. Il s'allongea sur le sol de la chambre et respira profondément.

À la nuit tombée, il sortit de l'établissement, fit quelques pas vers la rive, puis entra sans un bruit dans l'eau fraîche.

Il traversa lentement le lac, nageant avec force et régularité, exactement comme il marchait. Il apprécia la morsure de l'eau, le froid qui éteignait les désirs. Des silures gigantesques reposaient sur le fond vaseux, à quelques mètres sous le corps de Cramet. Les monstres d'eau douce, deux fois plus lourds que l'homme, ne s'émurent pas de sa présence.

Pleins d'appréhension, Ness, Quirin et Sander avaient pénétré le domaine de la Charrière. Ils attendaient la Régisseuse générale devant les écuries. Une femme replète, en uniforme de travail bleu marine, déboula d'un pas rapide.

– Je suis Marika. Mathis vous a inscrit sur la liste des extras. Je vais vous donner vos fonctions.

Marika les détailla de la tête aux pieds. Tout allait vite dans la tête de cette femme-là.

– Qu'est-ce que vous savez faire ? demanda-t-elle.

– Plomberie, répondit Sander.

– Heu... Je suis formée pour le recyclage, dit Ness.

Et comme Quirin ne savait quoi répondre, elle parla à sa place :

– Il s'y connaît en animaux, dit-elle.

– Toi, tu vas à la fontaine. Yann règle les jets d'eau du grand bassin. Toi, au château : équipe ménage. Et toi, tu restes ici, aux écuries. Ivane te dira si tu peux lui être utile.

Les trois jeunes opinèrent de la tête, d'accord à l'avance avec tout ce qu'elle pourrait leur proposer.

– Au moindre problème, je vous confie aux Brigadiers. C'est compris ?

Ils approuvèrent vivement.

– Ici, il y a un mariage qui se prépare. Plus de six cents invités sont attendus. C'est un événement exceptionnel ! fit-elle avec nervosité.

Marika se tourna vers un jeune homme resté en retrait et s'adressa à lui en langue des signes.

– Bert va vous fournir des tenues et vous emmènera à vos postes, dit-elle.

Quelques instants plus tard, Sander, Ness et Quirin revêtaient des uniformes siglés DLC et entraient dans le tourbillon du mariage de *Mademoiselle*.

Quirin se présenta au manège équestre, profil bas. Ivane, la dresseuse, une jeune fille un peu plus âgée que lui, hautaine et jolie, lui indiqua une mallette de pansage et lui demanda de brosser le cheval qui ne travaillait pas. Puis, tout en grimpant sur sa monture, elle observa le jeune homme du coin de l'œil.

– Sur les chevaux, j'en connais plus que Mademoiselle et son fiancé, dit-elle d'un air jaloux.

Quirin pensa aussitôt qu'elle avait l'attitude d'une petite fille gâtée. Une mauvaise imitation de gamine bleue.

– J'en suis sûr, répondit Quirin avec un sourire mécanique.

– Voilà le ballet que Scorpione va exécuter pour les jeunes mariés. Pose ta brosse et regarde !

Ivane positionna son cheval, puis lui donna un coup d'étrier. Scorpione fit plusieurs doublers, suivant sans hésiter ses repères. Une serpentine fut suivie d'une spirale très bien réalisée, puis d'autres figures élégantes s'enchaînèrent jusqu'à ce que la monture s'arrête et tende son cou à droite et à gauche pour saluer une foule imaginaire. Le bruit des sabots était amorti par le sable du manège ; une ambiance calme régnait, tout juste animée par le souffle des chevaux. Ivane n'était pas une cavalière très sympathique, mais elle était douée, cela n'avait pas échappé à Quirin.

– Les mariés descendront de cheval à ce moment-là. D'abord le fiancé de Mademoiselle. Puis il aidera Mademoiselle en la portant dans ses bras. Romantique, non ?

Elle sauta de sa monture avec une souplesse de danseuse et s'approcha de Quirin, la longe à la main.

– Je suis là ! cria une voix féminine.

Une jeune femme était entrée.

– Bonjour Mademoiselle, dit Ivane avec une gaîté obséquieuse.

Elle ajouta un peu brusquement, à l'intention de Quirin :

– Ramène Scorpione à son box.

Impossible d'éviter la future mariée en sortant, mais Quirin se rappela aussitôt la façon dont les Pâles saluaient. Il suffisait qu'il fasse comme eux, alors il s'inclina, les yeux baissés et s'éclipsa. Mademoiselle l'avait à peine remarqué.

Ness traversa l'esplanade de la Charrière en direction du bâtiment qu'on appelait le château. Elle se présenta dans le hall et reçut un aspirateur en cadeau de bienvenue. Après quelques recommandations, on lui indiqua le grand salon et tout en travaillant la jeune fille put observer l'immense pièce richement décorée. Puis elle pensa à Sander et espéra qu'il ne se soit pas endormi n'importe où.

Sander s'était tout de suite bien entendu avec le vieux plombier de la propriété. Il avait rapidement compris le fonctionnement du réseau hydraulique et l'homme lui avait confié la gestion de la minuterie dans la cave du grand bassin. Il terminait le réglage des trois jets principaux de la fontaine quand il s'écroula endormi aux pieds de l'homme. Celui-ci maugréa, embarrassé, bien que Sander l'ait averti dès son arrivée. L'homme le traîna dans un coin en se demandant si le jeune homme n'était pas un peu comédien sur les bords.

Le soir, Ness, Quirin et Sander, qui n'avaient pas dormi depuis vingt-quatre heures, étaient épuisés. Un coup de sifflet mit fin à la journée de travail et l'Équipe B suivit les employés du domaine. Ils se dirigèrent vers le fond de la propriété où Bert, le sourd-muet, leur indiqua leurs tentes. Après y avoir déposé leurs affaires, ils virent une procession passer, les mains chargées de victuailles. Les hommes et les femmes riaient et parlaient, pleins d'entrain malgré le travail harassant de la journée. On allait dîner tous ensemble. Mathis fit son apparition, toujours en tenue de chasse.

– Je ne sais pas comment elle fait pour tenir, Marika, murmura-t-il en s'asseyant.

Il était plus avenant qu'au matin, une certaine douceur se dégageait même de lui.

– Ça s'est bien passé ? demanda-t-il aux trois nouveaux.

– Oui. Merci beaucoup, dit Quirin. Madame Marika nous a trouvé une place.

Mathis acquiesça d'un mouvement de tête.

– On peut compter sur elle. Elle a du répondant et des nerfs d'acier. Sans elle, ce domaine sombrerait dans le chaos !

L'homme but une longue rasade de bière.

– Elle m'a tout appris, dit l'homme. Toutes les subtilités qu'il faut savoir pour travailler auprès des Bleus sans devenir fou !

– Vous faisiez quoi avant ? demanda Sander.

– Hmmm... Je traficotais. J'ai fait cinq ans de cachot, dit-il avec une certaine fierté.

– Dans le Haut-Pays ? demanda Ness.

– Oui. En sortant, j'ai traîné un moment dans le coin. Je piquais des trucs dans le potager... Une nuit, Marika m'attendait, tranquillement assise près des haricots. Elle m'a dit « De grandes mains comme ça ne sont pas faites pour la cueillette. »

Mathis éclata de rire. Marika qui s'était approchée sans un bruit s'assit à côté de lui.

– Ce sont des mains de bâtisseur, dit-elle.

De ses grandes mains, il caressa la joue de Marika, puis saisit la chaîne qu'il portait autour du cou, le signe des orphelins.

– Ça, ça ne lui fait pas peur, dit-il.

Marika hocha la tête en souriant, perdant tout à fait son air revêche.

Quelquefois, il suffit d'une rencontre, pensa Ness. Elle regarda Quirin qui semblait compter les étoiles dans le ciel, puis ferma les yeux. Elle demeura là, sans bouger, et se mit à rêver qu'elle se métamorphosait en plante, en rocher. Autour d'elle, le bois lui sembla tout à coup familier comme autrefois l'avait été la Ceinture. La ville paraissait irréelle maintenant.

Ness était si calme qu'un oiseau aurait pu se poser sur ses épaules. Quirin l'observait avec un plaisir indescriptible, oublieux de la situation étrange et des risques qu'ils encouraient, oublieux de tout ce qui n'était pas elle. Cette fille n'est pas immobile, pensa-t-il, cette fille est une planète mue par une révolution imperceptible à l'œil nu. Un jour, son ellipse frôlera la mienne.

Les planètes prirent alors place dans le cerveau de Quirin, tournoyant sur elles-mêmes et autour du soleil, avec leurs rythmes parfaits. Il connaissait toutes les durées de leurs mouvements respectifs. Vénus, pensa-t-il, met deux cent quarante-trois jours pour faire sa révolution.

Il restait une heure avant la première de *Féerie Psychomagique* et Ferdinand se sentait nauséeux. L'opération de son poignet avait atteint ses capacités de pianiste, il en était sûr. En vérité, il était surtout rongé par le trac. Il débarqua chez Daphné dans un état de grande confusion.

– Est-ce que j'existe quelque part ? lui demanda-t-il nerveusement en triturant son médaillon.

Daphné sourit devant l'étrangeté de la question.

– Là, je suis XOT204, né le 30/03/99, on est d'accord ?

– Oui…

– Mais est-ce que je suis XOT204 quelque part ailleurs ?

– Ferdinand, tu es XOT204 partout !

Il planta ses yeux dans ceux de Daphné.

– Qui est XOT204 ?

– C'est un orphelin qui a à peu près ton âge. Et qui n'avait plus besoin de son médaillon.

– Il est mort ?

Sa propre question lui donna un peu plus mal au cœur.

– Mort ou évaporé dans le Haut-Pays. Je ne sais pas. Son médaillon a été récupéré afin qu'un fuyard comme toi puisse prendre son identité.

Depuis son opération, Ferdinand avait senti quelque chose mourir en lui. Il craignait obscurément de s'être métamorphosé en fantôme.

– Attends-moi une seconde, dit Daphné.

Elle revint accompagnée de l'Hypnographe. Il déposa le gros paquet qu'il tenait sous le bras et s'approcha du garçon.

– Ça ne va pas, Ferdi ?

– J'ai mal au poignet, je ne sais pas si je pourrai jouer ce soir.

– Montre-moi.

Harry lui attrapa la main et en fit bouger les articulations. Elle était souple, la cicatrice avait bon aspect.

– Tu as peur, c'est tout. Tu veux que je t'aide ?

– Oui, fit Ferdinand, démuni.

Harry planta ses yeux dans ceux du garçon, puis appuya légèrement dans son cou, avant de prononcer quelques phrases graves et mélodieuses. La tête de Ferdinand se fit lourde.

– Tu es en sécurité ici, Ferdinand.

Harry lui parla de la musique et des capacités qu'il avait. Jouer lui était naturel et agréable. Il avait dompté le clavier, ses mains lui obéissaient à merveille. Il n'y avait pas lieu de s'inquiéter.

– Tu vas te reposer un peu, puis t'éveiller doucement, dit-il.

Il se tourna vers Daphné :

– Il va bien et il ira encore mieux après le spectacle ! dit Harry.

Il ouvrit le paquet qu'il avait déposé.

– Regarde, dit-il à Daphné. J'ai récupéré les affichettes.

Il éclata de rire en sortant la première feuille de la pile. C'était une caricature du style de celles qui se trouvaient sur les murs pendant le Carnaval. Le dessin montrait un petit Pâle épuisé devant un grand ouvrage de maçonnerie, une truelle à la main. Le personnage essuyait une larme en disant, devant sa réalisation pourtant magnifique, « Je ne vaux rien. »

– Ha ! Ha ! Ça me fait penser à mon oncle, fit Daphné. Il s'est crevé à la tâche comme un esclave… Il est mort trois jours après avoir pris sa retraite ! Sa dernière parole a été « Je suis heureux de ne pas être un poids pour la société. » Un poids ! Tu te rends compte ? Il avait construit des bâtiments formidables…

L'Hypnographe tendit à Daphné d'autres dessins qu'elle observa attentivement.

– J'aime bien le dessin sur la durée de vie des Pâles. Quinze ans de moins en moyenne que celle des Bleus ! Ça en fera peut-être réfléchir certains.

– Je ne sais pas… L'idée de notre infériorité est tellement ancrée en nous.

Ferdinand revint doucement à lui tandis que Daphné rangeait la pile de dessins à l'abri.

– Allez, Ferdinand, le spectacle commence bientôt, lui dit Harry. Tu te sens comment ?

– Ça va…

Dehors, la foule se pressait à l'entrée du chapiteau sous la surveillance de quelques drones, mais les spectateurs, excités par le spectacle qu'ils allaient voir, ne leur manifestaient aucune attention. Les machines n'avaient pas émis de clic particulier, les gens étaient en règle.

L'Hypnographe s'approcha des Brigadiers, à l'entrée.

– Vous êtes nos invités, dit-il.

Les hommes refrénèrent un sourire. Pas question de montrer qu'ils appréciaient les distractions, comme tout le monde. Ils remercièrent poliment Harry d'un petit signe de tête.

– Les machines doivent être éteintes dans l'enceinte du chapiteau pour éviter les interactions avec notre matériel. Pour la concentration des artistes également, expliqua l'Hypnographe d'une voix professionnelle.

– Nous connaissons les usages. Nous attendons que tout le public soit entré, dit l'un des Brigadiers.

Sous le chapiteau, la rumeur du public enflait. Dans la salle, les rangées de fauteuils en demi-cercle faisaient face à une grande estrade. Marco, Phil et Hocine allaient entrer côté jardin. Ferdinand patientait côté cour, entouré de Rika, Flore et Serena.

– Le trac passera quand tu seras sur scène, tu vas voir, dit Rika.

Flore, qui était habituellement la plus détendue des trois filles, s'éloigna en courant.

– Flore, elle est malade avant chaque représentation, ajouta Rika. Moi, le trac, ça me donne terriblement envie de faire pipi. Chacun son truc !

Serena, à quelques pas, ressemblait à un bloc de silence immobile et Ferdinand se demanda comment elle pourrait se mettre à danser. Elle ferma les yeux, étira lentement son dos, puis ses bras, balança sa tête de droite à gauche. Lorsqu'elle rouvrit ses paupières, Ferdinand la regardait toujours, alors elle fit un pas vers lui et l'embrassa rapidement sur la bouche.

– Ferdinand ! En scène ! cria Harry.

Rika et Serena le poussèrent vivement vers les marches.

Il faillit s'écrouler dans le petit escalier, se rattrapa, fut happé par Nénette qui le précipita sur l'estrade.

Il entra sous un jeu de lumières éblouissantes. Une main le guida vers le clavier. Il prit une grande respiration et plaqua un accord sur les touches. Le son éclata avec une force étonnante. Il enchaîna les accords suivants sans hésiter.

Le public se mit à applaudir, danseurs et danseuses entraient sur scène.

C'est parti ! pensa Ferdinand tandis qu'une puissante jubilation l'envahissait.

Ce n'était pas le fantôme d'un orphelin qui jouait sur scène. C'était bien Ferdinand en chair et en os, en mélodie, en rythme, en joie.

Daphné lança la bande-son qui accompagnait le piano. Cuivres, batterie et basse retentirent. On aurait dit qu'un grand orchestre se trouvait là.

Ferdinand leva les yeux du clavier pour suivre les cabrioles des Colibris et leur beauté lui sauta au visage. L'accord était parfait entre les danseurs et la musique. Ferdinand ne savait plus s'il jouait sur le côté de la scène ou dansait avec eux. Ils terminèrent leur numéro en déployant devant eux de grands tissus légers et multicolores. Trois secondes plus tard, les voiles tombèrent, les danseurs avaient mystérieusement disparu. Noir.

Les applaudissements jaillirent puis diminuèrent tandis que la voix de Puk résonna dans les haut-parleurs : Brigitte ! Élisabeth ! Louise ! Allez ! On va être en retard ! Mettez vos chapeaux ! La lumière se fit, Puk entra sur scène. Tournant le dos au public, il appela vers les coulisses. Alors les souris entrèrent et se placèrent derrière lui, avec, sur leurs têtes, de tout petits chapeaux maintenus par des élastiques. Lorsqu'elles se redressèrent sur leurs pattes pour saluer, une femme s'évanouit en poussant un cri. La salle rit de plus belle en pensant que cela faisait partie du spectacle.

Puis, après un numéro de jonglage à faire tourner la tête, Serena et Marco laissèrent la place à Nénette. Elle démarra son bricolage catastrophique, ouvrit une porte et sauva une pile d'assiettes in extremis avant de coincer une de ses jambes dans un placard et son nez dans un tiroir. Son numéro burlesque fit jaillir les rires et les commentaires du public.

– Je t'épouse ! cria une femme. T'es cent fois plus habile que mon mari !

La salle fut prise d'un fou rire, car le mari maladroit était connu de tous.

– Hey ! Avec tes outils, tu fais aussi bien qu'un Bleu ! lança un homme.

Même les Brigadiers, installés dans le fond, s'amusèrent de la remarque.

Il y eut un court entracte, avant que le public reprenne place pour assister au numéro très attendu de l'Hypnographe. Ferdinand avait regagné les coulisses.

– Un jour, j'ai accompagné Harry sur scène, à la guitare, lui dit Nénette. Et je suis tombée en hypnose avec toute la salle. C'est Puk qui m'a récupérée…

Puk se mit à rire.

– Depuis, je reste en coulisse… fit-elle en ouvrant grand les yeux.

Derrière sa console régie, Daphné modifia les lumières et le public se retrouva nimbé d'une ambiance douce. Sur scène, l'Hypnographe en costume sombre se détachait à peine du décor. Son visage et ses mains, plus clairs, donnaient l'impression de flotter dans l'obscurité. Plus on le regardait, moins on le voyait. Les yeux faisaient des efforts d'accommodation sans parvenir à redonner une réalité tangible à l'homme.

D'une voix grave, sur un rythme régulier, l'Hypnographe commença ses inductions. Au bout de quelques minutes de paroles calmes, il demanda aux spectateurs de lever un bras. Tous obéirent. La salle entière était entrée en état d'hypnose.

– Vous n'arriverez plus à baisser ce bras tant que vous n'entendrez pas le mot « merci ».

La lumière augmenta tandis qu'Harry retrouvait une voix normale. Le public reprit conscience et fut très étonné de se trouver un bras en l'air.

– Qu'est-ce qu'il se passe ? demanda Harry. On dirait que vous avez des questions à poser.

Une rumeur parcourut le public.

– Ceux qui n'ont pas de questions, vous pouvez baisser le bras.

Personne ne s'exécuta. Nouvelle rumeur. Les gens se tournaient les uns vers les autres en s'interrogeant au milieu de cette forêt de bras levés.

– Madame, vous avez une question ? demanda Harry à une femme au premier rang.

– Non, non, je n'ai pas de question…

– Alors, baissez le bras.

– Mais, je n'y arrive pas ! fit la femme en riant.

Et toute la salle se mit à glousser.

– Et vous, monsieur ? Quelque chose à me demander ?

– Non, non !

– Ah, nous manquons de curiosité, nous les Pâles… dit Harry.

– Libérez-nous ! crièrent des voix dans le public.

Il y eut des éclats de rire.

– D'accord ! Et pour votre bonne volonté, je vous dis *merci* !

La forêt de bras s'abattit aussitôt et le public applaudit de toutes ses forces. Pendant ce temps-là, les danseuses avaient remonté les travées jusqu'aux fauteuils des Brigadiers où elles vérifièrent qu'ils tenaient bien leurs drones éteints sur leurs genoux. Elles leur accordèrent un joli sourire, avant de repartir en virevoltant, suivies du regard par l'Hypnographe.

Il enchaîna plusieurs numéros d'hypnose qui ravirent les spectateurs et fit monter de nombreux cobayes sur scène. Il leur glissa quelques mots à l'oreille, passa dans leur dos, pressa son pouce sur leur front. Ils s'endormirent subitement. Un claquement de doigts et ils ouvrirent les yeux. Harry repéra rapidement ceux et celles qui étaient les plus réceptifs. Il opérait une sélection précise.

L'Hypnographe termina le spectacle avec des paroles qui encourageaient le public à adopter une attitude bienveillante dans leur vie de tous les jours. En coulisse, Ferdinand se demanda ce qui se serait passé si Harry avait monté les spectateurs les uns contre les autres.

L'Hypnographe fut longuement applaudi. On sentait de l'admiration, de l'étonnement, mais aussi quelque chose d'amical. L'Hypnographe était devenu leur mage, le grand prêtre de la ville. Nénette expliqua à Ferdinand que dès le lendemain, Harry aurait des demandes de consultations privées.

Dans les coulisses, une vingtaine de personnes sélectionnées attendaient de sortir de leur transe. Harry prit le temps d'accompagner le réveil de chacune d'entre elles, mais avant, il leur demanda « Avez-vous des informations utiles à me transmettre concernant un fuyard ? Devons-nous protéger quelqu'un ? Avez-vous appris quelque chose sur les Bleus ? » Pour finir, il ajouta « Doutez des Bleus, de leurs lois et de leurs affirmations. Il n'y a que vous qui savez ce qui est bon pour vous. »

Pour éviter que la routine ne rouille son corps, le Major nageait régulièrement, toujours un peu plus longtemps, et l'odeur limoneuse du lac avait imprégné sa peau. Mais la nage n'était pas suffisante pour le libérer des tensions de l'attente. Des crispations s'accumulaient dans sa mâchoire, faisant saillir son menton, et donnant à Cramet le même profil que les silures géants endormis dans la vase.

Il avait intercepté un message envoyé par Ed à Sander, mais celui-ci n'avait pas répondu. Impossible donc de le localiser. Le Dense ne s'était pas manifesté, Ness non plus.

Pour les enfants de Debrume, en vacances, la visite au lac constituait le grand plaisir. Ils avaient pris possession du lieu, de ses berges et de la nature environnante ; même le soleil semblait leur appartenir. À Cramet, il restait le cube tiède de la chambre, aussi clos qu'une cellule. À travers une fente du voilage, il observait les petits corps pâles, suivait de son regard ces insectes dont l'activité incessante lui demeurait incompréhensible.

Au déjeuner, le Major se faisait servir un repas dans sa chambre. Le soir, lorsque les vacanciers étaient repartis, il dînait seul dans la salle à manger où Élise, la fille des patrons, le servait sans prononcer plus de mots que nécessaire. Depuis la cuisine, elle observait sa lente mastication comme Cramet avait observé plus tôt les vifs mouvements des enfants. L'homme massif la fascinait. Elle n'avait jamais eu l'occasion de rencontrer un Pâle qui semble aussi déterminé. Tout en dînant, il prenait des notes sur son écran et ne revenait jamais sur leur rédaction. Des mots définitifs, pensa-t-elle.

En cuisine, Élise chuchota à sa mère.

– On est en règle, ici ? La cuisine, les installations…

– Oui… Pourquoi ?

Élise désigna la salle d'un mouvement de tête.

– L'homme, là, il ne serait pas *Normeur* ?

– Possible.

– Il pourrait faire fermer l'établissement ?

La mère d'Élise leva les épaules. L'établissement était en règle, mais les Normeurs pouvaient toujours trouver une raison de vous faire fermer. S'il était Normeur, l'homme accordait un temps particulièrement long à ses observations… Mais quelle valeur pouvaient avoir les appréciations d'un homme qui semblait tellement prisonnier de lui-même, se demanda Élise.

Aux Cailloux, Eva attendait patiemment que sa vieille amie Ed lui explique enfin la raison de sa visite. Depuis son arrivée, cette dernière n'avait pas dit un mot à propos de Sander. Ce silence signifiait que le garçon avait eu un problème. Tandis que les enfants jouaient plus loin, Ed trouva le courage de parler.

– Sander… il a disparu… La semaine dernière, il est entré à l'hôpital de la Bulle pour des crises d'endormissement. Mais il n'avait pas l'air si mal en point, ses analyses n'étaient pas mauvaises… Il… Il… Oh, je suis morte d'inquiétude.

La tête lui tourna et elle dut s'asseoir.

– Il a disparu de l'hôpital ?

– Il a été *transféré*, dit Ed.

– Transféré ? Où ça ?

– Peut-être à la clinique de la Pagode. Mais s'il y a été, il s'en est *évaporé*. Des Brigadiers le cherchaient. Ils nous ont interrogés. C'est un cauchemar, Eva, comme pour Olga et Lyas. Le supplice recommence.

La nuit, elle s'était remise à rêver à toutes ces portes qui se fermaient autour d'elle, rétrécissant peu à peu son espace vital jusqu'à ce qu'elle ne puisse plus respirer.

– Et ses amis, ils savent quelque chose ?

– Ness ? Elle a disparu elle aussi. Comme Ferdinand.

– Envolés tous les deux ? Ce serait une fugue ?

Le père de Ferdinand le pensait, expliqua Ed. Au téléphone, il avait été d'une froideur terrifiante. Ferdinand pouvait avoir choisi de le fuir.

– Mais Ness, pourquoi se serait-elle enfuie ? demanda Ed.

– Elle a disparu quand ?

– On l'attendait devant l'hôpital pour faire une visite à Sander, elle n'est pas venue ce jour-là.

– Ils seraient partis ensemble ?

Ed lança un regard implorant à Eva, comme si celle-ci pouvait lui apprendre quelque chose.

– Tu as essayé de les joindre ? demanda Eva.

– Sans succès.

– Ne leur écris plus. S'ils répondaient, ils seraient repérés. Et dorénavant ce sont des fuyards. Ils doivent se faire discrets.

– Tu penses que Sander a fui ?

– C'est une possibilité… Tu ne dois pas penser au pire.

– Eva… Qu'est-ce que je vais faire ?

Eva avait lancé à Ed l'idée d'un Sander en fuite comme on lance une bouée de sauvetage.

Des fuyards, Eva en avait croisé. Jeunes en rupture, orphelins ou non, quittant des entourages violents, des patrons injustes et des tâches ingrates ou cherchant simplement une autre vie. À Debrume, ils en avaient aidé. Pendant toutes ces années, Eva avait découvert un réseau d'entraide discret. Elle allait l'activer.

– Tu vas voir, tu n'es pas seule.

Ed lui sourit tristement, puis s'approcha du hamac où Zéno s'était endormi. Lui, il était là, bien vivant. Elle le berça doucement, contemplant son visage si pur.

Zéno rêvait et tanguait dans une barque imaginaire, poussée sur le lac par une force mystérieuse. Étrangement, il pouvait apercevoir le fond de l'eau à travers le plancher de la barque. Des particules flottaient au-dessus du sol vaseux et miroitaient dans un calme absolu. L'arrivée d'un événement était imminente, Zéno le sentait.

Ce fut d'abord un lent mouvement d'ombre sur le sol gris. L'obscurité avança, un morceau s'en détacha avec la plasticité d'une goutte d'huile. La forme s'allongea, grossit. Un clignement de paupière de Zéno et la tache sombre se transforma en un immense silure.

La bête frôla longtemps le sol, puis ouvrit une bouche qui se fit de plus en plus grande. Sa tête se métamorphosa en tête d'homme, mais son regard déterminé était celui d'un prédateur. De sa bouche démesurée, il avalait les ombres qui ressemblaient à des corps d'enfants.

Dans le grand bouillon du lac, ce n'était pas la vie qui naissait. L'homme-silure avait dévoré tous les êtres, semé la mort, inventé un désert où tout viendrait se noyer, même lui.

– Maman ! cria Zéno.

Ed se précipita vers son petit garçon et lui murmura « Je suis là, ne t'inquiète pas, je suis là. »

La halte de la vieille femme et de l'enfant durait plus longtemps que ne l'avait imaginé Cramet. Devant sa fenêtre, certains vacanciers étaient devenus si familiers au chasseur qu'il les retrouvait chaque jour avec une sorte de satisfaction. Puis, au coucher du soleil, les visiteurs quittaient le lac. Seuls un garçon et une fille orphelins demeuraient là, assis l'un contre l'autre avec leurs serviettes de bain et leurs médaillons. Cramet les avait repérés. Chaque soir, ils s'en allaient un peu plus tard, longtemps après que le dernier rayon du soleil avait plongé derrière les arbres touffus. Ils marchaient alors en suivant les faisceaux tremblotants de leurs lampes de poche et Cramet les perdait de vue quand ils entraient dans la forêt.

Tandis qu'il nageait seul, Cramet repensa aux corps pleins de vie des deux jeunes orphelins. Leurs silhouettes étaient à la fois graciles et vigoureuses. Ils avaient des gestes doux l'un envers l'autre ; des attentions discrètes montraient qu'ils étaient amoureux. Un mâle et une femelle bientôt capables de se reproduire, pensa Cramet. Pourquoi le Comité des Sages avait-il refusé d'approuver la proposition de loi qui aurait permis de stériliser les orphelins ? Quoi qu'il en soit, lui, Cramet, connaissait un moyen radical d'empêcher qu'ils se multiplient.

Les tensions qui s'étaient accumulées en lui depuis plusieurs jours se rassemblèrent à un emplacement très précis de son cerveau où elles prirent enfin la forme claire d'un projet. Éliminer le couple, c'était soulager le monde et passer son ennui. Cramet ressentit un plaisir inouï à cette idée.

Ces deux-là allaient disparaître, c'était simple.

La veille du mariage de Mademoiselle, Madame et sa fille se firent une scène qui se traduisit aussitôt par des remontrances hurlées aux oreilles de Marika. Les patronnes étaient allergiques aux difficultés et aux contretemps comme d'autres aux fraises ou aux arachides. Monsieur s'enferma dans la bibliothèque pour laisser passer l'orage. Enfin, « le plus beau jour de la vie » de Mademoiselle arriva.

Marika envoya ses meilleures employées dans la chambre de la jeune mariée. On l'aida à revêtir sa robe et ses parures. Le résultat fut stupéfiant. À quelques kilomètres de là, le jeune marié passait un costume parfaitement taillé dont la forme n'avait pas évolué depuis plusieurs siècles.

Quirin avait quitté le haras où il avait lustré les selles des chevaux pendant des heures. « Tu dois obtenir un *glacis parfait* », lui avait dit Ivane. Il venait de rejoindre les jardiniers qui s'étaient trouvé un coin discret. Pour Sander, on avait prévu un poste au vestiaire où il n'était pas directement au contact du public.

Soudain, on entendit une musique résonner, puis de longs applaudissements. Les jeunes mariés arrivaient, montés sur leurs chevaux. Ils attendirent que le silence se fasse sur l'esplanade, puis ils exécutèrent à la perfection leur chorégraphie compliquée.

– L'excellence, murmura Ivane.

Quirin se raidit. Elle était arrivée dans son dos sans un bruit. Les jardiniers la félicitèrent, mais c'est de Quirin qu'elle espérait un compliment.

– C'est très… réussi, bafouilla-t-il.

Ness remarqua Marika qui filait vers le vestiaire et lui emboîta le pas. Lorsqu'elles arrivèrent dans le bâtiment, la jeune préposée aux manteaux parlait de façon confuse à un invité éméché. Elle évoquait la possibilité d'une crise cardiaque.

– Tu es médecin ? lui demanda le Bleu. Non, alors pousse-toi !

L'homme se pencha vers Sander allongé sur le sol.

– Je vous en prie, monsieur. Ne faites pas attention à lui, dit Marika.

L'homme releva la tête et avisa son badge. Il avait affaire à une gradée.

– Nous avons déjà eu des problèmes avec ce garçon… expliqua Marika. Nous allons nous en occuper. Je vous prie de bien vouloir nous excuser.

Marika guida habilement l'homme vers la sortie du vestiaire.

– Est-il au service de Madame ? demanda l'invité.

– Plus pour longtemps, monsieur.

– Je l'espère ! Il a dû boire, quel toupet ! dit-il d'une voix pâteuse.

Marika fit une révérence en s'excusant à nouveau.

– Je vous remercie infiniment de votre bonté, monsieur. Puis-je vous être utile ?

– Servez-moi un verre !

Marika héla un serveur, puis attendit que l'homme s'éloigne avec sa coupe.

– Va me chercher Mathis, murmura-t-elle à Ness.

Quelques minutes plus tard, Mathis portait Sander endormi vers sa tente.

Il fallut encore servir le dîner, écouter les discours, débarrasser les tables… Lorsque la sono du bal retentit enfin, Marika libéra une partie de ses employés qui travaillaient depuis le petit matin. Le personnel de location, bien aguerri, prenait le relais pour servir alcools et remontants jusqu'à l'aube. Tout ce qui allait se dérouler entre les murs du château resterait secret.

Ness et Quirin se rejoignirent près des tentes, puis vérifièrent immédiatement comment Sander se portait. Il était réveillé, un peu groggy, mais plutôt souriant.

– La fille du vestiaire m'a tellement saoulé de paroles que j'ai préféré m'endormir, dit-il.

– On part demain, répondit Ness. À moins que tu souhaites te marier sur ces terres !

Sander éclata de rire.

– Et vous ? Ça s'est bien passé ?

Ness et Quirin acquiescèrent.

– On prépare nos affaires, dit Quirin.

– Mathis a obtenu l'autorisation de Marika de nous faire monter dans la camionnette de Bert. Demain, il doit rendre du matériel. Il peut faire un détour jusqu'au Centre de Tri. Il ne craint rien avec son badge du domaine.

– Le genre de détour qui nous a conduits dans ce genre d'endroit ?

– Ha ! Ha ! fit Ness. Je ne préférerais pas. Départ cinq heures. Maintenant on dort pour de vrai.

Ils se quittèrent avec la ferme intention de se reposer, mais une fois seuls dans leurs tentes, la rumeur qui parvenait du château les gardèrent éveillés. Ness avait une puissante envie de retrouver Quirin et de parler de tout ce qu'ils venaient de vivre. Ce n'était pas raisonnable. Elle sortit son carnet et nota les moments les plus remarquables de la soirée.

De son côté, Quirin essayait tant bien que mal de s'endormir, mais des sortes d'impatiences traversaient son corps, comme de petites secousses électriques. Cela venait de toutes les impressions qu'il avait ressenties et qu'il tentait de mettre en ordre. Lorsqu'il entendit qu'on ouvrait sa tente, il se dit que c'était exactement cela dont il avait besoin, parler avec Ness, prendre un moment avec elle pour faire le point. Ce fut Ivane qui entra.

Aussitôt, le cœur de Quirin se serra.

Elle s'assit à côté de lui, légèrement de profil.

– Tu es fatigué ? demanda-t-elle.

– Oui.

– Je devrais l'être aussi, mais je me sens en pleine forme, dit-elle d'un ton badin.

Quirin tenta un sourire qui se transforma en une expression indéfinissable.

– Les chevaux ont fait exactement ce que je leur ai appris, pas vrai ?

– Oui, bien sûr.

– Je suis une excellente dresseuse, dit-elle en s'asseyant plus confortablement. Tu es fier de moi ?

Quirin se raidit.

– Tu as quel âge ? lui demanda-t-elle.

– Presque seize ans…

Il s'en voulut aussitôt de sa réponse. Elle manquait de précision et puis elle induisait qu'il souhaitait se vieillir.

– Hmmm, fit-elle en détaillant l'intérieur de la tente.

Elle enleva sa barrette et toucha ses cheveux. Elle joua un moment avec une mèche, mais Quirin ne la regardait pas. Il fixait une petite bête sur le sol.

– Tue-la, ça pique, dit-elle.

Comme le garçon ne bougeait pas, Ivane retira sa chaussure puis écrasa l'insecte. Quirin comprit qu'il venait de perdre une occasion de se lever et de s'enfuir. Lorsqu'elle se retourna vers lui, la naissance de ses seins était visible par l'ouverture de sa chemise. Il baissa les yeux, Ivane souffla dans ses cheveux et embrassa son oreille. Elle descendit dans son cou qu'elle couvrit d'autres baisers légers, puis prit les mains du garçon et les déposa sur ses seins.

Quirin se figea. La poitrine d'Ivane était tiède, ses baisers doux, mais également insupportables. Chacun d'eux lui faisait l'effet d'un petit coup d'aiguille. Personne ne l'avait jamais touché et Quirin pensa que personne, jamais, ne devrait franchir la frontière invisible qui le protégeait des autres. Pendant quelques secondes, il eut le désir de mourir sur-le-champ. Mais personne ne mourait comme ça, sans raison, par un simple effort de volonté. Les mains d'Ivane étaient entrées sous ses vêtements et caressaient son torse, elles le poussaient maintenant à s'étendre. « On va faire l'amour, tous les deux, dit-elle. Tu vas voir, ça va être bon. Et je garderai de toi un beau bébé bleu. »

Elle tenta de trouver sa bouche, mais Quirin détourna la tête. Cette pression contre lui était insupportable. Il rassembla ses forces et écarta Ivane d'un geste puissant. Elle bascula en poussant un cri de surprise.

Quirin se rua dehors, sans voir Ness debout derrière la tente. Il se mit à courir. Ness partit à sa suite.

Il semblait capable de traverser toute la forêt, de courir jusqu'au lever du jour, jusqu'au moment où la chaleur du soleil effacerait la sensation des mains d'Ivane.

– Quirin ! Quirin ! appela Ness, à bout de souffle.

Il s'immobilisa et fit volte-face. Elle tenait son flanc, elle avait un point de côté. D'un pas rapide, il la rejoignit et se planta à quelques centimètres d'elle. La sueur perlait sur leurs fronts.

– Je veux t'embrasser, toi ! cria-t-il.

Sa voix résonna étrangement sous la voûte des arbres. Ness pensa « Moi aussi, *j'aimerais vous embrasser.* »

Il prit le visage de Ness entre ses mains et la fixa intensément. Ses yeux brillaient, son regard était affolé et doux. Ness posa ses mains sur celles de Quirin et approcha son front de celui du garçon.

Leurs paupières se fermèrent, ils purent sentir l'agitation de leurs pensées.

Ils demeurèrent longtemps ainsi, crâne contre crâne, jusqu'à ce que le calme revienne.

Ivane, elle, courait jusqu'au domaine pour les dénoncer.

Élise n'avait pu résister. Un soir où Cramet était suffisamment loin dans le lac, elle était entrée dans sa chambre. Maintenant, elle racontait à Eva ce qu'elle avait vu caché dans l'armoire : un couteau court et fin, une seringue en verre, un cordon de métal… Après la description des objets, il y eut un long silence entre les deux femmes. « Couteau… seringue… cordon… » Les mots résonnaient dans la tête d'Eva.

– Il ne parle presque pas et reste tout le temps dans sa chambre, sauf pour le dîner. Les rideaux sont toujours tirés, mais par la fente, il observe les enfants jouer.

– La puce de l'homme indiquait quelque chose quand vous avez enregistré son arrivée ?

– « Cramet, gestionnaire des chemins de fer. »

Eva poussa un soupir incrédule.

– J'ai pensé un moment qu'il était Normeur. Ceux-là ne voyagent jamais sous leur véritable identité.

Oui, l'homme ment, pensa Eva, et son arrivée correspond aussi à celle de Zéno et d'Ed. Élise observa Eva réfléchir ; de son côté, certains faits commençaient à refaire surface dans son esprit, comme s'il y avait un lien à établir avec les informations d'aujourd'hui.

– Quand j'étais enfant, j'avais des amis qui habitaient au village. On allait au lycée ensemble, commença la jeune femme.

– Alba et Pierre, je me souviens, dit Eva.

– Ils ne se quittaient jamais. Ils avaient été adoptés ensemble. Un beau jour, ils ont disparu…

La gorge d'Eva se noua. La douleur de certains souvenirs ne s'atténuait jamais.

– J'ai longtemps cherché, répondit Eva. Après leur disparition du village, ils n'ont été enregistrés nulle part dans le pays. Ils se sont *évaporés*.

À la suite de cette disparition, il y avait eu des rondes de nuit pendant plusieurs mois à Debrume. Et puis la surveillance avait baissé, c'était inévitable. Et la vie avait repris son cours normal.

– Je vais faire une caféine, dit Eva.

Élise, nerveuse, sursauta en entendant une petite voix.

– Bonjour !

– Bonjour…

– Je m'appelle Zéno.

– Oui, Zéno ! Je suis Élise, je travaille près du lac. Tu as bien dormi ?

– Bof…

L'enfant paraissait un peu déprimé.

– Je vois des choses en dormant. C'est fatigant.

– Tu as fait un cauchemar ?

– C'est pas vraiment un cauchemar… C'est… le lac…

– Le lac ?

– Cette nuit, j'y étais en rêve. J'ai vu des énormes poissons sous l'eau. Ils sont gros, hein ?

– Oui, très gros ! J'en ai déjà aperçu un ! Ce sont des silures, ils font peur, mais ils sont inoffensifs.

– Mais ce gros poisson-là était spécial. Il avait mangé tout ce qu'on pouvait manger dans le lac. Il ne restait que de la poussière mouillée et il avait faim, très faim. Il avait une bouche géante et une tête humaine. Et il mangeait les âmes des enfants.

Eva était revenue et se tenait debout, sidérée par le récit de Zéno. Le plateau lui échappa des mains, la vaisselle se brisa sur le sol. Elle avait compris. Seringue. Cordon. Couteau. Le cordon pour étrangler, le couteau pour inciser. La seringue pour endormir ou pour achever. L'homme était un prédateur.

– Ed, vous devez partir, expliqua Eva. Cet homme, Cramet, est arrivé en même temps que vous…

– Tu crois qu'il nous suit ?

– C'est possible. La première nuit, je l'ai vu traverser le village. J'ai réfléchi… Si Sander et Ness sont devenus des fuyards… Toi…

– Moi, je suis un lien vers eux…

– Oui. Avec Zéno, vous êtes une sorte d'appât. Il faut disparaître de son radar…

Eva prit son écran et tapota un message.

« Nous habitons Debrume et nous aimerions connaître les dates du passage de la *Féerie Psychomagique* dans la région. Nous aimerions offrir deux places au premier rang pour des personnes qui nous sont chères et qui célèbrent un anniversaire important. Merci de nous dire si cela est possible. Nous aimons beaucoup vos spectacles, nous attendons impatiemment votre réponse. Merci pour eux. »

Sous sa signature, Eva inscrivit 146X078.

Harry répondit un quart d'heure plus tard : « Nous passons aux environs de Debrume dans quarante-huit heures. Nous vous réservons deux places. Nous vous remercions pour l'intérêt que vous portez à notre travail. »

– Il y a une possibilité de transport qui ne se représentera pas avant longtemps, dit Eva à Ed.

À Debrume, rassemblés au milieu de la place, les habitants écoutaient Eva. On allait faire aujourd'hui exactement ce qu'on avait fait hier, il ne fallait pas attirer l'attention du prédateur. Tous ceux et toutes celles qui étaient au lac la veille devaient y retourner demain. On jouerait, on se baignerait, on pique-niquerait… Mais on n'irait pas se promener dans les bois. Lorsqu'il faudrait rentrer, on rentrerait par groupes.

Les habitants se dispersèrent.

Le lendemain, Zéno demanda à voir le lac, mais il refusa absolument de s'y tremper. Tel un chien sauveteur, il surveilla les baigneurs, tendit l'oreille au moindre cri. En même temps que la surface agitée, il voyait l'étendue profonde du lac et, croyant dur à la force de son esprit, il obligeait les silures à rester couchés sur leur lit de vase.

Par sa fenêtre, Cramet avait repéré la vieille dame et l'enfant, mais il ne leur prêta pas une attention particulière. Ils lui étaient devenus familiers comme de vieux jouets. Ceux qui mobilisaient maintenant toute son intelligence, c'était les deux jeunes, assis sur la petite plage, cachés par les barques.

Cramet attendit patiemment que le jour baisse. Les gens s'en allaient maintenant par petits groupes ; pour l'homme chaque départ était un encouragement. Élise dressa le couvert et s'inquiéta de ne pas voir son client débarquer dans la salle à manger.

Elle frappa à sa porte :

– Vous ne dînez pas, ce soir ?

Il grogna un « non ».

– Bien, monsieur. À demain matin.

Cramet revêtit son gilet à poches et y rangea ses *outils de travail*. Il remonta la fermeture jusqu'à son menton, releva son col. Plus personne ne traînait dans les parages, à part le jeune couple.

Il ouvrit sa fenêtre et fut dehors avec la rapidité d'un lézard. Après avoir longé l'établissement sur la gauche, il marcha en se fondant dans les ombres, comme il savait si bien le faire. Chaque tache de nuit l'accueillait et prenait sa forme. Vers le départ du sentier de la forêt, il attendit le passage du couple, immobile comme une stèle entre les troncs.

Les amoureux arrivèrent d'un bon pas, sans se tenir la main, attentifs aux faisceaux de leurs lampes de poche. Ils s'arrêtèrent un instant à quelques mètres seulement de l'homme.

– Un décilitre ? demanda Madeleine.

– Un dixième de litre, répondit Luc.

– Et un hectolitre ?

– Mille litres.

– Perdu, dit-elle. Je t'embrasserai quand tu sauras ta leçon !

Elle se mit à courir de toutes ses forces.

– Attrape-moi si tu peux !

Le garçon lui cria « Tu triches ! » avant de courir à son tour, comme aspiré dans son sillage. Parfait, se dit Cramet, je commencerai par lui. Il prit une profonde respiration et s'élança.

Luc balayait le chemin de sa lumière, tout en sautant les obstacles. Derrière, Cramet avait parfaitement calé sa course sur celle du jeune homme.

Devant eux, la jeune Madeleine avait disparu, mais de temps à autre, elle criait « Lu-uc ! Lu-uc ! »

Le garçon ralentit à l'entrée de la clairière. « Lu-uc ! » Puis il se positionna bien au milieu et s'accroupit sur le sol, essoufflé.

– Viens me chercher ! cria-t-il.

Soudain, Cramet surgit de l'ombre et se précipita sur lui. Luc se releva d'un bond, l'évitant de justesse. Cramet allait lui saisir la cheville quand une forte lumière éclata.

Un anneau brillant se dessina tout autour d'eux, délimitant nettement la clairière. Au centre, Cramet, surpris, cligna des yeux. Luc en profita pour se précipiter sur le côté et disparut en un éclair, absorbé par la lumière.

Cramet tourna comme une bête au milieu du cercle qui se resserrait. Au-dessus de la vive clarté, on pouvait maintenant apercevoir des visages. En première ligne, il y avait des jeunes femmes et de nombreux jeunes hommes, certains armés de lames. En second, les parents plus âgés étaient munis de barres de fer, de bouts de bois. Cramet prit son couteau dans une main et sa tresse de métal dans l'autre. Aussitôt, Andor, le sourd-muet, et Luc se précipitèrent dans l'arène par des côtés opposés. Le cercle rétrécissait toujours, mais Cramet tenait ses adversaires à distance.

Une première pierre tomba d'un arbre et toucha l'épaule de Cramet, puis une seconde et une troisième. La quatrième heurta sa tête, alors, il hésita… C'est à ce moment-là que Luc et Andor se précipitèrent sur lui et l'assommèrent. Élise se rua à son tour sur l'homme. Elle fouilla son gilet, trouva la seringue. D'un geste rapide, elle la planta dans la cuisse du Major.

Les plus jeunes descendirent des arbres où ils étaient cachés, poussant des cris de loups et de singes. Une chouette effraie leur répondit.

Les habitants de Debrume s'approchèrent du corps de l'homme étendu ; maintenant, ils l'observaient en détail. Allongé, il semblait encore plus grand et plus large que debout. Sur son crâne, le sang coagulait déjà. Devant la masse du prédateur qui les avait poursuivis, l'effroi monta après coup chez le jeune couple. Tremblants, ils revoyaient les faisceaux agités de leurs lampes, se souvenaient de leurs respirations affolées, de la comédie qu'ils avaient dû jouer et qu'ils avaient si parfaitement interprétée. Une joie sauvage se mêla à leur épouvante.

Il fallut plusieurs hommes pour hisser Cramet sur la civière, puis le porter. Les habitants de Debrume, arme sur l'épaule, suivirent en silence. La forêt n'avait jamais abrité une telle procession. La dame blanche ulula longuement, avec une douceur particulière.

Sur le chemin du retour, des hommes et des femmes vinrent remercier Eva. Son plan avait fonctionné, on n'en revenait pas. On était fier d'avoir été là, d'avoir fait partie de ce grand corps chimérique pourvu de dizaines de bras, de jambes et de têtes, capable d'affronter un monstre bien plus laid et mille fois plus cruel.

– Et maintenant, où vas-tu entreposer ce… cette masse ? demanda Ed à son amie.

– À la cave ! Avec les patates !

Elles éclatèrent d'un rire qui se transforma en fou rire nerveux. Oui, qu'allait-elle faire de ce tueur ?

Eva ouvrit sa maison et fit entrer les porteurs de Cramet dans son jardin. D'autres habitants partirent chercher de quoi célébrer l'événement. La nuit allait être longue.

Ed et Eva regardaient le Major étendu sur le sol. Zéno arriva d'un pas léger derrière elles.

– L'homme-silure, murmura-t-il. Il faut faire attention.

– Oui, lui dit Eva. Mais maintenant que nous l'avons pêché, il n'ira plus semer la terreur.

– Qu'est-ce que vous ferez quand il se réveillera ?

– Il sera doux comme un agneau, tu vas voir. On lui a fait une piqûre de gentillesse.

– Vous l'avez drogué ? demanda Zéno.

Ed éclata de rire.

– Oh, si peu… Un petit sédatif.

– Je n'ai jamais vu cet homme, dit Ed, mais… c'est étrange, je reconnais sa présence.

Eva s'approcha de Cramet et s'accroupit près de lui.

– Réveillez-vous, monsieur Cramet. Réveillez-vous !

L'homme s'ébroua lourdement puis tenta de reprendre ses esprits. Il ouvrit la bouche sans produire de son, tel un gros poisson.

– Veuillez décliner votre identité, lui demanda Eva.

La voix caverneuse de l'homme se fit entendre.

– Major Cramet, Élite Sécurité.

– Quelles étaient vos intentions en suivant le jeune couple du lac ?

Elle avait le ton d'un Brigadier.

– Quelles étaient vos intentions ? répéta-t-elle.

– Je voulais procéder à une cérémonie.

– Quel genre de cérémonie ?

– Du nettoyage. Ce sont les à-côtés de mon travail.

– Qu'est-ce que vous voulez dire ?

– Mes loisirs.

Eva lança un regard incrédule à Ed. L'assassinat comme passe-temps… Elle n'avait jamais entendu une chose pareille.

– Décrivez-nous votre activité, demanda Ed.

Le Major expliqua d'une voix posée que son travail consistait à retrouver des fuyards. Cette fois-ci, il y en avait quatre, un Dense né le 01/01/00 ; Sander FJS, dont la maladie était contagieuse ; Ness GRV et Ferdinand PXP, deux parasites. Le Dense devait être ramené à la Colline, les autres éliminés. Les deux femmes se lancèrent un regard terrifié. L'homme était bien un prédateur, elles avaient vu juste. Zéno, affolé, se serra contre sa grand-mère.

– Voulez-vous boire quelque chose, monsieur Cramet ? demanda Eva avec ironie.

– Eau.

– De l'eau, s'il vous plaît, madame, c'est comme ça qu'on demande, dit-elle avec colère.

– De l'eau, s'il vous plaît, madame, répéta Cramet.

Zéno fut fasciné par cette drogue qui avait le pouvoir de dégonfler le plus gros des monstres aquatiques.

Le jour ne s'était pas encore levé sur le domaine de la Charrière quand les tentes s'ouvrirent brutalement. L'Équipe B s'éveilla en sursaut.

– Dépêchez-vous ! leur intima Marika.

Ils sortirent précipitamment et la suivirent, leur paquetage entre les bras. À l'embranchement d'un chemin, un camion les attendait.

– Ivane est venue me voir, dit Marika. Elle a commis une faute, je le lui ai expliqué. Mais je ne suis pas sûre qu'elle ait compris. Avec elle, je ne suis sûre de rien… Il vaut mieux que vous partiez au plus vite.

Ils sautèrent à l'arrière du camion, affolés.

– C'est Bert qui vous conduit. Il dépose du matériel au Centre de Tri. Je crois que vous avez des contacts là-bas.

– Merci, Marika, dirent-ils. Merci pour tout.

Elle referma la porte du véhicule.

Nouveau camion, nouveau voyage.

– Ça finit par être une habitude, dit Ness dans le noir. Équipe B, experte en voyages clandestins.

– On pourrait mettre des notes aux camions, dit Quirin.

– Double A pour celui-ci, proposa Sander.

Ness se cala plus confortablement entre ses compagnons. Elle n'osa pas chercher la main de Quirin, mais savoura la chaleur de son bras collé contre le sien.

Quelques heures plus tôt, la caravane de l'Hypnographe avait pris son départ et l'esplanade de Markand s'était entièrement vidée. Sous les arbres, seule l'herbe gardait encore la trace du passage des artistes. La ville allait retrouver sa routine. Dès le lendemain, les habitants ressentiraient le manque de ce pôle bruyant et joyeux qui offrait l'idée d'un ailleurs et de l'inattendu à leur vie.

Les camions roulaient les uns derrière les autres à une vitesse raisonnable, Harry en tête, dans son *appartement*.

Au milieu de la nuit, Eva et Andor accompagnèrent Ed et Zéno au croisement des routes 146 et 078 dont Eva avait transmis les coordonnées dans son message à Harry. Les deux voies filaient à angle droit à travers la forêt, sous le couvert des arbres, et le petit groupe attendait assis en contrebas de la chaussée. Un peu plus loin, les mains liées, Cramet luttait contre les effets de la drogue. L'homme, comme éteint, avait pris la couleur de la forêt.

De temps à autre, Zéno jetait un coup d'œil au visage du prédateur qui n'exprimait plus aucune détermination. Son regard était vide, peut-être légèrement étonné, ses joues paraissaient molles, ses sourcils retombaient.

Ils entendirent un ronron régulier monter doucement dans la forêt. Des moteurs de camions, sans aucun doute. Le bruit augmenta, puis deux points lumineux surgirent dans le lointain. Une longue ribambelle de camions roulait vers eux. Les véhicules s'arrêtèrent à quelques mètres de l'intersection, les phares s'éteignirent. Le groupe d'Eva marcha d'un bon pas vers le camion de tête. L'Hypnographe descendit les accueillir.

– Bonjour Eva ! Hey ! Toi, je te connais, dit-il à Zéno.

Il se souvenait de l'enfant aperçu dans les coulisses de la Salle du Trésor, au Parc d'attractions.

– Monsieur l'Hypnographe ! s'exclama l'enfant, ébloui.

– Voici Zéno et sa grand-mère Ed, expliqua Eva. C'est eux que tu emmènes. Ils te raconteront.

Elle lui désigna Cramet.

– Lui, c'est un *supplément*.

– Gros supplément, s'amusa Harry.

Eva donna l'identité de l'homme, puis expliqua qu'à Debrume, grâce aux habitants, deux jeunes venaient de lui échapper. L'homme était dangereux, un véritable prédateur, mais le sédatif qu'ils lui avaient administré le rendait inoffensif pour quelques heures encore.

– Le Centre de Tri a une section Dépollution des toxiques, dit Harry en souriant.

– Et un grand sous-sol… ajouta Eva. Je n'ai pas un tel lieu disponible à Debrume… Je suis désolée de t'imposer cela…

– Tu as bien fait, dit-il.

On se dit au revoir en se serrant rapidement dans les bras.

Quelques minutes plus tard, Cramet se trouvait dans le camion, assis sur une banquette vissée dans le sol. En un tournemain, Nénette avait conçu un harnais impossible à détacher qui faisait également office de ceinture de sécurité. En face, sur une autre banquette fixe, elle était assise avec Puk.

– Tu parles d'une vue ! murmura-t-elle en dévisageant le Major.

– La laideur fait aussi partie de ce monde, lui glissa Puk, philosophe.

– Il sent la vase…

– Toi, tu sens la rose, ma Nénette. Fais-moi un bisou.

Nénette colla une bise à son vieux compagnon et répondit :

– Et toi…

– Ne le dis pas ! la coupa Puk.

– Si !

– Non !

– Tu sens la souris !

Ils éclatèrent de rire. En face d'eux, l'homme n'eut aucune réaction.

Ed et Zéno grimpèrent dans le camion suivant et aperçurent un garçon qui ressemblait à Ferdinand, immobile dans la pénombre.

– C'est de la magie de l'Hypnographe ? demanda Zéno à mi-voix.

Ferdinand laissa planer le mystère. L'enfant s'avança et lui pinça le bras. Alors Ferdinand s'ébroua comme s'il revenait à la vie et attrapa Zéno pour le serrer contre lui. L'enfant poussa un petit cri puis se mit à rire, suivi par Ed.

Ness somnolait dans le camion de Bert. Ils avaient roulé longtemps et s'engageaient maintenant sur une petite voie neuve et absolument déserte. Tout au bout se trouvait le nouveau Centre de Tri.

Bert gara son camion et ses passagers en sautèrent avec un peu d'appréhension. Ils s'étirèrent timidement dans les premières lueurs de l'aube.

– Merci Bert, dit Ness.

Au milieu d'une enceinte grillagée, on discernait de nombreux bâtiments carrés ou rectangulaires, la plupart sans fenêtres, reliés par des passerelles tubulaires transparentes. Autour, le paysage était désert, couvert d'une lande sèche aux tons mauves et bruns. Plus loin se dressaient les montagnes du Haut-Pays toutes moutonnantes de verdure.

Un petit engin de levage sortit d'un des bâtiments puis roula sur ses chenilles jusqu'à l'entrée. Dans cette lumière froide, le Centre ressemblait à une station spatiale. Aucun humain ne s'était montré jusqu'à maintenant, comme si l'air était irrespirable. Le portail grillagé s'ouvrit, le petit véhicule lunaire se gara à proximité du camion et Ness vit enfin un être vivant pointer le bout de son nez.

– Bonjour ! Je suis Elmer. Que puis-je faire pour vous ?

– On vient voir Mare, répondit Ness avant de se présenter.

L'homme saisit une sorte de talkie-walkie et prévint la gestionnaire.

– Ah ! Te voilà enfin ! cria une voix deux minutes plus tard.

Ness frémit en reconnaissant Mare qui s'avançait vers eux, souriante, égale à elle-même. Pendant quelques secondes, Ness se demanda si elle avait eu raison d'espérer quelque chose de cette femme élégante. Quirin et Sander, silencieux, observèrent la gestionnaire s'approcher et serrer vivement la main de Ness.

– Contente que tu sois arrivée jusqu'ici, fit-elle.

Le regard de Mare s'arrêta quelques fractions de seconde sur la nouvelle chaîne d'orpheline que Ness portait autour du cou. Elle comprit immédiatement la situation de sa jeune employée et des garçons qui se trouvaient avec elle.

– Le Centre n'est pas encore ouvert… Mais… on dirait qu'on embauche ! fit Mare avec un sourire de chat.

Bert remonta dans son camion et son départ provoqua chez Ness une inquiétude douloureuse. Il y avait quelque chose d'insupportable dans toutes ces séparations. Bert leur fit un long signe de la main puis donna quelques coups de klaxon en guise de dernier au revoir. Ness eut alors un flash du domaine de la Charrière qui lui parut soudain appartenir à une autre vie. Devant elle, les montagnes du Haut-Pays se dressaient, pleines de mystères.

– Il y a pas mal de choses qui vous attendent, dit Mare aux trois voyageurs. Vous êtes prêts ?

Mare conduisit les trois nouveaux venus à l'arrière du Centre, dans la cantine du personnel. Tout au bout, dans un coin sombre, un groupe prenait un petit déjeuner. Il y eut un crissement de chaise, quelqu'un, dans le groupe s'était levé brusquement. Zéno…

– Sander ! cria l'enfant et sa voix bouleversée déchira l'espace.

Les deux frères s'élancèrent l'un vers l'autre. Ed se redressa précipitamment, Ness se rua vers Ferdinand. Paralysé par l'émotion, Quirin se tordait les mains. Enfin, ils s'enlacèrent les uns les autres dans la plus grande confusion. Des baisers inattendus atterrirent sur le visage de Quirin, des cheveux se mêlèrent, des nez se heurtèrent. Et Sander s'écroula au beau milieu des étreintes et des embrassades.

Murmures et phrases inachevées résonnaient tandis qu'ensemble, ils portaient Sander évanoui. On l'assit sur un grand fauteuil, Zéno se blottit contre lui et agrippa sa main. Puis on s'installa en essayant de reprendre ses esprits. Sander piquait du nez, mais Ness le sentait lutter pour revenir parmi eux.

– Les émotions fortes lui font cet effet, murmura-t-elle à Ed, mais il ne va pas si mal, tu sais…

Ed lui sourit avant de détailler le visage de Sander, puis de tous les autres. Ils sont au complet, pensa-t-elle avec un grand soulagement. Ness tressaillit, heureuse de retrouver ceux qu'elle croyait avoir perdus. Ils avaient tellement de choses à se dire. Ferdinand fut le premier à rompre le silence pour raconter son voyage avec l'Hypnographe, puis l'embarquement d'Ed et de Zéno dans la caravane. Chacun enchaîna les récits, les anecdotes, les descriptions des gens qu'ils avaient rencontrés et des lieux qu'ils avaient découverts. Il fallait remettre les événements dans leur chronologie, préciser des points, rappeler des noms. Sander s'éveilla enfin pour de bon et raconta son évanouissement dans le vestiaire de la Charrière. Zéno évoqua ses rêves, mélangeant parfois leur contenu à la réalité, mais Ed apporta des précisions. Quirin, lui, cherchait l'exactitude, ajoutait une date, un détail, chassant de son esprit les souvenirs troublants des moments avec Ness. De temps à autre, ils se sentaient tous si excités, à la fois joyeux, inquiets et impatients, qu'ils s'arrêtaient subitement de parler, laissant passer des silences chargés, reprenant une grande respiration pour chasser les larmes ou les fous rires. Puis Sander tendit le bras. La cicatrice… Les médaillons…

Chacun montra celui qu'il avait autour du cou. On compara les cicatrices qu'on avait aux poignets.

– J'ai été opérée par un boucher ! dit Ness. Un grand chirurgien !

– Moi par… Je ne sais même pas par qui ! s'amusa Ferdinand. Harry m'avait hypnotisé, je n'ai rien senti ! C'est une personne incroyable…

– Il est parti l'Hypnographe ? Et la caravane, elle est partie aussi ? demanda Zéno.

– Ils s'installent aux pieds des montagnes, à quelques kilomètres, pour un spectacle.

Ferdinand et Ness se regardèrent fixement puis prirent conscience que sans cette chaîne de solidarité, jamais ils n'auraient pu se retrouver là, ensemble, sains et saufs. Et tous les êtres aimés étaient présents, presque tous, se dit Ness. Elle se tourna vers la porte et compta jusqu'à trois. À trois, ses parents allaient entrer. Un, deux, trois… mais non, Doris et Jonas manquaient à l'appel. Ils étaient loin, perdus là-haut dans les montagnes du Haut-Pays. Ness ne pouvait pas recevoir de leurs nouvelles. Personne ne le pouvait.

Mare installa les uns et les autres dans leurs chambres, puis invita Ness à la suivre pour la visite du Centre de Tri.

– Si tu n'étais pas devenue une fuyarde, je t'aurais fait venir dans ce Centre pour travailler avec moi. Il va ouvrir bientôt.

Dans quelques semaines, les habitants du Nord viendraient faire leurs dépôts.

– Et les gens du Haut-Pays ? demanda Ness.

– Les gens du Haut-Pays ? Ils restent cachés et ils n'ont rien. Rien à recycler. Ils seraient plutôt demandeurs de matériel de deuxième main ou même de dixième ! Et on ne va pas se gêner pour les ravitailler. J'ai un frère là-bas. Je l'ai aidé à s'installer, il y a longtemps déjà.

La description que Mare fit du Haut-Pays ressemblait à une incursion dans un passé lointain. On s'y chauffait au bois, on se couchait avec le soleil, on cultivait des légumes rustiques... En réalité, on manquait de presque tout.

– Mais pas de vitalité ni d'idées, ajouta Mare en arrivant dans la section Dépollution des toxiques.

D'un geste énergique, elle ôta la bâche qui recouvrait une grosse masse.

– Voilà la machine dépolluante qu'on doit bientôt livrer dans le Haut-Pays, à la Noble Extraction. Dazur exploite la mine d'Induline et nous a demandé de tester ici son bon fonctionnement.

La machine, encore rutilante, allait tourner à vide pendant quelques jours, puis, si le rodage se passait bien, elle serait livrée à la Noble Extraction.

– Elle sert à quoi ?

– À lessiver les filtres des masques respiratoires, expliqua Mare. Les mineurs travaillent avec toutes sortes de protections : lunettes, bouchons d'oreilles, gants. Il faut éviter au maximum d'être au contact de l'Induline. C'est un toxique puissant avant son traitement, paraît-il. Auparavant, les filtres étaient jetés, mais selon Dazur ça coûtait trop cher de les remplacer.

Ness fut saisie d'angoisse. Les doutes qu'elle avait eus sur la mine étaient fondés. Les quelques messages reçus de ses parents cachaient des dangers, mais pour la préserver, Doris et Jonas n'avaient rien dit des risques qu'ils côtoyaient. Ils avaient menti par omission et docilement accepté leur sort. Ness ressentit une étrange colère devant leur obéissance.

– Mes parents travaillent là-bas, dit-elle d'une voix dure.

La gestionnaire du Centre eut un petit mouvement de tête. Ness frémit en pensant à eux, le visage couvert de ces protections.

– Ces masques… Ils sont efficaces ? demanda Ness.

– Aucune idée.

Pendant la suite de la visite, Ness n'écouta plus que d'une oreille distraite. Son esprit courait déjà dans les montagnes du Haut-Pays à la recherche de la Noble Extraction.

Mare s'arrêta devant une grande paroi de verre teinté. Ness, perdue dans ses pensées, y contempla un moment le reflet de son propre visage, puis ses yeux virent soudain à travers la vitre. De l'autre côté de ce miroir sans tain, un homme était assis, immobile.

– Le Major Cramet… murmura Mare, Harry a terminé de l'installer.

L'homme imposant se tenait légèrement voûté. On ne pouvait savoir s'il pensait intensément ou s'il dormait les yeux ouverts. Son regard était d'une fixité étonnante, sans émotion particulière, sa neutralité même inquiétait. Ed et Zéno leur avaient tout raconté. Cet homme les avait cherchés, il avait voulu les éliminer. Le visage du Major et celui de Ness se superposèrent un instant avant que la jeune fille détourne les yeux, mal à l'aise. Depuis son départ de la Capitale, la violence ne cessait d'éclater autour d'elle. Il y en avait plein la tête de cet homme. Il y en avait partout. Dans les puces greffées et les médaillons obligatoires. Chez les bouchers, dans leur métier ; au domaine de la Charrière entre les

Bleus et les employés ; dans le froid et l'ombre des trajets en camion ; dans la nuit inquiétante de la forêt ; dans la sauvagerie du Haut-Pays et les secrets de la Noble Extraction. Et même dans la passivité servile de ses parents. Ness se sentit submergée par la peur. Son regard était devenu aussi fixe que celui du Major.

Mare la raccompagna à sa chambre et l'obligea à se reposer. Une fois seule, Ness songea aux autres. Dans le Centre, avec Mare, ils étaient protégés. Mais elle, la route l'attendait. Au bout, il y aurait ses parents. Elle se rappela tout à coup la phrase de Christine : « Je n'ai jamais croisé quelqu'un qui revenait de la mine d'Induline. » Alors, il faudrait faire sortir Doris et Jonas par la ruse et affronter les dangers.

Pour préparer son départ, Ness avait attendu que la nuit soit profonde et le Centre silencieux. À côté d'elle, la carte routière dépliée n'était d'aucun secours. Les lieux n'avaient pas de nom, les routes ne lui disaient rien. Cependant, tout devint étrangement simple : elle allait marcher vers la masse noire des montagnes, guettant le chemin qui se présenterait à elle, tôt ou tard. Il suffirait de le suivre.

Elle descendit les escaliers, traversa des couloirs éclairés par de petites lumières de secours et découvrit une issue qui donnait sur une des passerelles tubulaires.

Elle s'engouffra dans le boyau transparent et fut aussitôt saisie par le froid de la nuit autour d'elle. Au bout de la passerelle, la porte était close. Ness se sentit étrangement essoufflée ; ce n'était pas l'effort, mais la peur.

Elle colla son front à la paroi transparente posée au milieu de ce paysage qui ressemblait au désert ou à la lune, et tout lui sembla immobile, mais instable.

Un martellement se fit entendre, des gouttes de pluie se mirent à glisser, un voile de brume tourbillonna jusqu'au sol. Un message descendu du Haut-Pays, pensa Ness. Il annonçait que ce qu'elle avait connu n'existait plus.

Il fallait avancer. Avancer et risquer la mort peut-être, c'est tout ce qu'elle pouvait faire. On ne meurt pas en vain, se dit-elle. Puis elle douta. Bien sûr qu'on pouvait mourir pour rien, abandonné au silence. Ici-bas, les vies n'avaient pas toutes la même valeur.

Un coup de vent mêlé de pluie agita le brouillard. Ness se détourna et aperçut un homme qui se tenait au bout de la passerelle.

– Ness ?

Elle reconnut immédiatement l'Hypnographe.

– Je dois partir, dit-elle précipitamment.

– Ness, viens, j'ai besoin de toi.

Il lui tendit la main avec douceur, mais elle baissa les yeux. Il s'éloigna d'un pas tranquille et lui demanda à nouveau de le suivre. Le Centre était toujours aussi silencieux, Ness pensa qu'il ne s'éveillerait plus jamais. Les longs couloirs qui se présentaient n'étaient peut-être qu'une hallucination provoquée par l'homme étrange qui la précédait. L'Hypnographe se tourna vers elle.

– Tu vas veiller sur moi. Plus précisément sur nous, murmura-t-il.

Ils arrivèrent dans le corridor au miroir sans tain.

– Assieds-toi là. Je dois entrer dans cette pièce, dit-il en désignant la grande surface vitrée qui les séparait du Major Cramet.

Ness lui lança un regard affolé.

– Je vais tenter un *reconditionnement* de l'homme. Si quelque chose se passe mal, je me tournerai vers toi et tu débloqueras la porte. Il y a un bouton de secours, là.

L'Hypnographe chercha son approbation, alors Ness lui fit un bref signe de tête.

Il entra dans la pièce et s'approcha de la silhouette massive assise sur le lit. À travers le miroir, le visage de l'homme était bien visible, avec sa mâchoire carrée, serrée comme un étau métallique, et son regard dur.

La main de Ness était tendue vers le bouton d'urgence. D'un geste souple, celle d'Harry glissa vers le cou de l'homme qui s'affaissa légèrement.

L'Hypnographe se mit à parler. Si elle n'entendait pas ses paroles, Ness comprit au mouvement de ses lèvres que les phrases coulaient sans interruption. Harry avait un long récit à faire, elle le sentait. Avec les mots, rien qu'avec les mots, il pouvait sculpter des idées, donner une forme nouvelle à un esprit, inventer des rêves qu'on n'avait jamais eus, des rêves qu'on croirait avoir rêvés et qui inventeraient un passé.

L'Hypnographe berçait l'homme en même temps qu'il se berçait lui-même. D'un côté du miroir comme de l'autre, le cours du temps se trouva suspendu. La frontière de la vitre teintée s'effaça et Ness fut saisie d'une étrange torpeur.

Il lui sembla qu'elle était avec Cramet, avec l'Hypnographe, avec les mots qu'elle entendait presque. Dans cet entre-monde, quelque chose émergeait.

Cramet se recroquevilla sur le matelas et alors Harry se leva. Maintenant, il surplombait le lit où l'homme enroulé sur lui-même ressemblait à un fœtus. Avec des gestes très doux, d'une main puis de l'autre, Harry aida l'homme à bouger ses articulations repliées. Un cri parvint aux oreilles de Ness. Cramet avait subitement détendu ses membres, ouvert ses poumons, et l'oxygène trouvait son chemin. L'homme renaissait.

Peut-être souffrait-il en découvrant ce nouveau corps qui s'éveillait. Et Ness souffrait aussi. Quelque chose lui parlait d'elle. Des images lointaines prirent possession de son esprit. Des murs qui tremblaient sous des lumières vertes. Des sensations anciennes jaillirent, un bercement, une moiteur. Des odeurs de bébé lui emplirent les narines.

Ness frissonna en apercevant l'Hypnographe caresser comme un jeune père les cheveux de l'homme-nouveau-né. Et Ness voulut renaître elle aussi, tout recommencer. Être guidée par quelqu'un qui saurait où aller et quoi faire. Sortir des doutes et de la confusion. Trouver le sens.

Comme le soir du Carnaval, Ness n'eut aucune idée de la façon dont elle retourna dans sa chambre. Seul le rêve de cette nuit-là lui resta en mémoire. Elle s'était retrouvée au milieu d'une foule de silhouettes qui transportaient des planches, des malles en osier, des perruques, des monceaux de costumes colorés. Les membres de l'Équipe B étaient tous là et travaillaient eux aussi. Ness était sur une scène de théâtre et pouvait apercevoir une grande toile recouverte d'un décor peint. Au premier plan, il y avait des arbres, l'un couvert de fleurs, l'autre couvert de neige. Et au loin, l'esquisse de montagnes un peu floues.

Soudain, Ness sentit l'effort intense qu'elle produisait. Toute son énergie était mobilisée par une grande corde qu'elle tenait à bout de bras. Elle ouvrit les mains, la corde fila comme un serpent, et aussitôt la toile peinte s'affaissa.

Derrière, il y avait un vaste espace balayé par le vent et au loin, les montagnes n'étaient plus floues. Elles étaient précises, bien distinctes. Il y avait de la vie, là-bas, derrière les apparences. Il fallait chercher, en avoir le cœur net.

Dehors, les rayons du soleil avaient séché la rosée déposée par la nuit et les épineux têtus de la lande résistaient au vent qui se levait. La matinée se terminait, les garçons tournaient en rond dans le Centre, Ness ne s'était pas encore montrée. Zéno fut le premier à partir à sa recherche. Les autres lui emboîtèrent le pas et tandis qu'ils sillonnaient les couloirs, l'inquiétude les gagna. Ils croisèrent Harry, debout devant une porte.

– Vous avez vu Ness ? demanda Zéno.

– Elle est partie ? s'inquiéta Quirin.

– Non. Elle est là, répondit Harry en désignant la porte qu'il gardait.

– Ah ! Et elle fait quoi ? demanda Sander.

– Je crois qu'elle dessine…

Harry leur expliqua que Ness était venue le chercher au petit matin pour lui exposer son projet : pénétrer dans la mine et en faire sortir ses parents. Afin d'y déambuler en toute discrétion, elle devait revêtir un costume de mineur. Et l'image de ce costume était cachée quelque part dans sa mémoire, précisément sur le message photo de Doris et de Jonas où ils portaient leur uniforme de travail. Harry l'avait aidée à se souvenir ; maintenant, Ness cherchait la forme exacte du vêtement.

Derrière la porte, elle dessinait en effet d'un geste lent et précis. La pointe de son stylo avançait régulièrement comme si elle décalquait un dessin invisible à l'œil nu. Deux silhouettes se matérialisaient. Son père et sa mère, debout. Le geste s'accéléra, les uniformes apparurent avec tous leurs détails. Mais la main de Ness ne s'arrêta pas là. Avec une douceur particulière, elle traça les visages de Doris et Jonas. Leurs regards étaient terriblement présents.

C'était exactement ce dessin dont on avait besoin pour fabriquer le *déguisement* de Ness.

Lorsqu'elle sortit de son hypnose, les garçons l'assaillirent de questions. Elle voulait partir, d'accord, mais eux, ils voulaient l'accompagner. Elle résista, trouvant toutes sortes d'arguments pour les faire rester au Centre, à l'abri.

– Est-ce que tu as un plan ? demanda Quirin.

– Entrer à la Noble Extraction. Trouver Doris et Jonas. Les ramener, dit-elle.

– Ce n'est pas un plan, dit Sander. C'est une liste de verbes. Et elle peut se terminer par : Se faire arrêter. Se faire envoyer au cachot.

Ness fut touchée par la sollicitude des garçons.

– Je vous attendais pour en discuter avec vous, fit-elle, malicieuse.

Ils rejoignirent le bureau de Mare et évoquèrent avec elle les différentes possibilités qui s'offraient à eux pour entrer dans la mine.

À la Noble Extraction, tout était scrupuleusement inspecté. La seule option était d'entrer clandestinement grâce à la livraison de la lessiveuse à masques. Le matin même, Ness avait demandé à se cacher dans le camion qui emporterait la machine. Mare avait accepté.

– Vous semblez persuadés que la Noble Extraction est dangereuse, dit Ferdinand. Mais peut-être que tout va bien là-bas ? Peut-être que les parents de Ness reviendront quand ils auront terminé leur mission.

L'Hypnographe se tourna vers lui et Ferdinand fut surpris par la gravité de son regard.

– Un ami d'enfance est entré à la mine, il y a trois ans de cela. J'ai eu des nouvelles de lui au tout début, trois messages, et puis plus rien. Comme Ness avec ses parents. La mine est une sorte de trou noir, dit Harry. Elle absorbe littéralement les gens. Aucune magie là-dedans.

Et puis la lessiveuse à masques prouvait la toxicité de l'Induline.

– Ness, je t'accompagnerai si tu le souhaites, dit Harry. Et… même si tu ne le souhaites pas, ajouta-t-il en souriant.

– Vous savez, moi, ce qui me donne envie d'aller jeter un œil à la Noble Extraction ? dit Mare avec excitation. Eh bien, ce sont les belles publicités de Dazur qui font la promotion de l'Induline !

Sander se redressa et chantonna :

– « Avec Dazur, tout s'éclaire ! » « Avec Dazur, vous êtes sûrs ! », « Dazur, l'énergie pure ! »

Mare sourit et ses yeux pétillèrent comme ceux d'une enfant.

– Oh ! Je ne peux pas résister ! J'ai tellement envie d'aller voir cette Noble Extraction ! Quel nom splendide ! lança-t-elle.

– Oui, dit Ferdi. On ira. Tous ensemble.

Au Centre de Tri de la Ceinture, il y avait longtemps que Mare collectionnait les documents « Dazur » et « Mine d'Induline ». Plus les casiers de sa *bibliothèque* se remplissaient, plus l'Induline envahissait son cerveau et colonisait ses nuits. Sur tous les prospectus publicitaires qu'elle avait gardés, Dazur clamait la chance inouïe que représentait une telle énergie. Facile à transformer en électricité, l'Induline permettait d'éclairer les logements, de faire fonctionner les machines et les moteurs des véhicules. L'énergie salvatrice n'était pas polluante, facile à entreposer, économique. Oui, elle était véritablement miraculeuse.

Ils dégotèrent une vieille machine à coudre et des mètres de tissu couleur caramel, un tissu bon marché très courant, le même que celui des uniformes portés à la Noble Extraction. Ed prit les mesures de Ness, puis de Ferdinand et de Quirin. On était convenu que Sander resterait à l'arrière. On ne pouvait pas prendre le risque de le voir tomber endormi dans l'enceinte de la mine.

Et tandis que les costumes prenaient forme, l'Équipe B retrouvait l'excitation des préparatifs, tout à fait comme à la veille du Carnaval.

– Je voudrais une perruque ! s'écria Ness.

Pour quelques heures encore, ils pouvaient jouer.

Quand tout le monde fut couché, l'Hypnographe rendit visite à Cramet.

L'homme dormait comme un jeune enfant, mais un enfant de géant trop grand pour son lit. Il sentit la présence de son mentor et s'éveilla. Harry le serra alors dans ses bras.

Personne ne vit cette étreinte horrible et bizarre. Mais Harry profita de ce geste pour plonger l'homme sous hypnose. Il voulait aller voir ce qui se trouvait encore dans ce cerveau criminel, vérifier s'il restait des chausse-trappes ou des pièges, des idées tordues comme du vieux fil de fer. Il entra dans cet esprit sans tressaillir et le parcourut comme on visite une nursery, avec le plus grand calme.

Cramet avait onze ans aujourd'hui.

Harry lui expliqua qu'il savait depuis longtemps lire, écrire et compter. Et aussi s'occuper de lui comme un grand, se laver, s'habiller et se nourrir. Il aimait la musique douce et les films sentimentaux. Mais surtout, Harry expliqua à Cramet qui étaient dorénavant ses amis et ses ennemis. Jamais il ne devrait l'avouer aux Bleus ou aux Brigadiers. Et jamais il ne serait capable de trahir sa nouvelle équipe.

Demain, Cramet aurait quinze ans, comme les membres de l'Équipe B, et Harry reviendrait vérifier ce qui lui restait encore à apprendre.

La sonnerie de la grille d'entrée retentit dans le Centre, puis il y eut un silence angoissant. La lessiveuse à masques allait être livrée aujourd'hui à la Noble Extraction. Ness était prête. Ses amis la regardaient et lui trouvaient l'air concentré et presque joyeux d'une jeune soldate partant pour le front.

Harry et Mare avaient revêtu des vestes du Centre de Tri et endossé les rôles de gestionnaires. Cramet portait un vêtement de vigile.

– Vous êtes sûr pour Cramet ? demanda Ness.

– Je réponds de lui, répondit l'Hypnographe.

La lessiveuse, bien emballée, attendait sur un palan. Son volume énorme impressionnait.

Le camion Dazur avança jusqu'à la zone de chargement, le chauffeur descendit de sa cabine et ouvrit les portes arrière. Mare et Harry lui serrèrent chaleureusement la main avant de manœuvrer le palan. L'homme les aida à déposer la machine, puis Elmer, le premier employé, l'apostropha pour lui offrir une caféine dans le petit bureau attenant.

Mare fit alors un signal, Quirin, Ferdinand et Ness traversèrent aussitôt l'entrepôt et grimpèrent discrètement à l'arrière du camion.

Quelques minutes plus tard, ils roulaient en direction de la Noble Extraction.

Mare était installée à côté du chauffeur. Harry et Cramet, grimés avec soin, se trouvaient près d'une petite lucarne à l'arrière du camion. Les trois jeunes, non loin, se cachaient sous un tas de cartons.

Quirin visualisait la topographie de la route en analysant les mouvements du véhicule. Au bout d'une vingtaine de minutes, le camion ralentit, se mit à monter, puis enchaîna un tournant après l'autre. Le bercement plongea les voyageurs clandestins dans un état cotonneux. L'écœurement n'était pas loin. Ils parlèrent pour faire diversion.

– Harry, vous connaissez Mare depuis longtemps ? demanda Quirin à voix basse.

– Très ! On s'est rencontrés au Centre de la Ceinture, il y a plus de vingt ans. J'avais besoin de vêtements pour un spectacle et je n'avais plus de budget. Elle m'a donné tout ce que je voulais.

– C'est comment, dehors ? demanda Ness à voix basse.

– Oh… C'est difficile à décrire.

Ness songea à Ferdinand qui savait faire entendre de la musique imaginaire. Avec toute son expérience, Harry pouvait bien faire voir quelques images.

– Allez, Harry… fit-elle.

– Eh bien… Nous sommes sur une route étroite et deux véhicules auraient du mal à se croiser. Mais il n'y a pas de véhicules dans le Haut-Pays, enfin, presque pas... Les rares fois où je suis venu, il m'est arrivé de voir des chevaux ou des ânes. En ce moment, de chaque côté de la route, la forêt est dense. Il y a des chênes et des châtaigniers, quelques érables et des charmes.

Le camion monta encore puis prit un large tournant.

– Maintenant, on arrive à un col. À droite, il y a de nombreuses collines couvertes d'herbe verte et de gros rochers gris. Elles moutonnent jusqu'à une chaîne de montagnes. C'est un dégradé qui va jusqu'au bleu et même jusqu'au mauve. Très loin, on aperçoit des sommets enneigés.

– Il n'y a pas de maisons ? demanda Ness.

– Il y en a, mais on ne les voit pas. Les habitants d'ici aiment rester discrets. Ils ne demandent rien. Et ils espèrent qu'on fera pareil en retour. Ils ont construit leurs habitations dans des endroits cachés, parfois même dans des grottes.

Les kilomètres défilaient. De temps à autre, Harry poursuivait ses descriptions. Dans le Haut-Pays, point de commerces, pas de village. Parfois, des petits malins entraient avec une camionnette remplie de choses introuvables, puis les troquaient. Certains fuyards avaient encore un bijou ou un objet précieux à négocier. D'autres, dépouillés depuis longtemps, échangeaient des objets d'artisanat minutieusement réalisés contre des conserves, un paquet de légumineuses, une bassine en plastique, un couteau. Certains habitants des montagnes récoltaient des plantes rares qu'ils faisaient sécher ou de belles châtaignes qu'ils pouvaient troquer, expliquait Harry. On se débrouillait avec les ressources du pays. Tout ce qui descendait des montagnes du Haut-Pays était chargé de mystère et portait la marque de l'interdit et de la contrebande qui faisait monter les prix dans la plaine.

– Nous allons redescendre légèrement en direction du nord, dit Harry.

La Noble Extraction se rapprochait, Ness fut saisie d'angoisse. Son cœur se mit à battre dans sa gorge.

– Est-ce qu'on a vraiment l'air de mineurs ?

– Oui, oui. Vos tenues sont très bien, la rassura Harry.

Le camion ralentit pour prendre un tournant.

– La mine n'est plus très loin. Je fais le point ?

– Oui, demanda Ness d'une voix inquiète.

Elle avait tout à coup l'impression de ne plus rien savoir du plan qu'ils avaient pourtant échafaudé ensemble.

– Mare va gérer la livraison de la machine. Moi, je reste auprès du camion pour vous indiquer quand la voie sera libre. Vous allez vous mêler aux mineurs. Une heure plus tard, vous nous retrouvez au même endroit, avec ou sans tes parents, Ness…

Le camion fit une halte rapide. On entendit des hommes se dire bonjour, puis les crissements d'un portail en métal qui s'ouvrait.

Ils étaient arrivés dans l'enceinte de la Noble Extraction.

« Vous êtes capables d'accomplir cette mission », leur dit Harry de sa voix pénétrante.

Le camion roula sur quelques dizaines de mètres, puis manœuvra et se mit en place pour le déchargement. On livrait devant un grand espace, sous le bâtiment des bureaux.

Une administratrice se présenta, visiblement contente d'avoir de la visite en provenance de l'extérieur. Mare lui expliqua qu'elle gérait l'installation de la lessiveuse à masques et que cela allait prendre du temps. Elle parla d'une voix souriante, comme ravie de lui confier personnellement ces explications et proposa de la faire appeler pour une démonstration quand ils en auraient terminé. Marlène, l'administratrice, acquiesça aimablement, mais se raidit en voyant sa supérieure arriver.

– Je vous présente madame Dé, la directrice de la Noble Extraction, dit-elle.

– Bonjour, madame. Je vais rester un moment avec vous. Vous m'expliquerez le fonctionnement de la machine.

– Bien sûr, madame Dé, répondit Mare d'une voix excessivement respectueuse.

Elle connaissait la susceptibilité de certains Pâles qui occupaient des fonctions importantes. Ces derniers avaient tendance à se prendre pour des élus et cette madame Dé était un beau spécimen. Visiblement, elle ne se prenait pas pour un simple clou dans la grande charpente du monde.

L'administratrice salua Mare d'un petit signe et s'en retourna à ses occupations. Mare débâcha la lessiveuse d'un grand geste.

– Je vous laisse découvrir ce bijou, dit-elle à la directrice. Veuillez m'excuser un instant, j'ai besoin de quelques outils.

Mare se précipita à l'arrière du camion pour informer Harry.

– La directrice est là. Je la garde avec moi. La mine est mitoyenne de l'entrepôt. L'entrée des vestiaires est à gauche, sous le grand auvent.

Elle jeta un coup d'œil rapide autour d'elle.

– Allez-y ! Maintenant ! dit-elle aux jeunes gens.

– Marchez lentement, ajouta Harry. Vous êtes des mineurs. Vous êtes chez vous.

Ness et les garçons sautèrent du camion, tandis que Mare et Harry rejoignaient madame Dé. Ils lui demandèrent des filtres usagés pour faire accomplir un cycle complet de nettoyage à la machine. Il fallait vérifier son bon fonctionnement et surtout gagner du temps.

Cramet, le visage impassible, se posta à l'entrée de l'entrepôt, bien raide dans sa veste de vigile. Sa présence ajoutait une touche de sérieux qui donnait le change à la directrice.

Les trois jeunes rejoignirent calmement les vrais mineurs et l'on ne fit plus aucune différence entre les uns et les autres.

Ils passèrent le porche vétuste et s'introduisirent sans difficulté dans le vestiaire de la mine. Ils ajoutèrent des gants, des masques et des lunettes à leur panoplie avant d'emprunter un grand tunnel étayé.

Tous les trois, ils n'avaient plus qu'à suivre les lumières blafardes disposées sur le plafond de la galerie. Le sol en terre battue rendait leurs déplacements parfaitement silencieux, d'ailleurs, les mineurs qui les avaient précédés avaient disparu sans un bruit.

Au bout, la galerie s'éclaira d'une lumière orangée. On arrivait dans une vaste grotte. Personne n'y travaillait.

Les murs ne semblaient pas avoir été grattés, mais martelés peut-être, car ils portaient d'étranges taches beiges et rondes, pas très grandes. Une dizaine de mineurs traversèrent la salle. Ness chercha à reconnaître Doris ou Jonas comme elle allait le faire à chaque rencontre avec des ouvriers. Une bruine très fine se diffusa dans l'air. Ils remarquèrent un long système de brumisation fixé sur la voûte et qui se déclenchait à intervalles réguliers.

Au bout de cette première salle, ils montèrent un escalier en tôle avant de rejoindre une autre galerie. Ils croisèrent quelques mineurs qui portaient des paniers et marchaient toujours de ce pas lent, très étrange. Ness les dévisagea, mais il était difficile d'apercevoir les visages derrière les protections.

Ils débouchèrent dans une nouvelle salle aux parois bleutées, très grande, dont le sol était couvert de stalagmites d'un blanc pur. Tout autour de la salle couraient des échafaudages branlants où les mineurs travaillaient. De leurs mains gantées, ils touchaient délicatement les parois.

– On les cherche, dit Ness.

Ils montèrent sur les échafaudages où les mineurs, concentrés sur leur tâche, ne leur prêtèrent aucune attention. Peut-être étaient-ils épuisés par le travail, pourtant, personne ne portait de pioche ni d'outils imposants. Ils se servaient uniquement de leurs mains et d'un petit couteau à bout rond. La lenteur de leurs gestes associée à cette étrange façon de se tenir leur donnait l'air de revenants.

Ness se fraya un chemin jusqu'à une paroi, cherchant toujours à reconnaître ses parents. Elle observait les coiffures, la forme générale des visages, cherchait une attitude qui lui aurait été familière.

Lorsqu'elle fut près de la roche, elle découvrit quelque chose de tout à fait inattendu. Point de minerai à récolter, comme elle l'avait imaginé, mais de petits champignons au chapeau bleuté. Les ouvriers les cueillaient avec une délicatesse extrême, les coupant à un centimètre de la base. Elle comprit que les traces rondes vues dans la première grotte étaient les restes des pieds de champignons probablement récoltés plus tôt. Alors, l'Induline c'était ça… Cette chose étrange, si étrange… Ness remobilisa son esprit. Rester concentrée sur Doris et Jonas. Doris et Jonas.

– Spores ! cria une voix d'homme.

Il y eut une légère agitation, les mineurs réajustèrent leurs protections et se tournèrent tous ensemble vers le centre de la grotte. Puis, immobiles, ils regardèrent le nuage de spores tomber au milieu de la salle. Les particules flottèrent un moment avant de recouvrir lentement les stalagmites blanches, les rendant plus blanches encore, presque fluorescentes. Ness porta instinctivement la main à son masque.

Les mineurs semblaient subjugués par le spectacle des spores scintillantes qui dansaient dans l'atmosphère. Ils demeurèrent figés jusqu'à ce que l'air redevienne clair, comme si l'immobilité pouvait les protéger d'une contamination, puis ils se remirent au travail. Quelques secondes plus tard, les trois jeunes profitèrent de la reprise de l'activité pour circuler et chercher, chercher encore ceux qu'ils étaient venus sauver. Doris ? Jonas ? osaient-ils demander parfois, abandonnant la discrétion dont ils avaient fait preuve jusque-là. Les mineurs, étrangement indifférents, faisaient non de la tête ou levaient les épaules.

– On ne les trouvera pas ici, se dirent-ils après s'être rejoints au bout de la passerelle qui surplombait les stalagmites.

– Retournons au vestiaire.

Ils avaient envie de courir, de fuir cette ambiance étrange. L'impression d'être couverts de spores, l'horrible sensation que cela les empoisonnerait les avaient envahis. Et ces zombies, si passifs, n'allaient-ils pas s'éveiller et les prendre en chasse ? Ness heurta une femme de plein fouet. Le panier qu'elle portait vacilla et des champignons basculèrent par terre. La femme recula de plusieurs mètres, tandis que Ness se penchait pour les ramasser.

– Non ! s'écria la femme.

Mais il était trop tard. Avant même qu'elle ne les touche, les champignons éclatèrent et Ness sentit les spores se déposer sur ses cheveux et son visage.

– Va prendre une douche tout de suite, lui cria l'ouvrière en s'éloignant rapidement.

Lorsqu'ils arrivèrent au vestiaire, des mineurs nettoyaient mutuellement leurs tenues à l'aide d'un petit aspirateur. Ils le passèrent à Ferdinand qui s'occupa de Ness. La jeune fille avisa les douches, mais elle n'avait pas de temps à perdre. Elle essuya son visage avec les serviettes en papier mises à disposition des travailleurs ; la sensation collante perdura sur sa peau.

Ils rejoignirent le camion. À l'entrée du site, un véhicule se présentait. Il faisait une diversion bienvenue.

Tandis que Cramet et Harry rangeaient les cartons d'emballage dans la remorque du camion Dazur, l'Hypnographe jetait de rapides coups d'œil à l'extérieur.

– Montez ! dit-il en apercevant les trois jeunes.

Ferdinand grimpa et se cacha immédiatement.

– Harry, je reste là, dit Ness.

– Non ! Monte !

– Je vais aller au village des mineurs. Je vais les trouver là-bas.

– Monte maintenant ! dit-il.

Ness demeura immobile.

– Je reste avec elle, dit Quirin.

Il n'était plus temps de négocier. Harry réfléchit rapidement.

– On se débrouille pour revenir, dit-il. Dès qu'on nous rappelle pour la machine. Demain, peut-être…

– Merci Harry, au revoir, dit Ness.

Ils s'éloignèrent sans se retourner.

Harry et Cramet descendirent de la plateforme du camion et rejoignirent Mare dans l'entrepôt.

Devant la machine, la gestionnaire du Centre de Tri terminait de donner ses explications à l'administratrice qui l'écoutait avec attention. Madame Dé avait eu droit à un cours particulier et, par chance, s'en était allée. Harry s'approcha de la femme et lui fit face.

– Nous sommes très heureux de vous avoir livré cette machine. Écoutez-moi attentivement.

La femme s'immobilisa, subjuguée par le regard de l'Hypnographe.

– Vous avez une confiance totale en nous. Vous nous rappellerez au moindre problème. Nos visites vous sont agréables. Nous trouvons toujours des solutions pour vous. Nous sommes une véritable aide.

D'une main ferme, il l'invita à s'asseoir.

– Reposez-vous un instant. Nous avons bientôt fini.

Harry se retourna vers Mare et lui parla à voix basse.

– Crée une panne dans la machine, lui dit-il. Ness et Quirin ne repartent pas avec nous. On reviendra les chercher sous prétexte de réparer la lessiveuse.

Mare s'affaira aussitôt.

À l'entrée de l'entrepôt, Cramet semblait maintenir le calme par sa présence massive.

Quirin et Ness, inquiets, marchaient comme des automates sur l'allée de ciment verdie de mousse qui traversait la Noble Extraction jusqu'aux habitations des mineurs. Ils croisèrent quelques personnes en tenue de travail qui ne leur prêtèrent aucune attention particulière. Quirin et Ness se jetèrent un coup d'œil pour vérifier mutuellement qu'ils n'avaient pas des expressions trop apeurées. Non, ils avaient l'air bien plus bizarre que cela.

– Respire, respire, murmura Ness aussi bien pour elle-même que pour Quirin.

Il tressaillit. Un petit vent soufflait sans discontinuer, cherchant à mordre le moindre morceau de peau. Sur la gauche, une salle de spectacle plutôt miteuse ; en face, un cube percé de hautes fenêtres et terminé par un auvent. Derrière, d'autres bâtiments construits dans le même style utilitaire, des toits plats posés sur des rectangles de béton. Des panneaux indiquaient « Restaurant » ou « Économat ». À cette heure-ci, il y avait peu d'activité.

Ils dépassaient une sorte de kiosque quand Ness reconnut le décor des messages de ses parents et celui de son rêve. La toile peinte… Devant, deux beaux arbres pas très grands semblaient défier les saisons. À leurs pieds, des arbustes fleurissaient. Quirin et Ness s'approchèrent et touchèrent le tronc des arbres : un ciment sculpté imitant l'écorce à la perfection. Les bosquets, eux, devaient être en plastique. Ness ramassa une pomme tombée au sol et fut surprise par sa légèreté, un moulage creux parfaitement réaliste.

Au-dessus de leur tête, le ciel changeait à toute allure. La brume s'était levée, mais des nuages gris enveloppaient les sommets au loin. Le vent les poussait lentement vers eux, les sculptant en grosses volutes sombres et compliquées. Ils longèrent une allée étroite qui disparaissait parfois sous la boue. L'humidité stagnait dans les ruelles sombres qui desservaient les bâtiments où vivaient les mineurs. Les vitres des rez-de-chaussée étaient opaques. Sur les portes d'entrée, il y avait de petits panneaux avec les numéros des appartements et des noms écrits à côté, pas toujours très lisibles. Point de Doris ni de Jonas. Ils manquèrent de heurter une silhouette qui avançait tête baissée. Elle s'éloigna et disparut à l'angle d'une ruelle. Ils partirent dans sa direction et débouchèrent bientôt sur une placette.

Un couple d'hommes la traversait à petits pas. L'un d'eux peinait à garder les yeux ouverts tandis que l'autre, plus éveillé, maintenait fermement son bras. Plus loin, une femme s'arrêta et se figea, clignant lentement des yeux, comme subitement saisie par le sommeil. Deux autres personnes arrivèrent d'une ruelle, déambulant toujours de ce pas mesuré. Tout à coup, l'attention de Ness et Quirin fut attirée par un mouvement. Une personne était tombée par terre, les yeux fermés.

Ils avaient pénétré dans le village de la Belle au Bois Dormant.

Ness s'approcha d'une femme assise sur un banc de la placette.

– Bonjour, je cherche l'appartement de Doris et Jonas.

La femme essaya de se souvenir.

– Ils sont narcoleptiques ? demanda-t-elle.

Ness fut surprise par le mot. Elle voulut demander des précisions, mais la femme tomba dans une profonde léthargie. Ils ne trouveraient aucune information ici. Ils fuirent la petite place qui s'était lentement remplie de promeneurs ensommeillés.

Quirin et Ness reprirent leur quête, une ruelle après l'autre. Avant les derniers bâtiments, ils découvrirent les noms de Doris et Jonas, appartement Zéro C. La fébrilité gagna Ness en une fraction de seconde.

L'appartement se trouvait au rez-de-chaussée, tout au bout d'un couloir mal éclairé dont la peinture s'écaillait. Le cœur battant, Ness s'arrêta devant la porte et frappa plusieurs coups secs. Rien. Elle frappa plus fort et tendit l'oreille. Aucun bruit ne lui parvint. Quirin avisa la serrure à code.

– C'est un code à six chiffres, dit-il. Essaie la date de naissance de ta mère ou la tienne.

Ness tapota des numéros. Il y eut un clic et la serrure se débloqua. Ils entrèrent et refermèrent rapidement la porte.

Ils ne trouvèrent personne, mais Ness reconnut quelques objets familiers. Ils étaient bien chez Doris et Jonas. La première idée qui traversa l'esprit de Ness fut que l'appartement, ou plutôt le studio, n'était peut-être plus habité du tout. Elle se mit alors à chercher des traces qui lui prouveraient le contraire. Dans le coin cuisine, une assiette avec des miettes, une tasse sale. Près de la cabine de douche, une serviette encore humide. Ce lieu n'était pas déserté.

Ils entendirent des bruits dans le couloir et se figèrent. Instinctivement, Ness chercha où se cacher et avisa le grand lit.

On frappa à la porte, puis Marlène, l'administratrice, appela « Doris, Doris… » *Le lit*, signa Ness en langage sourd-muet. Ils se glissèrent dessous avec la rapidité des lézards.

On frappa à nouveau, puis on actionna la poignée. Les deux intrus retinrent leur respiration. Quelques secondes plus tard, les pas s'éloignèrent. Ness et Quirin se tournèrent l'un vers l'autre.

– Je suis désolée de t'avoir entraîné là-dedans, murmura Ness.

Son visage était tout près de celui de Quirin.

– Je reste avec toi. C'est tout, répondit-il.

Elle lui sourit et Quirin acquiesça, comme si le sourire de Ness était la seule chose qu'il attendait.

– Narcoleptiques… C'est ce qu'a dit la femme ? demanda Ness.

Il acquiesça.

– Oui. J'ai déjà entendu ce mot. C'est bien le nom d'une maladie, dit Quirin.

– Tu crois que Sander est narcoleptique ?

– Sa maladie ressemble à ce qu'on vient de voir… répondit-il.

On entendait des écoulements, un lointain bruit de fond, et au-dessus, quelqu'un qui s'activait dans son studio.

– Tes pommettes sont luisantes, dit Quirin toujours à voix basse.

Il renifla doucement son visage.

– Tu sens la mousse des bois.

– Je devrais prendre une douche…

– Tu as reçu des spores ?

Ness acquiesça timidement.

– Alors, vas-y ! dit-il en la poussant de sous le lit. Je surveille.

Ness n'était pas sous l'eau depuis plus de trois minutes que Quirin entendit la serrure se déverrouiller. Il courut vers la porte, mais elle s'ouvrait déjà. Il tomba nez à nez avec Doris. Il claqua la porte dans son dos, elle poussa un cri étouffé. Il la prit dans ses bras pour la faire taire.

Lorsqu'il la lâcha, Ness était au milieu de la pièce, toute dégoulinante d'eau, vaguement enveloppée dans une serviette. Elle se jeta sur sa mère, la serviette tomba. Doris tenait maintenant sa fille nue serrée contre elle.

Sander et Zéno, cachés dans le parking du Centre de Tri, attendaient impatiemment le retour des faux mineurs. Dès que le camion Dazur eut déposé ses passagers, les deux frères coururent à leur rencontre.

– Elle est où, Ness ? demanda le petit garçon.

– Elle est restée à la Noble Extraction avec Quirin. On ira les chercher demain, répondit Ferdinand.

– Mmmm... Quand on nous appellera, précisa Harry.

L'enfant eut une grimace affolée et Ferdinand se sentit aussitôt coupable.

– On n'a pas vu Doris et Jonas à la mine, dit-il, alors Quirin et Ness sont partis les chercher dans le village.

– Là-bas, tout seuls ! Comme ça ? fit Sander.

– Sander... Tu connais Ness. Maintenant qu'elle s'est décidée, elle ne lâchera pas, lui répondit Ferdinand. Elle n'est pas...

Zéno poussa un cri strident qui interrompit aussitôt toute explication.

– Mais fallait pas les laisser !

Il s'approcha de Ferdinand, menaçant, puis de Mare et d'Harry qui reculèrent. « Bande de lâches ! » leur cria-t-il. Sander eut un vertige et s'adossa au mur. Soudain, Cramet arriva dans le dos de Zéno et lui saisit les bras. L'enfant eut un étrange hoquet tandis qu'Harry se précipitait vers Cramet pour lui faire lâcher le petit. Les deux hommes se regardèrent, Cramet desserra son étreinte. « Ness », murmura l'enfant d'une voix mate. Il n'était pas blessé, du moins pas physiquement. Mare le serra contre elle, Harry poussa un long soupir.

Une bonne hypnose générale, voilà ce dont ils ont tous besoin, pensa-t-il.

Lorsque l'on eut repris ses esprits et mangé un morceau, Harry et Mare tentèrent de rassurer Zéno, Sander et leur grand-mère.

– Quirin et Ness se sont parfaitement fondus dans le décor, expliqua Harry.

– On n'a été scanné à aucun moment dans l'enceinte de la Noble Extraction. Ils n'auront pas de problèmes d'identité, expliqua Mare.

– Mais on va les sortir de cet endroit, hein ? fit Zéno.

– C'est prévu, dit Harry.

Ferdinand fit ensuite le récit de ce qu'il avait vu à l'intérieur de la mine. Alors l'Induline, c'était ça ? Ils étaient tous dubitatifs devant l'explication de Ferdinand et peinaient à faire le lien entre l'énergie moderne dont Dazur faisait la promotion et cette mine désuète où l'on cultivait des champignons. Ils s'étonnèrent de la simplicité de la récolte, de cette cueillette précautionneuse. Ils visualisèrent les spores comme une poussière miraculeuse et Harry songea qu'en d'autres temps, l'Induline aurait été vénérée comme la manifestation terrestre d'un dieu. Puis il prit conscience que c'était à peu près ce qui se passait. Dazur s'extasiait devant la puissance du produit et vantait ses prodiges sur tous les murs du pays. Un gramme d'Induline apportait la lumière pendant des milliers d'heures. Un gramme d'Induline faisait rouler les véhicules pendant des jours et des jours. Elle alimentait les usines, les fabriques, les ateliers. Sans elle, le mouvement s'arrêtait, tout redevenait immobile, tout s'éteignait. Il en aurait fallu de peu pour que l'on croie l'Induline capable de faire tourner la Terre autour du Soleil.

Pourtant, la mine était vieillotte, peu entretenue. Son aspect lui donnait l'air d'un coupable sur le banc des accusés, cherchant à se faire oublier. Seule madame Dé, la directrice, brillait par son assurance et son autorité. Elle était en fonction depuis longtemps et avait dit avec fierté « Je suis la mémoire de ce lieu. » L'information avait sonné comme une menace.

À la Noble Extraction, un vent glacé fouettait les bâtiments. On se sentait isolé de tout, abandonné à son sort. Mais un miracle s'était produit, on s'était retrouvé. Tremblant, Quirin avait enveloppé Ness d'une couverture et devant Doris, il n'avait pas prononcé sa phrase fétiche *j'aimerais vous embrasser*. Il l'avait simplement serrée contre lui. Tous les trois, ils avaient ri et pleuré en même temps, comme une météo déréglée, soleil et pluie, arc-en-ciel.

Face à l'insistance de sa fille, Doris avait fini par répondre à ses questions à propos de la mine. Sa voix avait alors perdu en assurance. Non, tout n'allait pas bien, ici. Jonas était tombé malade et avait été admis au dispensaire de la mine. Les demandes de rapatriement faites par Doris étaient restées sans suite au motif qu'on ne partait pas de la mine avant la fin de son contrat.

– Il est malade de quoi ? demanda Ness.

– Ils appellent ça narcolepsie… murmura Doris.

– C'est…

– Certains malades ne se réveillent plus.

– Et papa ?

– Il a très peu de moments éveillé.

Ness imagina son père endormi, mais c'est un mourant qu'elle visualisa. Elle chassa cette image de son esprit.

– On va le sortir de là, dit-elle. Et toi aussi. On peut aller le voir ?

Les visites n'étaient pas autorisées le soir, mais Doris connaissait les gardiens qui se succédaient jour et nuit. Ils n'avaient rien à gagner à faire du zèle car pour nombre d'entre eux, ils avaient des amis, une compagne ou un compagnon malades.

Ils traversèrent le village glacial en direction du modeste dispensaire. Dans le hall faiblement éclairé, le comptoir d'accueil était désert. La salle de consultation au fond du couloir était fermée, les malades se trouvaient au-dessus.

– Vous avez des médecins ? demanda Quirin à voix basse.

– Bien sûr que non. Tu imagines des Bleus travailler ici ?

Ness se sentit de plus en plus oppressée tandis qu'elle montait les escaliers et Quirin percevait son angoisse. Ils traversèrent le couloir. Un homme en costume de mineur était assis près d'une fenêtre. Il regardait la nuit au-dehors.

– Ça va ? lui demanda Doris.

– Oui, et toi ?

Elle acquiesça et poursuivit son chemin, sans donner plus d'explications.

– C’est une salle commune, murmura Doris aux visiteurs avant d’ouvrir la porte.

Elle les précéda dans une grande pièce remplie d’une trentaine de lits où les malades dormaient, parfaitement calmes. Pas de dispositifs médicaux, d’électrocardiogrammes, mais une veilleuse éclairait faiblement chaque emplacement. À côté du lit, une petite table de nuit, un tabouret. Doris s’arrêta et fit signe à sa fille d’avancer. Ness sentit le temps se distordre tandis qu’elle faisait un pas, un deuxième, encore un. Son intuition l’avait prévenue…

Elle ne reconnut pas immédiatement son père. Il était très amaigri. Effrayant. Elle ferma les yeux un instant pour chercher le visage de son père d’avant. Mais déjà, son nouveau visage avait envahi son esprit. Elle regarda plus longuement ses traits tirés. Lentement, elle retrouva un air familier. Elle s’assit près de lui et saisit sa main posée sur la couverture comme un oiseau blessé. Ses os saillaient sous sa peau lisse. Elle demeura là, incapable de rien faire, mais lui parlant dans sa tête.

– Tu peux lui parler à voix haute, il t’entendra, murmura Doris.

Ness baissa la tête.

– Je n’y arrive pas.

Quirin saisit l’autre main de Jonas et prit son pouls. Ness se voûta, accablée.

Ils restèrent longuement près de lui, en silence. Ness aurait voulu le serrer contre elle, mais elle resta immobile. Jonas paraissait si fragile.

Plus tard, lorsqu’ils furent revenus au studio, Ness s’allongea et demeura longtemps ainsi, à regarder le plafond. Dans le coin cuisine, Doris et Quirin discutaient à voix basse, mais leur ton était parfois enjoué. Ness prit conscience qu'entre sa mère et Quirin, il existait toute une relation avec ses échanges, ses complicités, ses souvenirs ; elle n'en connaissait qu'une infime partie.

Doris s'installa sur la petite banquette et laissa les deux jeunes gens dormir dans le grand lit. Durant la nuit, Ness se tourna et se colla contre le dos de Quirin. Sa chaleur était rassurante, bienfaisante. Un flot de souvenirs traversa alors les rêves de la jeune fille. Des images complètement oubliées d'elle et de son père où tout était incroyablement vivant et doux. Les sons, les odeurs, les lumières coulaient comme de l'eau entre ses doigts. Puis toujours en songe, Ness se retrouva au chevet de Jonas, avec Quirin. Le lit roulait. Ils le poussaient à toute allure sur l'allée cimentée du village. Le drap battait l'air comme une grande voile.

Au Centre de Tri, on attendait avec impatience des nouvelles de la lessiveuse à masques. Jamais l'annonce d'une panne n'avait été si désirée. Lorsque Mare fut jointe par la directrice de la Noble Extraction, tout le monde se sentit électrisé. On fut prêt à monter dans le camion en quelques minutes. Et pas question d'en interdire l'accès à Zéno ou à Sander.

C'était de la folie, bien sûr.

Cramet et Harry revêtirent leurs uniformes et positionnèrent leurs postiches. Mare prit son air assuré de gestionnaire du Centre. D'une main fébrile, Ferdinand passa son costume de mineur. C'est à lui que revenait la mission de trouver Quirin, Ness et ses parents, mais il était terrifié à l'idée de retourner là-bas.

Derrière le mur de la Noble Extraction, Doris courait vers le dispensaire où Ness et Quirin veillaient Jonas.

– Les administratrices ont signalé une panne de la lessiveuse. Vos amis…

– Oui, ils vont arriver, dit Ness…

Ils n'avaient pas trouvé comment faire sortir Jonas.

Le gardien de la Noble Extraction ouvrit le portail au camion du Centre de Tri et, reconnaissant Mare, leur fit signe d'entrer. Marlène les accueillit, tandis que Ferdinand, en tenue de mineur, en profitait pour partir discrètement vers le village. Il scruta les entrées des bâtiments, sans oser s'approcher, parcourut rapidement le jardin, revint sur ses pas le cœur battant. Où aller, où les trouver ? Les larmes aux yeux, il s'immobilisa à un croisement. Il aurait aimé crier, préféré qu'on l'arrête plutôt que de subir plus longtemps ce supplice. Il aperçut enfin un groupe qu'il reconnut immédiatement. Doris marchait en tête ; derrière elle, Ness et Quirin poussaient un grand chariot à linge sale. Un morceau de drap battait l'air comme une voile.

Ferdinand, les jambes tremblantes, leur emboîta le pas.

Lorsqu'ils arrivèrent en vue du camion du Centre, ils étaient fous d'angoisse. Cramet leur donna un coup de main et dans un effort violent et désordonné, ils montèrent Jonas à l'arrière de la remorque. Cramet prévint Mare et Harry, occupés à réparer la fausse panne, puis reprit sa place de sentinelle.

Plus qu'un boîtier à refermer et ils pouvaient partir. C'était sans compter l'arrivée de madame Dé.

Elle débarqua accompagnée de deux hommes à l'allure de molosses et se planta devant Mare. Ses sbires, mâchoires serrées, se dirigèrent vers l'Hypnographe.

– Vous allez très bien, susurra la directrice à Mare, vous êtes détendue. Vous avez confiance. Vous…

– Que se passe-t-il, madame Dé ?

Harry avait reconnu les paroles de madame Dé, c'était des inductions pour plonger Mare en état d'hypnose. La directrice se retourna vers lui.

– J'aimerais en savoir un peu plus sur vous. Je vais vous garder dans l'équipe. On fera connaissance.

Cramet était immobile, dans l'ombre de la porte. Avec sa renaissance, il avait abandonné de nombreuses choses du passé, mais pas sa capacité à se fondre dans l'environnement. Les deux hommes gris ne l'avaient pas encore remarqué.

Harry fit un mouvement vers madame Dé, aussitôt les sbires l'empoignèrent.

– Laissez-le, dit-elle.

Harry plongea ses yeux dans ceux de la directrice. Le regard de la femme était d'une dureté extraordinaire. Elle était puissante et sûre d'elle, détentrice d'une longue pratique de l'hypnose. Face à elle, Mare était pétrifiée de peur.

Au moment où la directrice donna l'ordre de saisir les intrus, Cramet se jeta sur les gardes. D'un geste sec, il brisa la nuque de l'un, puis de l'autre. La directrice poussa un cri.

Cramet fut sur elle en une seconde. Il la serra contre lui, elle embrassa son cou jusqu'au sang. Il tressaillit à la morsure, serra plus fort, un craquement sinistre retentit, puis il relâcha son étreinte d'un geste gracieux. On aurait dit qu'il la faisait danser. Sa dernière danse. Ses cervicales avaient cédé sous la puissance de Cramet. Il la tenait morte entre ses bras.

Cinq minutes plus tard, sans se douter de ce qui venait de se passer, le gardien à l'entrée de la Noble Extraction laissa le camion du Centre de Tri s'en aller.

À l'intérieur, il y avait des morts et des vivants.

À l'arrière du camion, on n'osait pas bouger. On ne voyait pas les cadavres dans la pénombre, mais on les sentait tressauter avec les cahots de la route. Ness aurait aimé les pousser du pied et les voir passer par-dessus bord. Ils étaient des êtres maléfiques – encore capables de se réveiller – pensa-t-elle, des puissances supérieures indifférentes aux humains, aux liens qui les unissaient, à l'espoir. Ness les haïssait d'être là, d'être morts. Elle détestait qu'il ait fallu les tuer. Regardez ce que vous avez fait de nous… Des criminels, pensa-t-elle.

Ces morts étaient coupables, sûrement, mais cela n'apaisait pas sa culpabilité à elle ; ça n'ajoutait que du chagrin à l'horreur. Le souffle court, Ness s'abandonna aux tournants. Il fallait penser aux arbres, aux montagnes, au vent qui soufflait, à toutes les formes de vie qui se croisaient sur la terre et qui n'avaient que faire des errements des humains. L'esprit de Ness s'envola tandis que Zéno et Sander se tenaient blottis contre elle.

Le camion filait sur la route sinueuse, comme ivre. Mare s'accrochait au volant plus qu'elle ne conduisait.

– On va chez mon frère, dit Mare. On ne peut pas rentrer au Centre avec… avec…

Le camion fit une embardée, Harry redressa la direction.

– Tu sais où tu vas ? demanda-t-il.

– Oui, oui. Je me souviens de la route.

Le véhicule atteignit enfin le repaire de Brun, le frère de Mare, caché au bout d'un chemin cahoteux. Ils se garèrent sur un terrain plat et Mare sauta du camion.

Quelques minutes plus tard, elle revint accompagnée de Brun et de Paule, sa femme. On ouvrit les portes arrière. La lumière froide pénétra dans le camion, éclairant crûment la scène.

Au premier plan, les trois corps inertes étaient étrangement emmêlés. Derrière, Doris soutenait la tête de Jonas qui émergeait d'un monceau de draps blancs. Ferdinand et les garçons étaient serrés les uns contre les autres avec Ness, au milieu d'eux, complètement avachie. Elle s'était évanouie. On se redressa, on se bouscula… On enjamba les corps pour récupérer la jeune fille, puis son père. On se débrouilla pour s'extraire du camion comme de la bouche d'un monstre mort.

Cramet prit Jonas sur son dos, tandis que les garçons portaient Ness.

Mare referma la porte du camion. Les corps de madame Dé et de ses sbires étaient encore à l'intérieur.

Dans le repaire, on s'agita fébrilement. On se lança des indications à voix basse, on se précipita pour faire de la place. On installa Jonas et sa fille dans une petite chambre. Les yeux fermés, scellés sur tout ce qu'elle venait de vivre, Ness n'était toujours pas revenue à elle. Pourtant, elle voyait ; elle voyait en plongée, comme depuis les airs. Elle voyait les gens s'activer à son chevet, se parler, scruter son visage, mais elle ne pouvait pas leur répondre. Son esprit s'était détaché de son corps.

Paule, la femme de Brun, prit son pouls, puis celui de Jonas, étendu à ses côtés.

Ils sortirent de la chambre et se rassemblèrent dans la pièce commune.

– Elle a reçu beaucoup de spores, dit Quirin.

– Ça rend les gens malades, narcoleptiques, expliqua Doris. Une sorte de maladie du sommeil.

– Et Jonas ? lui demanda Harry.

– Pareil.

Ils étaient plantés là, échevelés, transpirants et fébriles sous le regard de Paule et de Brun qui semblaient aussi perdus qu'eux. Zéno avait saisi la main de son frère, hagard, et dans les têtes de tout le monde résonnait *sommeil… sommeil… maladie du sommeil*.

– Dans le camion… Qui est-ce ? demanda Paule.

– La directrice de la mine et ses deux vigiles, répondit Mare.

– C'est moi qui les ai tués, dit Cramet.

Ils tournèrent vers lui des visages inquiets.

– Je dois aller les enterrer, ajouta-t-il.

– Nous allons faire ça avec toi, lui répondit Harry.

Zéno dévisagea Cramet. Il n'avait pas oublié la scène à Debrume, quand l'homme avait failli tuer le jeune couple d'orphelins.

– Tu nous as sauvé la vie, dit Harry à Cramet.

Mare approuva.

– Madame Dé connaissait très bien l'hypnose, ajouta Harry, et elle a compris qui nous étions.

– J'ai vu le moment où c'en était fini de nous, dit Mare.

Les conséquences de leur arrestation étaient prévisibles. Une seule destination : le cachot.

Instinctivement, Quirin se tourna vers Paule et la regarda intensément.

– Il faut retirer leurs puces d'identification, lui dit Quirin.

Elle prit une profonde inspiration.

– Oui, je vais chercher mon matériel.

Quelques minutes plus tard, Paule grimpa à l'arrière du camion. Elle se pencha sur les corps et officia avec précision et attention, comme pour opérer des vivants.

Brun ouvrait maintenant la marche sur un petit chemin dans le sous-bois en contrebas de la maison. Derrière lui, on portait sur des civières les trois corps enveloppés de draps. Le reste de la troupe suivait. Bientôt, ils trouvèrent un replat entre les arbres.

– Ici, c'est bien, dit Ferdinand en tendant l'oreille vers les arbres.

On entendait des oiseaux s'appeler d'une branche à l'autre, comme s'ils voulaient désigner l'emplacement de la tombe aux visiteurs.

Dans le silence de la chambre, Ness percevait les corps allongés côte à côte sur le lit, le sien et celui de Jonas. Elle sentait la présence de son père, sa main proche de la sienne. Guidés par des fils invisibles, comme ceux des marionnettes, leurs doigts se frôlèrent, puis s'entremêlèrent.

La peau de Jonas était froide, mais son sang battait néanmoins dans sa paume. Pendant quelques instants, Ness se sentit en sécurité. Elle était calme, prête à se laisser partir, à se reposer enfin. Mais son père se trouva tout à coup en hauteur, près d'elle, et l'idée même du sommeil disparut.

Ils flottaient maintenant tous les deux au-dessus de leur lit, les yeux grands ouverts.

Dans le sous-bois, Cramet creusait avec la régularité d'une machine. Les autres regardaient ses gestes puissants et la terre fraîche qui s'accumulait sur le côté. Enveloppés dans leurs draps blancs, les trois corps posés un peu plus loin tranchaient dans l'obscurité du sous-bois.

– À moi, dit Sander.

Cramet le regarda avec cet air de dire « Tu es sûr ? » Sander lui fit un petit signe de tête et lui prit la pelle des mains.

Creuser, creuser… Prendre sa part de travail pour prendre sa part de culpabilité et s'en débarrasser grâce à l'effort.

C'était long d'ensevelir des morts. Autour de la fosse, on regardait Sander aller au bout de ses capacités. Lorsqu'il s'évanouit, on se précipita vers lui pour le sortir du trou.

Quirin prit le relais. La terre était d'un beau brun. Elle sentait bon. Il pensa que la terre pouvait tout absorber, tout pardonner, et puis non, ce n'était pas vrai. Il fallait l'entourer d'attentions. Comme pour les humains.

Ness venait de comprendre.

Son père la quittait.

Il la rejoignait en esprit, fournissait un stupéfiant effort de volonté pour transcender le monde réel afin de lui dire au revoir, à elle.

Ness l'admira. Jonas n'avait jamais fait autre chose que de forcer son destin. Il n'avait jamais cessé de chercher son chemin entre toutes les censures et les interdits édictés par les Bleus. Il avait avancé, modeste, mettant ses actes en accord avec ses intuitions profondes. Il mourait d'avoir cru les Bleus, une seule fois.

Ness pensa *J'ai une chance extraordinaire de t'avoir connu. Mon papa.* Elle sentit son père sourire. *Pour rien au monde je n'aurais voulu un autre enfant que toi.*

Il n'y avait rien à dire de plus, à part qu'on s'aimait.

La main de Jonas se détendit.

Ness vit son dernier souffle s'envoler dans la pièce.

Les trois corps reposaient au fond de la cavité.

Ferdinand se mit à siffler doucement, et l'on crut que le vent s'était mis à chanter. Quirin l'accompagna, Zéno ramassa deux pierres qu'il frotta en rythme. Une mélodie douce et envoûtante s'échappait maintenant de la forêt comme une prière. Sander se tourna vers l'Hypnographe. Il se rappelait la cérémonie pratiquée aux Vaches de Pierre pour aider les bouchers à supporter la mort qu'ils donnaient chaque jour. Ici, Harry allait inventer quelque chose afin de donner à l'instant la solennité nécessaire, Sander le lui fit comprendre.

Quand tu n'as rien d'autre, construis des cérémonies à partir de rien et anime-les de ton souffle, se rappela Brun d'une très ancienne lecture.

D'une voix grave, Harry se mit à prononcer des mots, phrases hachées. Par son chant, un oiseau l'encouragea.

Lorsqu'ils revinrent à la maison, ils découvrirent Ness debout devant le lit où son père reposait.

Depuis la mort de son père, Ness était littéralement restée sans voix. Dans sa tête, les souvenirs se bousculaient. Parfois, elle s'immobilisait, les yeux fixes. De temps à autre, elle s'approchait de sa mère et l'effleurait d'un geste tendre. Il y avait une place dans son chagrin à elle pour le chagrin de Doris et au-dessus du deuil, une grande interrogation.

Pendant quelques jours, les garçons observèrent Ness à la dérobée, mais aucun d'eux n'osa interrompre ses allées et venues silencieuses. L'un ou l'autre demandait parfois « Elle est où ? » D'un léger signe de tête, on lui indiquait une direction. Ness ne disparaissait jamais tout à fait de leurs pensées.

Ils la surprirent plusieurs fois face au paysage, sur la terrasse. Lorsqu'elle s'immobilisait ainsi, tout semblait s'arrêter avec elle. Mais il ne fallait pas chercher à la rejoindre car alors elle s'éloignait d'un pas calme et décidé. Souvent, Quirin prenait sa place et tentait d'apercevoir ce qu'elle avait longuement contemplé.

Un matin, Ness se coucha dans une pièce à l'écart et ne fit plus d'apparition. On se mit à craindre pour sa santé. Le lendemain, Quirin rejoignit la jeune fille et vérifia qu'elle ne dormait pas en continu. Il osait à peine penser que la *maladie du sommeil*, si répandue à la mine, l'avait peut-être contaminée. Ness était épuisée, et après avoir vaillamment lutté contre la fatigue, elle s'était laissé emporter. Dans ses rêves, la Noble Extraction à peine éclairée par la lumière de la lune ressemblait à un océan percé de brillances aiguës. Parfois, un être émergeait de l'étendue noire et luisante, s'ébrouait et se mettait à courir avant de tomber, mystérieusement brisé dans son élan. Ness voulait écoper l'eau lourde et rallumer le soleil. Mais l'eau semblait vivante et capable de l'attraper pour l'engloutir.

Le temps s'était ralenti, les esprits s'engourdissaient. Isolés, inquiets, les fuyards avaient du mal à penser à la suite. Cramet restait assis pendant des heures. Les coudes sur ses genoux et le visage entre les mains, il se souvenait de la tombe qu'il avait creusée, de la femme morte entre ses bras et des deux hommes qui reposaient avec elle dans la fosse. Il eut un flash de la mine, l'entrepôt, la grande machine qui trônait au milieu. Il avait sauté sur des gardes. Bataille rapide de chiens de combat. Ces deux-là, il les avait tués si vite que l'image avait à peine eu le temps de s'enregistrer dans son cerveau. Mais il se souvint tout à coup de cet étrange sentiment de honte qu'il avait ressenti. Ça lui revenait, maintenant, il avait voulu les enterrer tous les trois pour retrouver le calme. La présence des amis devant la tombe l'avait apaisé.

Cette petite troupe, il aimait bien la regarder déambuler devant lui. Il revoyait Ness avec son regard décidé et ses gestes gracieux. Quirin était droit comme un i, tendu et attentif. Sander ressemblait aux braises palpitantes d'un feu, un souffle et les flammes reprenaient. Et la musique de Ferdinand lui avait vrillé le cœur. Comment pouvait-il les… Harry le rejoignit et s'assit à côté de lui.

– J'ai fait une erreur… dit Cramet.

– Non. Cette femme aurait eu notre peau, à tous.

– Je me suis trompé. C'est eux que je dois tuer.

– De quoi tu parles ? De qui ? demanda Harry.

Le menton de Cramet trembla comme celui d'un enfant.

– Pianiste, Dense, poubelle, malade.

Harry comprit qu'il parlait de l'Équipe B.

– Ce sont des fuyards, dit Cramet, ils doivent être éliminés. C'est mon devoir.

Harry se précipita aux genoux de Cramet et releva le visage bouleversé de l'homme. La violence de l'assaut à la Noble Extraction avait réveillé son ancien moi.

Pour la première fois dans sa longue pratique, Harry sentit qu'il était entièrement responsable d'un être. Oui, il était bien le père et la mère de cet enfant géant. Ce monstre doux avançait comme il pouvait, cherchant des explications que seul son mentor pouvait lui donner. Harry devait aider Cramet, continuer à l'éduquer pas à pas. En quelques instants, le beau détachement de l'Hypnographe s'émoussa. La légèreté céda le pas à quelque chose de plus grave qu'il avait longtemps souhaité contenir. Il avait toujours pensé n'être qu'un outil fait pour distraire, un magicien au service des Pâles, une aide ponctuelle pour les fuyards ou les orphelins. Mais il prit conscience qu'il était autre chose. Il était une arme. Il était l'équivalent de madame Dé, ou plutôt son exact opposé. Lui, il avait choisi le camp des fragiles, des clowns, des idiots. Il pensa *Nous sommes tous des fuyards, des menteurs, des malins, des bâtards, des pauvres et des orphelins. Tous coupables d'être mal nés. Douter de notre valeur, s'interroger sur le sens de notre existence et sur notre place, c'est cela qui fait de nous de véritables êtres humains. Seuls les Bleus ne connaissent pas le doute.*

Il entra en douceur dans la tête de l'homme puis prit le temps de démêler les sentiments, de trier les images. L'Équipe B portait un espoir qu'il fallait encourager et protéger. Harry fixa cette idée dans la tête de Cramet et lentement leurs destins se lièrent.

Cramet finit par s'assoupir. Sur une des couches à l'autre bout de la pièce, Sander dormait à poings fermés. Le calme régnait dans le repaire de Paule et de Brun, cet assemblage bricolé, véritable construction chimérique adossée aux rochers et aux troncs d'arbres.

Emmitouflés dans de vieilles couvertures, les fuyards s'étaient tous déniché un coin où se reposer, mais l'avenir était difficile à envisager.

Ce qu'ils avaient vu à la Noble Extraction immobilisait leur esprit comme une ancre jetée aux tréfonds d'eux-mêmes. Le dénuement, le silence, la lenteur des gestes et la *maladie du sommeil* composaient un tableau sombre de la mine, quelque chose qui n'était pas tout à fait la mort, plutôt son attente résignée. Quirin passait de longues heures auprès de Ness. Il lui racontait la vie au repaire, les nombreuses questions que l'on se posait, les difficultés que l'on éprouvait à penser le futur, mais aussi l'espoir que l'on entretenait. Il rapportait les paroles de l'Hypnographe, la gentillesse de Brun. Paule avait cueilli des plantes tonifiantes pour Sander. On avait posé des pierres sur les tombes de madame Dé et de ses acolytes.

Toutes les attentions que Doris aurait voulu adresser à Ness, Zéno les reçut. Il s'installa à côté d'elle en pensant que pour une grande personne malheureuse, elle restait drôlement digne.

– Elle est malade, Ness ? lui demanda-t-il.

– Je ne sais pas.

– Elle est fatiguée, mais pas de la même façon que Sander.

– Peut-être…

– Elle est très triste.

– Oui.

– Et toi aussi, dit l'enfant.

– Oui…

– C'est moche, la mort.

Doris ne put s'empêcher de sourire malgré le chagrin. L'enfant poursuivit :

– Mes parents à moi sont morts et pas morts à la fois.

– Je comprends.

– Je peux leur rendre visite dans ma tête. On s'installe sur un grand tapis et on discute un peu. Ils sont très gentils.

– C'est vrai, je les ai connus.

Le cœur de Doris se serra.

– Ne pleure pas, lui dit Zéno.

Elle acquiesça.

– Il ne faut pas pleurer ses larmes jusqu'au bout. Sinon, le petit sac devient tout sec et on n'a plus de larmes pour d'autres occasions.

– On a besoin des larmes ? demanda-t-elle.

– Oui. Ça lave les yeux, on me l'a expliqué. Ça veut dire qu'après, on voit mieux. C'est précieux.

Les larmes servaient pour les grandes occasions et ne se prêtaient pas. Mais quand on aimait beaucoup les gens, on pouvait pleurer avec eux pendant un petit moment.

Harry traversa la pièce et fut heureux d'entendre à nouveau la voix fluette de Zéno. C'était comme un gazouillis qui annonçait l'arrivée du printemps. Il rejoignit Mare et son frère Brun qui épluchaient d'étranges racines pour le dîner.

– Je ne sais pas quoi faire, Mare, dit Harry. On ne peut pas rester comme ça indéfiniment.

– Je sais. L'installation du Centre de Tri est terminée. On va ouvrir bientôt, il va falloir que je rentre…

– J'ai l'horrible impression d'abandonner la Noble Extraction à son sort… et Sander…

– Et Ness… ajouta-t-elle.

– Je vais rassembler tout le monde, dit Harry.

Brun partit chercher Paule qui travaillait plus loin. Zéno emboîta le pas d'Harry. On l'entendit ouvrir les portes et appeler les habitants du repaire de sa voix flûtée.

Ils arrivèrent dans la salle commune les uns après les autres, puis Ferdinand réveilla Sander. Cramet se planta devant la porte d'entrée, comme pour les protéger d'un éventuel assaillant. Il leur sembla qu'ils ne s'étaient pas vus depuis des mois. À voix basse, ils prirent de leurs nouvelles. Cette réunion les conduirait peut-être à faire des choix difficiles et Ness n'était pas là, mais c'était toujours mieux que cette attente pénible qui leur grignotait les nerfs. Zéno déboula dans la pièce en courant et sauta sur la couchette, à côté de son frère.

– Chut, dit l'enfant, fébrile.

Ils s'immobilisèrent.

Des craquements se firent entendre, des pas légers se rapprochaient, puis la porte s'ouvrit et Ness entra. L'assemblée remarqua tout de suite son visage amaigri et son beau regard calme. À son passage, chacun l'accueillit d'un petit signe. Doris lui tendit les mains, Ness les pressa contre son visage.

Ils étaient si heureux de retrouver Ness qu'ils en oublièrent un moment tout le reste. Ils avaient envie de rire et de la serrer dans leurs bras. Leurs soupirs d'inquiétude se transformèrent en soulagement et des larmes brillèrent joyeusement sur le visage souriant de Zéno. Le retour de Ness, c'était cette grande occasion à célébrer.

Ness ouvrit la main au milieu du cercle qu'ils formaient tous ensemble. À l'intérieur se trouvaient trois puces d'identification, celles de madame Dé et de ses acolytes. Elle prit la parole d'une voix tranquille et déterminée.

– Il faudra leur faire franchir un péage où leur passage sera enregistré. Dorénavant, madame Dé et ses hommes sont en fuite. Ils sont la honte de la Noble Extraction qu'ils ont lâchement abandonnée. Ils risquent d'avoir des Brigadiers à leurs trousses.

Harry lui prit les puces. Il était ravi de cette idée de fausse piste proposée par Ness.

– Bientôt, monsieur Cramet devra faire son compte rendu aux autorités bleues, dit-elle.

Elle se tourna vers lui.

– Quirin, Sander, Ferdinand et moi, vous nous avez trouvés et éliminés. Inexplicablement, le jeune Dense parmi nous s'est montré de loin le plus dangereux. Vous n'avez pas pu faire autrement que de le tuer. De toute façon, il était perdu pour les Bleus.

Cramet lança un regard d'incompréhension à Harry.

– Tu vas rejouer pendant quelques heures l'homme de main des Ministères, lui expliqua l'Hypnographe.

Ness se leva et tendit à Harry sa puce à elle.

– C'est la preuve de ma disparition. Vous avez celle de Ferdinand.

Quirin chercha aussitôt son badge d'identification pour le remettre à l'Hypnographe. Il avait compris la stratégie de Ness et la regardait avec fierté.

– Nous sommes morts pour les Bleus, lâcha-t-elle.

Harry éclata de rire.

– Tu ne dormais pas du tout, pendant tout ce temps !

– Non, fit Ness en souriant. Quirin m'a raconté tout ce que vous vous êtes dit. J'ai réfléchi. Seuls les Bleus pensent que nous n'avons que des demi-cerveaux.

Elle s'assit, un peu lasse.

– T'es encore fatiguée ? lui demanda Zéno.

– Non, j'ai faim, dit-elle.

Paule se leva comme un ressort et sortit, aussitôt suivie de près par les autres qui vinrent l'aider à mettre du désordre dans la cuisine.

Ils mangèrent comme des ogres et le repaire se mit à ressembler à une auberge remplie de guerriers affamés. De temps en temps, on entendait « À Jonas ! » suivi d'un silence puis de verres qui s'entrechoquaient. Brun était allé chercher un bidon de gnôle tirée de son alambic et des œufs au poulailler. Dans le Haut-Pays, c'était un mets de luxe.

Dehors, le vent soufflait avec rage, mais au-dedans, il faisait chaud et les joues rosissaient. Le nom de Jonas n'était plus tabou. Il surgissait, prononcé avec force et respect. De victime des Bleus, le père de Ness était devenu celui qui les reliait les uns aux autres, un être symbole de la fragilité de la vie, de sa valeur, de l'attention qu'on devait y porter. La vie, on n'avait que ça. Et il fallait continuer à lutter. Ness le savait maintenant.

Une combattante, voilà ce qu'elle était devenue. Il ne fallait pas avoir peur du conflit. Le conflit vous mettait en mouvement, vous forçait à penser, à refuser, à affirmer ce qui avait du sens.

Quirin regarda Ness, ses grands yeux prenaient toute la place dans son beau visage fatigué. Il ne savait pas où cette fille l'emmènerait, mais ce qu'il savait, c'est qu'il voulait la suivre jusqu'au bout.

Mare, d'habitude si élégante, se tenait les mains posées sur les hanches comme un voyou.

– Un émetteur… Ça vous dit quelque chose ? demanda-t-elle à Paule et à Brun.

Ils eurent un sourire malicieux et revinrent deux minutes plus tard avec un poste radio de leur fabrication, qui tenait plus de l'œuvre d'art que de l'objet utilitaire.

– Nous en avons fabriqué plusieurs dizaines depuis que nous sommes là, expliqua Brun. Les habitants du Haut-Pays aussi aiment communiquer. Ce ne sont pas tous des ours.

– Je vois qu'il y a aussi quelques fouines… répondit Mare avec un clin d'œil.

Puis elle s'agita dans le repaire et il fut bientôt temps de pousser Ferdinand, Cramet et Harry dans son camion.

Elle leur fit descendre les montagnes jusqu'au Centre de Tri où elle leur prêta un véhicule neutre pour rallier la Capitale. De son côté, elle était heureuse de retrouver son confort.

Lorsqu'ils arrivèrent en vue du péage de Varna, l'Hypnographe se gara sur le bas-côté et sortit les puces d'identification de madame Dé et de ses sbires. Le trio infernal allait être enregistré, ainsi commençait sa fuite éternelle.

À mi-chemin de leur destination, le Major Cramet ralluma son écran et reçut alors d'un seul coup les nombreux messages de sa mère. Il lui répondit des mots rassurants, mais froids, comme il avait l'habitude de le faire, puis envoya un message à monsieur Acronne pour lui apprendre que sa mission était accomplie. Le secrétaire du Service des disparitions lui retourna immédiatement une obligation de rendez-vous dans la soirée.

Après un long voyage, ils quittèrent l'autostrade et s'engagèrent sur le grand boulevard circulaire de la Ceinture. Bloc vert, Bloc violet, Bloc jaune, les différents quartiers, avec leurs seules couleurs pour les différencier, parurent stupides à Ferdinand. Il se sentit agressé par les grandes publicités remplies de visages souriants et niais auxquels on ne pouvait échapper. Il arrivait d'un lieu, le Haut-Pays, où l'on pouvait promener son regard à l'infini, où tout était varié et changeant, où tout ce qui existait était nécessaire.

À l'entrée de la Colline, Cramet présenta son poignet au gardien, et l'homme se raidit en apercevant l'identité du Major sur son écran de contrôle. Cramet, fier d'être redevenu l'inquiétant Major, retrouva sa démarche de chasseur.

La façade baroque des Ministères se présenta, il entra sans hésiter dans le bâtiment immaculé. De son pas musculeux, il traversa le grand hall doré sous l'œil des portraits qui décoraient les murs. Au bout, un huissier vêtu de noir le fit pénétrer dans le salon du secrétaire Acronne. Celui-ci trottina vers lui comme une souris avant de l'introduire discrètement dans un petit bureau vide.

– Bonjour, Major. Alors… notre affaire… glissa le secrétaire avec excitation.

– Bonjour, monsieur Acronne.

– Où en sont les trois fuyards et le jeune Dense ?

Cramet sortit leurs puces et les présenta.

– Voici leurs puces d'identification. Je n'en ai pas trouvé chez le dénommé Sander, le jeune malade. Son poignet avait déjà été opéré. Les fuyards sont morts, monsieur.

Acronne regarda les puces avec appréhension. Dire que tous les Pâles avaient ce petit insecte métallique dans le bras…

– Le jeune Dense a posé problème, poursuivit Cramet. Il avait pris fait et cause pour ses ravisseurs. Il semblait très perturbé. J'ai dû me défendre de son attaque.

Il s'approcha d'Acronne tout en dégageant son col. Dans son cou, la morsure faite par madame Dé avait pris de l'ampleur, l'hématome violet s'était élargi.

– Voilà son refus, dit Cramet.

Puis il tendit le badge d'identification de Quirin au secrétaire. Celui-ci lut le nom du jeune homme en dodelinant de la tête. Comme c'était embarrassant cet *accident* de Dense.

– Monsieur, ce garçon était perdu pour la communauté. Il est décédé. J'en suis désolé.

Ce n'était pas la première fois qu'un jeune Dense perdait la tête. À force d'intelligence, certains se rapprochaient de l'idiotie la plus complète, pensa Acronne, et c'était tout à fait honteux. Mais la mort, au fond, mettait un terme à cette réalité gênante. Il cocha les cases *Sujet décédé* sur ses quatre feuillets cartonnés.

– Eh bien, le dossier est clos.

Cramet ressentit un grand soulagement qu'il masqua sous un soupir de satisfaction.

– Maintenant, Major, je vous invite à rencontrer messieurs Désignon et Vandlaeir. Nous avons quelque chose pour vous.

Monsieur Acronne rajusta discrètement son costume avant d'entraîner Cramet. Il frappa deux coups discrets à la porte, puis glissa dans le salon à sa façon de souris.

– Messieurs, je vous présente le Major Cramet, fit-il avec un faux sourire modeste.

Désignon et Vandlaeir soupesèrent le Major du regard et lui firent un minuscule signe de tête. L'homme qu'ils avaient devant eux représentait la phénoménale puissance animale des Pâles, pensèrent-ils en cachant leur émotion.

– Major, je vous présente monsieur Désignon, le chargé de la Sécurité Intérieure et monsieur Vandlaeir, Conseiller politique aux questions énergétiques et président de la société Dazur. Notre plus grand capitaine d'industrie.

La voix d'Acronne vibrait de fierté, mais aussi de trac, car il se savait jugé à travers le candidat qu'il présentait, *sa solution*. Cramet fit le salut martial, la main sur l'épaule tandis que les deux Bleus se rencognèrent confortablement dans leurs fauteuils.

– Nous avons besoin d'un homme volontaire et efficace. Êtes-vous cet homme ? demanda monsieur Vandlaeir, sans préambule.

– Oui, monsieur, répondit aussitôt Cramet.

– Un homme avec des valeurs fortes, capable de décisions rapides. Êtes-vous cet homme ?

– Oui, monsieur.

– Êtes-vous un homme de confiance ?

– Sans aucun doute, monsieur.

Vandlaeir sonda Cramet avec le regard d'un prédateur plus qu'avec celui d'un allié. Il fit signe à Désignon pour que celui-ci poursuive l'interrogatoire qui n'était rien d'autre qu'un entretien d'embauche.

– Connaissez-vous des orphelins ? commença Désignon.

– J'en croise, mais je ne les fréquente pas.

– Pour quelles raisons ?

– Je ne leur fais pas crédit.

– Pouvez-vous nous en dire plus ?

– Les orphelins ne sont pas comme nous autres Pâles. Ils n'ont pas d'histoire familiale ni d'attaches dans une région. Ce sont ces obligations qui font de nous des citoyens à part entière. Les orphelins naissent sans rien et ne croient en rien. Cela ne peut pas donner de bons résultats.

– Hmmm…

Désignon se tourna vers Acronne. Ce Cramet raisonnait avec un bon sens appréciable, il avait l'air tout à fait capable sous son apparence de brute bornée.

– Pensez-vous que les orphelins pourraient trouver leur place dans notre société ?

– Ils ne peuvent pas la trouver par eux-mêmes, ça, c'est sûr.

– Vous pourriez les y aider…

Cramet fit une moue dubitative qui n'échappa pas aux trois Bleus.

– Nous ne pouvons tout de même pas les éliminer… dit Acronne.

Pourtant, bien qu'il n'ait jamais donné un tel ordre au Major, il l'avait souvent laissé faire.

– Avec un encadrement spécifique et des tâches créées spécialement à leur intention, nous pensons fermement qu'ils pourraient trouver leur place, annonça fièrement monsieur Vandlaeir.

Les deux autres opinèrent du chef, un sourire mielleux sur le visage. Maintenant, les Bleus présents jouaient les saints, comme si le sort des orphelins avait compté à leurs yeux depuis toujours. Impassible, Cramet attendit la suite.

– Nous ne pouvons rien contre le fait que les Pâles abandonnent leurs enfants et, malheureusement, la science est impuissante à réparer ce… *dérèglement génétique*. Mais nous, Bleus, nous prenons nos responsabilités. Trouver une fonction aux orphelins, c'est résoudre un problème qui nous taraude depuis longtemps. C'est mettre un point final à la longue et délicate élaboration d'une société qui vise la perfection, poursuivit Vandlaeir.

Ses deux acolytes acquiescèrent servilement. Vandlaeir se demanda soudain s'il n'avait pas employé des mots trop compliqués pour le cerveau du Pâle qui lui faisait face.

– Messieurs, veuillez présenter au Major le projet qui a été voté par les Sages. Et passons à l'action.

Ils distribuèrent quelques feuillets rédigés en termes clairs qu'un cerveau pâle n'aurait pas de mal à comprendre.

– Lisons ensemble, dit Acronne, comme s'il parlait à un enfant.

Le projet des Bleus était de rassembler tous les orphelins à la Noble Extraction afin d'éviter qu'ils sillonnent le pays à la recherche de petits boulots. Entre l'âge de douze et treize ans, ils seraient éduqués par le CDFMM, le nouveau Centre de Formation aux Métiers de la Mine, puis travailleraient sur place à partir de quatorze ans. À court terme, ils remplaceraient les mineurs pâles. Pour cette entreprise ambitieuse, ils avaient besoin d'un homme de confiance qui procéderait à l'étude de faisabilité, sur place. Un chien de garde qui surveillerait la mine, appliquerait les consignes et rendrait régulièrement ses observations. Cramet eut envie d'aboyer ou de sortir les crocs pour montrer qu'il était le bon chien qu'ils cherchaient.

– C'est un beau projet, dit Cramet.

Les trois Bleus s'esclaffèrent.

– Mais oui, Major ! Nous l'avons longuement peaufiné ! Et vous êtes essentiel à sa réalisation. Vous en êtes la cheville ouvrière ! Le pivot ! La charnière ! annonça Acronne qui peinait à cacher son excitation.

Il se tourna vers les deux autres et leur fit une sorte de clin d'œil qui semblait dire « Regardez comme ils aiment être flattés… »

– Nous aimerions que vous soyez cet homme de confiance, poursuivit Désignon sur le ton lyrique de son aîné. Vous serez nos yeux, nos bras, la main ferme qui sait encourager ou punir. Vous serez le directeur provisoire et probablement le directeur définitif !

Cramet prit une longue inspiration, le silence s'imposa. Les trois hommes étaient suspendus à ses lèvres. Vandlaeir reprit ses esprits :

– Acceptez-vous, oui ou non ? demanda-t-il.

– Oui. Et c'est un grand honneur, fit le Major en s'inclinant.

Acronne tressaillit de plaisir. Grâce à lui, tout se déroulait au mieux dans le meilleur des mondes. Désignon, galvanisé, pensa à peu près la même chose. Vandlaeir, qui dominait la scène, fut certain d'avoir gagné son inscription dans l'histoire du pays.

– Quand est-ce que je commence ?

– Tout de suite, dit Acronne. Puisqu'il semblerait que la personne responsable de la mine ait déserté son poste.

Les trois hommes se levèrent, Désignon tendit les documents au Major.

– Vous trouverez les instructions nécessaires dans ce dossier. Nous vous octroyons un budget, votre puce d'identification devient prioritaire, vous pouvez engager du personnel pour vous seconder dans la surveillance de la mine.

– Puis-je me servir du Centre de Tri du Nord comme QG pour monter mon équipe ? Il n'a pas encore ouvert, il y a des locaux libres.

– Le CDT ? Très bonne idée, Major, s'exclama Désignon. Je les préviens.

– Major, au travail ! dit Vandlaeir en lui indiquant la porte de sortie.

Cramet salua, la main sur le cœur. Acronne se précipita pour lui ouvrir et se sentit grandement libéré par son départ.

– Il y a tout de même de beaux spécimens pâles. Quel physique ! dit Désignon quand la porte fut refermée.

– La tête de l'emploi ! ajouta Vandlaeir.

Acronne manifesta son accord par un petit rire et poussa un long soupir de soulagement. Le problème des orphelins avait atterri entre de bonnes mains, les mains d'un homme qui n'avait pas peur de se les salir. Pas un Bleu n'aurait à froisser son beau costume dans cette affaire. Et puis ils réglaient en beauté le problème de l'abandon de poste de madame Dé. Celle-là, lorsqu'il la retrouverait, il se ferait un plaisir de l'envoyer au cachot jusqu'à la fin de ses jours.

Cramet descendit de la Colline, son dossier de mission sous le bras, ému par l'impression de tenir contre lui la vie de centaines d'orphelins. Il repassa l'entretien dans sa tête. Il n'avait pas failli. Pendant toute la durée du rendez-vous, il avait senti une présence à ses côtés, celle de l'Hypnographe, peut-être, ou sa propre conscience. Longtemps, il n'avait été qu'un bloc de silence. Aujourd'hui, il dialoguait avec lui-même. Il pensait.

Cramet présenta son poignet à la sortie de la Colline et fut heureux de retrouver la Ceinture. Il traça son chemin d'un pas régulier, remarqua des détails qui n'avaient jamais attiré son attention jusque-là. C'était sa ville, il avait été l'un des enfants qui la parcouraient, un enfant de la Ceinture. Un enfant… Il sourit en marchant jusque chez lui.

Lorsqu'elle ouvrit la porte, la mère Cramet resta muette devant l'apparition de son fils. Elle dodelina longuement de la tête, les yeux mi-clos. Il était là, enfin. Entre eux, un fil se tendait à nouveau, la vie allait pouvoir reprendre.

Elle le fit asseoir dans la cuisine et lui prépara une tasse de caféine. Puis, comme à chacun des retours de son fils, elle partit chercher le coffret en hématite avant de préparer une bassine d'eau et la petite brosse.

– Aujourd'hui, tu n'as pas de médaillon ni de puce à nettoyer, dit Cramet.

Elle s'étonna.

– Que s'est-il passé ?

– Rien d'important.

– Tu es déçu ?

– Non. C'était un voyage agréable.

Il parlait d'une voix douce qu'elle n'avait jamais entendue.

– Tu es parti longtemps.

– Et je vais repartir dans le Haut-Pays. J'ai une mission à la Noble Extraction. Je vais m'installer là-bas. Ordre des Bleus.

La mère Cramet tentait de comprendre.

– Pour toujours ?

– Je ne sais pas. Pour longtemps en tout cas.

– Je dois déménager, alors… dit-elle.

Il ne répondit pas et en une fraction de seconde, elle comprit que la vie qu'elle avait toujours connue se terminait à l'instant.

Cramet se rendit dans sa chambre, vida le contenu du placard dans de grands sacs-poubelles et ne garda que quelques vêtements.

Tandis qu'il sortait les sacs-poubelles de sa chambre, il aperçut sa mère qui s'agitait dans le salon. La valise qu'elle avait préparée pour elle-même s'était ouverte et son contenu débordait sur le carrelage.

– Je ne t'emmène pas, maman, dit Cramet.

– Mais bien sûr que si ! Qu'est-ce que tu crois ! Que je vais rester ici toute seule ? Je suis trop vieille !

– Alors, je vais te trouver une place dans un Home d'aînés.

– Ma place est avec toi, tu le sais bien.

Il saisit son écran et se connecta au Bureau de gestion des aînés pâles.

– Lâche ça ! ordonna sa mère d'une voix glaciale.

Il s'exécuta.

– Je n'irai jamais dans une de ces maisons ! Jamais ! Tu m'entends ? Plutôt mourir !

– Comme tu veux.

Elle lui lança un regard plein de haine.

– Je demanderai une permission mensuelle. Ils me l'accorderont. Je te verrai régulièrement.

Sa mère le gifla.

– Tu me dois tout ! cria-t-elle.

La petite femme lui faisait face, folle de colère, prête à se jeter sur lui. Il attrapa les sacs-poubelles qui contenaient ses vieilles affaires et les porta à l'extérieur. Lorsqu'il revint, le salon était désert. La valise de sa mère traînait au milieu, éventrée.

Il prit son paquetage.

– Je m'en vais, maman.

Il ne reçut aucune réponse.

– Je te donnerai des nouvelles la semaine prochaine quand je serai installé.

Il claqua la porte pour qu'elle entende son départ.

Quelques minutes plus tard, la mère Cramet rapporta les sacs-poubelles à l'intérieur de la maison, puis ferma les volets et se réfugia dans sa chambre. Elle renversa les sacs sur son lit avant de s'allonger sur les affaires de son fils.

Louis et Élisabeth, les parents de Quirin, furent convoqués aux Ministères, où monsieur Acronne les reçut en personne et leur apprit la mort de leur fils.

Le secrétaire du Service des disparitions avait enrobé l'annonce terrible de mille fioritures stylistiques, mais cela ne changeait rien. La mort était là, non négociable. Louis et Élisabeth devaient y faire face avec la dignité des Bleus. Pourtant personne n'avait jamais connu cela avant eux, non, ils étaient les premiers à souffrir autant, car c'était ainsi quand on rencontrait le chagrin pour la première fois. Ils auraient voulu crier et pleurer, manifester leur immense chagrin. Mais ils devaient se taire, se tordre les mains en cachette, pleurer en silence, alors qu'ils souffraient comme des bêtes, comme des Pâles, pensèrent-ils.

Pendant des jours, Élisabeth fut hantée par des images de Quirin et par sa musique. Des notes montaient jusqu'à sa chambre et se glissaient sous la porte comme un parfum. La musique avait l'odeur de son fils. Elle se levait alors en sursaut et dégringolait les escaliers jusqu'au salon. Mais le piano noir, fermé comme un tombeau, la repoussait jusqu'à son lit. À la Clinique, un collègue médecin prescrivit au couple une molécule miracle et la souffrance s'épuisa presque entièrement. Du grand chagrin qui pétrifiait leur cœur, il ne resta plus qu'une douce mélancolie et un sourire légèrement absent sur leurs visages.

Louis rédigea le portrait de Quirin avec l'intention de le lire aux Journées de célébration de l'Édifice bleu, pendant lesquelles on fêterait les diplômes des jeunes Bleus et leur entrée dans le monde adulte. Il poursuivait la construction du mausolée de son fils entreprise depuis sa naissance.

Depuis son retour parmi les vivants, Ness étudiait avec attention le fonctionnement du repaire de Paule et de Brun. Elle avait découvert le cours d'eau qui alimentait la maison et s'émerveillait du système hydraulique qui permettait d'obtenir l'eau courante et d'irriguer la serre. Zéno l'avait emmenée voir le poulailler. Ils étaient assis devant l'enclos de branchages tressés et le petit garçon apprenait à Ness tous les noms qu'il avait donnés aux poules.

Ness et l'enfant savouraient le silence habité de la forêt quand ils perçurent le tintinnabulement d'une clochette. Le bruit se rapprocha puis une chèvre déboucha entre les arbres. Elle se dirigea aussitôt vers Ness et la dévisagea, curieuse. Ness, qui n'avait jamais vu une telle bête de si près, fut vivement touchée par son regard intelligent, confiant et tendre. Devant la tranquillité de l'animal, elle pensa que les humains ressemblaient à des fous bien trop agités. Tout ce qu'ils s'évertuaient à construire brillait par sa complexité détraquée. Au lieu de rendre le monde plus habitable, les humains utilisaient leur intelligence pour mettre en place une domination subtile ; pour échafauder des lois alambiquées et injustes ; pour alimenter une administration anonyme derrière laquelle quelques privilégiés pouvaient cacher leurs méfaits. Toute cette intelligence gaspillée, quel crève-cœur… La matière grise aurait pu servir à résoudre les problèmes, à rééquilibrer le monde, à l'embellir. Jonas ne serait pas mort et Sander serait hors de danger.

Ness se leva d'un bond, provoquant un mouvement de surprise chez Zéno et l'agitation chez les poules. Elle se mit à appeler Quirin et Sander. Une voix lui répondit d'un peu plus loin, mystérieusement cachée. Ness chercha entre les arbres et les rochers et sursauta en apercevant une immense pierre vaciller.

– Sortilège ! s'écria Zéno, enthousiaste.

Le rocher bascula et le torse de Quirin émergea d'un trou dans le sol. Il dévisagea Ness, s'empara de la pierre et la repoussa en faisant mine de produire un énorme effort. Zéno se mit à rire avant de se jeter sur le rocher et de constater l'artifice d'une roche en trompe-l'œil.

– Paule et Brun ont habité là-dessous avant de construire la maison, expliqua Quirin en invitant Zéno et Ness à le suivre.

Ils descendirent le long d'une échelle en cordage et aboutirent dans une cave. Des tables et des étagères étaient alignées le long des parois, et couvertes d'outils et de matériel en tout genre.

– Bienvenue au labo, dit Brun.

– Le labo ?

– L'atelier, si tu préfères.

– C’est là qu’on bricole et qu’on répare les machines, expliqua Paule.

– Ou que Paule joue à la sorcière, ajouta Brun.

Paule touillait en effet un liquide dans une casserole.

– C’est mon remontant, dit Sander. Il paraît que c’est beaucoup plus efficace que la caféine. De toute façon, de la caféine, y’en a pas ici.

– Un remède contre la narcolepsie ? demanda Ness. Vous sauriez faire ça ?

L’espoir provoqua une bouffée de chaleur qui lui monta au visage.

– Un remède, pas vraiment… Mais ça peut aider en attendant de trouver mieux. La narcolepsie est complexe. C’est un problème de neurotransmetteurs qui ne font pas leur travail dans le cerveau pour donner les informations veille/sommeil.

Elle retira la casserole du feu et la couvrit.

– La maladie n’est pas très grave en soi. Et elle n’est sûrement pas contagieuse, poursuivit Paule.

– Mais on a vu beaucoup de malades à la Noble Extraction, dit Ness. C’était comme une épidémie. Et la maladie est mortelle ! Mon père en est mort.

Paule acquiesça, consciente qu’elle ne possédait pas toutes les informations. Et Sander tressaillit au souvenir de Jonas. Lui-même dormait de plus en plus, il s’en était bien rendu compte.

– La maladie est peut-être liée à l’ingestion d’Induline, dit Paule.

– Paule a de bonnes notions de physiologie et de chimie, dit Quirin. C’est une Dense.

Il était le seul à l’avoir remarqué.

– Oui, c'est vrai, confirma-t-elle.

Ness et Sander furent stupéfaits. Une Dense se trouvait ici, loin de tout ? Loin du confort et des honneurs offerts par les Bleus ? Paule et Brun se regardèrent intensément, comme s'ils se souvenaient brusquement de leur fuite.

– Nous avons été obligés de nous *évaporer*… Nous sommes tombés amoureux… dit Brun. C'est aussi simple que ça.

« L'amour rend aveugle » était la phrase la plus bête qu'ils aient jamais entendue. Pour Paule et Brun, ça avait été tout le contraire. L'amour leur avait permis de voir ce qui les entourait avec beaucoup plus d'acuité.

– Et tout a commencé à nous paraître étrange, absurde… à part notre amour. Il était beaucoup plus réel et cohérent que le monde qu'on nous présentait. Je ne sais pas si je suis clair…

– Je comprends, dit Quirin.

– Cette rencontre, ça a été une révolution dans notre façon de penser. Nous avons dû nous cacher, mentir, personne ne devait savoir… Une Dense et un Pâle ? Vous savez bien, c'est le plus grand des tabous.

Quand ils s'étaient installés ici, raconta Brun, de nombreux habitants du Haut-Pays étaient venus leur donner un coup de main. Un groupe les avait aidés à aménager ce premier abri, dans une cavité naturelle. Puis ils avaient construit cette maison étonnante qui se fondait dans le paysage et, surtout, appris à survivre. Plus tard, quand ils avaient eu moins froid, moins peur et moins faim, ils s'étaient passionnés pour la création de machines, moulins, mécanismes en tout genre. Au fur et à mesure de leur implantation, ils avaient rencontré beaucoup de Pâles et d'autres Denses cachés comme eux. Les Bleus taisaient soigneusement le fait que des Denses s'exilaient volontairement. Un jour, Paule avait même parié sur l'idée que la densité n'avait rien à voir avec les Bleus. Et elle avait cherché à le prouver.

– Vous vous y êtes pris comment ? demanda Sander.

– J'ai analysé du sang de Pâles et de Denses, répondit Paule. C'est ce que j'avais à portée de main, de seringue si j'ose dire. Je n'avais jamais eu l'occasion de le faire jusque-là.

Les jeunes étaient suspendus à ses lèvres.

– J'ai pu constater qu'il n'y avait pas de différence de nature entre les deux sangs. Et pour aller vite, je vous dirais que je considère la densité comme une sorte de maladie. Une maladie des Pâles.

Sander, ébahi, jeta un œil vers Quirin.

– Être dense, ce n'est pas être plus bleu qu'un Bleu, alors ?

Non, fit Paule d'un mouvement de tête.

– Une rumeur dit que des Denses naissent chez les Pâles… murmura Quirin.

Paule se tourna vers lui d'un air grave.

– Moi, je suis persuadée que *tous* les Denses naissent chez les Pâles… dit-elle. Je ne vois pas comment nous pourrions naître chez les Bleus. Nous sommes trop différents génétiquement. Pour moi, un Dense est un Pâle qui dysfonctionne ou qui *surfonctionne*… comme une machine qui irait trop vite. Et cet *emballement* nous handicape pour bien d'autres choses…

L'information tomba comme une météorite au milieu de la pièce. Quirin eut l'impression que le sang se retirait de son corps, mais c'est Sander qui s'écroula sur le sol.

Tant bien que mal, ils le remontèrent par l'échelle de corde puis l'allongèrent dans la maison. Quirin, lui, s'éclipsa avec la discrétion d'un animal blessé.

Les révélations de Paule tournaient dans la tête de Ness. C'était compliqué de dire quelque chose de précis et d'utile à Quirin, comme lui-même savait le faire. Elle découvrit son ami assis contre le mur de la terrasse.

– Je l'ai toujours su, dit-il sans lever les yeux vers elle.

Sa voix avait une tonalité bizarre, mate et sans relief.

– J'ai vécu à côté de mes parents comme si j'étais un étranger. Nous n'avions rien à faire ensemble. Cette *maladie dense*, je la connais. Elle empêche d'avoir des sentiments normaux. Elle empêche d'exprimer l'amour et l'attachement. Il y a le monde des autres. Et le sien qu'on sait différent, et qui reste obscur parce que rien ni personne ne vient jamais lui donner de réalité.

Les paroles de Quirin ressemblaient à une marée froide et butée.

– Je me suis toujours attendu à ce que mes parents me disent un jour, *Tu n'es pas le nôtre, il faut partir maintenant*. Ils étaient fiers de moi, c'est ce qu'ils affirmaient. Mais leurs yeux me fuyaient. Je n'arrivais pas à savoir ce qui était vrai ou faux chez eux parce que je ne savais pas lire les émotions sur leur visage. C'est ta mère qui me l'a appris. Son visage est comme un livre. Elle m'a appris le sens des sourires. Elle jouait avec moi l'étonnement, la joie, la peur, le dégoût. Mais à part elle… Dehors…

Dans la vraie vie… Personne ne peut comprendre ma manière d'entendre le monde, de le voir, de le sentir.

– Brun et Paule se sont compris pourtant.

– Peut-être. Peut-être qu'il y a eu un miracle.

– C'est toujours un miracle de s'aimer. Des milliers d'individus et seulement deux qui se reconnaissent.

– Des statistiques… grommela Quirin.

– Elles ne veulent rien dire ici. Le Haut-Pays n'aime pas les calculs. Il aime les arbres, les chèvres, le vent et il se fiche de les aligner en colonnes de chiffres. Moi, je te comprends. Je te comprends très bien.

Elle posa la main sur son épaule, il sentit sa chaleur irradier.

– On ne peut plus se quitter maintenant. On a beaucoup de chance, murmura Ness. Tu as des choses à apprendre et moi aussi. Qui nous sommes… Ce que nous sommes en train d'inventer…

Il posa sa joue sur la main de Ness et ferma les yeux. Il n'était peut-être qu'une grande coquille vide, pourtant quelque chose de doux avait été lancé par Ness et descendait tout au fond de lui.

Au volant de la fourgonnette mise à sa disposition par les Ministères, Cramet suivait le véhicule d'Harry et Ferdinand. Ils firent une seule pause à une station Dazur pour recharger les accumulateurs et roulèrent longtemps, impatients de retrouver les fuyards et de leur montrer le projet des Ministères pour la Noble Extraction.

En atteignant Varna, Harry détailla le Tertre qui surplombait la ville. C'était une autre sorte de Colline, le décor parfait où vivaient d'autres Bleus avec leurs valets pâles logeant plus bas. Des valets, des rois, des dames. Peut-être est-ce un jeu, pensa Harry. Et jouer… après tout, il savait faire. Et même jouer double jeu s'il le fallait.

Un projet se forma en quelques instants dans son esprit. Plus exactement un projet de spectacle, une nouvelle production : *Opérette à la Noble Extraction*. Elle allait remplacer la *Féerie Psychomagique* et l'on distribuerait rapidement les rôles sous la direction de Cramet, son chef d'orchestre.

Il expliqua son idée à Ferdinand qui sentit aussitôt ses doigts le démanger.

– Envoie un message à la caravane et demande-leur de nous rejoindre au Centre de Tri. Et un autre message au Centre, pour les prévenir. Ne cite aucun nom. Qu'ils se débrouillent pour contacter le repaire de Paule et de Brun.

Quelques heures plus tard, lorsqu'ils arrivèrent en vue du Haut-Pays, le soleil se couchait sur la plaine, l'inondant d'une lumière dorée. Au loin, les montagnes étaient déjà recouvertes d'ombre, plongées dans la nuit comme si là-bas le temps passait un peu plus vite.

Cramet regarda les derniers rayons se briser sur les sommets, puis la nuit fut là et avec elle, la peur d'être englouti par les ténèbres. Cramet fixa le véhicule devant lui. Il ne devait pas perdre de vue Harry. Si celui-ci disparaissait, il était fini.

Plus tard dans la nuit, ils arrivèrent au Centre de Tri, grande masse sombre lovée au pied des montagnes. Lorsque Elmer reconnut le véhicule d'Harry, le portail s'ouvrit comme par enchantement.

Ils parcoururent un des grands tunnels transparents puis sortirent à l'arrière du bâtiment. Le jardin désertique s'illumina aussitôt. Les véhicules de la caravane étaient installés, décorés, beaux comme des jouets de collection. On entendit un coup de tambour et toute la troupe apparut subitement en s'esclaffant. Des iodles et des sifflements résonnèrent, puis une chanson démarra et Ferdinand reconnut la voix de Serena. Bientôt, il n'y eut plus de murs d'enceinte, ni même de nuit ou d'inquiétude. Une sensation de plénitude, un sentiment commun les anima.

L'Équipe B était là, sous la protection de Puk et de Nénette, les deux clowns, et de Daphné, la régisseuse des spectacles. Rika, Flore et les danseurs jouaient de leurs instruments ou frappaient dans leurs mains pour accompagner Serena. Elle était encore plus attirante qu'à son départ et les yeux de Ferdinand brillaient.

Le banquet fut dressé dans le réfectoire avec une rapidité extraordinaire, chaque chose trouva sa place comme par magie. Les regards se rencontraient, s'accrochaient les uns aux autres, complices.

– On dirait un ballet, dit Ness.

– C'est exactement ce que je pensais, lui répondit Harry.

– *Opérette à la Noble Extraction*, murmura Ness, un sourire aux lèvres. Je ne connais pas cette histoire…

– Moi non plus… mais on dirait qu'elle commence.

Ils restèrent un long moment silencieux, comme s'ils échangeaient des visions intérieures.

On les appela pour dîner. À table, l'Hypnographe expliqua tout de suite le contenu du rendez-vous au Ministères pendant lequel Cramet avait été désigné comme directeur provisoire de la Noble Extraction. On n'en revenait pas, c'était une opportunité extraordinaire. Une preuve supplémentaire de l'incapacité des Bleus à *se salir les mains* au contact de la réalité. Mais on suivrait leur idée en entrant à la Nouvelle Extraction. On y ferait des recherches sur la narcolepsie, on se débrouillerait pour protéger les mineurs, on leur redonnerait confiance. Il faudrait être crédible auprès des travailleurs, s'installer et se faire accepter. On écoutait Harry avec attention tandis que des images de l'avenir jaillissaient rapidement. Quirin pensait à toute allure, échafaudant déjà des plans, mais parfois son esprit s'arrêtait en croisant le visage de Ness. Elle semblait lointaine, si concentrée, si passionnée par le projet que Quirin se sentit envahi par un sentiment de solitude.

Dans l'équipe du directeur Cramet, tout le monde trouvait une place sous son identité d'orphelin. Puk et Nénette le seconderaient dans ses tâches administratives avec l'aide de Doris qui avait le grand avantage de connaître la mine, ses bureaux et son organisation. Sander rejoindrait le dispensaire pour s'occuper des narcoleptiques, en attendant le matériel que Paule et Brun récupéreraient dans leur labo. Daphné et les danseuses prendraient en charge l'organisation des loisirs, les trois danseurs seraient à l'économat et aux cuisines. Zéno, élu mascotte, courait de groupe de travail en groupe de travail, faisant passer les questions et les documents pour qu'on les étudie.

Comme dans un rêve, Ness voyait de petites lumières s'allumer indiquant des repères. Des lieux prenaient forme, des liens s'établissaient. Elle trouva Quirin qui faisait une pause. Malgré sa raideur habituelle son regard flottait, libre et rêveur.

– Je crois que Ferdinand est amoureux, murmura-t-il à Ness.

Elle sourit. Quirin avait bel et bien appris à lire les émotions.

– Oui, je crois aussi. À quoi tu l'as vu ?

– C'est un test ? demanda-t-il.

Ness ne put savoir si Quirin était ironique.

– Il est attentif à tout, poursuivit-il. Il cherche toujours à savoir où se trouve Serena. Ses yeux sont grands ouverts, ses pupilles sont dilatées et il sourit beaucoup. Parfois, il semble inquiet.

– Tu le trouves changé ?

– Je le trouve plus lui-même qu'avant... Il se révèle... Mais je ne sais pas si on peut changer, dit Quirin.

Lui, il aurait aimé pouvoir devenir un autre.

– Je crois que c'est possible, dit Ness. Cramet a changé, par exemple. Comme s'il avait déplacé sa force négative pour l'investir dans quelque chose de bien.

– Question de masse d'énergie disponible, ajouta Quirin. Il investit sa puissance dans un projet, plutôt que dans sa part d'ombre.

Tout le monde devrait faire ça, pensèrent-ils en même temps.

– Tu sais que Sander est un gros ronfleur ? dit Quirin. Je l'entends à travers les murs !

– Lui, c'est là qu'il met toute son énergie, répondit Ness en riant.

– Est-ce qu'il dort plus ? Je ne l'ai pas beaucoup vu ces derniers jours.

Ness demeura silencieuse. Parfois, il lui arrivait de tout oublier et de pouvoir rire. Parfois, tout lui revenait comme une grande vague sombre prête à l'engloutir. Oui, Sander dormait plus, mais elle n'avait pas la force de l'évoquer.

– Je ne sais pas, finit-elle par dire.

Elle s'éloigna à pas de loup pour rejoindre son groupe de travail. *À pas de louve. Et je n'ai pas les moyens de l'apprivoiser*, pensa Quirin.

Ce matin, Ness courait dans le Centre à la recherche de Quirin pour lui raconter son rêve de la nuit. Sa mère l'arrêta au passage.

– Tu as vu Quirin ? demanda Doris.

– Non, je le cherche !

– Il est venu me voir tard, hier soir… Il était un peu agité… Il voulait que je lui raconte des choses que j'avais vécues, des souvenirs de chez lui.

– Il veut retourner chez ses parents ? demanda Ness.

– *Ses parents ?* Si l'intuition de Paule est juste, ce ne sont pas ses parents.

Ness revint subitement sur terre.

– Il voulait s'en aller ?

– Je ne sais pas… Mais je ne le trouve pas… J'ai peur qu'il soit parti.

– Il ne peut pas retourner là-bas ! Il a été déclaré mort. Si les Brigadiers le reconnaissent…

Le visage de Ness s'était décomposé.

– Il a un médaillon d'orphelin, dit Doris, sans conviction.

Ness se réfugia derrière les véhicules de la caravane. De ce côté, tout paraissait triste et pauvre. L'envers des choses, toujours... Il faut avoir le courage de regarder l'envers des choses, pensa-t-elle.

Elle se sentait responsable du départ de Quirin, et du tout premier, lorsqu'il avait fui la Capitale avec elle. Si elle se trouvait là aujourd'hui, c'était grâce à lui. Grâce à la volonté unique qu'il avait impulsée et aux risques qu'il avait pris. Rien n'avait de sens s'il n'était plus là. Elle voulait qu'il revienne, qu'il reste avec elle. Ils pourraient partir ensemble. Ils traverseraient les montagnes. Ils...

Elle n'arrivait plus à réfléchir. Le chagrin l'envahissait. Elle luttait vaillamment contre les sanglots qui montaient, mais en vain. Ils la bousculaient comme les secousses d'un tremblement de terre.

Doris la retrouva assise par terre, la tête entre les bras.

– Quirin n'aime pas les questions sans réponses, dit-elle. Je pense qu'il est parti vérifier la théorie de Paule sur la densité. C'est une question fondamentale pour lui. Il m'a demandé si j'avais des collègues qui travaillaient à la clinique de la Pagode. Je lui ai parlé de Léonie. Tu te souviens d'elle ?

Ness se souvenait parfaitement de cette femme qui travaillait au Service de l'hygiène de la Pagode.

– Et j'aurais préféré ne pas te le dire pour ne pas risquer de te perdre à nouveau.

Doris avait parlé d'une traite, d'une façon nette et presque raide. Ses manières dignes lui donnaient un air de reine. Rien ni personne n'avait jamais réussi à lui enlever ça, pas plus les Bleus que le travail à la Noble

Extraction, pas plus la mort de son compagnon que cet exil forcé.

– Je vais chercher Quirin, dit Ness.

Puis elle serra sa mère dans ses bras, incroyablement fière d'être sa fille.

– Viens, on va demander de l'aide aux artistes, dit Doris. Tu dois mettre toutes les chances de ton côté.

Pas une seconde elle n'avait douté du départ de Ness à la poursuite de Quirin.

Quelques minutes plus tard, Serena et Rika emmenaient Ness au camion du matériel.

– Il faut trouver de bons costumes et surtout de quoi te grimer efficacement, dit Rika.

– Il vous faudra plusieurs tenues. Vous aurez peut-être besoin de brouiller les pistes, dit Serena.

– Perdre les Brigadiers.

– Il faudra y croire vous-mêmes. C'est la base d'une interprétation réussie.

– Floooore ! cria Serena en sortant la tête du camion.

Flore accourut.

– Appelle Harry et Cramet !

Flore repartit sans en demander davantage.

Devant l'enthousiasme des filles, Ness avait recommencé à sourire. La façon dont elles s'étaient emparées de l'organisation de son départ la soulageait et la réconfortait. Il lui sembla que toute l'énergie qu'on déployait autour d'elle la rendrait invulnérable.

Serena se planta devant Harry et Cramet qui avaient accouru.

– Quirin a disparu. Ness va le chercher, annonça Serena.

La nouvelle inquiéta Harry qui réfléchit à toute allure.

– On va rédiger une fausse lettre de mission au cas où tu tombes sur des Brigadiers suspicieux… dit-il avant de s'éloigner.

– Est-ce que tu sais te maquiller ? demanda Rika à Ness.

– Non…

Les danseuses soupirèrent.

– Ah là là, on n'a pas le temps de t'apprendre… Bon, Je te passe un rouge à lèvres, c'est le minimum, c'est facile à mettre.

Elles sortirent plusieurs perruques incroyablement bien imitées.

– On t'en donne une pour Quirin. Tiens, prends aussi des lunettes et ce faux dentier, il change la morphologie du visage. Quirin, il a une tête qu'on remarque et qu'on n'oublie pas. Je pense qu'il faut ab-so-lu-ment le grimer ! dit Rika.

Elles emballèrent rapidement les affaires dans un sac à dos. Ness y rajouta la robe couleur miel que Quirin lui avait offerte et une paire de chaussures prêtée par Rika.

Tandis qu'Harry la conduisait à la gare, Ness regarda attentivement la route dans l'espoir d'apercevoir Quirin marcher sur le bas-côté.

– Il a dû partir tôt, dit Ness. Ou bien il a fait du stop.

– Dans la pochette, là, tu as de la monnaie et la lettre de mission. Tu as plusieurs médaillons dans la boîte en hématite au cas où tu doives changer d'identité. Cache-les. Quand vous reviendrez, nous serons peut-être déjà à la Noble Extraction.

Ness prit conscience des risques d'une confrontation avec les Brigadiers. Elle jeta un œil à la cicatrice de son poignet. On ne voyait plus qu'une très fine ligne. Elle vérifia que son médaillon était bien accroché autour de son cou.

– Revenez vite… On a besoin de vous, dit Harry.

Elle regarda le profil de l'Hypnographe qui fixait la route. Il avait une beauté grave, un visage anguleux qui respirait l'intelligence et lui donnait l'air d'une statue. Il lui était devenu aussi familier qu'un membre de sa famille.

– Ce que vous découvrirez peut-être à propos des Denses n'intéresse pas seulement Quirin, dit-il.

– Je ne sais même pas si je vais le retrouver…

Harry ne répondit pas, mais ralentit et se gara sur le bas-côté. Il tourna vers elle son regard pénétrant. Par sa fenêtre entrouverte, on entendait le souffle qui passait sur les champs et la tranquillité alentour.

– Nous sommes ici. Tout l'espace t'appartient. Laisse entrer le calme en toi. Tes doutes sont des illusions. Tu es arrivée jusque-là. Du même pas régulier, tu vas avancer plus loin, toujours plus loin.

Ness se détendit et ressentit un bien-être inattendu. Tout devenait simple. Il n'y avait rien d'impossible.

– Avance. Les réponses sont là, maintenant. Reste rassemblée. Le monde est bavard. Écoute.

Elle prit une longue inspiration, puis il lui sembla entendre une légère rumeur. Quelque chose d'indéfinissable, comme le bourdonnement de l'existence du monde.

Harry reprit la route. Pendant le reste du trajet, ils n'échangèrent pas un mot, mais se sentirent simplement reliés l'un à l'autre.

Ness descendit de voiture et s'éloigna vers la gare, sac au dos.

Cette étrange tortue montée sur ses deux grandes pattes portait plus que sa maison sur ses épaules. Elle portait tout un monde, plein d'espoir, un monde vivant, pensa Harry et l'image de Ness se grava dans sa mémoire.

Lorsqu'elle s'installa dans le train, Ness eut la sensation étrange d'avoir vieilli de plusieurs années. Au gré du paysage qui défilait, des images remontaient du fond de sa mémoire. Sander et Quirin, face à elle sur la banquette, à l'aller. Leurs mines complètement perdues. Christine et son panier de légumes. Son œil malicieux, son geste vers la broche qu'elle portait. L'ovale du bijou dont Ness apprendrait par la suite qu'il était le signe de reconnaissance de tous ceux qui aidaient les fuyards. Elle était définitivement passée de leur côté.

Ness attendit sa correspondance à la gare de Cabrieste. Les bouchers des Vaches de Pierre n'étaient pas loin et elle imagina Christine et Albert à leur travail. Combien de fuyards avaient-ils aidés récemment ? En passant par là, Quirin s'était probablement souvenu lui aussi et comme elle, il avait peut-être ressenti l'envie de faire une halte et d'aller les saluer comme on salue de vieux amis. Mais il avait continué, Ness en était sûre. Les questions qu'il se posait ne trouveraient leur réponse qu'à la Colline, à la clinique de la Pagode.

Le compartiment était si usé qu'il aurait pu être abandonné sur une voie de garage. Le revêtement du sol présentait de larges trous et les sièges râpés jusqu'à la corde faisaient pitié. Ness s'enferma dans les toilettes et se changea. Elle passa une tenue stricte, lutta avec une perruque blond foncé, courte. Elle se rassit, plutôt gênée, et prit alors quelques minutes pour intérioriser son personnage : une jeune femme pâle, tout à fait convenable et modeste, travaillant du mieux qu'elle pouvait dans cette société bien organisée. Dans le reflet de la vitre, elle essaya des mines différentes et une insolence joyeuse gagna son cœur en voyant qu'elle jouait à merveille son nouveau personnage. Aussitôt, sous son déguisement, elle comprit qu'elle ne se sentait plus ni Pâle ni même orpheline. Elle se sentait libre.

Il était déjà très tard lorsqu'elle arriva à la gare Nord-Extérieur.

À la Ceinture, elle attendit longtemps le passage d'un tramway de nuit. Elle descendit à l'arrêt qui desservait la Porte Saint-Jean et se mit discrètement à l'abri. De sa cachette, elle pouvait observer les allées et venues de la Colline. Elle enleva discrètement son médaillon d'orpheline, puis le glissa avec les autres dans la boîte en hématite. Son entrée chez les Bleus ne devait pas être enregistrée, elle n'avait aucune raison de se trouver là-bas, à la nuit tombée.

Le gardien bipa quelques Pâles qui entraient, le personnel de nuit des Bleus ou des femmes de service de la clinique. Ness s'était préparée à devoir passer la nuit là, à guetter, en espérant se glisser dans un groupe d'employés pâles, au matin. Mais l'arrivée d'une bande de Bleus de son âge lui donna la possibilité d'entrer plus tôt à la Colline. Les jeunes étaient bruyants, assez délurés. Les jeunes de la Colline aimaient parfois se donner quelques sensations fortes en allant se mélanger un moment aux Pâles et en s'amusant de leurs distractions. Visiblement, ils avaient aussi fait une halte à un Établissement de loisirs pour boire quelques bières bon marché. Lorsqu'ils atteignirent la Porte, ils entrèrent dans la guérite du gardien et le chahutèrent. Ness profita de l'agitation et passa l'entrée sans que personne ne la remarque. Les jeunes déposaient des bières sur la table du vieux gardien, très gêné. Impossible de rentrer chez les parents avec les poches des manteaux déformées par des bouteilles. Le gardien devait maintenant faire preuve de diplomatie et remercier les jeunes Bleus de ce cadeau embarrassant. Vite, vite, Ness s'engagea dans la première ruelle puis se fondit dans l'obscurité. Elle longea les vieilles pierres, hésitant à courir, et vit bientôt l'entrée du parc de la Pagode. Derrière, la clinique soigneusement éclairée resplendissait.

Ness, le cœur battant, courut vers les grands arbres, puis jusqu'aux taillis. Elle entrait dans la partie la plus sauvage du parc quand elle entendit un froissement de feuilles. Elle appela Quirin tout doucement et s'immobilisa, attentive, pleine d'espoir. « Quirin, Quirin », son nom était encore plus beau prononcé à voix basse sous le feuillage.

Quelques heures plus tôt, Quirin s'était assis sur la grosse branche de cet arbre, bien calé contre le tronc, éclairé par la faible lueur du soleil couchant qui irradiait entre les branches comme la clarté d'un incendie lointain. Il se rappelait parfaitement ce jour où, vers l'âge de quatre ans, il s'était étendu sous l'un de ces grands arbres. À côté de lui, une femme, Doris. Oui, c'était bien elle. Et ce n'était pas la première fois qu'elle passait du temps avec lui.

Ness découvrit un arbre magnifique et comprit tout de suite que Quirin y avait fait une halte. Malgré la nuit, elle aperçut ses affaires bien accrochées dans les branches. Mais lui n'était pas visible dans les parages. Il a rejoint la Pagode, pensa Ness, et tout le monde peut le reconnaître là-bas. Le personnel croisait ce garçon depuis des années, ses parents travaillaient comme médecins…

Elle glissa rapidement entre les arbres, tout juste guidée par la lumière des étoiles. Instinctivement, elle se courba de plus en plus tandis qu'elle approchait de la clinique. À l'arrière du bâtiment, pas très loin de l'entrée de service et des poubelles, elle chercha un endroit où se mettre à couvert.

– Ness, Ness…

Elle sursauta. La voix de Quirin s'élevait d'un énorme bosquet d'hortensias.

– Là ! Viens !

Elle se glissa derrière les fleurs, terriblement soulagée de le retrouver.

– C'est la dernière fois que tu fais quelque chose comme ça, murmura-t-elle sans colère.

Il plongea ses yeux dans les siens.

– D'accord.

S'il avait émis le moindre doute, elle l'aurait mordu.

– J'ai pris le train d'après. Celui de 11 h 15, murmura-t-elle.

– Correspondance à Cabrieste à 16 h 40. Arrivée à la Ceinture à 00 h 37. Tu as patienté à côté de la Porte Saint-Jean parce que c'est la moins exposée aux regards. Tu t'es introduite sans faire biper ton médaillon à la faveur de l'entrée d'un groupe.

Tout était exact. Elle sourit dans le noir.

– Tu as fait pareil, dit-elle.

– À peu de chose près.

– Et maintenant, tu sais ce que je vais faire ?

Il espéra secrètement qu'elle l'embrasse.

– Non... dit-il.

– Eh bien, moi non plus, répliqua-t-elle en riant silencieusement.

Elle aurait aimé l'embrasser.

Assis l'un contre l'autre, au beau milieu de la nuit, tout juste protégés par la présence des fleurs et du feuillage, ils ressemblaient à deux miséreux d'une autre époque.

– Je suis arrivé trop tard, murmura Quirin. J'ai entendu des employés sortir. Ils ont parlé de leur planning. Quelqu'un a dit que Léonie serait là demain.

Léonie était l'amie de Doris. Depuis des années, elle avait progressé dans la hiérarchie et dirigeait maintenant le Service de l'hygiène de la clinique.

– Léonie, je l'ai déjà croisée, dit Ness. C'est une femme intègre. Son sérieux m'a toujours impressionnée.

Ils écoutèrent le silence, distinguèrent le bruit d'une ventilation. La nuit commençait à agir sur eux, provoquant une fatigue étrange pleine de sensations contradictoires. Puis il y eut le léger ronron d'un moteur et aussitôt leurs sens furent à nouveau en éveil. Le ronron augmenta jusqu'à ce qu'un fourgon de l'hôpital de la Bulle contourne la Pagode et coupe le contact. Sous le couvert du feuillage, les deux clandestins rampèrent, cherchant à en voir plus.

Un homme en blouse s'approchait de la Pagode, un carton d'un vert pastel entre les bras. Un second homme sortit du bâtiment et vint à sa rencontre, encombré d'un paquet identique. Il y eut quelques couinements étranges, puis des commentaires à voix basse et de petits rires satisfaits ; enfin, les hommes échangèrent leurs colis. Leur rencontre n'avait pas duré plus d'une minute.

Ness et Quirin se tinrent cois, le cœur battant, jusqu'à ce que le visiteur soit reparti et que les alentours redeviennent calmes. La vibration monocorde de la ventilation et leurs respirations composaient une mélodie délicate. Un oiseau chanta. Le jour ne tarderait plus à se lever.

Ness se redressa légèrement et sortit des barres protéinées de sa poche, il fallait reprendre des forces.

– Si tu avais choisi la médecine, comme tes parents, tu aurais peut-être su ce qu'il y avait dans ces cartons, murmura Ness.

– Les Denses ne peuvent pas devenir médecins. Après ce que nous a dit Paule, je suis persuadé que c'est pour éviter qu'ils s'intéressent de trop près aux questions de différences entre les Bleus, les Pâles et les Denses, chuchota Quirin.

– Il y a des métiers tabous dans toutes les castes…

– Oui, pour cloisonner les savoirs. Et faire que chacun reste à sa place, bien installé dans son ignorance.

Ness chassa la fatigue de son esprit.

– Mais vous pourriez tout savoir avec *votre* intelligence…

– L'intelligence est faible en comparaison des croyances. Et les Denses croient, comme les autres. Leur croyance la plus forte est celle de la supériorité de leur esprit. D'autant plus que tout le monde les pousse à penser ça. Tout le monde leur est reconnaissant d'être dense. Et leur offre en échange la meilleure des places.

Ness, comme les autres, ressentait une forme de fascination pour les Denses. D'ailleurs, elle n'aurait su dire si c'était la densité qu'elle aimait chez Quirin ou simplement sa façon originale et personnelle de comprendre les choses.

– Notre maladie dense a développé chez nous des capacités particulières. Et nous avons la chance que ces capacités soient les plus valorisées de notre société.

Il prit le temps de trouver une métaphore.

– Imagine, chuchota-t-il, une société où le toucher serait le sens le plus admiré, où tout le monde penserait qu'il donne accès aux choses les plus importantes de l'existence. Alors, les aveugles seraient rois. Parce que leurs doigts auraient développé une sensibilité démesurée.

Ness comprenait parfaitement ce qu'il voulait dire.

– Nous n'intéressons pas les Bleus en tant qu'êtres humains. Notre maladie est instrumentalisée.

– Les médecins bleus, ils en pensent quoi ?

– Ils croient aveuglément eux aussi. Ils sont persuadés de la validité de cette croyance, comme tout le reste de la société. Et ils sont prêts à tout pour faire perdurer ce mythe. Même à mentir. Ils croient vraiment à leurs mensonges, tu sais.

Petite, lors du Carnaval, elle avait eu la certitude qu'on pouvait réellement être un Bleu pendant quelques heures, tout en sachant au fond d'elle que c'était faux.

– Croire à quelque chose tout en sachant que ce n'est pas la vérité, murmura-t-elle. Comme les enfants quand ils jouent.

Et maintenant ? pensèrent-ils.

– Nous aussi nous allons jouer, murmura Ness en apercevant l'aube qui pointait.

Le jour précipita les gestes de Ness. Elle sortit les accessoires de ses poches et tendit le dentier à Quirin.

– Avec ça et les lunettes, tu seras méconnaissable.

– C'est horrible, dit Quirin en regardant les fausses dents.

– Tes parents travaillent là-bas. Il ne faut pas que tu craignes d'être reconnu. Il faut que tu te sentes à l'aise.

Quirin prit le dentier et l'examina en faisant de gros yeux avant de le fourrer dans sa bouche.

– Ye ne chais pas chi ye me chentirais braiment à l'ayse abec cha…

Ness refréna un fou rire.

– Tu n'es pas laid, comme ça, même avec ton défaut de langue.

– Che ne garderai pas chet accessoire toute ma vie rien que pour te plaire, dit Quirin d'un air raide.

Et il sourit de façon inattendue en mettant ses lunettes. Ness pensa qu'elle adorait son humour pince-sans-rire.

– On va voir si Léonie peut engacher un type auchi bizarre.

La diction de Quirin s'était un peu améliorée…

– Je t'accompagne, dit Ness. Moi, je ne crains rien.

Ils se présentèrent tous les deux à l'entrée de service et demandèrent à voir madame Léonie, la Responsable du Service de l'hygiène. La jeune employée les fit attendre près de la réserve du matériel. Léonie apparut quelques minutes plus tard et son visage s'illumina en reconnaissant Ness. Bien vite, cependant, et avant même tout échange de paroles, elle les fit entrer dans la réserve.

– Je suis heureuse de te voir, dit-elle. Qu'est-ce que vous faites ici ?

– On a un service à te demander. On cherche des informations sur les naissances.

– Chai besoin d'être là pour faire mon enquête, dit Quirin.

Léonie réfléchit rapidement aux possibilités qu'elle avait.

– Je vais faire comme si je t'engageais pour un mini-stage.

Léonie réfléchit à nouveau. Ce n'était pas le genre de femme qui s'engageait à la légère.

– Je vais dire à Anaïs que je souhaite te former en vue d'une place que tu vas occuper à la clinique de Varna. Nous pourrons travailler tous les deux aux Naissances tranquillement aujourd'hui. Et toi ? demanda-t-elle à Ness.

– Je… Je ne sais pas… Je vous suis ?

Léonie regarda autour d'elle pour vérifier que personne ne pouvait l'entendre.

– C'est compliqué si vous êtes deux. J'ai peur que ça paraisse anormal. Mais… Tu n'as qu'à attendre chez

Georges. C'est le jardinier du parc. Il a une cahute plus loin dans la forêt, suis le petit sentier. Dis-lui que tu viens de ma part. Et consulte le grand cahier.

Ils raccompagnèrent Ness à l'entrée de service et la suivirent des yeux jusqu'à ce qu'elle disparaisse dans le brouillard du petit matin. Puis Léonie entraîna Quirin dans son bureau où elle lui tendit trois feuillets plastifiés qu'elle lui demanda de lire attentivement.

– C'est le protocole de ménage du département des Naissances. Mémorise-le.

– Y a-t-il des femmes dans la challe d'accouchement en ce moment ?

– Non, une femme a déjà accouché. Une autre est arrivée hier en fin d'après-midi.

Anaïs entra dans le bureau et salua sa cheffe qui lui présenta Quirin, stagiaire pour la journée.

– Tu ne trouveras pas meilleure formatrice, dit-elle, souriante. Léonie devrait être prof ! Allez, viens. Je te montre le matériel.

Dans le local technique, Quirin fit la connaissance de balais sophistiqués, de seaux à roulettes et de divers produits désinfectants. Il passa une grande blouse et posa une charlotte sur sa tête. Anaïs lui tendit son chariot de nettoyage et son propre badge.

– Il y a une vérification pour entrer au département des Naissances.

– Pas ailleurs ?

– Non.

Elle se pencha et murmura à l'oreille de Quirin :

– Pour les Bleus, la naissance de leurs petits est la chose la plus exceptionnelle au monde… Mais… On sait bien comment naissent les petits mammifères, non ? Ils naissent tous de la même façon !

Avec Léonie, Quirin commença par laver le grand couloir. Les infirmières ne leur prêtèrent aucune attention et donnèrent au jeune homme l'impression d'être transparent. Lorsque personne n'était en vue, Léonie fournissait des explications.

– De ce côté-là, tu as les cinq salles d'accouchement. On dit « salle de travail ». En face, il y a le bureau des infirmières, celui du professeur Janpaire et celui des obstétriciens. Les chambres des parturientes sont dans ce couloir, expliqua Léonie en franchissant une porte à double battant.

Deux infirmières passèrent en discutant. Léonie baissa la tête, imitée par Quirin.

– Un enfant est né, il y a deux jours. Nous devons faire la chambre.

Léonie vérifia la couleur de la petite lumière près de la porte de l'accouchée.

– La lumière est verte, on peut entrer. Tu nettoies le sol, je m'occupe du mobilier.

La chambre était spacieuse et décorée de tons pastel. La femme se reposait, son bébé endormi dans le couffin transparent, à côté d'elle.

De retour dans le couloir, Léonie remarqua un voyant rouge près de la porte suivante. Elle passa son chemin.

La première tournée terminée, ils firent un détour par le local poubelles. Léonie trouva deux bracelets de naissance dans un container. Quirin aperçut le carton vert clair qu'un des hommes portait la nuit précédente.

Dedans, il y avait un petit matelas en ouate et un drap minuscule.

À la pause, Léonie expliqua le sens des voyants de couleur près des portes des accouchées. Lorsqu'ils n'étaient pas éclairés, c'est que les chambres étaient inoccupées. Lorsque la lumière était verte, la chambre était occupée, on y entrait pour faire le ménage. Lorsque la lumière était rouge, la chambre était également occupée, mais l'entrée en était interdite. On procédait à des soins particuliers.

– Vous ne vous êtes jamais trompée ? demanda Quirin.

– Moi, non, mais une fois, une infirmière a oublié de mettre la lumière rouge. Elle était verte, je suis entrée. Les parents étaient avec leur enfant, ils dormaient. Et moi, j'ai fait un malaise.

– Un malaise ? Pour quelle raison ?

À la suite de cet incident, Léonie avait longuement réfléchi.

– Il y avait une odeur particulière, bien que très discrète. J'ai mis du temps à comprendre. Je ne me souvenais de rien.

Léonie devenait fébrile à l'évocation de cette histoire qu'elle n'avait jamais eu l'occasion de raconter.

– Je… Je crois qu'ils avaient vaporisé un gaz… un gaz qui endort. Il m'a provoqué une amnésie… murmura-t-elle.

Elle s'était mise à trembler en révélant ce secret. Quirin repéra un thermos de caféine et servit deux tasses. Il s'assit auprès de Léonie et lui parla doucement.

– Léonie, nous sommes passés devant une lumière rouge tout à l'heure. Était-elle là hier ?

– Non.

Quirin demanda si des choses particulières se passaient lorsque les chambres *devenaient rouges*. Léonie expliqua que ces jours-là, on ressentait une ambiance tout à fait différente dans le service. Le professeur Janpaire était beaucoup plus présent et certaines infirmières devenaient plus actives. Des mouvements inhabituels avaient lieu et une fébrilité inaccoutumée régnait jusqu'au départ des parents et de leur bébé. Ces jours-là, comme aujourd'hui, elle récupérait des bracelets de naissance.

– Puis-je vous dire ce que je crois ?

Elle acquiesça.

– Je crois qu'on échange des enfants entre la clinique de la Pagode et l'hôpital de la Bulle.

Léonie, choquée, eut un mouvement de recul.

– Je n'ai jamais vu ce genre de choses…

– Il y a mille façons de le cacher. Effacer la mémoire des parents est la première étape. Pour le reste, il faut une très grande discrétion. C'est ce qui s'est passé cette nuit. L'enfant qui se trouve dans la chambre rouge n'est pas né ici. Nous l'avons vu arriver quand nous attendions dehors avec Ness.

Quirin saisit les bracelets de naissance déposés sur la table.

– On enlève les bracelets aux bébés parce qu'on les emmène ailleurs où on leur en mettra un nouveau.

– Une nouvelle identité… murmura Léonie.

Quirin réfléchissait à toute allure.

– Les *jours rouges*, il arrive également que les parents repartent sans enfant, ajouta-t-elle.

– Fausses couches ?

– Je ne crois pas. J'ai une amie qui travaille à la morgue de la clinique, elle n'a jamais vu passer le corps d'un bébé. Mais nous, ici, nous avons vu beaucoup de familles repartir les bras vides.

Elle regarda Quirin d'un air affolé.

– S'ils ne sont pas morts, s'ils ne repartent pas avec leurs parents, où vont ces enfants ? murmura-t-elle.

Léonie s'affaissa légèrement, la disparition des nouveau-nés pesa tout à coup très lourd sur ses épaules.

En arrivant dans le bureau, Anaïs fut surprise par son état.

– Eh bien ! Quelle tête ! Il faut se réjouir au contraire ! Un Dense est né cette nuit ! Janpaire et son équipe boivent le champagne.

Elle sortit une coupe de derrière son dos, en but une gorgée et la tendit à Léonie. Trinquons à tous les enfants… dit-elle.

La caravane roulait sagement en direction de la Noble Extraction.

Les artistes avaient soigneusement enlevé des carrosseries tout ce qui aurait pu évoquer leur identité.

À l'intérieur des véhicules, la troupe d'Harry et l'Équipe B avaient revêtu des habits neutres. Rika, Flore et Serena avaient aidé Cramet à composer son personnage de Directeur grâce à une coupe de cheveux stricte et à des lunettes qui apportaient une touche intellectuelle à son visage. Son costume gris foncé lui seyait parfaitement.

Tous ensemble, ils allaient jouer la partition que les Bleus des Ministères avaient rédigée avec application. Mais ils allaient l'interpréter à leur manière.

Le silence s'abattit dans les véhicules lorsqu'ils s'arrêtèrent devant le grand portail de la Noble Extraction.

Indifférents à la bruine collante et triste, Cramet et Harry se présentèrent au gardien. L'homme, plus angoissé que méfiant, leur indiqua l'emplacement du parking.

Marlène attendait les nouveaux venus au pied du bâtiment des bureaux.

– Doris ! fit-elle, surprise.

Avec un air de conspiratrice, Doris l'entraîna tout de suite dans le bâtiment de la lessiveuse à masques.

– Où étais-tu passée ? demanda la femme.

– Madame Dé m'a entraînée de force dans sa fuite, mais j'ai réussi à m'échapper.

– Non !!! Mais c'est fou !

– Le nouveau directeur de la Noble Extraction m'a proposé de revenir ici avec l'équipe qui prend le relais. Ils savent que ça n'a pas dû être facile…

Doris parlait vite, probablement pour mieux faire passer ses mensonges, et Marlène semblait à la fois affolée et crédule.

– Est-ce qu'ils savent que… mon titre d'*administratrice provisoire*, c'est… On me l'a donné… En réalité, je ne suis personne, ici…

– Ils savent tout. Ne t'inquiète pas.

La nouvelle équipe les rejoignit, et l'Hypnographe vérifia qu'elle ne les reconnaissait pas.

– Marlène, je te présente monsieur Cramet, le nouveau directeur.

– Directeur provisoire, précisa-t-il. Bonjour Marlène. Alors… Nous allons voir ce qui fonctionne et ce qui pose problème. Voici Harry, mon maître d'œuvre. C'est lui qui gérera les modifications les plus urgentes et c'est à lui que vous aurez affaire le plus souvent.

– Bonjour Marlène, dit Harry avec un beau sourire.

Marlène se sentit ragaillardie.

– Toute idée d'amélioration est bienvenue, dit Harry.

– Cette machine, c'est la lessiveuse à masques ? demanda Daphné.

Cramet présenta Daphné qui prenait en charge les questions de santé.

– Oui, c'est ça.

– Elle fonctionne bien ?

– Oui, très bien. Les masques sont changés plus souvent et les mineurs semblent mieux protégés. Nous avons moins de…

Ne sachant pas si la nouvelle équipe était au courant de la narcolepsie, Marlène hésita à poursuivre.

– Moins de contaminations ? ajouta Daphné.

Marlène acquiesça et ajouta, d'une voix tremblante :

– On a fait tout ce qu'on pouvait jusque-là…

– Je n'en doute pas une seconde, répondit Cramet en souriant. Doris reprend ses fonctions dans les bureaux. Vous allez travailler ensemble.

Ils décidèrent de rassembler le personnel au réfectoire pour une grande réunion, puis s'éloignèrent en trottinant sous la bruine. Tandis qu'ils traversaient l'esplanade centrale, ils entendirent l'annonce de Marlène au micro : « Tout le personnel est invité à se rendre au réfectoire dans quinze minutes. Je répète : suite à l'arrivée de la nouvelle équipe de direction, tout le personnel sans exception est invité à se rendre au réfectoire. »

Les travailleurs de la mine se regroupèrent sous la lumière blafarde. Dans le bâtiment, il faisait froid et humide, le silence était tendu, la peur était palpable. Les hommes et les femmes se tenaient là comme dans la salle d'audience d'un tribunal. Ils redoutaient le pire. Madame Dé le leur avait enseigné : ils seraient forcément coupables de quelque chose. Sander observa les visages contrits et songea que les vrais coupables ne ressentaient pas souvent de culpabilité, c'est même à cela qu'on pouvait les reconnaître. Il s'installa un peu à l'écart et observa le dernier groupe, des femmes et des hommes soutenus par d'autres et qu'il fallut installer. Il reconnut les narcoleptiques que Ness lui avait décrits.

Cramet s'avança et prit la parole.

– Bonjour à toutes et à tous. Je m'appelle Cramet. Je suis votre nouveau directeur.

La salle frémit, murmura un bonjour embarrassé.

– Je vais vous exposer rapidement les raisons de notre présence. La Noble Extraction reste fidèle à sa vocation : la production d'Induline, bien sûr, mais nous sommes là pour améliorer son fonctionnement général.

Il jeta un œil à l'un des néons qui clignotait en grésillant, puis poursuivit. Tous les employés allaient être entendus individuellement afin de récolter des informations concernant les conditions de vie. Dès le lendemain, les mineurs allaient travailler moins d'heures, afin d'être exposés moins longtemps aux éléments contaminants. Du matériel arriverait bientôt pour rénover quelques équipements collectifs.

Les auditeurs, attentifs et méfiants, ne manifestèrent aucun enthousiasme particulier devant cet exposé. Dans un silence persistant, Cramet présenta alors les membres de son équipe et leurs fonctions, puis donna la parole aux participants. Pendant un long moment, personne n'osa la prendre.

– Est-ce qu'une livraison est prévue pour l'économat ? demanda enfin quelqu'un.

– Du ravitaillement en nourriture ? demanda Harry.

– Oui. Il manque des denrées essentielles.

– Une livraison est prévue demain. Nous avons commandé des pâtées protéinées et des légumes frais, entre autres.

– Ça fait un moment qu'on n'a pas vu ce genre de trucs ! s'exclama un homme.

– On ingurgite de la bouillie depuis des jours, dit un autre.

– Qui sont les cuisiniers ? demanda Cramet.

Deux hommes et trois femmes levèrent le bras.

– Vous allez pouvoir faire le point avec Marco, Phil et Hocine. Ils travailleront avec vous.

Un petit mouvement de satisfaction parcourut l'assemblée.

– Y'a plus de savon et plus de lessive, dit une jeune femme.

La parole se libérait doucement.

– Est-ce qu'on n'a pas le droit d'avoir des vêtements propres ? s'indigna quelqu'un à voix basse.

Les participants, qui manquaient de tout, commençaient à discuter entre eux.

– Et la Salle de loisirs ? Vous allez faire quelque chose pour ça ?

Cramet donna la parole à Rika.

– Nous n'avons pas encore visité les locaux, mais nous allons nous y atteler tout de suite, dit-elle.

Elle se pencha vers Harry et Cramet pour leur murmurer quelque chose, aussitôt des voix s'élevèrent dans la foule.

– À voix haute !

– On veut savoir !

Sans se démonter, Rika se tourna vers le public.

– Je demandais l'autorisation au directeur afin de vous proposer un spectacle…

L'auditoire était suspendu à ses lèvres.

– Vous avez mon autorisation, lui dit Cramet.

Rika, souriante, rejoignit les deux autres danseuses sous le regard médusé de l'assemblée. La main d'une jeune fille agrippa son manteau.

– On va vraiment voir un spectacle ? demanda-t-elle, les yeux pleins d'espoir.

– Oui, murmura Rika.

– Il y aura quoi ?

– De la musique, de la danse, et peut-être même de la magie… murmura Serena.

Le visage de la jeune fille s'éclaira et Serena se sentit terriblement émue.

Ici, on avait faim de tout.

Ness franchit l'orée du bois tout embrumé à la recherche de la cahute du jardinier. Lorsqu'elle pénétra dans la partie plus sauvage, son inquiétude se mua en panique.

Elle n'était plus sûre d'avoir la force nécessaire pour affronter les secrets de la Pagode. Alors, pour ne pas sombrer dans l'affolement, elle pensa au courage de Quirin, puis à celui de Sander, de Ferdi, d'Harry et de tous les autres, et enfin elle se souvint de la grande puissance intérieure qu'elle avait ressentie dans le repaire de Paule et de Brun. Un jour, là-bas, elle s'était réveillée, vraiment réveillée. Le chemin sur lequel elle s'engageait lui avait semblé évident. Et cette force, cette force qui l'avait parcourue et réchauffée, il ne fallait surtout pas l'oublier.

Plus loin dans la forêt, elle trouva le sentier et découvrit bientôt une petite construction de planches, la cabane du jardinier, sans aucun doute. Elle s'en approcha avec la plus grande curiosité et frappa plusieurs fois à la porte. Comme personne ne se manifestait, elle décida d'entrer.

L'intérieur bien organisé accueillait une table, un fauteuil et, au fond, un meuble en bois qui ressemblait à une couchette avec sa paillasse. Le jardinier dormait sûrement là, songea Ness, au milieu du domaine des Bleus, en toute clandestinité. Dans un coin, elle vit un réchaud et de la vaisselle en fer-blanc qui lui firent tout de suite penser au Haut-Pays. Elle sursauta en entendant la porte s'ouvrir.

– Bonjour ! fit l'homme en entrant, visiblement peu étonné par sa présence.

Il était barbu, assez âgé mais costaud. Il déposa son énorme cisaille, sa besace et son manteau, et s'approcha d'elle.

– Tu t'appelles comment ?

Ness préféra ne pas répondre. Elle ne voulait ni mentir ni dire son nom.

– Et vous ?

– Georges, dit-il en découvrant son badge ovale caché sous son revers de veste.

– Bonjour, Georges.

– Bonjour, Miss.

– Je me suis permis d'entrer.

– Tu as bien fait. Qu'est-ce qui t'amène ?

Georges s'assit sur la couchette et retira ses bottes de travail. Ness était subjuguée par le côté ours de l'homme barbu.

– Si tu veux prendre ma place ici, je te la laisse bien volontiers, dit-il d'une voix forte. Je te formerai et imposerai ta candidature pour prendre la relève à ce poste. Je suis en très bons termes avec l'agent des placements du personnel municipal.

Ness eut un sourire étonné.

– Je viens de la part de Léonie, dit-elle.

– La Pagode t'intéresse ? Je comprends. C'est là que les Bleus viennent au monde ou partent au ciel… Tu es orpheline ?

Ness fut surprise par la question.

– Où es-tu née ?

– Ici… Enfin, je veux dire, à la Capitale. À la Bulle, l'hôpital de la Ceinture…

George poussa une sorte de grognement tout en regardant par la lucarne de la cabane.

– Quel genre de personne es-tu ? demanda-t-il.

Ness ne comprit pas bien ce que l'homme voulait dire par là. Peut-être qu'il perdait un peu la tête. L'homme laissa passer un temps.

– Tu connais le Haut-Pays ?

– Oui, dit-elle.

Il poussa un petit soupir d'appréciation. Et Ness comprit qu'il voulait négocier quelque chose.

– Si j'y allais, je saurais m'occuper, dit-il en montrant ses grandes mains. Il doit y avoir beaucoup de travail de *jardinage*, là-bas.

Georges chercha quelque chose sous sa couchette et en sortit un vieux cahier, très épais, qu'il déposa à côté de lui. Le grand cahier, songea Ness.

– J'étais chargé des plantations quand ils ont créé le jardin de la Pagode, il y a plus de quarante ans maintenant. Je l'entretiens depuis ce jour-là. Tu l'as observé ?

– Oui, à plusieurs occasions. Il est très beau.

– C'est comme les douves d'un château. Tu as déjà vu ce genre de chose ?

Ness se souvint d'un tableau ancien au domaine de la Charrière. Le brouillard qui montait des douves d'un petit château brun et noir donnait l'impression qu'il flottait sur un nuage.

– Ce jardin, c'est un long travail…

Le jardin ceinturait la Pagode, le jardinier avait réalisé un véritable travail de peintre et l'entretenait avec son sécateur en guise de pinceau.

– On réfléchit bien dans les beaux jardins, ils protègent l'esprit. Quelquefois, ils savent même protéger les bâtiments.

L'homme avait beaucoup réfléchi dans son grand jardin et ses pensées se trouvaient peut-être consignées dans le cahier posé à côté de lui, pensa Ness. Elle espérait qu'il le lui donne, mais n'osait pas le lui demander. Georges évoquait les odeurs subtiles de la terre qui annonçaient les changements de météo, décrivait l'armée d'insectes dans cette explosion végétale ou parlait des fleurs et des feuilles qui étaient comme d'innombrables mains minuscules prêtes à repousser les intrus de la Pagode. La clinique était bel et bien protégée par son jardin. Les chambres du rez-de-chaussée, surtout, car c'était le premier lieu que les nouveau-nés habitaient, expliqua Georges. Il leur fallait du calme et de la beauté. Les chambres étaient à l'abri des regards. Ness commença à frémir.

– Léonie m'a confié ce cahier, dit Georges.

– C'est ce que je…

– J'ai le droit d'y consigner des graines et le nom de tout ce que je plante.

Il montra les pages où des paquets de graines étaient fixés.

– Régulièrement, elle vient aussi coller quelque chose dedans. Des bracelets de naissance. Elle consigne *les jours rouges* depuis qu'elle travaille à la Pagode.

– *Les jours rouges ?*

– Jeu de lumière dans les chambres des accouchées…

Georges feuilleta à nouveau le cahier.

– Quand es-tu née ?

– 01/01/00.

– Le jour du tremblement de terre, murmura l'homme. Il y a eu plus de naissances que d'habitude ce jour-là…

Il avait trouvé la bonne page.

– Ça a été un jour rouge. Tu es née à quelle heure ?

– 5 h 15.

– Les bracelets de naissance sont là. 5 h 15…

– Donnez-moi le cahier, demanda Ness sur un ton plus agressif qu'elle ne l'aurait souhaité.

Il le lui tendit, Ness vit les bracelets de naissance. Et alors ? pensa-t-elle, ce n'est pas forcément moi. Elle feuilleta le grand cahier. Il y avait des dizaines de noms de plantes avec leurs paquets de graines et des croquis, et sur d'autres pages, d'autres bracelets de naissance étaient accrochés avec une date. C'était comme un langage codé. *Jours rouges, rouges*… Ça ne lui évoquait rien. Elle se leva et arpenta la pièce nerveusement.

Georges l'observa, légèrement ennuyé de ne pouvoir l'aider davantage. Il était évident que la jeune fille n'avait pas fait tout ce chemin pour rencontrer un vieil ours ou écouter les fleurs pousser. Elle cherchait quelque chose d'important.

– Mon ami va me rejoindre ici, dit Ness. Ensuite on partira. Léonie m'a dit que je pouvais prendre le cahier avec moi.

Elle était nerveuse et sa bouche devenait pâteuse à cause du manque de sommeil.

– Toi et ton ami, vous n'avez pas dormi dans la forêt, dit Georges.

Rien n'échappait à ce vieil ours, pensa Ness.

– Non. Nous n'avons pas dormi du tout.

Georges se leva et prépara la couchette.

– Tu devrais te reposer en attendant. Il en faut au moins un en forme, dit-il avec aplomb, comme un vieux résistant habitués aux luttes qui duraient.

Ness regarda les bracelets de naissance. 01/01/00, 5 h 15 – Sexe féminin, 01/01/00, 5 h 15 – Sexe masculin. C'est tout ce qui était inscrit.

Plus tard, après un court repos, elle suivit le jardinier sans dire un mot. Elle l'aida à entasser du bois mort, l'esprit confus et débordant de questions. Elle attendait si impatiemment le retour de Quirin qu'il lui sembla qu'elle perdait la tête.

En cuisine, les danseurs préparèrent la bouillie du repas et apportèrent les dernières denrées de la caravane. Avant de servir, ils remarquèrent des travailleurs qui partageaient leurs réserves personnelles entre les différentes tablées.

Marlène déjeunait avec la nouvelle équipe de direction.

– Vous n'avez pas engagé de... surveillants ? demanda-t-elle.

– Quel genre de surveillants ? fit Harry.

– Madame Dé avait des... deux gardes, dit Marlène d'un ton apeuré.

– Ils sont partis avec elle, ajouta Doris.

– Nous n'avons prévu personne à ce genre de poste. Vous pensez que nous devrions ? demanda Cramet.

– Oh ! Non ! Non... C'était juste une question, dit Marlène.

Elle fit un sourire timide à Cramet.

– Nous ne sommes pas des repris de justice, ajouta-t-elle. Nous sommes des travailleurs. Grâce à nous, tout le pays peut fonctionner.

Il y avait de la fierté dans sa voix.

À une autre table, la jeune fille qui avait apostrophé les danseuses leur demanda la permission de s'asseoir avec elles.

– C'est vraiment pas bon du tout, cette bouillie, dit Serena.

– Infâme, ajouta Flore.

– Dé-gueu-lasse, insista Rika.

– Et on ne s'y habitue pas, ajouta la jeune fille à mi-voix.

Les quatre filles eurent un rire étouffé et complice.

La jeune fille les regarda avec admiration. Il y avait encore quelque chose de joyeux et de frais sur leurs visages. Elle se sentit un peu honteuse de son apparence.

– Tu travailles à la mine ou à l'administration ? demanda Serena.

– À la mine, mais mon planning prévoit autre chose le mois prochain.

– C'est dur ?

– Non, ça va. C'est pas trop physique. C'est plutôt… c'est l'ambiance générale qui est fatigante. Le vent, le froid, le manque de distractions… la nourriture… Il y a des écrans domestiques dans les appartements, mais… le programme n'est pas très intéressant. Ce qu'on voit sur les écrans est tellement différent de ce qu'on vit ici…

– Autant regarder les programmes de la planète Mars, fit Rika.

– Exactement ! fit la jeune fille amusée.

– Tu es orpheline ? demanda Flore.

– Oui.

Les trois danseuses se regardèrent et montrèrent leur chaîne en même temps.

– Tu t'appelles comment ? demanda Serena.

– Cam. Camille. Et vous ?

Les trois danseuses se présentèrent et racontèrent brièvement leur parcours. Un certain Hypnographe les avait formées. Les yeux de Camille se mirent à briller.

– L'Hypnographe ? Quelle chance !

Elle, elle avait suivi une formation pour travailler dans un Home d'aînés, mais elle n'avait jamais trouvé de place. Son statut d'orpheline ne l'avait pas aidée. Alors la mine avait été son seul débouché.

– Si tu veux, viens nous donner un coup de main, dit Serena.

Camille, émue, la remercia en bafouillant. Bien sûr qu'elle viendrait.

Dès le repas terminé, Daphné, Sander et Ferdinand allèrent visiter le dispensaire. Devant eux, sur le ciment verdi par la mousse, une femme soutenait un homme fatigué. Sander eut l'impression de se voir dans quelques années, vieilli, toujours malade. Il aurait aimé qu'un rayon de soleil déchire le rideau de bruine, que l'homme s'éveille, qu'il se redresse et sourie. Sander agrippa le bras de Ferdinand.

– On va chercher, hein ? dit Sander.

– À soigner la narcolepsie ? demanda Daphné.

– Oui, on va chercher, dit Ferdinand en le serrant plus fort.

La faible lumière du jour augmentait l'impression de délabrement du dispensaire. Sur les murs, quelques affichettes décolorées promouvaient des gestes d'hygiène ou de premier secours, mais nulle part il n'y avait trace de matériel médical. Dans la chambre commune, on venait de donner un repas aux narcoleptiques qui avaient pu s'éveiller. Ferdinand fit le tour des lits et lut la fiche des malades. On avait inscrit leur date d'arrivée, leur identité, leur âge, leur poids. Une sorte de calendrier indiquait le nombre de minutes de veille. C'était tout ce qu'on pouvait trouver en guise d'information.

Sander avisa une jeune fille endormie et lut sa fiche. La fréquence des crises avait augmenté jusqu'à ce qu'elle n'ait plus que dix minutes de conscience. Ce serait la même chose pour lui. Dormir de plus en plus, jusqu'à ce qu'il n'y ait plus de réveil. La jeune fille, Luce, semblait pourtant loin de la mort avec son visage calme et légèrement souriant, comme émerveillé par un rêve. Sur ses traits, on lisait une attente. Sander eut envie de l'embrasser sur la bouche. Il eut envie de s'allonger à côté d'elle et de lui murmurer des histoires à l'oreille. Cette fille, Luce, serait revenue à la vie, l'entraînant avec elle. Ils se seraient alors débarrassés du sommeil comme d'un vieux manteau et seraient partis, légers, explorer la suite du temps.

La femme qui s'occupait des malades vint à leur rencontre.

– Je m'appelle Aileen. Je travaille au dispensaire depuis trois mois.

Elle raconta qu'elle ne pouvait pas faire grand-chose car il n'existait pas de traitement contre la maladie. Mal à l'aise, consciente de ne pas posséder les compétences médicales nécessaires, Aileen se raidissait de plus en plus.

– Nous ne sommes pas venus pour vous demander des comptes… lui dit Daphné.

– Si vous n'étiez pas là, ce serait bien pire, ajouta Sander.

– J'essaye en priorité de nourrir et d'hydrater les malades, expliqua Aileen.

Elle baissa les yeux. Elle se rappelait la mort de plusieurs narcoleptiques.

– Nous allons vous aider, dit Daphné. L'équipe du dispensaire va s'agrandir.

– Il y a… commença Aileen, mais sa voix se brisa.

Elle prit le temps de refouler ses larmes.

– Il y a des volontaires parmi les travailleurs. Ils viennent m'aider pour la toilette des malades. Ils se relaient aussi pour les nuits. Nos dormeurs ne restent jamais seuls.

Elle était fière de faire part des manifestations de solidarité qu'elle avait observées.

– Je leur lis souvent des histoires, dit-elle en sortant un vieux livre de contes tout écorné.

– C'est bien de faire ça, dit Sander. On peut entendre, alors même qu'on est en crise.

Aileen comprit alors que le jeune homme était atteint de la maladie, lui aussi.

Un carillon mélodieux se propagea dans les couloirs du Service de l'hygiène de la Pagode, Léonie fit signe à Quirin que c'était l'heure. La Pagode passait en mode nuit, il ne restait plus qu'à guetter le changement d'équipes.

Quelques minutes plus tard, chacun prenait son poste, Quirin en profita pour filer.

– Salue Doris pour moi, dit Léonie. Et tenez-moi au courant. Je continuerai à noter les jours rouges.

– Merci, lui dit Quirin.

Elle ouvrit au jeune homme et le regarda partir, le cœur serré.

Quirin se glissa d'une ombre à une autre, agile. Il dépassa les premiers fourrés, puis continua vers la partie plus sauvage où se trouvait la cabane du jardinier. Bientôt, il repéra la construction de planches et Ness, plantée devant comme un jeune arbre. Il courut vers elle tout en remarquant son air perdu.

– On peut partir, dit-il.

– Le… Les jours rouges, bafouilla-t-elle.

Il l'attira vers l'arrière de la cabane, mais il n'était pas sûr que ce soit le bon moment pour donner des explications.

– Les jours rouges sont les jours d'échange d'enfants, dit-il rapidement.

– Qu'est-ce que…

– Hier, c'en était un. Nous avons assisté à un échange. L'homme venait de l'hôpital de la Ceinture.

– C'est… Les cartons ?

– Les cartons contenaient les bébés.

Il lui montra les bracelets de naissance qu'il avait récupérés.

– Ce bébé-là est parti à l'hôpital de la Ceinture.

Ness saisit brusquement la main de Quirin.

– Ces échanges… Tu vois ce que ça veut dire ?

Ness avait du mal à maîtriser sa voix.

– Chut… Chut… fit-il.

– Tu crois que des Pâles naissent ici ? Chez les Bleus ?

Elle trépignait, prête à s'enfuir, comme une biche.

– Cette nuit, un Dense est arrivé de la Bulle, dit Quirin.

Ness s'agita de façon désordonnée, puis ouvrit le grand cahier devant le nez de Quirin. Les bracelets de naissance étaient là : 01/01/00, 5 h 15.

– Je suis née le 01/01/00 à 5 h 15, dit-elle, comme si elle déclinait son identité à un Brigadier.

Quirin agrippa sa manche et l'emmena vers la cabane, mais Ness ne voulut pas y entrer. Elle s'était mise à trembler. Autour d'elle, la forêt lui semblait sans issue. Des hommes allaient sortir de l'ombre et l'emporter, alors elle, Ness, enfant sans défense, entrerait dans une vie qui n'était pas la sienne.

– Il faut partir, dit Quirin.

Georges les rejoignit, un petit paquetage à l'épaule.

– Je vous emmène, dit-il. J'ai un jardin à retrouver.

– Un jardin ? s'étonna Quirin.

– Oui. Un endroit que j'ai connu autrefois.

Ils traversèrent la forêt en silence. Quirin avait pris la main de Ness et la tenait fermement.

Vingt minutes plus tard, ils arrivèrent près d'un renfoncement où se trouvait la camionnette de travail de Georges.

– Montez derrière !

Ils se recroquevillèrent dans un coin, au milieu de dizaines de paquets de graines, et Georges les recouvrit de grands emballages vides.

Le véhicule s'ébranla, puis traversa le dépôt des trams en direction du nord. Sur le boulevard circulaire de la Ceinture, la vieille camionnette peu habituée à la vitesse tressautait dans tous les sens. Georges était accroché au volant, penché vers le pare-brise comme si cela pouvait l'aider à mieux voir la route. Mais la nuit brouillait son regard, les panneaux n'étaient que des taches floues et les phares qui arrivaient en sens inverse l'éblouissaient violemment. Depuis des années, Georges n'avait conduit qu'entre les hangars et le parc de la Pagode pour récupérer les livraisons. Il suait à grosses gouttes, aussi paniqué que s'il s'était trouvé aux commandes d'une fusée spatiale. Il frôla plusieurs fois la rambarde de sécurité, poussa un « Merde » retentissant. Un long coup de klaxon lui fit faire une embardée. Puis il y en eut un autre, suivi d'appels de phares. Les bolides étaient outrés par la présence de cette vieille guimbarde sur leur route. Ness émergea des emballages et entreprit de grimper à l'avant. L'imminence d'un carambolage lui avait remis les idées en place. Elle s'installa à côté de Georges et agrippa le volant.

– Continuez, dit-elle. Je vois la route.

Quirin se redressa à son tour. Il préférait connaître le moment exact de l'accident.

L'autostrade filait droit. L'étrange attelage cliquetant contrastait avec les quelques berlines sombres qui fendaient la nuit. Ils roulèrent ainsi un moment, concentrés sur la route comme s'ils traversaient un gouffre. Il fallait encore avaler quelques dizaines de kilomètres pour qu'ils aient l'impression que toute la Colline n'était pas à leurs trousses, mais que seule la lune les suivait dans le ciel.

Quirin voyait la carte défiler dans sa tête, avec ses routes vivantes comme un réseau de veines.

– On peut prendre la prochaine sortie, dit-il.

Ness repéra un panneau indicateur quelques kilomètres plus loin.

– Il y a une sortie à droite dans trois cents mètres, c'est celle-là ? demanda-t-elle à Quirin.

– Oui.

La main de Ness serra le volant un peu plus fort.

– Maintenant ! Ralentissez un peu, dit-elle à Georges.

La camionnette craqueta, on aurait dit que tous ses éléments se révoltaient. Chaque morceau de tôle accompagna le freinage, puis s'ébroua pour reprendre sa place. Ils passèrent la sortie et eurent l'impression que la nuit était plus sombre sur cette route-ci.

Ils roulèrent encore, jusqu'à ce qu'ils trouvent un endroit où se garer.

– Tu prends le volant ? demanda Georges à Ness.

– Je n'ai jamais conduit.

– Qu'est-ce que tu viens de faire ?

– D'accord.

– Monte à l'avant, dit Georges à Quirin. Tu l'aideras. Moi, je ne vois rien dans le noir.

Ils se serrèrent tous les trois sur la banquette.

Le paysage était invisible dans la nuit. Parfois, à la faveur d'un tournant, les phares éclairaient un bâtiment écroulé ou les abords d'un champ. Ils n'avaient plus aucune notion de l'heure. Le temps de la fuite était passé, avec son urgence et ses accélérations subites. Maintenant, ils devaient reprendre le contrôle des minutes et des secondes.

– On va rouler le plus loin possible, dit Quirin.

– Vers le Haut-Pays ! affirma Georges.

Les montagnes étaient loin. Ness avait bien une lettre de mission signée du directeur Cramet, mais les apparences ne jouaient pas en leur faveur si on les arrêtait. Ils voyageaient dans un véhicule déglingué, accompagnés d'un vieux jardinier qui semblait tout droit sorti d'une grotte.

– Je te connais, dit Georges à Quirin. Je t'ai vu jouer dans le parc quand tu marchais à peine. Tu aimais bien un coin près de la mare. Ta nounou te confiait souvent à une femme pâle, une amie de Léonie, qui venait déjeuner là. Vous faisiez de longues balades. Je t'ai vu grandir.

Quirin et Ness se tournèrent furtivement l'un vers l'autre.

– Vous devez parler de Doris, la mère de Ness, dit Quirin.

Il y eut un silence.

– Je l'ai vue quelquefois avec une petite fille du même âge. Je crois que c'était toi...

Ness se concentra sur la route. Pas question de laisser les émotions reprendre le contrôle de son esprit.

– Les nounous ont du mal avec les petits Denses. Ces enfants les raidissent, dit Georges.

Quirin remua, comme pour chasser cette raideur dont parlait Georges.

– Ce n'est pas le cas de Doris, dit Quirin comme pour la défendre.

– C'est vrai. Elle ne semblait pas mal à l'aise avec toi.

Ness jeta un œil au compteur énergétique de la camionnette et s'inquiéta.

– Le compteur fonctionne ? demanda-t-elle au jardinier.

– Oui.

– Alors on va tomber en panne d'Induline.

Il ne restait qu'un point sur le compteur. Le jardinier soupira.

– Combien de kilomètres, Georges ? fit Quirin.

– Moins de dix kilomètres.

– On prend la prochaine à droite, dit-il.

Ils s'engagèrent sur une petite route, des bâtiments se détachaient sur la ligne d'horizon, et plus loin, des silhouettes d'arbres. Ils espéraient que la camionnette ne tombe pas en panne avant qu'ils aient eu le temps de se mettre à couvert dans la forêt. Ness, Quirin et Georges se concentraient de toutes leurs forces, comme si cela pouvait aider le véhicule à rouler encore un peu.

Les premiers arbres se présentèrent. Ness ralentit et s'engagea dans le chemin forestier. Le véhicule hoqueta, puis s'immobilisa. Ness pensa que la camionnette avait l'âme d'un vieux cheval fidèle qui dépensait ses ultimes forces pour ne pas les laisser en plan au milieu de la route.

Les phares s'éteignirent, les yeux des voyageurs s'habituèrent lentement à la pénombre.

Un peu plus tard, ils étaient penchés sur un canal et se désaltéraient.

– Restez là pour la nuit, dit Georges. Je garderai la camionnette. Si quelqu'un me trouve, je dirai que je suis venu chercher des plantes pour le jardin. Vous devez vous reposer.

Ness et Quirin s'installèrent dans un renfoncement de la rive du petit canal. Ils auraient dû dormir, mais leur fatigue s'était métamorphosée en un grand calme. Il suffisait de rester là, à écouter le doux bruit de l'eau. Dans leurs têtes, les informations qu'ils avaient recueillies défilaient au rythme du courant.

– Dans le grand cahier, Léonie a consigné la tromperie des naissances… murmura Ness. Ce bracelet, c'est le mien, j'en suis sûre… et l'autre…

– Je suis né le même jour, dit Quirin.

Ils ouvrirent le grand cahier.

– Bracelet blanc crème pour la Pagode, vert d'eau pour la Bulle.

Les deux bracelets étaient là, une fille, un garçon. Pas une minute d'écart et cette certitude au fond d'eux.

Ness prit une longue inspiration.

– Nous avons été échangés…

– Nos chemins se sont croisés le premier jour du premier mois dans la première année du siècle, dit-il.

Oui, depuis le premier jour, pensa-t-elle, il y avait eu cette attente lovée au fond d'elle. L'attente d'une révélation. Son corps frissonna d'une étrange tension. Quirin posa sa main sur son bras. Elle se rapprocha légèrement de lui.

– Nous sommes une nouvelle espèce d'orphelins… dit-il.

– *Les enfants volés.*

Il y eut un long silence. Des images leur venaient à l'esprit. Il leur fallait du temps pour les accueillir.

– La femme que j'ai rencontrée, le jour du Carnaval, celle qui m'a regardée sans me voir… murmura Ness.

– Élisabeth.

Il n'osait plus dire *ma mère*. C'est Ness qu'elle avait mise au monde.

– Nous n'avons rien ressenti, ni elle ni moi…

– Élisabeth ne sait pas… Elle n'a jamais su être mère. Elle aurait eu besoin d'une enfant comme toi. Une enfant généreuse qui lui aurait appris ce rôle…

Ness ressentit tout à coup un immense chagrin. À cet instant, Élisabeth venait de perdre Quirin, mais elle n'avait pas gagné Ness.

– Doris a toujours été attirée par toi, dit Ness.

– J'ai toujours aimé sa présence. Je ressentais quelque chose de chaud et de rassurant quand elle était là, dit Quirin. Mais… Doris, elle sera toujours ta mère.

Ness se sentit troublée. Son cœur se mit à taper un peu trop fort dans sa poitrine.

– Nous sommes comme… frère et sœur, dit-elle.

Il prit la main de Ness et la serra contre son torse.

– Nous ne sommes pas frère et sœur, nous n'avons aucun lien. Nous sommes des enfants volés rapprochés par le hasard.

– Un Dense né chez les Pâles, une Pâle née chez les Bleus, ça n'a pas de sens, murmura-t-elle.

– C'est ce monde qui n'a pas de sens, lui dit Quirin.

Ness passa un sac à Quirin pour qu'il s'en fasse un oreiller.

– Il faut que tu dormes, lui dit-elle.

– Je dormirai si tu restes contre moi.

– Je suis là.

Ils se serrèrent l'un contre l'autre et fermèrent les yeux.

Sillonnée en tous sens, la Noble Extraction ressemblait à une fourmilière en plein éveil. Les nouveaux venus s'installèrent dans des logements, on déballa ses affaires. Les camions de la caravane ouvrirent leurs portes et furent aussitôt assaillis par des femmes et des hommes à la fois curieux et désireux de donner un coup de main. Ils aidèrent à transporter les nombreuses malles vers la Salle de loisirs et d'autres vers les bureaux de l'administration. De temps à autre, on entendait la voix claire de Marlène donner des informations par les haut-parleurs, alors le personnel s'immobilisait quelques secondes, à l'écoute.

« Un spectacle musical se déroulera ce soir, à vingt heures, dans la Salle de loisirs », annonça Marlène au micro. Elle avait tenté de parler d'une voix neutre, mais son cœur frémissait de joie et la fébrilité gagna les habitants de la mine.

À la nuit tombée, ils firent la queue devant l'entrée de la Salle de loisirs sous la bruine qui n'avait pas cessé. La tête rentrée dans les épaules, ils se pressaient les uns contre les autres. Cam, devant la porte, les invita à se mettre à l'abri.

Les spectateurs, timides et empruntés, s'installèrent sur les chaises en plastique de la grande salle.

Sander éteignit la lumière et sentit la salle frissonner.

Il y eut un silence, puis quelque chose fut poussé sur les planches et l'on sentit des gens marcher. Depuis la régie, Daphné alluma un projecteur qui diffusa une lumière douce sur la scène. Dans le fond, de grands pans de tissu soyeux se mirent à onduler. Il n'y avait pas d'autre décor, mais les tissus moirés, riches en couleurs changeantes, évoquaient le feuillage des arbres, les vagues, le vent. Ferdinand, méconnaissable derrière son clavier, entama une mélodie délicate. Les trois danseuses arrivèrent sur scène en tourbillonnant. Leurs robes légères s'enroulaient et se déroulaient autour d'elle, voilant et dévoilant leurs corps. Leurs bras s'échappaient du tissu comme s'ils voulaient s'envoler loin d'elles. Les spectateurs bougeaient imperceptiblement, accompagnant les danseuses. On avait envie de tournoyer avec elles et de se fondre dans le miroitement des tissus.

Tout à coup, un violon rejoignit les accords de piano. Dans l'ombre, Nénette jouait. Elle n'était plus une clown mais le violon lui-même. Ses coups d'archet pénétraient la masse des corps rassemblés. Elle faisait céder les rigidités, effaçait les jugements, annihilait les questions. Et lorsque les spectateurs eurent tout oublié de leur condition et qu'il ne resta plus que le mouvement des ondes sonores et des corps dans l'espace, les trois danseuses s'immobilisèrent et glissèrent au sol. Alors, il sembla qu'elles s'endormirent.

Le reste du spectacle fut le récit dansé d'un long éveil.

Quand il fut terminé, le silence tomba dans la salle.

Bouleversée, le cœur rempli de beauté, la jeune Cam se leva et se mit à applaudir de toutes ses forces.

Un spectateur l'imita, puis un autre et encore un autre et bientôt, toute la salle applaudit. Elle applaudissait, comme on dit qu'on s'aime, pour la première fois, et qu'on ne veut plus rien dire d'autre.

Ness et Quirin dormaient encore dans la clarté du petit matin, bercés par le bruit du courant. Le long du canal, une bande d'enfants glissait vers eux en file indienne, sans un bruit. Leurs cheveux coupés court et leurs vêtements usés leur donnaient l'allure de bagnards ; à l'aide de longues tiges, ils draguaient l'eau.

Grimpés sur la berge, les enfants regardaient les dormeurs avec beaucoup d'intérêt. Souvent, ils avaient eu à retirer du canal des cadavres d'animaux ou des branchages apportés par le vent. Jamais, pensa l'un d'eux, ils n'avaient eu à chasser des amoureux endormis. De sa longue tige, un garçon toucha le visage de Quirin. Celui-ci s'éveilla en sursaut, suivi de Ness. Ils tentèrent aussitôt de prendre un air digne et rajustèrent leurs vêtements.

– Montez ! dit une fille. Ou vous allez vous faire tremper.

– Y'a l'autre groupe qui ouvre le barrage.

Ness et Quirin escaladèrent rapidement la digue. Les enfants ne les regardaient pas ; ils fixaient le canal.

– Vous entendez ? dit une fillette.

Ils tendirent l'oreille.

Quelques secondes plus tard, un bruit de cascade arriva jusqu'à eux et le niveau du canal monta brusquement. L'eau vint leur lécher les pieds ; les enfants, joyeux et excités, firent un bond en arrière. Puis, ils reprirent leur chemin en sens inverse, laissant leurs tiges traîner dans le courant. L'air goguenard, un garçon se tourna vers Ness et Quirin. Il aurait été bien plus drôle que les amoureux soient réveillés par quelques mètres cubes d'eau sur la tête.

– Vous allez où ? lui demanda Ness.

– On rentre.

– Où ça ?

Le garçon haussa les épaules.

– Ben, au Perchoir.

– Au Perchoir ?

– Le Home d'enfants, quoi.

– Tu sais s'il y a un poste d'Induline, pas loin ? demanda Quirin.

– Bah… ça, faut voir avec les Veilleurs…

Le groupe s'était immobilisé. Les enfants jouaient les indifférents, mais les deux amoureux les intriguaient. Qu'est-ce qu'ils pouvaient bien faire dans ce trou perdu ?

– Il est loin votre Perchoir ? demanda Ness.

– C'est le bâtiment, là-bas, dit la fillette en montrant une sorte d'entrepôt au loin.

Elle se rapprocha de Ness et l'observa avec la plus grande attention.

– Nous n'avons pas eu le temps de prévenir vos Veilleurs, dit Ness. Tu veux bien leur dire qu'on arrive ?

Nous sommes missionnés par le directeur de la Noble Extraction, sur ordre des Ministères.

La petite fille, stupéfaite, ouvrit des yeux immenses. Derrière elle, le garçon se tourna vers le canal et cracha dans l'eau.

– On vous rejoint dans un quart d'heure, dit Quirin en accélérant le pas vers le chemin forestier.

Les enfants se mirent aussitôt à courir à travers la lande.

Lorsque Ness et Quirin arrivèrent à la camionnette, Georges était en train d'en retirer l'accumulateur à Induline. Ils lui expliquèrent qu'ils allaient visiter le Home. Peut-être que les Veilleurs auraient un accumulateur en réserve.

– Avec la lettre de mission et un air correct, ils ne nous feront pas d'ennui, dit-elle.

Quirin passa une chemise blanche, Georges épousseta sa veste.

– On peut se trimballer en souillon chez les riches, dit Georges, ils n'attendent pas mieux de nous. Mais devant les pauvres, il faut se faire chic. Question de respect.

Ness avait revêtu la robe couleur miel. Sa silhouette légère et colorée tranchait sur les troncs gris et rugueux. Elle passa les chaussures de Rika avant de faire quelques pas en se tordant les pieds, hésitant entre l'humiliation et le rire.

Lorsqu'elle apparut, Georges vit en elle une fleur épanouie dans le soleil et Quirin une vague dorée suspendue dans la brise.

Ils traversèrent la lande tranquillement, marchant comme des fées et des mages. Les épineux hésitaient à accrocher une si jolie robe, une robe de Bleue, la robe de sa mère… C'était étrange, ce cadeau que lui avait fait Quirin, il y avait longtemps maintenant. Plus qu'un cadeau, c'était une sorte d'héritage.

Ils poursuivirent en direction d'un bâtiment sans ouverture qui semblait composé de containers empilés. À quelques mètres, la bande d'enfants surgit en criant, mais devant la robe brillante, les cris cessèrent instantanément. La fillette prit à nouveau son air stupéfait, la bouche ouverte. Ness lui sourit, provoquant chez elle une série de clignements de paupières incontrôlables.

– Tu nous emmènes voir les Veilleurs ?

La petite fille acquiesça en se redressant fièrement. Et tous les enfants se redressèrent à leur tour et se mirent à marcher comme de petits soldats.

Les visiteurs contournèrent l'arrière des premiers containers et découvrirent que d'autres leur faisaient face, délimitant une grande cour en terre battue. Des passerelles et des escaliers en métal desservaient les différents niveaux percés de fenêtres. C'était bien dans ces containers que les orphelins habitaient.

L'échafaudage métallique trembla, une femme descendait en courant.

– Bonjour, je suis Annie, dit la femme essoufflée, je suis la Veilleuse en chef.

– Bonjour, je m'appelle Ness. Nous sommes mandatés par les Ministères et la Noble Extraction pour visiter les Homes et réaliser une étude.

La femme poussa un soupir impressionné et jeta un vague regard à la lettre de mission que lui tendait Ness. La robe lui faisait plus d'effet, presque autant qu'à la fillette.

– J'aurais bien aimé organiser quelque chose pour votre arrivée, ajouta-t-elle à l'intention des visiteurs.

– Pas la peine, dit Ness. Mais vous pouvez nous rendre un service…

Elle lui demanda s'ils avaient un accumulateur à Induline en réserve. La Veilleuse héla un jeune homme et lui parla en langue des signes.

– *Je vais vérifier*, répondit-il.

Georges lui emboîta le pas.

– On commence la visite ? demanda Annie.

Elle désigna les containers qui lui faisaient face. Ils abritaient les salles de classe et le réfectoire. Dans les containers opposés, il y avait les dortoirs des filles et des garçons. Au rez-de-chaussée se trouvait la pouponnière. Elle y introduisit Ness et Quirin.

– Ici, on accueille les bébés.

– Vous allez chercher les nouveau-nés dans le pays ? demanda Ness.

– Non, ils sont conduits jusqu'à nous. Les dossiers des admissions sont tous rangés ici, expliqua Annie en désignant un grand meuble.

– Vous m'en sortez quelques-uns ?

Annie s'exécuta. Ness et Quirin ouvrirent les chemises en carton. Certificat de naissance, certificat d'abandon, premières informations postnatales, fiche de suivi médical, tout y était consigné au fil des années.

– Il y a beaucoup d'enfants sourds-muets… dit Ness.

– Oui, ils sont surreprésentés dans les abandons. Sûrement parce que c'est le dernier handicap qu'on ne peut pas dépister avec les tests prénataux. Il faut attendre la naissance du bébé.

Une nurse arriva, un nourrisson dans les bras. Il se mit à dévisager Quirin et Ness avec un grand sourire, puis tendit les mains vers eux. Troublée, Ness referma les dossiers médicaux.

– Je vous remercie, dit-elle. Vous faites un travail soigné.

– Vous voulez voir les dortoirs ?

Ils acquiescèrent. La Veilleuse jeta un rapide coup d'œil à la chaîne que Ness portait autour du cou. Le médaillon d'orphelin était bien visible sur son décolleté.

– Vous venez d'où, si c'est pas indiscret ?

Surprise par la question, Ness réfléchit à toute allure.

– J'ai été adoptée à la Ceinture.

– Ah… Vous avez eu de la chance. Moi, je viens d'ici. J'ai fait ma formation à Varna et puis retour au container de départ… dit-elle avec un sourire mélancolique.

Elle s'engagea dans l'escalier et continua à parler, de dos.

– Mais ça me va ! J'ai un travail. Je suis logée, nourrie, blanchie…

– Vous avez un salaire correct ? demanda Quirin.

– Ici, on appelle ça une pension. Oui, oui, ça me suffit largement.

Ils entrèrent dans le dortoir des trois-sept ans, au dernier étage. Ness s'était attendue à trouver un grand désordre de chambre d'enfant, mais ce n'était pas le cas. Seuls quelques dessins animaient la pièce.

– Les vêtements sont dans cette grande penderie sous les étiquettes de couleur. Âge rouge, orange, jaune, vert, violet… Ils passent d'un enfant à l'autre suivant leur taille.

Les Centres de Tri en faisaient parvenir selon les besoins. Même chose pour les quelques jouets.

– Domino, que vous avez vu en bas, a monté un atelier où il répare tout. Les enfants adorent travailler avec lui.

Tandis qu'ils redescendaient, Ness et Quirin apprirent qu'à partir de douze ans, les orphelins rejoignaient des pensionnats-lycées dans le pays. Mais d'autres pouvaient être pris en stage chez des Pâles à leur sortie des Homes. C'était même préférable selon Annie.

– Vous savez, il ne faut pas se leurrer. Beaucoup de tâches ne demandent pas de compétences particulières. On apprend sur le tas. Nous avons quelques enfants qui se sont très bien débrouillés. Certains ont fait valider leurs expériences professionnelles et obtenu leur diplôme.

– C'est courageux, dit Ness.

– Nos enfants sont très courageux, répondit Annie avec une certaine fierté.

Ils trouvèrent Georges dans le bureau de Domino, au rez-de-chaussée. Le jeune homme sourd-muet bricolait sur une grande table, entouré de filles et de garçons qui l'observaient ou réparaient des choses de leur côté. Un petit garçon recousait avec soin le ventre d'un ours en peluche. La petite fille qui avait dévisagé Ness rebranchait les fils d'une lampe de chevet.

– Des fils et des fils, ça s'écrit pareil, mais ça se prononce différemment, dit-elle fièrement à son voisin qui parut longuement réfléchir.

Georges montra l'accumulateur qu'il tenait à la main.

– Domino nous dépanne.

– Ah ! Bien ! Combien on doit ? demanda Ness.

– Un plein, 30 K.

Ness prit la monnaie dans sa pochette.

– *J'ai envoyé Lino au Poste avec l'accu déchargé*, dit Domino en langue des signes. *Il est parti avec sa trottinette, celle qu'il vient de réparer.*

– Et il va loin comme ça ? demanda Ness.

– Le poste est à sept kilomètres.

– Il ne risque rien ?

– Lino ? Non ! Sérieux comme un Sage et fort comme un orphelin, dit Annie.

Elle fit un grand sourire à Ness, puis ses yeux glissèrent sur la robe en papillonnant.

George prit le volant de la vieille camionnette qui crachota en redémarrant. À côté de lui, les deux voyageurs demeuraient silencieux.

Pour la première fois, Ness, née Pâle chez les Bleus, se sentait rescapée. S'il n'y avait pas eu de possibilité d'échange avec un Dense, c'est au Perchoir qu'elle aurait pu atterrir. Grandir dans les containers, draguer l'eau du canal, sillonner une parcelle réduite du monde. Au lieu de cela, elle avait eu Doris et Jonas, leur amour ; des amis qui étaient comme ses frères.

Georges ralentit. Devant eux, une mince silhouette filait le long du bas-côté. Ils la dépassèrent et reconnurent Lino sur sa trottinette.

– Stop ! dit Ness.

George s'arrêta à quelques mètres du garçon. Celui-ci s'approcha de la voiture, son grand sac en bandoulière.

– Lino, tu vas au poste d'Induline ?

– Oui, fit le garçon. Je vais faire recharger votre accu.

– Tu veux monter avec ton engin ? On te rapproche.

Le garçon regarda la vieille camionnette et accepta. À l'arrière, il colla son visage entre les dossiers des sièges pour regarder la route.

– C'est une trottinette à moteur ? s'enquit Ness.

– Oui.

– C'est toi qui l'as réparée ? demanda Quirin.

– Réparée et ajouté un moteur.

– Un moteur ? fit Ness, admirative.

– C'est un moteur de tondeuse à gazon. Domino me le recharge quand je veux. Il dit que c'est important de pouvoir bouger.

– Il a raison, dit Ness.

– Tu as choisi quelle formation pour la suite ? demanda Quirin.

– Je veux faire Mécanique. J'espère qu'il y aura de la place dans les quotas. Vous allez où ?

Quirin lui répondit qu'ils rentraient à la Noble Extraction. L'enfant se tut. Il réfléchissait.

– L'Induline est la chose la plus importante, dit-il sérieusement. Si y'a pas de place en Mécanique, j'irai là-bas, à la Noble Extraction.

La mine, quel rêve étrange pour un enfant, se dit Ness.

Tandis que le soleil pénétrait l'habitacle, elle observa Lino qui fermait les yeux. Pendant quelques secondes, il eut l'air parfaitement bien.

Georges ralentit, le poste d'Induline était en vue.

L'enfant se tenait maintenant debout derrière le véhicule, sa trottinette posée contre la porte du coffre. Il monta ses mains devant son visage et signa pour Ness :

– Emmenez-moi avec vous. S'il vous plaît, emmenez-moi.

Le cœur de Ness se serra.

– On ne peut pas t'emmener.

Lino baissa les yeux.

– Regarde-moi, dit-elle.

L'enfant releva la tête, son regard était désespéré.

– On ne peut pas t'emmener maintenant. Mais on va se retrouver. Je te le promets.

Il la dévisagea longtemps, pour mémoriser son visage, puis tourna les talons, sa trottinette à la main. Quand la camionnette s'éloigna, Ness suivit l'enfant du regard le plus longtemps possible. Il ne se retourna pas pour lui faire signe.

Du ravitaillement était arrivé à la Noble Extraction. On remplissait les rayons de l'économat et ceux de la cuisine. Les mineurs s'étaient remis au travail ; un parfum de lessive flottait dans la mine. L'odeur rappela à Zéno celle de l'appartement d'Ed, une odeur rassurante de maison vivante et habitée.

Sander, Daphné et Harry portèrent au dispensaire les colis de matériel médical. Ils découvrirent quelques boîtes de médicaments de base pour désinfecter les plaies et de nombreuses boîtes de coton, de compresses et de bandes. À quoi tout cela pouvait-il leur servir ? À bourrer des coussins ? C'était ridicule.

– Rien contre la douleur, dit Daphné.

– Les mineurs peuvent souffrir… dit Sander avec ironie. Ce qui manque, c'est surtout quelque chose pour nourrir les narcoleptiques quand ils ne s'éveillent plus.

– On peut commander quelque chose…

– Je ne suis pas sûr, répondit Sander. Ils ont laissé mourir le père de Ness. C'est la politique des Bleus. Ils ne veulent pas d'un *problème narcoleptique*.

– Qu'est-ce que madame Dé faisait pour eux ? demanda Harry à Aileen.

Celle-ci eut une mimique rageuse.

– Madame Dé ne faisait rien pour les malades. Dès les premières crises de sommeil d'un habitant de la Noble Extraction, elle le considérait comme un mort vivant, un zombie.

Aileen était en confiance maintenant. Elle ne cherchait plus à dissimuler sa colère aux yeux des nouveaux gestionnaires.

– Un narcoleptique n'a jamais fait son temps ! ajouta-t-elle. Interdit de sortie, même si vous avez terminé votre contrat. Une fois que vous avez attrapé la maladie du sommeil, c'est ici que vous finissez vos jours, dit-elle d'une voix sourde.

Aileen s'approcha d'un des bureaux et ouvrit un tiroir vide. Elle le sortit entièrement du meuble et le retourna. Au dos, des pages étaient collées avec du sparadrap.

– Nous avons tenu un registre des narcoleptiques décédés. C'est un document que tous les aides-soignants qui ont travaillé ici se sont passé et ont complété.

Un bruit lourd les fit sursauter, Sander avait glissé de sa chaise, endormi.

On le porta dans une pièce à l'écart où on l'assit dans un vieux canapé défoncé. Aileen referma la porte d'une main tremblante. Elle ne voulait pas penser que ce beau jeune homme serait un jour allongé avec les autres malades dans la chambre commune.

Georges, Quirin et Ness poursuivaient leur traversée en évitant l'autostrade où quelques véhicules allaient si vite qu'on avait à peine le temps de les apercevoir. Ils roulèrent sans s'arrêter jusqu'au Centre de Tri du Nord.

Là-bas, Mare avait enfin ouvert le Centre aux dépôts et ceux-ci affluaient en grand nombre. Particuliers et professionnels attendaient depuis longtemps de pouvoir débarrasser leurs arrière-boutiques, caves ou remises. Des dizaines de cartons emplissaient déjà le sous-sol. Les voyageurs trouvèrent Mare en grande activité.

– La Noble Extraction m'a prévenue. Ils commencent à monter un labo médical, expliqua-t-elle. Il y a sûrement des choses qui peuvent leur servir là-dedans.

Elle désigna les cartons tandis que le cerveau de Quirin se mettait en marche à toute allure. Pour le labo, ils auraient besoin d'évaporateurs, de centrifugeuses, de purificateurs, de béchers...

– On va regarder dans le matériel de cuisine, chercher les robots ménagers, les fours micro-ondes, dit Quirin.

Il expliqua la façon dont on pourrait détourner les objets du quotidien pour leur assigner de nouvelles fonctions utiles à la recherche médicale. Mare s'occupa de rassembler les produits chimiques : dissolvant, alcool, produits ménagers, et même des épices. Son choix ressemblait à celui d'une ménagère prise de folie. Leur travail de tri dura tard dans la nuit.

Une fois revenus dans la chambre qu'ils partageaient, Quirin montra le contenu de son sac à Ness : des dizaines et des dizaines de petits sachets hermétiquement clos.

– Je suis tombé sur la réserve des infirmières. Ce sont des seringues.

Ness dévisagea Quirin en souriant. Elle adorait sa capacité à prévoir le coup suivant et sa totale modestie à ce sujet.

Pendant qu'ils faisaient leurs lits, Quirin songea qu'il aurait du mal à dormir sans Ness désormais, où qu'ils se trouvent. Lorsqu'elle sortit pour aller prendre une douche, il l'imagina marcher jusqu'à la salle de bains, puis se dévêtir et entrer dans la cabine. Il se souvenait de son corps nu dans les bras de sa mère, au milieu de l'appartement de la Noble Extraction. Son corps souple et tendu comme une cascade. Il s'assit sur son lit, la tête entre les mains, bouillonnant d'émotions. Tout était mélangé en lui, la peur et la joie, la gravité et le désir.

Plus tard, il se coucha auprès d'elle et la regarda s'endormir. Elle souriait, détendue, le visage pris dans la parenthèse claire de l'oreiller. Une veine battait dans son cou, la naissance de son épaule gracieuse se soulevait au rythme de sa respiration. Il aurait pu tenter une caresse, elle était si proche, ou déposer des baisers légers sur les quelques centimètres de peau qui s'offraient à lui. Mais il sentit les émotions refluer vers son cœur et le clouer sur place.

Par la fenêtre de sa chambre, Georges regardait la lande qui s'étendait au-delà du Centre de Tri jusqu'aux contreforts rocheux. Son regard suivit lentement le versant sombre de la montagne jusqu'à la crête, ligne claire qui se détachait sur le ciel noir. Je suis revenu, pensa-t-il, cherchant aussitôt à se souvenir du jardin.

Le chant d'une rivière monta dans la pièce et Georges ferma les yeux. Il y avait longtemps, tellement longtemps qu'il se demanda s'il entendait le bruit de l'eau dans cette vie ou dans une autre. Était-ce lui, le petit garçon qu'il se rappelait à l'instant, assis près de la rivière ? L'enfance était loin, c'était une autre vie, une période disparue qui avait englouti le petit garçon de l'époque et tous les êtres autour de lui. Un mirage dont personne n'avait gardé la trace. L'enfance lui manqua tout à coup comme un être aimé, trop vite parti. La seule chose qui restait, c'était les montagnes, les pentes caillouteuses, les millions d'arbres et de plantes, les cours d'eau. Son enfance était là, dans les feuilles, dans la terre, avec tous ceux qu'il avait aimés.

Petit, il surveillait le jardin, comme une vigie postée sur son rocher. Il suivait la croissance des plantes, leurs changements surprenants de forme et de couleur. Une femme souriante – sa mère, oui, c'était elle – cueillait alors une grappe violette ou une boule rouge et la lui faisait manger. Jamais par la suite, il n'avait retrouvé ces goûts.

Si ce jardin existait encore, c'est là qu'il irait. Il pourrait s'y reposer et même y mourir quand le jour serait venu. Et s'il n'existait plus, peut-être trouverait-il le moyen de le replanter. Georges s'allongea et fut aussitôt tiré dans le sommeil par les nombreuses vrilles d'une vigne imaginaire.

Le lendemain matin, les cartons de matériel destinés au laboratoire de la Noble Extraction les attendaient dans le sous-sol du Centre de Tri. Ensemble, ils remplirent un camion et Ness pensa qu'ils étaient devenus les déménageurs du monde.

– Et vous, Georges, vous voulez faire quoi ? demanda Mare.

– Je les suis jusqu'à la Noble Extraction, je veux savoir où elle se trouve. Et puis je continuerai vers mon jardin.

– Votre jardin ? s'étonna Mare.

– Oui, un endroit que j'ai connu autrefois dans le Haut-Pays.

– Prenez tout ce qui pourra vous être utile, lui dit-elle.

Ness et Quirin aidèrent le jardinier à mettre de côté quelques biens de première nécessité, des couvertures, des outils, des conserves de nourriture, des allumettes…

Le véhicule de Georges et le camion rempli de matériel s'engagèrent sur la route. Avant qu'ils aient rejoint le carrefour, ils aperçurent des femmes et des hommes qui marchaient en direction du Centre, seuls ou par petits groupes. Les ouvriers et les ouvrières arrivaient. Le Centre de Tri embauchait. Certains avaient une valise, d'autres, rien qu'un baluchon. Hommes et femmes plus ou moins démunis allaient poser leur bagage, installer leurs chambres, prendre un bon repas, une douche. Ness songea que le Centre rénovait les êtres, en plus des objets.

Dans la camionnette, Georges jeta un regard à Ness.

– Ils feraient mieux de venir cultiver des fleurs et des fruits avec moi, dit-il en montrant les ouvriers.

– Certains viendront sûrement.

Tout à coup, Ness fut prise d'un vertige.

Partout, il y avait des hommes et des femmes qui pouvaient les rejoindre. Et qui sauraient quoi faire d'une seconde vie.

La camionnette de Georges grimpait les routes du Haut-Pays comme une vieille mule loyale et fatiguée. Elle allait à son rythme, toussotant parfois, suivie par le camion du Centre de Tri.

– Vous allez retrouver l'emplacement du jardin ? demanda Ness, assise à côté de Georges.

Il ne paraissait pas du tout inquiet.

– Tu sais que j'ai des milliers de graines à l'arrière ? Toutes sortes de graines.

La camionnette était une réserve de vies endormies.

– Je suis déjà dans le jardin, dit-il.

Georges le semeur… Les habitants du Haut-Pays auraient vite fait d'avoir connaissance de sa présence et le jardinier ne tarderait pas à partager son trésor.

– C'est l'enceinte de la mine ? demanda-t-il en apercevant un haut mur.

– Oui, dit Ness. On arrive…

Ils demeurèrent silencieux jusqu'au portail.

Avant de repartir, Georges prit Ness dans ses bras comme un grand-père. Elle regarda la camionnette brinquebalante s'éloigner sur la route, ses couleurs passées se mariaient aux teintes de la forêt. Georges et son équipage appartenaient dorénavant aux montagnes.

Ness se sentit soudain accablée. D'un côté, la Noble Extraction, son mur gris, son ambiance poisseuse, de l'autre, la forêt, attirante comme une promesse de liberté. Elle chercha un signe entre les arbres. Si quelque chose l'appelait, elle s'engagerait sans hésitation dans la nature pour se mettre à l'abri de la folie des hommes. Mais il aurait fallu patienter beaucoup plus longtemps pour que la nature daigne lui parler.

L'arrivée du camion du Centre de Tri fut annoncée par les haut-parleurs, provoquant un afflux de personnel sur l'aire de déchargement. Harry, Daphné, Ferdinand et Zéno accoururent vers Ness, debout près de l'entrée. Elle se rappelait parfaitement sa visite précédente, sa peur d'être découverte, sa recherche inquiète de Doris et Jonas. Mais Ferdinand et Zéno l'enlacèrent et le moment fut doux. Ness allait trouver sa place, comme tous les autres.

– Sander est au dispensaire. On organise le labo, lui dit Ferdinand.

Une femme accourut et Ness mit deux secondes avant de la reconnaître. C'était Doris, mais une Doris qui n'avait plus rien à voir avec la femme apeurée qu'elle avait retrouvée, quelque temps plus tôt. Elle se tenait fièrement, son regard était clair et assuré. Elle serra fortement sa fille contre elle, puis embrassa Quirin sans lui demander son avis.

– Vous me raconterez la Pagode ? murmura-t-elle.

– On te dira tout, lui répondit Ness.

Les deux femmes s'étreignirent à nouveau. Tant que rien n'était dit de ce qu'ils avaient découvert à la clinique de la Pagode, Ness songea qu'elles étaient encore mère et fille.

– Comment va Sander ? demanda Ness.

– Allons au dispensaire, proposa Quirin.

Un calme étrange régnait en lui, comme si son cerveau de Dense n'était plus embarrassé par les émotions. Le baiser chaleureux et direct de Doris lui avait fait du bien. C'était peut-être ça, un baiser de mère.

Au labo, une agitation studieuse régnait. On rangeait le matériel qui venait d'arriver, Sander pliait les cartons vides. Ness, souriante, s'approcha rapidement pour l'embrasser. En la reconnaissant, il poussa un petit cri de joie et s'évanouit.

Maintenant, on discutait avec vivacité au milieu du laboratoire. Assis dans le vieux fauteuil, Sander somnolait tout en donnant l'impression d'écouter.

– Ferdi et moi, on reste avec Sander, dit Zéno. Il a trouvé une amie, elle s'appelle Luce. Tu sais ce qu'il fait ? Il plonge les yeux dans les siens comme lui a montré l'Hypnographe. Il la garde éveillée !

– Enfin… Pas très longtemps… murmura Ferdinand.

– Il a réussi à la nourrir ! dit Zéno.

Il était fier, mais son enthousiasme ne pouvait pas faire oublier l'état des malades et le manque de remèdes. Avec ses vieilles machines incompréhensibles et ses robots ménagers hors d'usage, le lieu ressemblait à une pauvre brocante.

– On finit d'aménager le labo ? demanda Ness.

Zéno partit chercher Nénette dans les bureaux de l'administration. Elle saurait réparer et transformer le matériel récupéré.

En découvrant la salle du laboratoire, elle éclata de rire.

– Qu'est-ce qu'on installe ? demanda-t-elle. Une cuisine ? Un atelier de mécanique ? De confection ? C'est au choix !

– Laboratoire médical, lui répondit Quirin, avec son premier degré caractéristique.

– Tu m'expliques ce dont vous avez besoin ?

Ferdinand tendit à Nénette une liste du matériel souhaité par Paule. La clown la parcourut en roulant des yeux perplexes et, avant de prendre l'apparence d'un laboratoire, la pièce se changea effectivement en atelier de mécanique.

Assise à côté de Sander, Ness écoutait Zéno lui raconter que leur grand-mère Ed était partie à Debrume pour retrouver son amie Eva et les orphelins des Cailloux.

– Elle veut qu'on s'installe là-bas, dit Zéno. Et puis Eva, elle a beaucoup de bonnes idées pour les gens qui sont perdus.

Ness repensa au petit Lino sur sa trottinette à moteur et l'horrible sensation d'abandon lui revint comme une gifle. Voilà un petit garçon qu'elle aurait dû prendre avec elle. Zéno l'aurait accueilli et l'aurait sans aucun doute élevé au grade de meilleur ami.

– Il faudrait faire en priorité ce qui nous semble fou, dit-elle à Zéno.

– C'est toujours ce que je fais ! lui répondit-il en s'esclaffant.

Le petit garçon regarda son frère endormi, puis sa *vieille épouse* qui souriait et pensa que jamais, plus jamais, il ne les laisserait repartir.

Sander ouvrit les yeux sur Ness.

– Ne t'évanouis pas, lui dit-elle en souriant.

– Ne repars pas, lui répondit Sander.

– Je ne bouge plus.

– Un peu quand même, il faudra bien.

– D'accord, je m'agiterai.

– Tu t'agiteras pour deux. Je suis devenu un gros paresseux.

Ness se mit à rire.

En quelques jours seulement, les habitants avaient opéré de nombreuses améliorations dans l'enceinte de la Noble Extraction. Ils s'emparaient de l'endroit, le lieu n'était plus leur adversaire. D'ailleurs, sans aucune concertation, ils l'avaient déjà rebaptisé la *Nouvelle Extraction*.

Ferdinand repéra Serena vers le kiosque à messages qui ne fonctionnait plus depuis le départ de madame Dé. Elle lui cria gaiement qu'ils transformaient l'endroit en kiosque à musique. Plus loin, les danseurs avaient décroché les enseignes du réfectoire et de l'économat et les repeignaient.

Lorsque Ness arriva dans les bureaux de l'administration, elle découvrit une ambiance studieuse. Harry et Cramet rédigeaient le premier compte rendu pour monsieur Acronne, aux Ministères, et les yeux de l'Hypnographe pétillaient. Les tournures de phrases qu'il trouvait pour plaire au Bleu le mettaient en joie.

– Nous avons toutes les traces des courriers entre madame Dé et l'administration bleue. Nous rédigeons à sa façon. Elle avait un style très ampoulé. C'était la reine de l'euphémisme et de la périphrase. Selon son jargon, les mineurs n'étaient pas des ouvriers ou des travailleurs, mais des « opérateurs ». Et les malades, des « opérateurs non-efficients ». Selon leur degré de narcolepsie, ils étaient non-efficients à 20, 50 ou 80 %. Un opérateur non-efficient à 100 %...

– ... est un opérateur mort, dit Cramet.

– Dorénavant, nous appellerons les choses par leur nom véritable, dit l'Hypnographe.

Nommer les choses avec justesse, c'était retrouver des bases solides pour développer sa réflexion, un premier pas vers l'émancipation.

On frappa à la porte, Cramet ouvrit à Marlène.

– Un couple vient d'arriver, dit-elle. Ils m'ont demandé de vous prévenir. Ils s'appellent Paule et Brun.

On se redressa vivement. L'arrivée de Paule et Brun signifiait qu'on commençait enfin les recherches sur la narcolepsie.

Le couple déposa son matériel avant de détailler ce qui se trouvait dans le laboratoire.

– C'est un agitateur réglable, expliqua Ferdinand. Nénette l'a conçu avec le batteur électrique. Ça, c'est un stérilisateur.

Paule fit une moue admirative.

– Là, il y a une balance et un bain-marie. Quirin a transformé le circuit d'un vieil écran en compteur électronique et il a amélioré un microscope.

– On n'aurait pas fait mieux, dit Brun.

– On commence par quoi ? demanda Quirin.

– Étude épidémiologique, dit Paule.

À part Paule, Quirin et Brun, tous les autres se lancèrent des regards interrogatifs.

– Ça veut dire qu'on va chercher les facteurs qui provoquent la narcolepsie chez les malades. On essayera de comprendre pourquoi certaines personnes tombent malades et d'autres, non.

Ness reconnaissait le phrasé net des Denses.

– Et on a les moyens de faire ça ? s'étonna Sander.

– On a pas mal de matériel ici, répondit Paule. Qui se sent capable de récupérer quelques spores d'Induline ?

– Moi, dit Ness, vivement.

Paule lui tendit du matériel pour prélever l'échantillon.

– Tu mets quand même toutes les protections avant d'entrer dans la mine.

– Oui, bien sûr…

Ness regarda les garçons.

– Vous, vous n'y allez pas. Vous pourriez être contaminés. Moi, ce n'est pas pareil, dit Ness.

– C'est vrai, toi, tu es une *Pas pareille* ! dit Zéno.

– Et pourquoi ? lui demanda Sander.

– J'ai reçu pas mal de spores quand j'ai été dans la mine… Et… il ne m'est rien arrivé. J'en ai déjà discuté avec Paule.

Paule acquiesça.

– Il semblerait que tout le monde ne soit pas réceptif au toxique contenu dans l'Induline, expliqua-t-elle.

Ness planta là l'Équipe B, trop heureuse d'avoir trouvé de quoi se rendre utile, même si c'était en retournant dans le ventre de la mine.

– Paule ? appela Zéno.

– Oui…

– Je vous aime bien.

Elle lui répondit par un grand sourire.

– Vous êtes intelligente.

– Merci. Toi aussi.

– Vous avez apporté vos jeux de société du repaire ?

– Oui. Tous. On les a donnés aux responsables de la Salle de loisirs.

– Merci, Paule.

Zéno lui serra la main avec le plus grand sérieux et ce fut comme si l'Équipe B tout entière faisait d'elle un nouveau membre.

Cette fois-ci, Ness entra sans appréhension dans la mine, simplement attentive à ce qui l'entourait. Elle se vit sous l'aspect d'une plongeuse capable de marcher au fond de l'océan et d'en étudier la vie étrange. Tout en déambulant, elle ressentit à quel point l'Induline était attirante. On la savait toxique, mais ses pouvoirs extraordinaires semblaient effacer cette idée. Toxique et miraculeuse à la fois. L'esprit n'arrivait pas à résoudre ce paradoxe et s'en trouvait subjugué.

Sur les parois de la première salle, elle remarqua que les champignons avaient déjà repoussé depuis sa visite précédente. Ils étaient de toute petite taille, ronds et pleins, encore blancs. Ils s'organisaient par groupes. On aurait dit les quartiers d'une ville miniature, molle et douce. De petites lignes tremblantes passaient d'un îlot à l'autre. En y regardant de plus près, Ness aperçut des vers fins et durs, tout noirs, qui avançaient en se tortillant jusqu'à leurs habitations. Ils n'avaient pas l'air de parasites, d'ailleurs, les champignons n'étaient pas abîmés. Elle poursuivit ensuite vers le fond de la mine, à la recherche d'une grotte où les champignons seraient arrivés à maturité.

Les mineurs étaient au travail dans une salle éloignée. Grimpés sur les échafaudages, ils récoltaient dans le silence, avec les mêmes gestes mesurés qu'elle avait observés à sa première visite.

Ness s'approcha de la paroi et remplit avec délicatesse sa boîte de spores.

Une alarme s'était mise à sonner dans la tête de Quirin. La date clignotait avec insistance et lui donnait la migraine. La Colline se rappelait à lui, car les Journées de célébration de l'Édifice bleu commençaient aujourd'hui, Quirin ne l'avait pas oublié. On allait fêter les jeunes diplômés bleus qui entraient officiellement dans la vie adulte, et le jeune Dense qu'il était aurait dû y participer. Il avait l'âge, ses parents lui en avaient régulièrement parlé. Mais tout cela lui paraissait maintenant aussi lointain et improbable que la collision entre deux planètes.

Dans les familles bleues, c'était l'effervescence. Depuis plusieurs jours, on courait chez les couturiers pour récupérer des robes magnifiques et des costumes sur mesure. Aux filles, les bijoux commandés en prévision de la cérémonie. Aux garçons, les montres dans lesquelles on cachait les dernières inventions technologiques.

Les Journées de célébration de l'Édifice bleu résumaient bien le mode de vie des Bleus. On s'y congratulait énormément, on gardait ses critiques pour soi, ou pour ses intimes, et l'on s'assurait de la reconnaissance de ses pairs. Un jour ou l'autre, on pouvait avoir besoin d'un service qu'il faudrait savoir rendre. Rien de tout cela n'était possible sans cultiver la connivence entre familles. Si les plus riches donnaient le tempo et dirigeaient le pays, il y avait mille façons d'occuper les premières places. Il y avait des *grands* dans tous les domaines.

Ces Journées n'étaient pas que plaisir pour les lycéens diplômés. Elles demandaient du travail. Il s'agissait de rappeler les qualités et les valeurs de sa famille. On s'inscrivait ainsi dignement dans la continuité de sa lignée, puis dans la société bleue qu'elle avait contribué à créer. Pour mettre en lumière son histoire familiale, les lycéens se rendaient à la mairie en costume d'apparat et récitaient pendant quarante-cinq minutes le texte qu'ils avaient écrit avec soin et retouché de nombreuses fois. Sur une estrade, assis derrière un grand pupitre, le maire et quelques Sages écoutaient religieusement ces jeunes filles et ces jeunes gens qui personnifiaient l'avenir. Ces discours pleins de dignité, de respect et d'amour filial se répétaient autant de fois qu'il y avait de diplômés. Les Journées seraient longues. Le dernier soir, on assisterait enfin à un bal gigantesque où les meilleurs musiciens bleus viendraient jouer des airs pour toutes les générations. Pendant ce temps-là, les Pâles, invisibles, travailleraient en coulisse.

Lorsque le bal arriverait, monsieur Vandlaeir, le patron de Dazur, et sa fille, seraient incontestablement le centre de toutes les attentions. Les *aménagements* concernant la Noble Extraction étaient passés dans la dernière publication du Journal Officiel, inscrivant le projet dans les lois du pays. Monsieur Vandlaeir avait gagné sa légitimité politique. Il n'était plus seulement le brillant homme d'affaires, grand capitaine d'industrie, héritier d'une famille déjà admirée. Il était devenu un homme engagé dans la modernisation de son pays, concerné plus que quiconque par sa réussite et son rayonnement. La fille, portée par le rayonnement de son père, ne toucherait plus terre. Certains convives penseraient même au futur mariage de cette demoiselle. Dans quelques années, guidée par son père et par l'intérêt de sa famille, elle trouverait le meilleur partenaire bleu. Le mariage aurait alors des allures de cérémonie royale et resserrerait un peu plus les liens de leur caste.

Dans une pièce attenante à la grande salle, on avait fait les aménagements nécessaires pour accueillir les jeunes Denses, garçons et filles. Ils pouvaient se mettre à l'abri de l'agitation et du bruit derrière des paravents capitonnés. Certains jouaient en silence à des casse-tête sophistiqués, totalement indifférents au bal qui se déroulait à quelques mètres. D'autres avaient le regard fixe et se balançaient légèrement ou lisaient de façon compulsive. Leurs parents passaient de temps à autre vérifier que rien ne manquait dans cette pièce cloisonnée qui ressemblait au coffre-fort d'un grand établissement bancaire. On y gardait d'immenses richesses secrètes bien qu'un peu honteuses, richesses d'esprit et non monétaires.

Pour ces Denses, point de mariage royal en vue, ni de mariage d'amour. Pas de mariage tout court. Être dense, c'était comme appartenir à une respectable secte religieuse dont on était le clergé. Moines et nonnes du génie.

Quirin avait évité les Journées de célébration de l'Édifice bleu et c'était une chance immense pour son équilibre. Jamais il n'aurait l'occasion de franchir cette étape qui enfermait un peu plus les Denses dans leur différence et leurs manies. Il ne suivrait pas la route toute tracée pour les garçons comme lui, le genre de route qui desservait des contrées arides, pleines d'ennui, où ce que l'on apprenait ne servait qu'à dominer les autres. Son intelligence était désormais au service de ceux qu'il aimait. En quelques semaines, les personnes qu'il avait côtoyées lui en avaient appris plus que tous les Bleus et les Denses croisés depuis sa naissance. Il allait travailler avec Paule, Brun, l'Équipe B et les malades. Il fallait de la concentration, de l'attention, de la volonté. Il faudrait aller chercher les informations, partager le savoir, faire des liens et raisonner. L'intelligence humaine était partout à l'œuvre quand on lui laissait la place de s'exprimer. Et bientôt, l'intelligence émanciperait tous ceux qui oseraient l'utiliser.

Au laboratoire de la Nouvelle Extraction, on allait procéder aux analyses.

Lorsque Ness déposa son échantillon de spores sur le plan de travail du laboratoire, tout le monde s'immobilisa. Ferdinand distribua aussitôt des masques de protection et personne ne se risqua à ouvrir la boîte tant qu'on ne fut pas protégé. On ferma portes et fenêtres pour éviter les courants d'air.

Derrière les masques, tout le monde retenait son souffle tandis que Paule prélevait quelques spores d'Induline. Elle les plaça entre deux lamelles en verre, puis les observa au microscope.

Dans un deuxième temps, elle compara la composition de l'Induline avec les échantillons sanguins des malades et des bien portants. Les minutes s'écoulèrent de façon insupportable, puis Paule rédigea quelques notes et retira son masque.

– C'est bien l'Induline que l'on retrouve dans le sang des narcoleptiques. Il en est sursaturé. À tel point que le sang semble même changer de nature. C'est incroyable à voir. L'Induline prend le contrôle de certaines protéines sanguines. Ces protéines transportent habituellement des neuromédiateurs.

– C'est quoi un neuromédiateur ? demanda Ness.

– C'est un composé chimique qui transmet des informations au cerveau.

– L'Induline est un neuromédiateur, alors ?

– Plutôt un neurotoxique. Il emprunte les mêmes voies d'accès vers le cerveau. Mais pour l'empoisonner.

Ness demanda à Paule pourquoi certaines personnes tombaient malades et d'autres, qui avaient été exposées, restaient en bonne santé.

– En termes médicaux, on peut dire que les narcoleptiques ne métabolisent pas l'Induline. Ils ne savent pas quoi en faire, si tu veux. On dit qu'ils y sont *sensibles*. Quant à ceux qui ne tombent pas malades, ça veut dire qu'ils y sont *résistants*.

Paule poursuivit ses explications dans le langage le plus accessible possible. Les *résistants* possédaient une enzyme qui dégradait l'Induline, ce qui impliquait qu'ils étaient génétiquement différents des *sensibles* narcoleptiques.

– Je suis génétiquement différente de Sander ? demanda Ness, un peu déstabilisée.

– Oui ! Mais nous sommes tous génétiquement différents, expliqua Quirin. Il y a mille façons de faire des groupes et des sous-groupes pour nous différencier. Ici, par exemple, nous pouvons constituer un groupe d'hommes et un groupe de femmes, de blonds et de bruns, de sensibles ou de résistants à la caféine. Tout cela ce sont des différences génétiques.

– Pour soigner les gens, il faudrait transformer un *sensible* en un *résistant* ?

Ness soulevait la question clé. Paule poussa un soupir.

– Oui, exactement. Mais on ne peut pas transformer un sensible en résistant. C'est génétique. On est soit l'un, soit l'autre. En revanche, ce qu'on peut faire, c'est trouver l'enzyme qui dégrade l'Induline chez les résistants. Et l'injecter aux sensibles.

– On a la solution, alors ! s'exclama Ness.

Le regard de Paule se fit rêveur.

– Oui, on pourrait, dit-elle doucement. Seulement… il y a des milliers d'enzymes et nous ne savons pas laquelle nous devons trouver. C'est une recherche qui peut prendre un temps fou… Il y a des équipes qui travaillent sur ce genre de questions pendant des années…

Autour de Paule, tout le monde se sentit abattu.

– Alors, on en est au même point, dit Ferdinand.

– Mais on peut au moins savoir qui est résistant et qui est sensible… murmura Sander.

– Oui, on peut savoir ça avec une simple prise de sang, dit Paule.

Sander se redressa.

– On peut déjà mettre certains mineurs à l'abri, dit-il.

L'excitation gagna le groupe.

– On rassemble tout le monde pour les tests ? demanda Ness.

Ils se mirent aussitôt à s'organiser. On allait faire les prises de sang dans la grande salle de spectacle où tous les habitants de la Nouvelle Extraction pouvaient facilement être rassemblés.

À la suite de l'annonce de Marlène, les habitants se présentèrent à la Salle de loisirs. Doris et Aileen expliquèrent aux travailleurs qu'ils seraient redéployés en fonction de leur résistance ou de leur sensibilité à l'Induline. Le test, une simple prise de sang, pouvait diminuer le nombre de contaminations.

La narcolepsie, les mineurs n'en parlaient pas, mais on la sentait tapie partout dans les silences. On gardait ses distances avec cet hôte secret en ne prononçant pas son nom.

La dignité des travailleurs étonna à nouveau Ness. Jamais elle n'avait vu quiconque se plaindre. Et maintenant qu'on mettait en lumière le danger principal de la mine, les habitants ne paniquaient pas, mais se rassemblaient, attentifs et concentrés, pour faciliter l'émergence d'une solution collective.

Au fur et à mesure des prélèvements, les échantillons sanguins bien étiquetés partaient au labo. Là-bas, Paule et Brun commençaient les tests de sensibilité.

Daphné interpella Ness :

– Trouve-toi une place dans la salle, Puk et Nénette ont prévu un petit numéro pour faire patienter les gens.

Elle fila derrière sa console technique et baissa la lumière. Une musique drôle et mystérieuse résonna, le plateau s'éclaira.

Puk entra, tout occupé à jouer avec ses souris apprivoisées. Il leur glissa des baisers, puis imita leurs expressions en prenant des mines attendries. Nénette, en clown blanc, fit son entrée et stoppa ce manège en posant d'un coup sec le panneau qu'elle portait. Dessus, il était écrit : AU TRAVAIL ! Puk prit aussitôt un air si désespéré que la salle éclata de rire. Nénette désigna alors des petites cages empilées et fit signe à Puk qu'il fallait les déplacer jusqu'au milieu de la scène. Il s'approcha des cages en traînant des pieds et souleva l'une d'elles avec un effort intense. Nénette haussa les épaules devant le bluff de Puk. La salle rit, jubilant aussi bien de la paresse de Puk que de l'autorité contrariée de Nénette.

Quand toutes les cages furent alignées, Nénette fit signe à Puk de trouver les souris pour les enfermer à l'intérieur. Puk fit celui qui ne comprenait pas. Nénette, pas dupe, dénicha une souris dans la poche de son partenaire, ouvrit la trappe d'une cage et la laissa tomber dedans. Puis elle débusqua toutes les infortunées petites bêtes jusqu'à ce que les poches de Puk soient vides et les cages remplies.

Et voilà, maintenant les souris tenaient les barreaux de leurs pattes avant, comme de véritables prisonnières miniatures. C'était à la fois drôle et pathétique. Nénette leva un menton orgueilleux et sortit de scène, satisfaite. Puk, très triste, fit involontairement tourner le panneau en passant. Maintenant, il était écrit DÉSESPOIRS ! Alors, le clown se mit aussitôt à pleurer. Mais à cet instant, les souris lâchèrent leurs barreaux, sortirent facilement de leurs cages et rejoignirent Puk en courant. Elles montèrent sur lui sans vergogne tandis que sur le panneau les lettres bougèrent mystérieusement pour former les mots DES ESPOIRS.

Le noir se fit, les spectateurs applaudirent avec force, puis la lumière baissa. Une musique envoûtante commença ; Ferdinand improvisait au piano sur la bande-son de Daphné composée de longues nappes électroniques. Lorsque les danseuses arrivèrent sur scène, elles furent longuement applaudies car on se souvenait du beau spectacle qu'elles avaient déjà donné. Après les rires, la danse faisait l'effet d'une caresse. Ferdinand observa les mouvements gracieux de Serena, mais lorsque les danseurs les rejoignirent et que Marco s'approcha d'elle, il comprit qu'il existait un lien entre eux. Ils étaient plus que de simples partenaires de danse.

La troisième partie du spectacle fut prise en main par Harry grimé en Hypnographe. Il remontait sur scène avec un plaisir immense et Ness ressentit aussitôt son incroyable présence. Quand Harry déployait son personnage, il était quasiment impossible de résister à sa puissance et à son charme. Dès les premières injonctions qu'il prononça, l'Hypnographe envoûta le public affamé de mots et d'attentions. Harry s'adressa à eux avec douceur, avec humour, presque avec tendresse, et le public le ressentit. Harry leur parlait de projets communs, de beauté et d'espoir. Il racontait que les luttes étaient possibles et qu'on pouvait vivre libre. Les spectateurs étaient intensément concentrés et plus ils l'étaient, plus il semblait facile à l'Hypnographe de pénétrer leur esprit et de les emmener où il voulait. Bientôt, il fut le maître des âmes et de tous les désirs.

La Noble Extraction était aux Bleus, dit-il.
Mais la Nouvelle Extraction est à vous.
Vous en ferez ce qui vous semblera juste.

Lorsque les spectateurs furent partis, on se mit à ranger tout en se rappelant un visage émerveillé, un soupir d'émotion, un rire. Harry avait quitté sa veste d'Hypnographe et rejoignait les autres quand il vit Ferdinand traverser la salle.

– Ferdi ! Où tu vas ? lui demanda-t-il.

– Je vais prendre l'air !

– Qu'est-ce qui se passe ?

– Je… C'est trop lourd…

– Quoi ?

– Tous ces secrets…

– Quels secrets ? demanda Ness.

– Ici, tout ça ! Tout ce qu'on ne dit pas aux mineurs et…

Il jeta un regard à Harry, mais n'osa pas lui dire qu'il le trouvait insaisissable et trompeur lui aussi, avec son personnage d'Hypnographe. Il évita de regarder Serena assise avec ses amis, Marco la tenait serrée contre lui. Il eut subitement envie de se battre avec n'importe qui pour oublier sa peine. Ses yeux s'arrêtèrent sur Quirin et Ness avec une sorte de tristesse pleine de colère.

– Et vous ? Vous lui avez parlé ? demanda-t-il en désignant Doris.

À son arrivée, Ness s'était confiée à son ami Ferdinand sur les échanges d'enfants. Quirin, lui, s'était tu. Mais aucun des deux n'avait trouvé le bon moment pour parler à Doris de ce qu'ils avaient vu à la Pagode. Le problème de l'Induline avait mobilisé toute leur énergie, et surtout, ils avaient peur. Évoquer les échanges de bébés, c'était à la fois raconter une histoire très intime et mettre au jour une réalité qui touchait toute la société.

– Reste avec nous, Ferdi, dit Doris. Viens là.

Sa voix était douce, solennelle et maternelle à la fois, et Ferdinand eut envie qu'elle soit sa mère à lui.

– Ils vont nous raconter, dit-elle.

Doris était prête à entendre la vérité. Elle attendait ce moment depuis le retour de Ness et de Quirin, et ils le savaient.

Alors, ils racontèrent.

À la clinique de la Pagode, comme dans toutes les cliniques de Bleus à travers le pays, des chambres se teintaient parfois de rouge. Ce n'était pas un rouge joyeux comme celui d'une fête ou d'un fruit mûr. C'était le rouge du danger, le rouge d'une plaie qu'on ouvrait. La preuve qu'on escamotait des enfants.

Ils avaient vu.

Les bracelets de naissance, le grand cahier.

Les bébés échangés. Denses et Pâles. Dans de simples cartons.

Les bébés comme des petits colis.

Les yeux fermés, Doris les imaginait.

Et elle se souvint.

Ce sentiment de vide étrange à sa sortie de la Bulle.

Mais ce petit colis entre ses mains…

N'importe quel petit colis, pensa-t-elle.

Elle s'était attachée à n'importe quel petit colis. Au premier qu'on lui avait présenté. Ness. Et ça avait été le grand amour de sa vie.

Son enfant.

Les paupières closes, elle souriait aux anges, perdue dans les sensations de cet amour si vaste et si tendre qu'on ne pouvait pas le lui reprendre.

Ness s'était tue et regardait sa mère. Soudain, elle fut prise d'une impulsion irrésistible et se précipita vers elle. Doris ouvrit les bras et la serra contre sa poitrine. Bientôt, d'un pas lent, la tête baissée parce qu'il pleurait et s'étonnait de ses larmes et ne voulait pas les montrer, Quirin les rejoignit. Ness s'écarta pour lui faire une place. Sa place d'enfant. Et la ressemblance entre Doris et Quirin lui sauta au visage.

Tout lui revint d'un coup, son père qu'elle adorait et qui ne saurait jamais ; Doris, si digne, si aimante ; puis l'injustice, les familles volées. Née chez les Bleus, qui était-elle ? Elle ne se sentait pas bleue, pas du tout différente des Pâles qu'elle aimait, ni même de Quirin le Dense. Elle cacha son visage entre ses mains, ses sanglots brouillaient tout. Mais tout à coup, il n'y eut plus de questions, juste un flot de vie qui la traversa.

Tous, ils ressentirent la puissance des liens et leur grand besoin d'un attachement sans calcul.

Mais les jours qui arrivaient seraient dangereux parce qu'ils étaient maintenant pétris de vérité. On ne pourrait plus composer avec la réalité. On ne pourrait plus faire *comme si*.

Cette nuit-là, le silence sembla plus grand dans l'enceinte de la Nouvelle Extraction. Chacun serrait contre soi ses questions ou ses peurs, comme on berce un enfant malade.

Paule travailla tard dans la nuit sur l'analyse des échantillons sanguins pour élaborer la liste des *résistants* et celle des *sensibles*. Chez les Pâles, on trouvait une large majorité de *sensibles*. Mais la plupart des orphelins appartenaient au groupe *résistant*. Les quelques orphelins qui appartenaient au groupe *sensible* présentaient tous un handicap, muets pour la plupart.

Cette répartition interrogea Paule. Elle n'arrivait pas à en comprendre la raison. Pourquoi les orphelins étaient-ils plus *résistants* que les autres ? Il semblait y avoir une cohérence dans ces listes, mais leur logique lui demeurait incompréhensible.

Il lui sembla qu'elle venait tout juste de s'endormir quand Ness pénétra dans le labo.

– Il est quelle heure ? demanda Paule.

– Cinq heures, mais je n'arrive plus à dormir.

– J'ai terminé les listes, dit Paule. Sur la table…

Ness les parcourut sans y comprendre grand-chose.

– Tu as écrit qu'il y a plus de 90 % d'orphelins qui sont résistants à l'Induline…

– Oui… C'est ce qu'il y a de plus marquant dans l'étude.

– Alors les Bleus ne se sont pas trompés, ce sont bien les orphelins qui sont les plus adaptés à la récolte de spores, puisqu'ils ne peuvent pas tomber malades. Mais comment peuvent-ils le savoir ?

– Comme nous, avec une simple prise de sang. Le test n'est pas compliqué à faire.

Ness se perdit dans ses pensées.

– Ness, il faut qu'on se concentre sur le traitement de la narcolepsie.

Paule tendit à Ness les listes des résistants et des sensibles. Sa main tremblait à cause du manque de sommeil.

– Tiens… Porte-les à Cramet et Harry.

La sirène du matin allait bientôt sonner. Ness se rendit dans la chambre, mais avant de réveiller l'Équipe B, elle considéra longuement Sander et pria pour que le sommeil dévorant lui laisse encore du temps.

Ness rejoignait les bureaux quand elle fut hélée par Cramet qui marchait avec Harry en direction du portail.

– Le camion Dazur vient chercher la première cargaison d'Induline de la Nouvelle Extraction, dit-il. On a été prévenus ce matin.

Elle les accompagna jusqu'au bureau du gardien, ses listes à la main.

– Paule a terminé les analyses sanguines. On va pouvoir redéployer les mineurs en fonction de leurs résultats, expliqua-t-elle.

– Il y a beaucoup de résistants à l'Induline ? demanda Harry.

– Oui, la plupart des orphelins.

– Suffisamment pour récolter les spores ?

Elle acquiesça tout en regardant les travailleurs émerger du brouillard. Le gardien lui toucha l'épaule.

– Vous savez sur quelle liste je suis ?

Ensemble, ils cherchèrent son nom, puis l'homme baissa la tête.

– Je suis sur la liste des *sensibles*, dit-il. Et… Je suis contaminé…

Ils regardèrent l'homme, troublés.

– L'équipe du laboratoire poursuit ses recherches, lui dit Ness. Il ne faut pas désespérer.

– Je n'ai pas su garder toutes les portes fermées… fit le gardien en montrant ses narines où l'Induline était entrée.

Ness ne put s'empêcher de sourire et l'air mélancolique de l'homme devint tout à coup amical.

– Peut-être que c'est bien. Peut-être que des portes doivent s'ouvrir. Tant pis pour les risques…

Il fut tout à coup gêné, comme s'il en avait trop dit, alors il fit un petit signe de tête et rejoignit son bureau. Ness pensa qu'il avait changé, comme remodelé par la communauté autour de lui.

Elle allait s'éloigner en direction des bureaux lorsqu'un ronronnement sourd se fit entendre au loin. Le camion Dazur arrivait. Le portail en métal vibra, Cramet fit signe au gardien d'ouvrir.

Un long bus aux vitres teintées apparut, suivi d'un petit véhicule normalisé. Cramet et Harry comprirent tout de suite que ce n'était pas le camion Dazur qui venait chercher la cargaison.

– Ness, reste là, dit Harry. Quelque chose ne va pas.

Le portail se referma et trois hommes descendirent du petit véhicule. Le premier, torse bombé, paraissait très engoncé dans son costume.

– Bonjour messieurs, nous sommes missionnés par les Ministères, nous venons chercher les malades.

– Les malades ? demanda Cramet, inquiet.

Une catastrophe se profilait. Un deuxième homme, chauve celui-là, poursuivit :

– Oui, ordre des Bleus. Ils partent en traitement dans une cellule médicale spécialisée.

– On a trouvé comment soigner la narcolepsie ? demanda Harry.

– Ah, ça, on ne peut pas vous le dire. Nous, on exécute les ordres, dit l'homme en costume.

– Est-ce que leurs proches pourront leur rendre visite ? enchaîna Cramet.

– Pas dans l'immédiat. On nous a dit trois à six mois, ajouta-t-il.

Trois à six mois, une durée suffisante pour que tous les narcoleptiques s'endorment définitivement, calcula Harry. Il s'éloigna de quelques pas, entraînant Ness pour lui murmurer discrètement :

– Va au dispensaire. Préviens Daphné et Aileen. Qu'elles temporisent. Et cache Zéno, un enfant de son âge n'a aucune raison de se trouver là.

Cramet continuait à faire face en jouant son rôle de directeur de la mine. Devant ces Pâles qui se sentaient supérieurs, il fallait être fin, ni trop autoritaire ni trop soumis.

– Si vous voulez bien, je vais vérifier les ordres au bureau. Je n'ai rien reçu.

L'homme chauve saisit l'écran de son collègue.

– Voilà l'ordre de mission, dit-il.

Il valida le courrier d'une touche.

– L'ordre vient d'arriver chez vous, ajouta-t-il avec une malice désagréable.

Visiblement, les Bleus ne souhaitaient pas que la Noble Extraction soit prévenue trop tôt de l'arrivée de cette délégation spéciale.

– Allons voir ça au bureau, dit Cramet. Harry ?

– Oui, monsieur.

– Combien de temps pour préparer les malades ?

– Au moins une heure. Mais j'ai déjà envoyé quelqu'un les prévenir.

Harry se tourna vers les hommes.

– Après votre visite au bureau, je vous propose d'attendre dans la Salle de loisirs. C'est la plus confortable. Si vous voulez bien, on vous servira une collation.

Les trois hommes acquiescèrent en se frottant les mains pour lutter contre le froid. Cet accueil agréable était inespéré. L'homme chauve posa une toque sur sa tête, puis prit des photos de l'esplanade à l'aide de l'écran.

Tandis que Cramet s'éloignait avec la délégation, Harry s'approcha du gardien.

– Jean, pouvez-vous prévenir Ness, au dispensaire, lui dire que nous prévoyons un numéro à la Salle de loisirs pour faire patienter ces messieurs. Qu'elle nous rejoigne dans les bureaux.

Le gardien fila en courant. Un silence glacial s'abattit sur l'entrée de la mine.

À la demande de Cramet, Marlène fit une annonce : « Nous avons la visite d'une délégation spéciale missionnée par les Bleus des Ministères. Merci de leur réserver le meilleur accueil. » Les trois hommes se sentirent fiers et prirent aussitôt des mines professionnelles et des airs importants.

En quelques minutes, les informations se transmirent par un regard, par un geste. Les voix bruissaient. *Tu sais ? Tu sais ? Oui. Non. Ils veulent… Ils vont… Élimination… des narcoleptiques… Dans une cellule médicale spécialisée… Soignés ? Non… On garde les malades… Pas de départ…* Les travailleurs comprenaient que l'équipe de direction faisait corps avec eux pour défendre *leurs* malades. Aucune relégation dans un hypothétique centre de soins ne serait permise.

Vue de l'extérieur, la mine donnait l'impression de fonctionner avec la fluidité d'un film publicitaire. Les travailleurs se dirigeaient par petits groupes vers la mine ; Ferdinand et l'équipe ménage poussaient des chariots de linge sale ; les danseurs transportaient des cartons vers la Salle de loisirs ; on rejoignait son poste dans les bureaux ou près de la lessiveuse à masques. Chacun jouait son rôle, dans un costume qui lui convenait parfaitement. Le soir même, la délégation ferait un compte rendu à ses supérieurs, tout en haut de la chaîne de commandement. Et plus haut encore, il y aurait des Bleus pour en prendre connaissance. On devait jouer la carte de la connivence, faire bonne impression, et surtout, gagner du temps pour les narcoleptiques. Pas question de les laisser partir entre de si mauvaises mains.

– C'est la lessiveuse à masques ? demanda l'homme en costume.

Sans attendre de réponse, l'homme à la toque prit quelques clichés de la machine. Puis le directeur entraîna la délégation vers les bureaux.

– Je vais vérifier l'arrivée de votre courrier, dit Cramet.

Il consulta ses messages, l'ordre de mission était bien là, avec les instructions. Tous les malades, sans exception, devaient repartir.

Ness qui venait de grimper les marches quatre à quatre surgit dans la pièce, essoufflée.

– Monsieur le directeur, Aileen et Daphné préparent les malades. Elles nous préviennent dès qu'ils sont prêts.

– Très bien. Brun, pouvez-vous chercher des caféines et des biscuits ? Nous allons faire patienter ces messieurs dans la Salle de loisirs. Nous leur ferons un petit numéro pour les distraire.

Il se tourna vers les hommes de la délégation :

– Cela vous convient-il ?

L'homme à la toque poussa un soupir d'ennui dont la grossièreté n'échappa à personne. Ses deux collègues baissèrent les yeux d'un air servile et l'équipe de la mine comprit qui était le chef.

– Bah… puisque nous avons une heure à perdre, fit-il d'un air agacé, mais résigné.

On descendit les escaliers, puis on se dirigea vers la Salle de loisirs. La voix de Marlène vibra dans les haut-parleurs : « Les *opérateurs* sont invités à se présenter à la Salle de loisirs afin d'être redistribués dans leurs nouvelles fonctions. Je répète… »

Ness suivit le groupe, intriguée par le chef de la délégation qui continuait à prendre des photos. Sa toque était trop chic pour un Pâle et sa démarche avait quelque chose d'inhabituel. Soudain, elle comprit. Il se faisait passer pour un Pâle, mais c'était un Bleu, et il profitait de cette visite pour inspecter subrepticement la mine et l'équipe d'encadrement.

Au passage des visiteurs, des mineurs vinrent s'agréger à eux. Autour de la délégation, ça bourdonnait de paroles, de commentaires. Le groupe croyait être accompagné de pauvres hères obéissants, mais en réalité, il entrait sous le contrôle de la Nouvelle Extraction. Les mineurs, comme un essaim d'abeilles, faisaient corps autour des intrus et les poussaient vers un lieu bien circonscrit où l'on trouverait les moyens nécessaires pour faire ce qu'on voulait d'eux.

La Noble Extraction était aux Bleus.
Mais la Nouvelle Extraction est à vous.
Vous en ferez ce qui vous semblera juste.

Les paroles de l'Hypnographe s'étaient rappelées à leur conscience et passaient de l'esprit au corps. À l'action.

Les habitants de la Nouvelle Extraction n'eurent pas besoin de plus d'explications pour comprendre qu'ils entraient tous ensemble dans la résistance.

Dans la salle de spectacle, le premier rang pourvu des meilleures chaises accueillit la délégation. Confortablement assise, bientôt repue de crème aromatisée et de biscuits, elle allait savourer la représentation. Les trois hommes pensaient assister à un petit numéro pathétique et crûment éclairé, mais la lumière baissa, se fit chaude et enveloppante, et un homme en costume brillant traversa la scène d'une démarche souple. Étonnés par cette apparition, les trois membres de la délégation se jetèrent des coups d'œil goguenards, puis la curiosité l'emporta. Le *photographe* s'amusa de voir de vrais Pâles se donner littéralement en spectacle ; de retour à la Colline, il se ferait une joie de raconter cet épisode pittoresque.

La salle était remplie de mineurs silencieux ; au fond, certains se tenaient debout comme les sentinelles de la Nouvelle Extraction. À travers un trou dans l'estrade où il s'était caché, Zéno pouvait apercevoir tour à tour les trois hommes inquiétants et, comme Ness, il fut attiré par le photographe. Il fixa son visage, scrutant ses moindres expressions.

Harry commença ses inductions, accompagné de la musique choisie avec soin par Daphné. L'enfant percevait les basses qui résonnaient dans le plancher au-dessus de sa tête et venaient se mêler aux battements de son cœur. Il fixait le visage du photographe avec toute la force dont il était capable. Il voulait que l'homme s'immobilise, ligoté par les longues phrases d'Harry. Il voulait qu'il devienne doux et obéissant, comme il avait vu Cramet le devenir autrefois, puis qu'on l'emmène au loin et qu'il cesse de les mettre en danger. On devait garder les malades, trouver le temps de soigner Sander, chasser l'ombre du sommeil qui noircissait ses paupières. Le faire revenir entièrement à la vie.

Le photographe écarquilla les yeux et Zéno sentit que l'homme passait sous influence. Les paroles de l'Hypnographe coulaient en lui et rien ne pouvait plus freiner leur flot irrésistible.

Les malades n'ont plus besoin de votre aide. Ils restent ici car nous savons parfaitement les prendre en charge. Vous repartirez sans eux. Votre mission s'est achevée dans les meilleures conditions.

Les danseuses entrèrent sur scène, virevoltantes, et emmêlèrent un peu plus l'esprit des trois hommes.

Les mineurs attendaient maintenant à l'extérieur du bâtiment que la délégation ressorte, c'était le dernier acte de la pièce qu'ils étaient en train de jouer. Ils souhaitaient de toutes leurs forces que le mystérieux Hypnographe apparu dans son costume éblouissant ne soit pas un acteur, mais le véritable génie échappé d'une légende pour exaucer leurs vœux. La jeune Camille surgit au milieu de l'esplanade, suivie des danseuses. Derrière elles, les membres de la délégation s'avançaient, tout sourire.

Le photographe annonça au chauffeur du véhicule sanitaire qu'il allait repartir immédiatement, mais sans malades. Une nouvelle visite serait calée dans les mois à venir.

– Regardez votre nouvelle feuille de route, lui dit-il.

Le chauffeur du véhicule sanitaire sortit son écran.

– Oui, j'ai bien reçu une feuille de route actualisée.

– Alors, vous nous suivez, ajouta l'homme en costume.

La délégation se mit en route tandis que les habitants de la mine se rassemblaient autour du parking. Puis le cercle se fendit délicatement pour laisser passer les véhicules. Une rumeur de joie parcourut l'esplanade comme un léger coup de vent. Jean n'eut jamais autant de fierté à ouvrir et refermer son portail que ce jour-là.

Les travailleurs avaient rejoint la mine pour préparer la cargaison d'Induline qui devait partir. Hommes et femmes faisaient la chaîne et remplissaient les caisses de bocaux. La mine était au cœur de leur vie. Le centre de tout. Le lieu du crime, aussi, pensa Ness. Elle y entra, et tandis qu'elle traversait la première galerie, les spores phosphorescentes et les stalagmites bleutées lui revinrent en mémoire. Il y avait eu un temps où tout cela existait, sans personne pour l'exploiter. Un monde vivait caché, avec ses cycles mystérieux. Une chimie subtile permettait des formes de vie qui s'entre-dévoraient sûrement, mais renaissaient sans cesse. Ce ventre de roche était un palais habité.

Ness emprunta une autre galerie, puis s'arrêta dans la salle où les champignons repoussaient, cette même salle qu'elle avait observée avant sa récolte de spores. Les champignons avaient grossi, leurs chapeaux paraissaient duveteux. Ness les frôla du doigt et plusieurs se détachèrent de la paroi. Dans leur chute, ils entraînèrent des vers noirs et durs. Ness les regarda se tortiller sur le sol. Ils étaient incroyablement toniques. Elle les toucha, les trouva forts. Rebelles. Alors, ce fut comme une décharge d'adrénaline dans le cerveau de Ness.

Les vers…

Les vers vivaient au contact des champignons. Ils *vivaient*. Ils en supportaient la puissance. Ils se nourrissaient d'Induline et pourtant, ils y résistaient. Ness se souvint de chaque mot qu'avait prononcé Paule. Une enzyme pouvait contrecarrer les effets de l'Induline. Comme un contrepoison. Et les vers… Pour survivre aux champignons, les vers étaient probablement gavés de cette enzyme. Ils étaient même de l'enzyme concentrée. Ils étaient le remède à la narcolepsie.

Ness fut sonnée par ce qu'elle venait de comprendre. Elle se mit à gratter le mur et remplit ses poches de vers, puis elle sortit, les jambes flageolantes, ivre de sa découverte.

À l'extérieur, l'air humide et frais qui tourbillonnait lui fouetta le visage. Paule ! Elle se retint de crier.

Ness arriva à bout de souffle dans le laboratoire et découvrit Paule assoupie à côté de Brun dans le vieux canapé.

– Paule ! Paule !

Ness plongea la main dans sa poche et lui tendit une poignée de vers.

Elles se regardèrent intensément.

– Ils vivent au contact des champignons, dit Ness.

Paule comprit aussitôt.

– L'enzyme, murmura-t-elle.

Brun s'éveilla et découvrit les deux femmes immobiles autour de l'étrange offrande qui se tortillait dans la paume de Ness.

Dans les minutes qui suivirent, la Nouvelle Extraction fut prise d'une excitation difficile à contrôler. Les membres de l'équipe couraient d'un lieu au suivant de façon désordonnée, annonçant la nouvelle, requérant la présence de l'un ou l'autre. Sander battait des paupières pour chasser le sommeil et cela composait une longue phrase en langage morse.

On attendait une confirmation de Paule.

Ses mains tremblaient au-dessus de son microscope bricolé. Son cœur battait la chamade, elle restait muette, comme une amoureuse subjuguée.

Ce n'était pas des vers, mais des iules, avait-elle expliqué. Et elle les aimait ces iules, elle les aimait d'amour.

Elle leur fit traverser plusieurs expériences, les testa sous toutes leurs formes, et l'enzyme se présenta toujours, plus ou moins concentrée. Paule l'avait reconnue, c'était de l'Amiolase.

Lorsque Paule plaça les iules broyés au contact des spores d'Induline, elle observa une grande agitation moléculaire.

Quelques minutes plus tard, elle vit le sérum s'éclaircir. L'Amiolase et l'Induline s'étaient comme entre-dévorées.

Le contrepoison à l'Induline était là.

Paule devait maintenant trouver une forme assimilable par le corps humain.

La voix de Marlène résonna et les fit tressaillir : « Le camion Dazur se présente à l'entrée. Les opérateurs en charge de la manutention de l'Induline sont priés de se rendre dans la zone de chargement. »

Près du portail, Jean prit le temps de contrôler l'ordre de mission du chauffeur qui entrait, tandis que l'homme observait l'esplanade et les premiers bâtiments.

– Vous avez réparé les éclairages, c'est mieux comme ça, dit le chauffeur qui venait régulièrement.

Le lieu était bien moins triste que d'habitude avec ces lumières posées un peu partout.

– On a une nouvelle équipe de direction, dit Jean.

– Ça, c'est bien ! répliqua le chauffeur. Moi, j'en ai marre de ma routine. Je ne vois pas grand monde. Et les gardiens de la raffinerie font toujours la gueule. En tout cas, cette *nouvelle* Extraction me plaît.

Oui, la Nouvelle Extraction, c'était bien le nom de la mine dorénavant.

L'homme roula jusqu'au dépôt d'Induline. On attendit qu'il ait terminé sa manœuvre, puis Cramet présenta un ordre de mission rédigé par la délégation qui s'en était allée.

– Sur ordre de la délégation ministérielle, mon maître d'œuvre va vous suivre jusqu'à la raffinerie avec des jeunes que nous formons pour entrer dans l'équipe de direction. Nous souhaitons qu'ils maîtrisent toute la chaîne de production, expliqua Cramet.

L'homme acquiesça.

– Pas trop difficile la conduite de nuit ? ajouta-t-il.

– Non, ça va…

Madame Dé, que le chauffeur avait croisée de nombreuses fois, le glaçait avec son air méprisant et fourbe. Le nouveau directeur lui parut bien plus affable.

– C'est bon pour moi, répondit l'homme.

Les danseurs et les danseuses, suivis par l'Équipe B, aidèrent le chauffeur Dazur à remplir le camion de caisses de bocaux d'Induline parfaitement scellés.

Le chargement fut accompli avec une rapidité inhabituelle.

Ils descendirent les routes sinueuses du Haut-Pays dans la nuit. Et Ness se sentit de plus en plus angoissée au fur et à mesure qu'elle s'éloignait de la mine. Cet endroit qu'elle avait craint et qui avait volé la vie de son père était dorénavant le lieu où résidaient tous ses espoirs, et tous ceux qu'elle aimait. Jamais elle n'aurait pu imaginer que la mine puisse devenir sa tanière. Elle ferma les yeux pour ressentir la présence de Quirin assis à côté d'elle et celle de Ferdi qui n'était pas loin. Elle aurait voulu les serrer dans ses bras, mais elle se contenta d'une grande inspiration, comme pour emmagasiner en elle un peu de l'air qui avait traversé le corps de Quirin. Elle pensa qu'il y avait mille formes d'amour que l'on pouvait ressentir. L'amour pour les parents, les enfants, les amis, pour ceux que l'on ne connaissait pas, mais dont on admirait le courage ou l'action. L'amour pour la forêt, pour toutes les formes de vie qui l'animaient, l'amour pour les vieilles pierres, les maisons, même pour les bâtiments préfabriqués pour peu qu'ils soient vraiment *habités*. Dans toutes ces sortes d'amour, il y avait aussi celui qu'elle ressentait pour Quirin, ce trouble si grand.

Derrière les murs de la Nouvelle Extraction, Paule travaillait avec Brun et Sander à l'élaboration d'une poudre d'iules bien dosée en Amiolase. Le jeune homme s'était porté volontaire pour prendre tous les risques d'une première injection.

Arrivé au pied des montagnes du Haut-Pays, le camion bifurqua à droite. Ce n'était pas la route de la raffinerie et Harry fut aussitôt sur ses gardes. Ils roulèrent encore un peu et s'arrêtèrent à l'entrée d'une carrière de craie. Au-dessus de l'entrée, un vieux panneau indiquait « ÉTABLISSEMENT LANGE. La craie de toujours. »

Le chauffeur Dazur descendit et composa un code. Le portail s'ouvrit en couinant.

La crayère irradiait sous la lumière de la lune. Machines, véhicules, petites bâtisses, tout était recouvert de poussière blanche et donnait l'impression d'avoir été sculpté dans la craie.

Le camion s'arrêta devant un hangar aussi blanc que le reste, à peine visible dans le décor.

– Qu'est-ce qu'on fait ici ? Ce n'est pas la raffinerie, s'étonna Ness.

– Non, on y va après. Ici, c'est juste une étape. Je prends des sacs qu'on me met de côté pour la raffinerie.

Il sauta à terre, on l'entendit manœuvrer des portes. Quirin descendit lui donner un coup de main. Ils chargèrent deux palettes à l'arrière du camion.

– Vous faites ça avant chaque livraison d'Induline ? demanda Ness.

– Oui. Ils m'ont dit qu'ils ne voulaient pas laisser entrer trente-six mille camions à la raffinerie. Comme ça, ça ne fait qu'une seule livraison par mois.

– Et vous savez ce que c'est que ces sacs ? l'interrogea Quirin.

– Aucune idée !

Le convoi reprit la route.

Paule avait rempli plusieurs tubes à essai avec le sang de Sander. Elle glissait un milligramme de poudre d'Amiolase, puis dix, cent, deux cents… Sous son microscope, le sang réagissait plus ou moins vite, les cellules bougeaient, changeaient d'aspect, vibraient. Elles dansaient.

À l'invitation de Paule, Zéno avait regardé les effets du premier dosage à travers la lentille grossissante. Assis à côté de son frère sur le vieux canapé, il dodelinait de la tête en pensant que dans l'univers tout suivait une chorégraphie précise.

– Qu'est-ce qu'on fera quand un des dosages nous semblera équilibré ? demanda Brun.

Sander sourit, mais ne dit rien. Zéno lui saisit la main.

– Sander, il serait plus sage de faire un essai sur un de nos malades, sur quelqu'un qui ne s'éveille plus, dit Paule.

– Luce ? murmura Sander.

La jeune femme qu'il avait réussi à nourrir en était au stade le plus avancé.

– On la sauve ou on l'achève… ajouta-t-il.

Paule se tut.

– On lui donne une chance, proposa-t-elle.

C'était une façon de voir les choses, mais ce n'était pas celle de Sander. Il devait être le premier à prendre les risques.

Le convoi arriva en vue de la raffinerie. Tout autour de l'enceinte se déployait un étroit jardin où les arbustes étaient taillés avec soin. Les murs élevés disparaissaient sous la vigne vierge faisant habilement oublier que l'endroit se trouvait sous haute protection. En haut, on pouvait voir surgir de longues antennes parsemées de petites lumières rouges et vertes qui avaient un aspect joyeux. De l'extrémité de la grande cheminée s'échappaient des nuages de vapeur blanche qui semblaient sans danger. Au-dessus de l'entrée, les lettres DAZUR se découpaient dans un beau lettrage. À droite et à gauche, des panneaux colorés décrivaient les différentes utilisations de l'Induline. Condensée sous forme de pile, elle faisait rouler les véhicules. Transformée en gaz, elle fournissait l'éclairage et l'énergie domestique. Dans tous les cas, et c'était soigneusement inscrit sur chaque panneau, l'Induline était inoffensive, accessible, non polluante, économique. Et pour les plus matheux : 1 milligramme d'Induline = 100 watts X 3 000 heures.

« Dazur, l'énergie pure ! » clamaient les panneaux.

Tout le long de l'enceinte, de petites caméras surveillaient l'extérieur et l'intérieur des installations.

Le chauffeur Dazur se présenta à l'entrée de la raffinerie où il fut accueilli par deux gardiens légèrement endormis.

– Bonjour, je suis accompagné par la direction de la mine, voilà l'ordre, dit-il en montrant son écran.

L'homme lut la page et fit signe aux véhicules d'entrer.

Dans l'enceinte bétonnée, quelques herbes folles s'échinaient à pousser entre les dalles de ciment. Sur la gauche, une baie vitrée et, derrière, le visage de l'homme en charge des caméras de sécurité. Au loin, un dôme gris à peine visible émergeait du sol ; au milieu du vaste espace, la grande cheminée surplombait un hangar. En y pénétrant, l'équipe qui pensait trouver le cœur technique de la raffinerie fut surprise de ne découvrir qu'une machinerie vieillotte. Aucune caméra ne surveillait le lieu. L'espace abritait une cuve en métal de quatre mètres de diamètre, maculée de poussière blanche et reliée à une sorte de grande chaudière.

– Vous me donnez un coup de main ? demanda le chauffeur.

Ils descendirent les sacs des palettes. Le chauffeur les ouvrit un à un et se fit aider pour les verser dans la cuve. De la poussière blanche se dispersa dans l'air et nimba l'espace d'une douceur étrange. Quirin goûta la poussière du bout des doigts avant de se tourner vers Harry et les autres.

– La craie... Carbonate de calcium. Inoffensif, murmura-t-il.

– La poudre de craie permet d'obtenir une fumée bien blanche, ajouta Harry à voix basse. C'est *la fumée des magiciens*...

Le chauffeur s'approcha d'eux.

– Merci pour l'aide et maintenant, la dernière étape.

Satisfaite qu'on l'ait nourri, la vieille chaudière ronronnait. Elle n'était rien d'autre qu'une grossière machinerie de spectacle occupée à produire de la fumée blanche. Un leurre pour donner l'illusion qu'une transformation chimique avait lieu. La représentation d'une raffinerie plutôt qu'une raffinerie véritable.

La vérité de l'Induline devait se trouver ailleurs.

À la Nouvelle Extraction, Paule pensa avoir trouvé un dosage correct pour une injection d'Amiolase.

Sander se tenait prêt à la recevoir.

Zéno fila chercher Doris et la ramena avec lui au dispensaire.

– Je crois que c'est bien que tu sois là, lui dit-il sur le chemin.

Car l'enfant avait peur, cette nuit pouvait absorber la mine et manger son frère. Mais Doris lui sourit.

– Oui, c'est bien, dit-elle. Tu sais, c'est important pour moi aussi. Vous êtes tous un peu comme mes enfants.

Zéno s'immobilisa.

– Prends-moi dans tes bras, lui dit-il.

Doris le serra longtemps contre elle. Le petit corps de l'enfant tremblait. Il s'était mis à pleurer, le visage collé contre sa poitrine. Elle connaissait sa théorie sur les larmes. Cette nuit, c'était *une grande occasion*.

La dernière étape du camion Dazur avait lieu dans le dôme, au fond de l'enceinte de la raffinerie. Le chauffeur s'y dirigea, puis fit une manœuvre compliquée afin de coller l'arrière de son camion à une paroi métallique.

Il descendit de sa cabine, une clé électronique à la main.

– Personne n'est autorisé à entrer là-dedans à part moi, dit-il en se dirigeant vers une petite porte.

Harry s'approcha de lui et posa rapidement la main sur son cou.

– À part nous, bien sûr. Comme nous en sommes convenus, dit l'Hypnographe d'une voix douce et ferme.

Le chauffeur se retourna lentement.

– Car nous sommes en totale confiance les uns avec les autres maintenant, poursuivit-il.

Harry prit le temps de fouiller dans le regard de l'homme.

– Vous pouvez nous demander toute l'aide dont vous avez besoin. Et nous pouvons vous demander tout ce que nous voulons. La confiance est entière. Vous êtes un homme fantastique.

Le chauffeur sourit, les yeux écarquillés.

– Nous allons entrer ici tous ensemble, poursuivit Harry.

Le chauffeur glissa sa clé numérique dans la serrure, puis Harry la lui subtilisa tandis que la petite porte s'ouvrait lentement.

À l'intérieur du dôme, un cube en métal brossé occupait tout l'espace. Le pan avant était percé d'ouvertures régulières, à hauteur d'homme.

– Donnez-nous les explications, cher ami, dit Harry.

– Il suffit de glisser chaque bocal d'Induline dans ces trous.

Il leur montra le geste.

– Et puis ? demanda Harry.

– Et puis, c'est tout.

– Il y a bien quelque chose qui ressort quelque part ! dit Harry.

– Sûrement, dit l'homme, mais je n'en ai aucune idée.

Ils n'en crurent pas leurs oreilles. Ils n'étaient pas du tout prêts à accepter une déception pareille.

Ils contournèrent le cube et virent qu'il était beaucoup plus long qu'ils ne l'avaient imaginé. Et peut-être plus profond. Il n'avait pas l'air posé sur le sol en ciment, mais plutôt d'en émerger.

– Il faut entrer là-dedans, dit Ferdinand.

Il se mit aussitôt à inspecter la carapace froide de la machine. Au bout de quelques minutes, il découvrit une fine rainure dans le métal. Elle indiquait une trappe.

Sander était allongé sur le canapé. Son visage paraissait émacié et vieilli dans la lumière blafarde du laboratoire. Doris prit place derrière lui et lui fit une caresse sur le front tandis que Zéno saisissait la main de son frère.

Brun était allé chercher Daphné ; Puk et Nénette avaient suivi. Les danseurs et les danseuses leur avaient emboîté le pas. Ils traversaient l'esplanade de la Nouvelle Extraction en file indienne et, lorsqu'ils arrivèrent, la procession s'était mystérieusement agrandie. Tous les habitants de la mine semblaient les avoir rejoints.

On s'assit devant l'entrée du bâtiment. On se passa des couvertures, des thermos de caféine. Et l'on attendit dans un silence parfait.

Dans le laboratoire, Paule s'approcha de Sander, la seringue à la main.

– Tu es prêt ?

– Prêt.

– J'y vais ?

– Bon… On ne sait jamais… murmura Sander. Je vous aime. Si Luce se réveille, dites-lui que j'aurais bien aimé la rencontrer. Et n'oubliez pas Ed. C'est ma grand-mère chérie. N'oubliez pas non plus l'Équipe B, hein, Harry compris. Bon… Si je ne reviens pas… C'est tout. À toi.

– J'y vais, dit Paule.

Elle enfonça l'aiguille dans la veine de Sander et poussa lentement le piston de la seringue. Zéno ferma les yeux et serra les dents.

Harry patientait dans le dôme, soûlant le chauffeur de paroles. Quirin, Ness et Ferdinand étaient descendus dans le ventre de la machine, le long d'une échelle de secours. Ils éclairaient le sous-sol de leurs lampes quand, soudain, une multitude d'éclats leur répondit. De petites lumières vibrèrent un moment sous les faisceaux tremblants, puis se stabilisèrent. Le lieu était rempli de milliers de fioles en verre remplies d'un liquide blanchâtre légèrement irisé. Elles étaient alignées sur des mètres et des mètres comme autant de munitions étranges.

Ils prirent quelques échantillons dans leurs poches et s'en allèrent rapidement.

Sur la route, leur véhicule semblait attiré par la mine comme un jouet aimanté. Harry conduisait, les autres somnolaient vaguement, et leurs rêves bercés se transformaient en visions.

Ils distinguaient une piqûre.

Le liquide se répandait dans les veines de Sander à une vitesse folle.

Son corps tremblait.

Une main sur son front brûlant.

Des halètements.

Un rayon de soleil éclatant fusa depuis le sommet d'une montagne et traversa brutalement l'habitacle. Harry grogna en freinant brusquement. Puis il redémarra et roula au pas, aveuglé par la lumière qui leur faisait face. Tous, ils scrutaient la route éblouissante.

Ils sonnèrent longtemps au portail de la Nouvelle Extraction avant que Jean finisse par leur ouvrir. Dès qu'ils furent entrés, le gardien se mit à courir devant eux en criant « Venez ! Venez vite ! »

La troupe se précipita derrière lui.

Ils remontèrent une longue file d'habitants qui patientaient jusqu'à la porte du dispensaire. La file se poursuivait dans le hall, puis dans les escaliers, et s'arrêtait devant la chambre commune.

Harry et l'Équipe B y entrèrent précipitamment, redoutant le pire. Ils balayèrent la pièce du regard avant de découvrir Sander debout contre le mur du fond. Luce aussi était là, près de lui, et à côté, Zéno et Doris.

Sur leurs lits, tous les malades étaient assis, les yeux bien ouverts.

Dans le calme le plus complet, chaque habitant de la mine venait les saluer, leur dire un mot d'amitié, puis repartait afin de laisser la place aux autres.

Quirin, Ness et Ferdinand restèrent subjugués.

Le jour qui se leva sur la Nouvelle Extraction fut aussitôt appelé Jour de l'Éveil.

Les membres de l'Équipe B étaient si fébriles, si heureux, qu'ils en bafouillaient en riant. Un antidote. On avait trouvé un antidote à la narcolepsie, c'était à peine croyable. Ness dévisageait Sander sans pouvoir dire un mot. Puis elle s'approcha de lui et palpa son visage pour vérifier qu'elle ne rêvait pas.

– Venez voir ce qu'on a découvert à la raffinerie, dit Harry en les entraînant vers le labo. Là-bas, il y a deux espaces différents : un dôme et un hangar où se trouvent une grande cheminée et sa chaudière…

– Elle fabrique de la fumée blanche avec du carbonate de calcium, c'est-à-dire de la craie, dit Quirin.

– Elle produit la fumée des magiciens, ajouta Ferdinand.

– Et ça ne sert à rien, dit Ness. C'est un leurre.

– Abracadabra ! lança Harry. Mais plus loin, il y a un dôme en béton qui abrite une machine complexe où l'Induline est transformée.

Ferdinand déposa les fioles sur le plan de travail. En les apercevant, Sander se décomposa. On crut qu'il allait faire une crise. Il y eut un moment de panique.

– Ça va ? lui demanda Quirin.

– Hein ? Oui… Vous avez trouvé ça à la raffinerie ?

– Oui, dit Harry. Dans le dôme.

– Je connais ces petites bouteilles, murmura Sander.

On se tourna vers lui en silence.

Il saisit l'une des fioles dans sa main pour la regarder à la lumière du labo. Tout le monde scruta le mystérieux petit contenant rempli du liquide opalescent, tandis que dans la tête de Sander, les souvenirs se bousculaient.

– Après la remise des diplômes, j'ai été au Lycée Bleu avec mon futur patron, pour une urgence. Il y avait une fuite de gaz dans la salle de physique des élèves et j'ai fait un malaise.

Maintenant, des images très claires lui revenaient. Elles défilaient devant ses yeux avec la précision d'un film.

– Je me suis retrouvé à l'infirmerie. Il y avait des petits cartons remplis de ces fioles. Le médecin m'en a injecté une parce qu'il m'a pris pour un Bleu. Je me souviens… dès que le produit est entré dans mon corps, je me suis senti bien, trop bien, même. Comme s'il y avait trop d'oxygène dans mon sang. C'était comme une drogue.

Ils l'écoutaient, intensément concentrés.

– C'est après ça que j'ai eu ma première crise de narcolepsie.

– Je sais que… les Bleus reçoivent des *vaccinations* tous les trimestres, dit Paule. Ton injection, ça ressemble à une vaccination.

– Les Bleus… ils s'injectent ça ? demanda Ness, incrédule.

Dans le labo, on commença à prendre la mesure de ce que ça voulait dire.

– Ils s'injectent de l'Induline transformée ? reprit Ferdinand, abasourdi.

C'était une idée complètement folle, ils n'en revenaient pas.

Paule demanda quelques minutes pour analyser le liquide translucide.

La réponse de Paule tomba. Les fioles contenaient un sérum neutre et de l'Induline. La forme était bien injectable.

– Et cela n'a rien à voir avec un vaccin, précisa Paule. Même si c'est le nom qu'ils lui donnent. Je pense que ce produit… C'est ce produit qui fait *bleuir* les êtres…

Bleuir… Il y eut un silence parfait. Un instant figé, sans une seule respiration ni même un battement de cœur.

– L'Induline accélère le fonctionnement du cerveau. Elle a tout pour démultiplier les capacités cognitives, notamment la mémoire. C'est un puissant stimulant neuronal… Une drogue…

Ils se regardèrent, saisis d'étonnement.

– Si on *bleuit*, c'est qu'il n'existe ni Bleu ni Pâle, dit Ness.

– On naît tous pareils, alors, murmura Zéno…

La stupeur était si grande qu'ils en restèrent muets.

Une seconde d'immobilité avant la fin d'un monde.

Le grand mythe de leur société s'écroulait.

La domination des Bleus sur les Pâles n'était qu'une pure création. Rien à voir avec une *loi naturelle*. Sans ces doses, elle ne pouvait plus se poursuivre.

La société qu'ils avaient toujours connue était en train de chavirer.

Par la fenêtre, Ness observa les nuages qui stagnaient sur la Nouvelle Extraction. Une tempête pouvait éclaircir le ciel ou venir tout briser.

Sander étira ses membres redevenus légers et obéissants.

– Paule, si les Bleus reçoivent de l'Induline, pourquoi ne deviennent-ils pas narcoleptiques ? demanda-t-il.

– L'effet de la mithridatisation.

– La quoi ? demanda l'Équipe B, en chœur.

– La mithridatisation. Si un être reçoit des doses d'Induline depuis toujours, son métabolisme s'y habitue. Peu à peu, il s'immunise contre ses effets néfastes.

Brun leur expliqua que Mithridate était un roi né plus de deux mille ans en arrière. C'était un roi cruel et ambitieux qui avait beaucoup de crimes sur la conscience. Un jour, acculé par ses ennemis, il voulut se suicider, mais le poison qu'il avait absorbé n'eut aucun effet parce qu'il en avait pris de petites doses tout au long de sa vie.

Doris les regarda tour à tour, elle venait de comprendre un autre mystère.

– Les orphelins… Ils sont sciemment sélectionnés. Et ce sont les Bleus qui abandonnent leurs enfants. Ils s'en débarrassent parce qu'ils sont insensibles à l'Induline et ne peuvent pas bleuir…

Paule chercha ses statistiques. Maintenant, les chiffres lui parlaient.

– Oui, tu as raison. Tous les orphelins sont *résistants*, dit-elle. Ceux qui ne le sont pas sont handicapés, muets pour la plupart. Mais les Bleus se débarrassent aussi d'eux. Il ne doit pas exister de Bleu handicapé. Les Pâles n'ont rien à voir là-dedans.

Dans la caste qui dirigeait, il ne fallait ni handicap ni résistance. Les croyances fausses commençaient à déserter les esprits.

Bientôt, Bleus, Pâles et Denses deviendraient tous les orphelins d'une société qui se mourait.

À la Nouvelle Extraction, le passage du temps devint anarchique.

Plus personne n'arrivait à dormir.

Sander proposa qu'on assigne aux anciens narcoleptiques un gardien qui veillerait sur leur sommeil. Mais leur repos nécessaire fut agité. Ils s'éveillaient subitement et criaient parfois. Ils se débattaient contre des monstres invisibles. Alors, le Gardien du Sommeil allumait la lumière et parlait. Il donnait la date et le nom du lieu où l'on était. Il tendait la main, se laissait agripper, souriait.

Luce décrivit à Ness la fraîcheur qui était entrée dans ses veines avec l'injection, puis la peur qu'elle avait eue avant d'ouvrir les yeux. Un instant, elle avait cru qu'elle basculait vers la mort. Le premier être qu'elle avait vu était Sander. Elle s'était alors plongée dans la contemplation de son visage. Maintenant, elle se sentait bien vivante.

Sander et Luce arpentèrent tous les lieux de la mine en parlant, parlant, parlant jusqu'aux limites de leurs forces pour tout savoir l'un de l'autre. Elle se souvenait des visites de Sander lorsqu'elle était malade. Elle se rappelait qu'il l'avait fait manger et boire et que cela avait eu un goût étrange, comme de manger de la lumière salée. C'était bizarre, mais elle ne pouvait le dire autrement. Un matin, ils cédèrent au sommeil après s'être trouvé un coin dans les coulisses de la salle de spectacle. Puk et Nénette les découvrirent emmitouflés sous des costumes de scènes, enlacés. Ils étaient devenus leurs gardiens mutuels.

Au labo, pendant ces heures étranges, on ne cessa de discuter. On s'interrogeait sur l'organisation de la société en fonction des vérités que l'on avait apprises. On s'étonnait d'un mensonge d'une telle envergure. On se sentait fatigué par le poids de ce secret. Il faudrait le partager à un moment ou à un autre. Et affronter le chaos.

Il fallait y aller.

Et le plus tôt serait le mieux.

Toute la troupe de l'Hypnographe et l'Équipe B furent sollicitées. On s'installa dans la Salle de loisirs pour mettre au point les costumes et les accessoires de la prochaine représentation qu'on allait donner.

Elle aurait lieu à la raffinerie.

Les équipes de la Nouvelle Extraction garèrent le camion de la *Féerie Psychomagique* dans l'angle mort des caméras qui surveillaient l'extérieur de la raffinerie Dazur.

Vêtus de leurs costumes de clowns, Puk et Nénette s'avancèrent vers les hauts murs et sonnèrent à l'interphone près de la petite porte d'entrée. Il y eut quelques crachouillis dans le haut-parleur, auxquels Nénette répondit :

– Krrr ki krrra kekeke koo.

Un silence. De l'autre côté, on avait eu du mal à traduire…

À travers la porte, un gardien s'écria :

– La raffinerie ne reçoit pas de visiteurs.

– Nous ne voulons pas visiter, nous voulons vous inviter, dit Puk. Nous donnons une représentation exceptionnelle de la *Féerie Psychomagique*.

Vêtues de justaucorps à paillettes, les danseuses s'avancèrent. On sentit une caméra bouger, puis le judas coulissa. Enfin, la porte s'entrouvrit et un gardien pointa le bout de son nez. Il dévisagea les danseuses semblables à de véritables déesses tombées de l'Olympe. Harry en profita pour pénétrer dans le sas. En quelques secondes, le gardien fut sous son contrôle hypnotique.

Toute la troupe franchit alors l'enceinte et ce fut comme un arc-en-ciel qui se déploya au milieu du béton gris. Aussitôt, ils agitèrent des grelots, firent de grands gestes en chantant. Ils étaient totalement déplacés dans ce décor sinistre. La troupe fut arrêtée par deux autres gardiens, très étonnés.

– Hey ! C'est quoi ces clowns !

Ness leur présenta des invitations pour une future représentation.

– Messieurs, nous allons briser votre routine, s'exclama Ferdinand.

– Sortez-moi tout ce monde ! s'écria un homme.

Il y eut une bousculade et Harry en profita pour disparaître. En quelques secondes, il rejoignit le poste de contrôle des caméras. L'homme qui regardait la scène par sa fenêtre ne l'entendit pas approcher. L'Hypnographe surgit dans son dos, posa la main sur son cou et plongea l'homme sous hypnose. Ce fut le signal. Les autres gardiens furent subitement saisis par les danseurs et les danseuses qui leur firent perdre connaissance d'une pression sur la jugulaire.

Au poste de contrôle, Daphné revenait dans les enregistrements des caméras et créait une boucle d'images neutres pour effacer l'irruption de la troupe. Maintenant, les caméras reprenaient leur surveillance, tranquilles. Tout paraissait normal.

Quelques minutes plus tard, Ferdinand et Sander avaient ligoté les gardiens dans le hangar où se trouvait la cheminée. Puk et Nénette s'installèrent auprès des prisonniers :

– Savez-vous que vous ne gardez que des nuages ?

Les danseurs garèrent le camion près du dôme. Harry en déverrouilla la porte grâce à la clé numérique qu'il avait subtilisée. Puis ils se faufilèrent à l'intérieur du bâtiment comme les souris de Puk.

Une fois dans le cube, ils commencèrent à déménager les milliers de fioles alignées. Leurs gestes étaient posés, le camion de la Nouvelle Extraction fut chargé avec précaution. Maintenant, il fallait reprendre les bocaux d'Induline qui n'étaient pas encore partis dans le ventre de la machine et les remplacer par des bocaux de poudre de craie qui feraient office de spores de champignons. Les nouvelles fioles qui allaient être produites seraient tout à fait inoffensives.

Ils travaillèrent des heures, en silence.

Dans quelques jours, des camionnettes viendraient chercher les fausses doses de vaccin produites dans la raffinerie et les emporteraient à travers tout le pays. Les médecins procéderaient alors à la *vaccination trimestrielle* des Bleus.

Tous les habitants de la Nouvelle Extraction furent informés de la véritable fonction de l'Induline. Faire bleuir les êtres... Le choc fut violent et provoqua des réactions parfois étranges. Mais la parole circula et ceux qui possédaient les informations s'efforcèrent de répondre à toutes les questions. Alors chacun se mit à réfléchir. L'intelligence se partagea et s'amplifia.

Il restait cependant difficile d'imaginer qu'un tel mensonge ait été possible pendant si longtemps.

Les équipes de la Nouvelle Extraction ne parvenaient pas tout à fait à imaginer les conséquences. Ils doutaient parfois qu'à l'extérieur de la mine on puisse croire à tout ce qu'ils avaient découvert. Puk et Nénette en avaient fait l'expérience avec les gardiens de la raffinerie. Mais très vite, on n'aurait plus besoin de convaincre qui que ce soit. Les vaccinations auraient lieu bientôt, et les faits allaient parler.

Un beau matin, une dizaine de camionnettes vinrent emporter les milliers de doses neutres stockées à la raffinerie, pour les disséminer dans le pays.

La vaccination trimestrielle des Bleus commençait.

Il fallait prévenir les amis, les alliés.

Le Centre de Tri du Nord, où Mare avait suivi par radio les différentes étapes des découvertes concernant l'Induline, devint aussitôt un important relais pour la diffusion des informations. Elmer, le premier employé, fut missionné vers le Centre de Tri de la Ceinture afin de prévenir les autres, militants de longue date, que leur engagement n'avait pas été vain. Ceux-ci firent passer les informations à leurs familles et à leurs amis, qui eux-mêmes les transmirent à d'autres.

Harry avait cultivé des relais dans toutes les villes où la *Féerie Psychomagique* s'était produite. On contacta Christine et Albert, à Cabrieste, qui diffusèrent la nouvelle chez les bouchers des Vaches de Pierre, alliés bien connus, qui la passèrent à leur tour à leurs collègues des autres abattoirs du pays.

Quirin et Ness reprirent contact avec Marika et Mathis, au domaine de la Charrière. Mathis partit immédiatement avec Bert et Yann, le muet et le vieux plombier, pour informer celles et ceux qui, comme eux, n'avaient jamais pensé très droit.

Sander, Zéno et Luce quittèrent la Nouvelle Extraction pour rejoindre Ed, aux Cailloux. Ils voulaient lui raconter de vive voix tout ce qu'ils avaient traversé et tout ce qu'ils avaient découvert. Le récit de la fonction véritable de l'Induline fut un morceau de choix, mais pour Ed et Eva, le plus étonnant, le plus fascinant, fut l'explication des abandons. Les Pâles n'avaient jamais eu aucun intérêt à abandonner leurs bébés, elles l'avaient toujours subodoré, mais les Bleus, oui. L'exigence d'une lignée parfaite et leur désir de domination avaient abîmé des milliers d'êtres.

– Dire que tout ce temps-là, nous avons veillé sur les enfants des Bleus ! dit Eva en éclatant de rire.

Son ironie n'avait rien de sérieux, car elle avait toujours pensé qu'il n'y avait ni Bleus ni Pâles, pas plus chez les bébés que chez les adultes. Et ces preuves que Sander et Zéno lui apportaient la mettaient en joie. Elles redonnaient une véritable cohérence au monde.

Dès que Sander et Luce eurent transmis les nouvelles aux habitants de Debrume, les orphelins majeurs se portèrent volontaires pour aller informer les Veilleurs des Homes d'enfants. Ils s'égaillèrent dans le pays, montés sur toutes sortes d'engins motorisés. Andor, qui aidait Eva depuis toujours, se rendit au Perchoir, où Ness, Quirin et Georges le jardinier avaient fait une halte bien des jours plus tôt.

Dans sa poche, Andor portait une lettre de Ness à remettre au jeune Lino. L'enfant pouvait la rejoindre à la Nouvelle Extraction ou intégrer le groupe des Cailloux à Debrume. Dorénavant, tous les choix lui étaient permis.

Zéno se pelotonna pendant de longues heures dans les bras de sa grand-mère Ed où il put se rassasier de sa voix et son humour. Il avait chaud désormais et ses inquiétudes s'évanouirent une à une.

Pendant ces jours, la vérité circula dans le pays. Elle avait la forme d'un homme ou d'une femme, d'un message radio ou d'un tract.

On la lisait, on l'écoutait, on l'échangeait, mais contre rien parce qu'elle était bien trop précieuse.

Les Pâles devaient se préparer à être libres dans un monde nouveau.

Ils attendaient les résultats de *la vaccination*, pleins de joie et d'effroi.

Depuis quelque temps, les Bleus trouvaient les Pâles étranges, particulièrement silencieux et obéissants. Ils étaient gênés par leur présence et leurs regards trop attentifs. Des mouvements d'humeur traversèrent la caste des dominants, des Pâles furent chassés sans ménagement. Les premières réactions à la fausse vaccination commençaient à se faire sentir.

Le sevrage brutal produisit des effets de manque.

Les jours qui arrivaient n'auraient plus rien à voir avec ceux que l'on avait connus.

Rapidement, les compétences des Bleus chutèrent dans tous les domaines où les savoirs avaient été acquis et maintenus grâce à la puissance de l'Induline. Les ingénieurs bleus, les médecins, les hommes d'affaires sortis majors des écoles supérieures, les hommes politiques prétendument compétents sur n'importe quel sujet, tous virent leurs connaissances fondre en quelques jours.

Les maires et leurs équipes se trouvèrent obligés de demander de l'aide dans des bureaux reculés où d'anciens Pâles travaillaient au classement des documents.

Des médecins interrogeaient de jeunes infirmiers pour obtenir les informations qu'ils n'arrivaient plus à retrouver dans leur mémoire, et ceux-ci se tournaient vers le personnel de ménage dans l'espoir que l'un d'eux ait appris quelque chose au cours de toutes ces années passées à les fréquenter. Des gestionnaires monétaires décidèrent de bloquer les échanges de liquidités. Dorénavant, l'utilisation de programmes de calculs compliqués leur échappait totalement. Ils parvenaient tout juste à faire des additions et des multiplications sans virgules. Pour les musiciens bleus, les notes des partitions se mirent à ressembler à des taches d'encre posées au hasard sur des lignes. Des connaissances réservées aux Bleus, personne ne savait plus rien.

La panique croissait et gagnait tous les lieux. La désorganisation envahissait tous les domaines comme un virus mystérieux. On abandonnait son travail pour s'occuper de ses proches et parer au plus pressé. Alors, l'activité du pays ralentit à un tel point que le niveau sonore baissa subitement partout.

Il sembla tout à coup possible d'entendre des choses demeurées muettes jusqu'à ce jour.

On se mit à écouter.

Peut-être finirait-on par entendre quelque chose.

Cependant, au milieu de tout ce silence, Ness percevait un grondement lointain, grave comme une menace.

À la Nouvelle Extraction, il y avait eu de nombreux départs. Ferdinand avait décidé de rallier la Capitale avec un groupe de mineurs. D'autres habitants rejoignaient leur famille ou investissaient le Haut-Pays pour y construire une nouvelle vie. Dès le premier jour, Paule pensa qu'elle pourrait être utile aux malades. Avec Brun, elle passa un appel à tous ceux qui possédaient quelques connaissances dans les domaines médicaux, qu'ils soient Pâles ou Denses. En moins d'une semaine, ils avaient organisé plusieurs cellules d'urgence.

La radio de la mine, allumée jour et nuit, recevait des informations sur les événements qui se déroulaient dans le pays. À la Nouvelle Extraction, ils avaient parfois la sensation d'être à l'abri sur une autre planète. Mais l'impression était trompeuse. La réalité du pays allait les rattraper, tôt ou tard.

Quirin, Harry et Ness ne s'étaient pas encore décidés à abandonner les lieux. Ils avaient une décision importante à prendre avant de poursuivre leur chemin.

L'Induline.

Il y avait plusieurs possibilités concernant son avenir, mais un seul choix leur paraissait raisonnable.

Puk et Nénette les retrouvèrent au laboratoire.

– Tu sais fabriquer une bombe ? demanda Harry à Nénette.

– Bien sûr.

– Pour la mine ? fit Puk.

Ils se regardèrent les uns les autres, vaguement honteux. Détruire la mine était la seule solution valable qu'ils avaient trouvée.

– Il en faudra plusieurs, expliqua Nénette. Au moins trois dans chaque salle.

Elle visualisait déjà les emplacements stratégiques des bombes.

– Les galeries devraient suivre l'effondrement des grottes.

– Nous allons détruire une merveille, dit Puk.

– Nous ne sommes pas assez évolués, dit Ness. Nous ne sommes pas capables d'utiliser l'Induline avec intelligence. C'est un instrument de pouvoir trop tentant.

– T'as raison, dit Puk en soupirant. On est des clowns. Faut pas se prendre pour des dieux.

Nénette ouvrit les placards du labo.

– Acétone, alcool, acide nitrique, eau oxygénée, glycérine... Il y a tout ce qu'il faut.

– Et toute cette ouate va enfin servir à quelque chose, dit Quirin. On va tisser des mèches.

Tandis qu'ils s'installaient pour commencer la fabrication, Marlène et Doris débarquèrent avec la radio.

– Écoutez ! dit Doris. Un garçon raconte tout ce qui se passe à la Colline. Je crois que c'est Ferdinand.

Elle monta le volume du poste.

« Le premier réflexe des anciens Bleus a été de bloquer les portes, mais ils se sont rapidement aperçus que cela ne servait à rien de s'enfermer à l'intérieur. »

– Il parle du bâtiment des Ministères, précisa Marlène.

– C'est Ferdi, oui, murmura Ness, un sourire aux lèvres.

« À l'extérieur, les habitants de la Ceinture ne sont pas agressifs. Les cuisiniers ont voulu retrouver leurs postes et il semble que cela ait eu un impact important sur les ministres, les secrétaires et les chargés de mission. Les portes se sont ouvertes pour laisser entrer les cuisiniers qui ont demandé à la foule de patienter tranquillement. Puis ils se sont dirigés vers les cuisines et se sont mis au travail. C'était il y a deux heures. À l'instant, une trentaine de personnes a été appelée. Elles viennent d'entrer dans le bâtiment. »

On entendit des voix, des rires et une légère confusion, puis le jeune homme reprit la parole.

« Les ministres de la Colline et les habitants de la Ceinture sont assis côte à côte à de grandes tables. Ils partagent un repas qui a l'air délicieux. Heu… il faut quand même dire que tout le monde n'a pas l'air de l'apprécier complètement… Les personnels politiques font de drôles de têtes. »

On entendit plusieurs personnes s'exprimer à voix basse, puis il y eut des bruits de micro et de pas rapides.

« Je passe le micro à Léna. »

« Bonjour ! Ici, pendant le déjeuner, beaucoup de monde a réussi à entrer dans le reste du bâtiment des Ministères. Des gens apportent des objets, des livres. Ils veulent remettre ce qu'ils ont de plus précieux entre ces murs solides. Là, dans la première grande pièce, à gauche, des gens remplissent des étagères. Je leur passe le micro. »

« On entrepose ici les livres qui étaient gardés au Centre de Tri de la Ceinture. Tous les bouquins sont bienvenus. Et la bibliothèque ouvrira dès demain. À côté, on dépose des documents, des objets anciens, tout ce qui paraît important pour se souvenir. Tous les tableaux des Ministères sont rassemblés dans la salle de réception, là-bas. Et dans la salle de bal, on récolte des objets et des photos de famille que les habitants de la Ceinture veulent mettre à l'abri. Ils veulent préserver leur histoire car, eux aussi, ils sont l'histoire du pays. »

Tout en écoutant la radio, Ness et Quirin tortillaient la ouate en un long écheveau qui allait servir de mèche. Nénette, Puk et Harry concoctaient les mélanges explosifs. On se préparait à faire disparaître la mine, un lieu qui n'avait servi qu'à quelques-uns, tandis qu'en ville un espace commun naissait.

Sur l'esplanade de la Nouvelle Extraction, les habitants se rassemblaient, poussant des carrioles ou d'autres inventions à roulettes. On avait entassé du matériel et des réserves. On s'organisait à la va-vite, on se donnait des indications sur des lieux à investir, sur des relais possibles. Certains avaient trouvé des ânes et même quelques chevaux.

Dans l'ombre de la Salle de loisirs, Marlène, Aileen et Doris remplissaient un chariot de documents qu'elles ne voulaient pas voir disparaître. L'histoire de la Nouvelle Extraction devait rester dans les mémoires.

– On place les bombes ! cria Nénette.

La troupe de danseurs et de danseuses s'avança, chargée d'explosifs.

Ils entrèrent dans la mine d'Induline en tenant leurs bombes avec d'infinies précautions.

– S'il te plaît, reste là, dit Quirin à Ness.

– Je ne peux pas faire ça, tu sais bien. On a besoin de tout le monde pour poser les bombes et allumer les mèches.

– Mais si tu meurs, lui dit-il, qu'est-ce que je vais faire de tout mon amour ?

Elle s'avança et le prit dans ses bras. Il la serra si fort qu'elle en fut presque étourdie.

– On rejoint les salles ! lança Harry.

Il tendit un sifflet à Nénette.

Le groupe se répartit les engins explosifs.

– Quand Nénette sifflera, vous mettrez le feu aux mèches. Et dépêchez-vous de sortir de là ! cria l'Hypnographe d'une voix angoissée.

– D'accord, dirent-ils en chœur, tremblants.

Ils se lancèrent un dernier regard et s'éloignèrent dans les galeries. Nénette resta seule, le nez sur son chronomètre, le sifflet à la bouche. Ils avaient trois minutes pour ressortir.

Les danseuses furent les premières à sortir de la mine. Elles s'arrêtèrent à quelques mètres de l'entrée et attendirent. Les danseurs émergèrent une poignée de secondes plus tard, tirant Nénette qui ne voulait pas bouger tant que tout le monde n'était pas réapparu. Puk et Daphné arrivèrent, puis ce fut au tour de Ness, Quirin et Harry, et en dernier, de Cramet.

Ils traversèrent en courant l'esplanade déserte de la mine.

Vers le portail, un petit groupe de mineurs stationnait avec Jean, comme s'ils attendaient les poseurs de bombes pour partir avec eux. Lorsqu'ils sortirent enfin de l'enceinte de la Nouvelle Extraction, tous ensemble, un étrange attelage mécanique arrivait en sens inverse sur la route. Sur une remorque débâchée et bringuebalante, tirée par un véhicule à chenille, des hommes se tenaient accrochés comme d'étranges oiseaux de proie. Leurs vêtements sombres étaient chics mais souillés, leurs visages fatigués, et leurs yeux luisaient d'une volonté terrible. La source de l'Induline était là, toute proche. Ils ne pouvaient pas résister à son attraction.

Les hommes sautèrent de la remorque et se mirent à courir vers le portail grand ouvert.

– N'y allez pas ! Non ! Non ! Tout va sauter ! cria Harry.

Il y eut un petit mouvement de panique, puis les hommes en costume se frayèrent un passage dans l'entrée, sans prononcer un mot.

– Revenez !

Indifférents et butés, les hommes poursuivirent leur course en direction de la mine d'Induline. Ils y pénétrèrent sans une hésitation.

Depuis l'entrée, le groupe attendait, pétrifié.

Il y eut quelques instants d'un silence effroyable.

Les parois de la mine gonflèrent, comme une inspiration.

La réalité se déforma. Puis éclata. Des blocs de pierre furent projetés.

Le bruit de la déflagration arriva quelques fractions de seconde plus tard et coucha tout le monde.

Tandis qu'un nuage de poussière grossissait à l'emplacement de la mine d'Induline, Ness perçut un grondement sourd qui montait de la terre. Elle se redressa et sentit ses jambes qui tremblaient. Mais non, c'était le sol.

– La remorque ! Sous la remorque ! cria-t-elle. Tremblement de terre !

Ils se précipitèrent sous la remorque dans la panique la plus complète tandis qu'un craquement terrible se faisait entendre. Les murs d'enceinte de la Nouvelle

Extraction s'écroulèrent. La secousse fut si violente qu'ils crurent perdre la tête. La suivante roula depuis le lointain des montagnes, gagnant en force tandis qu'elle arrivait vers eux. Derrière les murs en ruine, le réfectoire s'écroula dans un fracas terrifiant, puis ce fut au tour du dispensaire. Le bâtiment des bureaux vacilla, son toit se replia sur lui-même avant de dévorer les étages un à un.

Le séisme augmentait en violence, comme un tyran galvanisé par l'autorité qu'il se découvrait. Cachés sous la remorque comme des bêtes apeurées, ils songeaient qu'ils allaient être engloutis par les entrailles de la Terre. Ils se voyaient chuter entre les mâchoires des roches qui s'ouvraient, puis tomber jusqu'au magma flamboyant. Ness sentit une main agripper la sienne et la voix de Quirin lui murmura « On va s'en sortir. » Serré contre elle, il la protégeait de tout son corps.

Maintenant, les longs murs d'enceinte et les bâtiments de la Nouvelle Extraction n'étaient plus que des amas de ruines, les vestiges très anciens d'un mythe disparu.

À l'emplacement de la mine d'Induline, il ne restait qu'une longue fracture de roche, nette comme l'empreinte d'une rivière tarie.

Et sur la route, indemnes, il y avait Ness et Quirin, recroquevillés comme deux nouveau-nés.

Au bout de quelques jours, les grondements du tremblement de terre cessèrent. Un calme inquiétant leur succéda.

Les secousses étaient nées à l'arrière des montagnes blanches, aux confins du Haut-Pays, où les sommets les plus élevés faisaient office de frontière naturelle. Le séisme s'était fabriqué dans cette région reculée qui avait tous les avantages. Cachée, elle évitait l'intrusion des curieux. Généreuse, mais ignorante, elle donnait tout à ceux qui l'exploitaient.

Car la véritable énergie, celle qui n'avait jamais cessé de faire tourner le monde des Bleus, gisait là. Dans le cœur serré des pierres, au milieu des strates de roches merveilleusement complexes où les millénaires se condensaient, Dazur pompait, forait sans scrupule, extrayait des minerais rares aux atomes lourds. En contrepartie, elle ne laissait que boue et destruction. Derrière les sommets blancs, le décor minéral ravagé donnait l'impression qu'une apocalypse sans fin avait lieu.

Les Bleus avaient inventé d'immenses machines métalliques, araignées dont les pattes munies de pieux fourrageaient le sol sans pudeur. Pas de nouvelle énergie donc, mais de nouvelles machines plus performantes pour mettre en œuvre de vieilles méthodes périmées, insalubres et stupides. Aucun Bleu n'avait interrogé l'héritage des anciens. Leur intelligence, dépourvue d'imagination et de sensibilité, n'avait servi à rien. « Pas d'alternative à la tradition de nos pères », disaient-ils, installés de génération en génération dans le confort de leur domination. Leur intelligence sans cœur fabriquait un monde têtu et indifférent à sa fin.

Ness avait perçu depuis longtemps ces craquements sourds et profonds. Ces grondements rapportaient la plainte souterraine de la terre. Ils ressemblaient aux grognements des bêtes innocentes et blessées. Mais là, dans le gouffre immense, au milieu des roches massacrées, la terre s'était finalement révoltée.

Ce fut le plus gros tremblement de terre jamais recensé, comme si, face à la brutalité des machines mêlée à l'imposture et au vol, la terre avait subitement exprimé sa colère. Dans un spasme géant, elle avait craché son dégoût pour l'homme, pour sa bêtise et son égoïsme.

Les membres de la caravane marchèrent longtemps sur les routes du Haut-Pays.

Parfois, un enfant, un homme ou une femme surgissait de la forêt pour leur parler, leur demander des nouvelles. La troupe était accueillie dans des cabanes, des maisons en bois, en pierre, dans des habitations troglodytes où on la nourrissait en échange du récit de ses aventures.

Parfois tout paraissait irréel et c'était comme s'ils marchaient dans un rêve.

Parfois leurs couchages étaient si durs qu'ils reprenaient rapidement contact avec la réalité.

Ness et Quirin avançaient côte à côte et s'observaient longuement, souvent à la dérobée. De temps à autre, ils laissaient la caravane les distancer et attendaient qu'elle disparaisse au tournant d'une route pour s'enlacer brusquement. Des sensations délicieuses couraient alors sous leur peau et les remplissaient de joie et de force.

Un jour où les membres de la caravane faisaient le point sur les réserves de nourriture qui leur restaient, ils retrouvèrent une petite radio. Ils actionnèrent la dynamo, n'entendirent que des borborygmes indéchiffrables, puis la radio commença à capter des paroles plus claires. C'était un miracle de se retrouver tout à coup connecté au reste du monde. Ils s'assirent autour du poste comme autour d'un feu.

Partout, dans le pays, des hommes et des femmes cherchaient à se joindre et l'on s'organisait. Un canal était dédié aux messages personnels ; un autre relayait les informations de la ville ; les Centres de Tri, érigés en relais, avaient aussi leur fréquence. L'effervescence régnait, on le percevait aux voix fébriles qui se précipitaient sur les ondes.

Des émeutes éclataient encore, bien que de plus en plus sporadiquement. Certains s'accrochaient aux ruines de la société qu'ils avaient toujours connue, d'autres se proclamaient leader, mais peinaient à trouver des partisans. Il régnait une grande confusion, surtout dans les villes, comme à la Colline, où ce tremblement de terre bien plus puissant que les précédents avait dévasté bâtiments et infrastructures.

Dans les campagnes, on continuait à travailler parce qu'il fallait éviter la famine à tout prix. Les machines agricoles ne fonctionnaient plus, alors les anciens Pâles en charge du maraîchage et des serres agricoles appelaient des hommes et des femmes à les rejoindre ; on avait besoin de bras. Cultiver la terre devenait l'activité essentielle. L'échelle de valeurs s'était totalement inversée. Même en ville, on déblayait les gravats pour planter des potagers.

Des témoignages de solidarité affluaient sur les ondes. Chaque jour, on entendait le récit d'hommes et de femmes qui s'entraidaient et trouvaient des solutions. On découvrait la joie de se sentir utile, d'être ensemble, d'être vivant. On partageait sa peine et l'on enterrait les morts avec solennité, faisant corps autour des familles endeuillées. On retrouvait des chants qui soulagent. On pleurait et l'on riait au milieu d'une grande fatigue et d'un grand espoir.

Tout allait devoir être réappris. Et si personne ne savait plus rien, l'intelligence n'était pas morte, bien au contraire. Il n'y avait plus que des maîtres ignorants, assoiffés de savoir et de transmission, et c'était très bien comme ça. On allait s'enseigner les uns les autres. Il faudrait se demander ce qu'il était nécessaire de connaître et dans quel but. Il faudrait que la connaissance soit partagée et utile à la vie.

Tout en cheminant, la caravane s'organisait. Elle s'arrêta plusieurs fois pour donner des représentations improvisées. De temps à autre, les clowns et les danseurs s'éloignaient pour reprendre leurs répétitions. On dormait à la belle étoile ou serrés dans la remorque, on se lavait dans les rivières. Un jour, alors qu'ils remplissaient leurs gourdes, ils tombèrent nez à nez avec Sander et Luce.

Dix minutes plus tard, ceux-ci leur firent traverser le cours d'eau. La caravane découvrit alors un immense potager caché derrière les vergnes et les noisetiers. Plus loin, sous de grands arbres, Ness reconnut la vieille camionnette de Georges.

Le jardin. Georges l'avait recréé.

Les membres de la caravane s'arrêtèrent, subjugués. Ils regardèrent longuement le labyrinthe de verdure du potager, puis reconnurent Ferdinand, Ed et Zéno, penchés dans les allées de fleurs et de légumes au milieu d'autres personnes. Il y eut des cris de joie et des courses rapides. On dégringola dans l'herbe, puis on s'embrassa sans réussir à prononcer une phrase cohérente.

Le soir, Ferdinand donna un concert avec Puk et Nénette, et Zéno se mit aussitôt à danser.

– Ça va encourager les plantes à pousser, murmura Quirin à l'oreille de Ness.

Elle ne sut s'il parlait de la musique ou de la danse de Zéno. Mais devant les gestes doux et amples de l'enfant, Ness ressentit une sensation de plénitude si forte que les larmes lui vinrent aux yeux.

Elle souhaita presque disparaître, devenir une fourmi, le vent, un songe. Quirin l'embrassa dans le cou et Ness écouta l'amour l'envahir. Ils avaient toute une vie à construire. Ils avaient la force et le temps.

Merci

À Constance Delaugerre,
professeure de virologie, virologue
et cheffe de service à l'hôpital Saint-Louis à Paris
pour ses explications scientifiques.

À Sylvie Gracia d'avoir accueilli le manuscrit.

À Olivier Pillé de l'avoir accueilli une seconde fois,
pour son enthousiasme,
pour son travail patient et encourageant.

À Charlotte Delavigne pour ses corrections.

Au jury du CNL pour sa bourse d'écriture.

Ouvrage réalisé par Cédric Cailhol Infographiste

Reproduit et achevé d'imprimer par l'Imprimerie Corlet
à Condé-en-Normandie en avril 2021.
N° d'imprimeur : 21030073

Dépôt légal : mai 2021 – ISBN : 978-2-8126-2091-1
ISSN : 2416-7274

«Loi 49-956 du 16 juillet 1949 sur les publications destinées à la jeunesse»

Imprimé en France